殷国明文集 ⑨

文学与人生

殷国明———

著

九州出版社
JIUZHOUPRESS

图书在版编目（CIP）数据

文学与人生 / 殷国明著 . -- 北京：九州出版社，
2022.11

ISBN 978 - 7 - 5225 - 1412 - 3

Ⅰ.①文… Ⅱ.①殷… Ⅲ.①文学—关系—人生哲学
—文集 Ⅳ.①I0-05

中国版本图书馆 CIP 数据核字（2022）第 218818 号

文学与人生

作　　者　殷国明　著
责任编辑　王　佶
出版发行　九州出版社
地　　址　北京市西城区阜外大街甲 35 号（100037）
发行电话　（010）68992190/3/5/6
网　　址　www. jiuzhoupress. com
印　　刷　唐山才智印刷有限公司
开　　本　710 毫米×1000 毫米　16 开
印　　张　28.5
字　　数　402 千字
版　　次　2023 年 8 月第 1 版
印　　次　2023 年 8 月第 1 次印刷
书　　号　ISBN 978 - 7 - 5225 - 1412 - 3
定　　价　138.00 元

前言　钱谷融先生谈读书

　　钱谷融先生经常说，他几乎一辈子待在校园，教了一辈子书，读书自然就成了自己的一种生活方式。他曾如此谈到自己："一生除了读书就是教书，始终没有离开过学校。而且教书教了将近五十年，所教过的学校却一共只有两所。因此我的接触面极其狭窄，生活知识十分缺乏。我对社会人生的了解大都是从书本上来的，对现实生活多少有些'书本化'的眼光去加以审视，因此我的认识和感受往往与客观实际之间存在着一层隔膜，这个世界对我始终相当陌生。我一直在追求着人与人之间的相互的理解和尊重，却很少能够得到。我所尝味的欢喜或是悲哀，在别人看来，简直不当一回事，但我自己却是十分认真的。一次又一次的不断失望，便只有促使我更深地沉浸到书本中去，沉浸到迷人的艺术世界中去。也幸而有许多杰出的文学大师早已为我储备下了十分丰富的艺术宝藏，毫无保留地容我随意享用。这才使日子比较容易打发。即使在那最黑暗的梦魇般的岁月里，也没有使我完全绝望。因为我在李白、莎士比亚以及托尔斯泰们用他们绮丽的情思编织成的艺术世界里，虽然也看到其中同样存在着痛苦与悲伤，但还总是时时透露出一些迷人的明媚的阳光，并常常带来一些能使我寂寞的心灵得到某种抚慰的温馨。"

　　也许正因为如此，久而久之，读书不仅与他的教书、著述、休闲和交往密切相关，而且渗透到了他自己的性情之中，所追求的就是真诚、自由和散淡的境界，这正如他在《我的自白》（《文汇读书周报》1995年5月

13 日）中所提到的，"我喜欢读书，喜欢随意地，自由自在地，漫无目的地读书"；因为"这样的读书，能使我游心事外，跳出现实的拘囿；天南地北，海阔天空，纵意所如，了无挂碍，真是其乐无穷"。

当然，这并不意味着钱谷融先生读书毫无重点和特点，相反，他对读书有自己独特的心得和看法。这些心得和看法不但表现了钱谷融先生在读书和治学方法上的特色，而且非常贴近他自己的人生和性情，反映了他某种独特的美学追求和理想。作为钱先生的学生，我觉得以下几点是很突出的。

第一，读书重在"读人"

首先，读书到底读什么？这似乎是一个简单的问题，却也是一个读书的基本价值取向问题。从钱先生的读书实践中可以看出，就在这种天南地北、海阔天空之间，他的读书始终围绕着一个轴心，探索着一个秘密——这就是"人"。钱谷融先生认为读书当然有很多方法，可以有很多目的，但是最重要的是贵在"读人"，重在"读人"，通过读书去与人沟通，了解人，探索、理解和把握人性和人生的奥秘。

显然，这与他所提倡的"文学是人学"的精神理念相一致。他不止一次地指出，人类的一切学问，一切研究，其目的都是为了促进人自身的幸福和发展。而就书籍来说，无论是关于人的研究，还是关于自然的研究，或者是关于人和自然关系的研究，都离不开这一根本目的。所以，人是一切研究、一切学问的出发点和归宿。因此，读书、研究学问，首先就要了解人；了解人首先就要从自己出发，把自己摆进去。正是由于如此，钱先生非常欣赏古希腊的一句著名谚语"了解你自己"。正如车尔尼雪夫斯基所说的："谁不以自身为对象来研究人，谁就永远不能获得关于人的深邃的知识。"反过来，如果一个人能够这样做，那就比较容易取得对人的深刻了解。

因此，在钱先生看来，一本书价值的高低，主要看它是怎样描写、表现和认识人的，而我们读书不仅是为了获取这方面的知识，而且体现了一种对于人的信念，相信人与人是相通的，只要人们之间有诚意，是能够通过一定的方式互相理解和沟通的。而这就是我们能够通过读书而"读人"、知人和理解人的基础。所以他说："人和人是相通的，观人可以知己，推己也可以知人。一个人如果在读书的时候，能够时时联系自己做一些对照反省的功夫，将会有很大的好处。古往今来的一切大学问家，都是一些善于把书本上的东西同自己周围的现实条件，同自己的具体情况密切结合起来进行思考的人；都是善于设身处地、推己及人，经常把自己同别人放在一种对照关系中来进行反思和自省的人。因此，他们善于知人论世。对人和对社会都有极深刻的了解，在学术上也能够作出十分卓越的贡献。"

第二，读书不可"无我"

钱先生读书的另一特别之处，就是读书不能"无我"，必须有自我真诚投入与主动参与，他认为只有这种主动参与，并投入自己的具体感情，加入自己的具体理解，才能有自己独特的感受和发现，读书才能成为一种积极的、有生命意义的活动，否则，就有可能落入一种"读死书""死读书"的状态。他曾这样对学生说过："一个善读书者决不把自己当作一个单纯的接受者，决不把自己完全放在一种消极、被动的地位。书虽是别人写的，但现在来读它的却是我，我读就不同于别人的读。因为我有我的具体情况，具体条件。我的修养水平、趣味好尚都不会与别人完全相同。我从书中只能接受那些对我来说是能理解、感兴趣、有用处的部分。我有我自己对书籍及其内容的选择和取舍的标准。这是一方面。再说，书本上知识，虽然已经是一种现成的固定的东西，它似乎是静止的、凝固不动的，已经是一种死的东西了。其实不然。它一旦与读它的人相接触，把它放到读它的人所处的现实条件中来，它就又会运动起来，又会变成活的有生命的东西来的。"

所以他认为，尤其是文学作品和精神领域方面的东西，在阅读中更必须使它与自己的思想认识结合起来，使它与自己结为一体，真正变为自己的东西；只有使它为我所有，才能使它为我所用。他曾这样谈善读书者："我们读书，更像蜜蜂采花酿蜜那样。蜜蜂采的是花粉，酿成的却是蜜。花粉一到蜜蜂体内，经过蜜蜂的消化作用，就发生了质的变化，就不再是花粉了。如果采的是花粉，吐出来的也是花粉，那就毫无意思了。人们读书，不是为了单纯的接受知识，而是为了明理，为了指导实践。书本上的知识一和自己的心灵接触，就不再是原来的死的知识，而成为一种活的智慧了。因为它已经同自己的思想意识结为一体，从外在的东西化为内在的东西，真正变成了自己的东西了。如果读书的人只能死记硬背，只能简单地原封不动地记住书上所有的一些东西，而不能使它通过自己心灵的光照，起一种质的变化，那么你就只能做一座两脚书橱，不过是把书架上的书移动一下位置，搬到了自己的记忆中而已。这样的读书，读得再多，又有什么用呢？善读书者则不然。他们体内仿佛有一种特殊的像触媒剂、发酵素那样的东西，书本一与他们接触，其内容就会发生质的变化，酝酿出一种与原来的内容不完全相同的新的东西，有新的特色，能产生新的作用。在人体内怎么会有这种像触媒剂和发酵素之类的东西呢？这话不是说得很有些神秘吗？其实并没有什么神秘，这些东西就是来源于善读书者的博识与睿智，就是通过广泛阅读和不断历练而培养起来的一种开阔而敏锐的眼光。要能具备这样的博识和睿智，要能取得这样一种开阔而敏锐的眼光，关键的一点，就是必须首先确立一种独立自主的自觉意识，在不断地进行广泛阅读的同时，不但要经常把书本上的东西同自己周围的现实条件联系起来加以思考，还要经常把自己作为对象来进行反思与反省，把自己与别人进行对照，通过了解自己来了解别人。只有对人有深切的了解，对周围的现实条件有深切的了解的时候，你的眼前才会豁然开朗，所读的书才会活起来，你才能成为一个善读书者。"

第三，读书追求"通达"

钱谷融先生在读书中追求随意，即使在与学生谈读书的时候，他也认为鲁迅"随便翻翻"的读书习惯值得借鉴，陶渊明"好读书，不求甚解"

的态度也不失其明智的一面。这里一方面是为了尽量扩大自己的知识面，不为某一种或某一领域的书籍和知识所困，所封闭；另一方面则是为了追求一种通达的治学境界，不仅要在人与人之间追求沟通和理解，而且在各种知识和学科之间也要寻求和发现它们之间的共同性和相通性。他这样表达自己的意见："因为，世间的事物是互相联系的，要想彻底了解一件事物，就必须同时了解与这一事物有关的其他事物。如果对与这一事物有关的其他事物连个起码的知识都没有，那么，对这一事物就很难有透彻的了解。为了多方面了解一个事物，为了尽量扩大自己的知识范围，就必须广泛地阅读。这样，你就不能不对大多数书籍只采取略读的方法。所以，一个读书人总是精读和略读同时兼采，交替并用的。一般来说，精读有助于培养专家，略读（泛读）则易于造就通才。但专家和通才之间，并无不可逾越的鸿沟。理想的专家，应该同时是个通才；而真正的通才也总是并不缺乏一定的专门知识的。善读书者必须求得精读与略读的协调配合，不可偏废。当然，困难是在于究竟把哪些书作为精读的对象，哪些书作为略读的对象。这也是因人而异，不可一概而论。除了可多向前辈请教以外，主要还得靠自己来定。首先要多读多思考，在多所涉猎，广泛阅读的基础上，逐渐确定自己的志趣，不断培养自己的眼光和鉴别能力。这样，自然会作出适当的选择的。"作为一个大学教师，钱先生还认为："理科学生应该读些文科方面的书，文科学生也要读些理科方面的书。只有这样，才能开阔思路，扩大知识面，适应日益发展的社会各方面的需要。"

这样，任何一种书籍，一种知识，在钱先生看来，都有一种"桥梁"的意味，因为不仅人是相通的，各种知识也是相通的，读书就应该能够通达，不断沟通、综合和扩展知识的范围。他在文章中写道："任何知识，都从来不只是一种简单的知识，它同时也为我们提供一种启示，对我们能够起到举一反三、触类旁通的作用。每一种新的、从未接触过的知识，对我们来说，都展示着世界、社会、人生的一个新的领域、新的方面，能使我们对周围的事物产生一种新的理解、新的认识。当这些知识真正同我们的心灵结合、与我们凝为一体以后，就能使我们产生出新的智慧和新的力量来。"

目　录
CONTENTS

下编　一百种人生

上编　文学面面观

——读书与读人

之一 阅读《论"文学是人学"》：
关于人道主义美学原则的崛起

40多年前，钱谷融先生发表了《论"文学是人学"》长篇论文，但是遭到了有组织的全国范围内的批判。尽管如此，这篇文章所播下的"人学"与美学相结合的种子，经过长时间的考验，终于还是成为我们建造现代文艺学的基石。

回顾百年来现代中国的思想文化史，人道主义精神无疑占据着重要地位，它不仅是现代文学发展的基本精神，而且也是整个思想文化转换的基本点，是现代"人学"的灵魂。而在这个过程中，人道主义美学原则的崛起是20世纪最引人注目的文化现象。人道主义美学原则的崛起是一个世纪现象，它和20世纪中国现代文化意识的生成发展血肉相连、共担荣辱，经历了独特的历程。正如钱谷融先生在一次谈话中所说，中国的现代文学就是从以人道主义为核心观念的文学创作与理论发端的，它既强调对人的普遍关心和爱心，也强调人本身的个性意识；它既是一种理论观点，也是一种文学精神。显然，在这个历史过程中人道主义本身随着时代不断变化，从20世纪初以个人主义和个性解放为中心的人道主义到80年代后人权观念的觉醒，始终表现出其现代性和世界性的美学特征。

中国五四新文化运动就是以"人的发现"为起点的。从鲁迅早年提出的"立人"思想到周作人提出"人的文学"；从陈独秀的"平民文学"到文学研究会的"为人生"，都围绕着人的觉醒和解放做文章，所以胡适把五四新文学运动称为中国的"Renaissance"（文艺复兴），也有同样意思。不过，这时期的人道主义主要是以个人主义和个性解放为中心的。例如鲁迅所说的"排众数，任个人"，就表达了当时的一种时代情绪。郁达夫由此认为，五四运动的最大成功，就是"个人的发现"，这个"个人"就是一种独立的、不依附君主家族的现代人。所以朱自清先生总结说，五四时期周作人等人提倡的人道主义，主要是指"个人主义的人间本位主义"。至于这种人道主义的历史作用和美学内涵，李今在其《个人主义与五四新文学》一书中有过深入探讨，其中一些论述令人信服。书中指出："在五四时期，'个人主义'不仅仅是一个流行的褒义词，而且还作为一种精神渗透到政治、伦理、道德以及文学各个领域。它不仅唤起了'人'的自觉，尤其是后者，作为与中国文化完全异质的一种意识，构成了五四新文化运动的一个组成部分——五四文学之'新'，之永恒存在的特殊价值。它也是个人主义这种普泛的社会哲学思潮转化为文学形态的一个过渡的'中介'。正是围绕着'自我'的发现，五四文学从文学观念到表现方式、人物形象的范式、情感类型等总体精神倾向上呈现出崭新的面貌。可以说，它是代表五四文学的主要精神特征之一，抽掉了它，五四文学的特质和异彩就将不复存在。"①

五四高潮过后，个人主义在中国遭遇的命运是值得人思考的。就连鲁迅日后也感到了某种困惑，觉得自己经常处于"个人主义与人道主义"的矛盾冲突之中。文学处于理想与现实、个人与群体、传统与现代的巨大差异和矛盾之中，作家的选择也难以两全。尤其是政治功利主义的迅速介入和蔓延，人道主义与文学的结缘，原来就是一种"无用"的精神资源，不可能立刻给人们生存处境的改变带来实效，况且浓厚的个人主义色彩在当时的文化背景下，不可能具有深厚的思想基础，因此很容易构成与传统的群体意识的冲突。这种情形自然也影响了对人道主义的完整把握和理解。实际上，个人主义在文学中受到阻截不是一种单纯的现象，它是学术艺术独立意识渐入绝境的历史兆象。也许正因为如此，才有了1927年王国维的跳湖自尽和1930年徐志摩诗歌创作的穷途末路，自由与美从此成了隐入密云重围中的月亮。

正是在这种情况下，人道主义发生了新的转换，从个人主义和个性解放转向了对人性的探讨。1920年代末，梁实秋提出以"人性"为文学标准，而这种人性并非个人主义的，而是人类"一向所共有，无分古今，无

---

① 李今：《个人主义与五四新文学》，北方文艺出版社，1992年，第28页。

间内外，长久的普遍的没有变动的”。从某种意义上说，这种“固定不变”的“人性论”，是对五四以来人道主义的一种必要的补充，为个人主义和个性解放提供了一种群体的意识基础，丰富了其美学内涵。尽管这种“生不逢时”的人性论一开始就四面楚歌，但是在文学创作中仍然留有余音。沈从文就指出：“我只想造希腊小庙。选山地作基础，用坚硬石头堆砌它。精致，结实，匀称，形体虽小而不纤巧，是我理想的建筑。这神庙供奉的是‘人性’。”①正是为了追寻这人性，在当时不同阶级的人群剑拔弩张、势不两立的语境中，沈从文获得了如其《边城》中所拥有的自然宁静，发现了在平和状态中的“优美，健康，自然而又不悖乎人性的人生形式”。

显然，作为一种美学原则的崛起，1957年钱谷融先生的《论“文学是人学”》举足轻重。因为它第一次系统完整地发挥了人道主义美学原则，并把它看作是超越一般创作方法和流派的艺术标准，是开启和深入文学殿堂的“总钥匙”，这是因为“文学作品的历史地位和社会意义，首先是从它描写人，对待人的态度上表现出来的”。对于这一原则的历史内容和普遍的美学意义，这篇论文还指出：

> ……人道主义精神，人道主义理想，却是从古以来一直活在人们的心里，一直流行、传播在人们的口头、笔下的。我们无论从东方的孔子、墨子，还是从西方的苏格拉底、柏拉图等人的言论著作中，都可以发现这种精神，这种理想。虽然随着时代、社会等等条件的不同，人道主义的内容也时时有所变动，有所损益，但我们还是可以从其中找出一点共同东西来的，那就是：把人当作人。把人当作人，对自己来说，就意味着要维护自己的独立自主的权利；对别人来说，又意味着人与人之间要互相承认、互相尊重。

正是从这种历史的和美学的交叉和联系中，钱谷融先生向人们展示了

---

① 沈从文：《沈从文文集》（第11卷），花城出版社，1984年，第42页。

人道主义万古常新的魅力。可惜，这种人道主义美学原则的精彩表述，当时除了招致连续不断的无情批判之外，再就是作者长达二十余年的生活磨难。直到十年"文革"结束后，人们才发现人道主义及其文学观的珍贵价值。

于是，经过三起三落，中国文学终于迎来了人道主义美学的回归。这无疑是一次深刻而又艰难的回归，因为历史并没有完全去掉重负。深刻是指经过几十年的痛苦磨难，人道主义已经深入人心，已经在人们思想感情深处扎下了根，已经无法再把它抹去；所谓艰难是说它虽然深入人心，但是在理论和观念层面上还面临着种种阻碍和限制。由此才发生了那一幕思想理论的悲剧，人道主义又差点遭受一次全国性的讨伐。

之二　二读《论"文学是人学"》：关于人学与美学的氤氲化

俗话说"有情人终成眷属"，这也可借用于人道主义与文学的不解之缘。而人道主义美学的崛起正是体现了人学和美学相结合的魅力。钱谷融先生曾在一次谈话中对人道主义文学观有如此阐释："……不管是一种观点还是一种精神，它都试图将文学的存在与人类的生活感受和心灵活动联系起来，强调人的存在及其情感对于文学的根本制约作用，把文学看作是人的存在的一种表现方式，并追求一种文学与人的合二而一的境界。我认为这是文学永恒的基本所在。"

可以说，这种"文学与人的合二而一"境界，不仅是钱谷融先生"文学是人学"思想的精粹所在，而且也是其魅力所在。从理论层面上说，这种"文学与人的合二而一"体现了美学与人学相聚合相统一的风范，表现了 20 世纪以来文艺思想的一种发展趋势。

毋庸置疑，人道主义就是一种人学。虽然"人学"如今已是一门显学，拥有多种流派和学派，但是它都是以人本身为对象和目的的，都渊源于人类自我认识，理解重新发现的内在需求，都在追寻一种完整的和完美的人的理想，因而是贯穿于整个人类历史及其思想发展中的一门学问，具有无穷尽的意蕴和意义。在文学创作中，它一开始就表现为一种人类自身的觉醒，呼唤在异化状态下失落的人性，对于人学的发展起到了先导作用，并且为美学的发展架搭了新的台基。

人学和美学由此互相吸引，开始了"合二而一"的思想历程。因为人不能没有美，不能不追求美不创造美，以满足对完整的理想和自我生命状态的期盼。而美永远离不开人，它无论是客观还是主观，都是人的美，能够引起和给予人以健康、愉快和美妙的生命感受和体验。美也许是虚无缥缈、不可名状和莫可言说的，但是其中永远包含和显示着人的生命存在。就此来说，人学的最高境界也就是一种美的境界，因此也必然通向艺术创造；因为只有在美学和艺术状态中，人类才可能突破一系列既定的范式、概念和观念的制约，体验和感受到自身生命的魅力。如果说人生的极致是美的体验和发现的话，那么美的渊源就是人及其创造。

人学和美学这种极具魅力的结合在文艺复兴时期就已有体现。与其说文学在复兴希腊罗马古典传统文化之美，不如说在回归于人，这二者是同时进行，并共同创造了一种艺术生命。我们能从但丁的诗篇、薄伽丘的小说和莎士比亚的戏剧中读到它，感受到一种打动人的情感；它与人生，与人的灵魂及其欲望紧密相连，使我们真实地体验到了一个具体的生活着欲望着追求着的自我。这就是人道主义文学观念的来源。它的形态有点像中国古代的"道"，原本是不可言说和确定的。此后人们又在雨果、巴尔扎克、托尔斯泰的创作中继续发现和感受到了这种情怀，我们为之感动和流泪，触及了我们的心灵和存在。这就是人道主义最鲜活的生命状态所在，它从艺术创作中来，又给人的本质力量以一种生命的状态、艺术化方式和美的形态永远存活于生活之中，让人类自己不断重温和发现它们。

人学和美学的结合，不仅为艺术创造开辟了更宽广的天地，而且带动了近代以来人文精神的变革。例如，整个哲学不仅在摆脱经院气过程中愈来愈趋向对人本身的关注，而且在意识上越来越向美学靠拢，形成了从概念向体验，从逻辑向直觉，从形而上的确定性向模糊性乃至混沌性研究的发展趋势。原本哲学和美学的联姻，越来越趋向于人学和美学的合二为一。从叔本华克服欲望的美学思考，到海德格尔对诗意哲学的演绎，人的发现在一步步突破理性的花环，而美和艺术则一次又一次把人从绝望之境解救出来。弗洛伊德用类似"白日梦"的艺术创作疗救性欲过多的人，萨特用文学创作来对抗虚无、显示存在，而海德格尔的"诗意"无疑是对支离破碎的现代人生存危机的一次拯救。在这个过程中，人学和美学犹如人文精神的两只车轮或翅膀，同时滚动才能向前，一起扇动才会飞翔。

这种结合带来了新的理论灵感，同时也动摇了原有的理论规范，使人们不断对旧的思维模式提出怀疑，不断发现感受、体验并阐释艺术的独特道路。在这个过程中，叔本华哲学美学思想就很值得考究。如果没有对人生的深刻体验并把这种体验灌注到自己的哲学研究中去，如果不出于人本身的深刻痛苦并期盼在艺术和美中寻求解脱，作为哲学家的叔本华不会产生如此的怀疑：

> 哲学本来就是一个错误。确实，它别无他途。因为它不限定自己在经验和体验范围内去更好理解世界，而哲学家总是热衷于超越它们，希望去发现所有存在最后的定律和事物间永恒关系。这正是我们的智力所无法达到的。哲学的理解能力永远不可能超越哲学家所说的"有限事物"，或者有时候被称为"现象"的；简而言之，这些只是世界转瞬即逝的影子，个别的兴趣以及其目的的期待而已。正因为我们的智力是有限的，我们的哲学也是如此，且不必妄想去把握一切，除非满足于对经验世界的把握。
>
> ——译自 *Religion：A Dialogue*（New York，1972）

由此看来，他对于黑格尔哲学的冷嘲热讽绝非偶然，因为后者的理性花环不可能解脱生命的痛苦；而当他自己一旦面对活生生的人，面对生命的欲望与痛苦，就不能不感到抽象思辨和理性逻辑的无能为力，不由自主地在艺术和美的境界中寻求归宿。我们看到，叔本华对于"空想"和"灵感"的高度重视，对于直观世界——他认为是认识源泉——的深刻体验，都使他更崇拜艺术创造，并且对东方的艺术境界心向往之，由此叔本华的魅力大大超过了黑格尔，甚至当时德国哲学家所拥有的一切。从这里我们可以看出，人学的介入如何推动着哲学走向美学，而美学又是在什么情况下解除了哲学的困境。

这种沟通——人学和美学——不仅促进了哲学的变革，使冰冷的理性逻辑变得有声有色，有血有肉；而且突破了壁垒森严的学科界线和文化界线，使文艺美学成为一种新的思想综合。碰巧的是，叔本华在一百多年前提出"世界文学"概念时，受到了中国文学的影响；换句话说，正因为他在遥远国度的文学中同样感受到了人的共同美学追求，才对文学有了更广泛的认识。而中国的王国维在20世纪初提出"学无中西"，无疑与和叔本华在美学观念上发生的共鸣有关。因此，"文学是人学"实际上是一种"大美学"观念，能够超越各种具体的文学流派和创作方法的限定，在打通各种文化隔阂中显示自己的价值，按钱谷融先生的说法，这就是人类永存的"对人的信心，对诗意的追求"。

之三 三读《论"文学是人学"》：关于无边的人道主义

无边的人道主义正是在这个意义上提出的。所谓"无边"并非终极，更不是核心和规律的指称；其义取自《庄子·秋水篇》，"万川归之，不知何时止"，因为它"至大不可围"，"其若四方之无穷，其无所畛域"。其实，人道主义原本就是一种宽广、开放的思想情怀，不同于任何唯一的主义，也不向人们提供任何问题的终极结论和解决方法；它不仅和人类艺术创作有不解之缘，而且与其他各种思想学说有相容相通相互映照的关系，由此不断吸收各种思想活力，使自己不断发展。

这种发展的直接成果就是人道主义的现代性和当代性含义。也许由于时代的变迁，人道主义所关注的现象和问题有所不同，但是不会远离人学的轨道。例如在传统的现实主义和浪漫主义文学创作中，人道主义比文艺复兴时期有了新的针对性，人们更加关注人的生存状态，尊重个人的价值和独立性，为了做人的自由权利而不懈追求。几乎在所有有永久价值的创作中，都显示了对人类生存状态的高度的人道关怀，表现了对人们生存欲望的深刻理解和同情。雨果、托尔斯泰、巴尔扎克、鲁迅等世界文学大师，无不显示了这方面的高度敏感和超人的勇气，他们在作品中所揭示的人性困境主要来自社会压迫和压抑，人类面对强暴、专制、金钱和权势和统治而痛不欲生，人将不人。然而，到了现代主义文学时代，由于人类生存状态的改变和改善首先发生在一些发达的西方资本主义国家，人们所关注的重心放在了人类自身的精神和心灵状态，也就是说，当人们物质欲望有所满足，肉体痛苦有所缓解之后，人性发展中的心灵困境成了主题。弗洛伊德关于潜意识的学说，在这方面起到了关键的推波助澜作用。在陀思妥耶夫斯基、波德莱尔、卡夫卡、福克纳等大师的创作中，我们一再发现一个被自己心灵所困的现代人身影，他们自我犹豫，内外交困，被一种低迷的、无可奈何的心态所困惑所控制，永远难以走出自我的焦虑和沮丧。正是从这个角度来说，现代主义并没有背离人道主义，只是把目光转向了更内在的追求。这也就决定了很多思想家文学家自然而然地从传统的现实主义转向现代主义现象的发生，因为对他们来说，这是一个必然的过程，当他们目睹人性及人的存在在现实生活中一系列变异时，就不能不进行新的追问和尝试。这在陀思妥耶夫斯基和鲁迅的创作中都有突出的表现。他们创作方法方面的变化并不表示其一贯的人道主义情怀有所变化。在他们的创作中，永远闪烁着对人类理想的尊重和企盼。

然而，尽管事实如此明了，倘若没有柔情如水的爱心，没有大方无隅的情怀，人道主义仍然无法获得宽阔的语境。尤其在权力话语阴影犹存的情况下，人们习惯于在意识形态舞台争夺绝对先进和正确的话语权，往往用否定其余思想派别的方式来确立和巩固某一种正宗和权威话语，就难以走出以往的思维误区，难免用新旧中西之类的观念来限制或消解人道主义。例如，过去有人曾把人道主义与现实主义甚至马克思主义对立起来，此后当现代主义来临时，又有人认为人道主义已经过时，总是以追逐话语上的最新最高来包装自己。

于是，一些新的观念和话语，在它们刚刚显示自己之时，就有可能"被利用"，成为否定某种基本文化思想的工具或武器。既然过去可以用现代消灭传统，用现代主义否定现实主义，那么现在用后现代主义的只言片语来消解人道主义也就并不奇怪了。近些年来，随着新潮话语层层密密争相登场，人道主义似乎已经过时，在一些人文社会和文艺批评中，出现了"只见话语不见人"的现象，在沸沸扬扬的话语浪潮中，"人已经死了"，自然也就不见了人的欲望、感情和性情，所见到的只有语言、符号、话语和争执不休的话语权，由此造就了中国社会特殊的精神和文化泡沫现象。

当然，造成这种泡沫现象的始作俑者并不是后现代主义，而是具体的操作文化者——人。因为后现代主义思潮的出现并非和人道主义水火不容，就我对后现代主义的了解而言，它并没有脱离西方人学的轨道，至于后现代主义有关"人已经死了"的说法，实指的是西方传统观念中的"人"，是在一系列价值标准和理性尺度所设定的条件下，以一种文化的方式、符号的方式存在的，因此在某种程度上是一种虚构和假定的存在，犹如笛卡尔所言"我思故我在"的"我"，是理性思索和语言包装后的产物。人类要追求自我的本真存在，深究其来龙去脉；要想触及被形形色色的文化和符号系统再三包装后的人的本体存在，就不能不对以往的这个"人"提出挑战。尽管这种挑战是否成功还有待观察，但是后现代主义对人本身的历史文化困境的揭示已足够引起人们注意了。如今人们生活在重重叠叠的文化包装之中，所接触的是各种各样的符号和媒介，本真的存在根本无法确定无处显示，自然需要更细微和深刻的关怀。如果有人能够大喝一声"你们都活在符号和信息的复制之中，已经形同虚构"，能够唤起人们对本真自我的反省，自然是有一定意义的。这种意图和探索不仅与人道主义没有对立关系，而且表现了对人道主义更深刻的追求。

这种追求是引人注目的。尽管现代主义文化还处于伸展时期，思想并不成熟，但是有一点可以肯定，它对于人的追寻以及对于人性困境的揭示，重心已从主体转向了本体，从现代主义所关注的心理世界转向了文化指认，并开始全面检讨人类文化资源及其累积过程的意义。在这个过程中，人类也许不再营造出某种完满的理论体系和终极精神，但是会创造出一种新的大方无隅的氛围，让各种各样的思想学说拥有自由自在的发展时空。而人类自己创造各种学说，然后又让它们彼此为敌，一个压倒另一个的文化时代将会成为过去。

毫无疑问，人道主义在指向无边的文化创造。无论是过去、现在还是将来，在文化创造的长河中，任何一种有价值的、能够有留存意义的思想成果或艺术作品，不管号称什么主义，都肯定取决于它对于人类生存状态的深刻关注和关怀，都有赖于它所表现的对人类理想的设计和期盼，都发生于它能启发人打动人的力量。

（原载《华东师范大学学报（哲学社会科学版）》1998 年第 5 期，第62—66 页）

之四　阅读《道德经》：追寻"万物之母"

在《道德经》中，最核心也最基本的观念就是"道"，它在第一章中就出现了：

> 道可道，非常道。名可名，非常名。无名天地之始；有名万物之母。故常无欲以观其妙；常有欲以观其徼。此两者，同出而异名，同谓之玄，玄之又玄，众妙之门。

这里最引人注目的就是"万物之母"的说法，而且以"同谓之玄""众妙之门"之类的解释来说明"万物之母"的含义。显然，不管怎么样，要真正体悟到"道"，就不能不找到万物之母，因为只有它是有名的，能够让人看到、观察到和意识到的；换句话说，"母"是"常有"的，是人们能够由此来认识、把握"道"之要义的表征。也许这就是远古母性崇拜最直接的原因，因为在"只知其母，不知其父"的时代，母性是人类唯一能够认定自己身份的存在，而父系则只能处于"无名"的地位，经常处于"常无"的状态，只能"观其妙"，而不能"观其徼"。

图1　甲骨文中的"母"字，即众妙之门①

这里透露出老子思想中的浓重的母性崇拜意识。对此，老子也有很明确的表达：

> 天下有始，以为天下母。既得其母，以知其子；既知其子，复守其母，没身不殆。

在老子看来，不仅自然之道的基础就是母性的，雌性的，因此具有生生不息的生命活力；而且人类文明的源头也是母性和女性的，作为"其子"的男性文化自然也来源于女性文化，应该不忘其本原。就此来说，老子更执着于远古的原始信仰，怀念已经失去的那个母系社会状态。

如今我们无法考证这种信仰是否与老子的"恋母情结"有关，不过据有关传说，老子就出生在"只知其母，不知其父"的家庭，且在母腹中怀

---

① 　王弼：《老子注》，国学整理社《诸子集成》（第三册），中华书局，2002 年。

孕的时间特别长。这些传说虽然不足为证，但是也透露了相关的某种民间意识信息遗存。

而通过进一步深究可以发现，这种传统的思维方式其实根源于中国对于自然之道的独特理解，始于原始古老的文化崇拜和信仰。

显然，这里的"母"是母亲，是女性的称谓，而"玄"又是一种特殊的文化符号，传达着古人对于母性和生殖崇拜的意味。

其实，中国古文字中的"母"字，就包含着女性崇拜的意味。

《说文》曰：母字从女，象怀子形。也就是说，这原本是一个模拟怀孕女性的象形字。还有一说是像乳形，如《仓颉篇》所言，其中有两点，象人乳形。由此我们可以联想到古代原始时期的大乳女性石像。

与此同时，所谓"众妙之门"的"妙"字，亦是女性特征的另一种表达——可惜它往往被以往的老子解读者忽略了。"妙"原本就是指处于青春期的女子，自然是最为娇美的。而据《说文解字》，"妙"字原本就从"玄"，古字为"玅"，正好合于老子所说的"玄之又玄"的指认。① 所以，所谓"众妙"就是女性的统称，"众妙之门"指的就是女性的神秘之处。

当然，老子本人是男性，不可能完全否定自己，所以用"玄之又玄，众妙之门"来综合"常有"与"常无"，即显形与隐形这两种不同文化因素的共同归宿，由此为下面"处无为之事，行不言之教，万物作焉而不辞，生而不有，为而不恃，功成而弗居"的圣人之道做铺垫。由此可以看出，老子的无为之道，不是什么事都不做，而是立足于"常无""无名"的原始文化状态，从"万物之母"出发，去认识、把握自然与人生之道。可见，老子的论说是非常有逻辑性的，其基础就是可见、常有的"万物之母"，并通过它来进入"玄而又玄"的自然世界，探究"众妙之门"的奥秘。

在这里，所谓"无名"状态是"只知有母，不知其父"的母系社会文化时代，也就是姓氏文化还没有成熟的时代。对此，"姓"字本身就体现

① 许慎撰，段玉裁注：《说文解字注》，凤凰出版社，2007年，1115页。

了一种文化状态，生命来自母性，而姓氏的产生则源自一种文化过程。《说文》对于"姓"的解释是这样的："姓，人所生也。古之神圣母感天而生子，故称天子。从女从生，生亦声，《春秋》传曰：天子因生以赐姓。"① 这里的"感天生子"或许就是中国古代种种母性始祖神话传说的原话语，也就是老子所说的"同谓之元，元之又元"的概念。

从一些神话传说来看，女性确实掌握过性爱与繁衍的主动权，因为在原始生活中，"……造就孩子身体的完全是而且只能是母亲一人，男人于此毫无作用"，而男人们对于生育过程的认识，由于某些神话的、万物有灵论的信仰，也毫不怀疑、绝不保留地认为，"孩子跟母亲是同一体质的，而父亲和子女之间根本没有血缘关系"。② 而女性崇拜意识就是人类母系社会留给人类的最大的馈赠之一，包含着人类对于远古社会以及人类状态的永久的怀念。例如，至今人类记忆中黄金时代的图景，还是一种没有任何禁忌的男女两情相悦、赤诚相见的理想境界。这种情景不仅在人类潜意识中种下了"母性崇拜"的根苗，而且在人类文化史上留下了深刻的记忆。

美的观念是人类从母系文化中承袭下来的最珍贵的精神遗产。例如，在中国文字中，很多从女的字都表达了美好的意思，比如"好""娇""娱""娴""妙""姿"等，还有像"妩媚""婵媛""袅（嫋）娜"等一些词汇，都与女性直接相关，《说文》的解释，"好，美也"，"娇，好也"，"娱，乐也"，"娴，雅也"等等，说明中国古人的美的观念与女性有着密切的关系，这已经渗透到了文化原型之中（我认为中国汉字就具有文化原型的意味）。③

例如，从中国文字中就能看出，"一些从女的姓氏特别古老，远古时代许多部落酋长的姓大都从'女'，如神农姓姜；黄帝姓姬；虞舜姓姚。周人的王族为姬姓；秦人的王族为嬴姓等等。有学者以为这或许是古老的

---

① 许慎：《说文解字》（影印本），中华书局，1963 年，第 258 页。
② B. K. 马林诺夫斯基：《原始的性爱》，王启龙、邓小咏译，中国社会科学出版社，2000 年，第 4 页。
③ 段石羽：《汉字中的中国古代哲学思想》，新疆人民出版社，2006 年，第 9—10 页。

母系社会的文化孑遗。"而这种孑遗早已经融到了中国文化之中，构筑了中国文化传统独有的"女性"特征。

闻一多的《高唐神女传说之分析》也注意到了这一现象：

> 《路史·余论》二引束皙语："高禖者，人之先也。"古代各民族所祀的高禖全是各该民族的先妣。……夏、殷、周三民族都以其先妣为高禖，想来楚民族不会是例外。因此我以为楚人所祀为高禖的那位高唐神，必定也就是他们那"厥初生民"的始祖高阳，而高阳则本是女性，与夏的始祖女娲，殷的始祖简狄，周的始祖姜嫄同例。既然如此，则楚的先祖（毋宁称为先妣）按规矩说，不是帝颛顼，而是他的妻女禄。本来所谓高阳氏应该是女禄的氏族名，不是颛顼的。①

由此，闻一多纠正了历史记载和叙述中一个重大遮蔽，即对于女性话语的抹杀和改写：

> ……因为在母系社会中，是男子出嫁给女子，以女家的氏为氏。许是因为母氏变为父氏之后，人们的记忆随着悠久的时间逐渐消失了，于是他们只知道一个事实，那便是一切主权只许操在男人手里，因而在过信了以今证古的逻辑之下，他们便闹出这样滑稽的错来，把那"生民"的主权也移归给男人了——许是因为这个缘故，楚人的先妣女禄才化为一位丈夫了。②

还好，被后人改写的"历史"并不是那么天衣无缝，它总会留下一些破绽和蛛丝马迹。而老子的贡献不仅保留了这些历史遗存，而且对于上古的女性始祖文化资源进行了创造性思考，使之升华为一种宇宙意识和哲学理念。

---

① 闻一多：《闻一多全集》（3），湖北人民出版社，1993年，第18页。
② 闻一多：《闻一多全集》（3），湖北人民出版社，1993年，第18—19页。

显然，既然"常有"的只有"万物之母"，那么"众妙之门"也只能属于女性或者母性的了，否则自然之道就会无门可进，无迹可寻。

之五　阅读《中山狼传》：
对于中国文化中"狼"的命运之思考

尽管在中国汉语典籍中涉及动物的神话传说不少，但是与西方文化相比，有关狼的，尤其是把狼作为正面形象的神话传说寥寥无几。例如在《山海经》中，记录了许多人兽合体的形象，有的是人头鸟或人头龙形；有的蛇身人首或者虎脑人身；还有的兽身虎皮或者人身狗脑等等。除此之外，还记叙了一些奇形怪状的动物野兽，例如形状如虎但有翅膀的犬类，四足九尾的狐狸，赤首白头、其声如牛的大蛇，身长类虎、五彩毕具的驺吾等等。

具体地说，"没有狼"本身就是一个问题，尤其在林林总总的神话传说中，各种动物活蹦乱跳，偏偏就不见狼的踪影，那就更值得怀疑了。所以通过不同类型的神话传说的比较，我们至少可以进一步思考以下若干问题：一是不同历史文化发展过程中可能失落的意识环节，包括民族意识形态对历史文化有意的筛选；二是在比较研究中了解狼在人类早期文化中的特殊意义；三是确认狼的意象在不同的文化系统和不同历史发展阶段中的意义是不同的；四是探讨在跨文化的条件下，一种特殊的文化原型的重现和变异过程。同样是狼，作为一种英雄原型，和作为一种被排斥的对象或者一种毫不起眼的陪衬，其意义是绝对不同的。

也许正因为如此，对于《中山狼传》的文本解释，具有了特殊的文化意义。实际上，现存的中国汉族神话传说中出现完整的狼的意象，似乎是很晚的事情。有文字可查证、流传最广的就是明代的马中锡（1446—

1512）所作的《中山狼传》。① 不过，值得注意的是，寓言故事的内容发生在公元前的春秋时代，并且直接讽刺了当时墨子的"兼爱"思想，所以包含着不同时代的意识叠影。从作品格调来看，《中山狼传》不是某作家虚构杜撰的，而是带有强烈的民间传说色彩，所以在文人撰写之前，相信已在民间流传甚久。

在这个寓言故事中，狼完全是一个忘恩负义的反面角色。而这种情形的产生无疑与我们涉及的文化渊源有关。根据马中锡《东田文集》卷三的文本分析，这个故事在很多方面凝结着历史意识中的矛盾情结。例如，作品一开始就充满战争气氛，本身就是一个以暴力场面开始（赵简子山中猎狼），并以暴力结束（丈人与东郭先生共同用刀杀了狼）的故事。赵简子虽是打猎，但情景和打仗差不多，"虞人导前，鹰犬罗后，捷禽鸷兽，应弦而倒者不可胜数"；再看追击受伤的狼的气势："惊尘蔽天，足音鸣雷，十步之外，不辨人马"，真是一片战争景象。

再比如从狼向东郭先生求救时陈述的理由来说，狼所说的理由和事例无不证明动物比人更善良，更通"人性"，绝对懂得知恩图报。一是中国古代传说"毛宝放龟而得渡"的故事，二是"随侯救蛇而获珠"的传说。前者在《搜神记》中有记载，说的是有个叫毛宝的人，钓鱼时钓到一只毛龟，心发慈悲就放了它，后来毛宝战败投江，就有一只毛龟来相救，使他站在龟背上过了江。

后者在《淮南子》高诱注中可见，随侯看见一条大蛇受伤，就为它医治敷药，后来这条蛇以一颗大珍珠作为报答。

狼说的与故事的主旨相对，形成了一种歧义结构，因为狼虽然引用了

---

① 马中锡的《东田文集》卷三收有《中山狼传》，今人所引多出于此。另外还有两种不同的说法。一说是宋朝谢良所作。明陆楫《古今说海》，清人编的《曲海总目提要》，清宋定国、谢星缠《国史经籍志补》等收录此文时，就如此认为。清钮琇之《觚剩续编》卷一也持同样的看法。二是认为唐姚合所作。姚合，唐代陕州陕石人，著有《姚少监诗集》。明末清初冰华居士辑《合刻三志·志寓类》收录此文，署唐姚合撰，程羽文校阅。另有详文可参见《寓言辞典》（山东明天出版社，1987年出版）。

这两个故事，但是它自己的行动却完全背信弃义，与龟和蛇截然不同。这说明在当时人们的心目中，狼与龟、蛇根本不同，它们已经被人划分为不同的世界。

但是，这似乎还不能为"人贵狼贱"提供完全合理的解释。从文本内容分析中可以看出，这个传说的主旨在于，一是说明忘恩负义者是狼而不是人；二是人和禽兽是截然不同的"有知"和"无知"的两个世界。就第一个焦点来说，故事确实表明了狼是忘恩负义者，但是这只是从故事层面而言的。如果我们超出这个故事的层面，从自然和人类起源角度来判断，那么事情就不那么简单了。再说，人类为什么要在这个问题上做文章，本身就是一个值得探讨的问题。从人类起源的神话传说资料来看，狼一度也是人类的崇拜对象，而人类则在自己逐渐壮大过程中抛弃了狼，所以真正自然意义上"忘恩负义"者应该是人类。① 至少从人与大自然的关系上讲，如今也许所有人都已经意识到了人类自己的罪孽，大自然养育了人类，是人类的母亲，但是曾几何时，人类却自大妄为起来，疯狂地掠夺、破坏和亵渎大自然；从这个意义上说，人类是真正的忘恩负义者。所以，我们完全可以如此分析，人们之所以要通过虚构的方式证明狼的忘恩负义，恰恰是为了掩饰自己潜意识中的罪恶感，企图在现实中永远摆脱历史文化的阴影。

从第二个方面来说，人类就更处于不利的地位了。实际上，从故事中也可以看出，人和自然分庭抗礼，已经构成了两个不同的世界：狼并不孤独，它实际上和老杏树（植物）、老牛（动物）组成了一个世界，而赵简子（大规模杀害动物的武夫）、老丈（禽兽负恩论的代言人）、东郭先生则属于另一个世界；而前一个世界之所以站在一起，是因为皆身受人类之害。狼被人类的大规模猎杀逼得无路可逃姑且不论，就从老树和老牛的回答中就可以看出它们的共同态度。从自然生命的观念来看，这分明是来自另一个世界的血泪控诉！老杏树和老牛分别从植物和动物的角度生动具体

---

① 殷国明：《西方狼》，上海文化出版社，2004 年。

地述说了人类对它们的压迫、压榨和忘恩负义。从某种意义上说，在这个故事中进行着一场谁审判谁的争夺战，人类和大自然各站一方，针锋相对，而面对老树和老牛这种有理有据的驳斥，东郭先生几乎无以应对，只能以"草木无知，更何问禽兽"之类的观念来搪塞。

事实上，所谓"草木无知，更何问禽兽"之类正是这篇传说寓意的观念基础，如果抽掉了它，整个故事的道德说教基础就倒塌了。不过，只要认真思考一下，就会意识到，这只是人类的道德，并不是自然的道德，是人类为自己的利益而设定的。而正因为人类有如此的理念，所以才能够心安理得地忽视和贬低其他自然生命种类，人类才能如此肆无忌惮，在自然界称王称霸，奴役一切。

难道大自然的草木和动物真的就无知无情吗？即使这一点在科学上还可以讨论，但是完全忽视其他生命存在的意志和欲望，恐怕连人类自己也难以接受。这一点从故事本身中就能找到证明。难道老树和老牛的亲身体验及其陈述，不就是它们有知有情的证明吗？而这里的问题不仅在于人类是否敢于承认所面对的事实，而且在于是否能够真正明白和理解它们的有知有情！显然，在这方面，作为人的东郭先生根本无法和狼相比。他一见到植物和动物就心存偏见，认为它们无知无情，根本找不到交流的方法，而中山狼则与之截然不同，它明白和理解自然界的感受，并且知道如何和动物植物交谈。这也在某种程度上说明人类自我发展中的失落和虚伪。所谓失落，是指人类为了给自己践踏自然、毫无羞耻感地掠夺自然的行为制造合理依据，竟然断然否认植物动物的有知有情。这一点正像东郭先生的表现一样，刚刚说完"草木无知"，回头就又向老树作揖求情，期望得到无知草木的支持。

但是，从此中山狼却成了汉民族文化意识中的一个特殊的"媒介"，专门传达人们对阴毒险恶人物的情感，在明人杂剧中就有康海《中山狼》，王九思《中山狼院本》，而最有名的就是曹雪芹《红楼梦》中"子系中山狼，得志更猖狂"的孙绍祖。孙家祖上是行伍出身，与宁荣两府原有世交之谊，孙绍祖虽为一个武夫，但是善于应酬权变，穷奢极欲，自娶得贾家的迎春之后，更是变本加厉，劣性不改，沉溺酒色，把家中的丫鬟女仆几乎淫遍，极度挥霍家里的钱财，迎春被他百般虐待，最后致死。他已成为中国人人皆知的最无耻的人物原型。

由此我们可以看到，由于人的特定文化价值观和情感的介入，动物世界开始分裂了，一部分成为善、吉祥的象征，而另一部分被判定为恶的、不友好的替身。不幸的是，狼很早就被归入到了后一世界。就中国而言，这种敌我亲仇意识不仅来自反面的事实（中山狼的忘恩负义），而且来自正面的对比（龟与蛇的知恩图报）。对此，如果联系到汉民族对龙的崇拜意识，我们会有更深的感触。龙基本上是一个综合性意象，具有很多动物的特征，比如蛇身、鱼皮、鹿角、凤爪等等，说明龙图腾在形成过程中融合多种动物图腾因素，组成了一个动物图腾联合的统一战线。但是，就是在这个过程中，狼被排除在吉祥动物之外，而且成为一种相悖于人性的意象。

之六　阅读《文心雕龙》：关于体系的魅力

王元化先生曾就如何建立现代中国文论体系的问题，专门谈到刘勰和黑格尔，他认为在中西文艺美学历史上，这两位理论家都有自己的体系，各有特点，颇具代表性，值得我们认真研究和总结。显然，这两位理论家都为王先生所心仪，并作过长期深入研究，此言背后自有厚实的思想积累。

确实，在中国文论史上，刘勰（约465—约532）是一个集大成者。而他的成功也正是那个文化时代的精神结晶。应该说，在中国古代文论发展史上，先秦的百家争鸣时代和魏晋南北朝时期最为引人注目，因为它们都是文化大交流、个性得以充分发挥的时代，文学及其理论创造都打破了南北文化的界限，实现了多样化的贯通。刘勰生活的南北朝时期就是如此。这时候，由于外来文化的冲击，汉朝形成的"独尊儒术"的大一统的文化格局受到挑战，出现了一次各种文化大碰撞、大交融的开放与调整时期。自此之后中国文化儒、道、佛三足鼎立的局面才基本确定。所以，早就有学者指出，魏晋南北朝是中国"文学自觉"的时代，暨南大学李文初教授曾连续发表过数篇论文，专门谈这个问题。

显然，所谓自觉，仅仅表现在创作上，文学理论和观念的成熟就是一个不可或缺的理性的尺度。刘勰《文心雕龙》的价值就首先必须在这里，它是一个文化时代的标志性理论创作，代表了这一时代文化思想的交流和整合；从文学历史角度而言，它确实表现了一种理性的自觉，使文艺学及其理论从以往比较纷繁、混沌的思想状态中解脱出来，成为一种独特的、有体系和系统的学问。刘勰和同时代的一些文人相比，也有突出之处。那个时代出了很多优秀文人，比如"三曹"；在文学理论方面，曹丕（187—226）的《典论·论文》、阮籍（210—263）的《乐论》、陆机（261—303）的《文赋》、刘义庆（403—444）的《世说新语》等，都很有见地，但是都还没有像刘勰《文心雕龙》一样建立一套文艺理论体系和思想模式。而这个体系和模式的主要方面至今还没有被完全突破。

说到体系，曾有人认为中国古代文论的特点就是零散的，缺乏完整的体系，看来这也不能一概而论。《文心雕龙》的特点就是有体系，而且很完整。首先，刘勰并不是孤立地讨论文学问题，而是把它们放在主流的思想和意识形态大背景中，在一个共通的思想基础上进行层层推论——这种思维模式至今还在沿用。比如，首篇《原道》就是总纲，是整个思想体系这棵大树的根基；第二篇《宗经》就是从传统的角度论述政治、伦理等基本原理，然后才逐渐涉及具体的文学问题。我们现在的文艺理论教科书的体例仍然如此，大道理后面接着小道理，先有总的思想体系，然后才是在总的思想指导下的文艺理论。我们可以把它称为"中国的体系性"，或者"东方思维的完整性"，但是不管怎么说，当时西方似乎还没有形成如此完备的理论体系。

其次是它的综合性，刘勰表现出来自己独特的思路。他试图把文学创作的发生、发展、欣赏、评论和实现过程统一起来，并作为一个完整的整体来定位和讨论，完成了一种建构的系统工程。这在当时西方也是少见的。在这方面，他实现了一种对文学进行理解和阐释的综合研究，从时代、生活、个性、自然等多种角度去探讨文学的奥秘。

此书在文学创作论方面影响最大。刘勰对创作的整个过程进行了综合分析，建立了不同的子系统来进行研讨。第一，从"创作是如何开始的"到"作家是如何创作的"，这是一个主体创作的过程。第二，作为文学创作的社会化过程，作家是如何受到社会文化和意识形态影响的。第三是作品在社会生活中实现自己价值的传播和接受机制，这又是一个系统。这三个系统又不是孤立的，而是互相联系的。刘勰受中国传统思维观念影响很深。《易经》讲天地相对，万物循环，大数五十，所以他就写了50篇，以"引而伸之，触类而长之"的方法来解说文学创作过程。我们在研究《文心雕龙》的时候，也要注意这种篇目之间的相互联系，看他是如何处理时代与自然、自然与创作、宗旨与技巧的关系的。比如在《神思》篇中，人和自然的交流和交通始终都很重要，关键是一个"通"，是内在的心志如何转化为一种艺术存在。所谓"神用象通，情变所孕；物以貌求，心以理应；刻镂声律，萌芽比兴；结虑司契，垂帷制胜"，就是这个意思。

当然，这种整合性，还表现在对当时儒、道、释三家思想的取舍融合上，这是一个比较复杂的课题。总的说来，经过魏晋南北朝文化的大碰撞和大交融，儒道佛三家学说互为表里、趋为一体的文化形态基本形成，而儒家政治上的专制主义、佛教信仰的民间文化形态以及道家出世的个性本位，共同构筑了中国人的精神生态环境；这三种因素互相冲突而又互相补充，相克相容，支撑了中国社会的稳定发展。在《文心雕龙》中，我们已可以看到这种稳定的思维结构和"大一统"理论模式的基本形成和逐渐成熟。

就此来说，刘勰在文学理论上的贡献不亚于黑格尔，他的思路和黑格尔也有相通之处。黑格尔试图创造一个终极的理论模式，其最后的归宿是"理念"；而刘勰则企图把所有的理论意识一统化，从一个最初的"原道"派生出所有的理论。这在当时不失为一种伟大的构思和尝试。当然，"理念"和"原道"之间到底有一种什么关系，是否有共同之处，还值得深入研究。不过依我来看，他们的体系，都表现了一种"大树型"的理论方式，从一个主干的理论或规律中生发出各种各样理论的分枝，比如从马克思主义基本理论基础上再生发出经济学、历史学、文艺学等等，不管不同学科有如何的特殊性，都应该和必须按照基本理论来解释和说明。这样的理论虽然有一定的体系的稳定性，但是也必然缺少创造性。因此我提倡一种"森林型"的理论形态，这就是充分尊重具体学科的独立性，每一个学科都是一棵大树，共同组成科学和知识的森林，而并不存在某一门学科、某一种理论能够概括和统帅一切的局面和禁忌。我想这也是现代社会及科学研究的共同趋向。

其实，无论从刘勰或黑格尔的体系中，我们都能感受到一种理论的搏斗，即作者的理论个性和自己所设定的理论体系之间的冲突：一种力量是把各种文学和非文学因素纳入一种大一统理论体系和模式中的努力；另一种则是在具体的文学问题探讨中的个性发挥，这有时必然会和设定的理论体系发生冲突。所以在《文心雕龙》中，有些篇目写得很精彩，有的则平平；黑格尔也如此。

这对我们今天的理论创造仍有启迪作用。如何走出过去设定的理论的误区，如何充分发挥理论个性的创造性，如何建立更具有包容性的体系，是建立一片学术文化的森林，还是栽种一棵孤零零的理论之树，仍然是我们目前应该面对和解决的问题。

之七　阅读《破阵子·为陈同甫赋壮词以寄之》：
豪放梦中叹

辛弃疾的《破阵子·为陈同甫赋壮词以寄之》是一首小令，却是一首著名的豪放词。《破阵子》是唐教坊曲名，出自《破阵乐》，曲调雄壮，后用为词调。而其题记"为陈同甫赋壮词以寄之"，说明这首词是为其挚友也是当时在主张抗金复国方面志同道合的陈亮所写。全词如下：

> 醉里挑灯看剑，梦回吹角连营。八百里分麾下炙，五十弦翻塞外声。沙场秋点兵。马作的卢飞快，弓如霹雳弦惊。了却君王天下事，赢得生前身后名。可怜白发生。

即便是对作者的身世一无所知，也会感觉到这首词为一将士所写，因为词中一连串的意象都与战事和武器相关。而所谓"壮"也表现在这里，它意味着军威、杀气和铁马金戈。至于这首词的抒情主人公在第一句中就出现了："醉里挑灯看剑"，一下子就点出了全词的意境。读者虽然能够感觉到这是一位非常渴望打仗、渴望建功立业的人，但是还是不禁要问：他为什么要喝醉了酒看剑？为什么要在晚上，还要挑灯看剑？很显然，作者处于一种特殊的心境之中。也许在清醒的状态中他不便流露出自己的感情，也许是酒醉更加勾起了词人的心事，也许他已经酒醉被扶到了床上，甚至已经躺了一阵，灯花已经暗了下来，但是心里有事，夜不能眠，浮想联翩，于是又翻身下床，拔出自己的宝剑抚摩一番；抚摩不足，则又把灯挑亮一些，细看这剑是否有生锈，是否还有机会帮助自己建功立业？是否意味着永远失去了机会？

这里也许还可能引起读者无数联想，但是最终都会感受到一个心境独特、心情复杂、内在感情丰富的词人形象。如果读者进一步了解到，词人辛弃疾是声名远扬的抗金名将，他一生的追求就是征战疆场，打败金军，收复失地，但是当时却受到南宋朝廷的排挤和怀疑，外派到江西乡村留任闲职，难酬壮志，那么，肯定对于其后一句"梦回吹角连营"有更切身的体会。有人把"梦回"二字理解为从梦里回来，但是我以为解释为"回到梦里"更顺理成章。如同上面所说的，也许词人酒醉入睡梦有所思，所以惊醒后才有"挑灯看剑"一幕，而"梦回"则是又回到了梦中。也有可能是"挑灯看剑"引起了词人夜有所梦，才有了以下的幻象："八百里分麾下炙，五十弦翻塞外声。沙场秋点兵。"

　　这是进军前线、安营扎寨的场面，显然出自一个领军将领的想象，"点兵"者就是词人自己，他正在指挥将士，准备开仗。当然，因为这是写给陈亮将军的，所以并不排除这是两人共同分享的英武场景。下片的头两句"马作的卢飞快，弓如霹雳弦惊"，无疑接上两句写了战斗的场面，以夸张手法描述了我军的英勇和所向无敌，把英武豪放之气推向了极致。也可以说，这也是梦的极致。由此自然实现了词人的梦想："了却君王天下事，赢得生前身后名。"——这是为自己朋友写的，更是为自己写的，其中包含着双重意义，一是为朋友壮行，希望他能够实现如此的雄心壮志；同时又是为自己说的，抒发了自己的内在被压抑的愿望。而关键在于最后一句："可怜白发生"，又一次把自己推向了抒情的前台，最后决定了这首词所寄之"壮"的中心是词人自己。

　　从这首词抒情线索来说，交汇点是一个"梦"字，所以如何理解和感受其"梦"的意味，就成为欣赏这首词的基础。简单来说，词人通过对于自己梦前、梦中、梦后情景和心境的描述，抒发了报国心切但是又报国无门的痛苦心情。但是，"梦"在词中不仅是抒情线索，更是一种特殊的情感形式和内涵，它决定了这首词的艺术氛围和情感的深度。从情感形式来说，"梦"决定了这首词的悲剧氛围和色彩。这是一首豪放词，原本就是写给同为抗金志士陈亮的"壮词"，但是正因为这是一种非真实的"梦"，使这种"壮"具有了一种难言的苦衷，尽管有"八百里分麾下炙，五十弦翻塞外声"，也最终掩抑不住词人自己的失落心情。从情感内涵方面来说，这里的"梦"其实反映了词人内心深处被长期压抑的意识内容，词人通过这种"赋壮词"的形式获得一种"幻想中满足"，使自己的情感得到宣泄。在词中，词人只能把"壮"托立于醉、梦，借醉与梦抒发自己爱国之心、建功之念和豪放之志，并将此推向极致，而后又回到了现实，在强烈的对比中表现出内心的凄凉和英雄老去、功业无成的悲愤。作者以梦与现实之间的尖锐矛盾，展示了自己的巨大痛苦，并含蓄暗示对于南宋朝廷奉行妥协政策的不满。

　　所以说，这是一首借酒之力，用梦之境，来抒发自己心志和心情的豪放词，若酒醒梦尽则重新回到痛苦疲惫的人生状态。所以，缘情造景，用梦境来抒发报国之情，是这首词的一个主要特点。正是由于词人的欲望长期受到压抑，加上渴望建立功业的"超意识"的驱动，他自然会"醉里挑灯看剑，梦回吹角连营"，因情生梦，借梦抒情，来表现梦想中的征战生活之"壮"，如军营相连、号角回荡、部众分炙、军乐齐奏、沙场点兵、战马奔腾、弓如霹雳等等，这种种在现实中被压抑、被限制，不可能实现的情景，只能用以情造境，托之以梦的方式显示自己了。

解析这首词的另一个关键点是内容结构的层次性，主要表现在抒情主人公状态和视角的转换。全词虽然以梦境为主线，但是抒情主人公的状态却不都是在做梦，而是处在从清醒到梦境的不同状态之中。例如，第一、二句"醉里挑灯看剑"，可以说是在半醒半梦半醉之中；而"梦回吹角连营。八百里分麾下炙，五十弦翻塞外声。沙场秋点兵"，则无疑已经进入梦乡；"马作的卢飞快，弓如霹雳弦惊"，不能不说已经进入酣梦神游，进一步袒露了内在朝思暮想的意识；但是仗打胜了之后，马上一个转折："了却君王天下事，赢得生前身后名"，词人从梦中逐渐醒来，对于自己所作所为有清醒的理性的认识和总结。最后一句则是现实的感叹："可怜白发生。"可见，全词共十句，却有丰富的意识层次，不同层次具有不同的情感内容。

其次，是视角的转换也很有特色，尤其是前九句和最后一句之间形成的对比特别引人注目。全词主旨是表现报国无门、壮志难伸的忧愤，但是作者采用了以壮衬悲、以虚衬实、以梦境对照现实的写法，先极力写其"壮"，前九句以"看剑"起始，通过军营、犒劳、军乐、阅兵、战马、弓弦的多角度铺写，表现了征战沙场的雄壮之景之气，抒发杀敌报国的壮志，继而点明了"了却君王天下事，赢得生前身后名"的抱负，这九句的格调都可概括为"壮"之一字，其间意脉相通，一气贯之，犹如高台蓄水，其势已定。直到尾句，却是猛然跌落，回到现实，悲情陡生。可见，作者之所以将梦境推向雄壮之至极，是为了让"梦"与"真"强烈碰撞，以形成鲜明的比照。作者就是通过前九句与末一句的对比，以壮衬悲，表现了壮志难酬的痛苦，有强烈的艺术感染力。

当然，这种猛然跌落形成的对比，并没有减弱词人的豪放之气。跌落的只是现实的处境，不是词人气质和胸怀，其"慷慨纵横，有不可一世之慨"（《四库全书总目提要》）在悲剧气氛中显得更加强烈、彰显。

之八　阅读《红楼梦》："做人"的奥秘

中国文化历来讲"做人"。孔子《论语》的核心就是探讨如何做一个有教养、有知识的君子。就此来说，做人也成了中国立国济世的根本，无论盛世还是衰世都少不了做人的故事和传奇。《红楼梦》就是这样一部表现社会走向败落过程中形形色色"做人"的传奇。可以说，无论是看大观园的衰败还是看中国整个传统社会的落寞，最清楚不过的要看书中各色人物是如何做人的，而这不同的做人又是如何结局的。

最令人惊叹不已的是，《红楼梦》里把"做人"写绝了，不仅写出了人和人之间的种种复杂关系，写出了各种人不同的个性风采，更写出了中国文化在做人方面山高水深、无微不至的修炼。别看大观园里都是些十几岁二十几岁的小丫头小妇人，里面都尽藏了些做人的心机，在处世为人方面，几乎达到了炉火纯青、滴水不漏，把中国传统的做人之道发挥到了极致。所以，虽是小小大观园中的鸡毛蒜皮之争，却能看到中国社会政治的玄妙所在。欲知中国政治，先读《红楼梦》，此话极是。其书中所云"机关算尽太聪明，反误了卿卿性命"，短言之是说一人之命运，长言之则说明了整个社会和文化处境的禅机。正因为人人在为人处世方面都太聪明太精到太无懈可击了，结果容不得半点朴直的真性情真灵魂真言真话，必然导致"忽喇喇似大厦倾，昏惨惨似灯将尽"的结果。作者曹雪芹是亲历了这一切，并看破了这一切，才写就这部《红楼梦》的。

若论做人，《红楼梦》中最精当者有三，王熙凤、薛宝钗和花袭人；最不会做人的也有三，即贾宝玉、林黛玉和晴雯。前三者身份虽不同，但是做人算是做到了家，个个周旋有术、笼络有方，所以在大观园里能多面逢源，尤其是宝钗和袭人，差不多做到了上上下下交口称赞的地步。可惜当年并不评选"五好""三好"之类，否则她们两个必定是模范和典型。而贾宝玉、林黛玉和晴雯之类，必定是落后分子的刺儿头。

凤姐宝钗暂且不提，单说花大姐能够在大观园复杂的人际关系中立得住脚跟，并博得大小主子的一致好评，就特别值得研究。论身份，也不过是一个出身贫贱的丫头；论长相更是平平凡凡；论技艺才华，她更是不值一提，琴棋书画一窍不通，而且恰巧伺候那位不谙世事的宝二爷，身夹于薛宝钗和林黛玉之间，但是她却能够化解种种利害关系，急中求缓，争中求和，火中取栗。除了她极会揣摩主子心情，做出一副死心塌地的样子之外，还在于待人处世处处摆出一副"低姿态"样子，讨人欢心。所谓低姿态，就是对任何人都保持一种非常谦逊的态度，总是表现出自己是下人，低人一等，干什么都绝无怨言，而且永远是在为别人（主要是主子）打圆场做牺牲，绝不争强好胜，更不去谈什么自己的性情和尊严。在等级森严，人人都感到压抑的大观园里，这种把自己放在很低很低位置上的做法，无疑能够博得大多数的好感，因为他人在她面前会产生一点心理上的优越感，感到某种满足感。

这一点就连宝玉都难以抵御。那一夜贾宝玉与花袭人初试云雨之后，袭人不仅不因为宝玉"遂强"与她做爱为越礼，而且为尽奴才无我与无私献身之意再"偷试一番"，使宝玉对她总抱有一种感激甚至歉疚之心，从此总是关怀袭人。而袭人每当要向宝玉进言，或者要想达到什么目的之时，她总是要首先发挥一下自己"低姿态"的优势，博得同情和支持。例如十九回"情切切良宵花解语，意绵绵静日玉生香"之中，花袭人家人有心赎她回家，而袭人本意不愿，但是为了借机更讨欢心，巩固自己在宝玉生活中的地位，反而做出一种"奴才也做不起"的样子，对宝玉说："……其实我也不过个平常的人，比我强的多而且多。自我从小儿来了，跟着老太太，先伏侍了史大姑娘几年，如今又伏侍了你几年，如今我的家来赎，正是该叫去的，只怕连身价也不要，就开恩叫我去呢。若说为伏侍的你好，不叫我去，断然没有的事。即伏侍的好，是分内应当的，不是什么奇功。我去了，仍旧有好的来了，不是没了我就不成事。"——这一番表面上字字贬低自己，实际上句句说自己的委屈，叫毫无城府的宝玉如何消受得了？此时此刻，谋事老到的袭人早已摸透了宝玉，成功利用了宝玉平等待人，富有同情心的心理，故作低姿态，使宝玉听从她的劝告。

当然，袭人的"低姿态"也有忍不住的时候，因为这种低姿态再低，做得再好，毕竟是做出来的，不是袭人的本意本心，也不符合正常人的本性。话说白了，这不过是一种生存谋略，是人生有所图谋的某种手段和策略，必然要有身心的代价。而一旦长期的低姿态无法换回高回报，心境也会越轨和爆发，以求一时宣泄之快。例如在第七十七回"俏丫鬟抱屈夭风流，美优伶斩情归水月"之中，晴雯被赶出怡红院，宝玉心焦如焚，显出对晴雯超出平时的怜爱之心，这就使得袭人特别不自在，终于由宝玉提到一株海棠花而妒心大发，一时再也保持不住那份低姿态的谦卑了，竟有话说："……那晴雯是个什么东西，就费这样心思，比出这些正经人来！还有一说，他纵好，也灭不过我的次序去。便是这海棠，也该先来比我，也还轮不到他。想是我要死了。"这一下子把这位所谓"出了名的贤人"的不贤之处尽显了出来，宝玉从此也终于明白袭人与自己无缘同道。

在《红楼梦》里，低姿态做人当然不是袭人的专利，其他有心机的人都会使用这一招，不过都难有袭人如此一贯执着。在当时专制的生存氛围中，中国文化在人人委曲求全情况下畸形伸展，在个人谋略和心机方面极尽其致，对日后中国的精神产生了深远影响。

之九　再读《红楼梦》：薛宝钗的"藏欲"

"藏欲"是我自造的一种说法，意思是说一个人要想得到什么，那么首先就得把自己的欲望隐藏起来，最后获而得之。当然，这也是在中国社会做人的诀窍之一。从某种程度上来说，藏欲意味着城府很深，意味着含而不露，越是想要的东西就越表现出不想要，最后得到了还要说这是"父母之言不敢违抗"或者其他什么，还要推三推四，做做样子。

薛宝钗很会做人的重要一点就是藏欲。在和宝玉林黛玉的三角关系中，薛宝钗从一开始就明白了自己的位置，对未来早就有所打算，但是却故作天真，从不流露自己的想法和打算。这与林黛玉形成了鲜明的对比。对于情爱之事，林黛玉表现得率真和无所掩饰，即使在众人面前有时也无所顾忌，这也就种下了后来悲剧发生的根苗。当然，就论对宝玉的感情，宝黛也极有分别，黛玉与宝玉是心有灵犀，情投意合，而宝钗未必对宝玉真正满意，是顾念到自己家庭状态，知道跟上宝玉会给家道带来转机，以重振基业。所以宝钗的婚恋立足长远，更带某种保家立业的色彩。如果说黛玉是为爱情而爱情的话，那么宝钗绝对不是。

其实，人若无欲，何能繁华？而人若有求，藏又何易？况且宝钗只是个青春少女，能深谙此道也算是一绝了。首先，宝钗深知礼教之厉害，做人处事极有分寸，在任何情况下都不露出内心所藏，每每表现出自己非常之礼，而且不越雷池一步。例如她分明知道自己母亲已向王夫人提到过"金玉姻缘"，但是故意在行动上远着宝玉，而当宝玉偶尔对自己感兴趣的时候，不仅故作不知，有时反而做正色之态。再如宝玉被打，宝钗去看宝玉，说话总是顺着宝玉心思，而宝玉心里感动想表达点什么时，宝钗却见好就收，起身就走。而且嘱咐袭人说："你只劝他好生静养，别胡思乱想的就好了。"连花袭人对她都敬佩有加。

宝钗不仅在众人面前藏得住自己欲望，就是在家人面前也不露相。这正是她的高深莫测和最后成功之处。在第三十四回"情中情因情感妹妹，错里错以错劝哥哥"中，薛宝钗和母亲因宝玉挨打而错怪薛蟠，而薛蟠身为宝钗哥哥，早知妹妹心思，心直口快而又不知轻重地点出："好妹妹，你不用和我闹，我早知道你的心了。从先妈和我说，你这金要拣有玉的才可正配，你留了心，见宝玉有那劳什骨子，你自然如今行动护着他。"结果宝钗又哭又赌气，好像自己受了天大的委屈。

如果说这还不算最绝的话，那么宝钗极力与黛玉讨亲近，最后连黛玉都感觉到自己有错怪之处，那就藏欲藏到极致了。本来，黛玉是她的情敌，而且很有灵性，早就对宝钗的用心存在戒心，也少不了有时用话刻薄她。这一点宝钗何尝不心知肚明？但是她却能一直表现出宽容之色，从不斤斤计较，而且当黛玉心情痛苦之时好言相劝，表示同情，竟然使黛玉最后也相信了她，而且在宝玉跟前说她的好话："谁知道他竟是个好人，我素日只当他藏奸。"（见第四十九回）连宝玉都为此感到吃惊。显然，黛玉此处说的"藏奸"就是藏欲，没想到被宝钗轻易化解。这不仅使宝玉黛玉这对恋人事后完全没有警觉，而且更加证明了自己清白无所求，否则怎么能和自己的情敌如此亲密呢？

更精彩绝伦的还在最后。大事已定，宝钗已胜券在握，但是当她母亲最后有意征求她意见时，你瞧宝钗如何正色回答："妈妈这话说错了。女孩儿家的事情是父母做主的。如今我父亲没了，妈妈应该做主，再不然问哥哥。怎么问起我来？"（见第九十五回）——好绝妙的反问！就是现代人也不过是如此话语：我有什么意见，我是组织的人，组织让我干什么我就干什么。

不过，藏欲毕竟不是无欲，藏得再深也得显露。况且藏欲本来就是为了最后满足欲望，那么就不能不处处暗里使劲了。其实，宝钗不仅早就有意图于宝玉，而且为此费尽了心思。首先，宝钗很懂得大观园内的人情世故，尤其知道贾母择媳的心态，"藏欲"也是藏给大家看的。在这方面，她成了大赢家，贾母不止一次地比较过黛玉宝钗，不能不认为"都像宝丫头那样心胸儿脾气儿，真是百里挑一的"。而林黛玉情感外露又恰犯了贾母大忌："孩子们从小儿一处儿顽，好些是有的。如今大了懂得人事，就该要分别些，才是做女孩儿的本分，我才心里疼他。若是他心里有别的想头，成了什么人了呢？我可是白疼了他了。"（第九十七回）

其次，宝钗非常注重和周围的人，特别和宝玉身边的人搞好关系，使人人都说她是个大好人。例如袭人内心就特别感激宝钗，不断说宝姑娘"叫人敬重"，"真真有涵养"，原来宝钗不但不忘送东西给她，而且处处替她打圆场。说到绝处，就连多舌多嘴讨人嫌的赵姨娘也觉得："怨不得别人都说那宝丫头好，会做人，很大方，如今看起来果然不错。他哥哥能带了多少东西来，他挨门儿送到，并不遗漏一处，也不露出谁薄谁厚，连我们这样没时运的，他都想到了。若是那林丫头，他把我们娘儿们正眼也不瞧，那里还肯送我们的东西？"（见六十七回）

第三，对于宝玉，宝钗虽然藏得严实，但是总不放弃表现自己、获得好感的机会，只是无奈宝玉对黛玉一往情深，不能进深一步罢了。例如她知道宝玉喜欢诗词，所以每逢机会就格外用心，而且暗中特别表现给宝玉看。先说元春省亲出题诗词，薛林之作都与众不同，但宝钗偏偏对宝玉多一份心思，做了宝玉的"一字师"（第十八回）。再有贾母特意为她过生日点戏，她先点一出贾母喜欢的《西游记》，又特意点一出《鲁智深醉闹五台山》，在宝玉面前借机卖弄了一下自己的诗词功底，让宝玉"称赏不已，又赞宝钗无书不知"。（见第二十二回）至于宝玉被打卧床，宝钗独自去看望时的表现，更是欲盖弥彰，让宝玉都觉得"如此亲切稠密，大有深意"，其说了半句又忙咽住的红脸娇羞模样，与往日在众人面前的正经相完全相反。（见第三十四回）可见藏欲只是做人的一种策略，是在特殊的社会环境中的产物。藏得再深，最后还是要露出来的，问题是什么时候什么场合露，要露多少和如何露。

对薛宝钗来说，最后露出来的时候是与宝玉成亲之后长期深藏心中的欲望，这时终于化成了她对宝玉的严格要求。而且使她敢于第一个告诉情迷成病的宝玉，而不怕再添病难治："实告诉你说罢，那两日你不知人事的时候，林妹妹已经亡故了。"（第九十八回）

之十　三读《红楼梦》：凤姐的"伺候好老太太"

凤姐是《红楼梦》里一个特殊的悲剧人物，更是把"做人"的技巧发挥到极致。所谓"机关算尽太聪明"就是最好写照。然而，人人都知道她是"凤辣子"，最能心直口快，先声夺人，却很容易忽视她做人最为聪明的另一面，这就是"伺候好老太太"。话说回来，在大观园里，做人没点阴柔之术不行，而偏偏王熙凤敢于放胆直言，锋芒毕露，若没个老太太贾母作为靠山，是万万做不得的。而凤姐在这方面绝对是个审时度势之人，知道伺候好老太太的重要性，时时处处让贾母高兴顺意，凡事就觉得少不了"凤辣子"。

在这方面，凤姐确实表现出了胜过心理学家的聪明，首先对于贾母的心态了如指掌，知道老人家爱听什么话，想做什么事，所以开口行事总能逗老人家乐，开老人家的心，让贾母感到顺耳顺心。这一点小说一开首就表现得淋漓尽致。贾母初见林黛玉当然怜爱有加，只想一下子让黛玉了解自己的慈爱之心。而凤姐初次开口，不仅赞美了林黛玉"天下真有这样标致的人物"，更是忘不了捧出贾母的善性："况且这通身的气派，竟不像老祖宗的外孙女儿，竟是个嫡亲的孙女，怨不得老祖宗天天口头心头一时不忘。"（见第三回"贾雨村夤缘复旧职，林黛玉抛父进京都"）

显然，凤姐的奉承之所以可以如此到位，在于她最明白贾母的心思。这"外孙女儿"和"孙女"在贾母心里当然有很大区别，但偏偏又要表现出自己毫无偏心，这种心理只有王熙凤能领会个正着。而凤姐能如此善解人意，并非没有花费功夫。除了她自己时时处处察言观色，用心揣摩之外，还特意收买了贾母的身边人，不断获取准确的信息，对贾母的喜怒哀乐都非常清楚。所以她能拍马屁拍到点子上，做到别人做不到的事。

最精彩的表演莫过于跟贾母打牌了。凤姐打牌定要拉上贾母身边的鸳鸯，自有其中的奥妙，请看小说中如何写的：

> 一时鸳鸯来了，便坐在贾母下手，鸳鸯之下便是凤姐儿。铺下红毡，洗牌告幺，五人起牌。斗了一回，鸳鸯见贾母的牌已十严，只等一张二饼，便递了暗号与凤姐儿。凤姐儿正该发牌，便故意踌躇了半晌，笑道："我这一张牌定在姨妈手里扣着呢。我若不发这一张，再顶不下来了。"薛姨妈道："我手里并没有你的牌。"凤姐儿道："我回来时要查的。"薛姨妈道："你只管查，你且发下来，我瞧瞧是张什

么。"凤姐便送在薛姨妈跟前。薛姨妈一看是个二饼，便笑道："我倒不稀罕他，只怕老太太满了。"凤姐儿听了，忙笑道："我发错了。"贾母笑的已掷下牌来，说："你敢拿回去！谁叫你错的不成？"凤姐儿道："可是我要算一算命呢。这是自己发的，也怨埋伏！"贾母笑道："可是呢，你自己该打你那嘴，问着你自己才是。"又向薛姨妈笑道："我不是小气爱赢钱，原是个彩头儿。"薛姨妈笑道："可不是这样，那里有那样糊涂人说老太太爱钱呢?"

——第四十七回"呆霸王调情遭苦打，冷郎君惧祸走他乡"

这分明是凤姐和鸳鸯内外结合，专门讨贾母喜欢，却也要故弄玄虚，做出一副眼色给众人看。可偏偏又碰上处事老到的薛姨妈，把一切看在眼里记在心上，王熙凤知道利害，只好暗中求援，合成一气。大家自然都知道贾母爱打牌，自然更喜欢赢牌，凤姐为了投其所好，不知道赔进去了多少时间和金钱。这次在薛姨妈面前索性也不加掩饰了：

> 凤姐听说，便站起来，拉着薛姨妈，回头指着贾母素日放钱的一个木匣子笑道："姨妈瞧瞧，那个里头不知玩了我多少钱去了。这一吊钱玩不了半个时辰，那里头的钱就招手儿叫他。只等把这一吊也叫进去了，牌也不用斗了，老祖宗的气也平了，又有正经事差我去办了。"话未说完，引得贾母众人笑个不住。偏有平儿怕钱不够，又送了一吊来。凤姐儿道："不用放在我眼前，也放在老太太的那一处罢。一齐叫进去倒省事，不用做两次，叫箱子里的钱费事。"贾母笑的手里的牌撒了一桌子，推着鸳鸯，叫："快撕她的嘴！"

怪不得贾母如此喜欢凤姐儿，原来这钱分明是明输暗送，而且送得如此巧妙开心。而凤姐儿如此费心思讨好老太太，她完全明白其事关重大。只要贾母对她好，她就不怕得罪大观园里其他人；即便出了事，也会大事化小，小事化了。别人谨小慎微，"凤辣子"就敢兴风作浪，就能置他人于死地。

正因为如此，凤姐儿为了"伺候好老太太"，不但费尽心机，自己处处卖乖卖巧，而且不惜牺牲别人的幸福，甚至性命，就连黛玉宝玉都没有放过。尽管她比谁都更清楚黛玉和宝玉是真正情投意合的一对，她比谁都清楚宝钗宝玉之间没有爱情，但是为讨好贾母欢心，竟然恶毒地使出了"调包之计"，并且亲自组织实施，最后扼杀了一对年轻人的爱情和前程。实际上，她是黛玉之死最直接、最有意识的杀手。她万万没有想到的是，她的所作所为导致的后果是悲剧之后就是深渊，贾母终于不耐悲愁撒手人间了。

接下来就是"史太君寿终归地府，王凤姐力诎失人心"。实际上，凤姐早就失去了人心，只不过仗着老太太能有些权势。如今老太太一登天，她的先声夺人、锋芒毕露自然成了空敲的鼓、哑打的锣，光有响声没有了回应，最后竟然连小丫头都会来闲话几句，害得她"一口气撞上来，往下一咽，眼泪直流，只觉得眼前一黑，嗓子里一甜，便喷出鲜红的血来，身子站不住，就蹲倒在地"，从此性命不保。

之十一　四读《红楼梦》：刘姥姥的"投其所好"

在《红楼梦》里，刘姥姥是个逗乐的角色，而读者也最容易小看了她，只把她当作一个被愚弄的乡村老太婆。实际上，很多读者，甚至包括大观园中的贾母王熙凤，都在不知不觉被这土里土气的刘姥姥所摆弄了，因为刘姥姥的土气、愚蠢和可笑，不过是她有意为之，是用来"公关"的手段而已。而刘姥姥的满载而归正好证明了她的聪明和智慧。

刘姥姥进大观园，对园内的人说是一件稀罕事，但是对她来说却是一次事关生计的公关活动。就这事的起始谋划来说，刘姥姥就不是一个等闲之辈。在家境贫困潦倒之时，她能够审时度势，把握机会，利用关系，知道谋事在人成事在天，如何选择最佳的，也就是"风险最小，获利最大"

的方式致富。所谓获利最大，就是说只要阔亲戚发一点好心，"拔一根汗毛比咱们的腰还粗呢"；所谓风险最小，就是说"便是没有银子来，我也到那公府侯门见一次世面，也不枉我一生"。

当然，刘姥姥的智慧不仅表现在她如何把握"商机"上，更表现在她如何实施自己的策略。因为这毕竟是一次艰难的公关活动。话虽是这么说，"这长安城中，遍地都是钱，只可惜没人会去拿罢了"，但是真正要在这将死的骆驼身上拔根毛，也绝不是件易事。别说这"侯门深似海"，大观园里等级森严，就讲刘姥姥如今所想利用的连宗之亲，也是八竿子打不到边的瓜葛，荣国府不仅根本记不得有这门子亲戚，而且也难免对如此"连影儿也不知道"的上门亲戚抱有戒心，因此，对刘姥姥来说，如何进得门去，拿得出钱来，确实是一种挑战。

且不说刘姥姥如何托关系，走门路进了大观园，这书中已有仔细描叙，就说她进了大观园后如何察言观色，投其所好，很快就找到了自己的"卖点"，就特别令人叫绝。刚开始时，她还不知道自己的乡村俚语和土里土气能够"卖钱"，而当她一旦发现它们具有了逗大观园中人开心发笑的功效之后，就连续大加发挥，以土卖土，以粗卖粗，以愚卖愚，获得了极大的成功。如果说刘姥姥首次进大观园，是利用大户人家爱面子，"发一点好心"来得到二十两银子的话，那么她二次进大观园，就完全依靠自己的喜剧演技来得到丰实回报的。当然，这次的契机是贾母等在大观园封闭无趣，想找个逗乐打趣的对象。刘姥姥发现自己的机会来了，就把自己的喜剧才能发挥得淋漓尽致，尽说些贾母高兴的，哥儿姐们爱听的，不惜连编带造，顺口胡诌。在这个过程中，表面上好像是贾母和大观园的哥儿姐儿们拿刘姥姥开心取乐，不断愚弄着这位村野老妇，实际上这位刘姥姥一直在掌握着对方的心理，心知肚明，故意挑拨，弄得众人忘乎所以，神魂颠倒，最后甘心情愿地拿出银子财物送她。所以，鸳鸯因为怕玩笑过度来赔不是，刘姥姥却笑道："姑娘说那里话，咱们哄着老太太开个心儿，可有什么恼的！你先嘱咐我，我就明白了，不过大家取个笑儿。我要心里恼，也就不说了。"就此说来，刘姥姥在众人面前的露丑弄拙，到底有多少是装出来的就很难说了，反正她的目的达到了，带着银两和大包小包的东西走出大观园，是何等的开心！

看来刘姥姥确实是个有心眼的人。本来，她的粗鄙土野是弱点，而她恰恰把这劣项变成了优势，使乡村野语变成了"卖点"，就像在都市里扮起了山村装饰，专给吃腻了鸡鸭鱼肉的人弄些野菜一样。与此同时，她也善于利用别人的优势，并把这种优势变成自己的舞台。这大观园里荣华富贵，给其中每个人都增饰一种心理上的优越感。可惜这种优越感并不见得有显示的机会。刘姥姥的到场在无形中提供了这种机会，每个大观园中人都希望借此机会来显示这一点，以满足自己的虚荣心。刘姥姥是个有心机的人，明白在这种情况下如何来营造氛围，满足众人，所以处处时时不忘自己的土气野气，把一个乡下人的蠢和土演绎至极，由此更博得了众人的欢心。这一点就拿行酒令来说，最为精彩。别人都是梅花翠带，美景良辰，只有刘姥姥才能有"大火烧了毛毛虫"，"花儿落了结个大倭瓜"的妙句。

其实，刘姥姥并非一个没有见识的人，正如作品中写到的，她很有见识，也时常在村庄赴过席，虽然不比大观园里气派繁华，但什么样的金杯银杯也没少见。她之所以显得那么蠢那么土，无非是为了满足这里老老少少的心理罢了。这里多少有些表演的性质。如果她在这种情况下还要掩饰自己的土气，或者千方百计装出一点斯文来，不仅不那么可爱而且也绝达不到娱乐众人的效果。就是凤姐后来也不能不感到这种情景难得："从来没有昨儿高兴。往常也进园儿逛去，不过到一二处坐坐就回来了。昨天因为你在这里，要叫你逛逛，一个园子倒走了多半个。"

刘姥姥理应得到如此丰厚回报，因为她给大观园带来了真正的快乐。这和前面贾元春回家省亲形成了强烈对比。那时虽是一片喜庆豪华气象，但终于掩不住人人内心的悲哀凄凉，虽有悲哀，又都是勉强堆笑，哪里有刘姥姥进大观园那种开心呢？

之十二 五读《红楼梦》：俏平儿的"抽头退步"

从某种意义上来说，社会人际关系越复杂，做人也就愈难；而做人愈难，人之压抑感就越大越强。中国封建社会愈近晚期，这种情景就表现得愈明显。其实，所谓复杂，并不同于丰富，而是在专制状态中人际关系相互纠缠、互相消耗、勾心斗角的一种表现。人们为了获得一点基本的生存权和安全感，不得不如履薄冰、左右逢源、疑心重重、顾虑多端，把毕生大多数精力投放于人际关系之中。从这个角度来说，人际关系愈简单愈单纯的社会，科学和艺术就愈有可能大发展，只因为人们有更多的经历和智慧投入其中。

大观园就是这样一个做人难的地方。别看它一时富丽堂皇、景色优美，但生活在其中的人却个个心有委屈，惶惶度日，不得不为可能到来的祸患担惊受怕。而在这种情况下能活出个人样来，不能不有一些特别的心计。就拿平儿来说，虽然自己是一个极聪明极清俊的上等女孩儿，但是却落到了贾琏王熙凤手里，一个俗得要命，一个心狠手辣，而且夹在两人中间，左右难得做人，经常无故受到伤害。这一点就连宝玉都时常感念，叹她并无父母兄弟姊妹，独自一人一个，贾琏之俗，凤姐之威，竟能周全妥帖，真是薄命比黛玉更甚。

活着让人感念，这在大观园里本身就是一种成功。况且平儿活在权力争斗的中心，命中注定要与心毒手辣的凤姐为伍，不为虎作伥也得装腔作势几声；若稍有不自知之明者，狐假虎威，仗势欺人，也能在大观园里做个盛气凌人的"二奶"，一时半下拿拿架势，抖抖威风。但是，如果这样，平儿也就不是让人们时常感念的那个平儿了，而她的最后下场也必定比王熙凤更糟，一旦失势，遭人群指骂还算运气，说不定会弄得当不成人也死不成鬼的结局。

说明白点，平儿有点像"暴君"手下"二把手"的角色，在王熙凤掌管大观园生死大权的日子里，平儿的地位既优越又尴尬。说优越，她是贾琏的爱妾，凤姐儿的心腹，里里外外，谁敢不对她敬怕三分？要说尴尬，自然是够尴尬的了，除了两位主子的不得人心之外，她自个儿并无威势，身不由己，不能不做很多违心的事，说违心的话。在这种情况下，关键就看平儿如何在委曲求全中把握自己，在忍辱负重中照顾周围了，虽然不能在人生的一时一地争强好胜，但愿能审时度势时保全自己。

说平儿是个"极聪明极清俊的上等女孩儿"，除了做事不流于俗蠢之外，就在于她能有自知之明和知人之明。就后者来说，她明白贾琏夫妇的为人，更明白众人对他们，尤其对王熙凤的憎恶之情。对于王熙凤，她也许比任何人都了解得透彻。除了看到了她的口蜜腹剑，心黑手辣一面之外，还深知其内心痛苦不已，对前途惶惶不可终日的一面。因为凤姐儿虽然外表逞强，但内心毕竟虚弱，知道自己已经"骑上老虎了"，"一家子大约也没个不背地里恨我的"，所以忍不住也会向平儿这个心腹有所交代："若按私心藏奸上论，我也太行毒了，也该抽头退步。回头看了看，再要穷追苦克，人恨极了，暗地里笑里藏刀，咱们两个才四个眼睛，两个心，一时不防，倒弄坏了。"

这是在第五十五回"辱亲女愚妾争闲气，欺幼主刁奴蓄险心"中凤姐对平儿所说一段话，此时凤姐因病将息，只能将大观园管理权交给探春掌管。可惜，凤姐儿虽然对自己处境险恶心知肚明，并碰巧有了机会能抽头退步，但是毕竟已骑上虎背，想下来已为时过晚，这里所说的"抽头退步"也只能是纸上谈兵，根本不可能。好在平儿对此早就明白，自己也早早察觉，不愿步凤姐儿后尘而骑虎难下，所以此时不等凤姐儿的嘱咐说完便能笑道："你太把人看糊涂了。我才已经行在先，这会子又反嘱咐我。"

确实，平儿是凤姐儿的心腹和左右手，但在处世为人方面一直在抽头退步，为自己留余地留后路，绝没有犯凤姐儿所说的"心里眼里只有了我，一概没有别人"的错误。更不像凤姐那样把事做绝，处在如此险恶尴尬的地位，如果说平儿能让人感念有什么诀窍的话，那么此处便是。她对凤姐儿得顺着脾气摸，让凤姐信任她，但是对于众人绝不依权仗势，趁火打劫，而是时常私下进行安抚，加以保护，一方面缓和和化解众人与凤姐儿的矛盾，另一方面做了好人，为自己留了余地和退路。例如在第三十九回中，正值众姐妹坐着吃酒，平儿喝了一口就要走，原本是怕凤姐儿不开心，但是在李纨出口就是"偏不许去，显见得只有凤丫头，就不听我的话了"的情况下，又正碰上婆子来传凤姐儿的话，劝平儿少喝酒，平儿就显得毫不含糊，即口应对："多喝了又把我怎么样？"坐下来只管喝只管吃，顺应了众姐妹的意思，并不是眼里心里只有"楚霸王"式的凤丫头（李纨语）。再例如在很多情况下，平儿在处理一些事情时，就比凤姐儿宽容得多，能放一马就放一马，结果在下下上上赢得了人心。作品中的李氏曾对平儿说道："有个凤丫头，就有个你。你就是你奶奶的一把总钥匙。"殊不知平儿待人接物倒有一把自己特殊的钥匙。

话说回来，这"抽头退步"原本是王熙凤的话语，道理谁都懂，但是王熙凤一声拼死拼活，至死也没有真正做到"抽头退步"，关键是在她始终是一种人生策略和权宜之计；而平儿与她不同，她虽然无法彻底摆脱利害之地，但是内心还存在一份善良，对大观园中的人生悲剧有更深的体验，知道人如果利欲迷心，图财害命也必不会有人生的好滋味和好结果。

平儿终得回报。凤姐死后，大观园一片败落，平儿却多次获得众人帮助渡过难关。

之十三　六读《红楼梦》：鸳鸯直面近忧远虑

说到平儿，自然会想到鸳鸯，这位聪明能干又刚烈的女子，最后以身殉己，摆脱了自己未来的苦海生涯。论说是迫不得已，因为贾母既死，鸳鸯自然是虎狼口中的肉，谁也解救不得；但是鸳鸯在贾母生前且能够抗拒贾赦邢夫人之命，自保清白，无疑就显示了这位姑娘的不同凡响之处。她作为贾母的贴身丫头，尽心尽力伺候好老太太，做事勤勤恳恳，原本是分内之事；而做人还要见机行事，充分利用贾母王夫人凤姐儿的心理及力量保护自己，则不能不思前虑后，谋事在人了。

　　话说回来，鸳鸯身份低微，虽是贾母手下，终属于釜底游鱼，别人让你死就不得不死。尤其遇到贾赦这种恶毒的色狼，邢夫人如此刁钻小气的女人，自以为讨一个丫头当小妾不但天经地义，而且是赏了鸳鸯的脸，万不能容对方还有不愿意的余地。这一点人人都很清楚，正如王熙凤所言："别说一个丫头，就是那么大的活宝贝，不给老爷给谁？"——在这种情况下，鸳鸯实际上处于了九死一生的境地。若说抗争，这大观园里不是没有过，但是不是被逼死就是早被赶走，没有一个丫头份上的人能够取胜过！鸳鸯对此又怎能不知？

　　但是，鸳鸯竟然取胜了！这不能不说大观园内一件惊天动地的事，也是难得的一次让读者在悲剧氛围中透一口气的机会。显然，鸳鸯抗争成功在很大程度上取决于大观园上上下下的情势，特别是贾母的利益取舍。但是如果没有鸳鸯长期以来对人际关系的经营，不能获得像凤姐儿那样有能耐的人的支援，纵有十头八臂又何能逃过贾赦的手心？

　　鸳鸯虽是贾母手下，但从来没有高枕无忧，她对自己卑微的地位非常清楚，对主子们也从不抱幻想，随时准备直面自己的悲剧。也许正因为如此，她对于贾赦的贪婪用心早有提防。那天邢夫人话未出口，她对其来意"心中已猜着三分"，如何面对已早有主见。其实，正如俗话所说"冰冻三尺非一日之寒"，鸳鸯为能在危险来临之时保全自己一直都在竭尽全力。首先，她和平儿一样，一直在人际关系上下功夫。在第三十九回"村姥姥是信口开河，情哥哥偏寻根究底"中，李纨当着平儿的面评价鸳鸯："大小都有个天理。比如老太太屋里，要没那个鸳鸯如何使得。从太太起，那一个敢驳老太太的话，现在她敢驳回。偏老太太只听她一个人的话。老太太那些穿戴的，别人不记得，她都记得，要不是她经营着，不知让人诓了多少去了呢。那孩子心也公道，虽是这样，倒常替人说好话儿，还倒不依势欺人的。"

　　虽然这话是冲着平儿说的，给平儿做人提个醒儿，但是也说明了鸳鸯自有做人之道。一方面极尽本分，让贾母离不开自己，另一方面很注意团结别人，在关键时候能有个帮助。

就后者来说，鸳鸯与凤姐儿的关系就非同寻常。鸳鸯是凤姐儿讨好贾母的"内线"，在很多方面得靠鸳鸯穿针引线；而凤姐儿则是鸳鸯保护自己的"外线"，关键时刻得靠凤姐儿的协助。凤姐儿固然不是一个讲仁义的人，但是她明白贾母不能没有鸳鸯的照应，所以从自己利益出发也断不愿意贾赦、邢夫人意愿得逞的。正因为如此，当邢夫人先找她商量此事时，一向媚上欺下的凤姐儿居然破天荒为一个丫头金口大开，充当了"保护人"的角色。你瞧书中是怎么写的：凤姐儿听了，忙（请注意这个"忙"字，可见凤姐儿当时的心神状态——笔者注）道："依我说，竟别碰这个钉子去。老太太离了鸳鸯，饭也吃不下去的，那里就舍得了？况且平日说起闲话来，老太太常说，老爷如今上了年纪，作什么左一个小老婆右一个小老婆放在屋里，没的耽误了人家。放着身子不保养，官儿也不好生作去，成日家和小老婆喝酒。太太听这话，很喜欢老爷呢！这会子回避还恐回避不及，倒拿草棍儿戳老虎的鼻子眼儿去了！太太别恼，我是不敢去的。明放着不中用，而且反招出没意思来。老爷如今上了年纪，行事不妥，太太该劝才是。比不得年轻，作这些事无碍。如今兄弟、侄儿、儿子、孙子一大群，还这么闹起来，怎样见人呢？"

这真是淋漓尽致的一次"驳回"，可见凤姐儿身手不凡，一下子就煞了一把邢夫人的威风。邢夫人出师不利，虽然嘴硬，但是已没有先前的斗志。至于凤姐儿也立即见风使舵，碰硬之后立即使用缓兵之计，一方面连忙赔笑，说自己"先过去先哄着老太太发笑"，然后伺机帮忙，让老太太答应，而且不让众人知道这件事；另一方面借故拖延，不向贾母言明此事，反而暗地里通知平儿，由她去把这事捅出来。于是后来才有了鸳鸯、平儿、袭人三人在园中互通消息，商讨对策的一幕。仗着平儿和凤姐儿的关系，鸳鸯跟贾母的关系，袭人跟宝玉、王夫人的关系，大观园在短时期里就形成了一股合力，假借贾母之意共同对抗邢夫人贾赦。正是在这种情况下，邢夫人贾赦背后不明深浅地演足了戏，而鸳鸯则收集足了"炮弹"，时机一旦成熟就当众面见贾母，如何如何一一道出，并且以寻死来表明心迹，最后气得贾母"……浑身乱战，口内只说'我通共剩了这么一个可靠的人，他们还要来算计！'"由此邢夫人等人正好犯了贾母"外头孝敬，暗地里盘算我"的大忌，一时败在了一个小丫头的手里。

当然，鸳鸯这次胜利来之不易，而且只能是一时的，因为她毕竟是个丫头，她能不能保全自己，取决于她对于贾母和凤姐儿的用处大小。为此，她不能不日后更加小心做人，在人前人后付出更多。令人感叹的是，鸳鸯是一个如此内心清洁的女子，在大观园如此龌龊的环境中，竟能千方百计拼死抗争，不让污泥玷污了自己。作为一个热爱生命的青春少女，鸳鸯在争取自己最基本的生存权利和意义方面已经竭尽全力。直至贾母去世，未来不可接受的屈辱命运已不可抗拒，无力摆脱，她还是直面相对，把最后的选择留给了自己。她的自杀又再次证明了宝玉的一贯思想："实在天地间的灵气独钟在这些女子身上。"

之十四 七读《红楼梦》：薛姨妈的老谋深算

说到贾宝玉林黛玉的爱情悲剧，自然少不了薛宝钗薛姨妈的处心积虑。在《红楼梦》中，"木石前盟"和"金玉良缘"之间的最大区别就在于，前者重情，后者重欲；而在大观园内，重感情者天性自然，反不被人欣赏，爱情终遭摧残，而重欲者老奸巨猾，使婚姻在一场计谋和手段的演绎中最终成为现实。这里写尽了"机关算尽太聪明"的做人老到，也洞穿了"聪明反被聪明误"的悲剧命运。俗话说"有其母必有其女"，这话照应薛宝钗薛姨妈也许是最为合适。若说宝钗在这场婚姻密谋中一直不得不站在前台，那么薛姨妈就一直藏在后台。虽然说不上是运筹帷幄，但是暗藏心机，察言观色，暗度陈仓，密谋设局，在每一个关键点上都尽显了老谋深算的本色。

决定投靠京城姨娘家，薛姨妈就已有远谋深虑，样样事情都已经权衡考虑过了，完全不同于林黛玉孤身一人不得已投奔亲戚，什么事情都随着自己的性情来。对于宝钗与宝玉的婚事，薛姨妈一来就有所算计，只是不露声色。当她对大观园内的人情世态稍稍有所了解之后，就不失时机地向王夫人提及宝钗的"金锁是个和尚给的，等日后有玉的方可结为婚姻"等语，一方面暗示宝钗与宝玉将来关系的可能性，另一方面也是制造舆论氛围，为今后"金玉良缘"的发展铺平道路。而宝钗对其母亲的做法一直心领神会，进退有方，只是互相不点破而已。

薛姨妈的高明之处就是不点破。她对于事态的发展虽然极度关切，为"金玉良缘"的成功处心积虑，但是一直把自己藏得很后很深，只在背后下功夫花力气。为此，她巧妙处理了自己与大观园的关系，一直采取了不即不离，不介入是非的态度，一方面尽力和贾母、王夫人等人搞好关系，另一方面尽量化解自己家人与大观园众人的利害，尽量使矛盾焦点集中在林黛玉和宝玉关系上，以图能坐收渔利。因为这位老妇人最清楚，宝玉的婚姻大事绝对不取决于他们当事人的你情我愿，而是取决于大观园主人们的选择，所以她对于林黛玉贾宝玉之间情爱关系的发展最能沉得住气。在这方面，宝钗如若没有这样一位母亲在身后，难说几经宝玉黛玉冷落和奚落之后还能支撑得住。

薛姨妈谋事极有城府，不到十分火候绝不露相。她看中邢岫烟，意欲说与薛蝌为妻，就是一例。她素知邢夫人不是好说话之人，而且并不得做主，于是就谋事于凤姐儿，由凤姐儿在贾母高兴的时候提及此事，结果借他人之力轻易达到目的。当然，这事对薛姨妈来说，可有可无并不算大事，她真正关心的还是宝钗的归宿。眼见得宝玉和林黛玉之间的感情愈来愈为人所知，她自己也有心急的地方。到了"该出手时就出手"的时候，薛姨妈自然会出手不凡。

最显示其城府老到的片段发生在小说第五十七回"慧紫鹃情辞试莽玉，慈姨妈爱语慰痴颦"，正是贾宝玉听信黛玉要返回苏州而气迷心窍，闹出一场风波，而薛姨妈为薛蝌提亲又马到成功之时，薛姨妈难得到潇湘馆里来亲自探视黛玉。说是探视，不如直接说是探试，她和薛宝钗言来语去，专拣最敏感的话题来说，竟然演出了一场真正的口蜜腹剑的戏。她和女儿对林黛玉先是心疼，又是夸赞，并用求她"作媳妇"来打趣，到后来竟由这个薛姨妈说出这番话来："我想着，你宝兄弟老太太那样疼他，他又生的那样，若要外头说去，断不中意。不如竟把你林妹妹定与他，岂不四角俱全？"小说接下去写道：……林黛玉先还怔怔的，听后来见说到自己身上，便啐了一口，红了脸，拉着宝钗笑道："我只打你！你为什么招出姨妈这些老没正经的话来？"宝钗笑道："这可奇了！妈说你，为什么打我？"

紫鹃忙也跑过来笑道："姨太太既有这主意，为什么不和太太说去？"薛姨妈哈哈笑道："你这孩子，急什么，想必催着你姑娘出了阁，你也要早些寻一个小女婿去了。"紫鹃听了，也红了脸，笑道："姨太太真个倚老卖老的起来。"说着，便转身去了。黛玉先骂："又与你这蹄子有什么相干？"后来见了这样，也笑起来说："阿弥陀佛！该，该，该！也臊了一鼻子灰去了！"薛姨妈母女及屋内婆子丫鬟都笑起来。

婆子们因也笑道："姨太太虽是玩话，却倒也不差呢。到闲了时和老太太一商议，姨太太竟做媒保成这门亲事是千妥万妥的。"薛姨妈道："我一出这主意，老太太必喜欢！"

真是老到绝伦！难道薛姨妈此时真忘记自己所惦念的"金玉良缘"了吗？真的愿意成全林黛玉贾宝玉两人的婚事吗？可怜情真的林黛玉，全被这番假意假情蒙住了，不再提防这母女二人的心中藏奸，更可叹率真单纯的紫鹃更是异想天开，真以为这薛姨妈会去为自家姑娘提亲！蠢而且多嘴多舌的婆子丫鬟更是无意中被薛姨妈所利用，出去闲言碎语自然会引起贾母王夫人的警觉。老奸巨猾的薛姨妈"黄鼠狼给鸡拜年"，真是一箭数雕！

其实，此时的薛姨妈早已参透了贾母的心思，已从宝琴姑娘处得知贾母无心迎娶林黛玉为孙媳妇，并且已感到贾母王夫人等上上下下喜欢薛宝钗，"金玉良缘"已有几分把握，但是只缘贾宝玉林黛玉二人情深意笃，已不能再移情他人，这种情况时间愈久就愈难办，薛姨妈由此也希望能尽快落实金玉良缘，让生米做成熟饭。

薛姨妈的动作果然有效，不久贾母就开始操心宝玉的终身大事了。对林黛玉本不中意，自然认为"像宝丫头那样心胸儿脾气儿，真是百里挑一的"，不等别人开口，就已经向薛姨妈暗示自己的心思了。（第八十四回）此时的薛姨妈尽管被薛蟠家事闹得身心不宁，但是在婚事方面已胜券在握了，只等着对方主动开口了。

之十五　八读《红楼梦》：贾母的悲剧

在《红楼梦》中，贾母是人际关系的一个核心，也是一座桥梁。说核心，是指众人都簇拥着她，使一个勾心斗角的场面成为一个集体和整体；说桥梁，是讲大观园中的善与恶，爱与恨，灵秀之气与世俗之气皆通过这位老太太相遇，相持，最后定个胜负。就这个意义上来说，贾母又是中国读者最感到熟悉的人物，因为人人会在生活中的各个角落遇到"贾母"，经常会尝到这位"老太太"存在的甜头和苦头。所以，如何和贾母式的老太太打交道，也是中国的人际关系学中的重要一章。

其实，贾母并不坏，而且是一个善眉慈眼，既具有菩萨心肠又极明事理的女人。不论从传统道德观念还是从个人品质来讲，贾母都是一个值得信赖和交往的人，如果我们能够再遇到这样一位"老太太"并不是很悲哀的，因为现实中扮演贾母如此角色的实在素质要低下得多。这也许是读者会感到贾母自有可爱之处的缘故。

贾母的可爱之处首先在于她是一个不愿违背自己性情的人，这在大观园中是非常难得的。在这里上上下下都唯唯诺诺、心怀鬼胎，人前人后都尽量压抑自己的感情和欲望，唯恐越雷池一步引来杀身之祸，唯独贾母很见个性，从不掩饰自己的爱好和感情。尤其和贾政的性情相比，老太太要有生气，有魅力多了。大观园亏了有了这样一位"领导"，才有了一些快乐日子，众男女也才有可能吃螃蟹，猜灯谜，惹相思，试云雨，若依了贾政的意，这大观园还不知道成了什么冷宫地狱呢！至少贾宝玉活不到出家当和尚那一天。而贾宝玉之所以能够在大观园中如此存活，也多亏老太太的庇护。就这一点来说，贾宝玉和贾母多少有一些相互依存的关系。老太太一命呜呼，贾宝玉也断不可继续留在大观园。

可见贾母具有相当人性的一面。这不仅表现在她对贾宝玉天性的爱怜上，还表现在她对大观园内外众人命运的体恤上，包括对刘姥姥这样的乡下村妇也无例外。其实，她喜欢和重用王熙凤也没有什么大错，王熙凤是个贪婪之人，但是也确实能干，贾母早就看出了她的"辣"，而且直言不讳，但是她也明白，比起邢夫人和王夫人来说，凤辣子不仅对她更善解人意，而且更明事理。在这小小的大观园内，这位老太太还能依靠谁呢？更值得提及的是，贾母至死毫不糊涂，对于大观园命运的悲剧心知肚明，对于大观园内人与人关系的肠肠肚肚了如指掌，谁也瞒不过这位老太太的心目之外，她所做的一切都是在维持和支撑着摇摇欲坠的大厦而已。

但是，贾母最终还是一个悲剧。而且这个悲剧的深刻程度绝不亚于宝玉和黛玉的情爱结局。因为林黛玉是她亲自接来的，谁也不会忘记黛玉初进荣国府，这位鬓发如银的外祖母一把把她搂入怀中的情景，那心肝儿肉叫的哭声感动了所有在场的人。贾母也绝没有想到自己原来是想给可怜的林黛玉更多快乐和幸福的，后来竟然成为一个真正的戕杀者，不仅戕杀了宝黛的爱情，而且也戕杀了自己内心原有的善良愿望。这一点和她在大观园所做的一切是一致的，她为了避免悲剧的行为恰好加剧和导致了悲剧的发生，她所看到的正是她所最害怕的，最不愿看到的，她给自己最爱的人带来的恰恰是最悲惨的结局。

这难道是命运吗？也许贾母到死也难解开这个结，就像一百零八回"强欢笑蘅芜庆生辰，死缠绵潇湘闻鬼哭"中，贾母让鸳鸯掷骰子凑乐，鸳鸯依命便掷了两个二一个五，还有一个骰子在盆中打转，鸳鸯大叫"不要五！"但是那骰子偏偏转出个五来。

看来贾母最终也没有从自身的"地狱"中跳出来，她自认为一声"福也享尽了"，就是对宝玉还很担心，殊不知她对宝玉一世的疼爱，恰恰注定了宝玉终身的痛苦和悔恨。就此来说，贾母一直挣扎在儿子和孙子之间，也就是传统的道德规范和个人的性情爱好之间，对于生活实行着双重标准。一方面她渴望幸福，这与她几十年来忍受的痛苦和经历的危机有关，正如她自己所说的"我是极爱寻快乐的"，所以她并不十分喜欢不死不活的道学气；另一方面，她又明白家族赋予她的责任，脱不开对人对事世俗的价值标准，所以她至死都认为薛宝钗是理想的孙媳妇，能够受得富贵耐得贫贱，能够逆来顺受，这就是有福气的，而林黛玉"是个最小性儿又多心的，所以到底活不长"，因此在人生婚姻大事上，她又特别低估了性情相投的重要性。

这也暴露了当时社会性情相残的文化气氛。因为在专制的文化气氛中，讲性情和不讲性情并非个人意愿，而是与权力相关。一个人有多大的权力，就有多大的表现自己性情的空间，而处于生活底层，根本没有任何权力的人，自然只有唯唯诺诺，用牺牲自己本性的方式来获取生存空间。当然，也有不顾权力压制而坚持和表现自己性情之人，但是这不可避免地要付出人生甚至生命的代价。这也就造成了性情之间相互残杀的悲剧，有权力的人不仅能够活得潇洒，随心所欲，而且能够把自己的意志强加于人，以压抑和剥夺他人性情的方式展现自己，获取生命的快乐。

贾母的悲剧就是如此产生的。因为她的权力在大观园里是至高无上的，所以没有人能违背她的意思，一些清规戒律自然也阻碍不了她；而正因为如此，她施于宝玉的爱也成为一种权力，带有强制性，最终伤害了贾宝玉的性情，酿成了大观园里一连串人生悲剧。

之十六　九读《红楼梦》：晴雯的性情绝唱

人生和艺术的合二为一，是中国人传统的审美观念，而性情则是它们的结晶。在《红楼梦》中的种种人生中，最有魅力的就是人的性情。人首先以有无性情二分，而并非聪明才智和身份高低，在这里，做人最重要的就是顺乎天性尊重真情，虽经历磨难，被迫害致死，也不失人的尊严和美丽。不用说，曹雪芹笔下的晴雯，就是这样一首性情的绝唱。作者通过宝玉的一首《芙蓉女儿诔》给予其足够的奖赏，其中云："其为质则金玉不足喻其贵，其为性则冰雪不足喻其洁，其为神则星日不足喻其精，其为貌则花月不足喻其色。"

确实，在大观园中，晴雯是最不会"做人"的，但是正是这一点显示了她的性情之美。同袭人相比，晴雯是脱俗的，绝不会向俗人低三下四，讨个四面逢源八方玲珑；她更不能完全接受大观园里的陶冶教育，放弃自我而做一个"出了名的至善至贤之人"。对此宝玉很清楚，明白晴雯的受迫害是一次"集体的谋杀"行为，所以当袭人解释平常晴雯"未免轻佻"之事被太太知道时，他马上反问："怎么人人的不是太太都知道，单不挑出你和麝月秋纹来？"

接下来宝玉还说道："就是她的性情爽利，口角锋芒些，究竟也不曾得罪你们。想是她过于生得好了，反被这好所误。"显然，宝玉这里所说的"你们"不是信口开河，自然包括袭人。对此，袭人自己心知肚明，尽管晴雯和袭人一齐伺候宝玉，但是晴雯心里纯洁，袭人却心怀鬼胎，她虽然经常自称"粗粗笨笨"的，但心里的小算盘很精很细，特别是赢得主子王夫人看中之后，越发做作自尊起来，"凡背人之处，或夜晚之间，总不与宝玉狎昵，较先幼时反倒疏远了"。可见她内心的阴暗和小气，绝不同于晴雯的光明磊落，宝玉由此也深知晴雯是有灵性之人，而花袭人是俗人一个。

晴雯吸引贾宝玉的地方还在于她的真诚外露，绝不藏匿自己的真情实感。这一点和薛宝钗形成了对比，相比之下，薛宝钗自然就显得虚伪得多，聪明得多。同样面对丑陋的人生现象，晴雯从不掩饰自己的厌恶之情，也决不顾忌得罪了什么人，敢言敢斥，因此被小人俗辈们所嫉恨，而薛宝钗却从来不直面相对，凡是与己无关的事，能躲就躲，决不得罪人。也比如同样是做针线活，晴雯病补雀金裘是一片真情真心，令人感动，而薛宝钗也经常帮助袭人做一些针线活，却分明是为了显露自己，讨好别人，赢得自己在大观园中的好名声好地位。就此来说，晴雯虽然短命，但比薛宝钗活得潇洒和真诚，最后作者安排她心安理得上天当花神去了。

如果同晴雯相比，那位高高在上，在大观园操生杀大权的凤姐儿就显得生命黯然无光和无味了。因为凤姐儿确实是个有个性的人，但是并非一个性情中人。如果说王熙凤在整治大观园过程中经常有力不从心的感觉的话，那么她一生做人的最大痛苦就在于情不合性，经常要做出一副与自己本性本意相反的姿态来达到自己的目的，所以她活得很累很痛苦。她的这种长期扮演与自己天理相违背的角色，实际也正是她身体病症的根源。虚张声势和利欲熏心的交织，实际上不可能具有正常的怀孕育子的心理基础，所以经常性的小产和落红是其心理状态的必然结果。而王熙凤的悲剧就在于她在算计和戕害别人的同时，也在算计和戕害自己。这一点在她设计害死尤二姐过程中最为明显。在她达到目的之前，首先要违背自己女人的天性，做出一副委曲求全，宽宏大量的样子，在自己情敌面前虚情假意一番，甚至称对方为"我的大恩人"，哭哭啼啼说"奴愿作妹子，每日服侍姐姐梳头洗面"。王熙凤最终虽然达到了目的，显示了自己"强人"颜色，但在心理上已付出了极大代价，直到临死还活在尤二姐前来索命的恐惧之中。

所以晴雯的性情魅力在于她的纯、真和露，完全不同于俗、假和瞒的人生。她虽然身为奴隶丫头，但是全然没有奴隶之心，决不被迫做违背自己性情的事。这在大观园的人情世态中是一道闪光的亮点，照亮了读者所面对的生命世界，更使得这个世界中苟且偷生的千姿百态显得毫无光彩和趣味可言。就说凤姐带人抄检大观园那一幕，晴雯面对王夫人的责问是如何情直理壮，完全不同于凤辣子在王夫人跟前那份奴才相：她先是着了慌，再就是"又急又愧，登时紫涨了面皮，便依炕沿双膝跪下"，接着"又因王善保家的是邢夫人的耳目，常调唆着邢夫人生事，纵有千百样言辞，此刻也不敢说，只低头答应着"。哪里还有一点正常人的尊严？思前想后，如履薄冰，在仗势欺人的背后还是奴隶的生态和心态。至于晴雯面对主人和奴仆的搜检，竟然能"豁一声将箱子掀开，两手提着底子，朝天往地下一倒，将所有之物尽都倒出"，则是有名的"凤辣子"一生永远不能企及的境界。

晴雯虽死犹生，因为她完成了一个大写的"人"字，她之所以是一个性情之人，是因为她摆脱了大观园里不做主子就做奴隶的人生悲剧性的循环。任何一个人一旦卷入这种情志之中——无论他如何聪明，如何精明能干，都必然在主人和奴隶二者之间挣扎，忽而做主子，忽而做奴隶，或者在做主子的时候也在当奴隶，无论如何谈不到做人的真正快乐。这也是在专制社会条件下做人的最大的悲剧，而晴雯的性情绝唱无疑是对这种专制社会制度以及文化意识形态的最致命的批判。

之十七　十读《红楼梦》：林黛玉的孤标至情

林黛玉在大观园菊花诗赛中独占魁首，写下了"醒时幽怨同谁诉，衰草寒烟无限情"的诗句，意象之间已透露出她人生一世的信息。应该说，无论是"满纸自怜"也好，"孤标傲世"也好，这"无限情"是林黛玉人生一世的核心，构筑了永恒的生命风采。尽管林黛玉在大观园内是最不会做人的人，事事处处不合世俗的标准，她不及袭人懂事和温柔，不如薛宝钗亲切和大度，更没有凤姐儿的能耐和会来事，但是她是一个真正的、绝一无二的至情之人，在同传统道德和世俗之理的对抗，唯有这位娇弱的潇湘妃子能够孤标傲世，惊天地动鬼神。也唯有她，才真正用自己生命完成了"将儿女真情发泄一二"的美学理想。

当然，这也就决定了林黛玉必然在大观园步晴雯的后尘，直面风刀霜剑，最后被世俗和专制体制"集体谋杀"。这或许是命中注定。在第八十七回中，贾宝玉洒泪泣血，一句一啼作《芙蓉女儿诔》，刚刚祭奠完了晴雯，方才回身，突然听到花影中传出人声，走出一个人影，定睛一看原来就是黛玉——此时谁知黛玉对自己的命运早有预感，只是不肯轻易外露呢？

其实，林黛玉的一生从未考虑如何做人，她是为情而生，为情而死的，她把自己的全部身心都扑在了感情上，所以其感情状态就是她的生命状态和身体状态，并无丝毫的保留和造作。从她进入荣国府就可看出，在场的所有人中，只有她是依照自己情感的指引而生活着，她和宝玉一见钟情，就再也无法逃脱爱情的网罗，至死不弃，至死不悔。

也许正由于如此，黛玉才有那份对于感情特别的敏感性，以至于世俗之人感到黛玉是否心眼太小了，殊不知这正是她最看重的人生价值所在。她在俗事俗人方面确实是不怎么知情理的，很多利害关系都可以马马虎虎，唯独在感情方面不马虎不将就。所以，宝玉在太虚幻境愿同生死，但是一直是心中领会，从来未曾当面说出。这固然和周围的情景和黛玉的心态有关，但最直接的却是宝玉的情痴至极。一旦情到深处，反而自迷其中，失去了言语的明确性。在和林黛玉情感交流中，他和林黛玉一样，每次都自觉到自己的真心真情已无须言表，唯恐对方不能全部领受和承担这份感情，结果就不能不双双自失于假情试探之中。况且中间又有"金玉良缘"的介入，诸多因素都在有形和无形之中阻隔着这对恋人的倾心相许。

宝玉一直在拼命冲破这种爱情的阻隔，所以他的最大痛苦就是林黛玉不能完全得到和接受他的这颗心。他的痴迷一方面使他专注于感情，以为只要两人执情不渝，一切都不在话下，殊不知痴情只是虚幻，命运并不在自己手中；另一方面又使他不明世事，以至于最后还不明白世俗的险恶，还在为薛姨妈薛宝钗的用心辩护。但就这一点来说，贾宝玉就无法摆脱自己的悲剧。其实，不用宝玉几万声地叫"好妹妹"，林黛玉何尝不明白贾宝玉对自己的爱意？只是无奈于自己的身份处境，根本无力承受这种命运的结局而已。这在第三十回中就已十分明确。宝玉在怡红院对月长吁，黛玉在潇湘馆临风洒泪，两人早已情发一心，坠入爱海，而林黛玉已经开始感受到了悲剧的阴影，于是就有了抽头退步的念头，无奈自己是个至情之人，如何能摆脱这命中注定的情网？小说中写道：

　　　林黛玉心里原是再不理宝玉的，这会子见宝玉说别叫人知道他们拌了嘴就生分了似的这一句话，又可见得比人原亲近，因又撑不住哭道："你也不用哄我。从今以后，我也不敢亲近二爷，二爷也全当我去了。"贾宝玉听了笑道："你往那去呢？"林黛玉道："我回家去。"

贾宝玉笑道:"我跟了你去。"林黛玉道:"我死了呢?"贾宝玉道:"你死了,我做和尚!"林黛玉一闻此言,登时将脸放下来,问道:"想是你要死了,胡说的是什么!你家倒有几个亲姐姐亲妹妹呢,明儿都死了,你几个身子去作和尚?明儿我倒把这话告诉别人去评评。"

宝玉自知这话说的造次了。后悔不来,登时脸上红胀起来,低着头不敢则一声。幸而屋里没人。林黛玉直瞪瞪的瞅了他半天,气的一声儿也说不出来。见宝玉憋的脸上紫胀,便咬着牙用指头狠命的在他额颅上戳了一下,哼了一声,咬牙说道:"你这——"刚说了两个字,便又叹了一口气,仍拿起手帕子来擦眼泪。

这里绝对没有虚情假意,林黛玉之所以有意"再不理宝玉",并非不爱宝玉,而是预感到悲剧,想要逃避。她说宝玉"不用哄我",并非不相信宝玉爱她,而是清楚宝玉的这种承诺只是一种爱的幻象而已。而她说"我回家去",更是她内心长期所锁定的一种归宿,期望最后脱离这种悲剧的命运,直到最后魂归故地。她之所以终于"撑不住",也并非因为宝玉把"好妹妹"叫了几万声,而是无法回避和逃避自己内心对爱情的执着,所以才如此为自己伤心落泪。

可惜贾宝玉痴迷于情,并不全然明白林黛玉的全部用心,所以他的痴爱真情赢得了林黛玉的全部身心,但林黛玉直到生命的最后关口还直口高叫:"宝玉,宝玉,你好——"这一声最后归去的叫声终于唤醒了宝玉的迷梦。

之十八　十一读《红楼梦》:贾宝玉的痴爱真情

在大观园中,贾宝玉之所以深受女儿们的喜爱,不仅在于他懂得女儿心,尊重她们的感情,更在于他的痴爱真情。他几乎没有精明过,但是唯独对女儿之情心有灵犀;他相信所有他愿意相信的,但是却不能真正把握自己的命运。在作者的笔下，他实在是婴儿和混沌人生的代表，柔弱无比而又敏感万分，痴呆有余但是与世俗意图无缘，最终经历了情天欲海的洗礼，步入了脱尘拔俗的境界。

和林黛玉一样，贾宝玉生活在一个异己的世界，所以说他是"混世魔王"也好，"疯疯傻傻"也好，皆因为他和大观园里的世俗人情格格不入而已，所谓"潦倒不通世务，愚顽怕读文章，行为偏僻乖张，那管世人诽谤"，正是他的人生写照。宝玉的做人原本就是最讲灵性的，最能领会和珍爱人间最真诚的天性和感情，而毫不在乎任何一种身外之物。他初见黛玉就一见倾心，就因为林黛玉没有"通灵宝玉"，就摘下那玉，狠命摔去，全不顾那是什么"命根子"，就足见其与众人不同的性情。若按贾母所言，宝玉和黛玉生出来就是一对"冤家"，实际上真正意义上的"冤家对头"是宝玉和他的家族及社会。这就是在宝玉摔了玉后急忙搂了他所说的"孽障"，因为宝玉命中注定是这个家族的"命根子"，大家都依靠他来传递祖宗香火，舍他无谁；而宝玉又生来注定是这个家族的叛逆者，出于情性就要摔坏这个"命根子"，母亲也奈何他不得。

这样，贾宝玉的做人就成了和与生俱来的命运的对抗，在感情和"命根子"之间，他一开始就选择了感情，步上了"于国于家无望""古今不肖无双"的道路。当然，这种选择并不是非常理性的和明确的，因为他从来没有精明到那种程度，而是出自天性，出自感情。按照宝玉梦中仙人的指证，他的一生就是要追寻"古今之情"，体验这"风月之债"的，什么"世事洞明"，"人情练达"正是他最讨厌，最不堪的了，所以他的天分高明和性情颖慧之处，也只表现在他对于情感的完整感受和欣赏上。

这也决定了宝玉和黛玉爱情的"无言"状态。他们虽然情投意合，见到的对联"厚地高天，堪叹古今情不尽；痴男怨女，可怜风月债难偿"，所举全身心承担者正是弱不禁风的林黛玉也。

这当然也是黛玉做人的悲剧所在。因为她太独标了，太在乎感情又太执着感情了。特别是在中国专制社会条件下，做人的"理"承让于情，因为只有"理"才能保证专制专权的合理长存，而情来自天性，必然不愿受权力的支配和规范。而这个"理"落实到大观园的人情世态之中，就是做人的规矩，就是懂事听话，就是能忍就忍，不能忍也得忍。所以林黛玉虽然是个弱不禁风的女子，但是她做人的至情态度已经威胁到了大观园的权力机制，给贾母心里带来了极大的不安，这也是贾母迅速偏向了薛宝钗，而对林黛玉看不上眼的根本原因。

即使现代人对于林黛玉的至情人生也未必能完全欣赏，只因世俗的力量实在太强大了，他们一方面从天性出发，对于淋漓尽致的至情人生渴望不已，对于林黛玉永远怀抱着一种理解和心向往之；另一方面又由于世俗的压力不得不抽头退步，在现实中接受甚至欣赏薛宝钗的善解人意，对于感情一直怀抱着一种既向往，但又怀疑和恐惧的态度。可见，对感情的态度是人自身解放程度的一个永恒标尺。若人类最终不能获得对自己感情，尤其是性爱的完全认定和全部投入，就不可能获得人性发展的完美自由境界。所以，虽世界之大，天高地广，时空悠悠，但是能真正容下一个"情"字却是一种千古绝唱。

林黛玉就是用自己生命在写这个"情"字，可谓每一字都是血，每一句都是泪。因为这林黛玉的一颦一笑，一喜一怒都源自爱情，却无奈于这是一个容不得多少爱的世界，不但时常得不到同等的接受和理解，而且使自己陷入了风刀霜剑之中，面对着重重嫉妒和陷害。以平常心度之，这似乎很难理解，林黛玉丧母离父，不得已孤身一人寄人篱下，而且身子骨多病，原本就是被怜爱的对象，又何能遭众人所嫉妒呢？其实，这也是为一个"情"字，尽管大观园中的形形色色都自有可倚恃的优势，但他们都缺乏一个"情"字，而这是求不来换不来的。林黛玉不但拥有这份爱，而且非常执着于这种爱。这可是对这个无爱的世界和无爱的人的致命的嘲讽，击中了他们潜在的无可弥补的人生弱点和遗憾，使大观园里所有的金碧辉煌、锦罗绸缎和威风显赫显得暗淡无光。

林黛玉深知这一点，但是她义无反顾。她尽管无法控制周围的情势，不能决定自己的未来，但是她明白自己所承受的所有痛苦都是感情使然，用她自己对宝玉所说的话就是："我是为我的心"。所以她时常愁眉泪眼，自哀自叹，皆因为自己的感情意志所需，不能不有所发泄。其实，她懂得宝玉，更懂得自己，只是为这两人间的苦心写意感到悲哀。她亦明白"佳人命薄"，至情难求的道理，但是情到了至深至极处，又怎能够摆脱得开？还是林黛玉一首使宝玉落泪的《桃花行》写得好，结尾处就是："若将人泪比桃花，泪自长流花自媚。泪眼观花泪易干，泪干春尽花憔悴。憔悴花遮憔悴人，花飞人倦易黄昏。一声杜宇春归尽，寂寞帘栊空月痕！"

林黛玉曾经提到这一句古话："事若求全何所乐。"不料切中了她自己的爱情经历。这种极致的爱和至情的恋最终因为悲剧收场而超凡脱俗，流传百世。

之十九　阅读《呐喊》：关于"人的主题"

艺术与生活一样，永远是常新的万花筒。

作为一个伟大的艺术家，鲁迅之所以能够像但丁、莎士比亚、托尔斯泰等大师一样，在历史上留下自己不朽的名字，并不仅仅在于他能够出色地对前人的艺术成就做一些模仿因袭的工作，而在于他具有某些前人未有的独特创造。而鲁迅生前也曾经说过："没有冲破一切传统思想和手法的闯将，中国是不会有真的新文艺的。"鲁迅的小说实践正是这种"真的新文艺"的典范。对新的艺术时代的产物，任何比较精当的分析和评价，也必须站在新的现代艺术台基上，冲破一切旧的陈腐的文艺理论观念、方法和思维方式的羁绊，用一种新的艺术胸怀加以感受、欣赏和理解。

对于《呐喊》的阅读，也是如此。这是鲁迅为后人留下的一份极其宝贵的艺术遗产。谁都承认，作为一个小说家，鲁迅作品的数量不多，在这方面不能和19世纪以来很多杰出的小说家相提并论，但是正因为鲁迅小说创作体现出来独特的创新意识，表现出了独特的艺术特色，所以在世界文学中获得了自己独特和光辉的地位。

文学是"人学"。钱谷融先生在《论"文学是人学"》中指出："高尔基曾经做过这样的建议：把文学叫作'人学'。我们在说明文学必须以人为描写的中心，必须创造出生动的典型时，也常常引出高尔基的这一意见。但我们的理解也就到此为止，——只知道逗留在强调写人的重要一点上，再也不能向前多走一步。其实，这句话含义上是极为深广的。我们简直可以把它当作理解一切文学问题的一把总钥匙，谁要想深入文艺的殿堂，不管他是创作家也好，理论家也好，就非得掌握这把钥匙不可。理论家离开了这把钥匙，就无法解释文艺上的一系列的现象；创作家忘记了这把钥匙，就写不出激动人心的真正的艺术作品来。"

但是，在中国现代文学史上，"人的文学"一直是一个敏感的话题。历史在这里不仅风尘仆仆，充满矛盾冲突，而且还时时带着血泪。在这个过程中，中国人民在身心两方面付出过沉重的代价，文学艺术更是这样。对此，钱谷融先生指出："近四十年来，除了'文革'期间中国文学被彻底毁坏之外，中国的文学家们始终都在自觉地同文学上的政治教条主义的狭隘功利主义进行着抗衡。十七年是如此，新时期这样。粉碎'四人帮'以后，……在某些人的意识中，特别是他们长期养成的思维习惯，从政治标准来硬性规定文学创作的现象时有发生，特别是人道主义文学的发展仍然是步履艰难。七八十年代以来几次大的文学争论，有的几乎要酿成大批判氛围的思想冲突，都不同程度地涉及人道主义的文学观点。在一种比较彻底的意义上，可能是只有当人道主义不再引起政治的和学界的注意，不再成为一个敏感的字眼，我们才能说它已克服了主要障碍，并已成为中国文学的基本精神。"

而对于鲁迅的《呐喊》来说，"文学是人学"也是理解和把握其艺术创新的一把总钥匙。

因为鲁迅写《呐喊》的根本动机就是为了"人"，"人"是《呐喊》所有作品的中心，也是它们的出发点。对于这一点，鲁迅在"自序"中讲得很清楚。他先从自己的生活状态谈起，然后谈到中国人的生活状态，字里行间透露出的就是对于人、首先是中国人的忧患和关切，由此也就说明了自己作小说的真实动机，这就是要唤醒熟睡在铁屋子里的人，期望有一天能够毁坏这铁屋子，解救人，解放人。所以，鲁迅这样写道：“在我自己，本以为现在是已经并非一个切迫而不能已于言的人了，但或者也还未能忘怀于当日自己的寂寞的悲哀罢，所以有时候仍不免呐喊几声，聊以慰藉那在寂寞里奔驰的猛士，使他不惮于前驱。至于我的喊声是勇猛或是悲哀，是可憎或是可笑，那倒是不暇顾及的；但既然是呐喊，则当然是须听将令的了，所以我往往不恤用了曲笔，在《药》的瑜儿的坟上凭空添上一个花环，在《明天》里也不叙单四嫂子竟没有做到看见儿子的梦，因为那时的主将是不主张消极的。至于自己，却也并不愿将自以为苦的寂寞，再来传染给也如我那年轻时候似的正做着好梦的青年。”

可以说，“呐喊”就是“人”的呐喊，是为了喊出人的“真的声音”；也是为了人的呐喊，是为了唤起人的觉醒。用鲁迅的话来说，这一切都是为了“立人”，为了改造国民性。

这种“呐喊”也是“五四”时代的最强音。因为中国“五四”新文化运动就是以“人的发现”为起点的。从鲁迅早年提出的“立人”思想到周作人提出“人的文学”；陈独秀的“平民文学”到文学研究会的“为人生”，都围绕人的觉醒和解放做文章，所以胡适把五四新文学运动称为中国的“Renaissance”（文艺复兴），也有同样意思。不过，这时期的人道主义主要是以个人主义和个性解放为中心的。例如鲁迅所说的“排众数，任个人”，就表达了当时一种时代情绪。郁达夫由此认为，五四运动的最大成功，就是“个人的发现”，这个“个人”就是一种独立的、不依附于君主和家族的现代人。所以朱自清先生总结说，五四时期周作人等人提倡的人道主义，主要是指“个人主义的人间本位主义”。周作人在那篇题为《人的文学》的著名的文章中写道：“我所说的人道主义，并非世间所谓‘悲天悯人’或‘博施济众’的慈悲主义，乃是一种个人主义的人间本位主义。这理由是：第一，人在人类中，正如森林中的一株树木。森林盛了，各树也都茂盛。但要森林盛，却仍非靠各树各自茂盛不可。第二，个人爱人类，就只为人类中有了我，与我相关的缘故。墨子说‘爱人不利己，己在所爱之中’，便是最透彻的话……所以我说的人道主义，是从个人做起。要讲人道，爱人类，便须先使自己有个人的资格，占得人的位置。"胡适也在他的长篇论文《易卜生主义》中说："社会最大的罪恶莫过于摧折个人的天性，不使他自由发展。""社会是个人组成的，多数出一个人，便是多备下一个再造新社会的分子。""社会国家没有自由独立的人格，如同酒里少了酒曲，面包里少了酵，人身上少了脑筋。""那种社会国家决没有改良进步的希望。"

之二十　再读《呐喊》：鲁迅小说的艺术创新

《呐喊》体现了"五四"新文化运动的时代精神。所以，读《呐喊》，首先要理解鲁迅对于小说，尤其对于传统小说的看法。鲁迅多次说过，他并不是为了进艺术殿堂而写小说的，他写小说是想利用小说的力量改良社会和人生。因为小说就其传统的意义来说，就是"讲故事"和"说书"。对此，鲁迅这样说过："中国久已称小说之类为'闲书'，这在五十年前为止，是大概真实的，整日价辛苦做活的人，就没有工夫看小说。"（《南腔北调集·〈总退却〉序》，1933 年 12 月 25 日夜）"在中国，小说是向来不算文学的。在轻视的眼光下，自从十八世纪末的《红楼梦》以后，实在也没有产生什么较伟大的作品。小说家的侵入文坛，仅是开始'文学革命'运动，即一九一七年以来的事。自然，一方面是由于社会的要求的，一方面则是受了西洋文学的影响。但这新的小说的生存，却总在不断的战斗中。"（《且介亭杂文·〈草鞋集（英译中国短篇小说集）〉小引》，1934 年 3 月 23 日）

由此，"人的主题"应该是阅读鲁迅小说所关注的一个基本点，读者首先感受和理解鲁迅是如何从人出发，去表现和反映人生的。因为这不但是鲁迅创作小说的出发点，也是他进行艺术创新的出发点。

在这个基本点上，鲁迅体现了他在新文化运动中一贯的启蒙主义的价值取向，这就是"立人"和"改造国民性"。显然，这两点是互相支撑的。

"立人"是正面的，是目的，而"改造国民性"是从一种批判的眼光出发，从反面去引起人们的注意，用鲁迅自己的话来说，就是"揭出病苦，引起疗救的注意"。对此，1933 年，鲁迅还在《我怎么做起小说来》一文中说："我仍抱着十多年前的'启蒙主义'。"

所以，鲁迅要"睁了眼看"，他认为中国国民性的怯懦、愚昧、懒惰而又巧猾，而且日渐堕落下去，是与长期存在的"瞒"与"骗"的文艺有关，所以"我们的作家取下假面，真诚地、深入地大胆地看取人生并且写出他的血和肉来的时候早到了；早就应该有一片崭新的文场，早就应该有几个凶猛的闯将。"（《论睁了眼看》，《语丝》周刊第 38 期，1925 年 8 月 5 日）

鲁迅自己就是这样的"凶猛的闯将"，他的《呐喊》就是其"真诚地、深入地大胆地看取人生并且写出他的血和肉"的实践和成果。

可见，鲁迅一开始就不曾想当一个传统意义上的小说家，从来不曾想到要充当一个讲故事，哪怕是一个能精彩地编故事的作家。鲁迅是把自己小说的命运，同他对整个社会的认识和理解，同他为新社会奋斗的事业，紧紧联系在一起的。当他用小说来表现生活和自我的时候，他所意识到的深刻的生活内容和感情意蕴，并不是用一种"讲故事"的方式所能表达的，不能不与单纯的生活故事产生某种距离和分离，这就使他不能不突破传统小说固有的栅栏，尝试新的艺术方式，开创新的艺术领域。

在鲁迅的小说中，故事情节是明显淡化的，人物的行动并不一定会贯穿全篇，与此同时，人物外在的生活条件和面貌，也失去了传统小说中的确定性。例如，说《故乡》是一篇优美的散文也不为过。《头发的故事》通篇是由对话构成的，至于这场对话发生在什么场合，并没有明确的交代。就拿用传统的结构方式写的《阿 Q 正传》来说，主人公的命名显然是有意进行不确定性处理的。相对于传统小说来说，鲁迅小说最大限度地避免了一个小说家难以同时成为一个思想家的局限性，这即使在杰出的现实主义小说家那里，也是无与伦比的。鲁迅不仅是一个伟大的文学家，而且是一个深刻的思想家。

之二十一　阅读《孤独者》：冲出孤独的嗥叫

　　魏连殳是鲁迅 1925 年写就的短篇小说《孤独者》中的主人公，也是我最喜欢的文学形象之一。在我看来，这是中国 20 世纪文学创作中最具有艺术价值的形象，其中所表现出来的对人心人性以及人的精神状态的深刻体验和透视，会长久地震撼一代又一代中国读者的心灵。我曾经多次在夜深人静之时听到这位 20 年代的孤独者绝望的长嗥，一如鲁迅在作品最后处写到的："我快步走着，仿佛要从一种沉重的东西中冲出，但是不能够。耳朵中有什么挣扎着，久之，久之，终于挣扎出来了，隐约像是长嗥，像一匹受伤的狼，当深夜在旷野中嗥叫，惨伤里夹杂着愤怒和悲哀。"

　　这种孤独者的像一匹受伤的狼般的嗥叫，鲁迅一开始就已写到，不过那是在魏连殳给祖母送殓之时，作为一个受到现代思想熏陶的知识者，他在家族众人的胁迫下被迫按照旧规矩办了丧事，最后独坐一处，发出了如此在惨伤里夹杂着愤怒和悲哀的嗥叫。

　　孤独者的心态是很难言说的，因为他们无处言说，无法言说，所以这长嗥就是其内心的言说，它不仅渴望着认同和理解，而且是一种冲出孤独的绝望的挣扎。显然，魏连殳的孤独不单是一种单纯的心理现象，而是一代知识分子在特定的文化环境中共同体验到的人生悲剧。作为一个接受了新的思想价值观念的"新党"，魏连殳生活在传统与现代、理想与现实的夹缝之中，所面对的是身心被撕裂的生存处境，要么放弃自己精神理想的追求，去获得肉体上、物质上的满足；要么坚持自己的生活理想和人格追求，但是不得不忍受物质上的穷困和肉体上的煎熬；可惜，当时中国的社会并没有给像他这种人预备一种两全其美的处境，所以他们不得不在一种自我矛盾和自我消耗的磨难中生存和挣扎。而所谓孤独，首先是一种被周围的同胞视为"异类"，打入另册的痛苦处境，即使你在行动上处处妥协，时时谨慎小心，但是仍然不能被现实所接受，仍然得不到人们的理解，仍然会遭到莫名其妙的攻击和暗算。

但是，这也许并不是最重要的。精神上的冷眼和歧视或许还可以忍受，最严重的则是在物质上、在肉体上的磨难。就因为你是一个精神上的异类，传统的社会体制和氛围就会像一张大网，最大限度地剥夺你的生存权利和物质享受，使你陷入贫困，陷入社会的最底层，并且使你处于孤立无援的境地。于是像魏连殳这样的受到现代教育的人，竟然连自己都养活不了，成为这个社会最让人瞧不起的人，因为他穷，因为他找不到工作，因为他最后连信封都买不起。而在这种情况下，就更枉谈什么个人的尊严和权利了。作品中有一个细节非常令人感动，这就是房东家孩子对魏连殳态度的前后变化。尽管魏连殳是很爱孩子的人，尽管在鲁迅眼里孩子总是希望所在，但是当魏连殳穷途潦倒之时，连过去经常来亲近他的孩子也瞧不起他，不再理睬他了，使得魏连殳愈加感到了现实的残酷和人生的孤寂。

显然，贫穷不能维护个人的权利和尊严，而且它也是一堵高高的围墙，把自己和外界隔绝起来，因为道理很简单，交际在一定条件下就是一种交换，最低限度也必须满足在物质上的互通有无。但是魏连殳没有这个基本条件，而他在精神上的资源不仅不可能使他获得交际和沟通的天地，而且正是他与世俗社会隔绝的根源。尤其在现代社会中，我们得承认，一个人的尊严和权利，一个人的价值，绝不仅仅取决于精神因素，而是取决于精神与物质的一致和统一；而一个社会的完善程度也正是表现在这两者之间的和谐关系，一个有知识、有文化教养的人理应在物质上得到较高的回报，而不学无术之流自然处于比较低的物质生活状态。

可惜，魏连殳恰巧生活在一个极不正常的社会环境之中；在这个社会中，科学和知识价值得不到认可和承认，反而遭到各种各样的歧视和攻击，而迷信和愚昧则可能换取丰厚的物质回报和社会权利，这正如一位诗人写到过的："卑鄙是卑鄙者的通行证，高尚是高尚者的墓志铭"。所以，魏连殳的孤独是一种绝望的孤独状态。如果魏连殳想打破这种孤独，就必须越过这座贫穷的高墙——但是不幸的是，他必须用自己的人格去交换，进入另一种更为难以忍受的孤独状态。

所以，鲁迅在小说中如此披露了魏连殳的心路历程：

> 人生的变化多么迅速呵！这半年来，我几乎求乞了，实际，也可以算得已经求乞。然而我还有所为，我愿意为此求乞，为此冻馁，为此寂寞，为此辛苦。但灭亡是不愿意的。你看，有一个愿意我活几天的，那力量就这么大。然而现在是没有了，连这一个也没有了。同时，我自己也觉得不配活下去；别人呢？也不配的。同时，我自己又觉得偏要为不愿意我活下去的人们而活下去；好在愿意我好好活下去的已经没有了，再没有谁痛心。使这样的人痛心，我是不愿意的。然而现在是没有了，连这一个也没有了。快活极了，舒服极了；我已经躬行我先前所憎恶，所反对的一切，拒斥我先前所崇仰，所主张的一切了。我已经真的失败，——然而我胜利了。

这是魏连殳在临死前给自己朋友的信中写到的。这时候他已经改变了自己的生活状态，客厅里经常高朋满座，热闹非凡，孩子们也又喜欢和他玩了；就从物质上和肉体上来说，他是不再孤独了，已经和他所处的那个社会融为一体了——但是他也因此完全失去了自己的精神存在，完全失去自己真正的人生快乐了，相反，他陷入了一种彻底的自我戕害之中，自己作践自己，否定自己，最后把自己送上了死路。也许，这才是一种更深刻的孤独，因为他的灵魂再也没有了自己的家园，只能在自己旷野上嗥叫，愤怒而悲伤地嗥叫。

是的，灵与肉或许是人类生存状态永恒的矛盾和话题，人们在不同的历史阶段和文化环境中有不同的体验和磨难，因为人们总是在寻求更完美和完善的境界，总是处于不断追求和不断破灭之中；也许这就是人生，就是生命的真谛。而肉体的盛宴却是精神的酷刑，恐怕只有像鲁迅那样的精神界战士才能体验得如此深刻，所以他能够把中国知识分子一个世纪的命运浓缩于一篇很短的小说中——我甚至愿意说凝练在一声受伤的狼在深夜的旷野中的噪叫之中。

但是，谁又能够永远摆脱和拒斥自己肉体的存在和需求呢？而假定精神的价值就是通过肉体的苦难才能证明，那么谁又能走出孤独者的命运呢？换句话说，当魏连殳说自己"不配活下去"的时候，什么样的人才真正"配"活下去呢？

之二十二　阅读《在寒风里》：寻找精神家园的旅途

《在寒风里》原载于 1928 年 12 月 20 日《大众文艺》第四期，应该是这一年写的（但是奇怪的是，作品结尾处有"一九二九年作"的字样，可参见《郁达夫名作欣赏》，中国和平出版社，1998 年 8 月）。时年作者 33 岁。郁达夫的小说多半是以第一人称"我"为主人公的，《在寒风里》也不例外。"我"是一个长期漂泊在外的知识分子，由于接到家里的来信，所以决定回阔别已久的故乡看一看。

也许这就注定了这是一个寻找精神家园的故事。如果你读过鲁迅的《故乡》《从百草园到三味书屋》的话，就会更容易进入这篇小说的艺术世界。因为作为一代接受新思想的作家，他们在某种程度上拥有相同的生活和情感体验。他们冲破传统观念的禁锢和束缚，从传统的社会中解脱而出，也就意味着一种对传统社会及其体制的背叛，意味着一种被放逐命运的开始；他们注定在传统和现代的夹缝中生存，在精神上承受一种现代与传统矛盾冲突的痛楚。鲁迅经过长期的漂泊之后，不仅重新认识了自己的故乡，而且重新找到了自己感情世界与故乡的新的沟通点，那就是像长妈妈这样的人，其对于孩子淳朴的爱心令作者一生难忘；而郁达夫则在一个故乡的老仆长生身上，找到了自己的精神安慰。

所以《在寒风里》虽然是一篇自传体小说，但是其意义并不局限于作者一人的经历，而是熔铸了一代知识分子在从传统向现代的长途跋涉中精神求索的心理历程。

其实，漂泊、与故乡的隔绝、无家的感觉，是这篇小说艺术氛围的基调。其标题"在寒风里"本身就带着强烈的感情色彩，意味着主人公生活在一个特定的状态与氛围中，暗示着他在长期漂泊，"辗转流离，老是居无定所"生活中所感受到的一切悲欢离合和心理上所承受的痛苦。

这痛苦首先是一种失掉了文化之根和精神家园的感觉。他不再属于他来自的那个传统的世界，他在走出来的过程中就在自觉地和它分离；但是他所向往的那个新世界还远远没有建设好，甚至还不知道如何才能到达那里，所以只能自己在没有路的地方找路走。由此，作品中的"我"不得不面临如此处境："因为社会的及个人的种种关系，失去了职业，失去了朋友亲戚或还不算稀奇，简直连自己的名姓，自己的生命都有失去的危险，所以今年上半年中迁徙流寓的地方比往常更其不定，因而和老家的一段藕丝似的关系也几乎断绝了。"

所以，对"我"来说，"回家"成了一次漂泊者寻求精神认同和文化慰藉的特殊历程。无疑，这也是一次特殊的寻找精神家园的过程。通过这次回家，"我"再次回味和体验到了自己对故乡的眷恋之情，其中还有自己的内疚、感伤、期待、厌倦和自我矛盾的心态。本来，一个在"寒风里"奔波的漂泊者，最期望的就是回家，就是在家的温暖中获得温情和安全感，但是这对于作品中的"我"来说，只能是一种奢侈的梦幻了，因为"家"无论从生活上和感情距离上来说，都显得很遥远，很陌生了。一方面，过去的家已经再也不能容纳"我"了，因为从传统的家族观念来说，"我"已经是一个"不能治产的没有户主资格的人"，已没有"再和乡人见面"的脸面；与此同时，这个"我"因为长久浪迹现代都市，早已经告别了故乡的传统生活方式，所熟悉和渴念的是"大都会之夜的快乐"。于是，这个"我"就不能不生活在一种双重渴念和双重冷酷之中。一方面是对家的渴念，这是出自一个漂泊者内心深处的需求，特别是在浪迹天涯、孤苦伶仃之时，更有这种强烈的感受；但是，另一方面，他又不能不体会到故乡的家的冷酷，这是来自时代造就的一种不能两全的文化隔阂，尤其当他愈来愈走近这个"家"，就越会感受到那种格外逼人的陈腐气息。在作品中，这种感受得到了层层表述。从进门的那"一种莫名其妙的冷气突然间侵袭上了我的全身"，一直到遭受到母亲那"一番突如其来的毒骂"，"我"一次又一次感到自己与家之间的那种鸿沟。故乡的"家"对我来说，已成为一种可想而不可近、可近而不可留的地方，他从精神上来说已经永远失去了这个家，也无法再找回这个家了。

也许正是在这种情况下，一位老长工的信对"我"显得如此珍贵和亲切，因为它从一开始就唤起了他内心中的一种渴望和回想，使他感到一种精神上依托的存在。可以说，长生这个形象的意义就是在主人公寻找精神家园的渴望中显现出来的，他成了漂泊的主人公与故乡联系的中介和纽带。正因为有了长生，"我"和老家的"一段藕丝似的关系"才得以保留，其孤独的心才由此获得了一丝慰藉，也才有可能再次回家再望故乡一眼。而到了最后，当"家"实际上处于支离破碎之中，"我"在心理上再次感到与"家"的距离越来越远、精神联系越来越稀薄时，长生又一次给了他温暖和希望，使他在凛冽的寒风里还能感受到一丝来自故乡的温情。

这犹如高空放飞的风筝。当风筝在高空的寒风中飘飞的时候，和地面的联系或许就只凭借那一根细细的线。

当然，这只是一种比喻而已。

之二十三　阅读《子夜》：理性是一把双刃剑

《子夜》是茅盾最重要的作品，也是最能体现其才华、理念和知识储备的创作。茅盾天资聪慧，加上父母的支持和鼓励，从小就阅读了大量的文学作品，并培养了自己远大的志向。在高等小学读书时，茅盾就在《试论富国强兵之道》的作文里，以"大丈夫当以天下为己任"作结，得到过老师的叹赏，预言茅盾日后必有一番作为。

可惜的是，日后的遭遇并不一帆风顺。时代为他提供了机遇，但是并没有获得什么成功。1911 年辛亥革命爆发，茅盾热情地迎接了这次革命，做起了革命的义务宣传员，但是不久被学校除名，所以在很长一段时间他过着平凡、灰色和令人窒息的生活，唯一的好处就是他把时间更多消磨在看小说上，促使自己逐渐走上文学道路。所以，就始终着力于"揭示时代重大命题"的茅盾而言，内心深处一直隐藏着一种"英雄梦"，他也只有通过文学创作和消化，表现自己的这种梦想。

可以说，这就是《子夜》酝酿和诞生的内在情缘，其来自中国古典文学的滋养和激发，但是却受到现实长期的压抑和颠覆。在作品中，茅盾描写了一代民族资本家驰骋十里洋场上海的冒险生涯，着力表现了主人公吴荪甫的雄心和魄力，但是最终不能不让它们毁灭。所以，《子夜》是一曲英雄末路的哀歌，也是最终使自己从英雄梦幻中解脱出来、真正接受现实的心路展演。

这种展演就茅盾的创作历程来说，也是一次辉煌的谢幕。在这之前，茅盾1927年9月发表了《幻灭》，至1928年6月，又先后完成《动摇》《追求》等"《蚀》三部曲"的创作（就在写作这些作品时，他使用了笔名"矛盾"，后来叶圣陶将之改为"茅盾"）；1929年，茅盾在客居日本期间又写出长篇小说《虹》等，无不反映了"英雄梦"从激发到幻灭的心灵历程。在这些作品中，茅盾一方面揭示了社会的黑暗、时代风云的变幻、革命的起落消长；另一方面也在反思这些怀抱"英雄梦"青年的命运和心态，为他们感叹和叫屈，也为他们惋惜和伤感。在这个过程中，茅盾显然已经把自己的"英雄梦"转移到了文学方面，所关注的自然是大问题。他在《自然主义与中国现代小说》中就认为，"我们应该学自然派作家，把科学上发现的原理应用到小说里，并该研究社会问题，男女问题，进化论种种学说"，坚持"文学是表现时代，解释时代，而且是推动时代的武器"。这就使茅盾的创作一直体现一种宏大主题，去叩问着时代和历史的命运，充分显示出以文学把握社会、俯瞰人生的企图。也正因为如此，他不能不寻求一种理性精神和思想模式来观照生活和表现人生，牢牢地掌握叙述的主动权和话语权，为人物最终的命运提供既定的归宿和无懈可击的解释。

这也不能不为《子夜》设置一个理性的圈套。关于这个圈套，茅盾在1977年新版《子夜》的后记《再来补充几句》里说：

> 这部小说的写作意图同当时颇为热闹的中国社会性质论战有关。当时参加论战者，大致提出了这样三个论点：一、中国社会依然是半封建半殖民地的性质；打倒国民党法西斯政权（它是代表了帝国主义、大地主、官僚买办资产阶级的利益的），是当前革命的任务；工人、农民是革命的主力；革命领导权必须掌握在共产党手中。这是革命派。二、认为中国已经走上资本主义道路，反帝、反封建的任务应由中国资产阶级来担任。这是托派。三、认为中国的民族资产阶级可以在既反对共产党所领导的民族、民主革命运动，也反对官僚买办资产阶级的夹缝中取得生存与发展，从而建立欧美式的资产阶级政权。这是当时一些自称为进步的资产阶级学者的论点。《子夜》通过吴荪甫一伙终于买办化，强烈地驳斥了后二派的谬论。在这一点上，《子夜》的写作意图和实践，算是比较接近的。

这也是《子夜》日后为何受到高度评价的原因之一，正如他在后来的回忆文章中所说："我写这部小说，就是想用形象的表现来回答托派和资产阶级学者：中国没有走向资本主义发展的道路，中国在帝国主义、封建势力和官僚买办阶级的压迫下，是更加半封建半殖民地化了。"

为此，在创作过程中，茅盾曾多次向瞿秋白请教，得到指点和帮助。据说，当茅盾把《子夜》原稿交给后者看时，瞿秋白指出，写农民暴动的一章没有提出土地革命；没有写工人运动，把工人阶级的觉悟也降低等等，还建议茅盾把吴荪甫、赵伯韬两大集团最后握手言和改为一胜一败，突出工业资本家无力迎战金融买办资本家，中国民族资本家没有出路。可见，《子夜》的写作，直接受到思想模式和意识形态因素的左右。此后，作品出版后，"左联"党组织及时对《子夜》进行了讨论，瞿秋白、朱自清、吴组缃、赵家璧等都写了评论文章。3月，瞿秋白化名"乐雯"在

《申报·自由谈》发表《〈子夜〉和国货年》，预言《子夜》的出版是"中国文艺界的大事件"，将使 1933 年载入中国现代文学史册，而国民党玩弄的骗人的"国货年"只能"做《子夜》的滑稽陪衬"。瞿秋白认为，《子夜》"是中国第一部写实主义的成功的长篇小说"，"应用真正的社会科学，在文艺上表现中国的社会关系和阶级关系，在《子夜》不能够不说是很大的成绩。"

之二十四　再读《子夜》：茅盾笔下的"英雄梦"

可见，茅盾笔下的"英雄梦"一直在意识形态话语缠绕中沉浮，为此高歌猛进，也为此折戟沉沙。这主要表现在吴荪甫这一"失败了的英雄"形象上面。作为全书事件和人物的联结点和矛盾焦点，吴荪甫是 20 世纪 30 年代中国"商业英雄"命运的化身，具有多层次、多侧面、多重性的性格特征。作为中国最早的新型企业家，吴荪甫不受传统伦理的束缚，亲近西方自由思想，信奉"弱肉强食"的竞争规律，怀抱着"独立自主，实业兴国"的激情，希望在一个大变革的时代建功立业。但是，这种雄心壮志，包括突出的个人能力，都在一种特定的语境中成为泡影。当他的企业王国梦刚刚开始的时候，就遇上了劲敌赵伯韬，这位依靠美国金融资本作后盾的"金融界巨头""公债魔王"，一开始就预言他说："中国人办工业，没有外国帮助，都是虎头蛇尾……吴荪甫会打算，就可惜有我赵伯韬要和他故意开玩笑，等他爬到半路就扯着他的腿！"当然，还有更大的灾难随之而来。世界范围内的经济危机，原棉价格上涨，棉纱价格下跌，社会动乱、农村破产、工人罢工等等，这位"英雄"不能不变为"狗熊"，从昔日的万丈雄心和自信变为动摇、悲观，颓废，乃至企图自杀等，最后自我毁灭。

显然，理性是一把双刃剑，意识形态因素给《子夜》创作带来了多重影响。从某种意义上说，茅盾从进入文学领域开始，就一直保持着对于思想理论的热情，以满足自己驾驭和把握生活的需要。在这种情况下，他一直在关注和吸取新的理论和思想，而新的理论思想也不断为他提供着新的视野、思路和启示，使他能够更全面和深刻地观照和表现生活。而另一方面，一旦某种理论和思想成为一种固定的模式和结论时，他又会为其所束缚，使自己的创作陷入某种概念化和模式化的圈套之中，成为某种观念的传达。

《子夜》就面临着这种深渊。固定的理论和思想不仅断送了吴荪甫的"英雄梦"，也为茅盾自己的"英雄情结"画上了句号。从此，茅盾似乎已经洞悉了社会的发展规律，并且已经接受了这种规律安排的命运；而更重要的，由于一种既定思想理论的强大力量，作为一个"文化英雄"的梦想已经破碎，已经不需要这样的英雄及其梦想，茅盾也只有接受一个常人甚至"庸人"的命运，生活于强大的意识形态权力话语的屋檐之下。

这是《子夜》之后的话。

之二十五　阅读《家》：一个丰富而又沉重的话题

一部作品的文学价值和艺术魅力，不仅来自其真实的感情体验，同时也取决于它的思想深度。而换句话说，就一部优秀的文学作品来说，其情感意味和思想内涵是紧密联系在一起的。因为没有思想深度的感情往往是浅薄的，虽然一时能够打动人，但是事过境迁就会被人忘却；而没有感情基础的思想，往往容易流于说教和概念化，不可能具有以情动人的艺术魅力。而《家》的艺术感染力不仅来自巴金对于旧家庭生活的深刻体验和独到描述，不仅来自作品中所洋溢的对于人性和青春的歌颂和追求；而且来自"家"本身所具有独特的历史和文化意蕴，来自其中所包含的新鲜的思想内涵。

因为"家"，本身就是一个丰富而又沉重的话题。

应该说，对于读者，尤其对中国的读者来说，"家"作为一种独特的文学题材，本身就具有特殊的意义。因为中国人心目中的"家"，具有丰富和重要的思想和文化意味，它不仅是人生的依托和港湾，而且是整个社会制度和伦理观念的基础；它不仅是人们情感生发的一个关节点，也是人与社会关系的一个聚焦点。而就中国传统的社会形态和伦理观念来说，"家"和"国"是连为一体的，正如古人所说的："人有恒言，皆曰'天下国家'。天下之本在国，国之本在家，家之本在身。"所以，所谓"治国必先齐其家者"，"一家仁，一国兴仁；一家让，一国兴让"，都无不体现了"家"与"国"统一和同构的文化关系。可以说，正是这种"家""国"一致的状态，造成了中国传统社会状态的超稳定状态。"家"的状态实际上构成了整个中国传统社会的基础，而中国社会的变化，也必然首先是从家庭这个社会细胞开始。"家"是中国社会及其文化状态的实实在在的一面镜子。

巴金笔下的"家"就突显了其特殊的文化内涵，它不仅是一个典型的中国的旧家庭，充分表现了中国传统的家庭理念和人际关系，与中国传统的社会理念与制度有惊人的一致性；而且是一个处于社会变革中的家庭，国家的变化与家庭的裂变互相作用和影响，显示出了深刻的思想文化意义。所以，从《红楼梦》到《家》，我们不仅能够看到中国家庭状况和关系的变化，更能感受到中国社会和文化内部的历史性变迁。如果说《红楼梦》预示了中国传统的封建社会走向没落的征象的话，那么《家》就具体描述了旧的社会理念和家族制度分崩离析的历史过程，是一幅生动的中国社会变迁的家庭生活画卷。

家，对于每一个人来说，既是他们生存的栖息地，也是他们灵魂寄寓的港湾，因此，在每个人的印象里，家是温馨的，充满爱意的。同大多数中国人一样，"家"对于巴金来说，具有特别重要的生命意义。这种意义是一种情感和思想的交融，是他生命意识中不可回避和忽视的，包括他的爱和恨，他对于生命和生活的全部希望和全部失望，他对自我存在意义的最初认定和最后选择。

但在巴金的记忆里，家是一个血腥的地域，是摧残生命与青春的屠场，是灵魂的伤心地。不仅美丽善良的瑞珏、梅、鸣凤的生命遭到了吞噬，而且作为长房长孙的大哥，高家的"希望之星"觉新，他的灵魂也被撕为了两半，在痛苦中扭曲、流血。在这家中刚刚长大成人，尚为一个学生的觉慧，也认为"我们这个家庭，这个社会都是凶手"，而萌生了"这个家，我不能够再住下去"的念头，最终他凭借年轻人的血性与勇气，冲出了这旧家庭的牢笼，完成了他的胜利大逃亡，成为这个家庭中的一名"幼稚而大胆的叛徒"（巴金语）。觉慧形象的出现，可以说是给了这昏暗旧家庭一抹亮色。因为人活着，不简单是为了穿衣吃饭，生儿育女，他的心还必须看到希望之光，或幸福的前景，他才会感到还有活头，否则鸣凤就不会走上投井自杀的绝路。小说中，觉慧反复朗诵着戏曲《前夜》中的一段台词："我们是青年，不是畸人，不是愚人。应当给自己把幸福争过来。"这一细节就暗示着，巴金笔下的觉慧已经把他的幸福寄托在"家"之外。

但是，巴金为什么要把觉慧的"幸福"寄托在"家"之外？而这个"家"之外又有什么能够为一代年轻人提供"幸福"的条件呢？提供的"幸福"又是什么呢？

当然，这里还提出了一个新的问题：走出生自己养自己的"家"，觉慧何时能找到、能建立起自己真正属于自己的家呢？尤其是在文化上的精神家园。

这也是一代中国人所面临和表现出的复杂的情感抉择。"家"对于一代中国人来说，是一个正在失去的精神家园，而一个新的精神依托还没有找到和建立。这个家把他们抚养成人，给了他们所有物质和精神的一切，同时也把历史的痛苦和重负传给了他们，让他们承担和忍受。所以，他们中的很多人成了两个时代之间的桥梁、中介和牺牲品，他们在精神上已经感到和看到了新生活的曙光，在心理上已经预感到了旧世界的末日，但是他们已经没有机会、勇气和能力摆脱历史的重负，去开始一种全新的追求和全新的生活。

觉慧之所以要冲出这个"家"，因为这个"家"不但不能为他青春的生命提供其所需要的和所渴望的，而且压抑着他青春的生命，正如他在日记中写到的："寂寞啊！我们底家庭好像是一个沙漠，又像是一个'狭的笼'。我需要的是活动，我需要的是生命。在我们家里连一个可以谈话的人都找不到。"

就此而言，《家》的主题似乎是明确的，作品一方面以祖孙两代的矛盾冲突为线索，通过梅、鸣凤、瑞珏三个女子的血泪悲剧，沉痛地控诉了封建制度对年轻生命的摧残，深刻地揭露了封建大家庭的罪恶，暴露了封建大家庭的腐朽，揭示出它走向崩溃的必然性；另一方面，通过描述家庭的裂变，特别是不同人物的不同的人生选择，表现了中国社会的变革和进步，体现了中国从传统走向现代过程中的矛盾和冲突，表现了深刻的思想意义。

之二十六　再读《家》：巴金的矛盾决裂

家庭的性质和状态实际上决定和反映了当时中国社会的状态和性质。无疑，巴金笔下的"家"是一个典型的中国传统的旧家庭，尽管当时大墙外的社会已经发生变化，但是它还是严格按照传统的礼教治家教子，维持着封建家族制度的权威。可以说，这个"家"在巴金的笔下，就是当时旧制度和旧社会的代表和象征，它是一种家庭状态，更是一种文化意识的存在。因为封建礼教文化正是通过如此的家庭制度而继续留存的，并持续着自己"吃人"的罪恶。

这种旧家庭的显著特点之一就是"家长制"，拥有一个掌握全家生死大权的家长。而高老太爷的形象就集中体现了这个家庭的性质、状态及其命运。在作品中，高老太爷是家长制和封建礼教的代表，十分专制，是高公馆一系列悲剧的制造者，但作者并没有对他进行简单化的处理，也写了他的幻灭感和他临终前对孙辈的慈祥和忏悔，这性格的两面又都统一于他的维持和发展四世同堂的封建大家庭的人生理想。

高老太爷十分专制，是高家一系列悲剧的制造者。他要抱重孙，觉新就得按封建婚姻制度违心地成婚，造成梅的悲剧。他把鸣凤当作玩物送给孔教会长冯乐三，造成鸣凤投湖自尽的悲剧。瑞珏的死也和他有关。"在这个家里，祖父就是一切"，任谁都不敢不从。觉新的继母周氏对鸣凤很同情，觉得冯乐三年纪太大了，鸣凤可以做他的孙女，这件事很不合适。但是，"这是老太爷的意思，他说要怎么办，就得怎么办"。觉民的抗婚，除觉慧外，在高家得不到别人的同情。觉新向高老太爷委婉解释，得到的是"我说是对的，哪个敢说不对？我说要怎样做，就要怎样做"的严厉训斥。抗婚激起他的狂怒，他的威权受到打击，非用严厉手段恢复不可。他要把觉民赶出家门，登报声明不承认觉民是高家子弟。专制、冷酷，这就是高老太爷的主要性格特征。这种性格是封建家长制的产物，在封建传统根深蒂固的中国很有代表性。

高老太爷的形象及其性格特征，决定了这个旧家庭在特殊历史环境中的性质和命运。在作品中，高家以拥有大量田产、依靠封建地租剥削作为一大家子生活的经济基础，过着不劳而获、挥霍奢侈的寄生生活。这种寄生生活会产生"败家子"的一代，例如第二代的五老爷克定就是如此。他是高老太爷最喜欢的儿子，能诗会画，但他在外面吃喝嫖赌，借债挥霍，租小公馆，讨妓女做姨太太，偷卖妻子陪嫁首饰。四老爷高克安和他沆瀣一气，狼狈为奸。这个诗礼之家，表面上"四世同堂"，熙熙攘攘，内里勾心斗角，争权夺利，精神上早已分崩离析。高老太爷在时，勉强维持着这破败的大厦。高老太爷一死，"四世同堂"的大家庭便立刻解体，败家子们在灵堂前吵吵闹闹把家分了个彻底。

当然，高老太爷对儿孙也有慈祥、温和的时候，如吃团年饭时和临终前。临终他对觉慧、觉民表现了从未有过的慈祥，他赞扬了觉慧，取消了觉民和冯家的婚事，甚至还向孙子忏悔："我的脾气——也大了些，现在我不发气了。"

可以说，这里交织着作者复杂、矛盾的思想感情，在一定程度上也表现了作品在感情和理智上的矛盾和冲突。从理智上说，作者无疑是憎恨这个旧家庭的，尤其是这个家庭的统治者高老太爷，但是从感情上讲，他也不能完全否认这个家对于他有养育之恩，不可能完全割断自己与家庭亲情之间的感情联系。这一点，从作品中觉慧对于高老太爷的复杂的情感流露就可以看出。从《家》的出版情况来看，这一点前后有过比较大的改动，但是始终没有完全否定这种感情联系。这是值得我们注意的。当然，也可以如此说，高老太爷这性格矛盾的两面，统一于他的创建、维持、发展这个"四世同堂"的大家庭的人生理想。他的慈祥、亲切，是因为这个理想。在吃团年饭时，他看到自己有这样多的子孙，想起他怎样苦学、得功名、做官，造就这一份大家业，生了这许多儿孙，"四世同堂"已实现，这样兴旺、发达下去，高家会变成一个怎样繁盛的大家庭，他脸上浮着满足的微笑，对儿孙也就慈祥、亲切起来。而他的专制、冷酷，是为了维护这个大家庭的秩序和兴盛。

显然，这仅仅是对高老太爷的一种思想评价，并不能完全反映高老太爷的心理世界，也不能由此来理解巴金对于高老太爷的复杂态度。而巴金对于高老太爷的描写和评价，也不仅仅出自亲情，出自自己与他的某种潜在的感情联系，而且还来自自己对于社会的认识，来自一种超越家族感情的人道主义情怀，所以，他不仅意识到了旧家庭的罪恶，而且不无庆幸地看到了这个旧家庭的命运。尽管高老太爷仍然维持着自己在家庭中至高无上的地位，但是他所面对的社会和所统治的"家"，都已经不同于以往了，他已经不可能全部实现自己的意志了。就此来说，他也有自己"生不逢时"的一面。这个"时"就是当时中国的社会状态和时代风云。这是一个酝酿和进行着一场深刻社会革命和变革的时代，叛逆和自新正从社会的上层建筑、意识形态的各个层面一直延伸到了家庭层面。所以，高老太爷临终前是有幻灭感的。在觉民抗婚和他知道克定的荒唐后，他意识到，儿子辈是败家子，孙子辈又走在另一条路上，这个家是在走下坡路了。结局是可以设想到的。他做了多年四世同堂的梦，梦实现后，却是失望、幻灭。他的病，就是幻灭感引发的。但是，他决不会甘心于他一生奋斗的理想、他所创建的家业遭到毁灭的结局。他把希望寄托在孙辈身上，觉慧、觉民读书用功，并无吃喝嫖赌的败家子行为。把拒绝冯家亲事和维护、发展高家家业相比，后者当然更重要。所以他要拉住觉慧、觉民，在临终前叮咛他们："你们不要走"，"好好读书"，"扬名显亲"。他的临终忏悔，是合乎他的性格发展逻辑的，是他为这个大家庭，为他的人生理想寻找继承者的一次最后挣扎，是人物塑造的深刻而成功的一笔。高老太爷是封建制度行将崩溃的封建家长制的代表人物，是典型环境中的典型性格。

显然，作者在《家》中所表现出的思想、感情和价值取向，都与作者的主体状态紧密相连，都表现了作者本身的主观精神和心理状态。这一方面与人性和本能所遭遇的具体情景相关，也有社会和时代精神的因素。换句话说，像巴金笔下的家，在当时的中国千千万万，尽管有无数人生活在其中，饱受了封建家长制压抑的痛苦，也有很多人对它的合理性怀疑过、反抗过，但是仍然没有从根本上动摇它的合法性和权威性，同时也没有像巴金那样表现出对于这种"家"的如此深恶痛绝的叛逆和批判。这是因为巴金已经不同于一般旧家庭、旧时代和旧文化培养出来的一代人，他已经接受了新思想、新文化的熏陶，在主体精神方面已经具有了一种新的意识和价值观念，所以已经无法从感情和思想上认同自己的家庭及其所体现的那一套思想和伦理观念。

巴金与家的决裂及其日后持续的对于旧家庭制度的批判，实际上也是一种同旧的家庭制度及其理念的告别和决裂，表现了一种对于人及其状态的新的期待和理想。《家》的不同凡响之处，就在于它写出了一个旧的封建官僚大家庭的衰亡史。而这种"家"的衰亡，也是中国整个旧的社会制度及其文化意识形态开始崩溃和解体的先声和象征。

之二十七　阅读《琉璃瓦》：人性"冷"的来源

《红楼梦》里有一句名言差不多已人人皆知："机关算尽太聪明，反误了卿卿性命。"而张爱玲笔下的姚源甫先生最后虽然没有把命丢掉，但自已几经折腾，也自知"活不长了"。当然，张爱玲小说《琉璃瓦》并不是巨著《红楼梦》大观园红楼绿墙上的几片"瓦"，所以，拥有美丽的"琉璃瓦"的姚先生并不至于到"落了片白茫茫大地真干净"的境地。在小说结尾之处，姚先生的七个女儿才嫁了三个，还有四个待嫁，说是"他太太肚子又大了起来，想必又是一个女孩子"，日后说不准真能嫁个十全十美。

但是，这种可能对处心积虑的姚先生已意义不大了，相反，它只能是一种潜在的讽刺。因为作者张爱玲早已对他绝望了，所以不等他把七个女儿都嫁出去，就已经判处了姚先生的"死刑"。不过，对张爱玲来说，倒不在乎于姚先生是死是活，后来还能活多久，而在于他作为一个艺术形象已经"活"够了，已经完全表达了她所想要表达的人生感触，再"活"下去也没有什么艺术存在的价值了。

问题是，张爱玲想要表达什么？一种对人生命运的感叹和无可奈何？一种对人生困境的冷酷揭示？还是对都市生活中某一种人诸如姚源甫之类，及其可怜可悲可笑生活的讽刺和冷嘲呢？

小说一开场似乎是美奂绝伦，姚家七个女儿都是"模范美人"，按其说法，个个都"适合时代的需要，真是秀气所钟，天人感应"，而更重要的是其主人公姚先生非常精明并勇于负责，对于自己女儿的前途，"他有极周到的计划"。——在这里，不能不说张爱玲也精心编织了一番，尽量说得完美无瑕，连姚先生内心动机，也尽拣好听的说。

于是，读者可以感受到这样的奇遇：精明的主人公恰巧遇到了精明的艺术家。姚先生当然精明。他的精明表现在对女儿婚事的筹划算计方面，懂得如何精心挑选，设计见面，营造氛围，甚至刊登结婚广告，最后千方百计实现自己的目的。而张爱玲更为精明，她的精明不仅在于对姚先生夫妇之类的精明深谙其道，早已洞破天机，而且在于她更深藏不露，反而设计一个更花团锦簇的情景让姚先生"机关算尽"。

所以，姚先生从嫁大女儿琤琤开始，一次次算计，一次次精心策划，使尽了各种聪明，时而拍着胸脯担保，时而冷言冷语甚至破口大骂，时而又好言相劝，因势利导，但是最后的结果都正好相反，美丽女儿不仅没有

"赚钱"，反而个个成了"赔钱货"。

这也许是对人存在状态的一种揶揄。人生之可怜之处就在于自以为聪明，斤斤计较，处心积虑，结果总是事与愿违，搬起石头砸自己的脚，聪明反被聪明误。如果是这样，姚先生也许不显得太悲哀了，因为如果这是一种普遍的人生困境的话，那么人人都有份，张爱玲也就不必要对一个姚先生太苛刻了，至少他还有四个女儿待嫁呢。

显然，这里并不只是一种对命运的揶揄，也不是一种精明对精明的较量。世俗的精明和艺术的精明在这里本来就是不可比较的，即使姚先生更精明一层，张爱玲也会撕碎其价值和意义，露出其空虚、苍白甚至丑恶的底细来。

事实上，张爱玲是一个"看破红尘"的作家，但是更是一个洞察了人性深藏着的丑恶并由此对人生感到绝望的艺术家。正因为如此，在《琉璃瓦》中，她无情撕碎了精明的世俗和价值，而冷酷地揭示隐藏在背后的悲剧的美学价值。

从表面上看，姚先生的精明和算计只是为了女儿们的前途，他是这样设想的，也是这样做给人们看的。如果真是这样，《琉璃瓦》就会是一个善良但命运不济的父亲的故事了。妙就妙在张爱玲一下子就看穿了他，挑起了在所谓"亲情""父爱"下面隐蔽的冷酷。他精心为女儿张罗设计一切，却不过是为了自己的地位、财富和荣誉，用女儿的痛苦来满足自己。对这种忘乎所以的满足感，张爱玲通过描叙他回想自己所作的骈文结婚启事时的得意劲，表现得非常精彩，他不仅点头播脑地背诵起来，而且站起身来，"一只手抱着温暖的茶壶，一只手按在口面，悠悠地抚摸着，像农人抱着鸡似的"。

他摇摇晃晃地在屋里转圈子，此时他还不知道大女儿玎玎在大股东家中忍辱受气的情景，其实，他除了埋怨自己因玎玎之故不能谋一个好位置，有"赔了女儿又降级"的苦恼之外，根本没有也不想知道女儿的处境以及去考虑玎玎的真正前途，只顾像个吝啬的小地主式地自我陶醉。

照理说，这个细节对于揭示姚先生内心的丑恶已经足够了，但是张爱玲觉得远不过瘾，非要把它抖落在光天化日之下不可。于是引出了二女儿曲曲的一段话：

> 我若是发达了，你们做皇亲国戚；我若是把事情弄糟了，那是我自趋下流，败坏你的清白家风。你骂我，比谁都骂在头里！你道我摸不清楚你弯弯扭扭的心肠！

这腔调也许会使人想起《红楼梦》中的晴雯，但它出自姚家亲生女儿之口，就显得更冷峻，也更淋漓尽致了。不过，张爱玲在此并不感到知足，她一定要用自己那支冷静到了残酷的笔，刺到人性的最深处，彻底揭开被亲情关系掩盖着的惨不忍睹的真实。这次是姚先生亲口对太太说的："以后你再给我添女儿，养一个我淹死一个！还是乡下人的办法顶彻底！"

毫无疑问，还是这最后的自我表露顶彻底，怪不得"柔驯得出奇"的三小姐，平日少言少语但最后也要大叫一声"我——我也受不住了哇！"

由此可见，《琉璃瓦》不仅是表现了人生的困境，更深刻地揭示了现代都市生活中人性内在的自私和冷酷无情。而张爱玲小说的"冷"也正是来源于此。

既然如此，那最后的问题是，假如姚先生不在了或者不再能干涉女儿们的婚事了，那么其余的四个女儿是否就能得到美满的婚姻了呢？

之二十八　阅读《倾城之恋》：颠覆爱情神话

人总是要恋爱结婚的，这就离不开谈爱情，但是人们对爱情的概念却多半是从文学艺术中得来的。也许是人们自身感情需要的缘故，爱情一向被蒙上了浪漫色彩，往往与高贵、纯洁和幸福美满联结在一起。这种情况一直延续到了现代，很多作家仍乐此不疲地制造爱情神话，从"才子佳人""英雄救美"一直到"革命加恋爱""志同加道合"；而更有许多少男少女愿意沉浸在这种虚幻的神话之中，不能面对真实的人生和感情。

只有张爱玲把你带出来，如果仔细读过她的《倾城之恋》的话。

因为就传统的爱情小说及其爱情观念来说，《倾城之恋》其实是一个"反语"，它通过一对俗男俗女——范柳原和白流苏——的恋爱经历，写出了现代人恋爱结婚的真实状态，他们的可怜、可爱、可卑和可鄙；与其说是恋爱，不如说是算计；与其说是结合，不如说是交换。由此轻而易举地颠覆了千古流传的爱情神话，还原了现代都市人生存和谋求发展的某种本原状态。

刺破这种爱情神话的第一根利刺，当然是自私。也许有人会说，人原本就是自私的，爱情也是自私的，但是殊不知两性结合的这种"自私"，必须是两个人合为一体的"自私"；如果连合都合不来，就根本谈不上爱情的"自私"。也就是说，爱情的"自私"必须有两个人的付出，并且在各自的奉献以后得到快乐和满足。而范柳原和白流苏的可爱可亲之处就在于，他们在"合"起来的过程中就非常自私，而合起来之后的自私就更加可想而知了。而令人不得不信的是，这种"自私"不仅是男女主人公恋爱心理的基本，而且是他们成功恋爱的必要条件，也就是说，他们的恋爱由自私而沟通，由自私而成功；相互的心知肚明，不但没有成为恋爱的障碍，反而成为爱情成功的条件。因为当恋爱成了一种谋求对方的战争之时，"自私"正是显示对方弱点的敏感之处，所以双方都在利用对方的弱点乘虚而入，而双方同时又由于自己的欲望而被利用和征服。最后，白流苏终于达到了自己通过家人"长期抓住一个男人"的目的，而范柳原也终于满足了自己的欲望。

刺破这种爱情神话的第二根利刺，是精明。范柳原和白流苏的最大过人之处就是精明至极，不仅懂得如何衡量和计较双方的地位和得失，更知道如何千方百计、九曲回肠地算计对方，如何进一步退半步，寸土必争；如何卖关子，耍计谋，迫使对方就范。按传统的爱情观念来说，这根本不是谈恋爱，而是一次讨价还价的"商务交易"。当然，太精明了就谈不上什么大欢喜，更害怕自己太过激动，失了分寸，一步失算千古恨；这爱情也自然大打折扣，这恋爱自然也谈得辛苦，太"精刮"了，算盘打得太累了。

刺破这爱情神话的第三根利刺，是清醒。俗话说，清醒就是一种痛苦。尤其对于感情来说，太清醒也就意味着无法投入。因为在清醒面前，不可能有完全纯洁和专一的爱情和爱人。好在《倾城之恋》中的这一对男女从一开始就不相信天下有如此的爱情，而且更不相信对方会对自己爱到如此地步。既然如此，在爱情的天平上，天下的男人和女人都差不多，都有自己的小算盘。也许正因为如此，作为一个离过婚的美女，白流苏明知道范柳原的甜言蜜语并非真话，但是依然不放过任何战机，将计就计，紧紧抓着范柳原这个男人不放。因为在她眼里，婚姻就是现实的，这关系到她一生的衣食住行，关系到她的生存状态，这与爱情神话中的纯洁、坚贞无关；在当时的生存环境中，只有看破了这种爱情的神话，才能保持清醒的头脑，采取精明的步骤，达到自己预定的目的。

这是现代爱情的极致，是爱情如何走出传统、走出神话的虚无缥缈的心路历程。尽管这里有许多无奈和失落，有人性的许多难以言说的困境，但是这毕竟是活生生的人生，这里有可以抓得住的男人和可以触摸得到的爱情，这也证明，尽管要经过艰难和痛苦，尽管有陷阱、有圈套，有冒险和赌博，但是男人和女人总是要费尽心思，想尽办法凑到一处，这或许才是爱情的真正不可阻挡的魅力。

但是张爱玲毕竟重写了"爱情"。在传统神话中，"倾城之恋"原本指的是由于爱情而导致了倾国倾城，而在张爱玲的笔下则是由于有了倾国倾城的"战争"，主人公最后才真正意识到爱情的意味。因为在无情的战火之中，当生命在顷刻之间便会灰飞烟灭之时，还要处心积虑的自私，斤斤计较的精明和看破一切的清醒干什么？除了男女二人紧紧抱在一起，让生命彼此温暖和承担，享受最后的仅有的快乐，难道还有别的选择吗？现代的爱情原来只能显现在绝望的瞬间。

之二十九　阅读《莎菲女士的日记》：
她为什么一脚踢开凌吉士

　　《莎菲女士的日记》是中国女作家丁玲最重要的作品。在这篇小说中，青春美丽的少女莎菲独自蜷曲在一间小房间里养病，但是她那渴望爱情的心绪使人们感觉到，她那病态的身体其实和她的感情状态有关，她实际上患的是心理病。然而，她又并不是没有真正爱她的人，苇弟——一个整天围绕着她，对她呵护备至的男子就在眼前，他爱慕她甚至崇拜她，对她唯唯诺诺，百依百顺，费尽心思照顾她，几乎全身心地投入，以获取她的好感，企图莎菲能赐予他爱情。可惜，她不爱他，或者说爱不起来他，尽管她感激他，需要他，甚至离不开他。

　　显然，莎菲处于一种软弱、矛盾和痛苦的精神状态中，她像很多人一样陷入了一种困境：眼前就有爱自己的人，但是自己却感受不到真正的爱，而只是承担着一种爱的负担。为此，她对苇弟的态度就显得非常古怪，喜怒无常，时而尖刻，时而温存，时而又很懊悔自己的行为。这也就使她的心情变得更加变化莫测了。所以有人认为莎菲心里很病态，殊不知在这种情况下莎菲的这种表现却是最正常不过的。

　　就在这时，凌吉士——一个完全不同于苇弟的男性出现了，他英俊潇洒，风流倜傥，浑身散发着成熟男子的魅力，一下子就激发了莎菲的爱欲之情，把莎菲的心整个地吸引住了，使她为之神魂颠倒，夜不成寐。为了得到他，莎菲绞尽脑汁，费尽心思，终于使凌吉士拜倒在她的石榴裙下。当她完全获取了凌吉士的感情，使对方倾心于她时，莎菲内心在呼喊"我胜利了，我胜利了！"

　　——然而，就在同时，莎菲也在实施一个截然相反的决定：狠心一脚，把凌吉士踢开！

　　问题是，莎菲为什么要这样去做呢？是她不爱凌吉士吗？是凌吉士真的不值得她去爱吗？终究又是什么促使她做出前后截然相反的决定呢？

对这个问题，一般的解答是，凌吉士并不值得莎菲去爱。因为莎菲从一开始就感觉到凌吉士虽然外表有一副"高贵的模型"，但是内心庸俗不堪。由此而来的另一种自然的理由是，莎菲实际上并不爱凌吉士，她只是暂时被凌吉士的外表所迷惑了，而当她一旦觉悟到，或者不能容忍这一点时，就必然会痛下决心，和凌吉士决裂。但是，这并不能给这个问题以完美的解答，因为莎菲在日记中清清楚楚地写道，尽管她明白凌吉士的所有不是，但是自己还是不由自主地爱上了他；这到底是为什么她自己也说不清，她写道："我到底又为了什么呢，这真难说！自然我未曾有过一刻私自承认我是爱恋上了那高个儿了的，但主宰我的心心念念中又蕴蓄着一种分析不清的意义。虽说他那颀长的身躯，嫩玫瑰般的脸庞，柔弱的嘴唇，惹人的眼角，可以诱惑许多爱美的女子，并以他那高贵的态度倾倒那些还有情爱的。但我岂肯为了这些无意识的引诱而迷恋一个十足的南洋人！真的，在他最近的谈话中，我懂得了他的可怜的思想；他需要的是什么？是金钱，是在客厅里能应酬买卖中朋友们的年轻太太，是几个穿得很标致的白胖儿子。他的爱情是什么？是拿金钱在妓院中，去挥霍而得来的一时肉感的享受，是坐在软软的沙发上，拥着香喷喷的肉体，抽着烟卷，同朋友任意谈笑，还把左腿叠压在右膝上；不高兴时，便拉倒，回到家里老婆那里去。热心于演讲辩论会、网球比赛，留学哈佛，做外交官、公使大臣，或继承父亲的职业，做橡胶生意，成为资本家……这便是他的志趣！"

当然，还有一种解释是，莎菲是为了向男人报复，因为她自私，因为她希望自己能得到所有男人的爱，而不容许有像凌吉士那样的男子不为她倾倒，因为在她看来作为一个女性的最大价值就是能吸引男人，并由此来展示自己和肯定自己；而这一点在她的日记中似乎不难找到印证。莎菲在一则日记中写道："我要那东西，我还不愿我自己去取得，我务必想方设计让他自己送来。是的，我了解我自己，不过是一个女性十足的女人，女人只把心思放在她要征服的男人们身上。我要占有他，我要他无条件的献上他的心，跪着求我赐给他的吻呢。我简直颠了，反反复复的只想着我所要施行的手段的步骤，我简直颠了！"但是，渴望真正的爱情，难道不是莎菲的真实心态吗？她不是也把自己投入到了这场爱恋中去了吗？要说是真正的女性的复仇，莎菲恐怕就不会那么痛苦和矛盾了。由此我们也许会想到茅盾在小说《追求》中描写的章秋柳，那才叫真正的复仇女神呢，她如此认为：一个女人最大的快乐莫过于引诱一个男人匍匐在自己的脚下，然后一脚把他踢开去！而莎菲则是自己把自己首先拖入了痛苦的深渊。

实际上，莎菲是真正的可怜。从表面上讲，莎菲引诱凌吉士和踢开凌吉士，都有自己能说得清的理由，但是从更深一层意义上讲，它们都是站不住脚的。尤其是她对凌吉士志趣的指责实在使人感到费解。因为在很大程度上这是一种出自特定"进步"观念的误解，使她用直线性的思维来否定诸如"热心于演讲辩论会""做橡胶生意"等生活设计。这就与她本性中的作为一个女性的欲望相抵触。换句话说，莎菲是矛盾的。一方面，作为一个生活中的女性，她理所当然地喜欢像凌吉士这样风度翩翩，会讨好女人，并且有钱有事业的男人，尽管她对他的生活态度及其对爱情的忠诚还有怀疑，还不能完全信任他和接受他；而另一方面，她又是一个接受了某种思想观念的人，她不能不时常用这种观念来衡量凌吉士，并且要求自己，从而为自己心灵中的某种病态和软弱寻找支撑，所以，她就不得不和自己做斗争，不断否定和克服自己的生活欲念，不断把自己推向自己内心冲突的极致。

由此来看，莎菲对凌吉士的这一脚非踢不可，不踢不足以把自己从内心的矛盾中暂时地解脱出来。因为她还处于一种矛盾的人生状态，还不能区分情欲和感情，还无法弄清楚自己到底需要什么，更不清楚自己应该给予自己的爱人什么；所以她的所谓高贵，所谓骄傲，是虚假的，而她的所谓自我鄙夷和痛恨也显得非常幼稚和软弱。莎菲实际上体现了一种自我消耗性的人生，她用自己生命中的青春活力建造了自己的风采和情欲，但是社会意识又用自己的价值取向塑造了另一半自我，不断地和前一半自我作斗争，否定和消灭作为女性本能的自我；而悲剧就在于，莎菲期望爱和迷恋情爱的自我本性根本就难以泯灭。所以，正如她在最后一篇日记中所写的："总之，我是给我自己糟蹋了，凡一个人的仇敌就是自己，我的天，还有什么法子去报复而偿还一切的损失？"

之三十　阅读《旁观者》：钟鸣与狼

如果说钟鸣是当代一个颇带传奇性色彩的作家，那么《旁观者》则可以称得上是一部当代的奇书，因为它不仅以一种独特的洋洋洒洒的方式显示了一位"旁门左道"出身的作家的学识，而且表现了作者一种迷宫式的艺术想象和思考的能力和魅力，其中翻滚着这个不断翻滚着的时代和人心中的一些奇特的情感和命题。它们也许种类很多，但是其中引起我兴趣的则是钟鸣与狼的一种关系。

当然，钟鸣不是狼；狼只是他作品中的一种意象和情愫。尤其是在《旁观者》中，钟鸣表现出了对狼的一种特殊爱好和兴趣。这不仅表现在他对苏联诗人曼德尔斯塔姆的特别推崇和理解之中，也体现在他对西方文化以及文学的独特理解和演绎之中；而正是这种理解和演绎突显出了他本人性格中的主要倾向和特点。例如，钟鸣对于曼德尔斯塔姆的情有独钟是不言而喻的，但是他把这种兴趣与狼相联系起来却令人刮目相看。因为他不仅为这个诗人及其作品写下了许多洋洋洒洒的文字，而且还专门写了一首奇怪的诗《曼德尔斯塔姆写给狼的信》，开首是这样的诗句：

　　灰狼们——所有还没有死的，顽固的动物，你们是不是偏食了？星星在天空嘲笑着。①

这是一首独特的诗，也许深刻，我不可能完全理解和把握全诗的含义，但是其中若干诗句却仍然给我留下了深刻的印象（虽然其中还有些诗

---

① 钟鸣：《旁观者》（3），海南出版社，1998年，第1179页。

句使我感到不适和费解，比如什么是"皮毛和裘衣的瞭望台"）：

> 那么，我便知道，那些岁月，他们只活过一回。
> 尾巴慢得吓死人。像空心葵花，要靠着墙壁。
> 已不像他们的祖先，将快脱光的毛囊仔细数过，
> 也会咽着口水，到那皮毛和裘衣的瞭望台上去——
> 像一团黑色的火焰，冲过花团锦簇的城市。
> 狼啊，换了装束，但我还是很快将你认得。

而最能引起我联想和思考的是最后两句：

> 草原的嗜血仪式早就收场了。这些惹祸的皮毛，
> 究竟穿在谁身上？该这样将自己描述，将北风预测？

我想这里隐含着一种普遍的追问，不仅仅是对狼以及一切有关意象的，而且也是对人类本身的。

也许是他从苏联诗人曼德尔斯塔姆那里获得了这一灵感，钟鸣曾指出："俄罗斯文学从《伊戈尔远征记》开始，就一直监视野狼演化的嚎叫。要消灭是不可能的。"[①] 尽管他对此并没有更深入的论述，但是我还是非常惊奇他的这种敏锐的感觉。其实，《伊戈尔远征记》中那只大灰狼的来源至今还是个谜。它是否来自西欧，与罗马建城者母狼的传说是否有关，还没有确切的说法，但是俄罗斯文学与西欧文化的复杂关系，一直以各种方式表现在创作中。比如，从 19 世纪现实主义文学，到白银时代的象征主义，就充满着狼迹魔影。狼，作为一种叛逆者和变革者的想象和象征，不断在生活中和文学中引起骚动。屠格涅夫把《父与子》中巴扎洛夫变成"一只狼"，而这个变革者想象在俄罗斯引起的反响并不仅仅是激动，还有

---

① 钟鸣：《旁观者》（3），海南出版社，1998 年，第 1270 页。

恐惧和不安，因为巴扎洛夫代表了欧洲的新思想，但是欧洲并不见得喜欢俄罗斯。这种情景曾经对契诃夫造成了心灵上的很大伤害，因为他内心向往西欧的文化，但是又清楚感受到了西欧对于俄罗斯的蔑视。由此我们也可以理解，为什么在陀思妥耶夫斯基作品中一直回响着"狼来了"的呼救声。

在中国，也有相似的情景。"五四"新文化运动不仅意味着新思想的传播，而且也传达了一种"狼来了"的恐惧。这种情景我们首先在鲁迅小说中就能真切感受到。"狂人"的故事就发生在"狼子村"，而在《孤独者》中，主人公魏连殳接连发出的那声嗥叫——"像一匹受伤的狼，当深夜在旷野中嗥叫，惨伤中夹杂着愤怒和悲哀"，至今还回响在文学的天空。所以，不仅有外国评论者把鲁迅说成"喝狼奶长大"的叛逆者，还有人视当代作家残雪是"有狼的风景"。至于钟鸣，他也是一只狼，因为他就像伊索寓言中那条瘦骨嶙峋的狼一样，不愿意脖子上被系上皮带，像那条肥狗一样被豢养；而这里仅仅是为了一句话："There is nothing worth so much as liberty."（没有什么比自由更珍贵的了）可惜的是，这只狼在西方有其知音，但是在中国或许一时还难得有自己的天地。

不过，钟鸣还是钟鸣。如果是一只狼的话，该嗥叫还是应该嗥叫。而就从《旁观者》一书来看，这种嗥叫似乎具有了相当的书卷气，比起鲁迅笔下的"嗥叫"并不显得更加孤独、惨伤和悲哀——这也许说明"狼群"已经涌入中国文坛，也许说明单个的狼已经失去了自己的森林。至于我，还是愿意再次听到这样的诗句并重新理解它们："狼啊，换了装束，但是我还是很快将你认得。"

之三十一　阅读《围城》："围城"是如何建立起来的？

文学是人学。按照钱锺书的说法，《围城》的主旨也是表现人的，他在最初的《〈围城〉序》中就说："在这本书中，我想写现代中国某一部分社会，某一类人物。写这类人，我没忘记他们是人类，具有无毛两足动物的基本根性。"但是，无论从书中所写的人物形象特点，还是从作者所表现出的人生态度来说，《围城》都是与当时很多作品不同的，它不仅没有表现大时代的历史风云，也没有显示出任何英雄主义色彩和理想追求，甚至也没有表现出一种介入生活，改造社会的热情。在钱锺书的小说《围城》之中，"围城"是其中心意象，表现了一种人类难以摆脱的生存和心理状态，知识、理论、观念和欲望似乎都无法超越，而且都在它们的围困之中。事实上，每一个人读此书后都会感到，或者联想到自身的处境，是否也在某种未知名的围城之中，或者也在自己的生活中建造着围城。无疑，这是一种必要的自我反思，否则我们极有可能生活在围城中而不自知，只感到左右为难，进退维谷，而不知其故。

但是，围城到底是如何建造而成的？为何人要如此建造？这确实是一个问题，而且也是我们理解《围城》主题意蕴的关键。

这个问题对现代人来说，并不亚于当年哈姆雷特所面对的"活着还是不活"的问题。在小说中，钱锺书用了两个比喻来说明围城的含义，一个是金丝鸟的鸟笼，一个是西方的城堡，都是非常形象化的。但是，这两个比喻的意义并不相同，至少能引起人们不同的联想。鸟笼是对鸟儿而言的，这是主人为自己鸟儿建造的，鸟儿自己是否情愿和满意就很难说了。至于城堡，那绝对是人们自己为自己建造的，首先是为了安全，不至于受到别人的攻击和侵害。但是对现代人来说，也许光有鸟笼或者光有城堡的比喻都显得不足够，必须是二者的相加：他（她）是金丝鸟，需要别人或利用别人来为自己建造一个"鸟笼"，用自己的某种资源来换取别人给予自己衣食和照看；同时又要为自己建造一个城堡，抵抗别人的入侵，护卫自己的尊严。小说中的孙柔嘉就是如此，她希望方鸿渐为她建造一个舒心的鸟笼，同时又希望自己有自己的城堡。由此方鸿渐可就惨了，因为他也同样希望自己能够如此。他更不想自己整天伺候一只金丝鸟，但是又没有了自己的城堡。

不过，这还不能说是理解了钱锺书的用意。因为这里的鸟笼和围城都不是用竹子编的或者用石头砌的，它们是一种心态的和文化的象征。而前者似乎容易理解，后者则寄寓着更深的含义。也许一谈到文化，人们就会想到社会，想到意识形态，想到形形色色的思想理论潮流，但是往往忽视了自己。其实，文化就是我们每个人的存在，其最根本的意义也就在于我们每个人如何生存和发展自己的事实；个人的存在就是文化象征的构成。所以，个体如何建造自己的生存和发展基地就是文化的核心问题。当然，我们还可以从另一个层面去理解这个问题，即，个人是如何在复杂纷繁的社会中立足和与人交际和交换的。从某种意义上说，鸟笼和围城都不是人类存在的理想建构，但是又确实是人们得以生存和发展的必要选择。鸟笼意味着衣食来源，虽然要依附主人，屈服于主人，甚至要牺牲自己的人身自由，但是它到底能给人以生存的保障；城堡固然会使人感到孤独和封闭，但是在充满危险和荆棘的人世间，毕竟能给人保留一点私人空间，使人有几分可能的安全感。也许鸟笼带有某种物质的功利性，城堡带有更多的精神的自我安慰，但是它们几乎是同等重要的，否则人们在现实生活中就没有自己的生存之地，自然也谈不上什么精神家园了。换句话说，鸟笼和围城是现代人，至少是钱锺书笔下的现代文人所不能不具备的，不能不建造的。一个没有找到自己鸟笼，或不愿进鸟笼的现代文人，除了奔赴山野，参加革命，就只会衣食无助，饿死街头；而一个没有自己城堡的文人或许更惨，他没有精神歇息的场所，没有任何隐私的权利，他还可能毫无提防地死于别人的陷害和围攻之中。

这当然是一种极惨的状况，但是已足够说明钱锺书笔下的人物为何明知鸟笼和围城的悲剧，但是又不能不去建造自己的鸟笼和围城。因为鸟笼也好，围城也好，都是一种自我生存的文化象征，至少能给人提供一种"活着"的可能性。人们可以由此获得最基本的生存条件和安全感。在1940年代的兵荒马乱的中国，知识分子所能期望的也就是如此了，有了自己的围城和鸟笼，才算有了自我的安生之地，否则一切都无从谈起，所以他们就不能不为获得自己的鸟笼和围城而绞尽脑汁，挖空心思。他们的生存状况和追求其实和张爱玲笔下的都市精明小女人并无二致，只不过更带有文人色彩罢了。孙柔嘉和方鸿渐的生存悲剧，从严格意义上说，并非生活在鸟笼和围城之中（如果如此，那当然也是一种悲剧），而是想拥有自己的鸟笼和围城而不可得的悲剧。这是真正的中国现代文人的悲剧。

　　当然，我们可以进一步设想围城更具有心理和文化意味，它的建造更突出了人在生活中的某种隔绝感和不安全感。在小说中，围城突现了一个"围"字，人物存活在层层自我保护机制之中，一方面希望得到别人的理解和接受，想获得他人的信任和关爱，但是又不可能不层层设防，把自己一层层包裹起来，自己围住自己，稍有危险，就尽快逃脱。而更令人感到悲哀的是，这些生活，或者正在为自己建造围城的人，都是非常聪明和有知识有教养的人，他们用各种精巧的方式和计谋把自己围起来，不但不感到自己很可笑很悲哀，反而自以为高明，不时露出自我欣赏的神色。这就不能不使作者对他们充满怜悯又给予讥笑了。怜悯的是人物卑微的生存状态，讥笑的是人物自以为是的聪明和努力。

　　这里也许表现了钱锺书某种逼人的人生智慧，所谓"看穿"就是在这个意义上表现出来的。人们费尽心机建造了自己的围城，自以为自我有了安全的港湾，甚至有了自我发展的根据地，殊不知除了为自己建造了一种监禁场所之外，一切都是枉然，都是"空"。因为他们都不可能完全消除内心中固有的另一座围城——那是一座充满猜疑，永远不能放松警惕和不让侵入的城堡，他们所做的一切都不过是层层加筑围墙，把自己围得更严实，使自己感到更安全罢了。在这一点上，钱锺书确实深受佛家思想的影响，表现出某种超脱世俗的眼光和品位。

　　但是，走出了围城又怎样？这确实是摆在方鸿渐面前的现实问题，也是每一个读者应该思索的问题。因为原本方鸿渐和孙柔嘉都是迫不得已走出或放弃自己辛辛苦苦建造的围城的，失去它不但不情愿，而且不自在不舒服，陷入更彷徨和无路可走的境地。

　　要不他们回到过去的围城中去，要不就去重新建造一个围城。而换句话说，他们能走出或放弃物质的围城，又何能走出和放弃心中的围城？而又有什么力量能够真正拆除这历史和现实合力建造的层层相叠的文化心理围墙呢？

当然，"围城"到底是怎么建立起来的，相信不同的人读过《围城》之后，都会有自己不同的看法和理解。您又是怎么看呢？

之三十二　阅读《骆驼祥子》：有了自己的车又会怎样？

1936 年 9 月起，《骆驼祥子》开始在《宇宙风》上连续刊载，到 1937 年 10 月第 48 期，小说全部刊完。这是自 1929 年回国后老舍最满意的一部作品。当时，老舍在青岛专心写作，想通过"一炮放响"，成为文坛响当当的作家。

可以说，这部作品首先显示出老舍阅历方面的优势。老舍打小在北京贫苦市民底层成长，广泛地接触了各种下层人的生活，比如糊棚的、卖艺的、当小伙计的、做小买卖的、当巡警的、拉洋车的、卖苦力的、当仆人的、当兵的，三教九流，无所不有，而且他们中的一些人曾是家里的座上客，相互之间无所不谈。《骆驼祥子》是一部重点写人的作品，而作品中的人力车夫又是他熟悉的人物，在《柳家大院》《也是三角》《哀启》中，都先后出现过他们的身影。因此，在《三年写作自述》中，他才会毫不自夸地说："积了十几年对洋车夫的生活的观察，我才写出《骆驼祥子》啊。"1944 年，老舍又在《我是怎样写〈骆驼祥子〉》一文中，从四个方面总结它的特点：一、故事酝酿的时间相当长，材料收集多，故事的情节不蔓不枝。而且，对北京城市平民生活状态的熟悉，使他只要把笔头一触到北京，就马上得心应手，写作的源泉不断。二、由于是专业写作，便能将全副精力都放在小说中，"思索的时间长，笔尖上便能滴出血与泪来"。三、《骆驼祥子》避免了油滑与可厌的毛病。作品中引人会心一笑之处，也是"出自事实本身的可笑，不是由文字里硬挤出来的"。四、语言平易而活泼，从容调动口语，给平易的文字添上些亲切、新鲜、活泼的味儿。

但是，如今看来，《骆驼祥子》魅力还是在于人物，在于老舍在写祥子过程中所感悟到的人性状态及其意味。作为人物的名字，"骆驼祥子"原本就很有意味。骆驼是北方常见的一种动物，以耐力见长，能够承受在沙漠中长途跋涉的艰难。而"祥子"中含有"羊"，具有善良和温顺的品性——这两种动物特征的结合，或许就是老舍对于一般中国人国民性的看法。在作品中，祥子确实就是这样一个人，他不怕吃苦，他的身体就是他的本钱，是好劳力之中的佼佼者。"他的身量与筋骨都发展到年岁前边去，二十来的岁，他已经很大很高"；有着"铁扇面似的胸"，"直硬的背"，和宽而威严的肩。甚至连本该柔软的脸，都"那么结实硬棒"。

祥子不仅有这样好的身体，还有纯朴、诚实和善良的性格。老舍写道："他不怕吃苦，也没有一般洋车夫的可以原谅但不可效法的恶习，他的聪明和努力都足以使他的志愿成为事实……无论是干什么，他总不会辜负了他的机会。"

祥子的人生理想也很平常，就是"老想着远远的一辆车"——一辆他自己打的，顶漂亮的车。"有了自己的车，他可以不再受拴车的人们的气，也无须敷衍别人；有自己的力气与洋车，睁开眼就有饭吃。"有了自己的车，"可以使他自由、独立"。

值得注意的是，老舍在这里竟然用了"自由""独立"这样的词语，是在与早先的"老张的哲学"作对呢，还是故意嘲讽这些理念的空洞无物呢？因为祥子与老张不同，他连基本的生存都没有保障，又如何去追求精神上形而上的人生意义呢？也许正是在这种情况下，老舍无法过多地责备祥子，用更高的精神尺度去要求祥子，甚至用嬉笑怒骂的口吻去讽刺祥子。

但是，《骆驼祥子》所表现的真是一个个人奋斗者的悲剧吗？祥子真的是一个从"体面的，要强的，好梦想的，利己的，个人的，健壮的，伟大的祥子"，历经几起几落的风波后，最后成为"堕落的，自私的，不幸的，……个人主义的末路鬼"吗？显然不是。

从人的角度来说，祥子只是一个梦想活得好一点的底层人，其要求在很大程度上还停留在动物层面，而性格似乎还缺乏动物的血气，用老舍的比喻来说，就很像一棵树，"坚壮、沉默，而又有生气"。所以，祥子虽然亲眼见过很多车夫的悲惨生活，他们勉强维持温饱，年纪大了，可能就会"象条狗似的死在街头"，但是只是简单地将这一切归咎于这些车夫们的懒惰，他坚信自己"年轻力壮，受得起辛苦"，"他现在的优越可以保障将来的胜利"。渐渐地，为了到了老年不至于拉着辆破车去挨饿受冻，他开始和别人抢生意，讨价还价，"不管买卖的甜苦，不管是和谁抢生意，他只管拉上买卖，不管别的，像一只饿疯了的野兽"。

所以，祥子的悲剧不仅是社会的悲剧，也是人的精神状态的悲剧——而后者正是老舍一直所看重和关注的。在这个过程中，金钱和性的力量再一次显露无遗。在与虎妞新婚的晚上，祥子感受到的是一种动物性的恐惧："这个走兽，穿着红袄，已经捉到他，还预备着细细地收拾他，向他瞪眼，向他发笑，而且能紧紧地抱住他，把他所有的力量都吸尽，他没法逃脱。"

这是一种钱与性交织的人性的枷锁，与张爱玲的《金锁记》有某种异曲同工之妙，这也是在现代社会中人性面临的最切实、最大的考验。陷入如此人性枷锁中的祥子，不能不变得日趋消沉和痛苦，不能不日益沉沦。

虎妞死后，就剩下钱了。祥子成为最普通的，自私的穷人，成了巡警眼中头等的"刺儿头"车夫。

祥子的悲剧在于，他从来没有自己的信仰和精神家园，他的人生无非就是为了"活着"；若想活得更好一点，就不能不付出更大的、首先是心灵的代价——这是一个没有精神信仰、信念和信心的社会的人性的困局。

这里没有上帝、真主甚至佛祖，所以祥子最终无法在精神上有所皈依。

在这种情况下，祥子即使有了自己的车，甚至有了自己的车行，又会怎样？

老舍自己也是如此。

之三十三　阅读《白夜》：贾平凹的新景旧梦

评论《白夜》，恐怕得用一点中国传统的乾嘉学派的方法。虽然这部小说远不如詹姆斯·乔伊斯的《尤利西斯》难懂，但是要吃透其中的艺术意蕴，就不能不来一番寻根追底的细细解析。作为一部出版社隆重推出的小说，很多人认为《白夜》是《废都》的"姊妹篇"，而前者带来的轰动却远远不如后者。而读者对于贾平凹，也许对于所有成名作家，总是心怀一种苛刻的期待，总希望一部小说比前一部更轰动，这会儿倒也显得冷静多了。且不说轰动效应在中国文坛并不意味着作品能流传百世，就作家在创作中所花费的心血而言，读者的静默神会也不是瞬间就能完成的。

其实，《白夜》更细腻，更透彻地显示了贾平凹。

白夜，本身就是一个隐语。早就有人把《废都》比作古代《金瓶梅》，但是至今还没有人把《白夜》和《红楼梦》联系起来。光从字面上看，"白夜"和小说中的一对男女主人公虞白和夜郎有关，各取一字而得白夜，显示了一种命定的缘分，但是再深入一步就会发现"白夜"的谜底是一个"梦"字，讲述的是前生前世的故事，而主人公则是现代新环境中的男男女女。

这梦是旧梦，因为它的美，它的意蕴来自对古典意境的迷恋和追求。就拿虞白来说，说她是林黛玉的"再生"也并不是讽刺。她的美不来自青春美貌，而是气韵。她虽然不是在潇湘馆发梦，但是古色古香，到处是假山和奇木异草的半园，绝对是吟诗弹琴、发古典之幽情的好地方。至于贾宝玉的那块玉，虞白有了那再生人留下的钥匙也绝不逊色。你看作品中是如何写的：

虞白说："夜郎，我戴这钥匙好看不?"夜郎说："好看。"虞白说："这么说你是舍得了?"夜郎说："可以吧。"虞白说："还是舍不得的。"夜郎就说："舍得。这是我日夜保存在身上好长时间了。"虞白说："你是保存好长的时间，我可是等待了三十一年！这钥匙一定也是在等待着我，要么怎么就有了再生人？又怎么你突然来到我家？这就是缘分！世上的东西，所得所失都是有缘分的。"

这也算是命定的前世姻缘，而虞白身为现代人，毕竟比林黛玉敢于表白，一见面就把心里话一下子道出来了。而夜郎虽不是贾宝玉，但是人梦夜游，必定会走到虞白的住处，也是一种情缘所致。

夜郎当然不同于贾宝玉，但是我们想到他生活在 20 世纪末的中国，也就不会在方方面面进行苛求了，他有他的人生。但是他的梦想却追逐着古代，追逐着早已消逝或正在消失的红楼遗梦，他所迷的都是古典的余韵，吹埙、古琴、旧戏、考古、假山奇石、古道热肠、见义勇为、刚正不阿等等，在现代社会中，这一切都成了小说中的梦幻，一旦碰到真正的现实，就会顷刻间破碎。

这就形成了《白夜》的另一番风景线，人物都在黑白之间。所谓黑白，也就是似梦非梦，亦幻亦真，人物都在梦幻与现实之中挣扎和沉浮。夜郎倾心于虞白，与她有情有缘是梦幻，而他与颜铭同床合欢、结婚生子是现实；而更深一层，颜铭清纯美丽是梦幻，而其生来奇丑，几经美容包装是现实，而梦幻是永远抓不住的，现实倒是时时处处都在胜利。所以，不仅夜郎心爱的东西，包括旧日的街景、古老的琴韵、传统的戏曲都在一天天消失，而且他所喜欢的人也是处处碰壁，结局悲哀，包括刚正不阿的警察宽哥，献身考古的吴清朴，不是活得不明不白，就是死得不明不白。

可惜，这正是贾平凹所追寻和表现的美，这种美正像小说中的虞白夸赞夜郎送她的珊瑚时所说的，"美是美，可珊瑚是因为死亡了而美的"，不可能在新的历史环境中再度辉煌。这一点也就决定了《白夜》不可能是《红楼梦》，因为在《红楼梦》中，人生即梦幻，二者水乳交融，内外相嵌，是一个整体，而在《白夜》中，二者不仅是分离的，而且是对立的，彼此不能调和，最后只能在类似自焚的场景中同归于尽。

所以，"自焚"成了解析《白夜》的最后一个密码。在小说刚刚开始时，这只是一个提示，代表着前世姻缘的再生人临世，结果根本无法得到现实的接受和容忍，最后只好自焚而死。而到了小说结局，夜郎追寻古代梦幻的路已山穷水尽，只好再一次充当再生人的角色。在这里，真正自焚的当然不是夜郎，而是创造夜郎的作家贾平凹，他注视着当今世界，眼看着自己所迷恋的一切传统和古典的美在熊熊大火中灰飞烟灭，用自己身心谱写了一曲挽歌，唱着它走向了自己的结局。

之三十四　阅读《文学身体学》："肉体狂喜"的背后

如今是一个"肉体狂喜"的时代。

记得十几年前，杜拉斯的《情人》曾经风靡一时，尤其是其中那激动人心的性爱镜头，唤醒了人们对于肉体的欲望和迷醉。因为伴随着这些撩人的细节和情节，人们听到了杜拉斯如此的陈述："人们听到肉体的声音，我会说欲望的声音，总之是内心的狂潮，听到肉体能叫得这么响，或者能使周围的一切鸦雀无声，过着完整的生活，夜里，白天，都是这样，进行任何活动，如果人们没有体验过这种形式的激情，即肉体的激情，他们就什么也没有体验。"

这种体验已经不仅仅体现在性爱的细节与情节上面，而且已经形成了一种理论，一种说法。就在 2001 年年末，青年批评家谢有顺推出了自己的《文学身体学》，其中引用了当下很多人对于"身体写作""下半身写作"的理解，其中一位诗人写道："所谓下半身写作，追求的是一种肉体的在场感。注意，甚至是肉体而不是身体，是下半身而不是整个身体，因为我们的身体在很大程度上已经被传统、文化、知识等外在之物异化了，污染了，已经不纯粹了。太多的人，他们没有肉体，只是一具绵软的文化躯体，他们没有作为动物性存在的下半身，只有一具可怜的叫作'人'的东西的上半身。而回到肉体，追求肉体的在场感，意味着让我们的体验回到本质的、原初的、动物性的肉体体验中去。我们是一具具在场的肉体，肉体在进行，所以诗歌在进行，肉体在场，所以诗歌在场。"（沈浩波）

　　如此坦率的言说，至少表明这个时代的特征。尽管如今诗歌是否在"进行"很难说（因为很少人读诗了），但是，"肉体的在场"确实到处可以得到证明。"市场上的斯宾罗莎"正在享受"狂喜"，而"阁楼上的女人"也早就跑到大街上去了，薄伽丘的《十日谈》已经不足为奇，《金瓶梅》也不过是纸上谈兵。

　　可见，性爱的细节与情节是一种文化现象和社会镜像，暴露了历史的积累，照出了人类的现在的景况。正因为人类肉体是一种文化，所以人类对于自己的身体永远不可能完全了解；所以每隔一段时间就会发泄一次，重新被认定一次，自己起来"造反"一回。西方的文艺复兴、浪漫主义、现代主义等等，都伴随着这种"肉体的狂喜"，而中国的"五四"时期、新时期，也意味着一次又一次欲望的解放。

　　但是，"肉体狂喜"的背后是什么？

　　海涅曾如此描述浪漫主义文学的起源："唯灵主义一旦在古老的教会建筑上打开一个缺口，感觉主义就燃起它那长期被抑压的烈焰从中迸发了出来，于是德国变成了自由狂热和肉欲的最粗野的角逐场。被压迫的农民在这新出现的教义中找到了精神的武器，他们已经可以用这个武器来进行一场反对贵族的战争了；一百五十年以来一直存在着要求这样一场战争的愿望。在闵斯特，感觉主义借着杨·凡·来顿（Jan van Leiden，1509—1536）的形体表现出来。他赤裸裸地穿过大街小巷，并和他的十二个婆娘睡在一张大床上，此床现今在当地市政厅里还可以看到。修道院的大门到处都打开了，尼姑和小修士互相投入对方的怀抱，接起吻来。不错，那个时代的外部历史差不多完全是由肉欲的暴动构成。"[1]

　　难道如今的文学和诗人正在体验"赤裸裸穿过大街小巷"的激情和快乐？显然，尽管历经多次"肉体暴动"的洗礼，人类并没有真正达到自己所梦想的幸福境界。而一个男人如果真正和"十二个婆娘"睡在一起，他所获得的也未必就是"肉体的快乐"（也许相反，是一种痛苦和毁灭），而

――――――――――
　　[1]　海涅：《论德国宗教和哲学的历史》，海安译，商务印书馆，1972年，第35页。

是一种心灵上的肆意的快意而已。因为肉体的压抑才造就了如此畸形的补偿行为和心理。

因此，一切所谓"肉体的狂欢、暴动、高扬"，实际上都是一种心灵需求和心理行为，其意味取决于其肉体的"饥饿"程度；而所有一切对于肉体的忽略、压抑和摧残，所导致的结果往往就是"肉体"更强烈的心灵反抗。这就叫"哪里有压迫，哪里就有反抗"，"压迫越厉害，反抗就越强烈"。

性爱中的细节与情节往往就是这种人类生存和心理状态的表现和宣泄。因此，从某种角度来说，不是弗洛伊德发现了人类本能的力量，而是对于社会对于人类本能的压抑成全了弗洛伊德，于是整个世界开始蠢蠢欲动，开始变成了性爱"细节与情节"的广告栏。文学创作自然也不例外。但是，即便在这种情况下，性爱依然不是单纯的肉体，更不是单纯的"下半身"，尤其在一些激动人心的性爱描写中，灵魂、激情和对于美的极致的想象，依然是其中最重要的因素。相反，正像昆德拉在作品中所描述的，当肉体堆积如山，肉体游戏变得非常廉价的时候，人的性爱甚至生命也变得越来越不堪忍受了。而同样是描写性爱，茨威格笔下的《一个陌生女人的来信》才显得如此动人，因为其中的性爱细节承担了整个灵魂的重量。

因此，性爱对于任何人来说，任何情况来说，都可能是天堂之门和地狱之门，它可能轻如鸿毛，也可以重于泰山，关键取决于其中灵魂的分量。人们可以把一次发疯的性爱看成一种不可理喻的、伤风败俗的举动；同样可以把一种精心策划的结婚理解为正常、理智的选择。这一切，都不仅取决人类社会的文化状态，更取决于人们对于自己生命意义的尊重、理解和宽容的程度。

对于这一点，也许非常擅长描写性爱的作家劳伦斯有自己独到的体验。在《儿子与情人》中，保罗所追求的就是这种境界，他说："我认为一个人所必须体会到的，就是从另一个人身上感受到真真切切的感情烈焰。这只要有一次，一次就够了……"

其实，当我们浏览了无数性爱的情节和细节之后，都得面对这样一个问题："你有过吗？就一次……"

之三十五　阅读《本朝流水》：重构和解构的双重可能性

韩东是一个诗人，而《本朝流水》是用诗人的敏感臆造出来的一篇小说（载《作品》1993 年 6 月号）。你可以把它当作历史来读，也可以把它当作现实来读，还可以把它看成一个朴实的故事，当伟大和卑贱在想象中碰撞的时候，燃发出来的是历史表面的荒谬绝伦和作者穿越表面历史后的一丝悟性的光亮。

两个老二就是在这历史的真实和虚构之间出现的，或者说，他们本来就是历史的正反两面。他们共同创造了这个世界历史的荒唐和正经，真实和虚拟，光荣和耻辱，伟大和卑微。但是，他们竟然能够那样各自独立地活着——不是谁也离不开谁，而是谁也不理会谁。

但是，这里总有一个历史的契机，这就是真实的老二之"死"。其实也是小说的开始。一个普通农民家庭的老大和老二，一次毫无意义的兄弟打斗，结果导致了老二毫无意义的"死亡"，连其父亲和老大都不感到任何悲哀：父亲不说任何话，更不说到哪里去，只是在前面使劲走（也不知哪来的劲）。就这样不吃不喝，在大忙季节父子三人离开了村子两天（两天的路程）。直到门板上的那人不再哆嗦，父亲才开口说话："把他扔下河去。"他们尽了力（因疲倦交叉倒到空下来的门板上，立刻睡着），然而老二不再活转来。

一个富有意义的象征，就在这种毫无意义的死亡中诞生了。很多年之前，人们曾反复传递着尼采的一句名言："上帝已经死了。"但是现在我们不得不面对一个新的预言："历史已经死了！"

老二之死，就是历史之死，历史的真实性与确切性之死，而留下来的则是历史的歧义和误会。这时候，光荣和伟大得重新界定，卑鄙和卑微得再次评说。

真实的老二"死了"，但是这种"死亡"却创造了两个虚假的老二的诞生。两个老二全部失去了历史真实。一个是乞丐冒充的老二，他在荒唐之中成了原来老二的替代，扮演着原来老二的角色，而真实的老二顺水漂流，死里逃生，却失去了原来的历史，充当了另外一个角色。

但是，这也许并非只是一种偶然的历史错位或者交叉，历史也并非只是扮演着一种魔术师的角色。因为这里隐含着一种历史的辩证法，这就是历史的重构和解构，其实是一条河流，他们在一个过程中同时存在。

也许，这就是韩东《本朝流水》产生的可能性，也是其艺术意义实现的可能性。虚假的小说和真实的历史在这里有一个奇妙的相视而笑。

没有人会怀疑这种相视而笑是由小说的魅力所构成的。因为在小说中所发生的一切都已不再是铁板一块的历史，也并不受制于历史的常规和冰冷的判断，它们只是一种可能性而已。真实的老二绝处逢生，阴差阳错，有无数的可能性继续活着，也有无数的可能性已经死了，而作者仅仅选择了一种可能性，并借此去重构历史，去设想新的历史过程。

所以，另一方面，无论我们怎么漫不经心，我们在读小说的时候，分明又是在读历史。当然，说"读"，可能过于简单，因为这个历史不是从表面"读"出来的，而是从心灵中感召出来的，这个历史不是存在于资料和编年史之中，而是存在于想象和虚构的最边缘处，存在于荒诞和写实最遥远的交汇之处，在这里，历史成了戏剧——这也许是作者理解历史的一种极限，在想象的边缘，理性在最后的无所依托的状态之中，最后找到了一个"假借"的依托：人生本是一场戏。

这场戏老二演得很精彩，但是又十分拙劣。而精彩和拙劣，都来自小说和历史的冲突。因为最精彩的小说不一定是最精彩的历史，而最拙劣的历史并非不是好小说。所谓来自《红楼梦》的"满纸荒唐言，一把辛酸泪。都云作者痴，谁解其中味"，就是最好的艺术见证。

不过，有时候，我们仍然会感到困惑。这种困惑来自小说和历史。当我们刚刚进入故事的时候，似乎是小说掩盖着历史，作品的历史意识是模糊的，作者似乎是想创造一种历史的迷境，借助小说的"本事"穿越迷途。无疑，这是一种十分精彩的设想，小说不受理性的胁迫，而历史就隐藏在黑白相间之中，但是这种过程并不长久，宣告中断。老二的崛起显示了一种历史的崛起，似乎历史开始操纵小说。作品试图用小说来阐释历史。小说的第二部分"河上"正好表现了这种小说和历史的冲突和转换。

然而，小说和历史是否能够在殿堂上平起平坐，双双称帝，这毕竟是一个艺术之谜，读过托尔斯泰和巴尔扎克的人都会对这一迷幻之境心向神往，可惜，智者见智，仁者见仁的事例比比皆是。历史学家和小说家从来是很难互相替代的，而读小说的方式也是不适合于读历史，反之亦然。显然，韩东的写法却有意在制造混淆，使读者不得不以读小说的方法读历史，用读历史的方式读小说，不管你愿意不愿意。

我并不反感这种尝试。但是，我却愿意在小说和历史之间寻找间隙，从一种可能性之中推演到其他无数种可能性——也许这正是我和作者分道扬镳的地方，一个小说家交出了他的作品就算万事大吉，但是却面临着一个评论家的碎尸万段。

也许就作者来说，历史和小说在第三部分"戏剧"中找到了归宿。戏剧包括了历史，又体现了小说。戏剧扮演了双重角色，达到了"戏中有戏"的双重效果。然而，这个戏剧的框架毕竟太古老了，在作者急速膨胀（这种膨胀只要我们对小说前后两部分进行比较，就很容易看出来）的历史意识的压力下，很难容纳下历史和小说的双重重负。因此，表现历史和再造小说在这里无法调和，只能在一个狭小的空间里自相残杀。

于是，一个小小的不幸的场面在小说中出现了。老二，这个一直处于历史无意识之中，被历史盲目性造就的人物，到了第三部一跃变成了有明确历史意义的人，开始自作聪明地探讨和解释历史——很明显，这种自作聪明在很多情况下表现了作者自我的历史意识，所以，在我们最后发现老二的时候，竟然能够轻而易举地发现了作者。这时候，我不能不产生以下几种猜测：第一，小说写得太匆忙，本来构思比较大，后来因为赶稿匆匆结尾，结果难免虎头蛇尾；第二，作者历史意识过于强烈，极想通过人物表现自己的历史观，结果把小说最后一部分处理成了一种近似寓言的形态；第三，作者把握小说和历史的功力都明显不够，不足以构置如此深刻历史内容的鸿篇巨制，结果不得不在创作中舍此求彼，仅仅突现某一方面的艺术效果。

我想，第三种可能性最大。

之三十六　阅读《晨窗剪霞》：
理论与生命之花的齐开并放

一个研究家，从研究别人到被别人所关注、所研究，可以说是一种成功的标志，而为其走过的充满艰辛、付出、痛苦、欢乐等百感交织的生命步履，则同样是一种文化财富，历来受人们青睐和珍藏。读过《晨窗剪霞——杨义学术随笔自选集》（"风雨文丛"，福建教育出版社，2000 年 4 月出版），我就有这方面的感触。无疑，与杨义其他学术论著相比，这只是一本随笔杂集，但是从时间上来看，却差不多跨过了近二十年，几近记录了杨义整个的学术历程，透露出了作者在历史变幻中选择人生和学术的基本线索。从一定程度上可以说，杨义和我们这个时代形成了一种互相映照，我们不仅从时代屏幕上看到杨义生命的镜头，而且他本人已经成为一种"学术镜像"，可以照出这个时代学术的演进。

在现代文学研究领域，没有人会忽视杨义洋洋 150 万言的《中国现代小说史》的存在，很多学者都高度评价了这部学术巨著的价值和意义。而这部著作当时突显出来的史料的坚实性，往往使人们忽略了隐藏在这部巨著背后的理论上的思考和追求。其实，杨义一直对于理论发现给予了积极的注意和思考，并且把自己的求索和体会融入了自己的研究之中。在这本书中，很多文章都体现了杨义这种高度的理论敏感和创新精神，会使我们对于杨义有更全面的认识。

例如，《研究，应有理论的发现——现代文学研究中一个值得思考的问题》一文就是对于杨义理论追求的一个很好的注脚。这篇文章写于1983年3月，作者谈了自己对于史料挖掘与理论发现之间关系的看法，虽然也隐蔽地批评了当时某种浮夸的学术风气，但是也透露出作者追求理论发现的思想家的胸怀和眼光。在他看来，"卓越的文学研究者，应该是具有先进世界观的独立而深刻的思想家，应该如同普列汉诺夫所说的那样，是'那种兼备极为发达的思想能力跟同样极为发达的美学感觉的人'。"（《车尔尼雪夫斯基的美学理论》）也许正是从这种研究状态的反思中，我们可以发现杨义学术研究的新的路向和进发，他企图用自己收集、挖掘的大量史料搭成云梯，开始攀登理论的天塔，在这本集子里，有相当一部分篇章都涉及了这个问题，而且，就从理论上来说，呈现出视野越来越宽阔，思考越来越大气，胸怀越来越博大的趋势。

所以我说，这本自选的集子，实际上凝结着杨义对于自己研究道路的反省和检讨，是阅读和研究作者其他著作乃至学术道路的难得的注脚和注释。通过这本书，我们不但可以从杨义的学术追求中，看到许多明显的或潜在的转折、思考、拒绝、歇息和突进；而且从这些学术的涌动中感受到时代、历史和理论等纷繁的叠影。

不仅如此，这本集子能够使我们更加接近这位当代大学者的生命状态，我们能够发现很多在杨义其他论著中少有的生命痕迹。比如在《在诗中体验生命》《抒情诗与招生魂》《画图绝妙无人知》《我与山灵相对笑》《秋在万山深处红》《养性与趣味》等短文中，都显示出了杨义开始以一种新的方式接近、体验和把握文学创作及其理论价值。如果说在一般的文学研究中，杨义注重于社会意义、思想发现和审美价值（在一般意义上的）方面的挖掘和评价的话，那么在这里，一种生命存在状态的体验和沟通占据了中心地位。正如杨义在《在诗中体验生命》中所说，他之所以这样做，是因为这是"中国才华的一条感觉神经"；"因为在这个民族引为自豪的诗词绝唱中，存在着对生命的细吟味和真感觉。"所以，他从屈原"惟草木之零落兮，恐美人之迟暮"的诗句中，感受到"时间流逝对生命造成的压迫"；在黄庭坚的《题落星寺》中，悟出了"直指心源的况味"；还从林则徐的诗中体会到了永恒的生命意境："人生如寂寥的西行一般具有难以排遣的孤独感和悲凉感，但是面对冰雪晶莹的群山，面对永恒不灭的山灵，人生又于孤独中有了伴侣，于悲凉中有了笑意。"

这里不仅表现了一种新的理论向度，而且体现一种自我生命意识的觉醒、复活与丰满的过程。对于杨义甚至很多与新时期一起成长的学者来说，这是一种富有历史意味和戏剧性的学术体验。由于特殊的历史背景和文化熏陶，一代学者在还没有充分意识到自己生命意味的时候，就首先明白了自己的责任和生命；当他们投入学术研究的时候，也就自然而然地从社会需要、时代意义和历史责任方面去把握和理解研究对象；他们的理论视野和选择也不可避免地由此来定位；由此也形成了几乎整整一代人的学术历程：他们先是在生命的"付出"中进行学术探索和追求，直到一定的时候，才回过头重新感受、发现和体验自己的生命以及活生生的存在价值，用各种方式去"赎回"和丰满自己的生命。

这就是理论追求中闪烁生命之光的时候——我们在杨义这些显得更加从容和自在的文字中，能够充分感受到这一点和这种时刻。在学术研究中，史料、人物和理论原本是没有贵贱之分的，更不是互相对立和可以随便舍弃的，关键是如何理解和整合它们，如何用研究者眼光、胸怀和智慧融会贯通。这不仅是杨义在学术研究中一直关注和思考的，而且也用自己的切实的学术成果加以了实践和印证，体现了这个时代在学术研究领域的显著成就。在这个过程中，杨义确实有许多珍贵的体验和经验，能够帮助我们进一步理解"做学问"的真谛。

例如，在《研究方法的三个境界》中，杨义谈了自己的治学经验，说自己"根据研究工作不同阶段的不同要求，主要选择了三种互相辅翼、层层递进、前后贯通的研究方法，逐渐进入研究工作的新的角度和层次，新的广度和深度"，并且具体说明了在收集资料、分析资料和综合阶段的不同特点，相信对很多学术同人都会有启发和教益。而从更深的层次来说，杨义在这里所触及的不仅仅是研究方法问题，而且不断提醒人们注意对于"境界"的追求，由此我们能够感受到杨义不断从史料、理论和生命等环节中深潜钩沉、融会贯通的求索身影。

并非理论之树是灰色的，只是因为它没有生命灵气的灌注；生命之树也并不一定常青，除非它不断追求自己的价值和意义。

在写这篇文章的时候，正当春色满园，花木上经常可见一种并蒂的花蕾，是我格外喜欢的。我愿意称其一为理论之花，另一为生命之花，二者齐开并放当是最美的景色与境界。我相信它们会为杨义绽开笑颜的——因为杨义一直在回顾着、追寻着，正在不断把自己的生命追求与理论建构结合起来，在研究中挖掘生命、在生命中找寻学术。

之三十七　阅读《人兽》：解析人性中的野性

左拉（Émile Zola，1840—1902）被公认为继巴尔扎克之后法国最让人难以忘怀的小说家。而问题是，巴尔扎克是以批判现实主义著称的，而左拉则走向了自然主义方向。这是一个很重要的转折。应该说，从对于人以及人性恶方面的刻画来说，巴尔扎克无疑达到了一个相当深刻的程度，但是这种程度无疑又侧重于社会性方面，即把人心和人性的堕落归结于资本主义的兴起，把社会拖入了一个以金钱为本位、尔虞我诈的状态。这也正是引起马克思与恩格斯予以高度评价和肯定的地方。而后起的左拉不同，如果他要想在这方面有所突破的话，就必须有新的思考和挖掘。

左拉对于人性进行了深刻的探索，尤其对于人心中残酷和残忍的自然和生理根源，一直不肯放弃最终的揭露。《人兽》就是其中一部力作。《人兽》①（1890）是左拉多卷体小说《卢贡-马卡尔家族》中的一部，所重点探索和表现的是隐藏于人性深处的野性，体现作者对于人的自然本性的纵深挖掘。

小说从一次蓄意的谋杀开始，并围绕着这次谋杀描述了准备进行、正

---

① 左拉：《人兽》，许光华译，花城出版社，1997 年。

在进行和将要实行的一系列谋杀和自杀的生活情景，展示了人心深处可以预见、控制和不可预见与控制的杀人动机，并生动表现了这种动机的酝酿、发生和爆发过程。漂亮的少妇塞微利娜（可以看作是性的诱因）幼年就遭到其有钱养父的强占，这件事激起了其丈夫鲁博的不可遏止的杀机，尽管这已经是往事，而且他也得到过很多物质上的好处。因为鲁博对于塞微利娜有一种疯狂的占有欲，"他会在她身上体味到从未有过的肉感和热烈的激情"。① 于是，他为此而暴怒疯狂，殴打塞微利娜，而且失去了理智，在塞微利娜面前显示出完全不同的一面：

> 她注视着她的丈夫，就好像注视一只狼，或者另一类生物似的。看着他那样地走过来，走过去，狂怒地转动着他的身体。那么，他的身上有些什么呢？世界上有那么多的人，他们对这类事并不生气的呀！令她感到害怕的是，三年来，从他的粗野嚎叫声中，她已经感觉到并怀疑，他可能是一头野兽，而现在，这只野兽放纵了，发狂了，准备咬人。②

"他的身体有些什么呢？"——这或许正好表现了左拉的兴趣所在，也是这部作品的主题所在。基于此，左拉在作品中不断向人们展示了人性和人心中阴暗和野性的一面，并企图从人的自然本能方面，揭开其奥秘。

作品中的雅克·郎第耶就成了左拉揭示奥秘的一个艺术标本。当雅克出现在小说中的时候，他是马卡尔家族的第四代成员，一个26岁的机车司机，"高个子，深棕色头发，圆而端正的脸"（第36页）；但是，也许谁都难以想象，就在这样一副漂亮外表下，其性格和心理中却存在着一种无法遏止的本能意念，这就是在接触到女人，尤其看到女人的白色肌肤时，就会产生一种想杀死她的欲念："要杀死一个女人，要杀死一个女人！这发自他年轻身体深处的声音，带着一种不断增加的狂热和可怕的情欲，在他

---

① 左拉：《人兽》，许光华译，花城出版社，1997年，第17页。
② 左拉：《人兽》，许光华译，花城出版社，1997年，第27页。

的耳边回响着。"（第55页）这令他痛苦、烦躁和恐怖。对于这种可怕的心理状态，作品中有如此描述：

> ……在他的身体里，时常会有突然失去平衡的感觉，就好像突然张开一个裂口和洞穴，他的自我，也就通过这个裂口和洞穴离开了他，在一种巨大的烟雾中完全变了形。他不再属于自己，只听从他的肌肉和疯狂的兽性摆布。可是，他并不酗酒，甚至滴酒不沾，他发现，一小滴的酒精就会令他发疯，而他刚才也想到这一点，他是为其他人还债，为他的父辈，他的祖辈，他们是酗酒的，他们的上几辈是醉汉，他们的血受到了侵蚀，一种慢性的中毒，一种野蛮的遗传，将他带到森林的深处，跟那些吞食女人的狼在一起。

在这里，左拉已经从人的心理层面进入了人的生理层面，甚至可以说，进入了人类史前的洞穴时代，同时遭遇人的原始野性留下的噩梦。雅克的生活，或者说作为一个人的生活，就是不断抵抗和逃避这种噩梦的纠缠。这实在是太困难了，因为照作者的猜测，"这毛病从遥远的穴居时期起，女人们第一次欺骗了他的种族，男人们受到损害，一代一代堆积起来的怨恨中来……"（第57页）尽管我们无法真正理解这种猜测的来源，但是却能够真实感受到一个具体的生命的困境。为此，从表面上看来，"他是一名出色的司机，他不喝酒，不追逐女人"，甚至在其他人花天酒地的时候，他像一个"修士"一样远远避开，把自己幽闭在房间里睡觉。而在更严峻的时刻（杀死一个女人的念头已经开始控制他），他只能在旷野中奔跑，游荡，就像他从芙洛尔那里逃开一样，"他穿过黑黑的旷野，好像有一群可怕的猎犬狂吠着来追逐他，把他逼入绝境。……他唯一的想法，就是一直向前走，走得更远更远，为了自我逃避，也是为了逃避另一个，就是他感觉到他身体上的那头发狂的野兽。"（第59—60页）就在这不久之后，他与芙洛尔一道看见了火车上一幕模糊的杀人场面，成为曾是塞微利娜养父并借机霸占了她的格朗穆郎院长被杀的目击者。

在小说中，这也许只是整个"人杀人"链条中的一环。人与兽的区别也许永远是一种压抑，或者是由此造成的一种假象。所以，人们往往不能理解，一些残酷的杀人犯往往是一些行为特别循规蹈矩甚至沉默寡言的"老实人"，而他们往往正是由于一些自以为聪明的侦探或法官的存在而永远逍遥法外。在小说的结尾，也正是外表粗野的采石工成了杀人者雅克的替罪羊。无论他如何声辩自己看见杀人者逃跑了，但是愚蠢的法官已经断定这只是编造的"神话故事中的狼人"故事。

这里不但表现了作者对于人性的时刻观察，也隐含着对于资本主义社会以及现代法律制度的忧虑和嘲讽。在这种体制中，真正的"杀人者"往往是一些外表循规蹈矩甚至冠冕堂皇的人，他们用所谓"老实""模范"甚至精细的分析和推理，掩盖了内心的罪恶和已经实施的罪恶，使真正的"犯罪"与"杀人"者得到庇护。这是一个并不理解也无须理解人性内部景况的社会。

但是，作为一种家族的遗传心理和精神病症，它到底来自何处？而为什么让人类在脱离野蛮时代之后还要持续这种噩梦呢？在作品中，雅克似乎在和作者一起在探索："因为，每一次，这种盲目的狂怒，好像都是一下子发作的，一种经常不断发生的渴望，是在为他已失去确切记忆的很久以前雄性受到冒犯的事进行报复。那么说，这毛病是从遥远的穴居时期起，女人们第一次欺骗了他的种族，男人们受到损害，一代一代堆积起来的怨恨中来的？在发作的时候，他同样感到有一种战胜女人，征服女人，非要置女人于死地和非要从别人手中永远夺得猎物不可的变态的需求。一个男人被人催促着去行动，他在这种忧郁之中思考着，但他太无知了，他的头脑太迟钝，他绞尽脑汁，百思不得其解……"（第57页）

这是不是一种不仅一直折磨着他，而且最终使他成为一名杀人犯的最原始的动力与诱惑？

显然，在这部小说中，患有如此"家族精神疾病"的绝不仅仅是雅克，雅克也不是唯一的杀人者，还有许多人都处于与雅克相同的状态。例如，雅克姑父米萨尔为了得到1000法郎，就不惜在食物中放毒，期望卧病在床的妻子早死。还有一直暗恋着他的芙洛尔也是如此。她在一个畸形家庭中存活，拥有一种畸形的心态。在她坚强和柔软的身体里，经常会升起一种粗野的力量的意志。"尤其是，她一有空总要在旷野里游荡，寻找那些人没有去过的角落，躺在洞穴里面，一声不响，一动不动，呆呆地望着天空。"（第51页）因为她渴望爱情又得不到，甚至惧怕爱情，使她最后成为一位谋杀者。当看到雅克和塞微利娜在一起时，不由妒火中烧，野性迸发，完全像一只"母狼"。至于他的恋人塞微利娜，虽然曾经不断遭到像野兽一样的男人的折磨，但是为了能够和雅克在一起，一直希望雅克能够杀死自己的丈夫。甚至连被冤枉的杀人者卡比什的出场也是可怕的："他头发倒竖，目瞪口呆，好像一头被人追逐的野兽。"①

小说中最精彩的是对于雅克杀人心态的描述和分析。从某种意义上来说，雅克是不愿杀人的，一直拼命克制着自己杀人的欲望，但是他最终还是没有找到把自己解救出来的途径。当塞微利娜带着温柔、妩媚的神态扑向他，并喃喃细语"你爱我，就紧紧地拥抱我"时，他已经处于内心的狂野与挣扎之中：

　　……另一畜生已经奔了过来，侵入他的身体，他的耳朵后面，有一股火样的东西在啃咬着他，穿过他的头颅，来到双臂，直到双脚，把他从自己的身体中赶出去。女人这样赤裸裸的样子，已经使他陷入了太深的醉意，他的手已经不属于他自己的了。一对赤裸的乳房压在他的衣服上，她的头颅向前伸出，是那样的白嫩、细腻，有一种无法抵御的诱惑力，那种强烈而咄咄逼人的热气，终于使他陷入了迷狂，他头晕目眩，没完没了地摇晃着，他的意志模糊了，被剥夺来，化为了乌有。

　　……

　　雅克并没有转过身来，他的右手在背后摸索着，拿起了那把小

---

① 　左拉：《人兽》，许光华译，花城出版社，1997年，第120页。

刀。就这样捏在手里停了一会儿。难道他重新产生了复仇的欲望了吗？这欲望是一种憎恨的心理，从远古时代雄性受到冒犯起就有了，记不清确切的日期，可能是从洞穴时期雄性第一次被欺骗时就有了，后来一代一代相积起来。他以疯狂的眼睛盯着塞微利娜，除了想从她的背后给她致命的一刀外，没有其他的需求，就像人们要从别人手里抢夺猎物一样。在这性的黑暗洞穴之上，一扇可怕的大门已被打开：爱她便是要她死，为了更好地占有她便毁了她。①

至于雅克杀死情人之后的情景，也是小说中值得回放的：

　　……雅克感到惊讶，他听到了一声野兽鼻子里的吸气声，野猪的嚎叫声和狮子的怒吼声，而当他平静下来的时候，发现原来是自己在喘气。终于，他得到了满足，他已杀了人！是的，他已经做完了这件事。他的永恒的愿望已经得到完全满足，一种过度的快活，一种巨大的享受，使他感到飘飘然起来。他既惊讶又骄傲，体验到一种雄性的权威在不断地扩大。②

也许这是最能表达左拉自然主义思想的地方，他把主人公的杀人动机归结于人的兽性，而且是人类文明和人道教育无法最后克服的本性，它来自那个遥远的原始丛林，来源于远古野兽与野兽的争斗。由此我们也可以感到，左拉对于人性的现状以及人类的未来的绝望。

我们至今无法完全消除这种绝望，因为他在小说中所表现的那种"杀人"的现实及其"快乐"，仍然在世界的各个角落上演，人类文明至今无法制止相互残杀的悲剧发生。事实上，这也是左拉最为深刻的所在。对于笔下的雅克，他不仅写了他杀人的冲动与残酷，还写了他作为人杀人后的心态："自从谋杀案，他的肉体感到了舒服和轻松，全然没有什么懊悔的

---

① 左拉：《人兽》，许光华译，花城出版社，1997年，第353页。
② 左拉：《人兽》，许光华译，花城出版社，1997年，第355页。

迹象，但有时塞微利娜的形象会从他眼前掠过，引起他的怜悯，以至流泪。其实，他这个人，内心是温柔的。"① 于是，我们在作品的结尾处看到了如此的人类场面：

　　……一列巨大的火车，十八节车厢，装载着、塞满了当成牲畜的人，在不断的隆隆声中，穿过了漆黑的旷野。而这些用大车送去做厮杀的士兵，则在唱着歌，声嘶力竭地唱着，如此大声地叫喊着，以至盖住了车轮的隆隆滚动声。②

雅克驾驶着这列列车，它如同野兽一样奔驰。——这也许就是左拉所描述的人类本身，不可理喻但是必须面对。

之三十八　阅读《撒旦起舞》：人性绝望的隐喻

《撒旦起舞》（又译《大师和玛格丽特》，寒青译，作家出版社，1998年3月初版）是俄国作家米·布尔加科夫的绝笔，也是他最有影响的作品。令人震撼之处还在于，这位作家生前一直是"拉普"激烈批判的对象，承受了极大的生活和精神压力，但是获得人们的尊敬却是在逝世二十六年，也就是《撒旦起舞》删节本首次面世之后，这足以说明艺术家的劫运和艺术所具有的真正魅力。这种魅力不仅来自这部作品开创性的魔幻手法和色彩，还来自一种艺术家对于时代和人类处境特有的敏感与关怀。

作品把我深深卷入其中的是一种夹杂着戏谑、报复和困惑情绪的混沌的力量，仿佛作者同时把邪恶、善良、无辜和无奈扭集到了一起，让撒旦同时扮演了上帝、大师和情人的角色，在一个既定的时空中掏空读者的感受和理解能力，然后带着疑惑去寻求生活新的答案和境界。在这里，简单

---

① 左拉：《人兽》，许光华译，花城出版社，1997年，第356页。
② 左拉：《人兽》，许光华译，花城出版社，1997年，第391页。

的善恶界限是没有的，因为生活本身早已经粉碎了这个界限；因此撒旦——这个传统的宗教意识中的上帝的对抗者、恶魔之首和地狱之王，可以自由自在地游戏人间，借此不仅嘲笑了现实中一切人为的矫情和虚伪，而且透露了作者对于社会极度的绝望情绪——宁愿追随撒旦的地狱之行，也不愿继续承受现实的罪恶。

为此，作者设计了一个宗教与历史的"夹层"，即历史上耶稣被杀和现实中撒旦下凡之间的对比，正如大师对改变面貌的诗人伊万所说的，他们之所以被关进精神病医院，都是"因为本丢·彼拉多"——魔王撒旦下凡。由此作品中所有的人物都处在一种"最后的审判"的氛围之中，忏悔与赎罪成了人们良心唯一获救的途径。本丢·彼拉多是公元26—36年罗马帝国驻犹太总督，但是据《新约》的传统说法，是他判处耶稣死罪，并将其钉上了十字架。由于这个说法，本丢·彼拉多就成了西方撒旦的化身，在很多传说中被想象和描绘为"人狼"的本原。在这部小说中，发生在罗马的本丢·彼拉多的故事和发生在20世纪俄罗斯《彼拉多》作者的故事是交叉叙述的，耶稣和魔王的对话发生在一个艺术时空之中。也许作者想表现这样一种宗教情怀：一个真正的艺术家所不得不承受的就是人类的罪孽，用自己的生命为人类赎罪，因为人类无论生活在何时何地，都无法摆脱恶魔的诱惑；而这种诱惑之所以每每得逞，则因为人心和人性自身难以克服的贪婪之欲。

这个"夹层"还有效地表达了难以在现实中讲述的故事，例如彼拉多对于耶稣的审讯，就表现了一个艺术家对于现实的态度：

"听着，伽诺茨里，"总督说，古怪地盯着耶稣：脸色严峻，但是神色慌乱，"你对伟大的恺撒是否说过什么？回答！说过什么？……或是……没……说过？"彼拉多把那个"没"拖得很长，超出审讯时理应的规矩，并在自己的眼神上向耶稣暗示，他好像想对囚犯劝说什么。

"说真话才轻松愉快。"囚犯说。

"我不必知道，"彼拉多嗓音喑哑恶狠狠说，"你说真话愉快不愉快，但你必须说真话。不过说话时你要掂量每句话的分量，倘若你不想受酷刑而死的话。对你来说死是不可避免的。"

谁也不清楚，犹太总督怎么的了，但是他让自己抬了抬手，好像是遮挡阳光，而在这只如挡箭牌的手后，他给囚犯递了一个暗示的眼神。

"那么，"他说，"你回答，你是否认识一个叫犹大的加略人，你对他说过些什么，如果你说过的话，关于恺撒?"

"事情是这样的，"囚犯欣然道，"前天傍晚，我在神庙附近认识了一个年轻人，自称是加略人犹大。他邀请我到他下城的家中，并请吃了饭……"

"一个善良的人?"彼拉多问，他的眸中闪烁着魔鬼般凶狠的火花。

"一个善良而又好学的人，"囚犯说，"他对我的思想表现出了极大的兴趣，接待我十分殷勤好客……"

"他点上了灯盏……"彼拉多透过牙缝用和囚犯相同的语调说，眼睛闪光。

"对。"耶稣对总督的消息灵通稍稍有些吃惊，继续说，"他问我对国家政权的看法。这个问题他异乎寻常地感兴趣。"

"那你说了些什么?"彼拉多问。"或者你回答说过的全忘了?"彼拉多语调里流露出的已经是无望。

"我说过，"囚犯叙述道，"任何政权都是对民众的暴力。一个既无恺撒政权也无别的什么政权的时代总将到来。人将进入一个真理和正义的王国，那里将无需任何政权。"

"接着说!"

"没有了，"囚犯说，"这时跑来许多人，把我五花大绑，送进了监狱。"

书记官尽力一字不落，在羊皮纸上飞速记着。

"对天下百姓来说，世上过去、现在、将来的政权，唯有提比留皇帝的政权是最伟大、最完美的政权！"彼拉多沙哑、病恹恹的声音越来越高。①

关于耶稣被钉上十字架的过程，是西方文学中不断演绎的题材，而每一种演绎都包含着不同作家的心灵触动。我们注意到，在布尔加科夫的笔下，在现实故事中几乎毫无踪影的政治话题在这里突现了出来，而耶稣的天真无辜、彼拉多的专制嘴脸和犹大的文化特务行径，能够直接把历史与现实联系起来，充分表达了作家的生存和心理状态。

但是，我更喜欢的还是作者笔下撒旦举行的"月下盛会"的情景。这个盛大舞会在一片美丽的月光下举行，而马格丽特荣任舞会皇后。她被带到热带森林的一个大厅中，见到了世界上很多名人——这种情景使我们不由自主想起但丁游历地狱时的情景，但是此时此刻他们都是魔鬼撒旦请来的贵宾。② 尽管他们中间有历史上有名的伪币制造者、谋杀丈夫者、教唆犯、独裁者、屠杀狂、密探、告密者、刽子手、下毒者、骗子、变态者，等等，他们出现在撒旦举行的盛大舞会上的时候，都打扮得人模狗样，甚至表现得相当道貌岸然，文质彬彬。而正是在穿行于群魔乱舞之中，并目睹他们的狂欢和接受他们亲吻膜拜之时，马格丽特才明白了人性在诱惑面前是如何软弱。而面对如此充满诱惑的人性的考验，作者赋予马格丽特战胜诱惑的唯一特质就是"无所企求"：

……"我们考验了您，"沃兰德继续说，"任何时候您都从不请求什么！任何时候从不请求，尤其是对那些比您强的人。他们将亲自提议和亲自提供！请坐，高傲的女士！"沃兰德从马格丽特身上扯下沉重的长袍，她又重新同他一起坐在床边。"那么，为了今天您在我这

---

① 米·布尔加科夫：《撒旦起舞》，寒青译，作家出版社，1998 年，第 34—36 页。
② 还有一点值得注意，作者似乎通过公猫之口提醒读者，对于撒旦的邀请，这些名人"没有一个生病的，没有一个拒绝的"。（《撒旦起舞》第 313 页）。

里当女主人，您想要什么？为了您赤裸身子度过这个舞会，您希望什么？对您的膝盖您如何估价？我的那些您现在称之为受绞刑者的客人给您造成了什么样的损失？说吧！现在您说，已经不必拘束：因为是我提议的。"①

但是，魔鬼沃兰德并没有得逞，面对最后的诱惑，马格丽特依然选择了仁慈和良心，并且用一种魔鬼不可思议的坦诚，最后选择了自己的情人，回到了令人痛哭窒息的现实之中。当大师奉劝马格丽特离开自己时，马格丽特坚决地说："不，我不能丢下你不管。"为此她坚决要求与大师一道"重新回到阿尔巴特街上那条小胡同里的地下室去"。② 而对于撒旦来说，最不可理解的莫过于如此："我无法想象，总之，一个创作本丢·彼拉多传的人，会回到地下室去，有意打算在那里的油灯旁过凄苦的日子?"③

在这里，我们所读到的不仅是作者神奇的虚构，更是心灵的传奇，作者把自己的生活与心灵体验融入了其中，让我们感受到了一个作家的良心——无论是专制的压迫还是魔鬼的诱惑，它一直没有丧失。

这也许是一个中国读者特殊的感悟和理解，但是作为一种艺术想象，这里还有很多场面和情节令我感到困惑，例如一个参加了撒旦的舞会，并接受吸血鬼亲吻的人，灵魂是否还能够得到拯救？作者为什么让撒旦来解救大师？人性的证明是否一定需要魔鬼的考验？作者是否在现实中感受到了群魔乱舞的痛苦？又是否从魔鬼的惩罚中获得了某种快感？人类接近魔鬼比接近上帝更容易，甚至更愿意吗？等等。也许读完小说最后一页之时，月光之夜才刚刚开始。

我们在"一条宽广的月光之路"上能望见什么呢？

---

① 米·布尔加科夫：《撒旦起舞》，寒青译，作家出版社，1998年，第335—336页。
② 米·布尔加科夫：《撒旦起舞》，寒青译，作家出版社，1998年，第343页。
③ 米·布尔加科夫：《撒旦起舞》，寒青译，作家出版社，1998年，第349页。

之三十九　阅读《圣颅》：妥协也是一种进取

赛珍珠（Pearl S. Buck）是人们熟知的美国女作家，她 1892 年出生于美国，但是 4 岁就被当传教士的父亲带到中国，直到 17 岁才返回美国读大学，毕业后又到中国工作多年。也许正因为生活经历所致，她对于传统与现代、东方与西方之间的文化冲突有深刻的体验，并且在自己的文学作品中进行了深刻而生动的描绘，特别是对于亚洲国家人们在现代化过程中文化心理的蜕变的独到的透视，为人们留下了许多值得重新发现咀嚼的人物形象。

短篇小说《圣颅》（The Sacred Skull）中的拉西尔（Rashil）就是一个令人难以忘怀的形象，他虽然是一个印度人，但是他所面临的处境和所进行的艰难选择却会使每一个中国读者感叹不已，我们不仅会想起鲁迅作品中所描写的一些情景，而且能够勾起许多对自身文化传统精神状态的审视。故事是这样的，正在美国哈佛大学读书的印度大家族后裔拉西尔突然接到父亲去世的消息，匆匆赶回印度主持父亲的葬礼，但是他一回到家，就被家族的传统势力所包围，于是他不得不面临一种艰难的选择，作为这个家族唯一的长子，不按照印度传统的方式举行葬礼，改变传统习惯，就要失去家族首领的机会。而作为一个受到现代教育意识熏陶的人，拉西尔极不情愿用传统的印度方式给父亲下葬，因为这种方式不仅不符合科学理念，而且是很野蛮和残酷的：必须把死者的灵柩放到恒河边的火葬堆上，然后由长子登上火葬堆，用一把银制的锤子猛击死者的头颅；他必须正好打碎头骨，但是不能伤害皮肉，这样使得脑浆在焚烧中流出来，和骨灰混在一起，然后把它们全部葬入恒河，这样死者才算得到永恒的安息。而根据教规，不能履行此项仪式的人，不仅不能继承父亲的地位，而且说明他反对宗教。

拉西尔当然不愿意自己去做这样野蛮的事情，而且是对心爱的父亲！

同时，他也明白自己父亲不仅是当地备受尊敬的人，而且学问渊博，具有现代思想，也不见得喜欢传统的方式。因此他一开始就试图拒绝家族其他人的要求，拒绝用传统的方式埋葬父亲，而想采取英国式的文明葬礼，让父亲的躯体完整地归于土地。但是，他没想到自己会遭到几乎所有人的激烈反对，包括自己的母亲。他们说："你把他从印度抢走了——从我们身上——我们亲爱的父亲。你把他送到了异国他乡遭受孤独！如果他躺在英国的坟墓中，他的灵魂如何才能回来呢？而恒河里的圣水正等着他的骨灰呢！哪一本书上说当儿子的可以不尊重自己的父亲呢？"

由此他感到了从未有过的迷乱和绝望，他无法把自己所面对的现实世界和他刚刚离开的哈佛大学的气氛连在一起，这几乎是两个截然不同的世界。就在这种情况下，他妹妹帕米亚（Padmaya）也前来劝说他，她非常理解自己的哥哥，但是希望他能够妥协，按照传统的方式行事，因为只有这样才能得到家族人的信任，巩固自己在家族中的领导地位。她甚至对他说："……或许我们这一代中没有一个人是快乐的。因为我们是过去和将来之间的一代人，只是一座桥梁，只有责任，而没有快乐。"

而更使他感到吃惊的是，父亲先前在给哈佛学院院长的信中，似乎就预先想到了这一点，以至于他现在读来就好像是为他写的。他父亲曾写道："亲爱的院长先生，我希望我的孩子能受到科学新思想的教育和熏陶，最好再学习一些法律和政府管理之类的知识。我们的国家需要很大的改变。但是这是一个耐心的过程，因为我们的人民只有慢慢引导而不能强迫。例如，我要介绍发电机，首先要介绍这方面的知识。最困难的是，我必须为这种改变铺路，慢慢开导他们，我希望我儿子也能学会如何慢慢开导自己的人民。"他还写道："请教导我的孩子，让他继承我在家庭和国家中的地位。"这一切都以一种预想不到的力量冲击着他的心灵，使他渐渐意识到了自己的地位和责任，明白了父亲对自己的重托。尽管他绝对不会再容许同样的事情发生在自己的儿子身上，但是他自己却忍受着内心的巨大冲突，毅然接受了现实的挑战，放弃了自己原来的想法。当他最后一眼望着父亲安详的面容，右手举起那银锤时，他喃喃道："爸爸，你是会理解的——所以这次我就照着做了。"

拉西尔终于妥协了，尽管他受到过美国式的现代教育，尽管他内心并没有改变自己对科学的信仰，尽管他不可能再完全认同传统的生活方式和价值标准。显然，妥协对拉西尔来说，意味着一种痛苦的选择，因为这意味着他必须放弃自我的某种姿态，忍辱负重，克制自己，以求得别人的认同；这还意味着他必须忍受巨大的心理痛苦，在承担家族责任的同时，牺牲自己的某种爱好和生活理想。但是，他不能不这样做，因为他处在一种传统和现代的挑战之中，没有比在这种情景中的选择更艰难的了。他所面对的不是他的敌人，而是他的族人和亲人，他所跨越的不是他个人的意愿，而是历史形成的传统与现代的鸿沟。当然，他可以选择激烈的方式，甚至可以不当一个印度人，但是如果是这样的话，他并没有，甚至将来也无可能改变任何事物。

所以这也是一种进取。尤其对于社会处于由传统向现代转型过程中，一个接受了现代价值标准的东方人，都会面临如此的挑战和磨难。他们不仅需要处处进击，时时拼搏，努力改变所面对的现实，为此甚至有可能付出自己的一切，同时他也得时时退让，处处妥协，以获得别人的理解和认同，不断得到自己的生存和发展空间。就此来说，妥协不仅是一种短期的生存策略，而且是一种长期的生活方式。应该说，这也是一种现代的、可以了解甚至值得倡导的生活姿态，因为对抗的结果只能是两败俱伤，我们只能选择妥协的方式和对话的方式来推进社会的发展；任何优美的生活方式和思想理想，也只有人们自愿接受和采纳才是有意义的，符合人性和人道的，而任何强求和强迫的方式只能给人们带来痛苦，把事情搞坏搞复杂。当然，这必然是一个缓慢的、长久的过程，人们将生活在传统和现代的相互冲突和转换之中。

在这里，我们也许会想起鲁迅笔下的魏连殳——那位在《孤独者》中出现的人物，他在1920年代差不多面临着和拉西尔一样的艰难处境——尤其是在自己祖母的葬礼上，几乎是拉西尔故事的中国蓝本。关于这段历史，鲁迅在小说中如此写道：

族长，近房，他的祖母的母家的家丁，闲人，聚集了一屋子，预计连殳的到来，应该已是入殓的时候了。寿材寿衣早已做成，都无需筹划；他们的第一大问题是在怎样对付这"承重孙"，因为逆料他关于一切丧葬仪式，是一定要改变新花样的，聚议之后，大概商定了三大条件，要他必行。一是穿白，二是跪拜，三是请和尚道士做法事，总而言之：是全部照旧。

他们既经议妥，便约定在连殳到家的那一天，一同聚在厅前，排成阵势，互相策应，并力作一回极严厉的谈判。村里人们都咽着唾沫，新奇地听候消息；他们知道连殳是吃洋教的"新党"，向来就不讲什么道理，两面的争斗，大约总要开始的，或者还会酿成一种出人意料的奇观。

传说连殳的到家是下午，一进门，向他祖母的灵前只是弯了一弯腰。族长们便立刻照预定计划进行，将他叫到大厅上，先说过一大篇冒头，然后引入本题，而且大家此唱彼和，七嘴八舌，使他得不到辩驳的机会。但终于话都说完了，沉默充满了全厅，人们全数悚然地紧看着他的嘴。只见连殳神色也不动，简单地回答道——"都可以的。"

终于，中国的魏连殳也采取了痛苦的妥协方式；而所不同的只是结局，魏连殳最后痛苦地死去了，因为他没有选择，因为他无法忍受由人格分裂而造成的内心极度痛苦。

所幸的是，在赛珍珠的笔下，印度的1960年代的拉西尔还没有走上绝路，因为他还有选择。

之四十　阅读《铁皮鼓》：关于罪孽与审判

《铁皮鼓》① 是德国作家君特·格拉斯的代表作，1959 年出版，引起争议；1979 年被搬上银幕，走红文坛，因此获得诺贝尔文学奖。

格拉斯是一个德国人与波兰人的混血儿，在军队和战俘营经历了二次大战，后来从一个无家可归的难民成为一位有影响的作家。《铁皮鼓》的主要内容也来自对于这场战争的体验和感受，时间跨度从 1899 年到 1954 年，主要通过一个畸形儿奥斯卡·马策拉特的身世和感受来叙述的。应该说，这是一种绝妙的构思，主人公的畸形与其生活的那个时代形成了一种潜在的暗示和关联：畸形的时代创造出来的畸形的人生。奥斯卡的畸形可以说是一种逃避（他厌恶战争而自我伤残，使自己摔成一个侏儒），也可以说成是一种神谕，他不仅预感到战争的来临，而且由于 94 厘米的身材，以后多次幸免于难。由此读者能够感受到一种无法完全用理性和言语理解和描述的人类悲剧处境，体验到战争对于人生内在的伤害。

由此，我们不能不赞叹作者所创造的一种独特的审美视角——一个智商很高、感情丰富、具有非凡能力，但是又被人们排斥在正常人群之外的侏儒的眼光。小说由此也获得了几个不同世界之间的对抗、冲突和对比，它们互相并不理解，但是却存着一种奇怪的交流，存在于，甚至构成了一个共同的世界。人们对于奥斯卡的世界是陌生的，不理解甚至也从来没有想去了解；而奥斯卡同样面对着一个陌生的世界，不能接受人们习以为常的行为和想法。也许正是人与人之间的这种巨大隔阂，尤其表现在奥斯卡与整个世界之间的这种深刻的隔阂和陌生感，才导致了灭绝人性的战争根源。人类拥有一个共同的世界，但是我们并不在一个世界中生活，我们不是隔着铁幕，就是隔着无法穿透的玻璃，人类彼此之间会看见无法证实但

① 君特·格拉斯：《铁皮鼓》，胡其鼎译，漓江出版社，1998 年。

是活生生的可怕的幻象，于是就有了战争，有了可怕的自相残杀。

确实，这是一部生动而又深刻的作品，因为作者的想象力经常会穿越读者的神经，从感官一直刺激到灵魂深处。对西方读者来说，这种力量显然与一种传统的宗教意识联系着。在小说中，94 厘米高的奥斯卡实际上连接着三个世界，上帝、人和恶魔撒旦的世界，读者可以同时受到这三种存在的感染。奥斯卡的存在一方面承担了人类的罪孽，目睹甚至在某种情况下体现撒旦的意志，同时又接受着上帝的恩惠，传达着上帝的旨意——尽管人们并不能真正理解。后者也许更加深了作品的悲剧性，说明人们已经普遍地失去了与上帝沟通的能力，失去了灵魂对于真善美的感应。不过，不能说作者完全失去了对于世界的信心，战争过后，奥斯卡竟然奇迹般地长到了 123 厘米。而奥斯卡和继母玛丽亚苟且生出的孩子又是如此聪明，既不是侏儒也不是白痴，也使我想到作者此刻对于未来世界难以承受的忧患意识。所以他不能不经常求助于上帝。

在作品中，奥斯卡的铁皮鼓就不断传达出一种宗教意味，当愚蠢的施波伦豪威尔小姐用刻板声音教授"宗教"一词的时候，奥斯卡用自己的鼓点回应了她，可惜她丝毫不能领会，因为"施波伦豪威尔缺乏敏锐的辨别力。她厌恶鼓声，不论你怎么敲都不行。她同前一次一样，伸出十只剪秃了指甲的手指，十指齐下，要来抓鼓"。而奥斯卡从这种愚蠢的举动中感受到的不仅是屈辱，还有兽性："瞧她眼里是怎样的凶光？准备打人的是什么野兽？它是从哪个动物园里逃出来的？它要寻找什么食物？接下来又要攫食什么？——兽性也钻进了奥斯卡的身体内，我不知道它是从哪个深渊里爬上来的，钻进鞋后跟、脚后跟，越爬越高，控制了他的声带，使他发出野兽春情发动时的叫喊声，足以震碎一座哥特式教堂全部折光的彩色玻璃。"①

如果说战争就是这种兽性的发作，小说的作者似乎一直都在追逐、追问它的来源，从现实到神话，从政治到宗教。所以，像20世纪很多有影响

---

① 君特·格拉斯：《铁皮鼓》，胡其鼎译，漓江出版社，1998 年，第80—81 页。

的小说一样，历史和神话构成了小说特殊的文本特色，我们可以把它称为魔幻色彩，也可以理解为某种神秘氛围。在小说中，魔鬼与上帝正如奥斯卡选择的拉斯普庭与歌德一样，"……不久我就明白，在这个世界上，每一个拉斯普庭都有一个歌德作为对立面，每个拉斯普庭后面拽着一个歌德，或者不如说，每一个歌德后面拽着一个拉斯普庭，如果必要的话，甚至还要创造出一个拉斯普庭，以便接着可以对他进行谴责。"① 而奥斯卡最为感动的舞台剧《大拇指的故事》也成为一种追问人性历史的隐喻：

> 演的是大拇指的童话，从第一幕开始就把我吸引住了，并且显然特别迎合我的口味，这出戏编得很巧妙，但是大拇指在舞台上只能闻其声，不能见其人，戏里的成年人都跟在这个虽然看不见却相当活跃的主角后面转。他一会儿坐在马的耳朵里，一会儿被他父亲用高价卖给了两个流氓，一会儿在流氓的草帽檐上散步，从那上面向下讲话，后来又爬进一个老鼠洞，钻进一个蜗牛窝，同小偷们一起行窃，掉进干草堆里，连同干草一起被母牛吞进胃里。母牛被人宰了，因为它会说话，其实是大拇指的声音。母牛的胃连同困在里面的小家伙被扔在垃圾堆里，给一只狼吃了，大拇指花言巧语说服了那只狼，把它引到他父亲家里的储藏室里，狼正要开始攫取食物，他便大声喊叫。结尾和童话一样，父亲打死了恶狼，母亲用剪刀绞开那个饭桶的腹腔和胃，大拇指从里面出来了，这就是说，观众听到了他的叫声："爸爸啊，我在老鼠洞待过，在母牛肚皮里、在狼的胃里待过，现在我回到你们身边来了。"②

对于如此一个欧洲家喻户晓的童话，奥斯卡所显示出的特殊偏爱却非同平常，除了由于身世而引起的特殊共鸣之外，还表现了作者对于人性的独特体认：人是从动物世界走来的，所以野性一直潜伏在身心之中，必须

---

① 君特·格拉斯：《铁皮鼓》，胡其鼎译，漓江出版社，1998年，第94页。
② 君特·格拉斯：《铁皮鼓》，胡其鼎译，漓江出版社，1998年，第112页。

不断借上帝的名义来压抑和驱逐它。这就是为什么在作品中不断出现教堂的意象。其中关于奥斯卡在圣心教堂的一段叙述就充满了冲突：

> 关于圣心教堂，自我受洗礼那一天起的事情，我都还记得起来。由于他们给我起了一个非基督教的名字，因此遇到了麻烦。在教堂大门口，我的父母坚持用奥斯卡这个名字，我的教父杨也唱同一个调子。于是，维恩克圣下便朝我的脸上吹了三口气，据说这样可以赶走我心中的撒旦，随后画了十字，用手抚顶，撒了盐，又采取了若干对付撒旦的措施。进了教堂，我们又站定在真正的洗礼唱诗班前，在向我念信经和主祷文时，我一直很安静。之后，维恩克圣下又念了一遍"撒旦离去"。他摸了摸奥斯卡的鼻子和耳朵，以为这样就使我开窍了，其实我一生下来就懂事的。接着，他想听我清楚而大声地说话，于是问道："你抛弃撒旦吗？你抛弃它的一切行为吗？你抛弃它所炫耀的一切吗？"

> 我还来不及摇头——因为我并不想抛弃，杨就代表我说了三声"我抛弃"。我并没有讲任何同撒旦断绝关系的话，维恩克圣下便在我的胸口和两肩之间涂了圣油。到了施洗池前，他们念了信经，终于将我在水里浸了三次，在我的头皮上涂了圣油，给我穿上一件白袍，准备将来在那上面沾上污点，又给了一支准备在黑暗的日子里点的蜡烛，最后遣散。马策拉特付了钱，杨抱着我走出圣心教堂大门时，一辆出租汽车在晴转多云的天气下等候着。我问附在体内的撒旦说："全都顶住了吗？"

> 撒旦蹦几下，低声说道："你看见教堂的窗户了吗，奥斯卡？全是玻璃的，全是玻璃的！"[1]

---

① 君特·格拉斯：《铁皮鼓》，胡其鼎译，漓江出版社，1998年，第145页。

之四十一　再读《铁皮鼓》：关于天堂与地狱的书写

这也许是小说中最容易引起争议的地方，仿佛教堂并不是上帝安身立命的地方，倒是撒旦找到了自己恶作剧的舞台。尤其是作品中对于基督、天主教教义、圣心教堂风格的描写，熔铸了作者对于人性与宗教问题的深入思考，其中不乏怀疑、质疑、追寻和执着的情绪和信念，例如：

> 我承认，天主教堂里的方砖地，天主教堂里的气味，以及整个天主教教义，直到今天还莫名其妙地吸引着我，好似一个红发姑娘使我迷恋，虽然我很想将她的红头发染成其他颜色；我也承认，天主教教义一直向我灌输亵渎神明的灵感，这些渎神的灵感一再表明，我无可变更地已经受了天主教的洗礼，尽管毫无用处。往往在一些毫无意义的过程中，比如在刷牙的时候，甚至在大便的时候，我突然发现自己在编弥撒的解说词：在大弥撒时，基督重新流血，于是血就流出来洗涤你，这是盛他的血的圣杯，基督的血一流出，葡萄酒就变成真正的血，基督的真正的血就在眼前，见到这神圣的血，灵魂也就撒上了基督的血，珍贵的血，用血清洗，在化体时血流出来，血迹斑斑的圣巾，基督的血的声音渗透到诸天，在上帝面前，基督的血散发出芳香。①

这是一段内部充满冲突、争议和张力的叙述，读者可以用多种解读，去认定作者的用意。况且小说中的奥斯卡一直心存取代基督的想法，总是怀疑教堂里的基督是不是真耶稣，因为在他的心目中，圣心教堂的这位救世主"酷肖我的教父、表舅与假想之父杨·布朗斯基"；而布朗斯基则是

---

①　君特·格拉斯：《铁皮鼓》，胡其鼎译，漓江出版社，1998 年，第 146—147 页。

一直和奥斯卡母亲保持私通关系的男人。但是，奥斯卡则从他们三者之间发现了惊人的共同之处："瞧这双流露出天真的自信和想入非非神情的蓝眼睛！这张随时准备号啕痛哭、似盛开玫瑰的接吻的嘴！这种是双眉紧蹙的男性的痛苦！等着挨揍的丰满而通红的面颊！简直一模一样！"

也许作者一直相信上帝与自己同在，与人类一起承受苦难，同时他在这里始终还在追问一个至今仍让人困惑的问题：上帝如果存在，为什么要让无数无辜的人受难？为什么没有使很多罪恶之人受到惩罚？确实，奥斯卡可以说是一个受难者，在某种意义上直接承受和显示着人类的灾难，但是这种"受难"却连接着人类另一种困境，这就是与魔鬼同在和同行的罪孽。

这是20世纪文学中一个主要思想主题的延续。如果说20世纪发生的两次世界大战就是一次集体谋杀的话，那么追究这"谋杀"的文化心理动机和谋杀，则成了许多作家心中挥之不去的压力。这也是陀思妥耶夫斯基的作品在20世纪广泛流传和受到重视的原因之一。尤其是他的《卡拉马佐夫兄弟》，就是一次对于谋杀事件发生的心理追究和道德反省。小说同时提出了一个尖锐的宗教也是人性必须面对的问题，这就是"上帝和撒旦谁战胜谁"的问题。如果说两次世界大战的爆发就是一再说明"上帝无法战胜撒旦"，那么畸形的奥斯卡自己想取代基督的言行就不难理解。可惜，大战前的可爱的阿廖沙——《卡拉马佐夫兄弟》中主人公之一——在《铁皮鼓》中已经找不到踪影，取而代之的是一个人类战争的畸形儿。

事实上，一个人犯罪主要是社会原因还是心理原因，这是当年陀思妥耶夫斯基与车尔尼雪夫斯基等俄国民主主义者争论的一个主要问题，前者把这个问题带入了小说的写作之中。[①] 面对种种世俗的欲望，社会不公平的现状和教会的无能甚至腐败，阿廖沙要坚持对上帝的信仰就不能不是一种持续的内在冲突和挣扎。所以，"接替基督"表达了格拉斯一种对于人们信念的深入思考。作者通过一个生动的细节表达了它，这就是经历了战

---

① 陀思妥耶夫斯基：《卡拉马佐夫兄弟》（下集），臧仲伦译，译林出版社，1999年，第803—804页。

事的奥斯卡，在教堂祈祷的时候，"并非傻里傻气地希望会出现奇迹，反倒是想具体生动地目睹耶稣的无能"。① 但是他却意外地得到了耶稣的召唤和承诺："你是奥斯卡，是岩石，在这块岩石上，我要建起我的教堂。继承我吧！"

这是奥斯卡的夙愿，也是作者为自己选择的精神出路。在上帝无能的情况下，如果不放弃上帝，那么就只有替代上帝，完成上帝的意愿。这就是奥斯卡加入"撒灰者"行列的理由，用自己的声音来摧毁纳粹。反过来，这也是真正的耶稣诞生的意义所在。不过，奥斯卡战后并没有得到人们的真正理解，他不得不装扮成一只喵呜喵呜叫个不停的"雄猫"。处于"醉酒"状态，听任别人把一切宣布为历史，用遗忘来获得生命的快乐。②

诱惑在格拉斯的笔下，也扮演着极其重要的角色。在作品中，奥斯卡利用自己声音的特殊功能，多次站在街角引诱别人偷窃，由此创造了一个观察和考验人性的机会。正如作品中所写的，尽管不是百分之百成功，但是大多数人都经不起诱惑，包括奥斯卡的教父杨、在判决时最讲人情的司法人员，等等，作者把那被声音割开的橱窗称为"天堂"或"地狱"，奥斯卡由此不仅看到了人性的脆弱，"而且还使站立在橱窗前的人们认识了自己"。③ 因为撒旦几乎无处不在。所以，在战场上，士兵在修筑地堡的时候，会消灭附近所有的小狗，因为他们在每一座地堡地基里都埋着一只小狗；④ 而十几岁的卢齐·伦万德则喜欢坐在撒旦的怀里，吞食撒旦给她的香肠面包；⑤ 连正经的道罗泰娅姆姆也经不住撒旦笑声的诱惑，竟然用"来吧，撒旦"来回应奥斯卡的侵犯。况且，撒旦也一直住在奥斯卡的体内，没有理由和可能把它一下子消除。

作品最后似乎又回归到了不可知的神秘，而审判作为一个贯穿作品的

① 君特·格拉斯：《铁皮鼓》，胡其鼎译，漓江出版社，1998年，第394页。
② 君特·格拉斯：《铁皮鼓》，胡其鼎译，漓江出版社，1998年，第478页。
③ 君特·格拉斯：《铁皮鼓》，胡其鼎译，漓江出版社，1998年，第138页。
④ 君特·格拉斯：《铁皮鼓》，胡其鼎译，漓江出版社，1998年，第365页。
⑤ 卢齐是一个告密者，后来又成为审判撒灰者成员的证人出现在审判席上。君特·格拉斯：《铁皮鼓》，胡其鼎译，漓江出版社，1998年，第426页。

意念和背景，似乎又开始了一次新的轮回。

之四十二　阅读《威尼斯商人》："闪光的不全是金子"

巴萨尼奥是莎士比亚戏剧《威尼斯商人》中一个主要角色。他原本是一个商人，而且负债累累，但是在追求富家嗣女鲍西娅为妻的角逐中，却战胜了众多的亲王贵族，赢得了美女芳心，并最后借助鲍西娅的德行和智慧，挫败了犹太富翁夏洛克的算计。问题是，巴萨尼奥是如何赢得鲍西娅芳心的？在剧中，莎士比亚特别设计了一场选择匣子的戏：有三只分别由金、银和铅打成的匣子供求婚者选择，其中有一只里面藏着鲍西娅的小像，谁选中了谁就能娶鲍西娅为妻，并理所当然地拥有鲍西娅的一切财产。

结果，自以为拥有家世、财产、人品和教养等各方面优势的摩洛哥亲王选择了金匣子，里面是一个死人的骷髅，其空空的眼眶里藏着一张有字的纸卷；而尊荣显贵、自以为聪明的阿拉贡亲王则选择了银匣子，里面有一个眯着眼睛的傻瓜的画像，上面写着讽刺的字句；只有巴萨尼奥选择难看、下贱和寒碜的铅匣子，结果他如愿以偿，里面是一张美丽的鲍西娅的画像。

这结果实实在在回应了一句话："发光的不全是黄金。"这句话就写在那只金匣子里面的那个纸卷上，那位摩洛哥亲王打开纸卷后读到了它。其实，如果说《威尼斯商人》这部戏要向世人展示一种什么忠告的话，那么这句话语无疑是贯穿始终的主题。因为戏剧一开场，就突现了安东尼奥、巴萨尼奥及其朋友之间的真诚关系，表现了强调内在品质的价值取向。其中葛莱西安诺告诉我们，他最不喜欢的一种人，就是"他们的脸上装出一副心如止水的神气，故意表示他们冷静，好让人家称赞他们一声智慧深沉，思想渊博"，而巴萨尼奥所仰慕的鲍西娅正是一位具有非常卓越德性的小姐。除此之外，安东尼奥在向夏洛克借钱过程中，最为感慨的也正是人心和外表的不同，他对自己的朋友说："你听，巴萨尼奥，魔鬼也会引证《圣经》来替自己辩护哩。一个指着神圣的名字作证的恶人，又像一只外观美好、中心腐烂的苹果，唉，奸伪的表面是多么动人。"

可以说，看穿虚伪的外表，这是整个戏剧的精神主线。这一点，巴萨尼奥在关键的选择中表现得更为明确。他的一段心理独白给千千万万处世不深的男女提供了最好的鉴戒：

> 外观往往和事物的本身完全不符，世人却容易为表面的装饰所欺骗。在法律上，哪一件卑鄙邪恶的陈诉不可以用娓娓动听的言辞掩饰它的罪状？在宗教上，哪一桩罪大恶极的过失不可以引经据典，文过饰非，证明它的确上合天心？

> 再看世间所谓美貌吧，那是完全靠着脂粉装点出来的，愈是轻浮的女人，所涂的脂粉也愈重；至于那些随风飘扬像蛇一样的金丝卷发，看上去果然漂亮，不知道却是从坟墓中死人的骷髅上借来的。所以装饰不过是一道把船只诱进汹涛险浪的怒海中去的人的海岸，又像是遮掩着一个黑丑蛮女的一道美丽的面幕；总而言之，它是狡诈的世人用来欺诱智士的似是而非的真理。所以，你炫目的黄金，米达斯王的坚硬的食物，我不要你；你惨白的银子，在人们手里来来去去的下贱的奴才，我也不要你；可是你，寒碜的铅，你的形状只能使人退走，一点没有吸引人的力量，然而你的质朴却比巧妙的言辞更能打动我的心，我就选了你吧，但愿结果美满！

正因为巴萨尼奥选择不凭外表，或者说，他看穿了外表，战胜了装饰的诱惑，最后直中鹄心，取得了成功。这不是偶然的成功，而是爱情和理智结合的完美表现。因为聪明美貌的鲍西娅择婿时最为看重的就是一个人的言行一致，生怕碰上一个徒有其表、内外不一致的人。但是她也明白这是一个人很不容易做到的。所以，即使她芳心已属于巴萨尼奥之后，还设计了一件事来提醒和考验自己的夫君，这就是乔装律师向巴萨尼奥讨那只定情戒指。这是鲍西娅亲手给他，而巴萨尼奥曾当面对天发誓不取下它的。但是巴萨尼奥竟然违背了自己的誓言，为此鲍西娅再一次提醒他："要是您知道这指环的价值，或是识得了把这指环给您的那人的一半好处，或是懂得了您自己保存着这指环的光荣，你就不会把这指环抛弃。"这样自感惭愧的巴萨尼奥只好请求原谅，凭着自己的灵魂起誓，以后再不违背自己向鲍西娅发出的誓言。

当然，莎士比亚在这里所揭示的不仅仅是一个做人和人际交往的命题，而且涉及了对文化时尚的质疑。人类创造了文化，原本是为了人性更完善和完美，使人们之间的交际更真诚更真挚的，但是有些人却可能利用文化，特别是文化的装饰作用来掩盖丑陋，达到其不可告人的目的。正因为如此，所谓公正的法律，动听的言辞和优美的装饰都可能是人性的陷阱和专制的工具。而人们要冲破这些而到达人性本真的境界，获得人与人之间真诚的交流，就显得更加困难。

之四十三　阅读《修道院纪事》：人类想飞

葡萄牙作家若泽·萨拉马戈（Jose Saramago，1922—2010）的《修道院纪事》（*Memorial do Convento*）以其"那为想象、同情和反讽所维系的寓言"特征，荣获 1998 年诺贝尔文学奖。而正是这项奖项把这部小说推到了我的面前。我不是一个迷信诺贝尔奖项的人，但是我很想知道如今的小说如何能够征服人心，让人们熟视无睹的历史生活重新复活，吸引住人们的好奇心，尤其是那些饱读史书的评委们。当然，比我更有眼光和鉴赏力的是这部小说的中文译者范维信先生，使其中文译本早在 1996 年就由澳门文化司署与花山文艺出版社推出，而我现在读到的则已经是澳门文化司署、东方葡萄牙学会与海南出版社、三环出版社 1999 年 3 月联合出版的版本。我不懂出版，但是会觉得后一个读本出版肯定借了"诺贝尔"的东风。

　　《修道院纪事》1982 年出版，以 18 世纪葡萄牙王室建造著名的马芙拉修道院一事为主要线索，重点描写了参与这一过程的几个人物的生活、命运和愿望。建造这座修道院用了几十年时间，耗费了大量人力物力，它至今还辉煌地展示在世人面前，并且不断出现在各种宗教、艺术和文化经典描述中，不仅是葡萄牙文化的骄傲，而且是世界文化名胜，每年吸引着无数的参拜和景仰者。我无法完全了解这一名胜古迹对于这一小说出版后的命运会产生怎样的影响，但是可以肯定的是，它一定会增加作品的文化吸引力，并成为读者关注它的标志之一。也许我们现在讲的文化含量，就不能不涉及作品主题、题材本身所拥有的知名度，它在读者心中会产生一种自然的亲和力，表达一种广泛的亲缘联系。选择具有历史意义和人类文化遗产性质的主题或题材，无疑是聪明的。马芙拉修道院的意义，就像中国的长城和故宫一样，其本身所拥有的文化广度和历史深度，能够把不同文化纬度的读者（包括诺贝尔奖评委）调动起来，唤起他们的艺术共鸣。

　　当然，对于一部小说来说，唤起读者共鸣的主要因素并不是主题和题材，而是人物，他们的生活情态和历史命运，以及作者赋予他们的特殊的人物价值。在作品中，最主要也是最引人注目的人物是"七个太阳"巴尔塔萨尔、"七个月亮"布里蒙达和神父巴尔托洛梅乌·洛伦索，他们都不是当时的显要人物，但是都与建造马芙拉修道院，特别是与建造它所表达的人类心灵的向往，有着密切的关系。也许一部好的小说，会为人们提供多种"进入"的路径，使各种文化背景的读者都能找到自己的关注点。就此来说，我感触最深并希望继续进行探索的焦点，就是人物与这一历史事件的交接点。具体来说，就是人们为何、以什么方式参与到了历史之中，并直接或间接地表达了人类的共同期望。

　　建造马芙拉修道院当然是王室的主张，甚至为了实现某种"私利"，但是如果没有教会的设计、怂恿和支持，没有民众的奉献，是不可能实现的。实际上，从某种程度上说，支撑如此艰苦的工程，如此长的工期，不仅需要大量人力财力，更需要人心的支撑，背后必定有一种根深蒂固的心灵力量维系着它，推动着它。就一般民众来说，就是对于永恒天国的追求，就是听从上帝的指引，向上帝奉献。这就决定了教会存在的价值和意义，王室的意图得以实现。尽管这种"永恒"的形式是一种虚幻，甚至是一种欺骗，但是人类却不能不有这种对于永恒的期待和愿望，这又决定人类各种各样宗教和神性的存在。如果说，宗教只是表达了人类向往永恒的群体意识；那么，当人类用群体的力量来表达这种追求和期待时，就造就了各种各样辉煌优美的宗教殿堂。

马芙拉修道院就是这样的建筑，它是用劳工的血肉筑成的，但是同时表达了人类"想飞"的精神愿望，独臂的"七个太阳"和具有特异功能的"七个月亮"都参与了这种血肉的奉献。但是，就在读者用各种心态来阅读人类这种"想飞"的故事时，小说又描述了另一种完全不同的尝试，这就是洛伦索神父毕生所迷醉和进行的"飞行器"实验和建造，他期望用科学的力量实现"想飞"的欲望，进入无垠的天空。"七个太阳"和"七个月亮"同样参与了这项神奇事业。也许正是在这里，我们似乎能够在当时复杂的人类生活中，在各种各样交叉的社会矛盾中，发现一种共同的心灵追求和不同的路向。一种路向是依靠上帝，一种路向是靠人类自己。所以巴尔托洛梅乌神父说，这事由我们三人来，所以就是这世上的圣父、圣母和圣灵三位一体（214 页）；上帝在本质上和人一样都是一体，上帝在本质上是一体，在人上是三位一体（217 页）。他甚至这样布道："在耶稣创造人之前上帝在人之外，不可能在人之中，后来通过圣事到了人之中，这样说来人几乎就是上帝了，或者最终将成为上帝本身，对，是这样，我之中有上帝，我就是上帝，我不是三体合一或者四体合一的上帝，而是一体，一体与上帝相合，上帝即我们，上帝就是我，我就是上帝。"（219 页）

这种前后颠倒、充满矛盾的布道，不仅显得艰深，而且显示了人世的变迁和矛盾。也许人心中一直存在着一种"取代"上帝的欲望，并且不断实施着自己的主张，所以才有了尼采几百年后"上帝死了"的呼声。其实，上帝永远不会死，正如其从来没有以"生"的方式存在一样；上帝是永恒，至少是永恒的幻象。所以，任何想取代上帝的做法只是接近永恒，而永远不可能是永恒本身。但是，也许正是由于人们常常产生错觉，以为自己可以达到永恒，因此制造了各种各样的战争、教堂和飞行器。由此，当飞行器飞越马芙拉上空之时，有如此多的人吓得魂不附体，当即跪下，视为圣灵，就不难理解了。因为这是新的永恒"幻象"，在某种程度上显示了新时代的来临，所以，尽管有宗教裁判所的高压，也不能阻止人们日后对于它日益增进的顶礼膜拜。

但是，更令人在荒唐不经的想象中思索的是，这两种"想飞"的方式在那个时代（也许今天也不例外）互不相容。当巴尔托洛梅乌神父梦寐以求的飞行成功之后，他自己却充满恐惧，竟然想点火烧掉飞行器，因为他意识到"既然我必须在火堆里烧死，还不如在这火堆里送命"。（第261页）即便是困惑不解中的"七个太阳"和"七个月亮"也在潜意识中预感到了不幸。他们在梦中都梦见了驾驭着神话中的飞车飞行，但是神马却突然失去翅膀，他们在噩梦中惊醒。而当神父走后，巴尔塔萨尔在找他的时候非常恐惧，"他想到了狼人，想到了大小不同形状各异的幽灵；如果那里有鬼魂游荡，他深信神父已经被魔鬼带走了。趁魔鬼还没有把他捉住带走，他念了一遍天主经给圣徒埃吉迪约听，在恐惧、癫痫、疯狂和夜间害怕的情况下这位圣徒会提供帮助和调解。"（第262页）——而正是在这时候，建造修道院的人们正在准备举行盛大游行，感谢上帝显灵，让圣灵在工地上空飞过。

在这里，我们是否可以读到作者对于人类本身的讽刺呢？人类想飞，但是他们并不知道会飞向何处，所以任何"想飞"的成功又会使他们感到恐惧——这正像崇拜上帝却又惧怕又想取而代之，但是某种程度实现的"取而代之"又只能带来更大的恐惧一样。

人类为什么会这样？这也许是千古之谜，但是这种心理却从远古以来一直伴随着人类，使人类在希望和畏惧中创造了哲学、神学和各种各样的神和神殿。这也许也是具有透视能力的"七个太阳"每天早早就进食，不愿意如此清楚地看到人和世界真实状态的原因。因为看不到反而是一种慰藉，看到了会使人感到更加失望和无奈。在这种情况下，痴情的布里蒙达所依靠的只能是大地，当"七个太阳"在飞行中消失之后，"七个月亮"

却在大地上找寻了九年，并最终在燃烧着的火刑场上找到了自己的太阳，并永远拥有了他的灵魂。

之四十四　阅读《城堡》：人生困境的隐喻

读作品有多种读法，更有不同的欣赏与评论的角度和方法，所以一方面是作家和作品会影响和造就读者，另一方面读者也会创造作家和作品，所谓"有多少莎士比亚读者就有多少种莎士比亚"恐怕就是这个意思。而钱锺书是一个博古通今、学贯中西的学者和作家，其卓越精湛的学养和眼界为他的文学创作提供丰富、深厚的文化底蕴。而《围城》不但在题材、故事、人物和主题意蕴上体现了这种文化底蕴，而且在美学风格和艺术思维方法上也充分显示了一种世界文学的意识和胸怀。因此，要想在阅读中得到更多的艺术享受和启迪，真正理解和把握《围城》的美学意蕴和生命情怀，应该拥有一种博大的艺术胸怀，不但要了解当时中国具体的社会状况和文化情景；而且需要以一种世界性的、人类性的艺术经验来感受它和理解它，从而在一个更广阔的文化语境中探索和理解其独特的艺术价值。

读完《围城》再来读卡夫卡的《城堡》，能够帮助我们更好地欣赏和理解不同国度作家作品的艺术意蕴和美学特色。

其实，只要注意一下20世纪以来文学创作发生的巨大变化，就不难发现卡夫卡文学创作的独特意味了。在传统的"英雄主义"观念遭到怀疑的情况下，很多艺术家抛弃了对于生活的道德评价，开始选择和怀抱一种对现实有距离的批判和嘲讽态度。我们看到，在很多现代作家的笔下，作品表现出一种虚无荒谬的气氛，人物失去了"英雄"或者"恶棍"的明确标志，他们大多是一些被命运摆布和作弄的对象，如同被侮辱和被损害的人、被放逐者、流浪者、边缘人或者局外人，他们生活单调无味，孤独无助，常常陷入哭笑不得、无所作为的境地。与此相关，在这些文学作品中，生活不再是可以把握的现实，而是显示出了其神秘、不可捉摸和理解的力量，仿佛是一堵灰色的墙（例如在萨特的笔下）、一个地洞或者地下室（例如在卡夫卡、贝克特笔下），或者一座地狱和一个围城（例如在卡缪、钱锺书笔下），等等；总而言之，客观现实的力量是强大的、异己的，压迫人的；人生的一切努力都是可悲甚至可笑的，要么随波逐流，百无聊赖地活着，要么无可奈何地与命运对抗，就像但丁笔下在地狱里顶着从山坡上滚下的巨石一样。

弗朗茨·卡夫卡（Franz Kafka，1883—1924），奥地利现代作家，一生平淡无奇，但是不像钱锺书那样一直生活在书斋里。他学过文学、医学和法律，除写作之外，还曾一度在一家保险公司和半官方的工人保险所工作过。根据目前所得的资料，他曾写过一部名为《中国长城》的作品，证明他对中国很感兴趣，而且并非一无所知，但是也许仅此而已。而《城堡》则是卡夫卡一部著名的长篇小说，写的是一个土地测量员 K 的奇特人生。

卡夫卡在《城堡》中并没有对于"城堡"的意味加以交代和说明。但是就人生的某种共通感受来说，卡夫卡在其他作品中曾流露出相同的意思。例如，他在《他：一九二〇年札记》中就有这样一段话："他可以把自己弄进监狱做一名囚犯至于老耄——那可以算是一种终身职业。但事实上，他所住的乃是一个槛笼。尘世的喧哗，好比住在家里时一样，依然默默而傲慢地不断穿过槛栏而进。囚犯根本是自由的，他可以随时参加外面的一切活动，栅栏的间隔是极宽的，只要他一移步便可跨出槛笼，然而他连一个囚犯也不如。"虽然不能说钱锺书和卡夫卡完全想到一块去了，但是从某种意义上说，卡夫卡这里所说的"槛笼"，也是一座人生的"围城"，人待在里面不舒服，出来也未必舒服。"槛笼"对人的生存来说，是一种囚禁，也是一种恩惠和财富，人为其痛苦但是又不能摆脱它。

卡夫卡的痛苦大约就来自这种不能摆脱的悲剧境况。如果读一下卡夫卡的另一篇小说《地洞》，显然会加深这种印象。您瞧，一个动物为了保存得到的食物，也是为了自己的生存，千方百计地营造地洞，精心设计，患得患失，小心翼翼，它的幸福取决于这个地洞，它的悲剧也表现在这个地洞上。这个动物的"地洞"也正像人所建造的城堡一样，显示着人生的一种困境。卡夫卡在自己的格言和寓言中也多次呈现过这种意象，有时它是以"窟穴"形式出现，人们蜷缩在这个洞穴中互相靠近，以获得一种安全感；有时它是以"城邑"形式出现，人们为了生存修筑了城邑，而城邑的出现则引起了新的嫉恨和冲突；有时它像是"庄园"，只因为人们叩响了它的门就会陷入牢房，等等，都表现了卡夫卡对于人生存在状态的一种困惑。

由此来说，卡夫卡的"城堡"，不仅是人生的一种困境，而且体现着一种对人的诱惑；由于这种诱惑和人不由自主地接受了这种诱惑，才造就了囚禁人自己的生存和心理状况。也许正因为这一点，《城堡》不同于传统的讽喻小说，而是超越了一般的现实生活题材的制约，显示出了新的艺术风貌。

《城堡》和《围城》显然都带有某种寓言意味，它们都有自己独特的"借喻基点"（allegorie），并在此基点上建立起了各自的嘲讽意向。"围城"和"城堡"就分别是钱锺书和卡夫卡所依据的"借喻基点"，它们分别构成了《围城》和《城堡》艺术构思和意象虚拟的基础。从这个借喻基点出发，钱锺书和卡夫卡各自获得了一个表现和解释人生的独特角度，并由此把从生活中得来的各种经验、体验和资料集合起来，创造出一种新的形象体系和审美存在。无疑，对于这两部作品来说，借喻基点的异同是小说嘲讽模式中最引人注目的因素，它决定着整个作品的主题意蕴。

就《围城》来说，这个借喻基点所体现的重要美学意义在于，它使作家有可能通过具体描写获得超越一人一事具体描述的意味，表达一种对于整个社会和人生的观察和看法。这种观察和看法可能包含着更多的人类性、世界性的意义。这样，作品所产生的嘲讽效果，就不再仅仅局限于某一时一地、某一社会或某一人群，而有可能扩大到整个人类生存空间中去，形成对于人生某种相通的生存状态和心灵状态的表现和隐喻。显然，《围城》和《城堡》在这方面具有相通的艺术意义。它们所表现的是具体的人生，是像方鸿渐、K那样的生活悲剧，同时也是人们在某种情景中所共同面对的人生困局；它们一方面是虚构的，虚幻的，但是又真实地摆在人们面前，也许过去、现在和将来一直会缠绕着我们。

之四十五 阅读《情人》：那与生俱来的悲哀

勃兰兑斯在写到雪莱的时候，说他有一颗"就像能被水滴穿的砂石一样，能被陌生人眼泪滴穿的心"。拥有这种气质的人，也应是携带着与生俱来的悲哀。像充满汁水的果实，禁不起人事的针尖轻轻一刺。我甚至认为举凡富于艺术天分的人内心多少都潜伏着这种忧郁。从这个角度看，杜拉斯作品里此起彼伏的哭泣场面，恰好勾勒出了在一系列艺术气质浓郁的人内心中占据重要地位的这一侧面。是否具备这一素质，是一个艺术家能否在别人止步的地方继续挺进的标志之一。以《情人》为例，我们如果将它仅仅从单纯的情欲角度去理解，就难免是看轻了杜拉斯心灵的深度。她依凭自己的才华探索到了人性中的绝望和挣扎缠糅的局面，这一局面具有丰富的层次，只能说爱情、情欲脱离世俗正轨比其他事物远，距离人的非理性最近，与艺术对人的释放功能类似。爱情在作品中的出现常常夺取了读者大部分的注意力，尤其是在杜拉斯这样很少直接在作品里辩解的作家的作品里。但是，如果因此把杜拉斯言说的爱情仅仅看作爱情，把肉体仅仅当成肉体，就是将这些层次过分整合乃至以局部替代整体了。杜拉斯是在写一个艺术家的爱与死，在她作品里，叙述者的作用是至关重要的，她不是个讲究零度写作的人。这种逼真的口吻的一个效果是导致人们更乐于追究她讲述的具体事件，比如中国情人到底以谁为原型，家庭关系对她生活的影响等，而对一些类似闲笔的地方不加注意。然而这些闲笔里的意味反倒是先那些具体事件而在的，王道乾先生引用的热罗姆·兰东那段话的意思颇费人踌躇："有些人曾劝她删去某些段落，我曾鼓励她保留不动，特别是关于贝蒂·费尔南代斯的一节，这是这本书最有意趣的一段，因为这一部分表明这本书的主题绝非一个法国少女与一个中国人的故事而已。在我看来，这是玛格丽特·杜拉斯和作为她全部作品的源泉的那种东西的爱的历史。情人代表着许许多多事物……"如果能够把杜拉斯作品中看似信马由缰的絮语，把那些类似对贝蒂·费尔南代斯、对玛丽·克洛德·卡彭特的回忆这样的段落重视起来，把爱情、性当作她串连絮语的有形道具，就可以看到她作品中一个艺术家的形象，头顶佩戴着悲哀的荆棘，怀着被眼泪滴穿的心，辗转在海洋与陆地。我把《情人》看作和乔伊斯的《一个青年艺术家的画像》、残雪眼光里的卡夫卡、博尔赫斯作品等类似的那种文字，换一种角度就会觉得它扑朔迷离，这样阅读其实意味着把简单的问题复杂化，但这也是阅读的乐趣所在。

《情人》里的故事并不超凡脱俗，爱情也不是。

爱恋的双方被情势所迫，不得不走到某一步，相遇的一刻迟早会降临，主人公也是可以变幻的，就像玛丽·克洛德·卡彭特的衣服，"仿佛那衣衫同样又可以穿在他人身上……这些衣衫无所属，没有特征"。弥漫其中的悲伤则不可更易，像贝蒂·费尔南代斯的身体，"自头顶至身躯，她生成就是这样，无论是什么只要和她接触，就永远成为这种美的组成部分"。爱情里的聚散，都是衣服，在杜拉斯的悲哀里，从面目模糊变得光彩照人。这是一种化腐朽为神奇的能力，能够赋予一般而言的现实以艺术的美感。杜拉斯着重透露的是这一能力。爱情、情人、母亲、哥哥，都是具体的花朵，那种能力是花里花外的香味儿，是花的神韵。

这段爱情只是印证了悲伤的永恒，强化了人心的绝望。小说重要的不是讲述两个爱人如何相识如何分离，它们被穿插进作者绵绵不绝的絮语，犹豫而又不可抗拒地走向命运，也就是此在的忧伤。关键在于杜拉斯的女人在遇见情人之前就已经沉溺在悲哀里面了，"我说这种悲戚忧伤本来是我所期待的，我原本就在悲苦之中，它原本就由我而出，……我认出它是与生俱来，我几乎可以把我的名字转给它，因为它和我那么相像，那么难解难分"，直到它成为一种愉悦。与这种悲哀紧密相关的，是背后的个人历史和此刻的暂时倾诉，以及未来一如既往的悲哀。我们无法将故事单独拎出来，它如果脱离了威胁着主人公的河水、市声喧嚣、蓝的夜、热得可怕的空气，就难以产生那样蛊惑人心的魅影。杜拉斯把混合着各种气味的意象令人窒息地弥漫开来，然而它们都是错位的，并不造成尖锐的冲突。"我"的母亲和哥哥都因其真实而可爱，有谁能说是他们酿成了"我"眼里的悲伤？不如说他们在世俗层面之外帮助我尽早接近真相，对生存的荒诞能够直视，也敦促她在情人的肉体里更淋漓地飞翔。

我直觉到杜拉斯心里有一个永恒存在，尽管生活本身是破碎不堪的。人影如鬼影，人语如沙漠上说的语言，"噪声持续不断"。这个永恒就是她身为艺术家的天分、才华以及对这些的自觉。她的人物好像是用无穷无尽的痛苦折磨自己，他们生存的欲望太强大，因此就对压制生命力的各种事物反应格外敏锐，死感也特别强烈，这种死感有时候是凭借类似堕落和无耻的方式表现出来的。这是用常规视野看到的，但我们仍然能看到她的堕落，她总有一种幻想和飞升的姿势，能使她达到永恒的阶梯的则是欲望。欲望不是情感，针对性不至于很强。重要的是爱情，是被欲望烧灼的痛楚，而不是具体的哪一个人的灵魂，哪一个身体。就像中国男人所说的十七岁少女所爱的"只是爱情"，他觉得自己被骗了。在灵逸面前，单纯的懦弱、对肉体的执着是远远不够的，他因此难以捕捉到女主人公袅袅的心神，只能被纳入她走向永恒路上的一场回忆，沉默要么哭泣。

值得注意的是，女主人公对海伦·拉戈奈尔的情感。她希望把后者带到中国男人面前，"让他对我之所为也施之于她身……让她按我的欲望行事，我怎样委身她也怎样委身。这样，极乐境界迂回通过海伦·拉戈奈尔的身体，穿过她的身体，从她那里再达到我身上，这才是决定性的"。"我看她所依存的肉身和堤岸那个男人的肉体是同一的"，而"那个男人使我获得的欢乐是那么抽象，那么艰难痛苦"。

海伦的无知可以任人涂抹，她的肉感与童稚如鲜花怒放，这种状态与中国男人的闭敛、瘦弱、固执的懦弱形成对照。

可以这样理解：在单独承受这种欢乐的时候，"我"因身陷其中而难以完全接收到它的所有侧面。海伦作为另一个"我"去领会欢乐，获得了精神的旁观身份。在情境当中，人的感知极可能被汹涌的快感投入迷眩之中，毫无自主能力，反而显得抽象。在笼罩一切的迷狂中，人只会颤抖；

在旁观状态，人才有精力去观察。海伦的中介作用，使得"我"与"永恒"之间的联系不再那么缥缈难寻，"我"可以看着自己接近永恒。

"中国"这一词汇在文中出现了多次，但它更接近无名，是个难于命名、无法理解，永远处在想象能力之外的环境，中国人的语言犹如沙漠里的话。也因为沉默，"我"可以任意发挥，即使完全无法沟通。这一情味，与永恒相似，它是微茫的。从这样一个地方来的男人，总归要回去，与他的邂逅，在适当的情势下推动"我"在悲伤里沉沦渐深。爱情也是道具，情人又怎么可能是实体呢？

爱情既然只是通向其他事物比如永恒的一个途径，也就难怪杜拉斯常常念叨起情人之外的那些人与事，好比一幅画，悲哀是笼罩一切，爱情是背景前的一朵花，这背景前还活动着不少事物，和爱情几乎平等，有时会令人关注而忘记了爱情。比如对贝蒂·费尔南代斯的回忆。这些类似的文字，让我仿佛看到出神的女人杜拉斯，难以自抑地要旁逸斜出，除了压倒所有事物的悲哀，想到哪里就念叨到哪里。

之四十六 阅读《安娜·卡列尼娜》：真诚不可回避

凡读过列夫·托尔斯泰的《安娜·卡列尼娜》的人，都不会忘记安娜最后走向死亡的那段情景。这位多情善感的女人，经过一场激动人心的爱情洗礼之后，终于无法再忍受俗世虚伪但冠冕堂皇的生活，最终将自己的生命抛入转动的火车车轮之下。

其实，安娜大可不必去自杀的——也许很多人会这样惋惜，如果她能够继续忍受那种虚伪的家庭生活，如果她不在乎自己的感情和追求，如果她无所谓灵魂的真诚与否，她大可以继续苟且活下去，甚至会自得自乐，完全不必自己走向生命的终结。

很多人也会把她的自杀归罪于渥伦斯基，那个打破了她平静生活，但是最终并没有给予她另一种平静，唤起了她的爱情但是并没有给予她婚姻结局的人。但是，情况并非如此，安娜是为爱情而活着的人，但并不是仅仅为渥伦斯基而活着，甚至没有爱情她也可以活着，像一朵枯萎的花朵，没有生气的树木。因为这时她的灵魂还没有觉醒，还没有意识到什么是不可或缺的东西。而当她一旦改变了这种情景，一旦意识到自己灵魂中某种珍贵的东西必须失去，必须被压抑，她就觉得不可忍受了。她是在最后的灵魂搏斗中走向自杀的。因为她能够不顾一切、逃避一切，但是不能不回避和消灭自己的真诚，尽管真诚有时候夹带着一种罪恶感；这种罪恶感会使一个人成为规范和虚伪生活信条的奴隶。而这时最后能够逃脱这种罪恶感的就是自杀。

真诚确实是不可回避的，因为它常常来自人的自然本性，是你无法最后消灭的，它就和你的生命在一起，任何人都不可能超越它；而如果你一旦有了罪恶感，那么就意味着你的灵魂发生了分裂，从一个完整的人中生出两个对立的生命，互相矛盾和控制。人都是自己被自己统治的，因此在一定意义上都是自己"灵魂的奴隶"。但是也有不愿做奴隶的人，他们如果最终不能消灭和克服罪恶感，那么就连同自己的生命一起毁掉。

所以安娜是真诚的，托尔斯泰更是真诚的。很多年之后，当老托尔斯泰最终离家出走，客死在一个乡村小火车站上的时候，他是否也想起了他笔下的安娜？是否也想起和安娜一样，等待一列疾驰而过的火车，自己投入轮下？也许是的。可惜他太老了，而且病痛加深，已不可能等到那一刻，或许根本无力再走到铁轨旁边。

我想托尔斯泰会想到安娜的，而且他和安娜一样不愿回避自己内心的真诚而出走，但是他却少有安娜那种内心的罪恶感，因为他出走就是一种内心与虚伪的诀别，他不能再忍受与自己内心追求背道而驰的生活。不愿意内在生活和外在生活相背离，而自我的真诚不能流于言辞或者隐藏在虚伪之中。这对他意味着一种不能原谅的人生。

真诚不可回避，这就是托尔斯泰作品中一贯表达的事实。当然，人也可以没有真诚或违背真诚地活着，不过这只意味着一种奴隶的人生。

之四十七　阅读《高老头》：被金钱出卖的父爱

很多读过巴尔扎克的人，都会为其名著《高老头》中主人公最后悲惨结局撒下泪水。这位具有人们"从来没有见过的那种慈父的热情"的高里奥老头，爱自己女儿"胜过上帝爱人类"，把自己为之奋斗的一切都给了她们，但是当他穷途潦倒贫病交加之时，却被自己心爱的女儿所抛弃，以至于临死前想见自己女儿一面都不可得。

金钱的罪恶可谓被巴尔扎克揭露得淋漓尽致，所谓"温情脉脉"，所谓"永恒的父爱"，却被万能的金钱，被耀眼的金银珠宝解构了，出卖了，最后所赢得的只有外省青年拉斯蒂涅最后一滴眼泪——而这又是一滴再也不相信真情，再也不相信巴黎还有真正的"人类天性"和"美好感情"了的泪。

确实，高老头是值得同情的，因为他毕竟是一个如此如痴如狂爱着自己女儿的父亲，而且不管他的女儿如何使他伤心，使他难堪，对他如何不公平，他却都从不计较。尽管高老头一生纠缠在金钱之中，把金钱看得重之又重，为了金钱不择手段，唯利是图，但是他毕竟心中还有自己的女儿，还有比金钱更高尚的父爱。然而，真正可悲的是，尽管高老头生活在一个金钱万能的社会，尽管他把自己的金钱全部都花在了自己的女儿身上，但是他还是没有得到理解，他的父爱仍然被两个女儿嗤之以鼻，被抛弃被玷污了。

难道金钱不能体现真情吗？难道金钱与感情的关系就是这么残酷，这么水火不相容吗？如果我们掩卷沉思，就会陷入一种情景之中。其实，金钱和真情的关系是多么微妙，多么复杂啊！有时候它们的关系是那么近，甚至是难解难分的。因为金钱毕竟是好东西，能够舍得出金钱至少可以证明对感情珍惜，而在困难的情况下，一分一厘的捐助不是也才看到一片真情吗？然而，金钱和真情有时候又是离得多么远呵，甚至有可能是冤家对头，绝无可能有丝毫相通之处。因此才有金山银山换不来一丝真情，金钱珠宝抵不住一件真正的心的事发生。真情确实是无法用金钱来衡量，来支取和来维护的。

也许高老头的悲剧就在于此。因为他无法逃出那个金钱社会的法则，无法超越金钱万能的意识，因此也无法找到表达和实现自己父爱的更多的方式和途径。或许在他看来，金钱是最好的，唯有金钱才能表达自己对女儿全部的和无私的爱；他的女儿也最配得上金钱，因为她们最需要的，唯一需要的就是金钱，她们有了钱就会拥有和享受一切，就会永远感激自己这个父亲——因为是他这个拼命挣钱的高里奥老头给了她们一切。

显然，他的女儿并没有背叛他，因为她们对父亲金钱万能，金钱就是一切的观念心领神会，从小就有了深刻的理解。也许她们从小就不知道，也没有受到什么真正的父爱，她们所知道和所得到的仅仅是金钱，所以她们所感觉到的是得到金钱的快乐，而不是父爱的幸福和温暖。因此，当她们能够源源不断从父亲那里得到金钱的时候，她们也许会感到这种父爱是存在的，有意义的，而一旦不再能够得到金钱的时候，高老头那里也就没有什么父爱了。因为当金钱成为体现父爱的唯一形式的时候，她们再也无法想象还有其他方式存在的父爱了。

确实，高老头的父爱是被她们所深信的金钱出卖的。金钱自信自己能换取一切，所以就能出卖一切，高老头把自己一生，把自己的全部感情都托付给了它，并指望它能换取一切，结果等到所有的金钱都失去的时候，自己也就失去了一切，就像一个被挤干的柠檬空壳一样被"扔在街上完事"。其实，在现代社会中，很多人继续上演着高老头的悲剧。他们太相信金钱，以为大把大把地花钱和用钱就能买到别人的心，获得别人的情，结果被欺骗，被要弄，被出卖。他们也像高老头一样感到冤枉，想到不公平甚至感到愤怒，但是他们还是不明白自己在哪里犯了错，发了傻。

千万不要把一切都托付给金钱，特别是自己的真情，尽管金钱确实能够表达真情，生活不能不在乎金钱，但是金钱一旦掌管和代表了一切，它就能轻易地出卖一切东西，包括你的真情和父亲。

之四十八　阅读《红与黑》："野心"有时是人性的陷阱

《红与黑》是法国著名作家司汤达的代表作，它的成功就在于为人们塑造了一个独特的人物形象于连（又译朱利安）。于连虽然生活在一百多年前，而且在作品中已经命归黄泉，但是他的身影和灵魂却似乎一直活跃在人类生活的各个角落，人们稍不留神就会在变化着的街市上，在川流不息的人群中发现他，特别是在变幻中的中国，于连的影子不仅没有因为国度的遥远和时间的流逝而淡化和远去，反而显得愈来愈清晰和亲近了——也许这正表现了文学艺术的魅力。

为什么会这样呢？回答肯定是多种多样的。但是，无论从哪个角度入手，人们也许都不会否认于连的悲剧命运打动了我们，而这种命运在某种程度上就环绕在我们周围，与我们中的很多人的性格、选择、期待和惧怕密切相关——因为于连和我们中的很多人一样出身贫寒，没有什么资历和背景，但是他有自尊，有野心，希望改变自己的地位和身份，它不但激发了人们的欲望，而且给这种欲望的实现提供了种种现实的可能性和榜样的力量。

我们无法回避野心，就像无法不同情于连一样。但是难道有野心有什么不对吗？难道希望改变自己既定命运和处境的志气和勇气有什么不对吗？世界"广告大王"奥格威曾说，他对于自己属下品质的第一要求就是"要有野心"，拿破仑说不想当将军的士兵就不是一个好士兵，而在如今的世界上谁不想成为比尔·盖茨？说穿了，野心就是志气，就是勇气，就是推动这个世界前进，改变人类状况的最大动力，正因为千千万万有野心和有勇气实现这野心的人的不屈不挠，顽强拼搏，才使人类世界如此有活力，如此变幻无穷，如此有魅力。而于连的令人感叹、令人难以忘怀之处，就是他的野心，他是一个有欲望的、活生生的人；即便自己出身低贱贫寒，但是仍不向命运低头，向既定的社会等级制度屈服，他要搏一搏。

　　问题是野心来自何方？你的野心会不会与你的本性相一致？因为很多人的野心是一种在畸形生活中滋生的报复心理，只是因为他（她）在生活中受到压抑太多，所以期望自己能迅速改变自己的处境和地位，把同样的痛苦还给社会。这样，他（她）在实现自己目标过程中，尽管可以不屈不挠，但是却丝毫品尝不到拼搏的快感和胜利的喜悦。

　　与此同时，如何实现自己的野心（这里最好把它理解为志气吧），更是一个需要认真思考的问题。这在于连的时代——它充满各种不同价值观念和阶级利益的冲突，权力和财富都在重新进行分配——是一种充满变数的选择。这对于一个出身低贱和贫寒的人来说，尤其是一个挑战。因为实现野心的过程，不仅是一种拼搏，更是一种交换。如果你身无分文，又没有可供你依赖的其他资源，包括家庭提供于你的地位、金钱、权势和背景，你就得依靠自己的知识、才华、能力等一切能够满足别人需要的东西来赢得自己的地位，获得自己渴望的资源。这当然是一条漫长和艰苦的道路，必然要付出比一般人更多的艰辛和代价。而对于当时的于连来说，这条道路并非不存在，但是他出于自己的野心以及受压抑的心理而不愿接受。于是，他不得不付出超出自己能力范围的东西来实现自己的野心，而这，就是自己的灵魂和人性；他甘愿充当别人的工具，处心积虑地以自己的人格来换取自己所不拥有的资源。而这，又正是当时拥有权力和财富者们所能收买的最大价值——人以及人性。

　　然而，很多人却没有看到这“野心”后面的人性的悲剧。他们只是把于连看作一个极端的个人主义者，他为实现自己的野心而孤军奋斗，与社会环境产生了冲突；却没有注意到他因此而付出的“自我”。例如，他原本极其厌恶官场的腐败，但是为了自己往上爬而效仿和追随他们；他曾经痛恨以强欺弱，为富不仁，但是为了出人头地，不惜把别人踩在脚下；他所追求的爱情更是出于一种“征服”心理，或者就是为了实用，不择手段……而这一切，正是我们在社会财富和权力面临新的转换时期所经常看到的人生万象。不幸的是，于连失败了，但是这并不意味着所有的类似于连的人物都会失败，他们中的很多人确实成功了，他们不但改变了自己的命运和地位，成了大款、显贵和暴发户，而且改变了社会以及权力财富资源的分配，但是唯一不能改变的就是他们走过的道路和付出的灵魂；他们最终还是于连，那一群永远不能享受甚至不再具有人性和人生满足感的人。

所以，野心有时就是人性的陷阱。关键在于你用什么滋养你的人性，实现你的人生理想。尤其当所有的资源都掌握在权势者手中的时候，尤其是在一个人连基本生存和发展权利都不能保证，都必须付出人性来交换的情况下，他们会用一切手段和机会来诱惑你，一点一滴地获取你的良心和灵魂，一步一步把你全部"买"去。这也许就是你飞黄腾达之时，丧尽人性之日。

之四十九　阅读《红字》：无法抹去的印记

《红字》（*The Scarlet Letter*）是美国作家纳撒尼尔·霍桑（Nathaniel Hawthorne，1804—1864）的著名小说，在中国流传甚广。据说，霍桑对于"灵性"特别感兴趣，所以在他的作品中出现了许多神秘、隐秘的意象，其中蕴藏着作者对于人、自然及其命运的特殊暗示和触及。在《红字》中同样存在着这种特色。作者把"红字"作为书名，不仅表现了某种特殊的社会习俗和现象，而且体现了作者对于这一特殊现象的深刻的心理透视；在其耻辱的征象背后深藏着人性、人类文化的原始奥秘，也许正因为如此，作品中女主人公海丝特·白兰面对众人气势汹汹的责难才能守口如瓶，当人们要求她说出孩子父亲才能去掉胸上的红字时，她大声回答："那烙印太深了。你们除不掉它的。"①

问题是为什么"除不掉它"？而这个"太深"又意味着什么？相信这也是解读这部小说的关键。作为一部主观性、抒情性很强的小说，《红字》中很多对话和谈话背后具有强烈的双重意味，一方面发自人物的内心，表

---

① 霍桑：《红字》，侍桁译，上海译文出版社，1981 年，第 20 页。

达着人物的具体的思想感情，同时又隐含着作者的寓意，企图传达出作者对于某种"灵性"的思考和接触。海丝特的这段话当然包含着自己独特的情感体验，其中的"太深"表达了她对于自己情人丁梅丝代尔牧师的爱意；但是从更深的层次来说，这个"红字"来自人性的深处，原本就是人性、大自然灵性的一部分，是谁也无法从人类生活中抹去的。

由此，阅读《红字》，在某种程度上来说，也是不断触及、领会和理解这个"烙印"的过程。就海丝特·白兰来说，她能够在极其屈辱的情况下坚持活下去，还在于她意识到这个"烙印"不仅"太深"，而且在每一个心头都有——无人可以逃避。所以，她表面上生活极其孤独，但是在内心中却不无一种自信的倔强。正如作品中所揭示的那样，她感到痛苦，但是内心并不服从；她感到有罪，但是她并不以为她独自一个人在犯罪；因为"那个字母使她对于旁人心胸中隐藏的罪恶有了亲切的认识"，因为"如果到处都揭穿实情的话，在海丝特·白兰之外，许多人的胸上都要闪耀出那个红字来的"。[①] 所以，作为一种世俗的罪恶的标记，却赋予了这个女人更透彻的人性的眼光，使她能够在各种各样道貌岸然的面具之下，看到人们内心深处隐藏着的同一种火焰——"她闪耀得非常明亮"。

这是红字给予海丝特的"新感觉"，更是作者在生活中发现和感悟到的新奥秘。但是，要真正揭示出这个"烙印"的底蕴，而且真正回答"它从何处来"，并不是一件容易的事。对于海丝特来说，独自承担的不仅是红字的耻辱，还有对于下一代命运的责任。她不止一次地从自己女儿珠儿身上感受到了这个"烙印"的无可回避，可以这么说，海丝特之所以坚持活下去，就是为了自己的孩子——一个"罪孽"的产物；而之所以要坚持这种"爱"的责任和信念，则完全出自一种自我生存、认定和发展的本能，因为她在珠儿身上感受到了自己，更加绝望地体验到这个"烙印"的存在。这种感受和体验是如此细腻和敏感，以至于作者在描述它们的时候时常流露出怀疑、恐惧甚至惊骇的口吻。

---

① 霍桑：《红字》，侍桁译，上海译文出版社，1981年，第38页。

作者似乎相信，"这个小动物，她的纯洁的生命，秉承着不可测知的神意，从一种茂盛的罪恶的热情中，开放出一朵可爱的不朽的花"，但是同时又不能不面对一种罪恶感的延续，海丝特不能不"一天又一天，她恐惧地看守着这个孩子成长起来的秉性，总在担心会发现一种阴暗狂野的特质，而和那产生她的罪恶相应和"。①

实际上，海丝特不仅从周围的人身上，更从自己的女儿身上一次又一次印证着这个"红字"的存在，而它的中心词可能就是"狂野"——也许在作者的心目中，这就是"生命的原质"，它美丽而光辉，但是又使人感到危险和恐惧。所以，海丝特才如此敏感和恐惧地注视着自己孩子天性的发展和流露，"她从珠儿身上可以看出她自己那种狂野、绝望、反抗的气氛，那种轻浮的性质，甚至可以看出那隐伏在她心里的忧郁绝望的阴云。这些性质现在由小孩子气质中的晨光闪耀着，将在将来的人生中，时时会产生出暴雨和旋风。"② 而更为绝望的印证在于，即使对于珠儿这样的孩子，无论用什么方法，都不能抹杀、除掉，甚至从表面上完全控制这种"烙印"，为此海丝特采用过严格的管束、哄骗斥责、命令、劝诱或乞求，但是都毫无用处。不管海丝特把珠儿怎样称呼和想象——妖精、魔鬼、鬼怪、恶魔的精灵，都无法否认珠儿是一个健康的孩子，她是爱的结晶，她懂得爱也需要爱。

不仅如此，珠儿还是一种象征，作者从她身上直接触及"红字"最深的根源，进入了原始的旷野、荒原和异端的森林，体验到了人性与自然最深层的联系。下面一段就是珠儿的特殊经历：

当母亲同牧师坐着谈话的时候，珠儿并没有觉得时间过得厌倦。那座阴暗的大森林，虽然对于那些把人世罪恶与烦恼带到它胸怀里来的人们显得严峻，但对于这个孤独的婴儿，却尽其可能变成了她的游伴。它虽然是十分阴沉，却露出了最亲切的心情来欢迎她。它送鹧鸪

---

① 霍桑：《红字》，侍桁译，上海译文出版社，1981年，第40—42页。
② 霍桑：《红字》，侍桁译，上海译文出版社，1981年，第42页。

莓子给她吃，那是一个秋天长出来到今春才成熟的，眼前在枯叶上正红得像血珠一样。珠儿收集了一些，闻着野生果子的香味，很是喜欢，旷野间的小生物，差不多都不肯费事从她的行径上避开她。一只鹧鸪鸟，率领着十只小雏，确曾凶猛地向前冲，但是不久就后悔它的凶猛了，同时招呼着它的几只小雏不要害怕。独自停在低低树枝上的一只鸽子，听凭珠儿来到它的下面，发出一声又似欢迎又似惊骇的呼声。一只松鼠，从它居住的高耸的树顶上，不晓得是发脾气还是欢喜地叽叽咕咕，因为松鼠原是一种脾气不定而滑稽的小动物，所以很难摸清它的心情，它就这样对孩子叽叽咕咕着，并投下一颗栗果在孩子头上。那是一颗去年的栗果，已被它锐利的牙齿咬过了。一只狐狸，因为她踏着落叶的轻轻的脚步声，从睡眠中惊醒过来，它疑虑地端详着珠儿，仿佛正拿不定主意，是偷跑掉好呢，还是在原来的地方重新睡觉。据说——故事说到这里，真是愈来愈无稽了——还有一只狼走上前来，嗅着珠儿的衣服，要她用手拍抚着它那野蛮的头呢。不过，实际上仿佛是，森林母亲与它养育着的那些牲畜，全都在这个人类的孩子身上，看出和它们一脉相承的野性来。[1]

在许多交织着痛苦和欢喜的描述中，这完全是一种诗意的童话境界，犹如梦境，这里洋溢着伊甸园的和谐，人与自然，与自然中所有的生物亲密无间，和睦相处，尤其是那只狼的出现，能够把人们带回悠远的原始岁月，带回到罗马森林中母狼的身旁；而也许只有在这里，才隐藏着使海丝特感到心醉神迷的"喜悦的神秘"，才是亚瑟·丁梅丝代尔眼中最后闪耀着的光明，才是读者能真切感受到的这个烙印"太深"的含义。

其实，这个"烙印"还会唤起人们对于欧洲古代神话传说的记忆。据传说，一个人如果被人狼或吸血鬼所蛊惑，或者本身就是具有这种遗传，身上就会出现某种印记或者烙印。这在民间至今还可以找到很多证据。例

---

[1]　霍桑：《红字》，侍桁译，上海译文出版社，1981年，第153页。

如，司汤达在《意大利遗事》就记述过，意大利人就曾把一种皮肤癌称为"母狼"。据说生活在 16 世纪的著名的帕奥洛·吉奥尔达诺·奥尔西尼公爵，就得了这种病，所以教皇特意免除他觐见时下跪。而他的肥胖、贪婪和荒淫无耻当时也是有名的。① 甚至在中国，也有类似的说法，人们把一些恶性皮肤病称为"狼疮"（Lupus）。所不幸的是，这种历史的记忆已经被扭曲了，由于文明的进展，人们对于野性的来源不仅感到陌生，而且分外恐惧了。

所以，也许只有珠儿才能真正领略这个童话境界，因为她还是个孩子，身心还没有完全被社会法律和道德网络所束缚和禁锢，所以能够自由、自然地接受和接触自然；而对于珠儿父母来说，他们已经远离了自然、纯洁的时代，所以在回归自然人性过程中，不能接受他们的身心不能不时常与魔鬼打交道，内心承受一种罪恶感。"与魔鬼打交道"，不仅成了人们生活的一种常态，而且也是理解人性，接近灵性最直接的方式，因为当人心中存在着各种"魔障"，人性已经被烙上罪恶印记的时候，解放人性就不得不接近恶魔，与恶魔遭遇，接受魔鬼的窥视、挑战与审判。在作品中，作者就是通过一对特殊的人物体现这种方式的——亚瑟·丁梅丝代尔和罗格·齐灵窝斯，前者是海丝特的秘密情人，后者则是她的合法丈夫。但是就作者的意念来说，他们的相遇不仅代表一种人性与魔障的搏斗，而且是撒旦与上帝的一次新的较量："那就是说，亚瑟·丁梅丝代尔牧师也像基督教世界中各时代的其他许多特别圣洁的人们一样，不是遇到撒旦本人就是遇到撒旦使者扮装成老罗格·齐灵窝斯的模样，来磨难他了。"②

因此，永远无法抹去的印记，其实意味着永远无法消解和消失的内在搏斗。

---

① 司汤达：《意大利遗事》，李健吾译，上海译文出版社，1982 年，第 112 页。
② 霍桑：《红字》，侍桁译，上海译文出版社，1981 年，第 76 页。

之五十　阅读《金枝》：追寻人与自然的缘分

"金枝"（golden bough）作为一个具有神秘意味的词语，据说最早出自罗马诗人维吉尔（前70—前19）的史诗《埃涅阿斯记》。埃涅阿斯是希腊传说中的英雄，他在特洛伊城陷落后，身背父亲，手牵儿子，逃离家乡。父亲死后，他根据一位女神的指点，折取一截树枝，借助它到冥界请教自己父亲的灵魂。而《金枝》的作者更关注的是罗马森林女神狄安娜神庙的传说及其习俗。按照习惯，神庙的祭司要全力守护左近的一棵繁茂的圣树，不容许任何人折取它的枝叶，因为任何人折取了树枝，就意味着有权利通过决斗杀死祭司，并取而代之成为新的"森林之王"。所以，圣树上的树枝，就成了所谓"金枝"。作者就此提出了三个问题进行探讨：1. 为什么祭司在就任这一职位之前，要杀掉他的前任？2. 为什么在杀掉前任之前，要折取一节"金枝"呢？3. 为什么狄安娜神庙的祭司还有一个"森林之王"的徽号呢？

首先是关于人与自然关系的确认。这部巨著（中译本正文1001页，外加203页注释）就是由此展开的，作者詹姆斯·乔治·弗雷泽（Frazer, J. G., 1854—1941）研究了世界各地的大量的神话传说和生活习俗，带领读者进行了一次罕见的神秘文化之旅，最后又安然地回到了现代文明的生活中。至于结论和答案，相信每一个读者都会获得自己的那一份。

我喜欢作者的提问。正如所有人类学者都难以回避的一样，弗雷泽的探讨也建立在如此一种假设之上，即，在原始人的心目中，世界在很大程度上都是受某种超自然力量支配的。这种超自然力量就来自各种神灵，并且通过各种形式和形态表现出来，例如植物、动物，甚至化身为肉体凡胎的普通人，于是就有了人们各种各样的巫术和神灵，有了与神灵各种各样的感应、交流和对话的形式，有了各种各样的神话传说。显然，无论作者如何努力，弗雷泽所选取的这个森林女神狄安娜仍然是"中间环节"，也就是说，她是从更远古的神话传说中走来的，而且还要继续向不知名的未来走去，而且很难说预测将来的变化。而从各种各样的神话传说的演变来看，从宇宙天象之神（如日神、月神、风神等），到植物之神（如森林之神、花神、药神等）、动物之神（如狼神、狮神、鸟神）；从单一之神（如日神、狼神）到综合之神（如龙神），最后到各种"人神"，似乎经历了一个相当纷繁复杂的文化变迁过程。即便到了如今的"无神论"时代，这种变迁仍然没有结束，各种神灵的阴影和幻影依然无处不在，深刻影响着现代人的生活。

按照弗雷泽的理解，"在那些年代里，笼罩在国王身上的神性绝非空洞的言辞，而是一种坚定的信仰。在很多情况下，国王不只是作为祭奠，即作为人与神之间的联系人而受到尊崇，而是被当作为神灵。他能降福给他的臣民和崇拜者，这种赐福通常被认为是凡人力所不及的，只有向超人或神灵祈求并供祭品才能获得。"[①] 这种情景不仅表现在"人神"方面，也同样出现在动物神嗣之中。至于"森林之王必须杀死前任"的现象和习俗，不仅表现在人在与动物世界阔别的文化觉醒之中，而且一直贯穿于人类历史的演进之中，可以用弗洛伊德的"弑父杀母"的情结进行演绎。现代的统治者同样是用"先进推翻落后""一个阶级推翻另一个阶级"的暴烈行动实现改朝换代的。

因此，把宗教首先看作一种对于神灵、对于超自然力量的信仰是有一定理由的。就此来说，巫术是一种无意识的宗教，而宗教则是一种自觉的巫术；前者是无体系的、原始的呓语，而后者则是一种有体系的、理性的信念。而宗教与巫术之间的冲突和争斗，尽管同样势不两立，但是往往只是一种"天子与诸侯"，"朝廷与土匪"的关系。但是在这方面，弗雷泽无疑与我有不同看法，他强调了宗教对于有意识的、具有人格的神的力量的崇拜，在某种程度上夸大了巫术与宗教的冲突，以及巫术与科学之间的一致性。

---

① 詹·乔·弗雷泽：《金枝》，徐育新、汪培基、张泽石译，大众文艺出版社，1998年，第 18 页。

　　其次，关于植物神与人神之间的关系引起了我的注意。使我感到遗憾的是，弗雷泽在对于神灵的浏览和研究中，在很大程度上忽略了对于动物神祇的关注，他几乎是从植物神祇跳跃到了"人神"，而把动物神祇仅仅作为一种点缀或者陪衬。所以，当神灵中的森林女神与人间的"森林之王"达成默契时，并没有森林中的动物前来祝贺。我一时还很难断定其中的原因。也许弗雷泽是一个虔诚的基督教徒，所以在有意无意之间为宗教的神圣意义辩护，因此忽略了对于动物神话以及英雄崇拜的探讨。

　　不过，书中还是有许多论述和资料引起了我的兴趣。例如，在新几内亚的印第安文化中，"据一位土著解释说，美拉尼西亚的酋长们享有权力，完全是来自人们相信他们与魔鬼来往，并能够凭着魔鬼产生的影响去支配超自然的力量。"① 关于这一点，我们完全可以从有关狼和龙的崇拜中得到证明。比如北美印第安人经常通过"狼舞"来和自己的祖先沟通，他们的酋长也往往是巫师，可以通过某种特殊的方法与神灵对话，并得到神灵的指点；而中国的皇帝以天子自居，把自己当作神龙下凡，使"天人合一"的理念成为现实。而在印度，至今还有众多的"人神"，供虔诚的教徒顶礼膜拜。所以，在"化身为人的神"之前，或者同时，还有一种重要的"化动物为神"的现象。对于原始人来说，某种动物或者可以与之沟通的人，不过是一种超自然力量的显现或象征而已。由于这种动物可以通神，并且可以与人相通，所以酋长或巫师可以取得神的化身的声誉和权力，并逐渐形成一种习俗或传统，集中体现人们对于自然力量及其规则的认识。

　　这就是"神灵附身"现象的产生。这在各个民族的文化生活中至今留存不息。所谓巫师、术士、通灵者往往充当与神灵沟通的角色，其状态也极其相似，例如通灵时身体剧烈颤抖，几近疯狂，甚至四体抽搐，身躯变形，口歪鼻斜，面目狰狞，两眼圆睁，满地乱滚，口吐呓语，喊出神灵的旨意。这种情景至今还缺乏令人信服的科学解释，有人把这种现象归结为一种催眠的效果，有的干脆指责为"骗人的把戏"。

---

　　① 詹·乔·弗雷泽：《金枝》，徐育新、汪培基、张泽石译，大众文艺出版社，1998年，第129页。

但是，原始人并不这么看。他们相信信念，相信自己与大自然之间形成的某种特殊的联系，并且把这种联系的紧密程度归结于自我内心的坚持。所以，至今在中国民间还流传着所谓"信则有，而不信则无"的观念。而《金枝》使我们看到的另一重意义在于，无论是植物、动物，或是人神，从巫术到宗教信念，都代表着一种权力或权威意识，所以神祇的变迁在某种程度上也反映了人类权力意识和机制的变化。例如，罗马总共有8位国王，但是除了第一位国王还自称是母狼的后裔外，自后的罗马逐渐丧失了母狼的信仰。罗马的平民和奴隶宁愿在仲夏节（Midsummer Day）狂欢酣醉，纪念幸运女神福琼娜，而不再去膜拜母狼的雕像。至少在历史记载上是如此。同时，根据古代传说，罗马第一任国王罗慕路斯不得善终，最后是神秘失踪的。这似乎和狼崇拜习俗的消失有着某种神秘的联系。

之五十一　再读《金枝》："我的灵魂从哪里来?"

另外，对于灵魂问题的探讨确实令人着迷，因为这也是一个人类如何进行自我确认的问题。尽管人类生活已经发生了重大的变化，但是关于灵魂的观念依旧是人类精神的核心，依然是构筑如今这个所谓"人的世界"的主要因素。灵魂把人们联系起来，把每个人带到人间，送到阴间，永不停息。在《金枝》中有如此一段叙述很有意思："一位欧洲传教士对一些澳大利亚的黑人说：'我不是像你们想象的那样是一个人，而是两个人。'那几位黑人听完大笑了。这位传教士继续说：'你们爱怎么笑就怎么笑，不过我告诉你们：我是两个人合成为一个人的；你们看到我的这个身躯是一个我，在这个身体里面还有一个小我，那是看不见的。这个大的身躯死亡时，小的身体就飞走了。'对于这一点，一些黑人回答说：'是的，是的，我们也都是两个，我们胸中也有一个小我。'在问到人死后小我到哪里去了的时候，有人说它到树丛后面去了，也有人说他到海里去了。还有些人说不知道。"——可见，在灵魂问题上，生活在原始状态的人与现代生活中的人没有大的区别。

问题是灵魂以及与之密切相关的身心分离观念的产生，对于人类到底意味着什么？

从种种有关灵魂的原始习俗和观念来看，至少有一点是确定无疑的：人们对于灵魂的确定，实际上是对自己生命价值和意义的确定，由此人们有了认定自己生命存在的另一种脱离肉体的见证和想象；而由于这种想象以及对于灵魂的看重，人们产生了永恒和不死的观念，它们高于肉体，比肉体更重要。我以为这就是文化的起源。文化起源于人类的灵魂观念，起源于一种人类想象中的能够占据肉体、给肉体以生命活力和意义的存在。所以，人们可以把肉体称为"躯壳"甚至"臭皮囊"，能够设想被不同的灵魂占据，能够在各种不同的文化条件下舍弃肉体的生命，以换取精神的永恒存在。

这种观念也使我们重新考察神话传说的意味。例如灵魂漫游是很多民族神话传说中共同主题，今天仍然是各种虚构性艺术创作的基础。在古老的传说中，一个特定的漫游的灵魂可能会误入各种不同的躯体之中，可能是树木、花朵、公羊和国王；而现代作家可能有意识地深入到各种不同的灵魂之中，体验不同的生命存在。在人类想象的本质上，这两者之间并没有多大的区别。所以，最好的有深度的现代作家绝不会忽视神话传说的秘密，最好的艺术作品也往往具有神话传说的魅力。

这里或许还包含着人类的忏悔意识，因为在人类神话传说和习俗中，存在着各种各样惩罚"替罪羊"或"替罪人"的仪式。例如在古罗马，每年3月14日，就有一个人披着兽皮被人牵到街上游行，人们用白色长棍打他，把他赶到城外。这个人被称为"玛尔斯"（Mars），即罗马神话中的战神和农业之神。如果我们想象玛尔斯就是狼的化身的话，那么人们是企图通过这种仪式来洗清战争的血腥，把人类的罪过转移到被抛弃的神灵身上。这样做，人类的野性仿佛就被替罪人承担并带走了。

在原始人类生活中，存在着一个野蛮和血腥的阶段，早已经被大量的考古发现所证实。问题是人类是如何摆脱那个时代的，又是如何面对自己过去的。而更残酷的事实在于，人类尽管早已经摈弃了过去的野蛮习俗和意念，但是并没有消灭战争以及血腥的世界，野性的"玛尔斯"仍然不断显身，并点燃人们心中暂时被熄灭的战火。所不同的只是，现代的战歌和集体的誓师仪式，已经代替了原始的祭祀方式，已经不再用人或动物的血来祈求神灵的帮助了。

在阅读中，我仍然没有放弃对于"狼神"的追寻，可惜我所得到的是并不明朗的感觉。在《金枝》中，尽管弗雷泽涉及了众多的希腊罗马神话传说，但是竟然对于至今还屹立在罗马城郊的母狼雕像只字未提。很难断定这只是一种疏忽。尤其是在叙述罗马敬奉阿蒂斯和诸神伟大母亲的野蛮习俗时，完全回避了其中狼崇拜的内容。

在这方面，西方对于"酒神"狄俄尼索斯（Dionysus）的崇拜也值得注意。据传，酒神狄俄尼索斯起源于色雷斯的野蛮民族，因为他们酷爱饮酒，造就了葡萄酒或葡萄树人格化的神灵。但是在其他一些神话传说中，这位酒神不仅成了谷神，而且变成了公牛，最后死在了敌人的刀下，甚至被砍断了四肢，碎尸万段，把心脏掏了出来。而后人祭奠的方式也相当残酷，需要把一头牛或一只羊活活撕裂杀死，然后人们吃它的肉，喝它的血。

还有一点让我感兴趣：尽管弗雷泽把许多神祇都归结为谷神，在很大程度上忽略了动物神祇的意义，但是披露了欧洲一种独特的文化现象，这就是"人们想象谷精变化为狼或狗"，"这种观念在法国、德国和斯拉夫民族的国家中都很普遍。例如，风使谷物像浪涛一样起伏，这时农民常常说'狼在谷上走（或在谷中走）'，'黑麦狼在田里跑'，'狼在谷子里'，'疯狗在谷子里'，'大狗在那儿呐'。孩子想到谷田里去摘谷穗或是采摘蓝色的矢车菊，人们叫他们不要去，因为'大狗走在谷里'或是说'狼坐在谷里要把你撕成几块'，'狼要吃你'。叫孩子不要去惹的狼不是一只普通狼，因为人们常说它是玉米狼、黑麦狼，等等；例如，他们说'小孩，黑麦狼要来把你吃掉','黑麦狼要把你抓走',等等。不过谷精还具有狼的全部外形。"①　所以,至今在欧洲还有许多关于狼的习俗,例如在波兰,有人会圣诞节头顶狼皮让别人或牵着或抬着走;这个人就叫作狼,牵他或抬他的人可以向人家讨赏钱。可惜的是,弗雷泽并没有详细分析这种现象的历史来源。还有对于欧洲普遍存在着的"篝火仪式"的描述,弗雷泽似乎有意识地回避了有关狼的内容,尽管他还是为我们提供一条珍贵资料,这就是在欧洲诺曼底的于米吉村,直到 19 世纪上半叶,还保留了"绿狼兄弟会"(Brotherhood of the Green Wolf)履行举办仲夏篝火仪式的传统职责。"每年 6 月 23 日,圣约翰节的头一天,'绿狼兄弟会'都要选一位新首领或长老,总是从科尼豪村选出来。选出后,兄弟会的新首领就叫'绿狼',穿上一种特别的衣服,一种绿长袍,一顶很高的锥形的绿帽子,没有帽边。穿戴好了,他庄严地走在众兄弟的前面,唱着圣约翰赞美歌,十字架和圣旗走在前面,到一个叫作考奎的地方去。在这里,他们这一行人受到神父、教堂唱诗班的领队和歌唱队的迎接,把他们领到教区的教堂里。听完弥撒后,大家又来到绿狼的家里,简单地吃一顿饭。到了晚上,一位青年男子和一位青年妇女,佩着花,摇着手铃。手铃声响起,篝火就点燃起来。然后绿狼和他的兄弟们,头巾披在肩上,彼此拉着手,跟在当选来年绿狼的人后面围着篝火跑。这一队人虽然只有第一个和最后一个有只手是空着的,他们都要三次围上,抓住未来的绿狼,绿狼尽力逃脱,他带一根长棍子打那些兄弟。最后,他们把绿狼捉住的时候,他们把他抬到火堆上面,做出要把他扔到火堆上去的样子。这个仪式完了以后,他们就回到绿狼的家里,在那里为他们摆着一顿最简单的晚饭。一直到午夜之前都有一种庄严的宗教气氛笼罩着。但是十二点钟刚一敲响,这一切马上就改变了。拘束变成放纵;虔诚的赞美变成了酒神的小曲;乡村提琴的尖利颤动的音响比起快乐的绿狼兄弟的喊声高不了多少。第二天,6 月 24 日或仲夏节,还是原班人马,同样欢乐地热烈庆贺。其中有一项仪式是在一片火枪声中展

---

① 　詹·乔·弗雷泽:《金枝》,徐育新、汪培基、张泽石译,大众文艺出版社,1998年,第 642 页。

示一块特大圣饼（用麦粉特制的千层饼），饼上面放着一个彩带装饰的绿色角锥形塔。然后又将一个手摇圣铃放在祭坛的踏板上，作为'绿狼'职位的徽志交给来年的继任者。"①

　　显然，这个民间仪式包含着太多的信息令人着迷，例如它起源于何时何地？人们为什么要把绿狼请到教堂？为什么要表现捉绿狼的情景？等等。看来，神话传说也有一种自然的性质，人类精神依赖它，不断向它索取，但是也会像破坏自然一样"改造"它甚至破坏它，使其中一些"物种"濒临灭绝甚至绝灭。我们也应该像保护自然一样保护人类的精神资源。

之五十二　阅读《狼哨》：种族歧视的文学镜像

　　《狼哨》② 是美国南方作家理卫斯·诺顿（Lewis Nordan）的一部写实性小说，是根据 1950 年代发生在美国南方某小镇的一场悲剧所写的，反映了传统的文化意识在现实生活中的曲折表现，涉及了人性与文化中的种种关系。

　　当时，在一家小酒店里，一位 14 岁的黑人少年因为向一位白人女性吹了口哨，就遭到了两位白人男子的谋杀，为此引起了一场官司。但是，令舆论哗然的是，这两位白人最后竟然被判无罪。且不说这场判决所反映的美国社会文化的种种问题发人深省，就从这次谋杀的起因来说，也是值得思考的。一次明目张胆、惨无人道的谋杀，竟然因为一声口哨，这实在使人难以理解。在小说中，只有一位小学女教师阿丽丝（Alice）用自己的心灵承受了这次悲剧，最后带着绝望的、受伤的情绪离开了这个令人心碎的小镇。

　　这是一部蘸着心血写成的小说，因为作者本人就生活在美国密西西比

① 詹·乔·弗雷泽：《金枝》，徐育新、汪培基、张泽石译，大众文艺出版社，1998年，第 883 页。

② Lewis Nordan：*Wolf Whistle*，Algonquin Books of Chapel Hill，1993.

的特尔塔（Mississippi Delta），在他 15 岁，也就是 1955 年那年，镇上两位白人谋杀了一位名叫爱蒙特·提尔（Emmett Till）的黑人少年，但是两位白人最后被判无罪。三十八年来，作者一直无法忘记这件事，悲剧萦绕在他的脑海，刺激着他的想象，演绎成了各种不同的可能性，最后，在对历史和文化的新的反思中，《狼哨》诞生了，其中表达了作者对落后、保守的白人文化意识的深刻反思和批判。作者所关注的就是这场悲剧产生的过程及其根源，它是在怎样一种文化环境中酝酿的，在一种什么样的思想逻辑中实施的，人们又是在什么样的心理氛围中承受和面对它的。

　　而这一切显然都与一声口哨有关。为什么几个白人竟然不能容忍一个黑人向一个白人女性吹口哨，难道吹口哨也是一种白人的特权？确实，在小说中，作者一再提醒读者，如果那天这位黑人少年宝普（Bobo）不和杀人者厦龙（Solon）相遇；如果他们不是同时遇到沙梨·安尼太太——另一位谋杀者的妻子；如果知道厦龙心存欲望和安尼调情；更重要的，如果宝普意识到了这一点知趣地离开，不吹那声显露风骚的狼哨，一切都不会发生。

　　当然，问题并不那么简单。因为宝普被谋杀并不仅仅因为他是一个黑人，更因为他是一个来自大城市芝加哥的引人注目的黑人。在这封闭落后的小镇上，他显得与众不同，完全超出了周围白人对黑人的预期。在这些白人看来，黑人就是黑人，就应该是老老实实的，恭恭敬敬的，说话的声音应该比白人小，衣着穿得比白人低级，根本没有权利向白人女人吹口哨。而宝普竟然穿着漂亮的白衬衫，打着领带，手指上还戴着一个闪亮的金戒指，并且到处向人们炫耀"这是意大利金货"。所以，他的举止根本不是一个黑人，他显得比当地白人更自由，更无拘无束，大声和人开玩笑，不分黑白，不讲身份高下；而且还经常向别人显示一个白人姑娘的照片，说这是他在芝加哥的女友——尽管事实并非如此，这只是一张普通的电影女明星的照片。他根本不曾想到这个社会还有如此多的禁忌，他已经在无意中触犯了它们，他必死无疑——一声狼哨只是一个口实。

　　这是一种杀人的氛围。如果你读过海明威的《杀人者》、鲁迅的《孤独者》，甚至柔石的《二月》，都会体验到这种类似的气氛。一切都好像什么都没有发生，但是一切都在暗暗地进行；你只是心灵比周围的人自由一些，笑声比别人高了一点，行为显得自在了一些，尽管你什么都没有做，但是你已经闯了大祸，你已经成了一些人的眼中钉；如果你不远走高飞的话，等待你的就是密谋、暗算，就是整你的黑材料，就是各种各样的难看的脸色。在这个过程中，谋杀和收拾你的理由绝对是充足的，违背规则、背叛族类、行为不检、目空一切等等，而你也绝对不可能躲过暗算，获得胜利，因为你是一个人，而对方是迷离扑朔的一群。

所以，宝普遭到谋杀的原因有其表层的原因，也有其深层的原因。在小说中，两位谋杀者的身份有很大差别，厦龙是白人中间的"垃圾"，而安尼的丈夫则是受人尊重的有钱人，但是他们都很清楚自己的动机。当厦龙在小店拦住宝普，强迫后者向安尼太太道歉时，直接的理由就是："你难道不知道怎样和白人说话吗？"① 而另一位谋杀者之所以雇佣厦龙去杀死一个无辜的黑人，理由无非是："他带着那白人姑娘的照片到处炫耀，好像那姑娘不但是他的女友，而且就是他的，像他的妻子一样，简直不能容忍。"② 但是，读者也许难以理解的是，一声口哨会触犯人类最古老的禁忌。

显然，同《基督的最后诱惑》相比，这位吹口哨的黑人无论如何居心不良，无非体现了一种肉体的欲望和冲动，和基督当年的心理状态并无太大的区别，只不过这位黑人并没有想成为上帝的愿望而已。而问题的关键在于，这几位白人杀人者正是借用了上帝的名义来进行道德审判，并获得杀戮的理由的。而法官的无罪判决同样是在这种氛围中进行的。其实，在这种情况下，黑人也不可能想象自己可以成为上帝，因为他们这种想象的权利由于种族和肤色歧视而被剥夺了。

正如《基督的最后诱惑》在 1950 年代出版后就受到很大的质疑一样，就在前几年，一幅黑人基督的画像也使很多人感到不快。所以，在人性和

---

① Lewis Nordan：*Wolf Whistle*, Algonquin Books of Chapel Hill, 1993, p. 3.

② Lewis Nordan：*Wolf Whistle*, Algonquin Books of Chapel Hill, 1993, p. 119.

道德面罩下的并不一定是基督的真身，而在动物和诱惑的身体里也并不一定都是罪恶。而在很多情况下，狼就代表了一种生命的欲望和诱惑，这从人类最早的原始神话传说中就是如此。只不过随着文化的演进，人类逐渐远离了纯粹动物性的方式。一方面人类则选择一种有利于自己健康繁衍的方式，因此必须拒绝继续按照动物的原则行事，另一方面，人的本性又无法完全清除这种欲望的存在，所以人们很难拒绝这种诱惑。这种诱惑和拒绝的斗争一直贯串于人类的文明进程之中，而狼恰巧充当了这种原始的心理情结。俄罗斯民间传说《伊凡王子与灰色狼》就表现了这一点。在这个故事中，伊凡王子与灰色狼内在的相通之处就是对欲望的追求；伊凡的幸运是有理解他并能帮助他实现欲望的灰狼出现———这可以理解为人类潜意识梦想中的"替代"，而灰狼的幸运在于它由此可以证明自己存在的合理性———这种合理性已经被忘恩负义的人们在理性层面上颠覆。但是，尽管如此，人们仍然不可能完全消除自己内心深处动物性的涌动。我们或许不能否认，人类的这种至高无上的优越感本身是虚弱的，并不十分理直气壮，因为人类自身的历史和经验会提醒自己，自己所创造的一切优美高贵的理念都难以掩盖自己欲望的膨胀，人类，无论是集体还是个人，随时都有可能作出比一切动物更残忍、更可怕的事情来。从这个意义上讲，人类从来就没有摆脱过动物性。

于是，人类为了克服这种恐惧感，就不能不用一种强大的理性力量来抗衡，极力使自己远离动物世界，尤其是与自己最接近的动物。为此人类不得不为自己设置很多禁忌，用文化、宗教甚至法律手段来约束自己，保证自己不重蹈覆辙，以维持自己在自然界至高无上的尊严。狼也许就是如此被列入文化禁忌行列的。因为它们所表现出的生命征象实在太令人惊奇了，其生命活动与早期人类的成长也太紧密了。

可见，在西方文化中，诱惑的原型源远流长，它直接表现为人之为人过程中灵与肉的搏斗，而基督教的产生不仅使这种内在的搏斗外在化了，宗教化了，而且也使它形象化了，基督成了一种向上的精神和灵魂的象征，促使人摆脱动物的单纯受欲望驱动的状态，进入了更加文明的境界。

显然，狼作为欲望和诱惑的象征，并不局限于性别。而从各种各样的神话传说中可以看出，狼所体现的欲望也是多种多样的，但是随着文化的演进，特别是基督教文化兴起之后，各种欲望和诱惑都受到压抑，但是最明显的则越来越集中在了性的方面。狼往往就表现为一种性，甚至是色情的象征。这确实是一种值得探讨的文化现象。

之五十三　阅读老子：从"谷神"到"大美不言"

从"谷神"到"天下母"或"万物之母"，还可以感受到中国艺术精神的特质。在这里，我们也就不难发现"万物之母""众妙之门"与"天下豀""天下谷""百谷王"之间一脉相承的关联——这就是老子对于女性的崇拜，坚信自然之道就是"雌胜雄""柔克强""阴生阳"：

> 有物混成，先天地生。寂兮寥兮，独立而不改，周行而不殆，可以为天地母。吾不知其名，字之曰道，强为之名曰大。大曰逝，逝曰远，远曰反。故道大，天大，地大，王亦大。域中有四大，而王居其一焉。人法地，地法天，天法道，道法自然。

这里，"谷神不死"已经和老子的"道"的内涵连在一起了，所谓"譬道之在天下，犹川谷之于江海"就说得很明白。这或许是一种原生态的文化资源给予老子的灵感和启迪，使他能够从这一原始思维的角度去理解和诠释人文之道。

这种原始的母性崇拜不仅决定了老子对"大象无形""大音希声""美言不信"等状态的推崇，而且导致他对于"水"及其特性的迷恋，因为"天下柔弱莫过于水"，所谓"上善若水。水善利万物而不争"，"古之善为士者，微妙玄通，深不可识。夫唯不可识，故强为之容：豫兮若冬涉川；犹兮若畏四邻；俨兮其若客；涣兮其若冰之将释；敦兮其若朴；旷兮其若谷；混兮其若浊"等等，都反映了老子对于"柔弱胜刚强，鱼不可脱于渊""天下之至柔驰骋天下之至坚"境界的追求。

对于水的推崇同样与原始女性崇拜意识有关：

> 上善若水。水善利万物而不争，处众人之所恶，故几于道。居善地，心善渊，与善仁，言善信，正善治，事善能，动善时。夫唯不争，故无尤。

> 古之善为士者，微妙玄通，深不可识。夫唯不可识，故强为之容：豫焉若冬涉川；犹兮若畏四邻；俨兮其若客；涣兮其若冰之将释；敦兮其若朴；旷兮其若谷；混兮其若浊；孰能浊以静之徐清？孰能安以久动之徐生？保此道者，不欲盈。夫唯不盈，故能蔽不新成。

> 众人熙熙，如享太牢，如春登台。我独泊兮，其未兆，沌沌兮如婴儿之未孩；累累兮若无所归。众人皆有余，而我独若遗。我愚人之心也哉！沌沌兮，俗人昭昭，我独昏昏。俗人察察，我独闷闷，澹兮其若海，飂兮若无止，众人皆有以，而我独顽且鄙。我独异于人，而贵食母。

> 天下莫柔弱于水，而攻坚强者莫之能胜，以其无以易之。弱之胜强，柔之胜刚，天下莫不知，莫能行。是以圣人云："受国之垢，是谓社稷主；受国不祥，是为天下王。"正言若反。

这些都把人们的视线引向了原始的母系社会状态——也就是人类文化的原初状态，人类还没有形成充分的理性思维习惯，并不受制于既定的概念和逻辑判断，呈现出了朦胧、混沌，但是又极其灵动、敏感的生命意识状态，例如，神话中女娲的意象就呈现出了这种状态，她在无意识中创造了人类，在游戏中开启了文明的大门。

因此而言，老子的学说之所以更倾向于艺术思维，因其根源于人类远古的母性崇拜，这也构成了中国最早的女性主义思想渊源。由此，老子不仅赋予了中国传统文化及其思维方式阴柔的、女性化的特点和气质，更确定了中国传统艺术独特的本体论特点与美学境界。

无疑，这就涉及了中国文化中"阴"的观念及其来源。其实，"谷"与"阴"有息息相关的联系。所谓"山之北，水之南"① 的地理态势，就与"谷"有密切的关系。"谷神"的"谷"是土地肥沃之处，不仅有山有水，而且阳光充沛，由此才能生生不息，物产丰富。

于是，在《老子》第四十一章中，出现了一个与"谷"有共生意义的观念"负阴抱阳"：

> 道生一，一生二，二生三，三生万物，负阴而抱阳，冲气以为和。

这里所言的是一种滋生万物的最佳环境，最初是从自然母体中生成的，而"负阴抱阳"则乃是对于整个宇宙和生命世界生生不息的动态结构的一种理解和概括。这种阴阳结构在《易经》中表达为"一阴一阳之为道"，并在此基础上演绎为神秘的八卦和太极图式。在《易经》中，"坤"字表示土地，是厚德载物、万物以致养的卦象。而"坤"又是一个奇特的字，其从土，另一半"申"，按《说文》解释，原意就是"神"，而且属阴，在卦象中有"三阴成否卦"之说。这样说来，"坤"字可以会意成大地之神，就和西方希腊神话中宙斯祖母盖亚的角色差不多。

这是一个神奇的文化探险之旅，由此可以想象一连串中国古代神话失落的环节。而老子的"负阴抱阳"则成了完整地理解中国文化发生与起源的关键一环。

不难看出，老子的"负阴抱阳"不同于《易经》中"天尊地卑"的观念，因为前者是以"万物之母"的"阴"为背景和基础的；而"负阴抱阳"并没有男尊女卑的等级划分，而更接近于表达了一种男女同体的想象。由此也可以推测，《易经》中阴阳观念是明显受到当时儒家思想浸染

---

① 许慎：《说文解字》（影印本），中华书局，1963 年，第 304 页。

的结果，体现出正统的男性文化和话语的特征。

也许正因为如此，尽管老子学说根植于古代女性崇拜意识一说，人们早就有所认识，许多学者对此都有所发现或感悟；但是，老子的这种文化属性，甚至老子思想本身，一直是被排斥在正统典籍之外；而且，在中国整体文化格局中，也一直处于民间的"亚文化"（Subculture）状态，其真实的意义和价值始终未得到完全的认同和认可。

之五十四　阅读孔子："人"是文明的基石

早就有人说过，"半部《论语》治天下"，如今听起来有点悬，但是细细品味和思量之后就会发现，这话不无道理，尤其对于中国来说，切中了历史和文化的根本。

读孔子首先是读《论语》，而《论语》反反复复所讲的就是一个"人"字——如何做人、如何识人和如何用人，这三者构成了儒家学说的中流砥柱，也几乎囊括了中国文化精神和学问的全部内容。由此也形成了中国文化和学问"道不远人"的传统，所有的思考、探索和发现，所有的理论、思想和社会理想最终都必须回到和归结于"人"本身，以"人"为基础，围绕着"人"做文章，而只有理解了人，抓到了人，才能理解社会，才能找到解释世界的钥匙，才能谈得上把握社会和赢得人心，最后平天下，治天下；所以，"人"是所有学问的根本，不可以须臾离开，"人之为道而远人，不可以为道"。

可见，在《论语》中，"人"是作为文明和文化的基石来进行论述的，一切发自于人，取决于人和归结于人，所以如何"做人"是非常重要的。作为一个教育家和思想家，孔子最后所做的一切就是如何立人和育人，也就是通过教育使"人"达于"仁"，成为有信念、有教养、有知识的君子。这种从"人"到"仁"的过程，也是一种文化建构和培养的过程，由此人不再是一个"原人"，而成为一个有自觉意识的、拥有与人类社会文化相通的文化教养和价值观念的"人"，也就是孔子所说的"仁者"，"夫仁者，己欲立而立人，己欲达而达人。"

如果说《论语》的核心是"人"，那么孔子最关注的还是如何"做人"。在这方面，孔子经历了"为政"的长期奔波之后，不仅关注外在的"礼"——一系列文明规则和观念——的重要性，而且意识到内在的修养和修炼的必要性，也就是说，"人"的关键在于一种文化建构，一种内在的心理化过程，其最后归结为一种内省和反思的自我监管和要求——这就把心思放在了文化教育方面，以"立人"来持续自己的追求。而要达到这一点，关键在于一个"诚"字。

这成了《大学》和《中庸》中的关键词。《大学》中所谓"诚其意者，毋自欺也"；"诚于中，形于外，故君子必慎其独也"；"君子必诚其意"；"如保赤子，心诚求之，虽不中，不远矣"；"君子有大道，必忠信以得之"，等等，皆突出了求学明道以诚为本的道理。而《中庸》更是开宗明义提出"率性之为道"，一再强调："诚者，天之道也；诚之者，人之道也；诚者不勉而中，不思而得，从容中道，圣人也。"这当然是对于孔子思想的延展和发挥。孔子在回应子贡"有一言而可以终身行之者乎"的疑问时说："其恕乎？己所不欲，勿施于人。"而曾子在领悟孔子"一以贯之"之内核时也说："夫子之道，忠恕而已矣。"

无疑，无论是"忠"还是"恕"，其基础都是那个"心"字，也就是内心的真实，对内心绝不自欺，对绝不苛求强求，将心比心，内外一致，方才称为君子。其实，不仅如此，中国古汉字中的"应（應）""德（惪）"等，下面都有个"心"字，都应该从内心出发，以真诚作为基础。所以，后来子思强调"诚"，不仅是对于儒家学说的伟大贡献，而且也承接了中国文化"以诚为本"的传统。对此，王国维给予高度关注和评价，他认为"诚"与叔本华之"意志"相似，是"后世儒教哲学之根本"所在，"《中庸》实儒教哲学之渊源，通孟子而至宋代，遂成伟大之哲学者也"。他还指出："……子思以有伦理的意义之诚，为宇宙之根本主义，因之为各物之本性，故自子思目中观之，伦理的法则与物理的法则、生理的法则，皆同一也。自其发现之方面言之，虽千差万别，然求其根本，则无出于诚之外者。故曰：'天地之道可一言而尽也，其为物不贰，则其生物不测。'而人之能返于诚者与自然无异，即与天地合体者也。故曰：'唯天下至诚为能尽其性，能尽其性则能尽人之性，能尽人之性则能尽物之性，能尽物之性则可以赞天地之化育，可以赞天地之化育则可以与天地参矣。'"

显然，在王国维看来，"诚"不仅代表了人之本性，更为中国"天人合一"思想提供了有力的支撑。所谓"中庸"之"中"，不仅有"不偏不倚"之意，更有"忠实于内心真实感受"之意，所谓"外得于人，内得于己"，从直从心，正是中国传统修身正心养性的根本。而"庸"，常也，也就是"一以贯之"的意思，并不是一种暂时、临时的选择。所以孔子才如此看重颜回，曰："回之为人也，择乎中庸，得一善，则拳拳服膺，而弗失之矣。"毛泽东曾说"一个人做点好事并不难，难的是一辈子做好事"，而一辈子真诚做人、"一以贯之"又是何其难矣！因此，"中庸"所表达的就是一种以真诚之心孜孜求道，最后达到内外契合、天人感通的境界；这也就是孟子所说的"恒心"，由此首先能够"尽其心知其性"，"反身而诚"，然后才能体验到知天、事天、得道的快乐。用今天的话来说，无论做人、求学问，都首先要真诚，从自己的生命意识出发，重视自己内在的真实感受，真诚地面对社会，面对自己，不虚假，不虚伪，不做作。有了这种真诚的自我，才能够取信于人，取信于自然，才能获得外在同样真诚的回报。

当然，对于"诚"历来有不同的演绎和解释。尤其对于"中庸"之说，自古就有舍诚取智一派，强调"中庸"在待人处世的方面的实用价值，更看重其人生智谋、心术、策略方面的意义，而把其内心本真的一面忽略了。这或许也是造成中国传统文化精神式微、现代人文家园荒芜的重要原因之一，因为我们当前实在不缺乏各种各样新知旧说，以及大块大篇的文章演说，但是缺乏的就是真诚。

于是，当"以人为本"已经成为共识的时候，何以立人就成了我们特别关注的问题。

之五十五　阅读屈原：中国文坛的"异类"

对于屈原的评价，历代就存在着不同看法。这种情景在汉代就已经出现，例如司马迁和班固就有不同的看法，司马迁在《史记》中设《列传》，从正面肯定屈原的人品文品，认为屈原"自疏濯淖污泥之中，蝉蜕于浊秽，以浮游尘埃之外，不获世之滋垢，皭然泥而不滓者也；推此志也，虽与日月争光可也"；而班固则在《离骚序》中，极力诋毁屈原的为人为文，说屈原做人不仅"露才扬己""竞乎危国群小之间""责数怀王"，为文更是"怨恶椒兰""强非其人""皆非法度之正，经义所载"，根本就谈不上王逸所说的"膺忠贞之质，体清洁之性"和"直若砥矢，言若丹青"了。如此针锋相对的评价，在中国古代文人中也算鲜见，所以把屈原及其作品归入异类一点也不为过。

从《离骚》中可以察觉到，屈原在性别认同方面与常人有异。

毋庸置疑，屈原是一个男性，与《离骚》中自喻的"香草美人"并不一致；而《离骚》所幽怨的对象，无疑是当时楚国国王，也是一个男性，这又作何解释呢？为此，尽管古人为屈原做过很多辩解，但是时至今日，依然留下了很多疑问和误解。例如，下面这段文字就有人质疑：

> 怨灵修之浩荡兮，终不察夫民心。众女嫉余之蛾眉兮，谣诼谓余以善淫。固时俗之工巧兮，偭规矩而改错。背绳墨以追曲兮，竞周容以为度。忳郁邑余侘傺兮，吾独穷困乎此时也！宁溘死以流亡兮，余不忍为此态也！鸷鸟之不群兮，自前世而固然。何方圆之能周兮，夫孰异道而相安！屈心而抑志兮，忍尤而攘诟。伏清白以死直兮，固前

圣之所厚。①

这也许是一种怨女叙述，不仅脱离了《国殇》的宏大英雄叙事方式，而且充满个人化的被压抑的幽怨与想象，呈现出与正统的男性身份不同的叙述特征。这不仅导致了后来正统文人的贬责，而且也引起了我对于屈原性别取向的诸多猜疑，怀疑他是否具有同性恋或双性恋倾向。

事实上，我们如今所能设想和接受的文学艺术，并非一种纯粹男性或女性的叙述，而是一种两性和谐融通的状态；在漫长的文学史上，一直存在着"阳刚"与"阴柔"的不同艺术气韵和风格，既有辗转反侧的屈原之贞洁，又有隐忍至刚的司马迁之绝唱；既有男性为爱殉情的《孔雀东南飞》，也有女性替父从军的《花木兰》；既有曹丕《典论·论文》"盖文章经国之大业，不朽之盛事"之宏论，也有曹植《洛神赋》"抗罗袂以掩涕兮，泪流襟之浪浪"之低吟；既有大漠长风的边塞诗，又有雍容雅致的宫廷诗；既有"大江东去"的豪放派，又不乏"为伊消得人憔悴"的婉约词；如此种种，都表现了变性叙述在不同情景和语境中的美学契合和对称效应，表达了人们不同的审美期待和需求。

屈原的这种心理倾向及其在创作中的表现，在当时是否存在着一定的文化渊源和基础？《离骚》产生于楚文化沃土之中，就其文化氛围来说，楚文化具有深厚的母性或女性崇拜根系，孕育了中国独特的艺术观念。屈原的创作在很大程度上根植于南方文化，拥有深厚的女性文化与女神崇拜的渊源与资源，具有阴柔的艺术气质；再加上仕途不利，长期处于被压抑的状态，滋养了忧郁、哀怨和多愁善感的情绪，为其独特的叙述方式提供了心理基础。

其实，中国文化不仅一向重视"阴阳平衡"，而且对于母系或者女性文化的意义有着特别的关注，从中国文字中就能看出，"一些从女的姓氏特别古老，远古时代许多部落酋长的姓大都从'女'，如神农姓姜，黄帝

---

① 屈原：《离骚》，朱东润《中国历代文学作品选》（上编第一册），上海古籍出版社，1979 年，第 230 页。

姓姬，虞舜姓姚。周人的王族为姬姓，秦人的王族为嬴姓等等。有学者以为这或许是古老的母系社会的文化孑遗"。① 尤其在老子的思想中，就能看到浓重的女性色彩。在老子看来，"无名，天地之始；有名，万物之母；故常无欲以观其妙，常有欲以观其徼，此两者同出而异名，同谓之玄，玄之又玄，众妙之门"，自然之道的基础就是母性的，雌性的，因此具有生生不息的生命活力。这就是老子心目中的"万物之母"。显然，中国古文字中的"母"字，就包含着女性崇拜的意味。《说文》曰：母字从女，象怀子形。也就是说，这原本是一个模拟怀孕女性的象形字。还有一说是像乳形，如《仓颉篇》所言，其中有两点，像人乳形。由此我们可以联想到古代原始时期的大乳女性石像。这自然也影响到了美的观念。在中国文字中，很多从女的字都表达了美好的意思，比如"好""娇""娱""娴""妙""姿"等，还有像"妩媚""婵媛""袅（嬺）娜"等一些词汇，都与女性直接相关，根据《说文》的解释："好，美也"，"娇，好也"，"娱，乐也"，"娴，雅也"等等，说明中国古人的美的观念与女性有着密切的关系。② 由此而言，屈原能够创作出《离骚》这样独特的作品，不是偶然的，其风格、意蕴和传播都有着中国独特的文化源流和基础。

最后，我不能不探讨一个问题，为何自古以来人们对屈原作品中的性别意识，特别是其中的情爱因素视而不见，反而仅仅强调其忠君爱国的一面呢？显然，这是更为复杂的一个问题。在中国社会文化结构中，艺术与政治、经济、社会等话语形态不同，其始终属"阴"，具有女性化的倾向与特征，以自己特有的柔情与力量与男权文化体制抗衡，以伸张和表现人们被压抑的人性需求和情感欲望。因此，作为文学呈现的变性叙述，也更突出表现在从男性向女性话语的转变。

---

① 段石羽：《汉字中的中国古代哲学思想》，新疆人民出版社，2006 年，第 10 页。
② 段石羽：《汉字中的中国古代哲学思想》，新疆人民出版社，2006 年，第 9—10 页。

之五十六　阅读"羊大为美"：与狼性相对的思考

如果说真善美是人类永远的追求，那么对中国人来说，至少其中"善"与"美"两项都与"羊"有关。这不仅表现了中国文字的特性，而且反映了中国人文传统与文化心理源远流长的深层次的奥秘；特别是"羊大为美"的观念，不仅深刻影响了中国几千年艺术的发展，而且突显了汉民族审美联想、想象与创新的情感意蕴。显然，美是什么？这是一个很难说清楚的命题，至少很难用抽象语言来下定义，但是如果我们把美与某种具体生动的生命联系起来，可以看到它、感觉它甚至触摸它的时候，就不会感到陌生、遥远和可望而不可即；相反，我们会感到美是那么可亲可近，它与我们的人生、人性与日常生活如此接近，甚至就活在我们的气息中、话语中和性格中。

羊就给予我们这种感受与启示。作为一个生肖，尽管羊每十二年才如此近距离地来到我们中间，但是所讲述的却是一个有关人性与美的悲悯、奉献与善良的历史故事，它悠长而又凄美，充满哀伤和期盼，充分表现了人之为人的感动与感伤。从历史上看，"羊大为美"首先与古人祭祀仪式有关，羊作为一种人的祭品，奉献于神灵。也许正因为如此，为了表达人们对于至高无上神灵的崇敬和向往，羊作为人与神灵交通的使者和灵媒，自然受到了极大的礼遇和崇拜。据《周礼》记载，古人为此设置了专门的官人与礼数，有夏官"羊人，下士二人，史一人，贾二人，徒八人，掌羊牲；凡祭祀，饰羔。祭祀，割羊牲，登其首；凡祈珥，共其羊牲，宾客，共其法羊。"这说明羊之所以作为祭品，之所以得到礼遇，是因为它体现了人的愿望和情感，能够传达人的信息。所以《埤雅》对于"羊大为美"有如此评说："字说曰羊大则充实而美，美成矣则羊有死之道焉。老子曰天下皆知美之为美，斯恶已。"

于是，我们在羊年不能不发出悲悯人生的感叹。原来，美是一种如此让人感怀和感伤的东西，因为从它一开始发生，就意味着牺牲与奉献，意味着一种恻隐与同情之心，意味着某种复杂的人性、自然与神灵的冲突与沟通。因为这说明人在追求美的过程中是要付出的，不仅要承受人性人情人生中的痛苦，把自己最可宝贵的奉献给神灵与理想，而且有时需要付出生命。假如由此来感受和想象古人的祭祀，就不仅会感到熔铸于人类审美意识中的某种神性的、宗教性的因素，而且更能体验到一种悲鸣、感伤、内疚与忏悔的复杂情绪，令人不能不为之所动：人为了体验美，体验与神灵交通与共在的感觉，不能不面对甚至实施另一种牺牲，体验另一种生灵的死亡。这也就赋予了中国文化中的一种柔弱、温良和悲悯之美，从不低估落魄者、失败者、弱者、归隐者、杀身成仁者的艺术意义。而诸如孟子的"恻隐之心""君子远庖厨"等说法，无不体现了古人这种敏感与复杂的心理体验。

这无疑成就了中国文化理念中美与善的结合，它们由于其中共同的"羊"字而相得益彰。所谓"羊有三德"，就最明显体现了这种传统理念。在《春秋繁露》中，羊在祭祀中的表现是那么直接触动了古人的心灵，开启了人性的善良之门，并且用生命的奉献昭示了中国文化中的"仁""义"与"礼"的意味："羊有角而不任，设备而不用，类好仁者；执之不鸣，杀之不啼，类死义者；羔食于母，跪而受之，类知礼者。古羊之为言犹祥与，故卿以为赞。"可见，中国传统审美意识中以善为本的思想由来已久，它所崇尚的是奉献之德，善良之美和礼仪之花。由此我想起沈从文。他曾经说自己创作是为了建筑一座"希腊小庙"，里面供奉的是"人性"，可并没有说用什么来供奉；而我相信，凡是读过《边城》的人都会发现其中"羊大为美"的魅力：人性的善良、柔弱和温顺。

显然，羊是美的，但是作为一种美的传递者，它包容、承受和体验着悲伤、痛苦和对命运的忍从。这也是"羊大为美"的生命意蕴所在。如果说，艺术和美本身就是一种祭品和奉献，它体现了人类对于神性的祈求和向往，指向了天空、神灵和永恒；那么，作为一种柔弱、牺牲和痛苦的体验，艺术和美永远属于人性，并体现人性，它扎根于大地、人生与有限的时空；因此，艺术与美注定是神性与人性的结合，充满着无限的神圣与无比的痛苦。

这是羊的命运，也是人类和艺术的命运。在这里，我不仅想起了沈从文，想起了很多中国古代艺术家的生活境遇，我甚至想起了西方的耶稣，他被钉在十字架上，头戴荆棘的花环。难道艺术和美的永恒性，其不可抗拒的感染力，不就是表现在这人之子的光荣与苦难之中吗？在西方文化中，或许正是豺狼的凶狠和羔羊的忍从，造就了基督的善意与永恒，人类不再是迷途的羔羊，从此有了牧羊人的指引。而中国虽然没有产生基督教，但是对于"牧羊"的概念并不陌生，甚至比西方更早就产生了"牧以治民"的想象。据史书记载，华夏始祖黄帝就是创造礼仪文明的"牧羊人"，功在"举力牧以治民"，还传说他一日"梦人执千钧之弩，驱羊万群，帝寤而叹曰：'千钧之弩，异力者也。驱羊数万群，能牧民为善也，天下岂有姓力而名牧者也。'于是依占而求之，得力牧于大泽，进以为将。"——而值得庆幸和思考的是，中国虽然没有产生基督教，但是黄帝与力牧之类的人物也从来没有被戴上荆棘花冠，钉在十字架上。

这也许是中国"羊大为美"的胜利。中国人的"羊性"实在太深厚，太根深蒂固了。也许事过境迁，当西方很早就抛弃了羊的忍从（同时标志着宗教感的式微），而转向狼性的张扬时，过分的柔弱、顺从和忍从似乎并没有给中国人带来福音，但是成全了中国艺术永恒的魅力。

之五十七　阅读王羲之："放浪形骸之外"的艺术境界

在中国书法史上，王羲之是开境界的大师，其《兰亭集序》被公认为王羲之书法艺术的最高境界，其模仿、欣赏和论说者络绎不绝，其中不仅记述了文人相聚的情景、心境和情态，表达了对于艺术创作终极价值的感悟和理解，而且创造了独具特色的中国话语，其"放浪形骸之外"就是极有表现力和穿透力的一种理念表达。

《兰亭序》，又名《兰亭宴集序》《兰亭集序》《临河序》《禊序》《禊帖》等，是魏晋时期著名书法家王羲之的一篇行书法帖。如今相传之本，共二十八行，三百二十四字，后人视为"雄秀之气，出于天然，故古今以为师法"，被推为中国书法艺术的极致表现——"行书第一"。

那是东晋穆帝永和九年三月三日，也就是公元353年的一个明媚春日，王羲之与谢安、孙绰等四十一人，来到今浙江绍兴的山阴兰亭举行"修禊"① 聚会，人人沿山泉曲水而坐，酒杯沿曲水而行，轮流饮酒作诗，抒发各自的性情感触。王羲之兴感无限，是这次聚会的主角之一。这次聚会显然非常尽兴，事后，王羲之醉意未醒，乘兴书写了这篇序文，记述了其发生的特殊语境：

> 永和九年，岁在癸丑，暮春之初，会于会稽山阴之兰亭，修禊事也。群贤毕至，少长咸集。此地有崇山峻岭，茂林修竹；又有清流激湍，映带左右，引以为流觞曲水，列坐其次。虽无丝竹管弦之盛，一觞一咏，亦足以畅叙幽情。是日也，天朗气清，惠风和畅，仰观宇宙之大，俯察品类之盛，所以游目骋怀，足以极视听之娱，信可乐也。夫人之相与，俯仰一世，或取诸怀抱，晤言一室之内；或因寄所托，放浪形骸之外。虽取舍万殊，静躁不同，当其欣于所遇，暂得于己，快然自足，不知老之将至。②

这是一种特殊的理念发生的语境与温床，其先有"崇山峻岭，茂林修竹""清流激湍，映带左右，引以为流觞曲水""天朗气清，惠风和畅"的优美环境；再有"畅叙幽情""游目骋怀，足以极视听之娱，信可乐也"的人文情怀，才有了"或取诸怀抱，晤言一室之内；或因寄所托，放浪形

---

① 修禊，原是人们的一种风俗习惯，一般在季节转换时节举行，一般在春季和秋季来临之时，人们到水边沐浴净身，驱除一年的暮气邪气，以求来年幸福平安。而在这里，我以为有文人聚集结社的意味。

② 王羲之：《兰亭集序》，房玄龄《晋书·王羲之传》，中华书局，1996年，第2099页。

骸之外"的艺术感悟与升华，不仅与当时具体的艺术氛围息息相关，而且直接托生于作者的气度、风神、襟怀、情愫的美学情怀之中，情景交汇，天人合一，淋漓酣畅。

就此来说，王羲之的理论表达体现了一种生机盎然的思维方式，其理念脱胎于一种原生的具体、生动的艺术语境中，自始至终与具体的艺术环境与气息相连，自始至终与艺术家主体的感悟与理解相扣，自始至终散发着一种原生美的艺术活力。古人曾称王羲之的行草如"清风出袖，明月入怀"，有出自天然之美，其实，用此来形容这篇文论也未尝不可，其犹如出水芙蓉，斑竹带泪，杜鹃啼血，有"生命之树长青"的感染力。这种表达不仅最大限度保留了艺术创作自身的艺术魅力，而且能够很自然地调动起接受者对于艺术和美的向往之情，从中领略到艺术创作给人们心灵带来的愉悦和快感。

其实，"放浪形骸"原本就是形容一个人言行放纵，生活不受礼法约束的状态，所以又有"放荡不羁""放荡形骸""放浪不羁""放浪无拘""放诞不羁""放达不拘""放诞风流"等说法，意思基本上相通。这种情形在魏晋时期一度形成风气，很多文人在政治高压之下，自我的生命和性情受到压抑和扭曲，不可能在现实生活中直接实现，也不能直抒胸臆，故采取怪诞的方式来泄发内心不满，表达自己的心情，例如当时号称"竹林七贤"的阮籍、嵇康、刘伶等人就是如此，他们经常聚集一起，肆意酣畅，放浪人生。

这在《世说新语》中就多有记述，其中《任诞》篇最为引人注目。王羲之自己，在《世说新语》中也属放浪形骸之列，并以此少年得名。对此，《晋书·王羲之传》亦有记述："羲之幼讷于言，人未之奇，年十三，尝谒周顗，顗察而异之，时重牛心炙，坐客未啖，顗先割啖羲之，于是始知名。及长，辩赡，以骨鲠称，尤善隶书，为古今之冠，论者称其笔势，以为飘若浮云，矫若惊龙，深为从伯敦、导所器重，时陈留阮裕有重名，为敦主簿，敦尝谓羲之曰：'汝是吾家佳子弟，当不减阮主簿。'"① 《世说新语》中记述的"东床袒腹"更是脍炙人口：郗太傅在京口，遣门生与王丞相书，求女婿。丞相语郗信："君往东厢，任意选之。"门生归，白郗曰："王家诸郎亦皆可嘉，闻来觅婿，咸自矜持，唯有一郎在东床上坦腹卧，如不闻。"郗公云："正此好！"访之，乃是逸少，因嫁女与焉。②

在这里，与其说这是王羲之的一次怪诞行为，不如说是一种"行为艺术"（Performance Art）③ 表现，它与上面的阮籍醉酒、刘伶裸奔一样，是自我性情释放的一种艺术方式，是人生艺术化和艺术人生化的极致表达。这种情景在魏晋时期一度蔚然成风，形成时尚，最终促成了中国艺术理论自觉时代的到来。

这是一种由人生日常状态向艺术存在方式的升华和转折，由此在政治和意识形态语境中受到压抑和束缚的个人性情找到了实现和宣泄的方向和途径，开拓了中国艺术精神的独特空间。

于是，就在这个时代，性情成了中国文论观念价值体系中的关键词。

就此来说，"放浪形骸之外"是一种深度的艺术表达，其原生于具体的艺术体验，直指艺术活动的终极价值与追寻——这就是通过艺术活动获得生命的大欢喜和精神的大解放，使之超越时空的局限，感受到生态、身态和心态的高度和谐和焕发状态。这种对于极致的艺术状态的生动表述，根植于中国特殊的艺术土壤之中，体现了对于艺术终极价值的感悟和理解——这就是对于个人性情的崇尚与张扬。

这在中国的书法艺术中表现了理论价值，如蔡邕在《笔论》所述：

> 书者散也。欲书，先散怀抱，任情恣性，然后书之；若迫于事，

---

① 房玄龄：《晋书·王羲之传》，中华书局，1996年，第2093页。

② 刘义庆：《世说新语译注》，张万起、刘尚慈译注，中华书局，1995年，第329页。

③ 所谓"行为艺术"有多种解释，通常用"Performance Art"（行为艺术）来泛指19世纪70年代以来形成的各式各样的行为流派，如 Body Art（身体艺术）、Fluxus（激浪艺术）等。也有艺术家更倾向于使用诸如"Live Art"（现场艺术）、"Action Art"（动作艺术）和"Happenings"（偶发艺术）等术语来描述他们的活动。

虽中山兔毫，不能佳也。夫书，先默坐静思，随意所适；言不出口，气不盈思；沉密神彩，如对至尊，则无不善矣。为书之体，须如其形，若坐若行，若飞若动，若往若来，若卧若起，若愁若喜，若虫食木叶，若利刀戈，若强弓矢，若水火，若云雾，若日月，纵横有可象者，方得谓之书矣①。

在这种情况下，生命本身的价值和张力，是肉体和形体在寻求某种解放、宣泄和自由过程中实现的。钱锺书先生曾经把中国固有的文论与批评的特点归结为"人化或生命化"，特别强调"我们的文评直接认为文笔自身就有气骨神脉种种生命机能和构造"，② 指出"《孟子·尽心章》云：'仁义礼智根于心，其生色者，睟然见于面，盎于背，施于四体，四体不言而喻。'《离娄章》云：'存乎人者，莫良于眸子；胸中正，则眸子瞭焉，胸中不正，则眸子眊焉；听其言也，观其眸子，人焉廋哉！'这是相面的天经地义，也就是我们人化文评的原则。我们把论文当作看人，便无须像西洋人把文章割裂成内容外表。我们论人论文所谓气息凡俗，神清韵淡，都是从风度或风格上看出来"。③

无疑，我们完全可以把"放浪形骸之外"看作是中国文论"人化或生命化"的一种表达，其作为一种被压抑和束缚的生命诉求，获得了自己通向美学终极价值的通行证，也为我们理解中国文化空间及其话语的独特性提供了钥匙，由是，无论是老子心目中的"大音希声，大象无形"，还是

① 蔡邕：《笔论》，纪昀、永瑢等《文渊阁四库全书》（第814册），台湾商务印书馆，2008年，第4页。
② 作为补充，不妨再引用文中的一段涉及中西文论对比的文字："维威斯、班琼生的议论，是极难得的成片段的西洋人化文评，论多肉的文章一节尤可与刘勰所谓'瘠义肥辞'参观。但是此类议论毕竟没有达到中国人化文评的境界。他们只注意到文章有体貌骨肉，不知道文章还有神韵气魄。他们所谓人不过是睡着或晕倒的人，不是有表情，有动作的活人。鉴赏家会告诉我们，活人的美跟塑像的美有一大分别，塑像只有姿，没有态，只有面首，欠缺活动变化的表情；活人的表情好比生命的沸水上面的花泡，而塑像的表情便仿佛水冻成冰，又板又冷。"
③ 同上。

庄子想象中鲲鹏一飞冲天，"抟扶摇直上九万里"；无论是曹操"山不厌高，海不厌深；周公吐哺，天下归心"的壮怀，还是陶渊明"逸想不可淹，猖狂独长悲""久在樊笼里，复得返自然"的咏叹，都表达了一种对于生命极致状态的渴望、期待和追求。

"放浪形骸之外"所追求的正是性情的终极呈现，其以一种原发性的身心高度合一、极度兴奋和随身心所欲的生命状态，诠释了艺术所拥有的终极人生价值。

之五十八　阅读王国维：理论的生命意味

如何理解和把握一个文学理论家的价值和意义？这是一个很重要的问题。过去我们总是关注于思想的层面——这当然是非常重要的，而忽视了他们对自己生命的理解和把握，尤其忽视了他们把自己的理论追求贯通于生命活动中的过程和意义。很多理论家及其理论的价值和魅力就在于，他们不仅仅是在发明言辞和话语，不仅仅是在理论观念上进行选择和判断，而是把理论创造和生命追求紧紧结合在一起，把自己对生命的感悟和体验融会到了理论话语之中。理论，从某种意义上来说，也是一种生命现象。

所以，我们可以看到两种理论和理论家：一种使用知识和话语建造理论大厦，而他们本人的生活和生命可能游离于理论之外，后者也许只是他们的一种生存手段，表现为一种生存智慧和技巧；而另一种却是"死心眼儿"的那一种，是用自己生命来建造理论的，艺术追求不仅是他们的专业，也是他们的生命方式和精神家园，他们用自己的心力建造理论大厦，用自己的鲜血浇灌思想花朵，用自己的生命阐释、说明、演绎、维护和实现理论的价值和意义。

王国维就属于后一种文艺理论家。他在中国文论史上的意义，不仅表现在他在具体的文艺理论问题上发现和开拓，更表现在他开创了一种新的理论境界；而这种境界就是一种生命的境界，使中国文论从思维形态上长期（所谓长期，我们甚至可以追溯到唐宋以降）陷入的僵化和庸俗状态中解脱出来，再次获得了生命活力。在这里，所谓僵化，是指长期在意识形态权力话语统治下，文艺理论和观念的教条化和程式化，所以理论是从观念到观念，从说教到说教，失去了生命意韵；所谓庸俗，是指在这种情况下文人对文学所采取的世俗策略，把它看作是获取生存资源和利益的方式方法，文人学者似乎都变得越来越"聪明"，和"灵活"，而文学理论却失去了灵气；这种没有了生命活力和灵气的理论必然是灰色的。显然，并不是所有理论都是灰色的。从"独上高楼，望尽天涯路"，到"蓦然回首，那人却在灯火阑珊处"，王国维所最推崇的就是一种生命境界；而他一再强调的"美术之神圣之位置和独立之价值"，其核心因素就是个人意志和思想的坚持和追求。这样，王国维及其理论追求必然不同于那种僵化的经院哲学，必然会远离工具化的思维逻辑，追求理论的生命价值。

这在当时是一种理论的绝唱。从王国维的理论文辞中，我们不仅可看到他对东西方文化和文学的深刻研究和洞察，而且能够感受到其中生命欲望的涌动和追求。而他自己在理论中也确实非常看重生命本身的意义。最明显的就是他对叔本华理论的认同。生命不可遏止的欲望及其不得满足的痛苦，实际上构成了他们理解文学的基本理念。在对中国传统思想的回望中，王国维同样关注于人性的因素，他的《释性》《释命》等文章就非常值得研究。王国维欣赏中国古代"择善而固执之"的说法，但是什么是善？是否就是我们经常所说的时代潮流或社会标准？王国维显然有着自己独特的理解，这就是他一生坚持的个人追求和独立精神，他把善落实到了自己的生命追求之中。这甚至表现在了他对生命的最后处置中。自杀确实是为了"明志"，但是这个"志"并不仅仅是"殉清"，而是他"殉"他的独立人格和自由意志，这正像他活着的时候坚持头上留个小辫子一样。这在某种意义上来说是一种美学行为，是他自由意志的象征。他明白清朝的灭亡不可逆转，但是这并不是说一个人就应该随时代而改变自己的信仰和意志。所以，王国维的"择清"实际上延续了他对叔本华思想的认同和崇拜，所谓"自由意志"往往就是和时代潮流、世俗的选择相悖的。所以，仅仅用保守或现代来评判王国维是有缺失的，因为所谓独立人格是不能简单地用政治观念和时代标准来衡量的；站在保守或激进一面，都不能说明一个人是否是现代人，是否有自己的独立人格。

由此，我们也不得不说，王国维的追求和当时西方很多理论家有共同之处，他们都不约而同地触及了一个问题，这就是个人的生命及其存在价值何在。叔本华和尼采的富有独创性的个体探讨曾给王国维以很大的影响。叔本华清楚意识到了个人的自由意志和世界表象的虚假关系，一个人如果不能从欲望之网中解脱而出，就不可能获得个人的自由意志的存在。尼采则对德国的庸人市侩哲学进行了无情的批判。而王国维则期望获得一个无边际（无中西之分、无有用无用之分、无新旧之分）的文化天空，让自己的灵魂能够自由飞翔。

值得注意的是，在对个人及其存在意义的追求中，王国维后来很注意"天"与"人"的关系，开始重新思索中国传统思想中的问题。此点上，中国历来有儒家与道家的不同。前者强调"事在人为"，所以形成了以伦理学为主体的思想体系；后者则认为"道法自然"，主张人与自然和谐一致，相互融合在一起。儒家把对"天"的追问转化成了对人自身的追问，把虚无缥缈的自然之道具体还原为人的德行，一个人生命的意义就在于立言、立功、立德。而道家则把对人的追问自然化了，转化为一种个人状态的修炼。"天"与"人"都融到了不同的人生理念之中。这些都给予王国维很大的启示。尤其是孔子的思想，使王国维一度认为自己找到了理想人格的范式，这就是把自己感性生命与理性的追求结合起来。他非常欣赏《论语·先进》中所写到的这种境界："莫春者，春服既成，冠者五六人，童子六七人，浴乎沂，风乎舞雩，咏而归。"王国维认为这才是"仁"的最高境界，因为这"顺应自然之理法，笃信天命，不为利害所乱，无窒无碍，绰绰裕裕，浑然圆满，其言如春风和气"。

我认为王国维的《人间词话》就显示这种追求，当然我们也可以把它理解为中国式的感悟思维与西方式的理性思维方式的某种结合。从某种意义上可以认定，叔本华和尼采的理论都充满了感性力量，由此冲击了西方传统的经院式的理论表达方式，特别是尼采，文字很美，充满生命的感悟和冲动，能够打动人和感染人。王国维在这方面也有感触。从他早期写的《〈红楼梦〉研究》和后来写的《人间词话》的比较中可以看出，王国维在文体追求上有很大的变化。他的《人间词话》独具特色。从行文上看，它类似于《论语》的写法，没有整体上的长篇大论，但是却有内在的思想逻辑，只言片语间透出对文学的真知灼见；而这些理论见解又都不是成系统的，不是从理论观念的分析、推导中得出来的，而是从具体的艺术感悟中生发出来的。实际上，如今文艺理论和批评的一大难题就是如何把感性与理性融合在一起，使理论和批评有见解，同时又有艺术感染力，能够把美传达给读者。而像钱谷融先生那样散发出艺术风采的批评文字实在太少了。

之五十九　阅读胡适：务实中庸的文化创新者

回顾新文学发展历程，我们不能不步入一条湍急的历史河流之中，映入眼帘的不是平静的田园风光，而是历史造就的高山瀑布。如果说，新文学激发了中国文学的生命激情，那么这种激情曾经被各种社会文化和意识形态堆积物遮蔽和压抑着，一直在寻找着自己的突破口。这是一种文化的机缘，历史转折的必然要求和文学意识的具体创新结合在了一起。1919 年 1 月由陈独秀主持的《新青年》刊出了胡适的《文学改良刍议》，开始突破旧文学的观念防线，把文学革命引向了纵深。

胡适由此成了治 20 世纪文学史的必读人物。胡适，安徽绩溪人。夏志清在《新文学的传统》中，引述了其好友德刚的评价："适之先生是为发乎情，止乎礼的胆小君子，搞政治，他不敢造反；谈恋爱，他也搞不出什么'大胆作风'。"胡适一直崇尚理性的不温不怒"中庸"处世态度，是一个虽受西方文化熏陶，但是仍保持中国传统文人气度的知识分子。这种气度不仅可以从他鼓吹"文学革命"中表现出来，也决定了其一生的政治文化选择。胡适曾讲过，发起"文学革命"是"逼上梁山"的结果，最早他所思考的只是文字与文学的关系——而这最初也是受到清华学生监督处的一个怪人钟文鳌的影响。后者是一个虔诚的基督教徒，每次利用给学生发支票的机会，加送一些小传单，宣传"废除汉字，取用字母""多种树，种树有益"之类的思想。不过，胡适当时对此并不在意，更没有把它当作日后发动文学革命的一个契机，他甚至还写了一封信把这位监督奚落了一番。但是，不久之后，当投入诗歌创作的时候，胡适感受到文言文表达的弊端，意识到活的语言与活的文学之间的密切关联。

于是，胡适提出了白话文学的主张。当时，这一观点在留美学生之间引起不同凡响。中国新文学最早的女作家之一陈衡哲是最早的支持者之一，而后来成为"学衡派"主将的梅光迪、吴宓等人，则是最激烈的反对者，后者绝不承认中国古文是半死或全死的文学。而正是这种激烈的辩论使胡适深入思考自己的主张，使自己的思想更加健全起来。这时他已经意识到，中国文学面临着一场革命，于是在1915年9月17日给梅光迪的一首诗中就提出了"新潮之来不可止，文学革命其时矣"的口号。但是，到了1917年，也就是差不多两年后，胡适依然用了"文学改良"的字眼，直到受到陈独秀"文学革命论"的大力鼓吹，胡适才开始放手一搏，相继写了《历史的文学观念论》《建设的文学革命论》等文章，真正扛起了"文学革命"的大旗。

显然，胡适是新文学运动中的扛鼎人物，原因不仅仅在于他率先找到历史转换的突破口，还在于他的务实和迂回。首先，他看到了在具体文学创作中形式与语言的困境，提出了具体的解决方案，这就是"八事"（或称"八不主义"），这就是"一曰，须言之有物；二曰，不模仿古人；三曰，须讲究文法；四曰，不作无病之呻吟；五曰，务去滥调套语；六曰，不用典；七曰，不讲对仗；八曰，不避俗字俗语"。1933年，胡适旧事重提，就1916年的一些想法有如此说明："今日所需，乃是一种可谈、可听、可歌、可讲、可记的言语。要读书不须口译，演讲不须笔译；要施诸讲台舞台而皆可，诵之村妪妇孺皆可懂。不如此者，非活的言语也，决不能成为吾国之国语也，决不能产生第一流的文学也。"由此可见，胡适提倡白话文的目的是很实在的，一开始就着眼于文学与语言的相互依存关系。

所以胡适是务实，而不是激进的。他从历史进化论观念出发，看到了白话文代替文言文的必然趋势，只是用自己的话语论证了这种必然性。由此，胡适不仅提出"一时代有一时代之文学"（这一点刘勰早已经说过），而且勾勒出一条白话文学长期存在的历史线索，并指出"用死了的文言决不能做出有生命有价值的文学"，因为"一切语言文字的作用在于达意表情；达意达得妙，表情表得好，便是文学。那些用死文言的人，有了意思，却须把这意思翻成几千年前的典故，有了感情，却须把这感情译为几千年前的文言"。所以，他提出建议，要建立"国语的文学，文学的国语"，用白话的"活文学"代替文言文的"死文学"。

可见，胡适的主张是务实的，这与他接受美国杜威的实用主义哲学思想不无关联，凡事都要看苗头，小心求证，大胆试验。为了印证自己主张的可行性，他还创作了《尝试集》，通过具体的文学创作来进行试验。这些都与陈独秀形成了强烈的对比，后者注重先声夺人，在气势上压倒对方。这在当时的中国社会或许具有开山破冰的作用。接到胡适从美国发来的《文学改良刍议》后，陈独秀如获至宝，不仅立即予以发表，而且以《文学革命论》一文推波助澜，大张旗鼓进行宣传，不仅用"革命"代替了"改良"而且突显了"大书特书"的造势炒作策略。在文章中，陈独秀称自己主张是"吾革命军三大主义"，即为"推倒雕琢的阿谀的贵族文学，建设平易的抒情的国民文学；推倒陈腐的铺张的古典文学，建设新鲜的立诚的写实文学；推倒迂晦的艰涩的山林文学，建设明了的通俗的社会文学"，颇有踏倒一切旧文学，且"不容反对者有讨论余地"的霸气和傲气。

也许正是在这里，我们看到了文化传媒和传播在文学变革中的重要作用。在现代社会中，出版、编辑与传播开始突显自己的意志和作用，不仅直接参与文化创作与创新的全过程，而且极大影响甚至在一定程度上决定作家作品的命运。这在19世纪俄罗斯文学的繁荣中就显现无余，没有别林斯基、涅克拉索夫等一批优秀杂志人和编辑的出现，就很难设想有作家作品群星荟萃的局面。这种情景在中国 20 世纪初同样引人注目，没有《新青年》等一批名刊的出现，没有陈独秀这样敢作敢为的杂志人的振臂一呼，新文学革命也就无从谈起。

之六十　阅读鲁迅：人类忧患的一面镜子

无论就一个民族，或者一个群体和个人而言，都有自己的长处和短处，都有顺境和逆境，但是，无论在什么情况下，一个民族，或者群体和个人，如果失去了自我反省的意识和能力，不管其具有什么优点或优势，如何强大，处于何种成功的境地，都可能面临悲剧或危机的边缘，都可能遭遇灾难；反之，无论其存在什么弱点，处于何种弱小的地位，都有可能战胜自我和重塑自我，改变自己的处境和命运，在不幸状态中杀出一条血路，走向成功和强大。

这两种情况，在中华民族漫长的历史上，都可以得到证明。而正是在如此丰厚的历史资源基础上，中国出现了一个伟人——鲁迅。可以说，鲁迅本身就是一面镜子，而且是人类内在精神的一面镜子，从中可以看到人类忧患和灾难的文化心理根源；鲁迅所表现出的深刻的民族历史与文化的反省精神，不仅属于中国，而且属于人类——尤其是在人类在某些方面取得重大成就之时，当人们陶醉在所谓盛世气象和巨人时代之时，其意味就显得格外明显。

就是在这种情况下，中国文联出版社推出了《我看鲁迅丛书》，其中收有王富仁、赵卓的《突破盲点：世纪末社会思潮与鲁迅》，高旭东的《走向二十一世纪的鲁迅》和王乾坤的《回到你自己：关于鲁迅的对聊》。从规模上来说，这套书不见得分量很重；从学术研究角度来说，也未必都称得上巨著名典，但是对我来说，读后仍然感到获益良多，有很多感触。也许是"当其时"的缘故，这三本书的作者都以不同方式对前一段时期的

"贬鲁风"有所触及。王富仁自然是久经沙场的老将，他很早就通过鲁迅这面镜子看到了鲁迅可能在 1990 年代的遭遇，所以并不惊奇有人对鲁迅说三道四。说实在的，对一个去世的文人指指点点，这历来是阿 Q 式的"英雄主义"，谁都不妨拿着钢鞭从桥上大摇大摆走下来，用不着担心赵四老爷打板子。所以，王富仁无意就"贬鲁风"浪费气力，而是以一篇题为《空间·时间·人》的长篇论文回应了历史的挑战。这篇论文非同小可，他随着鲁迅从"过去"走到"现在"，又从"未来"中看穿并打破了对于"时间"的迷信，从而展示了一个贯穿历史的精神生命空间——鲁迅的灵魂。

实际上，一个把握空间的生命如何能够用一种时间尺度来衡量呢？一种拘泥于时间，甚至以"今天"为生、为标准的话语或判断，又何尝不随着"今天"稍纵即逝？至于赵卓、高旭东、王乾坤三位作者，也许由于正是年盛气足之时，对于"贬鲁风"都给予了直接回应，且笔力沉峻有力，各有千秋。其中赵卓明显承继王富仁学风，只是锋芒直露，不仅分析了"贬鲁风"之种种表现，而且提枪直指背后的文化保守主义、保守自由主义与世俗主义思潮。而高旭东一向欣赏"恶魔诗人"的风骨，这次还表现了"中年学者"式的狡猾，先"摘掉鲁迅头上的神圣光环"，然后像鲁迅一样不断"举起投枪"，不管是王朔、张闳、葛红兵、朱大可、冯骥才、林毓生还是"解构主义""后殖民话语"等等，一概不在话下，虽然"乱枪"之下难免冤枉，但是却也见得一种"得理不饶人"的劲头。说到王乾坤的文字，倒有一点"棉花里藏针"，左一口"不辩"，又一句"尊重"，最后点出的还是对方的"任性的冲动""盲目性"，除了我一向不喜欢的"为人师表"的"好人相"之外，读来颇有味道且获益很多。

作为一个读者，我当然并不能完全领略这几本书的精义，所言只是浮光掠影，但是却能明显感觉到其中一个共同心灵信息，这就是鲁迅还在我们中间。这是可贺可喜的。至于鲁迅现在的处境，我觉得并不十分悲惨。也许比他生前不差。至于鲁迅现在可能遭到一些冷遇，或许是必然的。因为鲁迅是一个忧患诗人，尤其是一个反省、反思和挑自己民族毛病的作家。如果处于乱世危难之时，人们迫于现实不能不反躬自问，不能不补短扬长，人们自然也就比较能够理解和接受批判现实、找自己"病根"的作家；但是，到了歌舞升平的年代，唱赞歌还来不及，谁还喜欢鲁迅那样找"病根""说坏话"的作家呢？所以，在盛世时代来讨论忧患意识，本来就是一件吃力不讨好的事，不仅中国是这样，外国也同样如此。我曾在上海大学召开的"全球化与现代文学研究的转折"研讨会上说，今天的美国就格外需要鲁迅，需要反省自己，否则就不会意识到自己的弱点和盲点，就会面临更大的危机。

正是由于如此，我把鲁迅看作是一面人类忧患的镜子，其意义、其难得，不仅表现在一个国家、民族和个人的危难时期，更表现在盛世和成功之时。盛世更要讲忧患意识，成功之时更需要反省自己，这就是鲁迅的世界性意义，也是这套"我看鲁迅丛书"能够促使我们思考的。

之六十一 阅读戴望舒：朦胧是一种人生，一种诗情

施蛰存在《关于〈现代〉的诗》一文中就曾强调"现代派"创作的生活背景，他说："所谓现代生活，这里面包括各式各样的独特的形态：汇集着大船舶的港湾，轰响着噪音的工场……甚至连自然景物也和前代不同了。这种生活所给予我们的诗人的感情，难道会与上代诗人从他们的生活中所得到的感情相同吗？"其实，在上海滩现代生活中，我们还要加上的是：灯红酒绿的广告，袒胸露臂的舞女和弗洛伊德关于性的学问等等。

戴望舒的诗歌在某种程度上表现了这样一群现代青年的心曲，他们正在从传统的伦理生活——它本质上属于中国作为一个农业社会的产物——中解脱出来，带着惊喜，也带着恐惧，怀着期待，也带着哀伤的眼光和神态在迎接着新的生活的到来。他们用诗来表现自己，同时也用来弥补自我精神的空虚，用大胆的赤裸裸的本能的暴露来掩遮自己的胆怯和虚弱；他们往往将自己心灵的痛苦忧郁，通过诗的艺术加工成精神上的美酒，用来

自我陶醉和达到自我满足。

对于戴望舒最初的创作，他的好友杜衡在 1932 年所写《望舒草序》中曾说：

> 记得他开始写新诗大概是在一九二二到一九二四那两年之间。在年轻的时候谁都是诗人，那时候朋友们做这种尝试的，也不单是望舒一个，还有施蛰存，还有我自己。那时候，我们差不多把诗当作另外一种人生，一种不敢轻易公开于俗世的人生。我们可以说是偷偷地写着，秘不示人，三个人偶尔交换一看，也不愿对方当面高声朗诵，而且往往很吝惜地立刻就收回去。一个在梦里泄露自己的潜意识，在诗作里泄露隐秘的灵魂，然而也只是像梦一般地朦胧的。从这种情境，我们体味到一种吞吞吐吐的东西，术语地来说，它的动机在于表现自己与隐藏自己之间。

在戴望舒早期的创造中，经常流露出一种哀叹的情调，像一个怯弱的女子一样自艾自怨，痛苦地呻吟。但是，这些诗并非"现代派"自由体形式的。那时，正如杜衡告诉我们的："可是在当时我们却谁都一样，一致地追求着音律的美，努力使新诗成为跟旧诗一样地可'吟'的东西。押韵是当然的，甚至还讲究平仄声。譬如，随便举个例来说：'灿烂的樱花丛里'这几个字可以剖为三节，每节的后一字，即'烂'字，'花'字，'里'字，应该平仄相同，才能上口，'的'字是可以不算在内的，它底性质跟曲子里所谓'衬'字完全一样。这是我们底韵律之大概，谁都极少触犯……"请看早期戴望舒的《静夜》中的诗句：

> 停了泪儿啊，请莫悲伤，
> 且把那原因细讲，
> 在这幽夜沉寂又微凉，
> 人静了，正是好时光。

这种诗其实和新月派的"方块诗"并没有什么明显的区别，诗意也比较明朗，并没有多少朦胧色彩。他早期著名的《雨巷》，以韵律的循环往复，给人一种幽愁的音乐旋律之美，由于这首诗，戴望舒得到了"雨巷诗人"的称号。

这首诗中，丁香的气息通过浑圆的韵律和雨巷的情景融合在一起，和诗人青春的哀怨结合在一起，笼罩全诗。但是，诗人后来并不喜欢这首诗，据杜衡说："望舒自己不喜欢《雨巷》的原因比较简单，就是他在写成《雨巷》的时候，已经开始对诗歌底他所谓'音乐的成分'勇敢地反叛了。"不久，戴望舒写出了这样的诗句：

> 在烦倦的时候，
> 我常是暗黑的街头的踯躅者，
> 我走遍了嚣嚷的酒场，
> 我不想回去，好像在寻找什么。
> 飘来一丝媚眼或是塞满一耳腻语，
> 那是常有的事。
>
> ——《单恋者》

这首诗所表达的不是《雨巷》的那种朦胧的意境，而更多地透露的是心灵的信息。所谓"踯躅者"是一个灵魂探究者的意象，他所走遍的"街头"不是明朗的外在世界，而是诗人内在的灵魂世界。一个怀着青春忧悒病的自我在梦游，并且在自我世界里幻化出一幅幅情绪的意象，它们来自诗人的深层意识之中，所唤起的常常是记忆深处的内容。这正是诗人曾在《我底记忆》一诗中所描述过的：

> 它是胆小的，它怕着人们的喧嚣，
> 但在寂寥时，它便对我来作密切的拜访。
> 它的声音是低微的，

很多，很琐碎，而且永远不肯休！

它的话是古旧的，老讲着同样的故事，

它的音调是和谐的，老唱着同样的曲子，有时它还模仿着爱娇的少女的声音，它的声音是没有气力的，而且还挟着眼泪，夹着太息。

　　诗人说记忆是忠实于他的，倒不如说诗人的创作也是忠实记忆的，忠实诗人自己内在的自我的。他的创作之所以从过去"方块诗"中解脱出来，也是由于他表达内在情感的一种需要。在那个暗黑的记忆王国里，一切意象都不像在阳光下那样明了，而是隐藏在理性背后的阴影之中，模糊游移的，奇异而又富于变幻的。

　　在走向自己主观世界过程中，戴望舒的诗和徐志摩的诗形成了不同的风貌。在意象的构造上前者已失去了后者所具有的那种明朗和单纯的色调，也没有了那种充分自信的主观理念，主观世界和客观世界的界线也模糊起来了。戴望舒更多地把自己主观情绪和客观生活胶合在一起了。他常常把自己细微的、内心深处的感情化成颤抖的树叶，化作单调的蝉鸣，化作一枝凄艳的残花，化作夜行者沉重的足音，游荡于主观世界和客观世界之间，去进行"幸福的云游"和"永恒的苦役"（《乐园鸟》）；作为一种寻梦者去"攀九年的冰山"，去"航九年的瀚海"，去寻"无价的珍宝"（《寻梦者》），在自己心灵"深闭的院子"里去自寻安慰。作为满足自己心灵需要的创作活动，这也许和戴望舒当时的主观心境连在一起的。

之六十二　阅读徐志摩：创作是一种"灵魂的冒险"

　　徐志摩（1897—1931）出生于一个富商家庭，曾经抱着做一个中国实业家的理想，后在美国英国留学，他曾经说过，他在 24 岁以前对于诗的兴味远不如他对于相对论或民约论的兴味；他父亲送他出洋留学是想要他将来进"金融界",他自己的最高的野心是做一个中国的 Hamilton 式的人物。但是剑桥大学的生活却改变了他理想的轨道,在那里他阅读了大量的文学作品,对文学产生了浓厚的兴趣。他的文学创作明显受到了英国唯美和浪漫诗歌的影响,恬淡闲雅,并时常带着一层淡淡的感伤色彩。如《再别康桥》是当时极为脍炙人口的一首诗:

轻轻的我走了,
正如我轻轻的来;
我轻轻的招手,
作别西天的云彩。
那河畔的金柳,
是夕阳中的新娘;
波光里的艳影,
在我的心头荡漾。
软泥上的青荇,
油油的在水底招摇;
在康河的柔波里,
我甘心做一条水草!
那榆荫下的一潭,
不是清泉,是天上虹;
揉碎在浮藻间,
沉淀着彩虹似的梦。
寻梦?撑一支长篙,
向青草更青处漫溯;
满载一船星辉,
在星辉斑斓里放歌。
但我不能放歌,
悄悄是别离的笙箫;

夏虫也为我沉默，
沉默是今晚的康桥！
悄悄的我走了，
正如我悄悄的来；
我挥一挥衣袖，
不带走一片云彩。

　　徐志摩在创作上非常推崇哈代，在作品之中也留下了哈代的影子。梁实秋先生在评论徐志摩另一首诗《这年头活着不易》时曾说："这首诗末尾带着一点子悲观气味，容易令人联想起哈代（Thomas Hardy）的特有的作风，就是诗的形式和那平易的语调，也都颇似哈代。是的，志摩受哈代的影响很大，他曾经在英国访问过这位诗翁，也曾译过他的若干首短诗。哈代的小诗常常是一个小小的情节，平平淡淡，在结尾缀上一个悲观的讽刺。这是哈代的独特的作风，志摩颇能得其神韵。"

　　徐志摩采用西洋各种格律诗的形式作诗，也是很积极的。但是，他对形式远远没有像闻一多等人那样考究，也不曾下过很深的功夫。他自己说过："……我的笔本是最不受羁勒的一匹野马，看到一多的谨严的作品，我方才憬悟到我自己的野性；但我素性的落拓，始终不容我追随一多他们在诗的理论方面下这么细密的功夫。"这一点也许在某些方面成全了徐志摩，使他的诗较少地受到形式和格律的束缚，自由舒展，灵活有致。有的就像从心灵深处掬起的一捧清澈的泉水，晶莹透亮而又意蕴无穷，如《偶然》一首：

　　　　我是天空里的一片云，
　　　　偶尔投影在你的波心——
　　　　你不必惊异，
　　　　更无须欢喜——
　　　　在转瞬间消灭了踪影。

你我相逢在黑夜的海上，

你有你的，我有我的，方向；

你记得也好，

最好你忘掉，

在这交会时互放的光亮！

　　无怪乎陈梦家能够如此评价徐志摩的诗："他的诗，永远是愉快的空气，不曾有一些伤感或颓废的调子，他的眼睛也闪耀着欢喜的圆光。这自我解放与空灵的飘忽，安放在他柔丽清爽的诗句中，给人总是那舒快的感悟。好像一只聪明玲珑的鸟，是欢喜，是怨，她唱的皆是美妙的歌。"

　　这一切来自徐志摩对艺术特有的情致。他注重于形式，但对于单纯的信心，对于灵性抱有更大的兴趣，把创造看作是"灵魂的冒险"，注重于表达心灵深处的意趣。他曾在《波特莱的散文诗》中说："本来人生深一义的意趣与价值还不是全得向我们深沉、幽玄的意识里去探检出来？全在我们精微的完全知觉到每一分时带给我们的特异的震动，在我们生命的纤维上留下的不可错误的微妙的印痕，追摹那一些瞬息转变如同雾里的山水的消息，是艺人们，不论用的是哪一种工具，最愉快亦最艰苦的工作。"胡适曾这样评价徐志摩："他的人生观真是一种'单纯信仰'，这里面只有三个大字，一个是爱，一个是自由，一个是美。他梦想着三个理想的条件能够会合在一个人生里，这是他的单纯信仰。他的一生的历史，只是他追求这个单纯信仰的实现的历史。"

　　徐志摩的诗大多数是写爱情的，写个人哀怨的，在当时的文坛上受到很多批评和非议。这不仅给诗人创作带来极不安宁的情景，导致他艺术追求的危机，而且也给他自身心灵上带来了深深的痛苦。因此，陈梦家说他的诗"永远是愉快的空气"，也许只说对了一半。徐志摩的诗歌作品基本收集在《志摩的诗》《翡冷翠的一夜》《猛虎集》《云游》之中，从时间顺序来说，诗中"愉快的空气""欢喜的圆光"一天天少起来了，而哀愁悲伤、怨恨甚至颓废的色彩却一天天浓烈起来。徐志摩是一个非常爱"飞"

想"飞"的人，甚至最后也是在飞行中丧生的，但是在他飞向理想的极度，想象的止境——死亡之前，他已经陷入了颓唐之中，感到"魂魄在恐怖的压迫下，在妖魔的脏腑内挣扎"（《生活》）他向往着"死"（《爱的灵感》）。徐志摩遇难后，他的诗友方玮德写了《哭志摩》一诗，其中这样写到这位早逝的诗人：

> 就算你不懊悔你投生的冤枉，
>
> 你也没有一天不在祈祷死，
>
> 你赞美恋爱，你赞美灵魂的勇敢，//你赞美梦幻的真实，到后//你只赞美死，（你赞美意大利海滨//一个风暴的奇迹）死是座伟秘的//洪炉，熔化你一切生命的演进，//反正你看透这世界早是衰老，//一切灵魂都变懒，你也去//整天整夜找翅膀逃亡，逃亡到//女人，到酒，到梦境，到新加坡的//小孩，到南洋的椰子，浓得化不开。

这里多少表露了一种知音之叹。所以徐志摩死后茅盾曾写了一篇很长的论文《徐志摩论》，称他是现代布尔乔亚一个"末代的诗人。"

徐志摩的创作所表现的内容也大多以个人哀怨为中心，远离或者逃避时代生活。这和当时大多数人的心境是不协调的，这正如《诗刊》第2号序言中所说的："我们都还是在时代的振荡中胚胎着我们新来的意识，只有在一个波涛低落第二个还不曾继起的一俄顷，我们或许有机会在水面上探起一个半晕眩的头，在水雾昏花里勉强辨认周围的光里。"

之六十三　阅读钱锺书："痴气"与"才胜于情"

钱锺书本人就是一个学贯中西的学者和作家，他不仅在学术研究上提倡一种比较文学的方法，而且在艺术创作中也具备一种世界性和人类性的胸怀和眼光，善于吸收古今中外一切艺术营养来进行创作。

　　钱锺书的《围城》确实写得很精彩。所以，在对《围城》的评价中，人们都注意到了其中所闪耀着的聪明才智的光芒，并为作品中所表现出的机智、智慧和才气所叹服，尤其是其中所表现的冷嘲热讽和嬉笑怒骂，充满警句妙语，真可谓淋漓尽致，美不胜收；但是对于作品所表现的主题意蕴和情感内涵却一直有不同的意见，其主要表现在如何看待和评价《围城》中所表现的"才"与"情"的关系方面。例如，文学史家司马长风在其《中国新文学史》（香港昭明出版社，1978 年 12 月初版）中就认为《围城》在"作品意境的纯粹性和独创性"和"表达的技巧"两方面都"表现了出类拔萃的才能"，但是"感情的浓度稍感不足"，"总括的印象是：才胜于情"。

　　不过，钱锺书先生本人并不觉得《围城》表现得很有才气，他在 1946 年底写的《〈围城〉序》中就说自己"才力不副"，所以"写出来并不符合理想"。他日后也并没有对于有关"才胜于情"的评论发表意见。但是从钱锺书妻子杨绛所写的《写〈围城〉的钱锺书》来看，杨绛并不认为《围城》"才胜于情"，她认为作品所突出表现的并不是作者的才气，而是"痴气"。杨绛认为，"要认识作者，还是得认识他本人，最好从小时候起"；而要深入理解一部作品，也最好能对作者的生平事迹和性格特点有所了解。在《写〈围城〉的钱锺书》一文中，杨绛虽然也写了钱锺书的聪明好学，但是更强调了钱锺书的"痴气"："锺书自小在大家庭长大，和堂兄弟的感情不输亲兄弟。亲的、堂的兄弟共十人，锺书居长。众兄弟间，他比较稚钝，孜孜读书的时候，对什么都没个计较，放下书本，又全没正经，好像有大量多余的兴致没处寄放，专爱胡说八道。钱家人爱说他吃了痴姆妈的奶，有'痴气'。我们无锡人所谓'痴'，包括很多意义：疯、傻、憨、稚气、骏气、淘气等等。他父母有时说他'痴颠不拉''痴舞作法''吭着吭落'（'着三不着两'的意思——我不知正确的文字，只按乡音写）。他确也不像他母亲那样沉默寡言、严肃谨慎，也不像他父亲那样一本正经，他母亲常抱怨他父亲'憨'。也许锺书的'痴气'和他父亲的憨厚正是一脉相承的。"

所以，在杨绛看来，《围城》中表现最突出的东西，不是"才"，也不是"情"，而是一种"痴气"；而反过来说，作品中的"才"也好"情"也好，也都是从这"痴气"中生发出来的，是"痴气"的某种表现。而钱锺书在艺术创作中的"才"与"情"原本是不可分的。杨绛这样写道："我认为《管锥编》《谈艺录》的作者是个好学深思的锺书，《槐聚诗存》的作者是个'忧世伤生'的锺书，《围城》的作者呢，就是个'痴气'旺盛的锺书。我们俩日常相处，他常爱说些痴话，说些傻话，然后再加上创造加上联想，加上夸张，我常能从中体味到《围城》的笔法。我觉得《围城》里的人物和情节，都凭他那股子痴气，呵成了真人实事，可是他毕竟不是个不知世事的痴人，也毕竟不是对社会现象漠不关心，所以小说里各个细节虽然令人捧腹大笑，全书的气氛，正如小说结尾所说，'包涵对人生的讽刺和伤感，深于一切语言、一切啼笑'，令人回肠荡气。"

由此说来，如果不加具体分析和说明，简单地判断《围城》是"才胜于情"，似乎也有点偏颇。也可以这么说，在《围城》中，才和情是融合在一起的，很难简单地区别开来。在具体描述中，才不但帮助作者表现了感情，也在某种程度上保护了作者的一部分感情，因为作者毕竟和自己笔下的人物太熟悉了，太亲近了，感情稍微一放纵，就有可能放弃和人物应有的距离——而这种距离是作者实现自己美学目标的必要条件和前提，这样，《围城》就不会是现在这个样子了，也就不可能把那种令人忍俊不禁的戏剧效果和无可奈何的悲剧意识完美地统一起来，显示出如此独特的嘲讽风格。相反，根据钱锺书的才华，我们还有理由如此认为，在《围城》中，作者的智慧和才华在某种程度上还没有充分地发挥出来，因为在具体描述中作者常常只能因人因事而动，不能不受到具体人物性格和场景的制约和牵制。这也许就是钱锺书在创作中必然要体验的智慧的痛苦和欢乐吧。

之六十四　阅读徐中玉："天行健，君子以自强不息"

除了我的导师钱谷融先生之外，在我的学习和工作中，曾得到过很多良师的指导，徐中玉先生就是其中特别难忘的一位。从我 1982 年初进入华东师大读研究生，到我日后参加工作、离开上海而后又回到上海，直到今天，徐先生一直对我非常关爱，给予过我许多教诲和帮助。

记得第一次见到徐先生是听他的讲座，题目大概是顾炎武的文学观，其中所讲的"有志于天下""为文应力求有益于天下"等观念，至今还记在我的笔记本上。但是，给我印象最深的还是徐先生那独特的走路姿态，相信很多人看到后都不会忘记。徐先生身材瘦高嶙峋，行步如飞，使我不禁会经常想起《周易》上的话语："天行健，君子以自强不息"；甚至可以这么说，日后在我的意识中，这句话和徐先生那矫健的身影已经融为一体了，我时常想起并且感动，使我不断反省和鼓励自己。后来随着对徐先生的经历与学识的了解，就越发感受到了这种自强不息的魅力，这就是他身上所体现的那种中国传统文人的生命活力，务实、知恒，以不息为体，以日新为道，一直保持那种强者自勉、固志不倦的进取精神。

这对一个人来说，是相当不容易的，尤其是对一个亲历过世纪的磨难、遭受过种种不公平待遇的知识分子来说尤其如此。因为这意味着要能够超越自我的苦难，拥有一种坚定、坚毅和坚强的人类情怀。徐先生并没有忘记自己曾经遭遇过的苦难。记得 1993 年许杰先生去世后，徐先生曾写了多篇文章来纪念他，文中特别详细写出了许杰先生一生坎坷、忍辱负重的经历，字字句句透露出了自己同甘共苦过的沉痛和忧患，读后令人非常感动。

在 1994 年出版的论文自选集中，徐先生的代序还用了这样一个题目："忧患深深八十年——我与中国二十世纪"，这不但是徐先生对自己学术生涯的感怀和总结，更体现了他在历史风雨中形成的独特的人生观和价值观，这就是"自强不息，仁爱为怀，天下为公，以身作则"，能够使人真正感受到鲁迅所说的"有一份热，发一份光"的人生境界。这不仅表现在徐先生的著书立说上面，也表现在他身体力行所做的大大小小的有关学术建设的事务中，包括带学生、办杂志、举办讲座和鼓励后学等等。而这对我来说，无疑有一种无形的鞭策在里头。因为我是一个时常被生活击倒，并且自己也不想爬起来的人，自己软弱无能，经常在小小的挫折面前就会抱怨，垂头丧气不求上进不说，还经常幻想着逃避现实，多一事不如少一事——尽管我所走过的路要比前辈平坦也平庸得多。

从学术著述来看，徐先生所关注和研究的范围很广，很杂，从古典文学到当代创作，从理论创作到作家作品研究，几乎都有涉猎，但是无论写些什么，其中都贯穿着求实、"文须有益于天下"的意念，有感而发，有用而做，有益才说。而就我的感受而言，或者说对我影响最为深刻的却主要有两点，一是徐先生在各种文章和演讲中所表达的对"左"的思想及其文艺思潮一贯的批判精神；二是对中国传统文艺精神和资源的爱护、发扬和复兴的建设性态度。我甚至认为，这两点在思想上不仅相互联系，具有内在的一致性，而且是贯穿于徐先生近年来学术活动和研究的基本精神。

就前者来说，这里或许熔铸了先生近一个世纪对历史的深刻体验和总结，可以说是他在学术活动中最执着的地方。我和徐先生面面交谈的次数并不多，但是每次都会听到大致如此的话语："一定要反左"，或者"左的那一套再也不能继续下去了"。这种思想不但表现在他的学术、教学和其他文化工作中，也表现在他的各种各样的文章和讲话中，几乎几十年如一日。无论情况发生了什么变化，政坛和学界出现了何种风波，徐先生都一贯坚持了这种观点。这种观点看起来似乎简单，但是只要回顾一下我们改革开放以来几十年的风风雨雨，就不难感受到这是多么不易和难得。而我总是在想，这几十年来，如果不是中国有一大批"铁肩担道义"的老先生、老同志，在风风雨雨中一直坚持"反左"，坚持改革开放，不断提醒人们不要重蹈历史覆辙，我们恐怕不可能持续取得如此的成就。这一批自己亲自经历过"左"的磨难，但仍坚持自己理想信念的人，应该属于中国迈向新世纪的历史脊梁，他们的思想确实属于我们这个时代最宝贵的精神资源的一部分。中国要继续向前，就不能忘记过去；忘记过去不但意味着背叛，更意味着会再走弯路，断送中国的前程。况且这条路还很长，还需要人们继续"天行健，君子自强不息"。

说到徐先生的学术观念，还有一点令我印象颇深，这就是他对文化遗产的态度，不但是尊重和爱护，而且不断开发和倡扬。这不但表现了一种宽广的学术胸怀，而且也是他人生理想的一种寄托。尤其值得一提的是，在我的印象中，徐先生是在改革开放之后对偏激的"破字当头"的思维模式最早质疑和批判的学人。他明确提出理论和批评都需要建设，不能一味地讲"决裂"，讲"破字当头"。他在 1980 年代初就曾指出："我们的文艺理论研究必须在现有基础上有所发展，有所创造，前一段时期我们已经破了不少，没有破尽的还要继续破除，今后要力求发展，力求创造，多有所立。"（见《文艺理论研究》1980 年第 1 期）他还在多种场合表达过大致相同的意见："多少年来，我们这里流行过'破字当头''大批判开路'的观点。在遗产继承上，也照搬过这种做法。……'四人帮'搬用这一观点就造出了'彻底扫荡论'，就烧掉了无数书籍和文物珍品，残害了数以万计的知识分子。这样倒行逆施，'破字当头'实际就等于一破到底，把'批判继承'遗产的任务全部取消了。"所以他一贯认为现代意识和文化传统并不是对立的，"现代意识并不是一个有限于现代时间的观念，更重要的是一个随着历史的发展而不断有所发展、充实的观念"，"有些现代意识其实乃是文化传统中优秀部分的延伸和发展"。（《现代意识与传统文化》，原载《上海文论》1987 年第 2 期）

一个学者最可贵的地方往往在于能够坚持自己的信念，行之一贯，而徐先生更能够把自己的人生信念贯穿到自己的日常生活之中，通过自己具体的言与行见之于社会，这就显得更不容易了，必定有一种独特的内在力量的支撑。我由此想到，也许"天行健，君子自强不息"，原本就是一个天人合一的概念，人尽天责，天随人意，是为境界。记得我初识徐先生之时，徐先生已是 67 岁高龄，按中国人的说法，已经年近古稀，如此身姿精神，实在少见；而如今，又是近二十年过去了，而徐先生身板直挺，行步依然快捷，真是令人高兴。所以对我而言，徐先生的为人为文，连同他经历过的苦难和超越苦难的精神，他对时代和人生的看法，确实是一部活生生的经典，一本大写的"人"的书，有一种特别亲切和深刻的意义。

之六十五　阅读徐讦：人生像个监狱

徐讦（1908—1980）字伯讦，笔名有徐于、迫迁、姜城北、东方既白、任子楚，浙江慈溪人。1931 年毕业于北京大学哲学系，后留任助教并转修心理学。徐讦是林语堂的弟子和好友，长期追随过林语堂，编辑过林系刊物《人间世》等，他也深受林语堂的赏识，林语堂认为徐讦是现当代文学中少数几个优秀的作家之一。徐讦是现代文学史上少有的多产作家，在其创作生涯中，共创作小说、诗歌、剧作、散文、评论共 60 余部，计两千多万字，其中以小说数量最多，成就最大，一度产生了很大的影响，有人就把抗战的 1943 年称为"徐讦年"。他的作品《鬼恋》《风萧萧》《手枪》《后门》《春去也》《痴心井》等先后被改编成电影，搬上银屏。

徐讦 1936 年赴法留学，但因抗战爆发就于 1938 年初辍学回国，1938年的 10 月 26 日，徐讦写了这样的诗句来祭奠抗日烈士：

> 不敢用可怜的悯叹，
> 更不敢用柔软的哀婉，
> 红铁般的悲愤捧着我心，
> 对战士们英雄的魂灵祭奠。
> 像这样的死，悲壮，伟大，激越，
> 在中华几千年史中只有过一页，
> 那是悠远的祖先们为洪水泛滥舍身
> 为那野兽的残暴流血。

> 如今是你，为整个民族的生存，
>
> 世界的和平，正义与爱，
>
> 在抵御强暴的侵略，
>
> 无畏的勇敢，视生命如草芥。
>
> 这样你慷慨地流血，
>
> 救人类无边的浩劫
>
> 又壮烈的把你的骨肉，
>
> 填平了地球的残缺。

——《奠歌》

如果把 1930 年代的徐訏看作是一个诗人的话，那么徐訏不失为一个具有现实主义色彩的作家。他的诗作很多取材于下层人民的生活，描写了各种各样现实生活的真实图景，现实主义特征是明显的。

然而，徐訏的小说创作却没有沿袭同样的道路。这除了和他的整个思想状态有关之外，也许和文学类型的不同也有关系，诗歌似乎已经表达了他关心时代的那部分心灵，而在小说创作中融进了另外一部分对艺术追求的情愫。作为一个小说家，徐訏的成名作是《鬼恋》。这部中篇小说最初发表于《宇宙风》1937 年元月及二月号上，1939 年正式出版，成为该年畅销书之一。值得注意的是，徐訏是在法国留学期间写作这部小说的，环境不同文学构思自然受到影响，否则徐訏也许不可能去创造这样一个非人非鬼的艺术世界。这是一个虚幻的、神秘的、非现实的世界，在夜色已经笼罩上海的时候，"我"与一个自称为"鬼"的美貌女子邂逅，她"脸冷艳得像久埋在冰山中心的白玉"，"银白的牙齿象宝剑般透着寒人的光芒"，"我"完全被她迷住了。作者带领我们进入了一个神秘的境界，用奇异的想象在恐怖之中揉进一种妖艳的魅力，它会使人想起《聊斋志异》之中所能见到的那种神妙的境界，狐狸变成了美女，制造着一个美妙的乌有之乡。然而，徐訏到底是一个现代社会的人，不会满足于虚幻的鬼蜮之乡。作品中的"鬼"终于吐了人言："我历遍了这人世，尝遍了这人生，认识了这人心。我要做鬼……但是我不想死——死会什么都没有，而我可还要冷观这人世的变化，所以我在这里扮演鬼活着。"这位美丽的"女鬼"最后不告而别，但是作者却在这虚幻的鬼蜮世界的废墟上，解释了一个真正的现实黑暗的深渊——这是一个真正的非人的世界，正如这位"鬼"说过的："人间腐丑的死尸，是任何美人的归宿，所以人间根本没有美。"

很难说徐讦是否有和"鬼"相类似的心态，是否在扮演着一个痛苦的"鬼"的角色，冷观着这悲剧的人世，可是他在《鬼恋》中确实揭示了这样一个非人的现实。这显然是和他对于世界悲观然而深刻的看法连在一起的，他所表达的不过是对这个悲剧人世的反抗。紧接着《鬼恋》，徐讦又写了《荒谬的英法海峡》（1939）、《吉卜赛的诱惑》（1940）、《精神病患者的悲歌》（1941）等小说，它们都持续着这个思想。在一种离奇浪漫的故事情节中，一个悲剧人世的阴影在时隐时现，读者在愉快的欣赏中接受痛苦的色彩，在《荒谬的英法海峡》中，作品中的"我"几乎是《鬼恋》中"鬼"的另外一个替身，他作为一个人的生活，完全是在梦境中体验到的，是一种幻境，而痛苦却是现实的，他大声向读者说道："所有别的世界都是龌龊的。你不知道那面多么不自由，多么不平等，穷人们每天皱着眉，阔人们卑鄙地享乐：杀人，放火，宣传，造谣，毁谤，咒骂，毒刑，惨死……没有自由，没爱，人与人都是仇人。"这种沉重的悲剧意识一直追随着徐讦，也追随他的创作，把他和现实生活实际隔绝开来，使他不可能在现实之中得到满足。他曾在小说《江湖行》中写到过这一句话，也许可以表达他对整个人世的悲剧态度："人生像个监狱，一般所谓的监狱不过是个较小的监狱，出了监狱以后，仍要进入另一个较大的监狱。"——这也许是法国存在主义哲学家萨特式的语言。而这正是隐藏在徐讦作品中所谓浪漫情调之下坚硬冰冷的语言，这是一种反抗社会的语言。

但是，很多人都仅仅被徐讦作品表面的浪漫风情迷惑住了，忘记了向深层再走一步，感受其中严肃和沉重的内涵。徐讦在文学创作上，不仅鼓吹创作自由，揭写人生，而且非常强调文学与生活的关系，他在《作家的生活与潜能》一文中说："要举一个从来不依赖'生活'的作家是没有的，要举一个从来没有生活浸染的作品是不可能的。"他在《吉铮的〈拾乡〉》中指出:"一个伟大的作家,他比常人有丰富的想象,这也只是说,他可以从现实生活中想象到较远较高的境界,而并不是他可以凭空去想象的……我们的生活是繁复综错的,这繁复综错的生活经验就是人生。如果我们假定有十种的想象,则有十种生活体验的人就有万种的想象。"在另一篇文章中,他还深刻地指出:"所谓'江郎才尽',照我想的,就是这,'生活枯竭'。"同时,徐訏非常反对粉饰现实的文学,他认为文学根本上是反叛的,是反映社会的痛苦和恐惧的,他在《牢骚文学与宣传文学》中指出:"一切文学既是对现状的不满,一切文学,诚如厨川白村所说是苦闷的象征,所以我们可以说一切文学也就是牢骚文学……文学一定是有'感'而作,感,可以说就是不满现状,如果满意于现状,就用不着文学。"以上列举这些,都有助于我们更深刻地去认识这位作家和他的作品。

不过,对于徐訏各方面的文学观点了解得太多,我们也有可能陷入新的误解之中。徐訏并不是一个现实主义作家,这一点他曾在《〈斜阳古道〉再版序》中说得很清楚:"在三十年来中国文学的写实主义主流中,我始终是一个不想遵循写实路线的人。……中国之盛行写实主义,固然是文坛上的口号和风气,但是我稍稍研究所谓中国现代文学,就无法不承认,写实主义的发扬和提倡,是有它坚实的社会的根据的。在动乱与激流的社会中,写实主义正好似负有一种历史的任务的,而似乎是从农业社会走向工商业社会动荡时代的一种自然的要求。"看来,徐訏之所以甘心情愿地站在主流之外,是有自己主张的,他在另一篇文章《从写实主义说起》中谈道:"至于我个人,我对于写实主义则是不满足的。第一,我觉得写实主义一类的名词只是文学史一种类别,我觉得伟大的第一流作家都并不属于某一种风尚。以写实作家来说,如巴尔扎克如福楼拜的作品几乎都具有浪漫主义的思想。第二,我认为狭义上的写实主义的作品,往往流于报道,与文艺的范畴距离很远。报道工作,好的新闻记者比小说家更能愉快胜任。许多爱写现实主义作品的人,目的往往是要'知'其内容。但文艺的人物尚同任何艺术一样,并不是供给知识,文艺到了供给知识,就是报道。正如绘画到了供给知识，则变成照相，是一样的。"每一个作家都有选择自己艺术道路的自由，不论徐讦对写实主义看法在多大程度上是正确的，但他在写实主义风行文坛之时，不随波逐流，追求自己独特的艺术理想，却是真切的，显示出他并不满足于对于一般生活的描摹，期望实现更宏大的艺术效果。这种不满足促使徐讦走向新的艺术境界，浪漫主义的风情和想象也许就是在这个前提下加入他的创作的。但是，从整体上看，仅仅是浪漫主义并不能完全表达徐讦的思想和对人生的真实感受，有时还会在无意识之中遮蔽和阻碍它们的表达，徐讦的创造就常常在希望完整地表达自己和尚未能完全表达自己之间挣扎。在这种挣扎中，显然，徐讦作品的浪漫主义已经发生了变异，融进了一些现代主义艺术方法的因素，在现实与非现实，虚幻和真实之间表达自己对整个人生的一种深刻感受，在具体描写之中加入了一些隐喻的成分。这在我们上面提到的几篇小说中表现得很明显。不过，徐讦有时候也会退后一步。《风萧萧》是徐讦1943年发表的一部重要长篇小说，曾轰动一时，非常畅销。仅1946年10月至1947年10月一年便三次再版。这部小说的故事情节是明朗的，刻画了抗战时期上海三个不同性格的女性，她们出入舞场，内心中却充满正义之感，为抗日从事谍报工作。这部小说虽不乏理想色彩和哲理思考，但写实色彩是比较明显的，这，或许是它受到普遍欢迎的原因之一。

之六十六　阅读穆时英：都市的感觉

有了都市，就有了都市的文学，都市的感觉。在中国现代文学中，这种感觉也许首先要提到刘呐鸥（1900—1940）。据说他从小生长在日本，曾在东京青山学院专攻文学，日本应庆大学文科毕业。回国后，他翻译过日本新感觉派小说集，对日本新感觉派小说推崇备至。他从1928年起就开始用感觉主义方式写小说，并集成短篇集《都市风景线》，由水沫书店1930年出版。在小说中，他是非常注重于主观感觉的，不论是在写景还是在叙事中，都把自己或者人物的主观感受融于其中，构成一种主观和客观胶合在一起的意象。作者在注重捕捉人物刹那的感觉和印象时，也显得非常敏感和细致。

敏锐的感觉是人物心理的导游者，从嗅觉到视觉触觉跳跃出一连串新的印象，把人物内心情绪波动和发展展示在人们面前。"透亮的法国绸""弹力的肌肉""从碧湖里射出来"的微笑，等等，都不仅是"近代型女性"的外在形象描写，而且也是心灵的窗口，是通向人物心灵世界之路。

普遍地注重于感觉的描绘，是新感觉派小说的共同特征。这是五光十色的现代都市生活对作家的刺激，也是作家对于各种各样信息刺激的一种反馈。他们面对的是灯红酒绿的现代生活，赛马场、夜总会、摩天楼、长形汽车、特快列车以及各种各样的广告，都在诱惑着他们，并且强迫他们在感觉上必须接收信息。它们是都市人所熟悉的，同时又是异常陌生的；它们每时每刻都在剥夺着作家们的感觉，但又每时每刻分离肢解着他们的心灵，粉碎着他们的自我世界，使他们再也不可能建造一个完满的、恒久的自我世界，只好在霎时的感觉印象中肯定自己和体验自己。因此，在他们的小说中，城市的一切近在眼前，但距离他们心灵却十分遥远。它们完全是作者自己所无法把握的，它们自行地、毫无规则地出现，然后消失，在艺术屏幕上构成一个个飞快跳跃和变换的艺术画面；它们存在着，在相互之间也没有什么必然的联系，如果把它们联结起来，就像一幅剪贴起来的现代派图像。

穆时英（1912—1940）则是最善于把握和表现都市生活的作家之一，他的《上海的狐步舞》特别经典。其中有这样的现代都市生活场景：

独身者坐在角隅里拿黑咖啡刺激着自家儿的神经，酒味，香水味，英腿蛋的气味，烟味……暗角上站着白衣侍者。椅子是凌乱的，可是整齐的圆桌子的队伍。翡翠坠子拖到肩上，伸着的胳膊。女子的笑脸和男子的衬衫的白领。男子的脸和蓬松的头发。精致的鞋跟，鞋跟，鞋跟，鞋跟，鞋跟。飘荡的袍角，飘荡的裙子，当中是一片光滑的地板。呜呜地冲着人家嚷，那只 saxophone 伸长了脖子，张着大嘴。蔚蓝的黄昏笼罩着全场。

这是都市疯狂奢侈的场景，而另一个场景却是：

　　电车当当地驶进布满了大减价的广告旗和招牌的危险地带去。脚踏车挤在电车的旁边瞧着也可怜。坐在黄包车上的水兵挤箍着醉眼，瞧准了拉车的屁股踹了一脚便哈哈地笑了，红的交通灯，绿的交通灯，交通灯的柱子和印度巡捕一同地垂直在地上。交通灯一闪，便涌着人的潮，车的潮。这许多人，全像没了脑袋的苍蝇似的！一个 Fashion model 穿了她铺子里的衣服来冒充贵妇人。电梯用十五秒钟一次的速度，把人货物似地抛到屋顶花园去。女秘书站在绸缎铺的橱窗外面瞧着全丝面的法国 crepe，想起了经理的刮得刀痕苍然的嘴上的笑劲儿。主义者和党人挟了一大包传单踱过去，心里想，如果给抓住了便在这里演说一番。蓝眼珠的姑娘穿了窄裙，黑眼珠的姑娘穿了长旗袍儿，腿股间有相同的媚态。

从他的作品中，能真正感受到城市生活的危机。在这种潮水般的生活中，金钱物质到处泛滥，充塞在生活的各个角落，人显得格外渺小，人的个性存在已经被巨大的城市生活所支配，处于无可奈何的境地之中。在这种情况下，每个人仿佛都成为一种"货物"，在一种莫可名状的力量的支配和驱使下行动着，他们无法把握自己甚至不想把握自己，充当着城市这等巨大生活及其中的一个玩物。个性的危机、个性的忧郁、个性的挣扎，正是在这种情况下产生出来的。

其实，表现城市生活的忧郁，表现现代人的孤独感，是其小说中最突出的内容。在现代都市生活中，物质和金钱充塞一切，不仅把人排斥到了十分渺小的地步，而且肢解了人们的自我世界；不仅带来了很多生活的恶习，人性被异化的种种畸形变态现象，而且打破了过去人情和人际关系的友好、同情和理解的氛围，在人与人之间筑起了隔绝的高墙，使人产生一种无法摆脱的孤寂感。穆时英在《〈公墓〉自序》中曾说："在我们的社会里，有被生活压扁了的人，也有被生活挤出来的人，可是这些人并不一定，或是说，并不必然地要显示出反抗、悲愤、仇恨之类的脸来；他们可以在悲哀的脸上戴了快乐的面具的。每一个人，除非他是毫无感觉的人，在心的深底里都蕴藏着一种寂寞感，一种没法排除的寂寞感。每一个人，都是部分地，或是全部地不能被人家所了解的，而且是精神地隔绝了的。每一个人都能感觉到这些。生活的苦味越是尝得多，感觉越是灵敏的人，那种寂寞就越加深深地钻到骨髓里。"穆时英幼年就跟随父亲到上海生活，这段话多少表达了他长期都市生活的自我体验。

这种心灵隔绝的孤寂感，同样贯穿在施蛰存的小说创作中。施蛰存（1905—2003）曾在杭州、苏州和松江生活过，17 岁到达上海，也许这正是需要人的理解和沟通的时候，但是他失望了，城市以一张冷冰冰的面孔对待着他，使他很快感受到了人与人的隔膜和冷淡。这时候他开始怀念美好的少年时代的生活。《上元灯》大约就反映了这种情绪。作者描写一段纯洁的友爱之情。虽然小说中的"我"一直领受着一种彼此心领神会的温情，但最后依然透露出了一种感伤的情调。正如有的学者所指出的，即使在《上元灯》这样的作品中，"……人们还可以在他的作品中发现感情的隔阂和沟通，心灵距离的远近变化，这是支撑施蛰存的小说世界的一个主要构架。"在施蛰存的小说中，孤寂几乎是到处游荡的一个阴影，追随着他笔下一个又一个现代生活中的踟蹰者。例如在《梅雨之夕》中，作者写了一个年轻小职员在雨天送陌路相逢女子回家的情景，但透露出的都是"因为上海是个坏地方，人与人都用了一种不信任的思想交际着"的感叹。在这种沉重的心理负荷压迫下，主人公只能"孤寂地只身呆立着望着永远地、永远地垂下来的梅雨"。也许正因为现代人的这种孤寂感不是流露在脸上的，而是蕴藏在心的深处的，"深深地钻到骨髓里"的，所以施蛰存时常去描写一种心理过程，去探索人物灵魂深处的秘密。

之六十七　阅读施蛰存：标新路与继绝学

就在应邀去参加第五届澳门文学奖的前一天，我听到了施蛰存先生去世的消息，尽管早一天我已经从钱谷融先生处得知施蛰存先生又告病危；尽管早就知道施先生身体一直不好，多次住院并多次告病危；但是还是内心感到了震动，痛惜施先生离开了我们，同时也带走一种难以言传的内心的寄托与慰藉，就像眼看着蓝天上一只传达着永恒信息的鸿雁，竟然就是那般从容但是也那么急速地消失在云际天外。而从澳门回来，我甚至感到熟悉的校园变了，仿佛缺了一点什么诗意的东西，当我早晨穿过熟悉的校园去上课的时候，风好像特别阴冷，还故意把一些残落的树叶刮到我脸上。

这是从来没有过的。

其实，我和施先生并没有多少交往，甚至没有机会认真注视过他。几次见面也都是近二十年前的事了，而且都是在人很多的地方；其实，就在我进入华东师大读研究生之后不久——也就是 1983 年，施先生就被确诊为直肠癌，并且动了一次大手术，从此就很少外出的——换句话说，施先生的声名越来越大，日子也真正逐渐好起来，当是他患癌症动手术之后。所以施先生的家我也只去过一次，而且待的时间很短，没有过认真的长谈。当然，这并不妨害我研读施蛰存先生的作品，听施先生的故事，对施先生的人品文品心向往之。因为如此，我就和施先生门下的宫晓卫等弟子关系很好，心有所通，直到最近一次在中文系举行的先生百岁华诞庆祝会上见面，还是感到非常亲切，言谈说笑一如当年一样随便自然。不想到盛宴刚过，弟子刚别，先生就乘鹤仙去，给人们留下了无限惆怅。有人说，施蛰存先生几乎一生磨难，消受不起如此隆重的祝寿；也有人说，先生一生受冤枉的时候多，如此结局也是一个辉煌的句号，当以能够含笑九泉了；也还有人觉得祝寿还不够隆重，追悼会规格还不够高等等。当然，这都是后人的意愿和设想，也许谁也不知道这位世纪老人最后心中在想些什么。

人是奇特的，人的生命的价值难以估量，人生更有些不可思议。想一想施先生一生承受的那么长时间的不公正待遇，曾经面对过那么多的怀疑、冷遇、鄙视甚至敌视的目光——而这些又恰恰来自他周围的、有的至今才意识到这个人的价值，并抓紧最后的机会在遗像前来表达自己的心意的人，施蛰存先生可谓是历经沧桑，大喜大悲，早就不在乎后人如何评价自己的人了。照理说，像施先生这样才情卓著、贡献突出的作家和学问家，应该在生活和工作上得到更多的关心、关注和帮助，但是实际上，施先生从来就得到很少，而他自己甚至从来没有过这份奢望。直到他的成就蜚声海外，已经成为社会、学校人文学术的楷模和标志，人们才不断献上自己的关心和爱心，在最后的日子里留下他的影像。这当然是使人感到欣慰的，因为如今我们每个人对施先生的这份心情，都不仅是个人的，而且体现了社会和时代对于这位辛勤耕种的世纪老人的某种忏悔和补偿。

可惜，很多东西已经无法补偿了，而我们又不能不心怀愧疚地继续享受其用生命创造的文化遗产。从某种意义上可以说，施先生的创作与著述堪称现代中国文学的标志性成果，它们本身不仅记录了历史的进程与变迁，而且诉说着艺术与人格在这段不平凡的历史时期内的独特体验与记忆，通过忍耐、挫折、挣扎和持续不断的追求显示着文学艺术永恒的生命活力。

施先生的创作与著述博大精深，涉猎很广，但是总体来说，大致可以分为两大方面或者两个阶段，一个方面是"标新路"，主要以最初十年的文学创作和创办《现代》杂志为主，但是其气质、其倾向、其特点一直延续到了1949年；另一个方面，就是"继绝学"——台湾学者何怀硕曾专门著文谈到这一点，主要以文史古籍和金石碑版的研究与考证为代表，是中华人民共和国成立后一直从事的事业。这两个方面或两个阶段，不但体现了不同的时代背景与选择，而且表现了施先生不同的心境与心血，展现了不同的生命状态与艺术光华。"标新路"不仅显示了施先生艺术创作的才情、才能与深厚潜力，而且在现代中国文学史上点起了一把火，开辟了现代文学创作的一条新路。同样这也展示了当时中国文坛难得的自由气氛与环境，使得年轻的作家生命能够有自由表现的机会与空间，能够在艺术创造中扩展自己的生命感觉，不断寻求新的表现方式与境界，满足自我不断更新、扩展与创新的精神欲望。这时候，施先生的生命是不断开放的，不仅写象征诗，创作"新感觉派小说"，尝试"意识流"，运用"精神分析"；而且也研究庄老，追求灵性，解读神秘，等等，可以说，各种艺术的奥秘及其追寻的乐趣，使他乐此不疲，灵感不断，如果不是意外触怒了鲁迅，他会在这条自由选择与创造的路上走得更远更深，也能够走出更大的名堂。

但是，一方面由于时代的关系，同时也不能说没有自我生命轨迹的变化，施先生转向了"继绝学"的道路。在这个过程中，翻译外国文学作品也许是一种缓冲与过渡，他不仅稳住了心境，而且心灵逐渐深潜，精神趋于沉静，开始在历史和生活深处寻求艺术奥秘与快乐。可以说，"继绝学"是一种自我逐渐回归的过程，向外扩展的心灵开始收敛——或许一半是由于时代环境，一半由于内心寻求，而超越时代、深不可测的胸襟开始形成，让生命遨游于很少人甚至无人能及的无垠无际的文化深海之中。也许只有这样，外面的时代风潮才无法伤害到他的那颗始终敏感、柔弱和爱美的心灵，甚至根本不能阻止与扰乱他在这种自由遨游和探询中的快乐。——由此，我常常想，施先生之所以长寿，正是与这种在自我艺术世界中的遨游、从容和快乐分不开的，这是任何外在的压迫、磨难与打击都奈何不得的，也正是老子所说的"致虚极，守静笃，万物并作"的境界——而这里的"作"或许也是可以理解为"乐"，因为人们能够从这种内在生命与视像中获得极大的快感。

正是从这里，我们至少从内外两个方面来理解艺术创造的奥秘，并由此对于整个现代中国文学的发展历程有所感悟和理解。一是艺术创新首先需要一种自由创作的环境与气氛，这样艺术家的创新欲望与潜能才能充分调动和发挥出来；自由永远是创新的母体与酵母，任何给创作者带来限制与恐惧的做法与气氛，都会毁损、打压甚至破坏艺术创新的欲望和能力，造成艺术创作力的转移、搁置和衰退。二是艺术创作需要深潜归根的心境，正如老子说的，有时候就是要能够"挫其锐，解其纷，和其光，同其尘，湛兮似若存"，沉浸在自我的艺术世界之中，坐得住，沉下心，不走气，不受外界干扰。如果是这样，即便外在条件不尽如人意，甚至严酷恶劣，也难以完全阻止和消灭你对于艺术、对于美的追求。施先生就做到了这一点。而遗憾的是，在中国现代文学进程中，我们很难看到内外这两方面兼有并具的状态，否则，现代中国文学必然会取得更辉煌的成就。

因此，施先生作为现代中国文学的一个标志性人物，具有艺术创新与人格品位两方面的意义。前者的意义显而易见，已经写在了各种各样的文学史中，但是后者的意义恐怕还需要后人继续感悟和认定。施先生是一个重视和追求生命品位与格调的艺术家，并把这种品位和格调熔铸到了自己的文学活动之中，形成了自己新颖、内秀、高格、婉转、精致、谐趣的风格，其中包含着中国古典温雅气息与西方文化的绅士情调。

这是一种奇妙的混合，却是一种长久的执着与追求。因此，尽管经过无数次的改造，无论是每天打扫厕所或者搬运图书，施先生始终没有放弃这种内心的品位和格调，而且能够不断从生活中，特别是书籍中获得心灵的快意与慰藉。这在那个时代，实在是难能可贵的。同时，这也是施先生能够避免很多现代作家后来的悲剧的重要内在原因之一。也许正因为缺乏这种对于品位和格调的执着和追求，很多作家动摇和放弃了过去内心对于美的追求，甚至开始唱高调、说假话，以粗、愚、不学无术为美，造成了终身的遗憾和悔恨。

这是一种品位和格调，更是一种美的品质和源泉。所以钱谷融先生在谈到施先生的时候，感触最深的就是"他重性情，讲趣味，热爱和追求一切美的东西"；而徐震堮先生说他"完全是一个飘飘荡荡的大少爷"；徐中玉回忆他如何"缩住在一间原作晒台，改成'厕所'，而抽水马桶尚存，同时并用的冬冷夏热的斗室里"坚持研读的情景，都从不同方面道出了施先生内在高洁的追求。这也是他所以能够忍辱负重而不自贱，默默无闻而不自轻，屡遭横逆而能自得其乐的原因。因为施先生已经把自己的所求与所为融为一体，把生命交给了自己钟爱的事业，读书，教书，写书，从一个领域到另一个领域，从一种境界到另一种境界。由此我们也能真切体会到，美与艺术有一种不能诋毁的力量，能够在最艰难的状态中赋予人们以尊严、以信心、以快乐、以魅力。

如今，施先生确实离开了我们，离开了华东师大校园。今天下午时分，施先生的追悼会将在殡仪馆举行。我没有去参加，而是把自己关在屋子里写这篇怀念文字。因为我过去、现在都在读他的书，并不断从他那里得到滋养，我并不想那么快地和他告别。

我不知道追悼会情况如何，但是我相信去的人很多，而且是各种各样的人；而且在大家向施先生遗像一起三鞠躬的时候，心境差不多是一样的。我还相信，施先生在天国也一定能够发现更多美和更多乐趣的——至少，天国的书籍是免费的。

之六十八　阅读萧红："力透纸背"的笔致

一直在生与死之间挣扎和创作，一直承担着民族和个人双重悲剧的作家，必然要提到萧红。她的大部分写作生涯都是在流亡中进行的，遗憾的是一直到她逝世（1942）都没能够看到故乡的复兴。许多熟悉萧红创作和生平的人，对此都曾情不自禁地发出连连感叹，"她是一个非常薄命的女人"，在 1934 年和萧军双双逃出哈尔滨之前，她已经尝到了流浪生活的滋味，当她后来的情人萧军第一次看见她时，她被关在一个不知名的小旅馆冰冷的房间里，遭受着肉体和精神上的折磨。此后，她的生活一直随着战火流动着，经历了抗日战争中一次又一次悲剧的时刻。"九一八"事变时，萧红正在哈尔滨，她和她的朋友们在这里度过了几年艰苦的斗争生活；"七七"事变和"八一三"战事发生时，萧红正在上海，亲睹日本军队的侵略，撤退到内地；紧接着日军进攻华北，萧红正好在山西临汾，不得不回到武汉；日军进攻武汉，萧红等又逃到大后方重庆；接着 1939 年初，日军开始轰炸重庆，萧红又飞往香港，1941 年日军攻占香港，萧红不久含恨而亡。在这种流亡生活中，每一次迁徙都意味着距离自己的家乡更远一步，都意味着心灵上一次重创。

萧红的创作品格就是在这种流亡生活中形成的。她经常处于一种绝处逢生的境地，连续不断的生活波折使她难以在心理上建立一种稳定的安全感。在流浪和流亡中，她学会了抽烟喝酒，过自由奔放的生活，朋友的义气和友情在她生活中占据着非常重要的地位，也学会了用男性的刚强对待生活的磨难，显示出自己的力量。

《生死场》的出版，把萧红的名字，也把东北作家群的气势扩播于内地的文坛。《生死场》是萧红在流亡中写成的。它裹挟着浓重的悲剧气氛，掠过荒凉、沾满血迹的土地，来到了人们中间。在这篇作品中，诉诸人们感官的是死了的小孩躺在旷野的小庙前，是竿头晒着在蒸气里的场所，是腥气，是血污构成的意象。当作品写到王婆把自己的老马不得已送进屠场的时候，悲剧的灵魂已经穿透了一切物质的界限，浸透于客观生活的每一个缝隙之内。

作者把读者带入的不单是牲畜的屠场，而是人的屠场。这已不是简单的比喻，而是怀蕴着人生悲剧的噩梦留下的痕迹。在这种沉重的悲剧之中，我们能够感受到一种日积月累的，压抑着的反抗力量。这种力量来自现实，也来自作者本身，谁都很难想象这一切都出自一位柔弱的女性之手，一个同样柔弱的女性心灵能够承担起如此沉重的悲哀，直面如此惨痛的现实。苦难和挫折，血光和剑影，荒漠和风雪，赋予萧红一副男子汉的气概，赋予她的作品以一种悲壮的阳刚之美。在苍苍然欲堕的蓝天下，我们能够看到粗犷的灵魂在沉默后的大飞扬：

　　　　浓重不可分解的悲酸，使树叶垂头。赵三在红蜡烛前用力敲了桌子两下，人们一起哭向苍天了！人们一起向苍天哭泣。大群的人起着号啕！

　　　　就是这样把一只匣枪装好子弹摆在众人前面。每人走到那枪口就跪倒下去"盟誓"：

　　"若是心不诚，天杀我，枪杀我，枪子是有灵有圣有眼睛的啊！"

　　萧红就是在这种悲壮气氛中塑造了自己。还是胡风先生说得好："这是用钢戟向晴空一挥似的笔触，发着颤响，飘着光带，在女性作家里面不能不说是创见了。"就是因为在最后的悲剧面前，她知道，人们经过了乞求已不再需要乞求，经过呻吟已不能继续呻吟，经过忍耐已无法再忍耐，要站立在世界上更需要原始和雄强的力量，需要男子汉的热血和气概。这种粗犷的雄性的气质贯串在整个东北作家群的创作之中，他们的作品为人们构筑了一个真正生死搏斗的"生死场"，一群群苦难的人在这里和敌人进行着生死搏斗，其中很多人衣着破旧褴褛，甚至夹带着粗野的叫骂声，向敌人扑去。

　　在流亡生活中，萧红和萧军的作品在文坛上迅速发生影响，及东北作家群迅速在文坛立脚，首先应该感谢鲁迅。对萧红来说，如果说在哈尔滨流浪期间最幸运的一件事就是遇见萧军，那么在流亡中她最幸运的是见到了鲁迅，可以说，是鲁迅把她和萧军推向了文坛的。当二萧1934年带着《生死场》和《八月的乡村》到上海之时，虽然曾经是抗日文学斗士，却陷入了孤立无援的境地，是鲁迅先生热情地帮助了他们。鲁迅为这两本小说分别写了序，热情加以推荐，并且编入自己主编的《奴隶丛书》予以出版。鲁迅高度评价了萧红《生死场》对于生的坚强，对于死的挣扎表现出的"力透纸背"的力量，非常赞赏这位"女性作者的细致的观察和越轨的笔致"。鲁迅这样表达了自己重读《生死场》的感受：

　　　　现在是一九三五年十一月十四的夜里，我在灯下再看完了《生死场》。周围像死一般寂静，听惯的邻人的谈话声没有了，食物的叫卖声也没有了，不过偶有远远的几声吠声。想起来，英法租界当不是这情形，哈尔滨也不是这情形；我和那里的居人，彼此都怀着不同的心情，住在不同的世界。然而我的心现在却好像古井中水，不生微波，麻木地写了以上那些字。这正是奴隶的心！——但是，如果还是扰乱了读者的心呢？那么，我们还决不是奴才。

之六十九　阅读无名氏：浪漫风情与沉思玄想

无名氏在 20 世纪 40 年代文坛上和徐訏齐名。无名氏（1917—2002）原名卜宝南，又名卜宁、卜乃夫，无名氏是他的笔名。他出生于南京市，曾经到北京大学旁听。他的创作大约是抗战后开始的，短篇小说有《古城篇》（1939）、《海边的故事》（1940）、《日耳曼的忧郁》（1940）、《鞭尸》（1943）等，长篇小说有《北极风情画》（1943）、《塔里女人》（1944）、《野兽、野兽、野兽》（1946）、《海艳》（1949）、《金色的蛇夜》（1949）等。如果说徐訏作品的浪漫情调主要表现在故事情节的构思中，那么在无名氏的小说中，则突出地表现在描叙过程中，作者的激情仿佛就燃烧在语言描写中，把各种强烈的色调涂抹在艺术画面上，情感飞扬、思绪绚烂，有时则显得奢侈无章，不满自溢。总之，他的小说时时处处会表现出对一般写实方法的违抗，在敏感甚至癫狂中表现着人生，作者喜欢把人的情热和理智同样推向极致，在燃烧中突然冷却，在冷却中突然爆发，有时像大海任意展现着自己的浪潮漩涡，有时像瀑布突然向深渊里喷射。

然而在这浪漫风情之后，无名氏却是一个喜欢陷入沉思玄想的人，他创作的许多快乐都来自一种哲理的思考。借助于幻想，有时他会进入一种抽象的、玄学的境界，把自己锁闭在离生活实际很远的空间里去领悟人生和生命的本原过程。《冥想偶拾》就是记录无名氏一些玄思禅悟的小书。作为他对生命、死亡、自然、文化的抽象遐想，是无名氏的另一层自我，这些空洞的、格言式的语言，有时也会给人带来一种享受。例如：

艺术创造情感，哲学净化情感，宗教安全情感。这三者河水不犯井水。换言之，艺术创造生命力，哲学澄化且明静生命力，宗教稳定且巩固生命力，生命本是一大和谐。

对神及上帝的信仰，是情绪发展到某种程度的一种境界，即使理智上明明知道，实际上没有上帝，但感情却仍然相信它，因为非相信不可。这种境界，大抵发生于最痛苦，最孤独而无任何安慰时。

再如：

我们最应崇拜的，既不是上帝，也不是人，也不是静的自然，而是那大海般川流不息的生命本体。这生命本体包括宇宙自然，以及上帝与人，这是一种永恒不变的流转。星球和太阳也得服从这流转的定律。这生命的大流自有其一定轨迹。盲目的或不盲目的，这都无关紧要。重要的是：它在流转，而流转本身即可造成轨迹，而人类所有智慧，都用来研究这轨迹。

生命的大流转是一种可惊奇的伟大景象。除了沉醉于这景象中，世界上再没有更高的沉醉。我们应该崇拜这景象，因为我们可以从它的启示中得到生活观念：流动的观念。我们必须使自己信仰这种流动，不以一切为静止的，而是动的。我们永远是伟大的旅客，走了一站又一站，走了一程又一程。我们不会太珍贵休息，因为休息是生命停滞的表现，前进和动才是活着的证明。我们要追求大流动，大波浪，动的概念是主体，静的关照只是动与动之间的衔接物。

群体和大生命的流变决定了一切。在这中间，个人只有受群体决定。客观的要求永远在决定主观的个人要求。

大概这些冥思沉想也构成了无名氏艺术创作理想的一种内容，他的作品就在幻想之中表现出对生命流变的崇拜和惊叹，或者说，作者就在艺术中实现着生命的沉醉。在这种沉醉中，他忘记了当时现实生活的呼唤，人民大众的要求，过于奢侈地享受着生命的恩赐。

　　显然，这种奢侈是以一种奇异的方式实现的，从整体上看，无名氏创作的魅力正是来自一种浪漫风情和入魔的抽象沉思的结合，作者是在生命流转之中体验着生命，也思考着生命，对生命的神秘之境进行着探索。长篇小说《北极风情画》是无名氏20世纪40年代的重要代表作品，明显地展示了这种结合。作品描写的是一个异国风情的故事。"我"是一个对华山发生狂恋的人，这年元旦在华山遇见一个"怪人"，在雪夜独自一人在华山之巅向长天祈祷，"我"感到了一种从未有过的恐怖、绝望和神秘的气氛。在再三追问下，这个"怪人"向"我"讲述了一个悲哀的凄艳的故事。原来他曾是东北抗日部队的一个军官，由于战事暂时侨居于西伯利亚一个偏僻小镇——托木斯克。在这里他遇到了一个纯情的俄国少女奥雷利亚，她美艳惊人。他虽然军务在身，预感到未来的不幸，但还是坠入了情网，不久，两人发生了如痴如狂的爱情，在梦幻般的境界里尽情享受着生命的欢愉。但是，就在这时他奉命随同队伍回国，他们必须在最痛苦的状态中分开。

　　途中，他接到了奥雷利亚母亲的来信，得知奥雷利亚已自杀身死，留下47根白发和一封燃烧着痛苦绝望的信。它在这位军官心灵上刻下了永远无法摆脱的绝望和痛苦。我们在这故事的结束之时，可以看到和徐訏《鬼恋》中女主人公类似的话语："她是不愿意再演戏了，戏演够了。我呢，自然也演够戏了；但我却还有一个欲望，就是：自己既然不想演了，不妨看看别人演戏。这也是我还活着的一个理由。"怪客第二天神秘地离开了，作品中的"我"对于生命开始了新的沉思。面对着华山冰雪的景观，作品写道：

　　　　我望着，脑海里出现了一片朦胧，迷离，恍惚。我想：我该怎么办？我们该怎么办？我们该怎样，才能安慰这个怪客，酬谢他这个故事？我又想：他究竟是个真人，还是个魅影？他的故事，是真实事迹，还是一个海市蜃楼？我再想：此时此刻的我，我自己，究竟是一个真我，还是一个幻形？

作者并没有把答案交给我们，但是我们在作品中时时可感到一种生命的思考。而这种思考源于一种对现实生活，对人生无法把握的幻灭和恐惧感。这一点和徐訏的小说一样，在表面的浪漫风情之下，流动着痛苦而又深刻的悲观主义河流。这也许是二十世纪以后动荡不安的生活给一些知识分子心灵上投下的深深的阴影。

由此可见，无名氏的创作虽然远离当时现代中国文学主潮，但是仍然摆脱不了时代生活的影响，不过是表达了时代生活的另外一面的阴影部分。他用自己色彩斑斓的笔调畅扬于人们面前，在黑夜、鬼蜮、舞厅、幻境、异国风情、吉卜赛女郎之中表达人生，是有独特的地方的。从艺术风格来看，其创作中的浪漫主义多少揉进了一些现代主义艺术的情愫，揉进了现代知识分子对现实生活的真实感受，表现为一种痛苦和绝望的浪漫主义。而这一切，又都在不同程度上表现了其和中国社会现实需要相抵触和碰撞矛盾的情景，往往自己处于进退两难的困境之中，却把一个奇异浪漫的海市蜃楼留给了读者。

这种情景造成的原因，一部分归结于当时的客观条件，另一部分则要归结于本人的主体条件，包括把握生活和艺术的能力。对此，我想引用赛珍珠给林语堂《吾国与吾民》写的序中一段话，也许能够帮助我们了解无名氏的思想："现代的中国知识青年，就生长于这个大变革的社会环境里头，那时父兄们吸收了孔教的学说，习诵着孔教经书而却举叛旗以反抗之。于是新时代各种学说乘时而兴，纷纭杂糅，几乎扯碎了青年们底脆弱的心灵。他们被灌输一些科学智识，又被灌输一些耶稣教义，又被灌输一些无神论，又被灌输一些自由恋爱，又来一些西洋哲学，又来一些现代军国主义，实实在在什么都灌输一些。侧身于顽固而守旧的大众之间，青年知识分子都受了各种极端的教育。精神上和物质上一样，中国乃被动地铸下了一个大漏洞，做一个譬喻来说说，他们乃从旧式的公路阶段一跃而到了航空时代。这个漏洞未免太大了，心智之力不足以补之苴之。他们的灵魂乃迷惘而错失于这种矛盾里面了。"从无名氏创作中，我们能看到这种心灵的漏洞，也能看到灵魂的"迷惘"。

之七十 阅读巴金：关于"家"的裂变

　　《家》的艺术魅力不仅表现了它对于旧社会和旧家族制度的揭露，更在于写出了它们的裂变以及过程，深刻表现了在这种裂变中人心的变化及其所感受和所承受的痛苦。应该说，《家》以高家内部封建势力对年轻一代的压迫和青年一代民主主义的觉醒以及反抗为主要线索，真实地描写了封建大家庭内部多方面的生活和矛盾，塑造了众多的人物，是一部具有巴金风格的现实主义作品。作品贯穿着尖锐的矛盾冲突和浓烈的抒情色彩，细腻的心理描写和多样的抒情手法的交替使用，增强了惊心动魄的悲剧效果和艺术感染力。

　　这种裂变具体表现在两个层面上，一是"父与子"的矛盾和冲突，即在新的社会条件下老一辈人与年轻一辈人之间出现的隔阂、代沟和对抗，他们往往表现了不同的思想观念和价值追求，体现了不同的社会理想。二是"子与子"的不同人生选择，即在外来各种思想的冲击下，在社会发生重大变革的时期，青年人也面临着不同的选择，由此形成了同辈人之间的矛盾和冲击。不同的政治力量之间的较量和影响，也会把他们推向不同的人生道路。

　　在作品中，这种"父与子"的裂变主要表现在高老太爷与觉民、觉慧等新一代的矛盾和冲突上面。这种矛盾和冲突一般表现得比较直接和明显，而且往往表现出了明显的对抗色彩。

　　觉慧的形象就是在这种"父与子"的矛盾和冲突中突显出来的，也可以说，觉慧性格中最鲜明的特色就是叛逆。因为他所处的时代，是一个发生重大变化和转折的时代，旧的社会制度和价值观念面临着质疑和挑战，人性正在各个方面觉醒，新的社会理想和价值观念正在从各个方面召唤着人们。作为新一代的青年人，觉慧的思想还没有麻木和僵化，他们的感情正处于成长、波动和更新的时期，他的生命正在急切地寻求自我宣泄、自我成长和自我实现的机会和突破口，所以他能够义无反顾，还能够迅速地摆脱自己的过去，去迎接自己新的挑战和未来。

所以，在《家》中，青春和梦幻成为反抗和叛逆的精神资源和动力，也是觉慧这个形象的最鲜明的标记，因为青春最敏感、最美丽，也最具有创造性，而梦幻则是用青春的热情和心血灌溉出来的花朵。而正因为如此，它也就构成了对于旧家庭制度及其所代表的社会理念的最大的挑战和批判。而走出家庭的巴金，之所以在一段很长的时间里信奉和迷恋无政府主义思潮，也与他的这种不愿受拘束、受压抑的青春活力和欲求相关。他确实期求一种自由的广阔天地和气氛，要求打破一切对于人性、对于青春的束缚、压抑的枷锁。

其实，巴金创作这部小说，最早是想用《春梦》为题的，后来虽然改成了《激流》，并不是因为否定了对于"春梦"的想象，而是感觉到内心更强烈的青春力量的冲动，认为要冲破社会的黑暗，就需要"一股生活的激流"。正如巴金在《〈激流〉总序》中所写的："这激流永远动荡着，并不曾有一个时候停止过，而且它也不能够停止；没有什么东西可以阻止它。在它的途中，它也曾发出过种种的水花，这里面有爱，有恨，有欢乐，也有痛苦。这一切造成了一股奔腾的激流，具有排山之势。向着唯一的海流去。这唯一的海是什么，而且什么时候它才可能流到海里，就没有人能够确定地知道了。"

所以，也可以把《家》理解为一部青春小说，集中反映了那个时代新与旧、革新与保守的矛盾冲突。而觉慧与高老太爷之间的隔阂和冲突，表现了人性中聚集着的生命活力与压抑这活力的社会体制之间的深刻矛盾。因为中国封建社会的穷途末路之时，也是其政治体制和意识形态最明显地显示出腐朽、老态、保守和僵化之日，正如鲁迅、林语堂、老舍等许多中国现代作家在作品中一再所揭示的，中国社会进入了一个"老年"社会，容不得年轻人的青春活力和自由创造。所以巴金才如此欣赏"激流"的意象。

在《家》中，这种新与旧、青春与老朽之间的冲突一开始就明显地表现出来了。作品从人物形象、思想行为和谈话内容等各个层面，无不表现出了两大阵营、两种追求和两种气息。觉慧、觉民等新一代体现了一种青春、向上、活力和变革的力量，而高老太爷一群则显露出一种垂死、没落、保守和固执的气息。与觉慧相比，巴金突出表现了高老太爷的老态，他不仅脸色"暗黄"，"头顶光秃"，身体非常虚弱，而且不断咳嗽。而更显著的是高老太爷的道貌岸然和专横专制，一切唯我独尊，根本容不得一点不同意见。可以说，老朽和僵化是高老太爷形象的主要特征，其必然要和青年一代形成深深的代沟和对立。所以，作品下面紧接着写道："觉慧把他的坚定的眼光盯在祖父的身上。他把祖父的身子注意地看了好几眼。忽然一个奇怪的思想来到他的脑子里。他觉得躺在他面前的并不是他的祖父，这只是整整一代人的代表。他知道他们，这祖孙两代，是永远不能够了解的。但是他奇怪在这个瘦长的身体里究竟藏着什么东西，会使他们在一处谈话不像祖父和孙儿，而像两个敌人。他觉得心里很不舒服。似乎有许多东西沉重地压在他的年轻的肩上。他抖动着身子，想对一切表示反抗。"

由亲情关系变为一种"敌人"，这当然是一种历史的悲剧和不幸；而两代人之间不可逾越的"代沟"和隔阂，必然会对两代人的感情带来深深的伤害，在心灵上留下难以愈合的伤痕——这也许是觉慧时常陷入内心痛苦和彷徨的原因之一。但是从当时的历史状态来说，这种悲剧和不幸又是不可避免的。从这个角度去理解觉慧的形象，会给予我们一种新的感觉。觉慧是《家》中年轻一代的代表，是封建大家庭大胆而幼稚的叛逆者。五四新文化运动给他以民主主义、个性主义的思想武器。他积极参加学生运动，热心社会活动，办刊物，撒传单，和封建势力斗争。在家庭里，他冲破封建等级观念，和丫头鸣凤恋爱，积极支持、帮助觉民反抗封建包办婚姻，怒斥长辈们捉鬼的迷信活动，劝谏觉新要反抗长辈们把瑞珏赶出城外去分娩的荒谬决定，最后，他和封建大家庭决裂，离家出走，到社会上去。觉慧是"五四"时期受新文化运动影响的进步青年形象，觉慧的性格有一个发展过程，作者令人信服地描写了他从幼稚到坚定，最后离家出走，成为封建大家庭的第一个叛逆者。小说开始时，他并没有感到封建家庭的束缚，以为自己是自由的。待到祖父因他参加学生运动而把他关在家里，他才感到家庭是一个狭窄的笼子。鸣凤的死对他的思想发展和反叛封建家庭具有关键性意义。他看清社会、家庭是杀害鸣凤的凶手；他自认自己自私、没有胆量，也是杀害鸣凤的帮凶。这以后，他对封建家庭的反抗大大增强。在觉民的抗婚事件中，他几乎比当事人还坚定。任凭继母的眼泪，大哥的劝导，祖父的威逼，一家人的反对，他都毫不动摇。没有取消觉民婚事的可靠保证，他决不把觉民找回来，弄得高老太爷和家里人毫无办法。他坚定地确信，爷爷的时代已经过去了。但他也还有幼稚的表现，在高老太爷快要死时，他曾有过"现在的确是太迟了。他们将永远怀着隔膜，怀着祖孙两代的隔膜而分别了"的想法。其实，即使高老太爷不死，祖孙两代的隔膜也是无法消除的。觉慧形象的可贵之处，在于作者以严谨的现实主义态度，令人信服地表现了一个出身于封建家庭的青年，在五四运动影响下，怎样逐渐萌发民主主义思想，起来反抗封建家庭和礼教。在他觉醒、反抗的路上，还有徘徊、反顾，但他终究是一个封建家庭的叛逆者。他出走到社会上去，虽然还没有明确的道路，但出走总是背叛封建家庭的决定性的一步。他的思想基调是民主主义、人道主义和个性主义，在20世纪20年代初期以至于以后很长一段历史时期内，这种思想都有积极的反封建意义和作用。

在作品中，觉慧代表了作品理想的期望和追求，他的出现是灰暗生活中的一缕亮光，预示着旧的家族制度和社会体制的崩溃和走上末路。在中国社会发生大变动的时期，《家》热情地歌颂了青年一代民主主义的觉醒及其反封建斗争，特别是作品中以高觉慧、高觉民为代表的第三代，他们受五四新文化运动的影响，有了民主主义的觉醒。他们办刊物、发传单，参加学生运动，在社会上和在家里与封建势力、封建礼教作斗争。例如，在高家发生了使人震惊的觉民抗婚事件，并取得胜利；而大胆而幼稚的叛逆者觉慧，更是显示出了主动进击、无所顾忌的青春气息，他敢于当众怒斥长辈，并脱离封建大家庭走到社会上去，反叛的第三代进一步敲响了封建制度的丧钟，体现出了强烈的时代色彩。

之七十一　再读巴金：我们从哪里来？我们到哪里去？

艺术创作是一种情感思维，而文学作品之所以能够打动人、感染人和影响人，也是与其所蕴涵和显示出来的独特的感情内容有着密切的联系。也许正是基于这一点，列夫·托尔斯泰在其《艺术论》中特别强调情感在艺术活动中的作用，他认为："艺术起源于一个人为了要把自己体验过的感情传达给别人，于是在自己心里重新唤起这种感情，并用某种外在的标志表达出来。"他还举了一个生动的例子来说明这个问题："比方说，一个遇见狼而受到惊吓的男孩子把遇狼的事叙述出来，他为了要在其他人心里引起他所体验过的某种感情，于是描写他自己、他在遇见狼之前的情况、所处的环境、森林、他的轻松愉快的心情，然后描写狼的形象、狼的动作、他和狼之间的距离等等。所有这一切——如果男孩子叙述时再度体验到他所体验过的感情，以之感染了听众，使他们也体验到他所体验到的一切——这就是艺术。"

于是，托尔斯泰认为情感性是区别艺术品与艺术赝品的核心，它从三个方面决定了一部作品艺术价值的高低：一是所传达的感情具有多大的独特性；二是传达这种感情的清晰程度如何；三是艺术家的感情的真诚程度。

显然，对于这种深刻的情感体验和表现过程，很多作家都有深刻的体会。例如当代作家王蒙就认为，"创作是一种燃烧"；而苏联著名表现艺术家斯坦尼斯拉夫斯基也认为："在艺术中从事创作的是感情，而不是智慧；在创作中主要角色和首创作用属于情感。"因此可以说，任何一种经得起历史考验的优秀艺术作品，都是作家的呕心沥血之作，都凝结着作家深刻的情感体验，都具有以情动人的特点。所以，很多艺术家都有类似的创作经历，他们在情感的推动下，精神抖擞地投入创作，但是大作完成之后，就像得了一场大病，自己的整个身心在感情波涛中漂游沉浮，以至于精疲力尽，感到极度疲劳。郭沫若谈到，他写作《凤凰涅槃》的时候，就"全身都有点作寒作冷，连牙关都在打战"。而据说法国作家福楼拜在写《包法利夫人》时，整天抱头凝思，如醉如痴。有一次，朋友去看他，他正在伏案悲恸，问他为什么，他泣不成声地回答："包法利夫人死了！"

由此我们联想到巴金最初投入文学创作的情景。他曾经如此谈到过自己写作《灭亡》时的心情：

　　……我刚刚在巴黎的小旅馆里住下，白天翻看几本破书，晚上到夜校去补习法文，我的年轻的心反抗起来了：它受不了这种隐士的生活。在这人地生疏的巴黎，在这忧郁、寂寞的环境，过去的回忆折磨我，我想念我的祖国，我想念我的两个哥哥，我想念国内的朋友，我想到过去的爱和恨，悲哀与欢乐，受苦与同情，斗争与希望，我的心就像刀子割着一样，那股不能扑灭的火又在我的心里燃烧起来……我有感情必须发泄，有爱憎必须倾吐，否则我这颗年轻的心就会枯死。所以我拿起笔，在一个练习本上写下一些东西来复写我的感情，倾吐我的爱憎。每天晚上我感到寂寞时，就摊开练习本，一面听巴黎圣母院的钟声，一面挥笔，一直写到我觉得脑筋迟钝，才上床睡去。我写的不能说是小说，它们只是一些场面或者心理描写……我下笔的时候，并没有想到要写出这样的东西，但是它们却适合我当时的心情。

　　　　　　　　　　　　　　——《谈〈灭亡〉》，1958 年 3 月

可见，巴金是在一种强烈的感情驱动下投入文学创作的，这种情景和托尔斯泰、鲁迅等人的创作体验有相通的地方。尽管后来的创作有所变化，但是巴金在长期的文学道路上，始终坚守了对于艺术情感性和真诚性的信仰。他的创作体现着一种生命的欲望和追求，伴随着激烈的情感活动，表达和表现着他对于人性、自由和人类最美好的感情的向往和留恋。

艺术创作的动力首先来自情感，没有真实的情感，作品就不可能产生

感染人和打动人的艺术力量。如果说，《家》的魅力首先来自其中所蕴涵和表达的感情，那么与其所描述的"家"的对象及其文化内涵有直接的关系。因此，《家》的艺术魅力，首先来自一种情感的力量，而这种感情是作者在长期生活中体验和积累起来的，带着作者独特的心灵痕迹和生活熔炼。

世上人人皆有家。应该说，"家"是人类情感生活最初也最重要的寄托；在人类生活和历史发展中，"家"一直是人类生存的最基本的社会细胞，它不仅决定了每个人的血缘、身份和地位，而且赋予了其最初稳定的情感基础和文化纽带，所以它对于人们情感世界的形成、状态具有非常重要的意义。从这个意义上说，"家"不仅是人的生活基地、堡垒和港湾，而且是人最初的和固有的精神家园。"家"虽然不是人生的全部，但是至少是其中最重要的一部分，尤其需要强调的是，"家"对于所有人来说，都是最富有情感感召力的。在历史上，无数的文人墨客把家作为自己的抒情对象，创作了无数动人的歌谣和传说。所以，把"家"看作是人类感情的一个积聚点并不为过，尽管它在人类各个不同的时代和文化状况中具有不同的形态和特点，尽管它一直处于不断变化之中，但是"家"至今仍然是人类情感的一个交结点，它最能够触动人心，最能够表现人情。

而"家"对于巴金来说，意味着一种复杂的心理情结，既是他从小就期望逃离、逃离后又不断加以批判和诅咒的对象，又是他一生无法放弃、无法逃离并时时留恋和反顾的地方。巴金曾回忆道："我出身于四川成都一个官僚地主的大家庭，在二三十个所谓'上等人'和二三十个所谓'下等人'中间度过了我的童年，在富裕的环境里我接触了听差、轿夫们的悲惨生活，在伪善、自私的长辈们的压力下，我听到年轻生命的痛苦呻吟。我感觉到我们的社会出了毛病，我却说不清楚病在什么地方，又怎样医治，我把这个大家庭当作专制的王国，我坐在旧礼教的监牢里，眼看着许多亲近的人在那里挣扎，受苦，没有青春，没有幸福，终于惨痛地死亡。他们都是被腐朽的封建道德、传统观念和两三个人一时的任性杀死的。我离开旧家庭就像甩掉一个可怕的黑影。"

　　正像一般心理学所发现的那样，深恶痛绝的逃离并不意味着心理联系的中断，尤其是一个人的早期心理体验经验，往往会对一个人的一生产生重大影响；而且刻骨铭心的恨，往往是某种潜意识中的爱，至少是与爱的渴求紧密相连。况且，家是巴金出生和成长的摇篮，也是唯一给予他亲情的所在。这种血缘亲情是人类最本能的情感来源之一，也是其他任何情感所难于替代的。这就是人们可以在行动上完全和家庭决裂，但是在感情上具有永远不可能割裂的联系的原因所在。因此，所谓"大爱若恨"往往就会在这种情景下产生，巴金对于自己家庭如此根深蒂固的怨恨，从另一方面也表现了这个家庭对于他和给予他的深刻的情感记忆，和他对于自己故乡、对于家庭的深情厚谊。

　　显然，这一切最终都集中到了他对于文学的选择、投入和追求方面。巴金曾经说过："我的生活充满着矛盾，我的作品里也是这样。爱与憎的冲突、思想与行为的冲突、理智与感情的冲突、理想与现实的冲突……这一切织成了一个网，掩盖了我全部生活，全部作品。我的每一篇作品都是我追求光明的呼声。"（《文学生活五十年》）——这段话真实地反映了巴金创作的一个特点：没有爱憎，就没有矛盾，就没有探索，就没有创作。这种复杂的情感状态，难解难分的心理情结，实际上构成了巴金文学创作的持久的推动力。

之七十二　阅读吴亮：从"批评"到"逍遥"

　　用"风景"来形容文化现象可能是近年来的发明。我喜欢这个用法，因为"风景"给人一种赏心悦目的感觉。

　　若说风景，吴亮算是上海文化界一处"风景"，而且是一处流动的风景。因为不久前听说他退出批评界了，而且有他自己的白纸黑字为证，不由得心里有所惋惜。我总认为吴亮的批评搞得很好，算是上海批评界一处独特风景。何苦一定要退出呢？即使有点难言之隐，也未必一定要退出，因为从"大局"着想，吴亮自己退出不要紧，上海批评界可是少了一处风景呵，不管是少了一棵树还是少了一块绿地，虽然少了也不要紧，风照样吹，地球照样转，姑娘照样要找对象，但是毕竟让一些喜爱"大头吴亮"批评文字的人有一种若有所失的味道。当然，就这一点对一个批评文人来说，就足够成功的了。批评如今已不是什么"不朽之盛事"，"经国之大业"，能够让人记起，让人怀念已非常不容易了。

但是，退出批评界，吴亮又能到什么地方去呢？为此我一直百感交集。翻遍古书，只有"逍遥"二字十分抢眼，莫非吴亮真的逍遥去了？直到最近听说浙江文艺出版社一次推出一套《吴亮话语》，才有所相信。这套书共有四本，分别是《逍遥者说》《独行者说》《观察者说》和《批评者说》，《逍遥者说》可能是他心向往之的境界。其心境可见于日前写给本人的一段言语："你我退出江湖已有年，懒惰成习，只求性情而不求功名。偶尔相遇，一杯茶或一杯酒，笑谈妄语也足以大快人心。虽有牢骚不过放肆于片刻，并不去与势利者争高低，是非存于心中，却又散淡无为，日子倒可以混过去，间或写点小文，偶露峥嵘，顺手撂倒几个冒牌武师，只图出口鸟气，并不能挽狂澜于……"（对不起，最后两个字看不清，私引私信，总有点报应。）

这会儿可是该我笑了。虽是逍遥，却有四大本《吴亮话语》，远远超过了"大美不言"的老子五千言。看来"逍遥"历来和说话并不矛盾，因此才有后人"行万里路，读万卷书"之说，才有"边走边唱"或"边走边写"的乐趣。

之七十三　阅读沈从文：人性的"善之花"

沈从文是中国现代文学中一位有影响的小说家。他曾把自己的小说创作比作是在建造一座"希腊小庙"，供奉的是"人性"，表明了他的独特的美学追求和艺术内容。显然，我们在沈从文小说的人性描写中，能够感触到一种社会生活的悲剧感，人性的危机感。这反映了小说家同现实关系的矛盾。他在因袭的生活的重负下描写人性，不能不经受这种悲剧感的考验。沈从文的全部小说创作，在内容上可基本分为两部分，一部分是描写乡村生活的，一部分是描写城市生活的。如果说在前者中充满了对纯朴的人性的神往，而后者则突出反映了对城市生活的憎恶。这种憎恶表现了作者对资本主义在中国发展的本能的反感和抗拒。

这也许是一种普遍的历史的悲剧感。在资本主义社会中畸形的社会形态造就了人性危机的镣铐。这个镣铐并不仅仅套在一切被侮辱、被损害的弱者身上，而且套在了一切人的身上。恩格斯在《反杜林论》中就曾谈到在资本主义条件下分工给人性带来的异化，他说："不仅是工人，而且直接或间接剥削工人的阶级，也都因分工而被自己活动的工具所奴役；精神空虚的资产者为他自己的资本和利润所奴役；律师为他的僵化的法律观念所奴役，这种观念作为独立的力量支配着他；一切'有教养的等级'都为各式各样的地方局限性和片面性所奴役，为他们自己的肉体上和精神上的近视所奴役，为他们的由于受专门教育和终身束缚于这一专门技能本身而造成的畸形发展所奴役，——甚至当这种专门技能纯粹是无所事事的时候，情况也是这样。"无产阶级革命的目的首先就是为了全人类的解放。在这种条件下，历史上几乎任何一个优秀艺术家都不可避免地参与反对人类被异化的斗争。我们在巴尔扎克的小说中，早就看到了在人欲横流的社会中，人性畸形发展的事实。

但是丝毫没有必要把沈从文和巴尔扎克、梅里美、托尔斯泰等人并列起来，尽管他们对于社会的认识的出发点有着一致的地方。生活在 20 世纪初叶的沈从文，目睹了资本主义发展给中国带来的危机，它带来了中国封建农村生活的解体和破产，却没有带来国家和民族的兴盛、发展。在当时的社会中，沈从文不能不看到资本主义势力向穷乡僻壤的蔓延，像一条毒蛇，损害的是人们和睦的生活，留下的是破落、贩毒、娼妓和人与人之间的仇恨和吞食。在《长河》中，他描写了人们对于所谓"物质文明"的普遍的恐惧，这种"文明"来得越多，农村就越穷。值得注意的是，虽然沈从文在很多作品中，例如《水车》《丈夫》等等，表现了对所谓"文明"的反感，却并非对物质的文明的排斥，而是看到了在实际生活中这种"文明"的具体内容，除了给人们的表面生活中添了几件装饰品之外，几乎无补于世。而且沈从文深刻感触到在这种"物质文明"的冲击下，人性所受的巨大创伤。他在《丈夫》中写道："做了生意，慢慢的变成城市里人，慢慢的与乡村离远，慢慢的学会了一些自由城市里才需要的恶德，于是妇人就毁了。"在中国现代小说中，反映在资本主义势力冲击下城乡生活陷入破产的小说并不少见，但像沈从文这样，把人性的被压抑，人心的被腐蚀同现代生活的进程联系起来描写，是不多见的。

因此，在沈从文笔下的城市生活，不仅是痛苦的，腐烂的，而且是空虚的，无聊的。在《腐蚀》中，他向人们描绘了一幅城市贫民区不堪入目的生活图画：流落街头的读书人在昏暗的路灯下为人看相；无家可归的孤儿在巡警的追捕下逃窜；娼妇只是为了两个角子在乞求生意……在这里，人的一切价值都在丧失，都在这贫困、肮脏的生活中腐烂。沈从文小说，并不是一般地描写城市生活的贫困和龌龊，而是着重描写人性在这种情况中怎样被扭曲成畸形的，人的心灵是怎样陷入病态的境地的。在《八骏图》中，即使是生活比较充裕的教授之中，也难以见得正常的健康的人性形式。他们中间有的在无聊的小康生活中庸庸度日；有的道貌岸然，但看到穿新式游泳衣的女子就不免心神不定；有的一边大讲精神恋爱，一边追求肉欲；有的则保持一种变态的恋爱观，认为爱女人却不能让对方知道……，这一切都反映了人性在物质的纠缠中所发生的异变，在一种毫无趣味的、反人性的禁锢生活中所作的种种变态的挣扎和反抗。

沈从文常常用一种怜悯，同时又是嘲讽的眼光来看待城市生活，他看到了一些在物质文明的所谓"现代生活"中的可怜和无聊。《烟斗》中公务员王同志被停职的恐惧心理，略有升级后，因为增加了一个新烟斗而心满意足的神态；《失业》中电话员大忍在工作中不堪忍受的苦恼；《生存》中一个青年画家为生存所作的挣扎；《中年》中"我"孤寂冷清的生活等等，都会使人感到一种窒息人性的沉重气氛。在这种气氛中，健康的人性不仅得不到自然发展，而且成为丧失独立性的附属物。人不得不为生活所左右，处于某种无聊、孤寂、惊恐、互相提防的状态之中。在这种情况下，人的生活就失去了原有的生气和创造力，失去了绚丽多彩的色调，成为苍白和无力的存在；真正的纯洁的感情消失了，没有了；真正和谐的生活被破坏了，肢解了；真正的热情被禁锢了，熄灭了。

在自己的小说中，沈从文不止一次地描写了现代生活中一些"文明"的把戏。《有学问的人》中的天福先生和周女士的暧昧关系，互相挑逗，互相引诱，还要维持着一种绅士的礼貌，纯属一种爱情的把戏。在这里，行为和心灵是分离的，根本谈不上真挚的感情。

不能不说这一切同沈从文对社会生活的独特感受连在一起，反映了一个纯朴的乡村青年与现代生活中人与人之间形成的一些虚伪、冷漠关系的格格不入。在生活中，他深感于社会中人心之间不相通的悲哀，常常有一种孤独和失望的情绪萦绕在心头，为自己被世俗庸俗生活所摆弄的命运而叹息。在当时的社会中，作家的艺术劳动也不得不沦落为一种商品来出售，成为同作家本人对立的活动。沈从文别有深意地把《一个天才的通信》称为"一个害热病的死前一月来近于疯狂的人心的陈列"。正是为了抵御这种"热病"的蔓延和袭击，沈从文才如此厌弃城市流行的某种生活方式，一再强调自己是同城市人不同的"乡下人"。

这个乡下人显然是不能同当时的社会和解的，他对资本主义化的城市生活具有本能的反感，他在作品中所表现的对社会对人性的扭曲和戕害的深刻感触和愤怒感情，就是一个乡下人对黑暗现实的对抗。尤其是在《七个野人与最后一个迎春节》中，现代"文明"的来临给偏乡僻壤的猎人带来了极大的灾害，迫使他们躲到山里去过类似原始群居的生活，来逃避这场灾害。"文明"的到来，官府的到来，不仅禁止了传统快活的迎春节，而且"过两三年且有靠谎话骗人的绅士出现了。又有靠狡诈杀人得名得利的候补伟人了，又有人口的买卖行市，与大规模官立鸦片烟馆"了。假如我们不去理解中国现代社会中某些畸形发展，不去理解这种畸形发展给作者和人们精神上带来的巨大创伤，就难于理解在沈从文笔下这七个猎人宁愿去过山洞式的原始生活的举动，也不能完全理解这种举动为的对黑暗现实抗拒的意义。

之七十四　阅读白先勇："边缘人"的追寻

文学是生活的一面镜子，它不仅映照出了时代的变化和生活的变迁，而且记录着人心在各个历史关头所面临的考验，所感受到的犹豫、困惑以及痛苦的超越过程。在这个过程中，最使人感兴趣的是，文学的世界化趋势也造就着文学创作中的世界性主题。

这里，我们将注意到这样一种人类生活景象：自从 20 世纪以来，世界各国各民族各地区的交流和交往越来越频繁，越来越广泛，种族的迁移以及人口的流动成为世界生活中一个重要现象。无论这种迁移和流动是以什么方式进行的，几乎都显示一种共同的特征，这就是由于生产力的发展，各个民族和国家的自给自足状态再也无法维持下去了，由此而来的是过去那种传统的心态也面临着新的考验；由于各种各样动机的驱使，很多人离开了自己的民族群体，离开自己的国家，有的是永久性的，有的是间歇性的，面对一种新的陌生现实，真正体验到了某种"无根"的生活，感受到了某种种族的困惑。就在这川流不息的迁移和流动之中，一个世界性的文学主题也随之出现了，换句话说，就在这不断迁移和流动的人群中，就闪动着许多文学家的身影。他们的经历和创作都说明了他们是一群特殊的文学家，他们明显地带着自己种族的印记，但同时又是离开自己种族或国家的流浪汉、飘零者或外来户，他们还背负着本民族的传统，但与本民族的生活已有相当的距离，与他国或他民族的生活有隔膜，但是又在不断适应着这种新的现实。他们内心的矛盾是深刻的，但在行动上却显得非常坚毅。

华人作家白先勇大概就算是这群形形色色作家中的一个，而且是特殊的一个。他是国民党高级将领白崇禧之子，1937 年生于内地，但在内地只度过了童年，就随家人经香港迁居台湾。在台湾大学毕业后（1963 年）到美国深造并进行创作研究，之后一直待在美国。从时间上来说，他人生五十年，有一半以上时间是在异国过的，造就了他的人格基本倾向和品格，在生活中他既是纽约客，又是一个中国人。他带着自己的故国传统到了美国，但美国的现实又使他重新审视自己民族的历史和传统，审视过去由来已久的价值观念，从而感到了一些新的困惑和乡愁。短篇小说集《纽约客》就是在这种情境下写成的，在小说中，我们都能够看到一个时隐时现的身影——他蹭蹬在纽约街头，一时不知身在何处，这就是赴美留学的白先勇自己。

香港文学书屋出版的《纽约客》，共收集了七篇短篇小说，除了《冬夜》立足于台北外，其他几篇都是写中国人在美国生活，背景大多是美国大都市场景，摩天大楼、霓虹灯、高速公路和购物中心等等，人物在心理上接受着各种各样的考验，他们或者茫然绝望，最终无法适应美国生活的人情世态；或者强迫自己去接受新的价值观念。但是他们无论采取一种怎样的生活态度，都无法从根本上摆脱这种心灵处境：做一个中国人是痛苦的，但不做一个中国人同样是痛苦的，背负着中国传统文化种种道义责任是痛苦的，但是要真正解除这些心灵上的重负，同样是痛苦的，在这种矛盾冲突之后，他们每一个人都有一种双重被隔绝的感觉，犹如被异化的"边缘人"，在生活中孤立无援，飘忽无依。

《芝加哥之死》所描叙的就是这种矛盾冲突无法解决所酿成的一场悲剧。作品中主人公吴汉魂来到美国，念了两年硕士，四年博士，但是在最后赢得博士学位的第二天，却投湖自杀了。吴汉魂为什么学业成功之时去自杀，这似乎难以理解，但是只要深究一下他六年来的精神生活，就会深有感触。他到美国六年，一直住在一个空气潮湿、光线阴暗的地下室里，紧紧张张地打工，紧紧张张地学习；景况稍许好转，省下几十块钱，就寄回给台北的老母亲。在他准备博士资格考试时，突然收到电报得知母亲逝世，但他"狠"心丢开电报，继续念面前艾略特的《荒原》，考试结束才真正感到了前所未有的悲哀，冲出地下室想到大街上寻求一下解脱……显然，这个举动来自长期被压抑的心灵世界，在这个世界中，不仅隐藏着长期被这种"清教徒"式的、清贫的学业生活所压抑的、无法宣泄的本能和情感的要求，而且还有他自己无法接受的，在传统的道义责任方面被剥夺的失落感，这些情绪也许在他拼命为获得博士学位攻读之时被抑制着，但一旦紧张过后，它们就不可避免地爆发出来，最后把主人公推向自杀。应该说，吴汉魂的悲剧首先并不是紧张艰苦的现实生活，而是悲剧的心灵。吴汉魂是一个中国人，正如作者给他起的名字所显示的，他是带着一个中国人的灵魂到美国留学的。其精神世界和美国的现实生活几乎是格格不入的，无法产生认同感。因此他的生活方式，他的价值观念都成为一种痛苦的源泉。他过着几乎是与世隔绝的生活，闭门读书，没有任何交际活动，更没有异性朋友。当这种压抑达到无以复加的程度时就转变为一种下意识的寻求补偿心理，促使他走进酒吧间，跟随一个素不相识的美国女人到她家里……而这一切更加剧了他心灵上的失落感，没有比这种情景更为悲哀的了：一方面遭到来自外部现实的剥夺和压迫，而另一方面又遭到内心世界的自我磨折和压抑。这是一种双重的丧失。

显然，像吴汉魂那样客寄他国他乡，拼命奋斗的并不限于中国人，吴汉魂只是流落在芝加哥、纽约，或者世界其他一些地方形形色色人群中的一个。尽管这个人群中的人可能来自不同的地方，但是在他们中间找到一种比较类似的情感倾向是不难的。例如浪迹世界的犹太人对于自己种族或民族的迁移和命运就有着异常的敏感性，因此我们也不难发现美国的犹太文学中有着和华文文学中类似的主题。众所周知，犹太人是一个颠沛流离的民族，它在历史上所遭受到的磨难、挫折和浩劫是举世罕见的。从 17 世纪欧洲契米尔尼基对犹太人的大屠杀，到 1881—1924 年期间犹太人的大迁移，直到第二次世界大战中犹太人所遭受到的大屠杀，一个灾难接着一个灾难，犹太人是作为一个真正的流亡者、避难者或者双重国籍者在美国生活的。正因为如此，在犹太文学中，表现一个流亡民族的困惑和失落感并克服它，成为最鲜明的主题。在很多犹太作家，例如伯纳德·马拉默德（Bernard Malamud，1914—1986）、索尔·贝洛（Saul Bellow，1915—2005）、诺曼·梅勒（Norman Mailer，1923—2007）等那里，"犹太人"成为人类普遍被隔绝的倒霉、贫困、孤独无援、飘忽无依的形象，人与环境的认同往往也成为他们作品中所关注的焦点。

显然，把白先勇的《纽约客》和犹太文学中一些作家作品进行比较，是一件令人饶有兴趣的事情。在这里，我们起码能够发现在生活发展中人们必然遇到和共同关注的问题，通过文学作品去感受和理解各个不同的种族和民族在相互交往、交流和交融中出现和可能出现的种种思想和感情状态。这些寄寓异国异地的人，他们在想什么，他们丧失了什么又得到了什么？我们应该怎样对待他们的选择，并且怎样由此决定我们的选择？这不仅是很多艺术家所思考的问题，也是我们每一个人所应该考虑的问题。因为可以设想，随着世界生活的发展，种族和国家将不再会成为人类自由流动的物质和精神桎梏。重要的是如何理解这一世界性的现象。无论对于一个艺术家还是一般普通人来说，这种理解往往意味着要走过漫长的心灵路程。

之七十五　阅读老舍：人生到底如何活？

在中国 20 世纪文学史上，老舍是一个大大的问号。这不仅表现在其最后投湖自杀的悲剧结局中，也体现在他一生的创作生涯中。

老舍原名舒庆春，是旗人的后裔。可以说，从一生下来就面临着怎么活的问题，因为过去的生活方式已经不能继续下去了，而新的活法是什么？在哪里？父母不可能告诉他，他自己也不可能知道，只有自己去思考和探索。所以，他第一部小说《老张的哲学》就是写一个人的活法的。老舍这个笔名也是这时来的，小说在《小说月报》上写到第八期，他索性就署名为"老舍"——据说源于"舒"字，有"舍我"的意思。

或许就在这一刻，就注定老舍悲剧的宿命，因为活着是不讲究"哲学"的，尤其不在乎人生形而上的终极意义。几千年来，中国的主体意识形态和价值观是儒家思想，上层和上流阶层以国为归宿，君君臣臣就是规约；下层人则以家为基础，父父子子就是传承，所以中国与西方国家不同，始终没有产生纯粹精神性的宗教信仰。何况，对于大多数人来说，"活着"就不容易；一旦过了"活着"这一关，享受生活和生命都来不及，何以去思考人生的哲学和意义呢？

但是，老舍不能不思考，因为他已经走出了传统中国的文化，开始用新的眼光重新打量中国、中国文化和中国人的生活。一是老舍特殊的家世，他不能不寻求新的人生归宿。老舍一岁半，父亲就在抵抗八国联军侵略时不幸阵亡，而母亲含辛茹苦，终年劳累，就是为了把孩子养大，老舍对于人生最初的体验几乎都来自母亲，他曾如此说过："从私塾到小学，到中学，我经历起码有廿位教师吧，其中有给我很大影响的，也有毫无影响的，但是我的真正的教师，把性格传给我的，是我的母亲。母亲并不识字，她给我的是生命的教育。""我之能长大成人，是母亲的血汗灌养的。我之能成为一个不十分坏的人，是母亲感化的。我的性格、习惯，是母亲传给的。"显然，母亲给的是爱，而不是精神支柱。二是老舍自身的经历。才华横溢、学业成绩优异的老舍，进入社会后，也曾一度满怀信心，以教育救国为己任，改造社会，富强国家，结果反而陷入官僚机构腐败的泥沼之中，整日闲谈享乐，无所事事，根本找不到人生的支撑点，最后精神萎靡导致身体虚弱，大病了一场。三是五四新思想的影响。五四运动发生的时候，老舍是一个小学校长，虽然他"看见了五四运动，而没在这个运动里面"，但是在思想上深受感染，使他有了"一双新眼睛"，精神上进入一个新天地。四是他跨出了国门。1924年夏天，老舍有个机会漂洋过海，到英国去教授汉语，而且去便是六年。在伦敦，老舍遇到好友许地山，一方面贪婪地阅读着许多欧洲名家的作品，包括狄更斯、康拉德、莎士比亚等等，另一方面，在教书、读书之余，细心地观察着所接触到的一切：从大学教授到他的学生，从房东姐妹到泰晤士河，从居留伦敦的中国学生到工人……跨国界、跨文化的语境引发了他很多思考，再一次触动了对于人生意义的追寻。

就在约半年之后，老舍拿起了笔，在三便士一本的练习本上写下自己第一部作品《老张的哲学》，后来发表在国内《小说月报》十七卷七号上。

显然，《老张的哲学》中老张从来就不思考所谓"哲学"的，而就知道钱，也就是说，他的人生就是为了"活着"进而能够活得好一点。探讨哲学，寻求意义，是老舍自己找的事。这也注定了老舍不可能在诸如老张等人物身上找到自己想要的"哲学"，而找不到就只能苦笑、嘲讽和幽默一把。在此后四年多时间里，老舍连续完成了三部小说，都在继续寻找人生的哲学和意义，结果还是失望，还是没找着，这就是《赵子曰》《二马》和《离婚》中所表现的人生。无论是温婉的嘲讽，辛辣的抨击，或是毁灭性的暴露，都表达了试图冷眼看世界的老舍内在的某种莫可名状的酸楚——在中国国民性中，他找不到，更看不到人生的意义。尤其在《二马》中，老舍借对马则仁、马威父子到英国经营古玩店的悲喜经历，对比了中英文化和民族品行的不同，试图在文化深处找到中国国民性的病因。

老舍依然穷追不舍：人生该怎么活？

于是，就有了《骆驼祥子》。可惜，作品中的骆驼祥子比老张好不了多少，只是他的人生更贴近"活着"。祥子不懂得什么是"哲学"，因为不识字，但是他和老张一样懂得要有钱。有文化的老张和不识字的祥子的区别只在一个名词上面，本质上都在为"活着"和"活得更好些"而奋斗——这是他们的共同"哲学"。这也是几十年之后，新锐作家余华依然以一部《活着》名噪一时的原因。可见，从老舍到余华，中间还有沈从文、张爱玲等许多作家，始终在为人生的活法和意义所困扰，中国作家也一直在为寻求人生的终极价值和精神家园所苦恼和困扰。

这也是文学的困扰。好在由于民族灾难的迫近，老舍从"哲学"回到了现实，暂时摆脱了对于精神和信仰等哲学意义上的思考。在民族存亡之际，"怎么活"被压缩到"能不能活"的最底层，不能不落实到家国的现实层面。《猫城记》就体现了国民性与家国情结的结合，人生的意义与国家利益融为了一体。此后的《四世同堂》更是把这种意义的归宿落实到了具体的人生中，爱国热忱和民族气节成为意义的焦点，也为普通人的人生提供了信仰和信念的支柱。

老舍似乎完成了自己的"哲学"，找到了"怎么活"的答案，把形而上的追寻落实到形而下的具体的社会生活中。至少在相当长的一段时间内，他不再为人生的意义而困扰，先后写下了《残雾》《大地龙蛇》《龙须沟》《茶馆》等话剧，在具体的社会生活中，通过具体的事件，用通俗的文艺方式，来表达和实现人生的意义。

在实际生活中，老舍似乎也找到了自己的位置和意义。1949 年 10 月 13 日，在周恩来及国内文坛作家的热情邀请下，老舍怀着无比欣喜的心情从美国回到北京，翻开了人生中新的一页。回国后不久，他就被选为北京市人民政府委员，后又被选为第一、二、三届全国人民代表大会代表，并历任政务院文教委员会委员、中国人民政治协商会议全国委员会常务委员、全国文联副主席、中国作家协会副主席、中国民间文艺研究会副主席、北京市文联主席等职务。在创作上，因为《龙须沟》的成功，北京市人民政府授予老舍"人民艺术家"的荣誉奖状。而三幕剧《茶馆》则通过王利发悲剧的一生，将他企图描绘"三个时代的葬送"的意图寄托在象征旧社会的茶馆的盛衰过程中，谱写了一曲旧社会的必然灭亡的葬歌。

可惜，这一切都只是远离了"哲学"，都没有解决人生的终极价值问题——而这一问题也不可能从老舍内心中消失，只是暂时被忘却和遮蔽了而已。

总有一天他还得面对这个问题，还得对于自己笔下的老张有个交代。

没想到这一天来得那么快。

20 世纪 60 年代"文革"开始，老舍就陷入了巨大的惑乱之中。从抱着教育救国的思想到坚定地听从党的领导，老舍似乎找到了自己人生的意义，但是这种意义却在新一轮的革命风暴中变得毫无意义，甚至对人生有毒有害。1966 年 8 月 23 日，老舍遭受到一次批斗和毒打。深夜两点多钟，夫人胡絜青把他接回家中，此日下午，老舍拄着拐杖，带着一卷他亲自抄写的毛泽东诗词走出了家门。25 日晚上，在靠近德胜门的太平湖西岸，人们发现了老舍的遗体。

或许他最后想到《老张的哲学》，并且对自己笔下的主人公说："对不起，我不能给你一个完美的答案，但是我的哲学绝对与钱无关。"

之七十六　阅读贾植芳：端端正正写个"人"

贾植芳先生（1915—2008）是二十世纪中国文学史上的著名作家与学者，更是海上文坛中一位风骨高洁、性情独具的传奇性人物。

回顾贾植芳先生一生，我们可以清楚地看到，他从来就不是一个身居书斋的学究，而是把自己生命与苦难的中国命运紧紧地联系在一起的斗士。1932年，17岁的贾植芳先生从山西老家到北平上高中，后因参加"一二·九"学生运动被捕关押。1936年出狱后，留学日本，入东京日本大学社会科。抗战爆发后遂弃学回国参加抗战，1945年又被日伪徐州警察局逮捕，直到日本投降后才出狱。在抗日救亡斗争中，贾植芳先生发奋写作，与文学结下不解之缘，在此期间结识了胡风，两人成为肝胆相照、患难与共的挚友。1946年，贾植芳先生任上海《时事新报》副刊《青光》主编；1947年被中统特务机关逮捕，1948年出狱后以著译为生，继续进行自己的文学追求。1952年，贾植芳先生调入复旦大学任中文系教授，1955年因胡风案入狱，1966年3月，被法院定罪为"胡风反革命集团骨干分子"，判处有期徒刑十二年。1980年，贾植芳先生获平反，恢复工作，任复旦大学教授、图书馆馆长，从事中国现代文学和比较文学研究。几十年来，贾植芳先生与妻子任敏风雨同舟，相濡以沫，共同谱写了一曲感人至深的人生之歌。贾植芳先生长期从事文艺创作和翻译工作，先后著有《近代中国经济社会》《贾植芳小说选》《外来思潮和理论对中国现代文学影响》《狱里狱外》《劫后文存》《雕虫杂技》《余年笔墨》等，不断在文坛和学界引起深刻反响，影响久远。

记得20世纪80年代初，我初到上海追随钱谷融先生读研究生，就有缘结识了贾植芳先生，并有一见如故之感。这种感觉不仅来自对于贾植芳先生学识与智慧的崇敬，更来自贾植芳先生所散发出的一种人格与气度，给人一种内在的信任和信心。也许正因为如此，恩师钱谷融先生一开始就特别强调"朋友"二字，说"他是我的朋友，是我最欣赏的朋友"。此后，虽然不是近水楼台，我还是有幸多次见到贾植芳先生，包括到复旦的住处去看望贾先生和他的夫人，有过击筑酣畅的大笑，也有过愤世嫉俗的悲叹，使我愈发感受到"朋友"二字在 20 世纪风风雨雨中的分量与意味。对于一代饱受磨难的文化人来说，能够担当"朋友"二字的，就得担当风险和磨难，甚至付出血的代价；"朋友"二字不仅意味着志同道合，而且包含着一种对于人的自由和尊严底线的信守和承诺，是贯穿古今的最珍贵的精神价值——而这正是我们在 20 世纪，尤其在十年"文革"中失落最惨重的环节，接下来可能就是信义、信念和信仰的损毁，是做人的底线的洞穿与失落——而最使我感动的是，贾植芳先生不以我年轻无知为意，一直都以朋友相待；刚开始的时候叫我为"小殷"，不久就称"老殷"，其凝重的山西乡音直达我心灵深处，留下了永远的念想；而在我人生颇感不顺的年月，他不断通过各种方式予以支持和鼓励，可谓情深义重。

贾植芳先生是在 2008 年 4 月 24 日晚 6 点 45 分病逝于上海第一人民医院的。当我闻讯赶到医院时，贾植芳先生已经走了，已有很多人前来送行。贾植芳先生走得很平静，却在不少人心里掀起了持久的波澜。他说过，他的一生"出入于黑黑白白之间，周旋于人人鬼鬼之中，但心里所向往、所追求的理想之光，从未熄止。所以合则留、不合则去，虽漂泊四方，心却一念系之，问心无愧"。他还说过，"在上帝给我铺设的坑坑洼洼的生活道路上，我总算活得还像一个人……生平最大的收获，就是把'人'这个字写得比较端正。"

这就是贾植芳先生的墓志铭，是用自己的生命写就的。如今，我们面对贾植芳先生留下的文字，不能不感慨万千。贾植芳先生一生坎坷，其最好的时光几乎都是在狱中度过的，但即便如此，他还是创作了很多作品，在文学研究方面，也有丰厚成果，在中国 20 世纪文学史上留下了独特一笔。这次编选《海上文学百家文库·贾植芳集》一方面体现了贾植芳先生在文学上的杰出贡献，另一方面也表达了我们对这位杰出作家与学者的怀念和哀思。

在上海，因为有了贾植芳教授这样有文骨的文人，你会觉得人生依旧可以无悔。差不多经过十年光景，我再次见到他的时候，他还是那副身板，那副腔调，那令人感到坦荡和开怀的笑声与风采。那天，我和他一起参加一位博士的论文答辩会，尽管没有多的时间谈天说地，但是从他的言谈举止之间，我再次感受到了那种海阔天空的快乐。回头他在电话中对我说："小殷，做学问是'长期行为'，做官是'短期行为'，咱们的工作是'长期行为'，千万别为了'短期'而失掉了'长期'。"

贾先生坐过几十年的牢，但是你在他那里从来不会感到有丝毫的心理阴影。我相信这是一种心灵奇迹。因为我一向对所谓"逆境出人才"之类的说法抱怀疑态度，特别是像坐牢入狱那样沉重的灾难，经历得太多太久了，总会在心灵上留下阴影，总会影响对人生的态度。而在社会生活中，我们也确实经常遇到这样的人和事，因为逆境（多半是由于不公正造成的）而使一些人对社会和他人怀抱永久的恐惧和怀疑态度，很可能变得多疑、偏执和生硬。从此难以再坦诚地待人和对人有真正的信任，也不再可能给人灿烂的微笑。他们可能会变得更坚强，更有力量，或者更有心机，但是很难保持那种纯真的善意和坦诚，变得更美好更富有爱心。

我说贾植芳教授是一种奇迹，意义就在于此。他的学识自不必说，但是最有魅力的是他的做人。他自己也非常看重这一点，他有一句人生格言，就是人的一生就是把"人"这个字写端正。这话听起来简单，但做起来很不容易。谁能一生不受诱惑，无愧于天地良心呢？尤其当你处于人性和灵魂都受到践踏和扭曲的年代，真诚和纯洁是要付出代价的时候。而贾植芳教授确实付出了这种代价。

我还记得，我第一次到贾先生家里去时，他给我留下的最深印象是关于抽烟喝酒的。他喜欢抽烟但不吸外国烟，爱喝酒但不喝外国酒。那时候洋烟洋酒正风行于神州大地，日本电器更是有"挡不住的诱惑"，贾先生这样做不单单表现了赤子爱国之心，而且他生性就是如此。因此我大受感动，由此我也懂得了人性中最动人的东西来自本性和内心，而不是时尚和口号。其实，人生在世，本来就不需要那么多包装的，因为包装来包装去，还是改变不了里面的东西，更改变不了别人对你那里面的东西的看法。

贾先生最让人着迷的是坦荡地对待人生，从不刻意去追求或表现什么。为了健康长寿，一些好心人曾劝贾先生戒烟，但是他总是笑着说："这烟现在可不用戒，戒了也未必能多活几年。"据说有家电视台专门去采访他的健康之道，他的回答是顺其自然，一不运动，二不戒烟，第三不吃营养品，结果在场的人都开心一笑。这个"人"是性情中人。

之七十七　阅读残雪："无脸"的写作

在中国当代作家中，我非常喜欢残雪，不过，她最好不要住到北京去，因为长沙岳麓山的灵气更有利于写作。残雪小说之美当然有许多方面，但是曾引起我很大兴趣的却是"无脸"。残雪在小说中写过许多人物，但是你如果想找出一个"有脸"的人却不容易。我曾经为此花过一些时间和心思，结果基本上是"无"。他们各个有身体，有声音，有气质，有性格，但是就是"无脸"，完全不像巴尔扎克笔下的人物，一出场，就和你打个照面，无论美丑，皆有眉有眼，给你一种活灵活现的感觉。

而残雪偏不。她的小说，你从头读到尾，其中的人物话也说了，屁也放了，甚至婚也结了又离了，人死了又活了，都要说拜拜了，就是不露出面相来。但是，你好像还不能怨残雪，因为她也许知道你急，所以作品经常一开始就告诉你：她也不清楚。例如在《辉煌的日子中》，作者开头就写道："我的这位朋友住在北方的一个大城市里。尽管我和他已交了十来年的朋友，我对他的印象总是模糊不清的，各方面都模糊不清：外貌、年龄、个性、背景等等。这世间有那么些人，别人从来对他们没有一个哪怕稍微清晰的印象，因为他们身上的一切，包括外表长相，都太没有定准了……"——哇，人家交了十来年，都搞不清楚长相，咱们算是初次见面，怎么能苛求呢？

当然，读者也有理由要求人物应该"有脸"，但是你如果搬出 19 世纪的大家巴尔扎克、托尔斯泰的话，残雪一定会搬出 20 世纪的卡夫卡和博尔赫斯，她喜欢后者的作品，还写了长长的心得。正像卡夫卡《城堡》里那位神秘的土地测量员一样，残雪笔下的人物也要把自己的长相藏起来，由此聪明的读者会从这里感觉到小说艺术在 20 世纪以来发生的重大变化。不过，有些读者还是有理由向残雪"要脸"，因为在中国民间传说中，只有"鬼"是没有头脸的，所以看到"无脸"的人物，难免有"遇鬼"的感觉。但是，我觉得残雪的"无脸"写作是有意的，但是给人一种"遇鬼"的感觉是无意的。因为任何一个读者读了这些"无脸"的作品后，都会对背后那个"有脸"的作家感兴趣。

读现代小说，关键要在无数个"无脸"的背后，找到并认出作家那张真实的"脸"。

说到"脸"，我想起欧洲曾盛行骨相学，很多人相信人的骨相决定人的个性。很多作家也对此表现出了极大的兴趣。但是，由于缺乏确切的和足够的科学根据，再加上一些疯狂炒作，这门兴盛一时的学问逐渐陷入了困境。尤其是后来有些别有用心的人借此来证明和宣扬所谓的"种族优越论"，把骨相学推向了一种绝对同时也是荒谬的地步，更使人不能不对它避而远之。

我不信骨相学，但是也不敢说研究骨相全无意义，因为骨相学兴起与人类学发现有一定的关系，只要比较一下原始类人猿与现代人的头骨就会发现，骨相的变化及其差别确实是人类进化过程的某种证明。尽管如今已经进入基因时代，但是还有许多骨头里面的秘密等待人们去发现。我曾浏览过一本骨相学的书，其对于人头骨分析的详细程度令人咋舌，其形状、其纹理、其平滑度和倾斜度，似乎都隐藏着人性、人种和人的性格的秘密，而且也不乏一定的"科学"说明。由此，我对一些作家迷醉骨相学也并不感到意外，因为这起码为他们去观察人、了解人和表现人提供了一个新的通道和想象空间。例如巴尔扎克就关注过骨相学，在他的小说中多次多处提到过这门学问。

不过，话说回来，骨相学并不是西方的专利，中国人也讲一些。例如，在一些民间传说里，诸葛亮不仅上懂天文，下知地理，而且很会看骨相。当年魏延是蜀汉大将，但诸葛亮早就看出他有反骨，于是临终前对马岱交代，警惕魏延日后谋反称王。果然不出诸葛所料，当蜀汉英雄豪杰都已死去，魏延日渐坐大，野心也膨胀起来。一日忘形得意，在城楼上大叫一声："如今谁能斩我魏延?!"但话音未落，就听到身后一声巨响："此有马岱斩魏延！"只见刀起头落，可怜一代英雄最终不能战死沙场，反而送命于逞一时之勇。

通常说到这里，说书人总会把书板一拍，一声感叹，且听下回分解。我小时候，也常常为此唏嘘不已，但是始终不明白诸葛亮何时摸过魏延的头，怎么发现他有反骨的。后来，方才知道"摸过没摸过"并不重要。一些人反对骨相学，但是照样会跌入骨相的陷阱，用所谓骨相来对人物下结论。

如果创作离不开形象的话，那么人物的长相就具有非常重要的意义。尽管在现代小说创作中，人物的外在面貌似乎并没有那么重要，但是我始终相信长相对于一个敏感的艺术家具有特殊的意义。这种意义在19世纪一些艺术大师那里得到过突出的印证。例如，巴尔扎克虽然也受到过骨相学的影响，但是他确实是一个真正的"观相"大师。在创作中，他从不放过对于人物长相和面部表情的观察和分析。在他的笔下，人物的面相不仅仅是面相，而是隐藏和显现其性格特征及其命运历史的密码，他能够从其形状色相和一颦一笑中捕捉到人物的内在秘密，并把它们生动地表现出来。所以，巴尔扎克特别擅长肖像描写，往往是人物一露面，就难免被他解剖一番，从脸相一直通到内心。不信，那不妨以《驴皮记》为例，人物一出场，作家就在那张脸上做起了文章：

一眼看去，赌客们就从这位初次涉足赌场的青年脸上看出了他心中埋藏着某种可怕的秘密；他青春的脸部轮廓，优雅中带有忧愁的阴影，从他的眼神中，可以看出他为之奋斗的目标并未实现，他的无数希望都已落空！决心自杀的人那种充满忧郁的麻木神情，给他的前额蒙上一层病态的惨白色，痛苦的微笑使他的嘴角泛起了两道浅淡的皱纹，而他脸部流露出的那种无可奈何的神情，更使人看了难受。在他眼睛深处闪烁的某种隐秘的天才的光芒，也许已被情欲的疲劳所掩盖。是不是放荡生活已在这一副从前是那么光彩，如今却这样颓唐的高贵脸孔上打下了肮脏的烙印？医生们无疑会把眼睛周围的黄圈和面颊上的红晕归咎于心脏病和肺病，至于诗人们也许更愿意把这种征兆看作是刻苦钻研学问造成的损伤、熬夜苦读所留下的痕迹。……

这一段实在太长，下面还有。它们充分显示了巴尔扎克对于人细致、充分和生动的观察和想象。对此，我完全相信王安忆说过的一席话："我认为对一个作家来说，通过一个人的长相可以发现和透视到其全部的人生奥秘。"当然，"长相"不会自动地把这些奥秘交出来，显露出来；这需要作家无穷的探索和神奇的艺术想象。

之七十八　阅读张洁：从长相说起

作家不同于演艺明星，一般不太注意自己的长相。但是，如果说作家的创作与长相毫无关系，那恐怕也大错特错了。比如，老托尔斯泰就曾为自己的长相痛苦过，他觉得自己长得"像大猩猩一样丑陋——小眼睛，圆鼻子，低额头，厚嘴唇，还有两个大耳朵"。为此，他甚至心灰意懒到了绝望自杀的程度，因为他认为如此长相不可能有幸福可言的。他还在《童年》中写道："我祈求上帝完成一个奇迹，把我变为美男子，我愿为了一副漂亮的面孔付出我的一切。"正是根据这种情景，有人就对托尔斯泰的创作进行了细致分析，认为其特殊的长相在相当程度上影响了作家的审美选择。

不能夸大作家的长相对于其创作的影响，但是加上"长相"确实能够帮助我们理解作家。最近见到莫言在苏州大学的一篇演讲，开头便谈到自己的长相，确实很有意思。我也算见过莫言的，不过从来没有把他的长相与作品联系起来读。虽然你也可以说莫言"小眼睛，圆鼻子，低额头，厚嘴唇，还有两个大耳朵"，但是他笑起来特别有味道。我见过托尔斯泰的画像，很是欣赏他那藏在大胡子、长睫毛（小时候，托尔斯泰居然曾经用剪短眉毛的方式美容，结果不成功！）里的闪闪发亮的小眼睛；而莫言的"小眼睛"虽然藏得并不那么深，但能透出一种特别的鉴赏力，透过暗夜、腐朽甚至丑恶发现人世间的美。从《红高粱》出发，莫言就像纠正世上某种"小白脸"的尺度，把自己的"长相"摆了进去，让人们看到或者感受到一种"长相不咋地"也有"翻身解放"的一天。

如今世道变了，作家也得讲长相了，否则就没有那么多"美女作家"出炉了。因为成名的作家"曝光"多了，上电视登照片成了家常事，不讲长相不中了。而从文学史上看，自以为是"丑男作家"的似乎一直占据着重要地位。托尔斯泰、鲁迅不说，莫言也算一位。

其实，作家的长相也有神秘之处。

谁都知道，作家是通过作品与读者交流的，而读者自然通过作品来认识作家的，但是，这却并不意味着读者毫不在意作者的长相。有一件事至今我还记得很清楚。当年，张洁发表了《爱，是不能忘记的》，在社会上引起了广泛反响。我当时在大学读书，班上就有很多"张迷"，尤其是女同学，张口"不能忘"，闭口"拣麦穗"，确实深深影响了一代人的情感状态。也许正因为如此，王安忆最近还说："我是在读了《拾麦穗》之后，才觉得做一名作家于我来说是有可能的。"看来王安忆也是一位从"爱"出发的作家。其实，当时大家都没见过张洁，但是想象中的张洁无疑是一位非常美丽的女性。但是，当某出版物登出了张洁的一张相片——我记得是一张非常正面的标准照——之后，情况就不那么平静了。因为从照片上看，张洁至少算不上一个美女，眼睛也不算大。这显然在读者心中引起了某种波动。虽然大家嘴上不说，但是不难从一些"张迷"的沉默寡言之中，体会到一些失落和失望。无疑，这无关乎张洁，但可以见得读者对于作者的长相还是蛮在乎的。

自然，这并没有影响张洁作品的影响力，也没有发现张洁对此有什么反应。而我还想说的是另一件相关的事。尽管我没见过张洁，但是那张照片给我留下了深刻的影响。意外的是，一年前，一次偶然机会，我在电视上看到对张洁的一次采访，算是看到了比照片更真切的张洁。照理说，一晃二十年过去了，岁月会给一个女作家的长相留下什么痕迹无须赘言，但是令我惊奇的是，出现在我眼前的张洁不仅气质超群，谈吐优雅，而且整个面相透露出一种和谐圆润的美来，完全不同于二十年前给我留下的印象。惊奇之余，我把这种感受告诉了我的同事，还有一些旧时的"张迷"，没想到很多人都很有同感，说"张洁越长越好看了"，由此还在我那个小小的文友圈子里引起了一场有关作家"长相与创作"的讨论。

讨论的焦点很简单，就对于张洁的感觉来说，到底是我的感觉有问题，还是张洁自己确实变了。一种可能性是，张洁还是过去的张洁，长相还是过去的长相，只是由于对张洁的作品读得多了，加上自己的生活体验，能够比过去更加深刻体会到张洁灌注到作品中的内在之美，心灵之美，由此再次看到张洁自然在观感上有先入之见，所以才感觉到张洁长得很美。说白了，这不过是一种审美过程中的"移情"现象。

但是，有些人明显不同意这种解释。

说到张洁面相的变化，就不能不牵扯中国古人对于面相与心灵关系的敏感。也许由于佛教观念的影响，中国人向来重视人的面相，不仅从上面观察人的身体状态和人生遭际，而且把它作为人心的一个窗口，透视人的内在追求。比如《红楼梦》中对于人心的透视，就离不开对于人物面相的揣摩和描绘。

所以，面相不仅仅是面相，更不是固定的一张脸，而是记录、体现和表现一个人内心旅程的一个标记。按照佛家的观念，一个人的面相有千种模样，但是都能够修成正果。所谓"佛相"，固然有其天生的一面，但是最终是修行的成果。一个人只要一心向佛，终生行善，其面相也会留下痕迹，逐渐生辉，终成佛相。关于这一点，你如果愿意和我一起去拜谒一下八百罗汉，看看他们种种不同的面目和表情，听一听他们修行成佛的不同的故事，就会深信佛相实际上是一种内心追求的结果。

我不仅相信这一点，而且愿意用许多生活中的事实来证明它。追求善是这样，追求一切美好的东西都是这样。其实，人的所谓丑陋和美几乎都是"人为"的。丑陋的人多半是由于自己内心中涌动的丑恶太多，而且作恶多端，最后渐渐涌到了颜面上，形成了一种印记；而认为其"丑陋"，也多半是由于接触到了其内在的丑恶，才格外有这种感觉的。

可以这么说，面相的变化凝结着人心的变化，尤其表现了一个人内在追求和修炼过程。我们感到张洁"长得越来越美了"，一点也不是什么错觉。因为从张洁二十多年的文学创作中可以看出，尽管其题材和写法都不断有所变化，但是其中对于爱、对于美和对于真诚的追求一直没有变。我们甚至可以把张洁的文学活动归结为一种"爱的修行"，不断通过自己的创作去接近它和体验它，由此在自己的面相上留下了永远的光彩。

因此，我以为，面相的美与丑在很大程度上是后天"修"来的。尤其在今天一个如此盛行美容的时代，万不可忘记内心对于美、善和真诚的追求，"心理美容"才是一种最根本的方法。

之七十九　阅读顾彬：关于《二十世纪中国文学史》

20世纪90年代，"20世纪中国文学"曾经是一个文学研究界热议的话题，引起过不少议论，随之，冠以"20世纪"的中国现当代文学史也陆续出现，可惜都没有引起较大反响，原因可能是多种多样的，一是准备不足，尤其在文学史观念上的讨论并不充分，尚缺乏对于20世纪中国文学的整体性认识和把握；二是资料还有待于挖掘和整理，如果仅仅依靠过去用既定观念标准选择和积累起来的文学史资料，显然不足以完成一部好的文学史。不过，我在这里所说的另一个原因（也许是一个并不重要的原因），则是中外文学的对话和沟通并不充分，尚没有创造一种更为开阔的思维空间和语境，能够使我们更为清晰也更为宏观地了解、梳理和描述中国 20 世纪文学，能够以一种更博大的胸怀、更广阔的视野去拥抱文学，因为 20 世纪中国文学的发生及其变迁过程本身就是在世界文学怀抱中进行的，其不仅是一个地域文学的例证，而且是一种独特的世界文学现象，我相信其展现的特点和魅力将会越来越被人们所认识。

正因为如此，德国学者顾彬的《二十世纪中国文学史》在中国的翻译出版是一件十分有意义的事，而翻译者范劲等学者的态度，更是把这本专著的出版推向了一次历史性的文学对话，其本身就表达了一种开放、多极的文化语境和维度，使 20 世纪中国文学研究也成为一种中外学者的共同经验和探索，为更多的人所分享。在这个过程中，所有的对抗和调和、误读与欣赏、不满与庆喜、挑剔与宽容，都将成为翻阅历史的方式和途径，都将成为文学对话的标点和记号。

在这方面，顾彬破除了中西文化的壁垒，并不像很多外国学者那样隔岸观火式地研究中国文学，而是以一种休戚相关的姿态加入到了当下的讨论之中，在追寻甚至实践着一种超越不同文化界限的文化认同——这不能不说是博大的胸怀，也不可能不引起中国学界同仁的关注。这一点从这本著作的基本框架、史料和参考书索引中就能看出，顾彬先生基本把握了近年来中国国内在现当代文学研究方面的思路和动向，并巧妙地设置了自己的叙述框架与思路。在众多的叙述与评价中，顾彬先生不仅很好地借鉴甚至借用了中国国内学者的研究成果，而且有所引展和发挥，突显了自己在文化与文学比较方面更宽广的知识视野。

也许这正是顾彬的著作受到很多赞扬的原因，同时也构成了其难以自拔的困境。换句话说，顾彬先生在追寻这种认同感过程中，不能不面对来自历史与现实、全球化与本土化的双重挑战，不小心就会顾此失彼，陷入集体设置好的思维与话语怪圈。但是，也许就连顾彬先生也没有想到的是，20 世纪 90 年代以来，中国的现当代文学研究就逐渐陷入了这样一种思维与话语怪圈，即，沿着西方学界设置好的思想预期与话语逻辑，把 20 世纪中国文学研究纳入了由西方主导的现代性体系之中，逐渐消解了中国文学主体的原生性与原创性。而在这个过程中，不论是与西方的认同还是对峙，都无法超越既定的话语系统，真实呈现中国文学的意愿与面貌，甚至，中国 20 世纪文学史有可能成为西方现代性话语系统的注脚与影子。

于是，西方文学由此会不会成为中国文学的范本，如何评价和叙述这种"范本"（model for write）意识，成了顾彬先生时刻必须面对的问题。例如，在对白话文文学的评述中，顾彬先生就发现："一种以'民众'的语言和形式写出的现代文学几乎无望获得普遍认可。因此'白话'急需一种可倚重的平衡砝码，这个砝码就是西方范本。"① 就当时现代文人来说，这种认识不仅是有意义的，而且相当普遍，但是深入到具体文学实践中就会发现，受欢迎的作品并不都是依照"范本"创作的，而白话文创作的失落在很大程度上就是过度依赖西方范本。这种情形到了 20 世纪 30 年代逐渐被人们所认识，于是出现一波大众化、民族化、通俗化讨论的热潮。不幸的是，由于种种原因，讨论的结果是，"西方化"最终成了失落的替罪羊，而艺术原创性并没有得到积极的肯定和倡扬；相反，政治和意识形态话语的介入，为文学创作设置了绝对皈依的范本，使得中国文学主体性的失落营造了新的语境——从此文学创作中的"我"在很长一段时期销声匿迹。

就此看来，中国新文学第一批作家不论从知识储备还是创作意识来说，都比后来的作家充足和开放得多，他们几乎都是以一种创造主体的姿态走出国门，继而投身文学创作的，目的就是要冲破国内传统的桎梏，创造一种属于未来的文学。即便他们中的一些人，包括鲁迅，对于中国传统文化采取了一种激进的批判态度，但是始终强调艺术的原创性；他大力提倡主动的"拿来主义"，但是并非西方范本和话语的追随者。在这里我们不难发现，在接受和吸取西方文化影响方面，存在着不同选择，尤其在视

---

① 顾彬：《二十世纪中国文学史》，范劲等译，华东师范大学出版社，2008 年，第 72 页。

之为"创造的资源"与"范本"之间，存在着深刻的精神差异。

李金发也是如此。他的诗创作固然深受法国象征派诸诗人的影响，但是并非为了模仿某种范本，而是根植于自己的生活体验，为了表达和缓解自己的切身感受。也许正因为如此，文白夹杂的语言形式并没有影响到其诗情的表达，更没有影响他对于中西文化中共通的诗意的理解。对于后一点，李金发后来有过如此感慨：

> 余每怪异何以数年来，关于中国古代诗人之作品，既无人过问，而一意向外采辑，一唱百和，以为文学革命后，他们是荒唐极了的，但从无人着实批评过，其实东西作家随处有同一之思想、气息、眼光和取材，稍有留意，便不敢否认。余于他们的根本处，都不敢有所轻重，惟每欲把两家所有，试为沟通。或即调和之意。①

这里显示了一种跨文化的原创意识，也表达了对于当时文学批评界的担忧。其实，被顾彬先生奉为"中国现代主义的中心文本"②的《雨巷》，也不能仅仅作为"西方范本"加以诠释和赞赏，相反，这首诗所拥有的中国意蕴和色彩要比诗人后来写的任何一首诗都浓厚得多，甚至"太中国了"，与顾彬先生的解读不同，很多读者都很容易从中感受到与中国传统诗歌中意象的关系，因为中国古代诗词中就有很多作品用丁香结，即丁香的花蕾，来象征人们的愁心。如李商隐的《代赠》诗中就有过"芭蕉不展丁香结，同向春风各自愁"的诗句。南唐李璟更是把丁香结和雨中惆怅连在一起了。他有一首《浣溪沙》："手卷真珠上玉钩，依前春恨锁重楼。风里落花谁是主？思悠悠！青鸟不传云外信，丁香空结雨中愁。回首绿波三楚暮，接天流。"这首诗里就是用雨中丁香结作为人们愁心象征的，很显然，戴望舒从这些诗词中吸取了描写愁情的意境和方法，用来构成《雨

---

① 李金发：《食客与凶年》，北新书局，1927年。
② 顾彬：《二十世纪中国文学史》，范劲等译，华东师范大学出版社，2008年，第154页。

巷》的意境和形象。这种吸收和借鉴是很明显的。就连戴望舒自己也觉得《雨巷》不够现代，不久就改变了自己的诗风。①

之八十　再读顾彬：关于"走进来"和"走出来"

至于顾彬先生在书中所提到的法国诗人施笃姆的四行诗《有遇》，只能说明人类诗意的凝聚可能有很多共通的交叉点，会在很多情景中有所共鸣；实际上，在中国古代诗词中，相似的"偶遇""有遇""邂逅"的主题并不缺乏。② 因此这应该是中外文学中一个共通主题，而不好说戴望舒在此就"拾取了西方现代派的一个惯用主题"。③ 如果如此推论的话，戴望舒至多是法国象征派的一个边缘诗人，而中国的现代主义不过是西方的一个分支而已。

显然，顾彬先生并无此意——这里只是一种理解的忧虑罢了，顾彬先生也许只不过在过多地把20世纪中国文学史呈现为接受西方影响的历史，相对忽视了其作为主体的主动参与和创造历史的一面而已。而中国20世纪的现代主义的发生与发展同样呈现出一种主动性态势——它不是一种守候

---

① 对此，杜衡在《〈望舒草〉序》就说道："望舒自己不喜欢《雨巷》的原因比较简单，就是他在写成《雨巷》的时候，已经开始对诗歌底他所谓'音乐的成分'勇敢地反叛了。"较为详细的论述请参见拙作《中国现代文学流派发展史》（广东高等教育出版社，1989年3月出版）第314—316页。

② 如此邂逅的遗憾在中国古代诗词中不乏其例，例如在《诗经》的《蒹葭》中就有"蒹葭苍苍，白露为霜；所谓伊人，在水一方"的幽怨。苏轼的《蝶恋花》写得更有情趣："墙里秋千墙外道。墙外行人，墙里佳人笑。笑渐不闻声渐悄，多情却被无情恼。"而辛弃疾《青玉案·元夕》写出了巧遇的情景："东风夜放花千树，更吹落、星如雨。宝马雕车香满路。凤箫声动，玉壶光转，一夜鱼龙舞。蛾儿雪柳黄金缕，笑语盈盈暗香去。众里寻他千百度，蓦然回首，那人却在，灯火阑珊处。"至于秦观的《南乡子》则难免有点伤感了："妙手写徽真，水翦双眸点绛唇，疑是昔年窥宋玉，东邻，只露墙头一半身。往事已酸辛，谁记当年翠黛颦，尽道有些堪恨处，无情，任是无情也动人。"

③ 顾彬：《二十世纪中国文学史》，范劲等译，华东师范大学出版社，2008年，第156页。

在"家中"、被动接受外来影响的文学现象，而是一种主动走出去，开创自己更开阔精神空间的文化行为。

由此，对于作家的创作渊源，我更喜欢用"资源"（resource）或者"源流"来讨论，尽量少用"范本"这个概念。所以，我的讨论也宁愿"在路上"，不管是在异乡的火车上还是轮船上。

但是，这种主动性姿态从一开始就受到了阻碍和误解，尤其在文学研究和观念方面，一方面受到意识形态功利化的牵制，另一方面则来自文化视野与尺度的限制。尽管在 20 世纪初王国维就提出"学无中西、新旧与有用无用之分"的观念，但是若能够真正超越地域文化界限去解析和把握文学以及文学史，至少还待时日。于是，我在这里把中国二十世纪文学中现代主义的诞生地从国内搬到了国外，从大学校园搬到了一列火车上，恐怕不能不面对更多的、首先是来自主流学术的质疑。

因为这也是中国学者的难处。对中国学者而言，真正走进西方文化中不容易，而从西方文化中走出来更显不易，而所面对的最大挑战便是——或者沉沦或者回来——丧失主体的创造性。对于外国学者进入中国文化也同样如此，走进来就实属不易——而顾彬先生确实做到了，而再走出去，自然面临着更大的考验。

至于"走出来"应该到哪里去，如何确定自己的视野与立足点，我当然无法告诉顾彬先生，因为也没有人告诉我；我只知道，"走出来"不是"回去"，欧洲学者不是再回到欧洲文化乃至西方文化中去，或者像很多中国学者一样，费了很大气力走进西方文化，最后还是回到自己出发的地方一样——由此我经常想起鲁迅小说《在酒楼上》中一段对白："我在少年时，看见蜂子或蝇子停在一个地方。给什么来一吓，即刻飞去了，但是飞了一个小圈子，便又回来停在原地点，便以为这实在很可笑，也可怜。可不料现在我自己也飞回来了，不过绕了一点小圈子。"

没有人愿意如此兜圈子，把自己的判断力限制在某种既定的文化圈层之内。但是，我们能不能不再"飞回来"，而是能够真正冲破文化隔阂及其长期造就的局限，飞到一个新的境界中去——这无论对于中国文学还是中外研究者，都是一种新的挑战和课题。

之八十一　阅读林贤治：关于《流亡者译丛》

《流亡者译丛》是花城出版社新近推出的一套苏联作家的作品，包括帕斯捷尔纳克的《追寻》，叶夫图申科的《提前撰写的自传》，爱伦堡的《人·岁月·生活》，肖斯塔科维奇的《见证》四种，是属于那种能够激发人深刻思考历史命运和文化状况的书籍。而对我来说，在阅读这套书籍的同时，也在阅读这套丛书的主编者林贤治。因为后者并不，也从来没有隐藏在这些作品的背后，而是和这些作品的俄国作者一起走来的，而且分明是走在他们前头，这就使得这一来自域外的书的行列散发着一种特殊的中国精神，活跃着一个精神魂灵。

十二年前，我初到广州，在一次鲁迅研讨会上认识了林贤治，我相信这是我生命中的一次幸运。当他那激昂甚至尖刻的话语回荡在会场的时候，几乎所有人都感到了一种难堪——这是一种内心的贫乏和怯懦被指证，所谓理想的面具被揭开的难堪。而我同时感到一种欢欣雀跃。这是一种在寂寞的山谷中发现了一簇持续燃烧着的火苗的兴奋，荒凉和寒冷使你不能不去靠近它，把自己的手伸向它。在广州的十几年间，由于有了林贤治，我一直感觉到文人精神有不死的可能性。尤其是在消沉悲观的年代，很多高歌奋进的朋友如此快就改换门庭，变得精明练达，世事洞明起来，但是林贤治的激情却从未被消解过。而且就在这种情况下，他写出了有关鲁迅的传记和第二部《横站的战士》，持续着自己对世俗和权力的批判热情。从此我相信当代中国文化精神中最可贵，也是最难得的就是个人信念和支持，特别是在世俗滚滚的时候，谁能够真正面对险象环生的人生，甘于放弃实惠实利实际的恩宠呢？

我曾经在尽可能的情况下把林贤治请进大学的讲堂，希望这种人格精神能够进入我们的教育，在这里留下生命的火种，但是我发现这位来自下层的思想者对于高等学府以及所谓学者教授怀抱着一种难以解释的怀疑和戒心。这种怀疑和戒心使我对于中国的人文教育不能不进行反思。他对于学院里一些所谓学者和学问所持的激烈批判态度震撼了我，并且把我和他拉得更近，同时又使我绝望，感到教授的身份受到了挑战。尽管我这身份始终和一种虚荣软弱捆在一起，但是我还没有做好准备，或者说缺乏能力和勇气逃脱而出，就像林贤治那样义无反顾。我想，如何有勇气有信念地面对自己的内心，除去一切表演性的不真实的花环，是我们的人格灵魂得以自见，得以有生命活力的基础，也是我们文化精神延续的命脉所在。在一个知识和信息的时代，人类同时面临着灵魂和良心更严峻的考试，没有知识或知识不够是可悲的，但是知识若失去了灵魂和良心的支撑，不仅本身是贫乏生硬的，而且会滋长出罪恶和文化异化物，和人类本性作对。

当然，林贤治不是一个文化英雄，相反，他是一个地道的"人间林贤治"。他甚至没有受到过正规的高等教育，他的全部文化信念都来源于他穿越底层的生活磨难，很少文化人像他那样横闯世界，表现出那么强烈的求生存、爱和恨的本能。在很多情况下，他甚至还是一个孩子，特别是站在讲台上面对大学生的时候，他对于赞誉之词的推托和不好意思的神色使我难忘。他也许永远不习惯学者和教授的姿态，而一旦使他处于这种位置——哪怕是短暂的——的时候，就会显得无所适从和不习惯，因为他天生就不是布道者，只要有可能，他愿意冲破一切本不该有的束缚而成为一个自由行走者。我还怀疑他对我的生活抱有一种无可奈何的指责，当我决定离开广州调往上海的时候，他一见面就对我说："哎呀，你怎么做出这样一个毫无意义的选择呢？难道在广州就不能搞文化了吗？"

我当时在广州活得并不很痛快。但是我明白林贤治这话背后深长的旨意。难道我们对现在和未来的黄金世界还有幻想吗？难道我们不是同样经受着磨难同时又体现着生命仍然挺立的精神快乐吗？难道我们的痛快不痛快还要依赖于周围环绕的人和事吗？也许这才是一种文化人格的成熟，激情和定力，永远不妥协不止息的追求，同时也是一种永不动摇的坚持和支撑。你站在那里，而且在独立地行走，这就是最重要的。

林贤治是对的。他就站在那里，在人间。

之八十二　阅读马旷源：关于《雁峰书话》

初识马旷源，是在 1996 年，他追随钱谷融先生从云南到上海读书，同师同门，自然有一种亲近感。而他给我最突出的印象则是一种回族人特有的那种智者的情怀——这是我从小在新疆生活中有深刻感触的，那时候，我不仅特别喜欢回族风味的饮食，也迷恋于他们那种智慧的机智和幽默。不过，马旷源更是一个学者，除了在为人处世方面的可爱可敬可信之处之外，他的智慧也表现在他在学问的求知、探讨和发现方面。他出版过多种有质量的著作，例如《新文学味羹录》《〈西游记〉考证》《回族文化论集》等等，对一些文化及文学的"边缘"问题进行了探讨，提出了自己的见解，读后令人回味无穷，良多感想和收益。最近我又有幸读到了云南教育出版社出版的《雁峰书话》（1999 年 5 月出版），阅读期间几次想抽读取笔，写下点什么，但是几乎又都拈笔纸上，难以下笔。

为什么呢？因为这本书确实有难以评说之处。如果用一般书评的套路扬长避短，概括二三，倒是容易，但是这样又实在无法传达出此书的意味和价值。据我看来，如今写书评书有三种主要类型，一是以观念观点新颖独特见长，前有话语发明权和优先权，后有宏伟框架或宏伟叙事；二是追求感性的随感随笔类型，这一类在理论上也许不求高深宏伟，甚至来处去处，只追求表现自我以及观点，在感性上可能处处见真情见灵性；第三类则是如马旷源先生的《雁峰书话》，重在于对文化及文学中的一些具体问题进行解读和探讨，虽思想立意不如第一类引人注目，感情色彩不如第二类自由强烈，但是笔墨所到，必有自己"独到的眼光和识力"（钱谷融语），对所探讨的对象必须具有"穷理析义""极深而研几"（钱锺书语）的兴趣与功力。而就我而言，前二种的书评似乎易诉于笔端，但是面对第三种就有点难度了，虽获益良多，但是评论乏术。

这就是我几经拈笔手上但终难以下笔的原因。但是阅读此书，却有令我放不下来之处，其中一些篇章，如《鲁迅的鬼魂观》《"禹是一条虫"——读顾颉刚的〈古史论文集〉》《曹聚仁与他的"乌鸦主义"》《呦呦鹿鸣——南国才女陆晶清》《评杨知勇的三本书》《漫评〈东巴文化揭秘〉》《闲话〈天方夜谭〉》《"柔巴依"》《唐伯虎故实考略》等，都是我非常喜欢的，其中不但获知了许多自己过去不知的史实和资料，而且更加感受到了探求学问的志趣和情趣。所谓"探幽发微"或许就是在这种孜孜不倦的具体的探索中实现的。其魅力，正如钱谷融先生在其序中所言："而他的文笔也舒展自如，庄谐杂出，娓娓道来，妙趣横生，不但能使人增长见闻，而且当你于繁忙的工作之余，随意浏览，亦必立即为它所吸引，使你乐而忘倦，爱不释手。"

这也更使我感到了写书评的不易。如果你不对有关具体细微问题有所钻研，如果你涉猎不广且不能博闻强记，那么阅读此书，你除了记一些笔记之外，恐怕很难发表什么评论。由此我也稍微明白了为什么一些对具体问题有所研究和探讨的著作反而书评很少的原因。而就马旷源先生而言，我想，这也显示作为一个回族智者的追求，他要把自己的文化旨趣种在别人的心灵的理解中，而不是人们言辞的誉美之中。对此，马旷源先生在书中所写的一句话，或许印证了自己的心迹："以我真心，换他真性，人生道路何处不广阔，何处不通达。"

之八十三　阅读赵圆："随意书写"的感觉

最近赵圆又出了一本散文集《红之羽》，我在报纸上看到她为其写的跋《随意书写的快乐》，其中写道："做学术之余写一点类似'散文'的东西，无疑有助于心理的调节，也使得不便纳入学术文体的感触有所安顿。摆弄文字，竟也会是快感之源。尽管每为'文字工作'所苦，其间所得快乐，通常在这样的随意书写中。只不过学术可以勉力而为，散文则赖有状态。'状态'不可期必，也难以保有。所幸写作散文原非功课，用不着勉强。"（见《中华读书报》2001 年 10 月 17 日）

为此我不仅为赵圆感到高兴，而且也为自己能够分享这份"随意书写的快乐"感到荣幸。因为赵圆算是我的"师姐"，曾经跟她在北京大街上有一次长长的散步——尽管距今已经有十六年了，但是那街头的清风暖意随时都会回来。至于赵圆的评论文字，用一位女研究生的话来说，那绝对是"难得的抒情和明晰"，虽然不用大话语鸣锣开道，但是那具体贴切的分析自然会钻进读者的心灵，留下一份记忆和感怀。但是，更可贵的是，赵圆不仅还珍藏着一种"不便纳入学术文体的感触"，更是扎扎实实地沿文学之河探索，感受和触及了其"快感之源"，真有一种炉火纯青、返璞归真的感觉。

我以为这种"随意书写"的快乐，就是一种真正的艺术感觉，是文学的本原和本质。因为它体现了一种人对于文学的根本寻求和渴望，是艺术之所以能够历经千劫万难而不绝的内在原因和根据。当然，这种快乐是内在的、发自心灵深处的，不仅不完全受外在的物质状态所控制，所支配，而且连作家自己也无法期待和设置。但是，何时何地我们这些搞文学的，尤其是探索文学艺术奥秘的人失去了这种"随意书写"的快乐了呢？又是何时何地我们规定了一套不能不遵守的"学术文体"，让我们长期离开文学的"快乐之源"的呢？

确实，就是对于赵圆过去的研究与写作，"苦"是一种特别的感觉。在 20 世纪 80 年代，人们经常用"苦"或"写得很苦"来评价和感叹一批学者的工作。他们面对当时的商品化大潮，身居陋室，两袖清风，依然坚守着自己那份对于学问、对于艺术的真诚和追求，苦中作乐，以苦作乐，写下了中国学术史上精彩的一笔。赵圆的《艰难的选择》就是其中之一，它不仅记录了赵圆对于现代中国文学的思考，同时也表达了她在学术道路上独特的生命体验，也就是说，她对于中国现代文学的理解，也包含着对于自己的生命意义的认定。我认为，这是中国 20 世纪文学研究与批评留给我们最重要的财富。如果我们忽略了这一点，就很难充分估计 20 世纪 80

年代中国文学研究和批评的意义，他们留下的不仅是观点和著作，更重要的是体现在研究和批评中的生命意识和诗意追寻。事实上，如果我们把这一批中国学者与海外学者进行一下比较就会发现，前者在一次次用某种或许是"拙笨"的方式显示，他们还远远没有被现代的"工具理性"（当香港财政司司长曾荫权对记者说"香港是一个'工具理性'社会"时，我暗暗庆幸内地还没有达到如此程度）所征服，当西方的"实用主义"及其衍生的思潮大举进入中国之时，他们还在持续地坚守着学术的生命和诗意追求，还在不断地对抗学术和文学"工具化"的潮流，因此，中国的学术尽管还不完善，还有许多偏颇，但是它仍然有"血气"和灵性，其中渗透和体现着中国人的生命气息和追求。

这里面当然还包含着艰难和困惑，但是主要不是来自外在的诱惑和压力，而是来自内在的一种持续追求，它们受到了长期以来形成的学术规范及其文体的限制，以至于作者不能够完全表达自己，实现自己对于艺术、对于美本能的期待和理想。这就是赵圆所获得的"快乐"的底蕴和本原，因为她通过"随意书写"更加贴近了自己的生命，不仅体验到了它，而且表达了它，如果我们从赵圆以往的文字中读到她对于历史的思考和见解的话，那么在她的这种"随意书写"中能够见到她的性情和思绪，进而能够感受到她生命不断变幻、跳跃的律动，为伊消得人消瘦。

之八十四 阅读朴明爱：关于疯癫与理性的博弈

经上海师大杨剑龙教授的介绍，我认识了朴明爱女士，并有幸听过她几次富有激情和挑战性的发言，由此感到她不仅是一个出色的翻译家，还是一个富有个性风采的批评家。但是，当收到她发来长篇小说《狂人的爱情》请我写序的时候，我依然颇感惊奇和意外，没想到她竟然还是一位小说家。

这是一部独特的小说，是一部不断挑战我们思维极限的作品，因为在整个阅读过程中，我不得不进入一种极端状态，一方面追随着作品中人物的思绪，另一方面得时刻警惕自己失去对思维的控制，被一种疯狂的想象所诱惑和诱导，陷入某种紊乱、妄想和痴狂状态。于是，阅读不能不进入一种对峙状态——在疯癫和理性之间挣扎和思考。也许，这就是我们可以称之为艺术"张力"的东西，其由作品中的女主人公李绚烂和男主人公姜秀植的关系构成。前者是一个执着于文学翻译的精神病患者，后者则是忠于职守的精神科医生。可以说。他们的关系，不仅体现了人类精神状态的两极，更凸显了现代生活极端、畸形和极致的文化状态。对于李绚烂来说，跨越语言的尝试不仅是一种挑战，也是一种诱惑，她不仅要穿越在不同的时空之间，心灵随着激烈的震荡而漂流和飘浮，而且需要穿越文化的隔阂，不断接受不同文化的质疑和挑战，正是在这个过程中，她的生活和心灵被撕裂了，陷入了疯狂和理性的对峙与冲突之中，开始向人类思维的极限挺进，在不同文化的边缘地带体验和理解生命的极致，寻求有关爱情、亲情和友情的终极答案。也正是在这种体验和寻求中，作为现代文明与理性的守护者，心理医生姜秀植出现了，其意义和价值不仅依赖不断发展和扩大的心理学和精神病理学理论与学科，更依赖于这样一种人类状态：……对现代人来说，精神异常就像感冒一样，谁都会有，只不过程度不同而已。如果周围有人说"我精神上从没出现过问题，是个完全健康的人"，那他才是精神世界一片空虚或是患有严重精神病的人。那样的人如果遇到自己无法掌控的问题，就会采取伪装战术，好似大多数人都不正常，只有自己是健康人，他们口中念念有词地说自己多么健康，只是试图用伪善的语言全副武装自己。姜秀植觉得治疗那种人与其用药，不如采取心理咨询疗法，也许更可取、更有效。

毋庸讳言，这不仅是一种悖论，而且是一种"合谋"——疯癫和理性不仅共同造就了文化心理的分裂与对峙，而且造就了一个庞大的"市场"，把每个人的内心隐秘也纳入了消费领域。

也许这就是在现代社会中精神病人与病症越治越多的原因，换句话说，作为人类理性（也就是所谓"心理健康状态"的基础）精神的极致，心理分析与诊治理论越发达、越精细，人类心理不正常的概率与比率就越高，社会所需要的心理诊所就越多，心理医生的生意就越兴隆。

就此来说，疯癫和理性已经不再是一种生理学、心理学和病理学的职业判断了，而成为当下人类社会的一种独特的文化生态。就这个意义上来说，不仅疯癫和理性是合一的，精神病人和心理医生也是合一的——正像小说中的李绚烂和姜秀植是"精神共同体"一样，他们是相互对峙和依存的，不仅彼此成为对方的参照物，而且是在共同体验和面对人类心理极限的考验。

于是，在这部小说中，读者不能不同样体验着一种巨大的、在疯癫和理性边缘的心理张力，承受某种极致和极端的心理挑战，在"即将疯癫"和"最后坚守"之间挣扎。

也许正因为如此，我想起了鲁迅的《狂人日记》。这部同样描写疯癫状态的作品，写于20世纪初，表达了一个文化古国进入一种翻天覆地变革时代的极致心理状态——无与伦比的荒诞与无法言说的深刻天衣无缝地融合在一起，读者甚至无法判断这是理性的极致还是疯狂的巅峰，是世纪灾难的凶兆还是幸福之门的开启，而毋庸置疑的是，在此后的近百年中，中国社会一直在极度清醒和极度疯狂中颠簸和震荡，狂飙突进与寂寞沉闷交替出现，极度亢奋与极度消沉此起彼伏，大起大落互为因果，人们的生态和心态都处于一种极度变化之中。

我没有去过韩国，当然对于韩国社会文化状态所知甚少，但是从一些零散印象中，特别从一些文学作品中，能够明显感受到相类似的社会震荡与文化颠簸，其在人们心理上留下的痕迹，不仅是极端深刻的，而且是变化无常的，或者说难以评估和判断的。在《狂人的爱情》中，几乎所有人物都处于一种"临界"状态，即其心理都在疯癫与理性的边缘挣扎，都在寻求和探求何处才是真正合理的"边界线"（也许这就是作品第一部题名为"边界线"的意味所在），而且最终都毫无例外地沉落在虚拟的空间之中，借助自言自语继续生存下去。

这难道也是鲁迅笔下狂人的最后归宿吗？

显然，同朴明爱笔下的任何人物相比，鲁迅笔下狂人的处境都更加孤独。从某种角度来说，狂人就是一种绝对孤独的象征，疯狂只是孤独极致的一种符号，由此，疯狂的认定具有一种外在环境的强迫性，是无处申辩也无法申辩的。在这种情况下，狂人除了自言自语别无他途，不可能有任何倾诉对象和场合的。这是一种个人和群体的绝对对峙，也是理性与疯癫根本无法交流的鸿沟，最清醒的精神界斗士（他宣布中国文化是"吃人"文化）与最不可思议的疯子（他完全失去了生活的理智），被奇妙地叠加在一起，到了天衣无缝的地步，被隔离和囚禁在鲁迅所定义的"铁屋子"之内。

绝对的孤独造就绝对的疯癫，但是在《狂人的爱情》中却有不同。毕竟时代不同了，李绚烂不仅在很多情况下被认定为一个正常人，而且在濒于疯癫的边缘去寻求心理救助，能够获得与外界交流的机会和场所，无论在现实的心理诊所还是在虚拟的网络空间。在这种情况下，不仅绝对孤独的语境被消解了，而且疯癫和理性的边界线也变得模糊不清。在李绚烂与姜秀植的交往和交流中，彼此都在向对方的世界进发，想通过征服对方来肯定自己，于是，不仅疯癫被合理与合法化了，理性同样显露出了疯癫化的趋势，以至于读者最后难于确定，到底是疯癫推动着理性还是理性最终造就了疯癫。

也许这是当下人类所探寻的一个终极问题，体现了人之存在与文化语境之间的矛盾与冲突。在作品中。作为精神病患者的李绚烂并非没有自己的文化理念与专业追求，相反，作为一个执着的翻译家，她一直在无边的语言大海中探寻，企图穿越种种文化与语言的隔阂，去把握作者原文的真谛和生命的足迹。这种追求让她疯狂，她不间断地奔波于不同国度、不同语言之间，在虚拟的、臆想的和疯狂的语境中获得满足，获得安置自己生命的场所。

但是，她最终能得到吗？

也许能得到，是在疯人院。

毫无疑问，这并不是最终的归宿，也不是作者最终的答案。在当今世界，神经病患者越来越多，疯人院人满为患，或许就是因为语言太多，文化追求太多，文明理念太多，理性判断太多，专业规则太多，而人的温情太少。

爱太少，替代太多，所以人不能不疯癫。

绝对的无爱导致绝对的孤独，而绝对的孤独造就各种各样的疯狂，包括理性的疯狂和疯狂的理性。

可见，鲁迅的《狂人日记》与朴明爱的《狂人的爱情》都在揭示相通的人生悲剧：缺爱导致人性以及文化心理的崩溃。无论是鲁迅笔下的狂人还是朴明爱作品中的众生相，都生活在一种"缺爱"甚至"无爱"的语境中，他们共同的结局就是疯癫——有人被社会认定为疯子，有人则是自己走进疯人院。

这是鲁迅作品的精彩深刻之处，也是其让人不忍卒读之处。如果你对于中国社会和文化状态没有切身体验，是难以理解鲁迅小说的意蕴的。难道对于朴明爱的作品也要这样解读吗？

也许我们一直站在疯癫与理性的分界线上，包括 20 世纪初中国的鲁迅，21 世纪初韩国的朴明爱，还有我，伴随着他们的作品，从 20 世纪向 21 世纪走来，从中国向韩国走去。

也许是在同一个亚洲，尽管国情社会文化等种种不同，但是都经历了一种翻天覆地的变革，其速度、其深度和广度都是前所未有的，不仅拉开了时空的巨大差异，而且撕裂了我们的人性、人心和人情的原有结构，我们不能不活在一个动荡的、不稳定的、日新月异的环境之中，不得不面对不断加剧的灵与肉、感性与理性、传统与现代的冲突，不能不接受种种不适应的现实，不能不随时割舍种种与我们血肉相连的情感，不能不忍受一个"缺爱"甚至"无爱"的世界。

这是我们在走向现代化过程中付出的最大代价。在中国，我们可以在从鲁迅到张爱玲的作品中深刻感受到这一点；而在韩国，我们在朴明爱的《狂人的爱情》中同样能够感受到。

变化太快了，我们经常生活在一种极限状态，在一种超乎常规的状态中拼搏，体验某种不可思议的人生境界，于是，也就有了在世界范围内独一无二的极限写作，拥有出奇制胜的文学极品。

如今，韩国已经是现代化的亚洲强国，而中国也不再是一穷二白的东方古国。但是，如今我们有了现代文明的很多东西，也缺失了很多东西，包括情诗、情调、情韵、情思，其最核心的价值就是爱。

包括狂人的爱情。

之八十五　阅读荣格：从历史文化中发现人

弗洛伊德（S. Freud, 1856—1939）被公认为现代文艺美学的创始人，其实他的影响远远不止文艺学方面，而是渗透到了现代文化的各个领域。但是，令人关注的是，弗洛伊德之所以产生如此深刻广泛的影响，不仅在于其理论本身具有真知灼见，而且在于后人对其不断的质疑、引展、修正和发展。

荣格（C. G. Jung , 1875—1961）就是这个环节中的重要一环。弗洛伊德和荣格都是从病理学和心理学起家的，但是他们两人后来都不约而同地转向了文学，这本身就是一个值得探讨的现象。其实，在20世纪初，类似的现象在中国也发生过。鲁迅和郭沫若就是有名的例子。这一方面说明人们对于人本身状态越来越关注，另一方面说明人学和文学的紧密关系。他们在探索人的心理过程中发现或者感到，人的内在秘密无法仅仅依靠病理学、心理学、哲学、伦理学、历史学等理论来揭示，还需要对人的感情活动有深刻的了解。而文学则给他们提供了一种能够揭示人心内在秘密的资源和通道。

荣格是在1907年认识弗洛伊德的，那时他的主要研究对象是人的病态现象。在这方面，他受到了弗洛伊德的"潜意识"理论的影响。按照弗洛伊德的学说，人的欲望受到压抑而又无法得到某种方式的宣泄时，就会产生某种心理病态现象。这给荣格很大的启发，使他可能找到人的病态心理的根源。但是，这种理论是很难得到验证的。因为在理性的范围内很难找到和确定一个"完整的人"。

这本身就是对西方文化传统中一向尊崇的"理性的人"的一种挑战。他们的研究都发现，一个正常的人在日常生活中，表现的只是部分的自我，而不是全体的自我；但是人的日常行为确实受到了那部分隐藏的自我的巨大影响甚至支配。有时，人无法了解自己的全部，就如同手臂和整个身体的关系；只看到了手在活动，却不知道或不能真正理解它如此活动的动因。弗洛伊德还发现，人的悲剧就在于，自己创造了自己的对立面，人的一生就是本能与意识不断搏斗的过程。而所谓本能或者潜意识的中心就是性，一切都根源于性的冲动，受人类本身生命延续和传宗接代欲望的支配。荣格不赞成这种完全根据人的生物本能和生理机能的解释，而进入了人的社会化领域，认为"个人无意识"和"集体无意识"更能说明问题。前者是指个人曾经意识到而遗忘，但是始终留存的意识；后者则指个人无法了解的存在的意识。荣格试图用原型、象征、意象来揭示和掌握无意识，认为人的集体无意识是通过神话、传说、文学作品来显现自己的。

荣格是否完全把握了人类的集体无意识，这是另外一个问题；但是却为人们理解文学开拓了一个新境。尤其对中国批评界来说，过去一直恪守着"存在决定意识""文学是生活的反映"观念，忽视了人的心理意识的重要作用。荣格则认为，文学创作的资源一方面来自个人生活，另一方面是人的心理意识；而后者主要根源于人类的心理意识和历史感情。由此我们可能部分地理解普鲁斯特何以能够坐在床上写出洋洋巨著。更重要的是，荣格强调了文学对于人本身的意义，即人们通过文学把握自己和理解自己。弗洛伊德曾经主张通过梦来了解人，比如记下人的梦境，然后进行分析，来了解人的潜意识。后来才找到了更好的途径——文学作品，因此文学作品有了新的意义，它不仅是认识世界的方式之一，也是人类认识自己，尤其是认识和探索自我潜意识的重要途径。而确实我们每一个人——凡是接触过文学的——都不同程度地从中懂得了恐惧，喜悦和痛苦。

所以说，文学帮助了弗洛伊德，更开拓了荣格的眼界，他从中获得了当时哲学和心理学不能给予他的启发。于是，荣格还认为，文学的真正意义在知识、日常生活和时代精神之外，而在人的历史意识之中。文学永远不是知识，不能用知识的尺度来衡量——这就突破了过去理解文学的理性模式，为对文学的新的理解开辟了天地。当然，荣格并不否认知识的意义和作用，文学从不拒绝知识，但是只有将它们视为心灵世界的表象才是有文学意义的。文学不拒绝知识和理性，但是那不是文学的根本，文学的根本是知识和理性之外的东西。在文学创作中，人的心理不仅是动力，而且是资源；要创造出好的文学作品，就要努力开发这种潜在的资源，包括理性的和非理性的，个人的和传统的。也就是说，文学要告诉人们知识和理性之外的东西。马克思评价巴尔扎克时就指出，巴尔扎克的功绩就在于，他告诉了我们很多历史学家、哲学家和经济学家不能告诉我们的东西。或许这就是那个时代人性在金钱腐蚀下的异化，糜烂，以及渴望得到拯救的努力。

另外，荣格还注意到了文学的时代精神的局限性，因为"时代精神"对文学审美来说，是一个很抽象，甚至有杀伤力的概念。它在一定程度上会对个性造成伤害。所以不能简单地用时代精神来要求文学家和评价文学作品。尽管荣格还未注意到文化本身可能产生一种毁灭人类自我的力量，但是他提醒人类要注意反思人类的文化现状和传统。在这个过程中，荣格还注意到了中国文化的重要意义，曾一度沉迷于中国文化，这在中西文化交流史上留下了一个值得探讨的话题。孔子说"三十而立"，而荣格认为，一个人的个性只有三十岁以后才能形成，这时人才能真正回到内心，实现人格的完整。可见，荣格对世俗的外在束缚是很反感的。其实，荣格始终关注的就是人和人的精神状态，这也许是他和中国文化中的某些方面发生共鸣的原因。中国古代历来讲究"性情文学"，人就是最高的艺术品，艺术的最大魅力根源于人的性情，就在于表现和塑造人的个体性情。所以才有文学创作中"不着一字，尽得风流"的说法。

之八十六　阅读叔本华：关于"美的预期"

在西方思想史上，叔本华是德国古典哲学的叛逆者，直接向黑格尔发起了挑战，也是对于西方根深蒂固的逻辑话语提出质疑的先锋之一。

例如，对于自然与美的关系，叔本华有一种独特的感悟。不同于柏拉图的认知，叔本华认为，艺术家所表达的美不是"影子的影子"，而是一种超过了自然的发现，甚至其表现出来的美是艺术家本人从未观看到的美；因为只有艺术家"才能对于自然（自然也就是构成我们自己的本质的意志）努力要表现出的东西有一种预期"，他指出：

> 在真正的天才那里，这种预期和高度的观照力相伴，即是说当他在个别事物中认识到该事物的理念时，就好像是大自然的一句话还只说出一半，他就已经体会了，并把自然结结巴巴未说清的话爽朗地说了出来。他把形式的美，在大自然尝试过千百次而失败之后，雕刻在坚硬的大理石上。把它放在大自然面前好像是在感应大自然："这就是你本来想要说的！"而从内行的鉴赏家那边来的回声是："是，这就是了！"①

艺术家之所以有这种美的预期，根源于人在大自然中的独特地位——我们可以称之为"崇高"，其本身就是完美的客体化，具有最高级别的意志。如果借用中国的邵雍的话来说，就是"人为万物之灵"，"人之类备乎万物之性"，"人之贵兼乎万类，自重而得其贵，所以能用万类"。而人类正因为有如此卓越超群的先天的本质，才可能有如此独特的美的预期，才可能在大自然中成功地认识美和发现美。

---

① 叔本华：《作为意志和表象的世界》，石冲白译，商务印书馆，1982年，第308—309页。此文的引文皆出自此书。

可见，叔本华对于艺术与自然之间美的关系的认识，是怀抱一种相通观念的。他在说"这个预期就是理想的典型"与"理念也就是理想的典型"时，最终都还原于一种大自然的崇高本质。他这样写道：

> 艺术家对于美所以有这种先验的预期以及鉴赏者对于美有后验的赞赏，这种可能性就在于艺术家和鉴赏家他们自己就是大自然自在的本身，就是把自己客观化的意志。

无疑，自然再次为叔本华在美学上的突破提供了阶梯。我们也可以把这种美的诠释解释为一种"以物观物"的体验。大自然就是物本身，而人只有把自己客观化为物，成为自然中的一部分，才能探究和沟通大自然最高形式的美，才能最终真正理解自己。叔本华的这种看法不仅超越了西方传统的模仿说，而且也走出了概念和逻辑推理的理念模式，把艺术和美重新还给了自然生态。

同时，这也是西方哲学眼光开始投向东方思想的滥觞。当然，对于艺术和美的理解，叔本华并没有走向"大美无言""道法自然"的极致，但是已经对于过分依赖概念、过度讲究装饰表示了反感，因为这些东西不能真正展示美反而遮蔽了美，因为它们越来越远离了自然的灵性。对此，他还以希腊人的雕塑少穿或不穿衣服为例，说明美是多么青睐敞露。他说："与此相同，每一个心灵优美和思想丰富的人，在他一有任何可能就争取把自己的思想传达于别人，以便由此而减轻他在尘世中必然要感到的寂寞时，也会经常只用最自然的、最不兜圈子、最简易的方式来表达自己（的思想）。反过来，思想贫乏，心智混乱，怪癖成性的人就会拿些牵强附会的词句，晦涩难解的成语来装饰自己，以便用艰难而华丽的辞藻为（他自己）细微渺小的、庸碌通俗的思想藏拙。"

这段话不仅是对于艺术创作，也是对当时的哲学理论研究而言。西方哲学和美学理论博大精深，名家辈出，但是也一直受到来自理念和形式本身的困扰，以至于任何理论创造最终不能不在概念和逻辑中兜圈子；这也使得理论本身变得越来越晦涩难懂，远离自然和生命的生动体验和感悟。就这一点来说，叔本华本身就是一个很好的例子，他的理论充满怀疑和矛盾，最终难以理出清晰的思路。他对于很多传统的既定的概念与观念提出了质疑，但是又不能在自己的理论论述和构建中抛开它们，只好陷入表达与被表达的反复质询和解释之中。

也许叔本华本身就体现了一种预期，一种不仅对于自然中的美，而且对于即将来临的哲学美学思想变革的预期。

之八十七　阅读尼采：生气灌注的理论追求

如何理解西方现代文艺美学的历史发展过程？怎样才能更好地吸取西方的理论精华？这对于中国现代文艺美学理论研究和建设，无疑具有重要意义。

在西方文艺美学发展中，一般公认弗洛伊德和尼采（Nietzsche，1844—1900）属于跨时代的人物，因为他们在西方文化的一些重要关节点上，冲破了传统的观念，取得了具有开拓性的成果，因而把西方文艺美学思想和研究推向了一个新的时代。概括地说，弗洛伊德从"身体"方面入手，重新解释了人类文明的起源，并为人类开启思想宝库，探索艺术奥秘提供了新的钥匙；而尼采则从"心灵"开始，打破了一切传统的世俗偏见，为人类理性向更高层次进发拓宽了思路。

但是，这并不意味着西方文艺美学达到或实现了某种终极的目标；相反，现代文艺美学之路似乎是一条比传统之路更加艰难、更加充满困惑的道路。因此，我们从尼采出发，一路在阅览人类思想创造的千姿百态之时，更能感受到思想与艺术追求的未有穷期，而其中显露出的更多的惶惑、艰难与危机，将促使我们在新的世纪奋发勇往，在文艺美学领域中吸取百川，不断突破，不断创新。

如何理解和把握一个文学理论家的价值和意义？这是一个很重要的问

题。过去我们总是关注于思想的层面——这当然是非常重要的，而忽视了他们对自己生命的理解和把握，尤其忽视了他们把自己的理论追求贯通于生命活动中的过程和意义。很多理论家及其理论的价值和魅力就在于，他们不仅仅是在发明言辞和话语，不仅仅是在理论观念上进行选择和判断，而是把理论创造和生命追求紧紧结合在一起，把自己对生命的感悟和体验融会到了理论话语之中。理论，从某种意义上来说，也是一种生命现象。

所以，我们可以看到两种理论和理论家：一种使用知识和话语建造理论大厦，而他们本人的生活和生命可能游离于理论之外，理论也许只是他们的一种生存手段，表现为一种生存智慧和技巧；而另一种却是"死心眼儿"的那一种，是用自己生命来建造理论的，艺术追求不仅是他们的专业，也是他们的生命方式和精神家园，他们用自己的心力建造理论大厦，用自己的鲜血浇灌思想花朵，用自己的生命阐释、说明、演绎、维护和实现理论的价值和意义。从某种意义上说，尼采就属于后一种文艺理论家。他在西方文论史上的意义，不仅表现在他在具体的文艺理论问题上的发现和开拓，更表现在他开创了一种新的理论境界；而这种境界就是一种生命的境界，使西方文论从思维形态上长期僵化的知识体系和庸俗状态中解脱出来，远离那种僵化的经院哲学和工具化的思维逻辑，再次获得了生命活力。

这在当时是一种理论的绝唱。尼采的价值，在于开辟了一个新的理论时代。他把人们从传统的古典主义思维境地带向了现代主义，彻底打破了人们对终极话语权力的迷信。因为他不仅对当时流行的思想观念提出了质疑，而且显示了在理论追求中的独特的个人意向。因为就前者来说，一切思想偏激的思维状态都可能提出一时令人震惊的理论，但是并不一定具有长远的意义，而后者则需要充实的生命投入，用自我的存在状态来印证追求。尼采对传统的背叛就是和他个人的生命体验和追求紧紧相连的。尼采的理论都充满了感性力量，由此冲击了西方传统的经院式的理论表达方式，他的文字很美，充满生命的感悟和冲动，能够打动人和感染人；他所追求的不是理论的完美性，而是生命本身的完美性；他是通过追问理论来完成生命，通过对传统境界的质疑和突破来充实和丰满自己的生命状态。我以为，尼采学说的最显著的意义，就是为历史提供了一种有生命感的理论境界。

对此，我们还可以从卡夫卡那里得到一种"反证"。卡夫卡的作品，我们看不到尼采式的强力意志和光明的激情，甚至沉醉的状态。这从某种程度来说，印证了尼采的一些看法及其价值。因为尼采当年所面对和反抗的就是一个失去激情和活力的社会。而进入 20 世纪以来，艺术，甚至整个人类文化精神的各个方面，在实用、实利与实惠思想的冲击下，一步一步从理想主义高台上走下来，逐渐失去了往日的风采和青春活力，再也见不到尼采的那种如日中天的艺术精神了。卡夫卡就是很明显的例子。他表现了一种"地洞人生"，连见阳光都是一种忌讳。《城堡》突出了这种灰暗的人类感觉：个人在一种无法言传的被围困氛围中，显得多么软弱和无助，而颓废是一种自然而然的情绪，一个人很难摆脱。这已成为文学对现代人自我生存和精神处境的一种经典描述。

当然，同传统的文学作品相比，卡夫卡拓宽了文学表现的空间。一种有魅力的文学不一定是理想主义的，关键在于它对于人类生存和心理状态的体认，而尼采作为跨世纪的思想家，从一开始就是以西方文化"叛徒"身份出现，向西方传统的价值体系提出了全面质疑。传统的西方文化思想体系有两大支柱，这就是对真理的追求和对上帝的信仰，由此也形成了西方文化延展的两大终极的源头和价值体系。而这两者时常矛盾和对抗，但是有时又会相互结合，使真理和上帝能够互相认同。人们可以通过理性的认知来认识"真理"，而所有对"真理"的认知又只有上帝才能解释。而尼采的背叛是双重的，一方面是对西方理性主义价值观的怀疑，另一方面，则是对西方基督教神学体系的冲击。就这一点来说，后来的海德格尔也不如尼采彻底，海德格尔对于西方理性主义有所质疑，试图重新界定"真"的含义，但是最后又不能不回到神学的理念之中。

真正的理论理应是有生命的，但是这就涉及了理论追求的境界和状态问题。我想。理论追求可能有多种状态的，但是一种有生命力的理论一定诞生于理论家的生命追求之中。这第一种就是像尼采、叔本华、王国维那样，把理论追求和自己生命追求连在一起，把自己的生命投入到理论创造之中。尼采说过，他最爱看的书是用"鲜血"写成的。这里的血就是生命。这或许是一切大理论家和大艺术家的共同品质，好的作品是用生命和鲜血培育和浇灌的。最近我读到王元化的文章也谈到这一点，他最终所追求的是一种人生境界，是对真理和自由的向往，并愿意为此付出感情和生命。所以，一些伟大的理论家并不仅仅是理性的追求者，也并不排除在追求真理道路上投入和付出感情。当然，对于理性的过度否定也是不明智的。因为理性是人生命和思维中的重要因素，但是它是一把双刃剑，当用来追求真理，追求人生完美和完整状态时非常宝贵，但是当它用来限制人的生命和思维的时候，就会制造和设计出许多障碍来。

不仅如此，阅读尼采，我们不能不面对这样一个问题：到底什么是真理，是善？难道它们是人生道路上的终极答案吗？王国维讲过做学问的三境界，第一就是"独上高楼，望尽天涯路"，什么是"独上"？就是一个人上，独自探索，个人追求。这和尼采是相通的。尼采所提倡的就是个人道德和个人追求，他反对基督教的群体道德，因为后者限制了个人的创造力和个体生命的发展。王国维所讲的第三个境界是"蓦然回首，那人却在灯火阑珊处"，这说明追求的终极价值其实一直存在于追求过程之中，只不过人们没有觉悟罢了。所谓终极答案就是追求过程本身。这就破除了人们对于所谓未来的和终极的理论极致的幻想，唤醒了人们对当下，对自我生命的体验和追求。人类实际上一直走在牺牲途中，一代一代做牺牲，以换取达到一个绝佳的终极境界，人类从此过上"幸福美满的生活"。所以。人类需要艺术，但是绝不是让当下的人永远做牺牲品，而是使他们拥有更饱满的生命力，更完整地拥有自己。

但是，尼采并不能用"超人"来拯救人类及其艺术。他只是一个悲剧的预言家，所以他的《悲剧的诞生》并非仅仅是对古典悲剧理论的重新阐释，更是对20世纪文学主题的预见。尼采企图用自己的生命在灰暗的生活氛围中点燃火炬，让思想的火苗跳跃，驱散人类所面临的悲剧前景，但是他对于一个平庸世俗时代的来临无能为力。而他自己的生命和理论价值，也正是在灰暗和悲剧的背景中凸现出来的；他自己挣扎在理性的边缘，虽然不甘于做悲剧的牺牲品，但是却不能不走向疯狂。所以他是预言家，但不是胜利者。但是，尽管尼采预言 20 世纪不再是一个"英雄主题"的文学时代，然而自己却称得上是 19 世纪文学的最后一个英雄。如果说，他的"超人"日后成了西方卡通片中幻想的英雄，那么在中国则演化成了"高、大、全"的英雄模式，在历史转换中继续扮演着角色。可惜，他们都不再是真实的、充满生命活力的、现实中的人的形象。

之八十八　阅读海德格尔：从遮蔽到敞开

　　海德格尔是传统哲学向现代哲学转变的重要人物。他的很多见解代表了人类思维方式的变革。我们不能仅仅从社会意义上来理解这种变革。我们阅读 19 世纪伟大现实主义作家巴尔扎克的作品就能感到，资本主义所创造的一个完全物质化、金钱化的社会，是如何给人类精神带来了困惑。一部宏大的《人间喜剧》无不纠缠在一个问题：人如何被金钱所异化，如何失落了自己的精神家园，其中包括人与人之间基本的互相信任和爱，如何在"资本主义"这样一个物质化时代潮流面前不堪一击。巴尔扎克无法阻挡这个潮流，他只能表示惋惜。而他的作品则为马克思恩格斯批判资本主义社会制度提供了资料。后者从人性化的角度，对资本主义带来的人性异化现象进行了深刻的揭示。这是马克思学说中最有价值的一部分，但是被我们在一段时间内忽视了。特别是在《1844 年经济学哲学手稿》中，马克思并不拘泥于对社会问题的分析，而是切入了对人的本真存在问题的探讨。

　　可惜，马克思提出的问题，在我们这样一个以信仰马克思主义为本的国家并没有得到回应，而对人的异化问题的讨论也受到了限制。在我工作过的暨南大学，柯木火先生就因为这个受到过批评。我记得很清楚。应该说，人类精神面对被物化和金钱化的现实，做出如何的文化选择，这是 20 世纪思想学术的重要课题。而在这方面，确实产生了许多随波逐流的媚俗的文人，他们是实权、实力、实惠的精神奴隶。海德格尔却显示了自己非凡的反潮流、反世俗的精神。其实，海德格尔在自己的著作中，虽然用了大量的新名词、新术语，所讨论的问题仍然是困扰人类的基本问题：灵与肉，精神与世俗生活的矛盾与冲突。所谓"非本真"就是人的生存状态和精神状态的物质化、规范化、世俗化，失去了对自我意义和信仰的确认。所谓"本真"就是人的精神信仰、追求、价值和精神家园。这对一个普遍的以物质追求为指归的时代是很有意义的。

因为从 20 世纪开始，美国的崛起就显示了实用主义的全面胜利，它推动了世纪性的文化和生活变革。这一方面大大解放了生产力，满足了人们在物质生活上的极大需要；另一方面，助长了物质主义、科学唯一主义的盛行，而生存竞争的加剧又迫使人们拼命追求实力、实惠和实际。人们获得了"有"的物质满足，却失去了"无"的精神价值。

对此，海德格尔并没有试图改变这种社会状态，而只是想给人的精神寻求一种解脱。这就是他在思想姿态和思维方式方面的脱尘拔俗。因为以往的哲学家之观念，都表现在如何揭示世界和认识世界方面，或者去解释和传播某种真理，都带着某种物化的性质。也就是说，人们的思维方式是由存在决定的，物质生活决定人们的想法。但是海德格尔却想证明一个不确实的真理，人的生存状态取决于人对自我的认定，在于自我本真状态的体认和敞开。这也就是说，人的存在是可以由人自己的意识和理性所把握的，并不完全由客观现实和物质世界所决定。而这一切都取决于人们的意识选择和修炼。

这也就意味着，哲学的任务并非认识和揭示已在的世界，而是要超越这个世界，创造一种认识和超越这个世界的思维方式，赋予人自身一种心灵的存在方式。也就是说，人们之所以要进行思想研究和创造，就在于人类需要为自己创造某种精神家园和存在意义，创造人类自身的思维方式。也许人类自身的思维方式越发展，越多样，人类所面对的世界就会越丰富，越多样，而人的选择就会越自由，越从容。存在原本是由自己决定的。这是哲学历史上的一大变革，存在问题不再是一个外在问题，而成为一个内在问题，甚至是一个本体论问题。所以，海德格尔非常重视"此在"这一问题，因为他很难逃出人的这一存在状态，但是他又一定想逃出来。

传统哲学以及形而上学的局限性，就是试图把所有一切重要的世界性质和发展规律都揭示出来，并教给人们，一劳永逸地解决人的认识问题，并要求人们按照这些理论去认识世界。假如是这样的话，这个世界就会变得越来越简单，越来越僵化，越来越保守，越来越无生气。人们只要按照某种哲学教条或原理思考和行事，就能达到某种最正确、最理想的境界。这当然是无稽之谈。而海德格尔的创新意义就在这里。他并不按照日常规则思考问题。因为照日常规则来看，人的"存在"并不是一个问题，每个人都存在，这是天经地义的自然属性。也就是说，这个问题被长期"遮蔽"了，没有被敞开；一旦被敞开，就成了问题，就会让人感到困扰和痛苦——这就是人们开始意识到自己并追求自我存在意义的觉醒。

还有一点值得注意，这就是海德格尔探讨问题的切入点。他非常重视从语言存在中发现问题。"存在"对他来说，不仅仅是一个名词，表现一种性质，更是一个动词，在揭示一种状态。这当然也是现代哲学思维方式的一大变化。在认识世界过程中，定性当然重要，但是如果忽视了事物千变万化的动态过程，忽视了动词在人类认识中的重要意义，就会趋向僵化的认识。老子讲"道可道，非常道"，就是说认识道的最难之处就在于确定它的存在，在于说清楚它"是"什么。因为"是"表现一种状态，不能简单理解为一种等同。例如，白马非马，是因为马不能等同于所有的马。所以中国古代经常不用"是"这个判断词。俄语中也不用这个词。其实，"是"不仅仅是一种判断，更是一种阐释过程。阐释得越多，越精确，也许就意味着结论距离本原越远。所以，阐释过程并不一定能引导我们获得事物的本真。这也许就是德里达所说的"播撒"过程。它的意义就在于，打破了历史的思维习惯，认为文化就是一个阐释过程，或者就是一个积淀过程。

实际上，历史不仅是一个积淀过程，而且是一个拆解过程。它在不断积淀、积累和折叠，同时又需要不断拆解、简化和提纯，否则人类就会被传统的重负压死，拖死，浮游不出历史的水面；人类也就失去了创新的勇气和力量。尤其历史发展到了一定的时期，拆解过程就会显得特别重要，否则历史的生命就会失去活力。所以，对历史遗产和文化传统进行拆解，通过压缩时间来获得空间的广度，对于人类发展自己，尤其对于发展相对落后的国家和人民发展自己，就显得非常重要。我们如果对历史文化只注意积淀和积累，而不注意拆解，只迷恋时间的悠久，而不追究空间的广度，就会失去创新的能力和活力，就会失去历史和传统。因为人的生命是有限的。而在这方面，海德格尔注意到了这个问题，德理达继而提出了新的思维方向。

之八十九　阅读德里达：不断破解与不断建构

1992 年我在香港中文大学英文系做访问学者，曾和郑敏先生一起讨论过德里达。郑敏先生是我接触过的最为敏感，思维最有活力的女学者之一，诗人的激情和理论家的敏锐交织在一起，使她的举止谈吐神采奕奕，富有吸引力。所以，当时她虽已年过七十，但是交谈起来仍让人感到一种青春活力。当时她所钻研的就是德里达的学问。她在报告中就提出了这样一个问题，我想这也真是困扰很多学者的问题：既然德里达把一切意义的结构都解构了，那么世界还剩下了什么？人类认识和理论的意义到底何在？换句话说，德里达在追求什么？他为什么追寻没有意义的问题，或者说是问题最后的无意义？

在人类文化史上，实际上一直存在着不断突破旧的话语系统的过程，其推动和标志着人类文明的进程。而这不仅是一个文学问题，也是一个文化和意识形态问题，需要我们对其所依赖的整个知识理念和系统进行检索和重新认定，进行一次思维方式的解脱和解放。

德里达（Jacques Derrida，1930—2004）无疑在这方面把问题推向了极致。他所解构的是西方传统的"白色神话"（文字记载下来的理论神话），从古希腊哲学的逻各斯中心主义到黑格尔的绝对理念，从文字的意义到语言的神话。但是，这一切是否就意味着无意义呢？对德里达来说，这也许是自己思维欲望的一种实现；他是通过证明理论意义的"无"显示自己理论价值之"有"。由此，我们似乎有必要强调贯穿于人类思想追求中的另一个潜在动因——思维的欲望。其实，至今为止的人类所创造的一切理论、学说、范畴和概念，都不仅仅是在表达某种思想和见解，认识和发现某种未知的世界及其联系，而且还是一种欲望的表征，表达一种人类固有的内在的追求真理的不可摆脱的欲望。在这种欲望驱动下，人类是不惜打破所有辛辛苦苦建立起来的思想理论体系的。德里达就是如此，他似乎把一切都颠覆了，但是他颠覆不了他自己，他对于最后真理的追问。因为人类文明的力量最终并非来自既定的理论和思想，而是人类自己永不间断的怀疑和追求。就这一点来说，我同意郑敏的看法，德里达所向往、所追求的是一种自由境界，为此他不惜毁坏所有语言和逻辑的圈套，从所有"有"的束缚中摆脱出来。所以，德里达在《文字与差异》中首先就对追求历史规则的结构主义提出了质疑："If it recedes one day，leaving behind its works and signs on the shores of our civilization，the structuralist invasion might become a question for the historian ideas，or perhaps even an object. But the historian would be deceived if he came to this pass：by the very act of considering the structuralist invasion as an object he would forget its meaning and would forget that what is at stake，first of all，is an adventure of vision，a conversion of the way of putting questions to any objects posed before us，to historical objects— his owe in particular. And，unexpectedly among there，the literary object. （*Writing and Difference*，Translated by Alan Bass）"（译文：如果有一天，人类的著作和符号遗留在了我们文明的海滩上，那关于结构主义者对文明的介入或许会成为一种历史意识的疑问，甚至是一种成见。

但是如果它如此获得理解，那么历史学家就有可能被蒙蔽：由于一种积极的理解，结构主义成为一种认识的成见，或许会忘记它的意义，以及在关节点上它首先作为一种认识的先导和一种对摆在我们面前的任何事物提出历史问题的具体的转换方式——尤其就其自身来说。因为，在这里，文字因素将是不曾预期的问题。）

德里达之所以要突破结构主义圈套，就是为了追求一种自由漫游的精神境界。这种漫游如同庄子所说的进入一种神与物游，以应无穷的境界，不受任何权力意志和意识形态的制约和束缚，大象无形，大音希声；这是一种无中心的状态，同时又是一种"处处是中心，人人是中心"的状态，每个人都是追求真理过程中的一个环节，而每一个认定的"真理"都不过是这个过程延续的印记。这也许是人类文化发展至今又一次敲响的自我解放的晨钟。人类必须再一次清卸传统的历史重负，以及长期养成的对既定的中心意识和权力意识的依赖和迷恋。

也许这就是德里达的意义所在。其实，在德里达之前，人们已经发现了既定的语言及其思维方式对人以及人性状态的制约，人们的精神困惑往往来自以语言系统为基准的种种清规戒律，人性及其创造能力就像困在笼子里的雄狮只能辗转反侧，痛苦呻吟。但是，这种情景是如何形成的，语言又是如何代表了现实（什么样的现实？）同时又如何囚禁了我们（它是如何囚禁的？）等等，这一系列的问题并没有得到真正认真的思考和解答。而德里达是试图打开这个人类有史以来自己为自己所编织的文化迷宫的思想家，他显然不同于博尔赫斯那样走进十字交叉的迷宫不能自拔，而是小心翼翼地找到历史最初的线索，一路追索下来。从那里人们逐渐发现，语言和人类自我意识的存在是互相粘连的，口语与文字的差别不仅在于它们的应用范围和价值上，更在于其所包含的人类自我认定意义上面，而后者的决定意义就在于它是经过人类意识认定的，已经形成了固定的规范和知识系统的合法性，所以人类日后不得不以这种规范和知识系统来确定自己的存在和言语。由此，作为口语的言语已经成为"不合法"的存在，人们只能存活在语言先于言语的世界中——因为现存的语言不仅仅是文字，而且意味着一整套书写规则、语法系统和思维方式，以及在此基础上建立的国家法规和社会价值标准。显然，当文化边缘的自由言语被排除在知识系统之外时，人类就不得不囚禁在自己所创造和编织的文化之中和语言之中。

由此，我们或许会意识到人类生存状态的另一重悲剧：人类期望活在一种自然和自由发挥状态的可能性，不仅不存在，而且早就是一种欺人的幻想，因为人类一旦进入文明时代（以文字出现为标志？），就不能不首先接受一种文化系统的格式化和规范化过程，而语言则是人类自我规范和格式化的不可或缺的一套程序。尤其是人类进入科学和知识的时代之后，这种情景就更具有了压抑和压迫人的力量，迫使人们面对它和摆脱它。在很久以前，索绪尔就发现了语言和言语的区别，并且指出了人类语言关系中的转换关系。实际上，人类的文化存在就取决于一种整体结构中的转换和交换，而这种转换和交换同时又是一种文化意识的限制和囚禁。因为交流只能在意义的转换中进行，而转换就需要有一定的规则和程序。

但是，只要有规则和程序，就会产生由谁来制定它们的问题。于是权力意识以及对权力的争夺就出现了，不过人们一直未从文化层面上追究这个问题罢了。德里达的敏感就在于此。他打破了人为的结构和逻辑，发现人自以为把握了世界的虚妄；因为除了获得意义的踪迹以及自由创造这种踪迹之外，人们似乎经常不由自主地被自己所认定的"真理"和"规律"束缚。这确实是一个人类精神存在的重大问题。如果说德里达理论的核心就是解构和颠覆，那么它最终就不能不导向对所谓真理和规律客观存在问题的质疑：认识论意义上的真理和规律是否就是客观意义上的真理和规律？是否人们就有权有理由宣布自己掌握了它们？

我记得王元化先生就曾对"以论代史"提出过批评，而之所以很多人难以摆脱这种思维方式，主要就在于他自以为"论"就是一种真理和规律，可以"放之四海而皆准"。而德里达则是从更深的历史文化层面上揭示了其中的秘密。人们所能认定的只是一种知识，而不是真理；而人们之所以经常陷入自己所臆造的"真理"和"规律"的圈套之中，除了人们依赖的本能之外，主要来自一种把握真理的欲望的满足。所以，这种欲望不仅可能左右人们的日常意识，而且可能左右人们的理论思维，使人们陷入某种绝对真理的迷幻之中。从这个意义上说，德里达所完成的是一种残酷的推论，告诉了人们某种文化的真相。当然，他揭示的主要是一种有形文化（以文字和语言为本体的）的秘密。它是由人类自己创造的，但是反过来囚禁人类自己，人类必须冲出这个囚牢，进一步解放人类的身心。

之九十　阅读波伏娃："第二性"的价值

波伏娃（Simone de Beauvoir）的《第二性》（*The Second Sex*，1949）出版已半个多世纪了，而女性主义早已成为当代重要的文化思潮之一，对文学的影响很大。我们说"文学是人学"，也就是说，文学应该与人的存在及其状态密切相关。正如胡适先生所说："大凡文学有两个主要分子：一是'要有我'，二是'要有人'。有我就是要表现著作人的性情见解，有人就是要与一般的人发生交涉。"（《五十年来中国之文学》）而这个"人"应该是活生生的，具体的人。这就是男人和女人。应该说，男女两性及其差异是人类最基本的构成和区别，也是构成人类感情世界丰富多彩矛盾冲突的根源。但是，值得人们思考的是，几千年来，人们并没有认真思考过这个问题，尤其在社会科学领域，人们似乎完全忽视了男女之间的差别，避而不谈男女在社会生活中不同的需求和不同的社会定位。而所有的哲学、伦理学、政治学，以及这种理论学说都似乎是人类的共同真理。根本没有考虑到男人的道理并不一定是女人的道理，男人在一定程度上也不能为女人设计道理和规则。因此，历史掩盖了某种真实，在人类意识形态中制造了某种谎言和虚假的真理。这是因为以往的所有道德真理和意识形态，都建立在这样一个基点上：人类另一半——女性——的缺席，或者她们只是作为被分配的资源而不是人类的主体出现的。

这也为社会和意识形态中的权力分配提供了不合理的依据。男人可以根据自己在社会结构中的地位来分享这种资源。女性主义就是在这种情况下产生的。它原本不是一种文学或者哲学，而是一种要求分享权力的呼声。应该说，这也是人类理性启蒙的成果之一。人类既然提供了"天赋人权"概念，人人都要平等，那么女人就应该和男人一样平等地分享一切，应该有自己作为女人的天赋人权。但是，天赋人权并非老天送来的，它仍需要女人自己去争取。而也许只有自己才是真正属于自己的。

更可悲的是，男性在统治和剥夺女性的过程中，也处心积虑按照自己的理想塑造女性，但是，除了遭到女性的反抗之外，很少给自己带来满意的效果。相反，造就了越来越多的复仇女神来惩罚自己。即使在今天流行的小说中，仍有许多这样的形象。神话中的"蛇"，代表着欲望和诱惑，几乎是女性的代名词。因为一个人的自由感和责任感是相互联系的，一个没有自由的人也没有什么责任感。被剥夺自由的人只能产生两种心理状态，一种是感恩心态，基于给他的某种满意的状态；一种是怨恨，因为他得到的是与预期相反的。他（她）不可能自己承担后果。他（她）们也从来没有这种选择和机会。鲁迅说过，中国的历史有两个时代，一个是做稳了奴隶的时代，一个是想做奴隶而不可得的时代。而对女人来说，也是两个时代，一个是做贤妻良母的时代，一个是想做贤妻良母而不可得的时代。同时，感恩就会无条件地顺从，导致志趣和创造活力的下降；而怨恨则产生背叛和报复。这都不是人类所期望的人生状态。西蒙·波伏娃所写的《第二性》，我总觉得不仅是在写女人，而是在写人类某种悲剧状态，只不过女性承担的更多而已。就此来说，波伏娃所唤醒的不仅是人的自觉，也在唤醒男人的自觉。

但是，为什么进入父权社会以后女性沦落到这个地步呢？这确实是个问题。波伏娃的贡献就在于，她从人类编织的神话开始追问这个问题，进行了追根探源式的分析，不仅在于揭开了女性受歧视和压迫的历史秘密，而且解构了人类整个仪式形态的荒谬性。因为人们由此意识到，过去人类所认可的一切真理都是建立在男女不平等基础上的，因而必须得到修正。这也说明人类并没有完全摆脱互相残杀的状态和心态。因为人类与动物世界的区别就在于是理性还是暴力占主导。而在今日社会，无论是对异性资源的分配还是女性所拥有的择优权利和过程，都带有很大的偏见和局限性。它们仍然是引起社会竞争的最基本因素。萨特在和波伏娃谈话中谈到，男人事实上并不一定在乎社会所有人对他的尊重，但是非常在乎女人对他的尊重。在西方神话传说中，影响最大的战争就是女人引起的。而女性在被剥夺情况下如何得到补偿，则是了解当今女性心态的一个重要窗口。例如张爱玲的《金锁记》就揭示了这种女性的悲剧，一个曾经被剥夺自由和幸福的女性一旦有条件和机会之时，就会以百倍的疯狂来获取补偿。这就是女妖或荡妇的产生。她们与男性所期望的圣女贞女神话恰恰相反。其实，正如波伏娃所说，现存的神话是男性社会所创造的，或者说，至少是经过男性社会选择和加工过的，巾帼英雄多半也是男性的幻象。这也就又提出了一个问题：在此之前，是不是还有不同的神话？如果有，是什么样的神话？为什么没有留下？被遗忘了还是被删改了？所以，对女性主义的研究不仅是一个现实课题，而且是一个历史课题，它意味着对人类自身及其历史的更深入的探讨。认识女性也是认识人类自身。以往对女性的定位，是一个文化和意识形态过程，从家族定位、阶级定位，到知识定位，无不以某种社会需要和权力意志为旨归，无不掩盖和忽略了女性的某种真实状态和自然本性。换句话说，人类还没有找到自己真正的母亲，以往的人类历史在某种意义上说是"只有其父没有其母"的历史。因为人类并没有真正找到"母亲"的感觉，并没有真正理解女性。波伏娃《第二性》的意义就在于对以往的历史理念提出了质疑，开始重新思考文化和意识形态。

这是至关重要的。因为这代表了一种人类思维方式的变革。过去一直是男性的思维方式主宰世界，人们习惯于用男性的眼光和方式来看待世界和解决问题。这也许是一个以暴力、强权、规则为中心的世界得以建立，并拥有合法性的理由之一。这样的世界历史该结束了，取而代之的应该是一种更女性化的、平和的、随意的、自由的世界和生活方式。毕竟用女人的"叽叽喳喳"来解决问题比用男人的棍棒枪炮要好得多。如果是这样的话，男人也不必再在不得已情况下逞英雄，付出不情愿的牺牲，而女性主义及其思维方式的张扬，将有助改进和完善人类的价值标准和生存状态。

之九十一　阅读茨威格：爱情在永恒的瞬间走过

人，作为一个理想的、完美的整体存在，总是希望心灵和肉体有一个完美的结合，获得人作为人的整体满足感。但是，这在现实生活中，往往是可遇不可得的。在类似中世纪的社会中，人的道德规范很严厉，人在肉体方面的压抑感特别严重，产生了许多人性的悲剧；而在较开放的现代社会，肉体的自由度较大，但是人们又特别敏感于感情需要，所以经常处于灵与肉两难的选择之中。比如，美国作家亨利·米勒写的是在性开放情况下的纵情欢乐，但是并没有感到多少精神自由。他在小说《北回归线》（*Tropic of Cancer*）结尾处写道："Human beings make a strange fauna and flora。From a distance they appear negligible；close up they are apt to appear ugly and malicious。More than anything they need to be surrounded with sufficient space—space even more than time."（人类是古怪的生物，远看没关系，但是一旦走近他们，他们就会显示出那种丑恶和绝情。他们太需要足够的空间来进行选择了，而并不太在乎时间的长短。）这正表现了人类在灵与肉关系中面临新的困惑。

这会使我们怀念茨威格和他的小说。在对爱情的描述中，他对于时间的敏感和一往情深，似乎在暗示一个多选择的空间时代的到来。24 小时，这是多么短暂，而又多么漫长的时间，而茨威格则想给予这短暂又漫长甚至永恒的意义，对一个女人来说，心灵会使它永远具有意义，而并不在乎肉体欢娱时间的短暂。其实，在沈从文的小说中，我们能够读到相通的意蕴，在《柏子》中，痴情的妓女在与相好一夜的欢娱之后，可以忍受十天半月的寂寞，静等爱人的再次归来。当然，时间再长恐怕就难说了。

而茨威格似乎更激情一些，他是在战争间隙中写作的。战争是另一种肉体的表演，同时它又是摧残肉体的，这和性爱恰巧形成了一个对照。因为在人类历史上，性缺乏和性压抑一向是战争和暴力行为的缘由之一。所以茨威格对人的生命的短暂很有感触，对在这种短暂中的情感体验也就更为重视。他希望人的肉体和心灵得到一种极致的快乐，哪怕它并不长久。这与郁达夫的小说就有不同。同样是描述性爱，郁达夫那种在肉体上的压抑感实在太强烈了，而且为了在意识上"合法"地表现它，作者不能不把它与一种同样强烈的社会道德感结合起来，把个人的性苦闷归于社会的黑暗。这说明性爱的文学意义，在不同国家、不同文化背景中的不同作家的笔下是不同的，比如上面提到的三个作家，米勒、郁达夫、茨威格，就很值得进行对比分析，从中看到性爱在不同国度、不同文化状态下的文学表现和命运。

在文学中，性爱是无法回避的。无论从心灵还是肉体。茨威格就毫不回避，直面战争的残酷和人性的悲哀，但是仍然不放弃对爱情永恒价值的认定。就此来说，他还是颇带古典理想主义色彩的一个诗人，所以他最后自杀了，因为他不能容忍活在一种卑微、毫无人性尊严的状态中。这本身就是一种精神价值，因为经过两次世界大战的磨难之后，人们对于人本身的价值和尊严有所动摇，企求用另一种调侃和逃避的方式来原谅自己的屈辱和无可奈何。这时候，文学回到了普通的、一般的人，但是也接受、容忍甚至欣赏卑微以及人性中的弱点。王朔所写过的"我是流氓我怕谁"就是很好的例子。这是人性的另一种解放，因为我承认并且认同了我所有的缺点和弱点，所以我可以毫无精神负担地去做任何我想做的事；我没有犯罪感，我心安理得，高高兴兴。可惜，王朔还得用"流氓"这个不好听的词。可见，尽管谁也不怕，但是心里并不踏实。

所以，茨威格值得重读。因为他的作品不仅使我们重新体验和认定人性中对爱情的追求和向往，体验到某种固有的，但是连自己都不敢承认和面对，甚至早已失落的情感过程；而且能够唤醒我们对于自身状态的历史性思考。实际上，现代人的悲剧并非对感情的放纵，而是对它的逃避。只不过这种逃避往往是掩盖在肉体的放纵之下的。可惜，人们永远无法把感情和肉体完全分开，不可能用肉体的挥霍无度来代替感情上的心心相印。这就是现代人性困惑产生的缘由之一。表面上的轰轰烈烈，热热闹闹，实际上是做给别人看的广告。而茨威格的作品告诉人们，感情总归是无法逃避的，它表现了人类人性中的一种不可遏制的力量，而它又是如此细腻和特殊，是无法用条条框框来限制和规定的。

这会引起我们对人性存在的整体性的思考。原本在中国传统意识中，人性就是一个重要话题。按老庄"道法自然"的思想，人活着就是随性而乐，这个"性"就是自己的内心、本性，符合它顺应它人才能乐起来。再说"性"这个字本身就是精神和肉体的统一，"心"（精神生活）和"生"（物质生活）是不可分割的，谁离开谁也不行，合在一起才是性。人若是老是和自己的内心和本性作对，就不可能感到人生有什么幸福可言。而一些不合理的社会制度和体制，之所以被认为是不合理甚至反动的，就因为它在根本上总是抹煞和违背人的本性发展的自然要求，成了人性的桎梏和束缚；也就是说，它所维护的那套话语系统总是引导人们和自己的本性作对，或者以互相约束和监控的方式，或者以自己压抑和控制自己的方式。显然，这种社会的不合理存在所遇到的最大天敌就是人性本身，而这个天敌最自然的表现就是文学艺术，尤其是表达和描述爱情的作品。因为它们很美丽，很动人，能很自然地唤起人性中最基本的感情，无形中解构了那套束缚人、压抑人的话语体系，使人们复归自然，——这或许也是茨威格文学创作的长久意义所在。

之九十二　阅读渡边淳一：文学是人性的纽带

当今世界，交通越来越发达，人类的交流和交际也越来越方便和频繁了，但是，在这个过程中，我们看到，人们之间的关系却似乎重在经济纽带、利益纽带和商业纽带，而人性的纽带却显得越来越单薄和脆弱了，人与人之间的信任度和亲和力也越来越低了，因此人心的坦然、坦率和快乐也越来越少了，甚至导致了很多战争和暴力冲突。我想，就此而言，文学的魅力也越发表现在对于人性的细腻体验、洞察和表现方面：它是人性的纽带，能够从人的内心深处唤起最细致、敏感的知觉，把不同生存状态中的人沟通和联结起来，获得一种精神的慰藉。

渡边淳一是日本一位久负盛名的作家，为不少中国读者所熟知和喜爱。在他的作品中，我们能感到一种对于当下人性状态的深切关注，特别是对于男女情爱关系，他的笔触总是能够深入到人性的最隐秘之处，捕捉到人的感情最敏感、最细微的波动，揭示出人与人特别是男女情爱关系中的微妙间隙，令人震撼，使人反思。这次由上海文汇出版社最新推出、由王智新先生翻译的《紫阳花日记》，不仅能够使我们更深切感受到渡边淳一对于人性深切、细腻的观察和表现，而且能够使我们更加靠近文学，更加珍惜把我们真正连接起来的纽带——人性的纽带。

沟通从内心私密开始。

了解世界最好从邻居开始，而了解邻居得从人心开始。我想，了解一个国家和民族的精神文化也是如此。日本是我们的近邻，而且在历史上有着源远流长的文化交往，但是，近代以来所发生的一切使我们感到，中日两国之间，尤其是人心之间，要达到真正了解和理解实在还有很长的路要走。作为一个关注人性的作家，渡边淳一也深深感受到了这一点，所以他希望能够通过他的小说，"增进两国人民的互相理解，促进中日友好"。

这是一个很大的愿景，却是从揭示一对日本中年夫妇的内心生活开始的。这似乎距离目标很遥远，实际上特别贴近人性和文学，因为《紫阳花日记》所展示的就是一对身体贴得最近，却各有心曲的夫妇的生存和心理状态——由此可见人性是多么复杂和丰富、真正的沟通又是多么难得和稀缺，从中我们也不难领略到，这位弃医从文的作家是如何用艺术的"手术刀"，小心翼翼地伸向人物的心灵深处，如何精确、细腻地揭示出人性的病灶的。到了这个地步，浮现在生活表面的文化隔阂和差异逐一被消解了，读者如同在阅读自己的内心，重温我们共同的私语，品尝我们在同一世界的悲欢离合。

我们最好还是记住女主人公在日记中最后的话语吧：丈夫有丈夫的世界，我有我的世界。

双方如何以宽容的态度来理解对方的立场，并且相互谅解，这将关系夫妻以及家庭的幸福与否。

之九十三　阅读弗洛伊德：关于"身体"的文化战争

弗洛伊德在研究人类文明起源问题时，注意到禁忌的文化意味，而这种禁忌的主要根源就是对于身体——首先是对于性本能的崇拜与困惑。实际上，人类文明的起源离不开人类对于自己身体的体验与反思，我们甚至可以说，当身体不再仅仅作为一种肉体，而是作为一种特殊文化意象的时候，人类文明才开始露出曙光。人类对于身体的自觉，并赋予身体不同的文化意味，并以人伦的形式制约身体，在某种程度上反映了人类脱离野蛮世界的转变过程。但是，这并不意味着人类对于身体的文化探讨能够一劳永逸，相反，在这个过程中，身体作为文明演进的文化象征，一直是从古到今各种学说学派争夺、争论的焦点。

如果说，基督教教义蔑视身体，是为了引导人类向上、向天国的文明靠近；那么，自文艺复兴以来发生的所有人性解放的思潮，都在为人之"身体"伸冤、正名。一些西方学者，往往把文艺复兴看作是人类情爱与性觉醒的时代，从此人类步上了一个人性不断解放的时代。宗教和教会再也不能阻挡人们尽情享受自己的身体了。正如葡萄牙作家若泽·萨拉马戈在其《修道院纪事》中所说的："在我们所生活的时代，任何修女在修道院找到圣子或者在唱诗班找到一个弹竖琴的天使，这是世界上最天经地义的事；如果她关在自己的禅房里，由于不为人知，这类表现就会更加具体，魔鬼们折磨她，晃动她的床，摇动她的四肢，摇动上肢是刺激她的乳房，摇动下肢她肉体的缝隙便微微颤动，分泌液体，这缝隙是地狱的窗户或者天堂的大门，说是天堂的大门是在正享受的时候，说是地狱的窗户是在享受之过后；……"①

但是，这仍然是一种大胆的叛逆，不能不在心理上经受地狱的考验。而身体到底意味着什么，依然是文明的一个难题。如果把文明比作身体的外衣、把身体看作是文明的内核的话，那么，经过人类文明长期的层层包裹，身体在某种程度上不仅不见得清晰可辨，而且越来越显得神秘莫测了，各种各样文化的套装、时装、制服以及化妆术、整容术，已经把人的身体遮蔽得严严实实，而春光乍泄也已经成为一种商品，在这种情况下，身体是什么，身体在哪里，身体与衣服的关系，已经成为现代文明的万花筒之一，在万千镜像之中闪烁不定。例如，卡尔维诺在自己小说中，就曾经想剥掉人的层层外衣，使其露出身体的真相，但是他竟然失败了。在《寒冬夜行人》中，"你"不顾一切剥下了一个具有多个姓名、多重身份女子的多层制服，直到她赤裸裸站在面前之后，却遇到了这样一种情景：

> "这呢，这也是一身军服？"希拉大声嚷道。你不知所措，喃喃说道："不，这不是……"
>
> "是！"希拉怒吼道。"身体是军服！是武器！是暴力！是对权力的要求！是战争！身体可以像东西一样握在手里，但它是目的，不是手段。身体具有含义，能进行交流！它怒吼、反抗、颠覆！"②

你是否可以把这看作是现代社会新的"身体宣言"呢？但是，如果你注意倾听的话，一定能够听到西方古老神话中的声音。拿罗马的母狼传说来说，就充满着身体的欲望与叛逆。同诸神的神话传说不同，母狼不仅拯救了人类，具有英雄色彩，同时又充满了乱伦和欲望的内容。据罗马历史学家李维（Livy，？—公元 17）的记载，母狼故事中的双胞胎就是处女神（Vestal Virgin）西尔维亚（Rhea Silvia）被战神马斯（Mars）强奸所生，

---

① 若泽·萨拉马戈：《修道院纪事》，范维信译，海南出版社，1999 年，第 265 页。
② 卡尔维诺：《卡尔维诺文集》（第五卷），萧天佑译，译林出版社，2001 年，第 191 页。

也就是说，他们原本就是不洁的产物。后来，他们被抛到提泊（Tiber）河中，是有理由的，而他们一直漂到了狼山谷才被母狼救起，也是一种缘分，具有象征意义。建立罗马城后，亲兄弟自相残杀也正是他们原始本性的表现，再一次体现了原始欲望的诱惑。当罗蒙路斯杀死了兄弟，巩固了自己的地位后，紧接着在欢庆胜利的宴会上就发生了著名的罗马城大强奸，精力旺盛的罗马士兵大肆强奸了临近的撒宾斯妇女，结果引发了罗马人与撒宾斯人（Sabines）的战争。这场战争最终由被诱拐的妇女从中调解而告终，但是由此引起的相互仇视却延续了很长时间。

在这里，身体意味着暴力与罪恶，不能不给它套上宗教的枷锁。由此来说，后人对罗马母狼传说采取了低调态度并不奇怪，因为这几位建造罗马城的文化英雄充满着身体的欲望，一生贯穿着强奸、乱伦和残杀。这和后起的基督教文明产生了直接的冲突。在基督教教义中，兄弟相互残杀和强奸都是上帝绝对不容许的，是不可饶恕的大罪。在《旧约》（Old Testament）中，人类第一对兄弟该因（Cain）和阿贝尔（Abel）就是例子。该因务农，阿贝尔放牧，分别给上帝敬献自己的礼物，结果因为上帝喜欢阿贝尔献的羊，该因就嫉妒自己的兄弟，并且杀了阿贝尔。该因因此触怒了上帝，遭到严厉的惩罚，永远在大地上徘徊。可见，避免兄弟相残杀是人类从野蛮进入文明时代的重要标志，它因为一种野兽的行径而成为人类的禁忌。同样的禁忌还表现在加克夫（Jacob）故事中。加克夫有 12 个儿子，最爱的是约塞夫（Joseph），就送了一件衣服给他，结果引起了兄弟们的嫉妒。他们杀死了约塞夫，把他投进井里，然后把蘸了羊血的衣服给父亲看，使加克夫误认为儿子是野兽咬死的。上帝因此帮助约塞夫，让他后来当了埃及王。

至于强奸，更是人类文明最大的禁忌之一，在基督教中，这是恶魔诱惑的结果——而这魔鬼，就存在于人的身体之中。强奸所生的孩子被认为是恶魔下凡，是罪孽的产物，是会给社会带来祸患的。这种意识至今还深深扎在人们心理中。在西方一些国家，堕胎是违法的，但是强奸怀孕却是例外，因为这不但不是上帝的馈赠，而且很可能是恶魔的投胎。在如今西方的很多文艺作品中，罪犯的身世往往就与强奸有关。尽管并没有科学证据表明，强奸所生的孩子会有先天的心理问题，但是人们还是心存这方面的禁忌。

之九十四　再读弗洛伊德：如何走出身体的牢笼

在西方，从最早的原始神话传说开始，身体代表了一种生命的欲望和诱惑。虽然随着文化的演进，人类逐渐远离了动物性的生活方式，但是依然不能摆脱身体自身的困惑。一方面，人类努力抗拒着原始野性的诱惑，包括用各种各样禁欲的方式，寻求着各种超越肉体的生活理想；但是，另一方面，人的本性却不可能消除身体欲望的存在，不能漠视身体作为人存在之基本的要求。这种诱惑和拒绝的斗争一直贯串于人类的文明进程之中，而身体恰巧充当了这场战争的焦点，所以人们不能不在身体与心灵、野蛮与文明之间辗转反侧。例如歌德的创作就无法与身体的诱惑隔离，他一边在诱惑中挣扎，一边写下了如此的《酒保之歌》：

> 你知道，肉体乃是一座监狱，
> 灵魂被哄骗进了那里，
> 它就没有自由活动的寸地。
> 它要是想从各处逃命，
> 牢狱本身也会被锁紧，
> 爱心陷入双重的险地，
> 所以灵魂常常表现得怪异。
> 既然肉体是一座监狱，
> 监狱这样渴，又是何故？
> 灵魂在里面很是健康，
> 总想保持精神正常；

可是肉体却总想痛饮，

取来美酒一瓶又一瓶。

灵魂再也不能忍受，要把酒瓶打碎在门口。①

　　歌德 1781 年还写给一位夫人一首诗《诱惑》，其中写道："母祖夏娃曾把毒果授给她丈夫，/唉！他愚蠢的一咬害苦了世世代代。/如今，莉达啊，可爱的忏悔的人，/你要/虔诚地领受那怡养、救济灵魂的圣体！/因此我急忙送上凡间美味的佳果，/让上天不会把你从爱人手里夺去。"② 在这里，如果《圣经》真能消除诱惑，那么人类就不会有"原罪"，歌德也就不会同魔鬼打交道，定契约，写下那么多作品了。因为"原罪"就源于人的肉体，而人的存在就是肉体的存在，诱惑也就自然意味着无数的肯定与否定。歌德一生关注人性，并企图把它提升到神性境界，由此他也就不能不关注身体，关注诱惑，并一生与之纠缠，与之交战。

　　这是因为身体无法回避，无论是天堂之路还是地狱之门，都必须依赖身体，通过身体这个交叉点。这一点，就连神学大师奥古斯丁也不能回避。他在《忏悔录》中，就把"罪恶"与"恋爱"连起来用，视恋爱的渴求为"欲火"，为"淫秽"，但是他还是无法逃避身体的魅力。他写道："爱与被爱，如果进一步能享用所爱者的肉体，那为我更是甜蜜了。我把肉欲的垢秽玷污了友谊的清泉，把肉情的阴霾掩盖了友谊的光辉；我虽如此丑陋，放荡，但由于满腹蕴藏着浮华的意念，还竭力装点出温柔尔雅的态度。我冲向爱，甘愿成为爱的俘虏。我的主，我的慈爱，你的慈祥在我所认为甜蜜的滋味中撒上了多少苦胆。我得到了爱，我神秘地戴上了享受的桎梏，高兴地戴上了苦难的枷锁，为了承担猜忌、怀疑、忧惧、愤恨、争吵等烧红的铁鞭的鞭打。"③

　　可见，一方面是身体的存在，另一方面则是与身体欲望的抗争，由此

① 　歌德：《歌德诗集》（下），钱春绮译，上海译文出版社，1982 年，第 506 页。
② 　歌德：《歌德诗集》（下），钱春绮译，上海译文出版社，1982 年，第 165 页。
③ 　奥古斯丁：《忏悔录》，周士良译，商务印书馆，1963 年，第 36 页。

构成了人类文明不断演进的永恒的动力和张力，也成为西方文学中不可化解的冲突。而后者一直贯穿于人们对宗教的认识和求助之中，也成为人类自我意识中的重要一环。例如，希腊作家尼可斯·卡赞扎基斯（Nikos Kazantzakis）就是以表现这一传统命题闻名于世的，他的小说《基督的最后诱惑》就试图以新的理解和思路来演绎人类对于自己精神家园的向往和追求，并且凸现了 20 世纪的人类文化特色，这就是欲望的真实、生动和难以摆脱的含义。正如一位中国读者所理解的，卡赞扎基斯不是一开始就把他作为上帝来写的，而是作为一个人；他如何怀着成为上帝的渴望，如何战胜人间点缀着各种鲜花的陷阱，如何克服欲望，牺牲人生的各种欢乐，如何一次次为了精神的目标一次次放弃肉体，步上了殉道者的顶峰——十字架。显然，在这个过程中，欲望和诱惑一直追随着他，在和其精神与灵魂争夺着选择权和决定权。这就使得基督之路显得格外痛苦和难熬。因为肉体是一种本能的资源，它就是需要世俗的诱惑和满足，靠欲望和欢乐来滋养自己。这种情景在基督与妓女的交往中表现得惊心动魄。基督为了抑制自己的欲望，摆脱梦中的诱惑，用皮带狠命抽打自己，直到鲜血迸流，遍体鳞伤。但是欲望还是那么顽强，使得他无法控制自己的双腿，一直走到了抹大拉的住所，走进她的屋子，这才在某种程度上缓解了自己欲望的冲动。

从这个意义上说，基督教的产生是一部受难史，特别是人的肉体受难史，人通过戴荆棘冠、背十字架、忍受苦刑折磨的殉道过程，经历肉体死亡到精神复活的过程，最后进入永恒的境界。这个过程既是一种纯粹忘我、舍我、脱离俗尘的过程，也是一部心灵的赎罪史。正如希腊传说中潘多拉（Pandora）故事所说的，打开了欲望的盒子，就意味着让魔鬼在这个世界到处出没。身体的意味同样如此，战争一旦开始，就会一直持续下去。

之九十五　阅读福克纳：对人性纯朴的感觉

福克纳是美国著名作家，荣获诺贝尔文学奖，很多大学开设他的专题研究课，所涉及的方面也是多种多样的。但是，在我看来，福克纳是一位真正给予美国文学以历史感觉的作家，这并不是说美国文学以前没有历史感，而是说没有那种真正的对于自己生存状态和心理历史纠缠不休的感觉，缺乏一种细腻的体验和孜孜不倦的探求。例如，他特别能够从生活细节中发现人性和人心的基本需要。从他的作品中甚至可以读出，他是一个倍求感情呵护，同时又用这种心境去写作的作家。他的写作方式似乎是一个孩子，一个不长大或长不大的生性敏感的孩子，他的笔触纯熟却保留着一种只有小孩子才有的幼稚的感觉，显示出他所需要的正是那种看来不起眼，容易被人们所忽略的细腻的保护，比如一个无助的、胆小的小孩子晚上出门，特别希望大人的牵手一样。所以，对母性和女性的描写，他往往显示出特别的感觉。比如像爱米莉这样的女性，他就写得很独特。

当然，人们最多谈及的还是他作品中的"南方情结"，这是活在他的感觉氛围中的一种特殊情愫。我想，《喧哗与骚动》中的白痴形象最能显现出他的这种特殊的感觉情怀，如此写出一个白痴不是件容易的事，这对福克纳的艺术才华是一种考验。因为这意味着要把一个"无意义"的对象变成一个有意义的艺术存在。他做到了。这也说明，福克纳的感情体验有非常敏感的一面，而情感的驱动使他对人的理解并不拘泥于一般的行为和心理，而是在向边缘和深处延伸和探索。

福克纳对人类在竞争中高度发达的理智和在尔虞我诈中的过度聪明是反感的。这也许是他无法摆脱"南方情结"的重要缘由之一。他喜欢纯朴的、返璞归真的生活情调，南方生活的这种情愫就活在他的感觉之中。如其作品中的"白痴"，永远长不大，永远有一颗童心。这和老子所说的"婴孩"是一样的，虽然傻乎乎的，但是内心不但是最真实，而且也是最清楚的，最敏感的。老子说"我独懵懵""我独昏昏"，就是说自己是个小孩子。后来人世变得痛苦了，就是因为人类失去了纯朴，变得越来越聪明和斤斤计较了，好像什么东西都分得很清，结果争了个一塌糊涂，把世界折腾了个一塌糊涂。由此说来，怀念和崇拜纯朴是很多古今中外艺术家的某种共同情愫和品质。当然，这是一种有关内在精神和感情状态的品质，不能把它和对物质生活需求混为一谈。艺术家和常人一样喜欢富裕和舒服的生活，他们甚至更喜欢人生享受，并不天生就喜欢住山洞，吃糠咽菜，穿粗布衣服，只不过他们并不仅仅以物质生活为标准为满足而已，他们对心灵，对精神，对感情，对完整的作为人的生命追求有更敏感的渴求，不愿意以精神和人格的丧失作为代价，来换取貌似堂皇的丰富的物质生活。就此而言，在福克纳和鲁迅、沈从文的作品中可以感受到相通的情愫，他们对于未被现代物质生活污染的乡村纯朴人生的迷恋，实际上是对健康的完整人性和生命状态的坚持和追求。

由此来说，大凡艺术家都有一种共同的心灵倾向，这就是对纯朴的崇拜和向往，他们可能在现实生活中不会"做人"，但是对人际关系却心存天真无邪的幻想，渴望人与人之间的真诚相待和互相信任。福克纳笔下就流淌着对纯朴的人性及人际关系的留恋和向往。这一点似乎和沈从文很相似。现代生活冲击着古老的乡村，给人类带来了一些好的东西，但是也带走了更珍贵的东西。人们似乎更聪明了，以为能够骗过"白痴"的眼睛，似乎自己不再是白痴，其实在心灵方面，在良心的直觉方面，已经丧失了自己的本真。

之九十六　阅读博尔赫斯：写作的秘密

博尔赫斯曾经说："在我撰写生平第一行文字之前，我就有一种神秘的感觉。"而对我来说，博尔赫斯就是一个神秘的作家，这一方面由于其作品的独特魅力，使我百读不厌；另一方面则是从评论和研究角度来说，他是一个难对付的作家，使我往往感到无从落笔评价。尤其是他的作品，似乎每一篇作品都包含着一种秘密，每一次阅读都不可能把它们完全揭开，而每一次都会有一种新的感受和发现。这当然又在某种程度上促使我进一步走近博尔赫斯，探知博尔赫斯的秘密。

最近的一次阅读，我对于这个秘密似乎获得了一点眉目和线索。博尔赫斯在 1935 年出版了一部独特的散文叙事作品集《恶棍列传》，他用这样一段话结束了自己简短的初版序言："阅读总是后于写作的活动：比写作更耐心、更宽容、更理智。"

我很喜欢这本《恶棍列传》，尽管这算不上这位大师成熟的作品。可惜，过去我一直未注意过这个序言，特别是其最后的这段话。其实，这个序的中文译文总共才 300 字左右，但是有两处强调了读者和阅读的重要性，除了最后那句外，博尔赫斯还在文中有这么一段话："我认为好读者比好作者是更隐秘、更独特的诗人。"由此，我似乎意识到了一点，博尔赫斯之所以能够成为一个伟大作家，他的作品之所以能够有如此的魅力，是因为他首先是一个好读者，由此他比一般的作家更耐心、更宽容、更理智，也具有了比一般作家更隐秘、更独特的诗人品质和素质。

这似乎在说，阅读是写作之母，一个好的作家首先是一个好的读者。

于是，我又重新细心阅读这篇简短的序，我发现这绝不是一句空话。《恶棍列传》是博尔赫斯早期的作品，算不上博大精深，但是从序文中可以发现，博尔赫斯是在大量细致阅读基础上写作此书的，他在短短的序中就提到了下列作家及其作品，英国作家斯蒂文森、切斯特顿，美国的冯·斯登堡的电影和传记，法国作家瓦莱里的作品等。显然，阅读对于这位作家来说，不仅意味着一种写作能量和灵感的源泉，包含着一种对于神秘的探索和对于独特的塑造；而且也是一种幸运和幸福。由此我也明白了博尔赫斯为什么写下了"天堂应该是图书馆的模样"的诗句，为什么说"被图书重重包围是一种非常美好的感觉"。

这也许也是揭开博尔赫斯创作之谜的惟一方法和途径。要读透博尔赫斯的作品，首先要成为一个好读者，读书和博尔赫斯一样广博、细致和有耐心。而我感到幸运的是，我很难遇到如此的中国当代作家，所以面对他们的作品不会感到太为难。应该说，与博尔赫斯的创作一样，阅读往往也是中国当代很多作家的创作源泉之一，所以在很多作家的创作中能够明显感受到某一个或某一派作家的影响，所以评论起来并不难。而这一点又绝对不同于阅读博尔赫斯的感觉。原因无非是，很多中国作家阅读得太匆忙，借鉴得太急切了，有时候甚至一本书、一个作家还没有真正读完，自己的灵感早已压抑不住，自己的作品就已经出来了。好在中国的书籍出版，尤其是外国文学作品，时间差特别强，层次性也特别明显，不仅先睹者为快，而且先模仿者为新奇，为"独创"，名利双收。创作就像赶火车似的，仿佛晚一步就赶不上趟了。

我想，博尔赫斯把自己创作的秘密存放于书籍和阅读之中，而一个好的作家和好的批评家应该在那里真正找到自己。

之九十七　阅读柏格森：用艺术直觉与科学功利对抗

柏格森的哲学及其意义发生在人类思维方式转变的时代，并且实实在在参与了这个转变，作出了独特的贡献。这是一个科学理性和功利主义开始风行全球的时代，人们迷信进化、工具和机器的力量，但是忽视了人类本身存在的意义，尤其是人的生命的本原状态。这时，只有少数思想家、哲学家意识并思考着这个问题。于是，科学与艺术及其关系的话题，它们之间的矛盾和一致、冲突与磨合，就构成了这个时代的主要人文景观。

柏格森就是这少数反潮流的哲学家之一。

柏格森并不反对科学及其思维方式，并没有一概地否定它们；相反，他认为科学与直觉、理性与非理性、知识与感情、已知与神秘等意识因素是互补同构的——显然，这一系列关系也是20世纪以来文艺理论的重要话题。对此，人们总想得到完满答案。对于这种完满的互补同构关系，中国传统的阴阳互补观念也许是最好的注释。《易经》中的阴和阳，我们可以引申为现代社会中的艺术和科学，它们是人类社会发展的两只翅膀，历史前进的两个车轮，缺一不可。而人的生命本身也是这样一种关系，所谓直觉和理性是不可分的；分开了就会出现不平衡，就会紊乱。但是，每当人类社会生产和生活发生重大变革时，这种情形总会发生。近代以来，人类社会就出现了如此危机。当人们从生产力的发展中得到巨大实惠实利时，精神却失去了艺术的支撑。人们太重视功利，反而忽视了自身的另一种滋养和需求。所以柏格森认为人与世界之间存在着一道帷幕，这就是思维的功利性。他在这时候提出直觉论是有独特含义的，他注重从内部、整体性地把握世界，尊重生命整体的原生状态；其实这也就是一种艺术地把握世界的方法。因为科学只承认具体的真理，并通过具体的实验的方法去证实它们；而艺术则追求完整的生命状态，不仅表现具体可知的世界，而且包括对科学尚未可及的、神秘的未知领域的感悟；所以，如果说，科学是通向大地的，最后要落实在具体的山川河流之上，那么艺术则凭借直觉通向广袤无垠的世界，它充满想象和包容未知。所谓互补同构就是这样一种结构，它是包含判断与预测、已知与未知、明确与神秘的共同存在。

　　为什么柏格森如此看重直觉？其中一个重要原因是，直觉来自人本身的生命状态，属于生命本身的所有，来自生命内部资源，同时也是能进入事物内部的认识方法，而不依赖于外在的因素而存在。柏格森之所以要强调它，是由于人们生活在功利化社会中，生命内在的资源被遮蔽，思想越来越机械，越来越依靠科学模式和定理来了解世界，直觉也就越来越迟钝了。就从这个意义上讲，现代人相对于古代人丧失了许多东西，其中最珍贵的就是直觉力。柏格森认为，人的直觉力，人性中最富有潜在能量的一部分，它是一种内在的、整体性感悟世界，并能迅速作出反应和判断的能力。而这种能力与艺术直接相关相连，艺术的根本要素就是直觉，人的情感的敏感性，就表现在一种整体的和内在的与外在世界相互沟通和理解的能力。而人的直觉只有在一种艺术氛围中，不为外在事物所制约所遮蔽，才可能得以保持和敏锐。失去直觉力的人类，就会缺乏相互沟通、心心相印的能力，就会相互猜疑和提防，各自都把自己缩进虚假包装的硬壳里——这正是现代人当下的悲剧。

　　显然，柏格森对生命的物质化现象提出的挑战，至今仍具有意义。徐中玉先生最近写了《主体性：人与作品都不是工具》一文，对于中国文艺界的"工具化"现象进行了批判。中国文艺的悲剧长期以来就在于此。"工具化"不仅是一种文学现象，而且形成了一种"理论"，有一套完整的话语，深深印在了我们创作实践和作家、批判家的文化心理中。至今"工具论""武器论"还有广大的市场。尽管经历了许多悲剧，文艺界浩劫不断，但是人们所悔恨的、所批判的往往还只是"做了什么东西的工具"方面，仿佛做"工具"、当"武器"是没错的，关键是给谁做了工具，当了武器。可见，中国普遍的文艺理论观念还远远没有从权力政治圈套中解脱出来，还在很大程度上从属于和依赖于世俗利益和权力政治的需要。而什么时候不再是"工具"和"武器"，中国的文艺及其理论才能真正拥有自己的生命活力，走向世界。

为了从外在的束缚中解脱出来，柏格森从主体时间的角度来审视自由意志的意义，并由此赋予自由以独立的空间。在他看来，时间和自由是紧密相连的；狱中的犯人没有自由，也就没有"时间"。因为生命的存在及其意义不在于结局，而主要在于过程。这是一个人的内在记忆绵延不断的过程。所以后来的"意识流"创造者从柏格森这里获得了灵感，在心理学和文学创作方面实现了新的突破。当然，这也唤起了后人对人的生命及其艺术创造过程给予更多的注意，用一种动态的眼光考察人类及其艺术现象。值得继续探讨的是，时间被打通之后，空间的意义在何处？

柏格森实际上在西方世界掀起了一个"时间哲学"的热潮，时间和过程成了哲学中的首要问题，而空间问题则在一段很长的时期内被忽略了。这样，人类的思维又被重新推到了一个狭窄的时间隧道之中，在科学文明的催促之下，再次感到了困惑不安。内在的紧张感和紧迫感使人们失去了生命的从容不迫。时间像一条鞭子不断抽打着人们，人都活得很累。这时候，我们不能不怀念东方艺术的境界。比如中国的绘画和书法，就显示了一种超越时间观念的特点，表现为一种从容不迫的空间意识。

我相信，对时间意义的怀疑和突破，将是下一个世纪的主要命题。时间到底是什么？说穿了，就是人所认同的一种对自己生命过程的体认。它是一种观念。可惜，人生是有限的，时间观念的力量越大，对人自身的压力就越大，而且对空间的把握就越狭窄。就拿艺术来说，过去过于重视追求历史感，似乎这就是"永恒"的价值所在，反而忽视了艺术沟通和跨越不同文化障碍的能力。由此，艺术在长长的时间概念所规定的渠道里拼命前行，却找不到人类艺术大海在哪里；艺术创作缺乏沟通不同文化环境中人心和人性的能力和魅力。所以，从柏格森到海德格尔、萨特，都在探讨时间问题，而最后的终极就是探讨死亡——因为这就是人的时间的归宿。而时间对人的压力越大，人们就会感到离死亡越逼近，悲剧感就越强，就越活得痛苦。所以，我有时会说，"时间"是现代人的"第一杀手"，人被它逼得太紧了，也太苦了。西方的这种时间观念现在甚至侵蚀到了东方艺术之中。气功和瑜伽等原本是与大自然交汇的方式，现在却被理解为永恒的秘诀，用来长寿和美容，与时间相对抗。所以，尽管时间和空间仍将是人类思想的两大支柱，但是我仍主张我们的艺术及其理论应该从"时间"束缚中解脱出来，多思考一些空间问题，努力开拓我们创造的空间。

之九十八　阅读萨特：一种行动着的美学

作为一个作家，萨特的一生体现了一种行动和实践的力量，这也是他的文艺美学理论的最显著的特点和锋芒。他的存在主义在文学上就表现为一种实践的，不断探索和进取的美学观。他的一句名言是"存在先于本质"，就是强调人的自我认识的行动性和实践性，也就是说，一个人只有生活过了，爱过了，实践过了，才能真正意识到人的真实意义。换句话说，什么是人？只有像人一样生活过，实践过，哭过，笑过，行动过，体验过，才能真正感觉到他，意识到他的存在。萨特的这个观念显然是针对着西方传统的人的观念而言的，因为传统的人的观念都是由既定的理论体系所确定的，所谓人的本质就是一系列先验的观念、摹本、形象和理论，是建立在形而上的理念逻辑基础之上的。但是在萨特看来，这种先验的形而上的摹本和观念是不存在的和靠不住的。而存在的和靠得住的只有人本身及其实践。

这是一种振奋人心的理论，因为它突破了以往抽象的人的观念。按照西方基督教观念来说，神按照其形体创造了人，人也就自然而然地按神的意志行事。人们在一段很长的时间内也用类似的观念来认识自己，总以为所谓"真理""本质"之类的东西是先天的客观存在，人们只是不断通过学习和实践在接近它们，认识它们。这显然是一个误区，而且是以往的唯物主义和唯心主义共同的误区，但是至今没有在哲学上给予真正的探讨和辨识。而当萨特提出了自己的看法以后，又被很多人误解和歪曲，他们只看到了其"先于本质"的一面，并没有意识到其突破以往本质观念的另一面。

世界上有没有本质和真理？当然是有的。但是并没有脱离了人本身及其存在的真理和本质，它们也并不是先天的，纯客观地摆在天涯海角，等待着人们一步一步地去接近它们，它们其实是人的生命和实践活动的一部分，是人通过实践创造出来的。用萨特的话来说，存在的意义在于人们自己的自由选择和创造。但是，人类以往的思维模式总是过分依赖某种先天的真理和本质，他们总是设想在人类以及实践之外存在着某种可以模拟的理念的本质或真理，最后不能不把终极真理归结于各种各样的神。所以一旦失去了这种先天的真理或本质的理念，人们就会担心人的精神失去支柱，思维陷入混乱。这也是西方哲学以及美学始终离不开神学的原因之一。从康德到海德格尔都是如此，他们能够把人的存在具体化，但是不能把上帝具体化，但是又因为上帝创造了人，所以人最终不能自己认定自己。这就造成了所谓无法解决的终极问题，以及人不能摆脱的悲剧意识。

萨特从某种程度上说避开了"终极"的陷阱。方法或许很简单，他在过程（存在与选择）和终极（本质与命运）之间选择了前者。也就是说，人所追求的人的本质和真理，包括人对自身所怀抱的理想和期待，并不是预先设定的，而是取决于人自我的选择和行动；人也只有在自身的选择和行动中才能感受到它们的存在和意义。换句话说，如果人能够预先设定一种人的理想存在或本质，人也就需要创造性了，也不再是富有创造性的人了，而只是一种模仿的动物而已。

我以为这是一种合乎逻辑，同时具有独创性的发现，在理论上也是说得通的。我们知道，包括尼采在内的许多西方思想家都对先验的终极的"真理"观念有所解构和颠覆，但是如何给它们重新定位却依然是一个问题。而萨特则独辟蹊径，赋予它们新的含义。为此他理所当然地把人的自由提到了一个很重要的层面。因为自由是人的创造力得以解放和发挥的先决条件；没有自由，就没有创造，而没有创造就没有人的真正的存在与本质。但是在人们传统的观念中，自由是被禁锢和限定的一个观念，它不是自主的，而是被动的，受到种种条件和情景的限制，所以它只是一种理想、想象和向往，永远不可能实现。为了冲破这种意识的障碍，萨特不得不把自由从种种禁锢中解放出来，把它还给人本身，也就是说，自由才是人的本质存在。他有一句著名的话就是："自由就在人体之内"。人生性自由，但是并非人人能意识到它；而只有自由的人才是真正的人，才是有责任的人。在他看来，是自由赋予了人的责任感；而没有自由感的人不可能有真正的责任心。这种情形不仅造就了现代社会工具理性思想的蔓延，而且使人本身也成为某种理性观念的工具。这也正是 20 世纪人类的悲剧现象之一，人不仅被物质化的世界所异化和排斥，而且被自身所创造的理念所利用、所控制。

诚然，萨特还得面对悲剧和痛苦。在现代社会中，自由对个体的人来说，不仅是一种幸福和责任，而且是一种挑战和要求，有时甚至是一种精神上的"酷刑"。因为自由选择就是一种风险，就得承担责任，灵魂就会出现犹豫不决，就会体验痛苦和失败。这正如萨特在自己小说中经常所表现的那样，人的痛苦往往就来自自由和选择。他试图通过文学来显示人对于工具化人生的厌恶和抗拒，唤醒人们的自由意识和独立意识。这也是萨特对现代人生存处境的深刻考察和透析的结果。也许一个意识到自由选择的人比一个没有的人更痛苦。但是没有自由和创造的人生又是无法容忍的。这是一对深刻的矛盾。自由已经成为现代人必须面对和承担的问题，类似于哈姆雷特的自我抉择"to be or not to be"。这句著名的台词也可以翻译为"存在还是不存在"。于是，萨特把自由从过去的某种理想化和抽象化的境界还原到了一种人的本真状态，成为人的一种真实选择和处境，成为每一个人日日要面对的问题。这就为自由提供了一种新的阐释和境界，为人们理解和走向自由开辟了新的精神空间。确实，人，尤其是现代人，更向往和需要自由，但是自由有时不但是一种责任，而且是一种痛苦和风险。而萨特自己的人生过程和文学创作，就是对自己美学观念的最好展现。这也正是萨特的魅力之所在。

这也许是人类的一次新的觉醒和解放。从人类追求自由的自身发展历程来看，我以为已经历了四个大的阶段，一是从自然约束和恐惧中解放出来，第二是从人身依附关系中解放出来，第三是从经济短缺和压迫中解脱出来，第四则是从各种人为的文化和精神束缚中获得自由和解放，进入精神和思维的自由创造之境。我想，这也是当今人们关注语言和文化问题的原因之一，因为语言是构成人类理性和知识大厦的基础，对语言的探究实际上就是为了弄清楚人类精神存在的基本状况。

可是，福柯似乎不喜欢萨特的某些观点。福柯认为社会与文化最本质的东西是意识形态中的权力因素，首先是政治，文学不过是人生歇息的一种方式，不必用它来介入社会。这样一来，萨特以文学介入社会的方式似乎太自不量力了。也许从某种意义上说，福柯说得不无道理，但是这并不意味着萨特的怯懦。萨特始终是一个重实践，重行动的作家，不管他用什么介入生活，现代的大炮还是原始的投枪，他都没有回避和退缩；他的存在主义美学根本上就是一种人学，人的美学。他曾讲过一句话："文学将你投入战斗"，也就是说，介入是一种必然，不管你是否声称，是否愿意，都是在介入，在这个世界上不存在"不介入"的文学。而"介入"就是一种交流，文学的生命和存在意义也只有在交流过程中显现出来。所以，萨特在接受美学方面也有开山之功。

之九十九　阅读卡夫卡：人与狗的亲密关系

狗是人类最早蓄养的动物之一。也许由于狗与狼之间特殊的亲缘关系，狗在人类生活及其文学创作中一直扮演着重要角色。尤其在西方文学中，狗一方面是人与动物世界之间特殊的"灵媒"，另一方面则充当了人性的象征。而随着狼的绝迹，狗也越来越被"人化"了，更加深刻地表现出人类所面临的悲剧处境。叔本华（1788—1860）在《论充足根据律的四重根》中就提出过如此问题："当一个人想到狗时，他是否意识到一个介于狗与狼之间的动物；或者，他是否如我们已经讲过的：或者通过理性思考一个抽象的概念，或者通过他的想象展示为一幅明净的图画。"① 而如果不理解狼与狗的文化，那么这里"介于狗与狼之间的动物"与"理性""想象"的关系就会令我们困惑。应该说，尽管寓言中这条肥胖的狗已经伴随人类至少好几万年了，但是它至今仍然在引起人们不断的争论。

而在这方面，卡夫卡特别值得一提。卡夫卡不仅有"遇狼"的心理体验，而且经常与狗同在，在作品中表达自己的生命体验。就狼与狗的关系来说，前者是从"强"方面来理解世界，后者则是从"弱"的方面来体验人生。他曾谈到，他曾经有一段时间把所有时间都花在一只叫"绝不"的吉普赛种的小狗上，并且真切感受到这条小狗与他有同样的困惑。② 这绝不是偶然的，因为在卡夫卡看来，他的生命意识从童年起就与狗相连：

　　一只发臭的母狗，众多狗崽子之母，有些部位已经发烂，可是在我的童年它曾是我的一切。它忠实地形影不离地跟着我，我总是舍不

---

① 叔本华：《叔本华文集·悲观论集》，王成译，红旗出版社，1998年，第413页。

② 他写道："我所有的业余时间（本来是很多的，可是为了抵抗饥饿，很多时间我都得强迫自己以睡眠度过）都用于'绝不'了。在一张雷卡米叶夫人床上。这件家具是怎么跑到我这个阁楼上来的，我就不知道了。也许它本来是要搬到一个废物室去的，却偶然地（这已是司空见惯的了）留在了我房间里。'绝不'认为，不能再这样下去了，必须找到一条出路。我实际上也是这么想的，可是在它面前我却装出另一副样子。它在房间里东奔西跑，有时窜到椅子上，用牙撕扯我给它的香肠块，最后用爪子把肠子向我弹来，然后又开始它的东奔西跑。"——弗兰茨·卡夫卡：《卡夫卡全集》（第5卷），黎奇、赵登荣译，河北教育出版社，1996年，第90页。

得打它，在它的面前，我一步步地后退，躲着它，如果我没能够做出别的决定，它最终会把我逼到已经在望的墙角，会在那儿在我身上，同我一起完全腐烂，直到最终——我感到光彩吗？它那满足虚荣的虫一般的舌头舔着我的手。①

不管如何解读这段寓言般的回忆，都不能否认狗在卡夫卡意识中占据着重要作用。因为他确实有一种"做狗"的感觉和体验。在《一只狗的研究》中，他就这样写道："我的生活发生了怎样的变化啊，可从根本上看也没什么改变！当初我也生活在狗类当中，狗类所有的忧虑我也有，我只是狗类中的一条狗，当我现在将那些岁月重新唤到自己面前，当我回想起那些岁月并进一步观察时，我发现，在这里自古以来就有什么东西不对头，在这里有个小小的断裂处，在最令人起敬的民众集会中我会稍稍感到不适，甚至有时在最亲密的狗当中也是如此，不，不是有时，而是很频繁，只要看到一只我所喜欢的狗伙伴，只要看到以某种方式新见到的伙伴，就使我感到难堪，感到惊慌，感到束手无策，感到失望。我尽力安慰自己，凡是我告以实情的朋友们都帮助我，这样随后的一段时间就比较平静了，在这段时间里，虽然不乏那种意外，但我却能比较沉着冷静地对待它们，能比较沉着冷静地将它们接纳进生活。这段时间也许会使我悲伤疲倦，但它却使我从整体上来说真正在做狗，虽然我这条狗有些冷漠，拘谨，胆怯，精打细算。"

正如写大甲虫一样，卡夫卡对于狗的研究其实就是对于人，尤其对于自我存在状况的研究。就此来说，狗其实就是人类的一面镜子，卡夫卡能够从狗那里获得人类生存和心理状态的信息。

显然，从狼与狗的关系之中，卡夫卡悟出了自己对于自由的理解。他

---

① 弗兰茨·卡夫卡：《卡夫卡全集》（第 5 卷），黎奇、赵登荣译，河北教育出版社，1996 年，第 34 页。

不止一次地表达过如此的见解："自由和束缚在其根本意义上是一个东西。"① 他还这样表达自己对于自由的理解："你可以避开这世界的苦难，你完全有这样做的自由，这也符合你的天性，但也许正是这种回避是你可以避免的唯一的苦难。""你的意志是自由的，这就是说：当你想要穿越沙漠时，它是自由的，因为它可以选择穿越的道路，所以它是自由的，由于它可以选择走路的方式，所以它是自由的，可是它也是不自由的，因为你必须超越这片沙漠，不自由，因为无论哪条路，由于其迷宫般的特点，必然令你触及这片沙漠的每一寸土地。"②

我们也许可以把这种理念称为"狼与狗的统一"。事实上，古罗马思想家马嘉维利就曾经说过，每一个统治者都面临着做人或做兽两种选择;③而对于一个普通人来说，或许更现实的选择是做狼还是做狗。如果说，人性在西方人的文化意识中占据着核心地位；那么，在这种人性中，狗性和狼性就成了其中最重要的两极，既难解难分又经常发生激烈的冲突。也许这也是人们最难进行选择的地方，正如中国人所谓"鱼与熊掌"不可兼得，狼性与狗性也是难以取舍的。所以，在西方文学中，赞美狗的言辞不计其数，但是说你"简直是一条狗"，仍然是一句极其蔑视的骂人话，因为这意味着你失去了人格，取媚于权贵；对于狼同样如此，尽管仇狼的话语层出不穷，甚至有一段时间把狼赶尽杀绝，但是内心深处永远保留着一种敬佩和羡慕——因为它们为了自由决不屈服，决不在自己脖子上套上皮套。

显然，卡夫卡这里体验的"做狗"的狗，已经是被人类文化所驯服和改造的了，早已经失去了其祖先的性情和威风；它已经是宠物，而不是野兽。而这是一个有趣的文化过程。狗之所以一直成为人类的朋友，是因为

---

① 弗兰茨·卡夫卡：《卡夫卡全集》（第 5 卷），黎奇、赵登荣译，河北教育出版社，1996 年，第 68 页。
② 弗兰茨·卡夫卡：《卡夫卡全集》（第 5 卷），黎奇、赵登荣译，河北教育出版社，1996 年，第 72 页。
③ 梅勒什可夫斯基：《诸神复活》，绮纹译，生活·读书·新知三联书店，1988 年，第616 页。

它们是接受了人们"自己的尺度"的狼，它们接受了人类的"再教育"，甘愿放弃自己的原来自然的、野性的生活习性，所以人们给它们一定的回报；而狼则坚持自己的原始立场，所以必然遭到人类的驱逐和猎杀。但是，人类文明固然使人与动物的关系变得更优雅，并且改变了一些动物的品质，但是也改变了人类自己，使自己的某种本性和天赋逐渐失落。其实，人类虽然把从狼那里学来的本领发扬光大，并逐渐脱离了"与狼为伍"的时代，但是自己却步上了奴役动物的时代，不但把一切动物作为自己奴役的对象，而且同类互相奴役、相残、相食；当人类把众多的动物关进动物园的时候，也把自己束缚在了人性异化的樊笼之中；人类固然脱离了野性的狼，但是变成了文明的狗未必是人性的喜剧。

确实，在西方文化意识中，狗与狼不同，它不是从天堂放逐出来的；但是正因为如此，它拥有了一份特殊的神性。对于昆德拉来说，狗的这份神性更接近人性，使他能够真正超越灵与肉之间的冲突和矛盾。所以，卡列宁从一开始出现，就承担着一种"拯救"人类的意义。在小说中，"卡列宁的微笑"是最后一章，小狗最后的命运不仅和作品中人物紧密相连，而且表达了作者对于小说艺术的深入思考。昆德拉在 1985 年获得耶路撒冷文学奖的典礼上发表演讲，曾特别提到一句犹太谚语："人们一思索，上帝就发笑"，并且说："这句谚语带给我灵感，我常想象拉伯雷（Francois Rabelais）有一天突然听到上帝的笑声，欧洲第一部伟大的小说就呱呱坠地了。小说艺术就是上帝笑声的回响。"[①] 显然，昆德拉作为一个爱思索的小说家，他在小说中从来没有停止过思索；但是让人感到太重又太轻的是，这个"上帝的笑声"竟然最后由一只叫卡列宁的杂种狗发出的。

---

① 米兰·昆德拉：《生命中不可承受之轻》，韩少功译，敦煌文艺出版社，2000 年，第 268 页。

之一百　阅读福柯：对知识话语的批判

　　福柯和德里达在话语上显然不属于一个系统，但是他们都涉及了20世纪的一个重要问题，即对于人类所建立的知识体系的理解和批判，这显然不同于以往把焦点放在对哲学体系的了解和批判上面。这也就是我在一篇文章中所提到的建立什么样的知识观问题。福柯对现代文化的质疑及其理论就是在这种特殊知识背景下产生的，有其顺应人类文化发展要求的一面。

　　认识这种背景非常必要。简单地说，人类对自然和自我的认识，总是不断寻求最佳角度的，这也就构成了人类思想文化不断演进的过程。比如，人类最初是从自然和神的角度认识世界的，慢慢扩展到了宗教、政治、经济、文化等各个方面的关系。而从文艺复兴以来，人们则愈来愈意识到了知识系统的重要性。一个国家和民族处境和地位最终取决于其所达到的知识层次和文化水平。这也就为我们观察和了解世界提供了一个新的角度和起点，这就是要考察和研究其所拥有的知识系统以及人们对于知识的态度。现代社会正在创造一个"知识万能"的神话，知识不仅是权力和财富的源泉和基础，而且支配着人们对于世界的态度。正因为知识有如此重要的意义，所以它在社会意识形态的地位也愈来愈高，人们把它转化成为某种标准和规律，用来支配一切。但是正是在这个过程中，人们忽略了一个问题，这就是对知识本身的追问，即，知识本身到底意味着什么？于是，伪知识出现了，用权力制造的"知识"出现了，非人性化的知识出现了，而紧接着，在"知识"和"文化"旗号下的人类悲剧出现了。如果没有福柯，人们也许至今还没有意识到问题的症结所在。

　　显然，福柯比海德格尔更有前瞻性。海德格尔的思想最终并没有摆脱神学的逻辑，但是福柯却发现了在现代社会中，即便是神学也往往打着知识和科学的旗号。甚至可以这么说，在今天的世界上，知识已经成为一种广告词，几乎没有一种经验和论说，包括气功、特异功能、东方神秘主义，不以知识的面目出现。但是人们并不一定知道知识是什么和怎么来的。这里也许隐藏着一个秘密：按照传统的观念，知识就是对于客观真理的认识，而人们恰恰就是由此产生了对于知识的迷信，从而误认为任何被称为"知识"的东西就是真理。其实，正如福柯所意识到的，人类的任何知识都是人为创造出来的，它们是经过人们一系列观察、定性、检验、认证、描述和阐释过程而形成的体系，所以真实的现存的知识体系并不是绝对真理，而只是一种符合特定社会需要和平衡规则的、能够介入社会实践的话语体系。正因为如此，知识的存在并非一定与真理相关，而是依存于某种特殊的话语体系。

这样，福柯实际上把知识和真理分离开来了，而显露出它们之间的一个非常复杂和广阔的地带——话语。话语和真理并不是一回事，而且决定一个社会话语体系的最根本的因素既不是上帝和诸神，也不是真理，而是决定人类社会状况的更强大、更实在的力量——权力。由此我们也可以如此理解，一个国家和社会的知识状态其实不是孤立的，它不仅取决于这个国家和社会的教育状态，更是由这个国家和社会的权力状态所决定的；知识状态和权力体系及其状态是密不可分的。例如，在专制政治体制统治下，其知识状态也必然受到极大的限制，不可能是真正意义上的现代知识状态。

所以，所谓"知识权力时代"的来临，实际上是人们对于历史的一次重新检索和认识，它首先表现在从根本意义上对知识本身的重新认定和反思。其理论意义表现在两个方面。一是时代的演进突现了知识的价值和地位。在过去漫长的历史发展中，社会权力的决定力量似乎是暴力而不是知识，而知识是被决定和认定者。随着社会的发展，经济实力和金钱似乎起到了更明显的作用，任何权力都必须有金钱的支撑。而到了信息化的后工业化社会，金钱可以在一夜之间化为乌有，而知识和信息则成为名副其实的第一生产力。福柯意识到了这一点，但是他又敏锐感觉到了知识和权力结盟所可能产生的结果，而人类正面临一个权力知识化和知识权力化的局面。在很多情况下，权力正在成为知识的腐蚀剂，使社会的知识殿堂成为权力的附庸，并制造出体系化的、为权力者所用的所谓"知识"；而知识和教育也愈来愈成为支撑权力合理性的工具。所以，要建设一个合乎人性发展的社会，我们的当务之急就是重新检讨我们的知识结构、体系、框架和观念。

下编　一百种人生

之一　潇洒人生

潇洒走一回。现在人人都在这么说。潇洒人生成了很多人所追求的生活方式。

但是，什么是潇洒人生，恐怕有多种不同的看法。

自己想干什么就去干什么，不违背自我，不考虑后果，人生在世，反正横竖是自己走一遭，算不算潇洒？

独往独来，我行我素，不管别人怎么看，怎么说，我想说的就无所顾忌，毫不犹豫地把它说出来，我想干的就全心投入，不顾一切地把它干出来，算不算潇洒？

拼命挣钱，拼命工作，拼命花钱，尽情享受，尊重自己的需求，跟着自我的感觉走，算不算潇洒？

不为复杂的人际关系所困，不为名利所困，不为自己设条条框框，也不搞什么"三必须""四一定"，车到山前必有路，人到绝处必逢生，任其自我，放开人生，算不算潇洒？

任何时候都能顺应潮流，吃得开，玩得转，能上能下，能工能农，能文能商，能严肃能滑稽，能大哭能大笑，能拿得起也能放得下，能一掷千金，醉生梦死，也能守着一碟花生米大谈萨特、庄子和未来哲学，这算不算潇洒？

出了家门或办公室，一日突然心血来潮，想到没到过的地方去浪游一下，结果辞掉工作，卖掉家具，头也不回，直奔车站，买一张三等车票挤上火车，这算不算潇洒？

也许这些都算潇洒，也许都不算潇洒，因为潇洒是一种俗世的解脱、心灵的自由、个性的自在、行为的酣畅。潇洒人生不仅能自己把握自己，尽情地展示、发挥和享受自己的生命，更重要的是能够展示得美妙绝伦，发挥得淋漓尽致，享受得不同凡响；潇洒的人不仅活得自在、自由，而且活得漂亮，活得利落，活得美妙。

潇洒实际上就是一种美，一种人生人世不可多得的美，一种表现生命的美、活动的美。

所以，潇洒难得，或者说难得潇洒。虽然人人都在想"潇潇洒洒走一遭"，但是走起来就知道不容易。比如人没钱潇洒不起来，有了钱也潇洒不起来；有家庭的人处处有拖累，没家室的人时时有失落；没名没利倒也一身轻松，但身为下人谁也不会买你的账；我行我素，不在乎别人说什么，确实独具一格，但是没有关系在这个世界上就寸步难行……如此种种，要想活得自在，活得潇洒，活得优美，谈何容易！

但是，不容易还是要潇洒，痛痛快快活一遭，自由自在过一生，谁不向往，谁不羡慕，只要你不甘心人生被捆绑，不甘心人性被扭曲，那么你迟早都会潇洒一次。

之二　浪漫人生

浪漫人生充满着奇遇、幻想、热情和令人伤感的故事。没有激情的人，缺乏想象的人，精打细算的人，深思熟虑的人，安分守己的人，都不可能有浪漫人生。

浪漫人生是一种激情的激发和燃烧，对于自己所钟爱的人和事，对于自己所向往的奇幻境界，对于自己所营造的神奇图景，充满一心一意的迷醉和渴望，甘愿把自己的全部生命都投入进去，任其自我燃烧，任其生命在燃烧中辗转反侧，经受煎熬，不在乎在烈焰中化为青烟和灰烬。

激情从来就不是安分守己的。浪漫意味着一种对传统、对常规的藐视和反抗，它最不喜欢循规蹈矩。激情所到之处，像一道闪电，像一团山火，像一流春水，没有什么理由可以解释，没有什么东西可以扑灭，没有什么力量可以阻挡。它是爆发式的，跳跃性的，无可遮蔽和无可隐瞒的，更是不顾一切的。这时候，人所遵循的只是激情的命令。生命之河流到哪里，哪里就迸发出激情的欢笑声和撞击声。

浪漫本身就是一首激情的歌。它最大的特点就是毫不保留的感情的奉献。这是测试真浪漫假浪漫的试金石。因为这个世界上确实存在着各种各样的假浪漫，虚情假意到处拈花惹草，冒充崇高到处招摇撞骗，心怀鬼胎的海誓山盟，斤斤计较还要故作开放……

浪漫不浪漫，关键取决于主观气质和情态。有浪漫气质，自然就会有奇遇，有跌宕，有精彩的人生故事。因为浪漫者自己就是这奇遇的主人公、跌宕的制造者、精彩人生故事中的中心人物。

你说，这个人活得真浪漫，并不是由于他的运气特别好，遇到的人和事特别绝，而是由于他有激情，有气质，想爱就爱得死去活来，不管对方在天涯海角，更不在乎爱的路是多么漫长、曲折、艰辛，只是牢牢把握着自己的方向，宁肯玉碎瓦烂也不放弃。

所以，浪漫人生并不是规则的、合乎一般标准的人生。它可能是一片汪洋的水，一道飞扬的瀑布，一簇疯长的常青藤，激情高涨就会四处横溢，遇经悬壁就会飞流直下，找到对象就会拼命攀援。精彩的故事往往就产生于这种无规则的骚动与追求之中。

所以，浪漫有大喜，也有大悲。喜的时候神采飞扬，忘乎所以，是美的极致，爱的高峰；悲的时候，则垂头丧气，万念俱灰，是绝望的深渊，痛苦的底层，受不了这份绝望和痛苦折磨的人，最好不要有浪漫人生。

之三　风流人生

风流人生多与才子和名士有关。活得潇洒，不为世俗规范和名利场所困的人，才可能风流。真正的风流并不是拈花惹草、光想占小便宜之辈，而是本性浪漫、不拘礼法的情种。风流人生往往千古传颂，它阅尽情爱之路上的精彩风光。

例如英王爱德华八世一生风流的故事，就广泛被人传颂。生于1894

年的爱德华是一个真正的不爱江山爱风流的国王，从年轻时就开始卷入一连串的风流事件之中，而且特别喜欢结交已婚妇女。有一次他在防空洞躲空袭时，结识了一位自由党议员的妻子沃德夫人，立刻陷入情网，结果导致长达十六年的情火。在这期间，他又和多个美妇人一见钟情，纠缠在缠绵的情爱之中。在其中，他与一个海军军官的妻子辛普森的恋情令朝野震动。据说，辛普森夫人身上好像有种魔术，她就使爱德华王子着了魔，疯狂地去追求她，爱她。为了讨辛普森夫人的欢心，他先后从王室的珠宝库中悄悄拿出价值10万英镑的黄金、玉器、钻石、首饰等传世之宝，送给辛普森夫人。后来，他们的恋情愈来愈烈，开始公开招摇过市。1936年夏天，他们一起到南斯拉夫、希腊度假，一起在海滨上散步、游泳、进行日光浴，辛普森夫人在众目睽睽之下身着泳衣、裸胸露脚，和爱德华一起如进无人之境，一时成为欧美报章的"爆炸性"新闻，震惊了英国王室。当爱德华提出要和辛普森结婚时，立即遭到了来自朝野各方面的反对。英国国会和教会认为，作为英国国王，爱德华八世娶辛普森夫人是绝对不能被容许的，因为辛普森夫人出身平民，而且过去离过婚，现在又是有夫之妇，爱德华这样做有悖国教和有失礼统，还有的人甚至声称要炸掉辛普森夫人的住宅，吓得爱德华八世干脆搬去和辛普森夫人同住。最后内阁开会决定，爱德华要么娶辛普森夫人而退位，要么当国王而放弃结婚，二者不可兼得。

在这种情况下，辛普森夫人提出，她愿意离开英国，人去线断，以便爱德华能继续留任国王，但是爱德华坚决不改初衷，他宁愿丢掉王冠，也不愿失去他真心相爱的女人。于是，1936年12月，他在退位诏书上签字，然后离开伦敦，最后于流亡爱情之中结束了自己风流的一生。

由此可见，风流人生之所以风流，也正因为它显示了人的本性不受时俗约束。

之四　享乐人生

人生下来就是为了享受，活着就是为追求享乐，这是很多人的人生观。想想也很容易理解，人活着干什么呢？不是都会走向死亡吗？伟大的人和渺小的人，智者与傻子，将军与士兵，不都是在这个世界上走一遭吗？最后的结果无非都是空的，都是一无所有，赤条条地来赤条条地归去。既然如此，人生的一切都是靠不住，除了自己现世的生命享受。因此，千万不要亏待了自己，更不必想得太多，去做苦行僧。

因此，大凡太平盛世，五谷丰登，就有享乐主义盛行。因为生活好了，反而人不再觉得有什么值得去献身，去追求了，也更不必担心明天的日子怎么过了。于是，就有了灯红酒绿、醉生梦死，有了"今日有酒今日醉，不知人有隔夜愁"，有了各种名目的享受俱乐部和狂欢夜宴，更有了一掷万金的奢侈和不顾一切的狂赌……

享乐人生多半重的是感官上的满足和享受。他们用感官来体验生活和生命，而不是用心灵。感官者，无非是口之于味，目之于色；无非是口欲、色欲、性欲之类。当人沉浸在感官的欢娱之中的时候，他会充分感受到自己生命的需求和能量，他会忘记一切，首先是人最后的结局——死亡。所以，享乐人生者，往往有一种与死亡抢夺生命空间的感觉，好像抓住每一分钟的享受，就觉得人活着合算一点，否则就是不合算，就是白活。

所以，享乐人生者具有疯狂性。他们不顾一切，不考虑将来，不思考后果，不相信来世，不服从上帝，甚至不珍惜自己的身体。眼前的享乐就是一切，包括醉酒、纵欲、贪食、吸毒，所谓酒池肉林、荒淫无度，很多人因此断送了生命。

享乐人生并非一定幸福，相反，追求享乐者往往非常绝望，对这个世界绝望（以为没什么值得追求的），对自己绝望（反正迟早都是死）。享乐不过是一种生命的排遣，一根生存在世界上的救命稻草。况且，感官上的享受是有限的，短暂的；兴奋总是转瞬即逝，不可能永远都是高潮。所以，享乐者的情绪也常常大起大落，兴奋之时忘乎所以，够味，够劲，过瘾，但是兴奋过后又是一片空虚，情绪低落到了极点，甚至想跳楼，想自杀。

不少人是在狂欢后自杀的。

之五　消遣人生

我的人生就是赏心悦目，消遣是主旋律。

我的人生是我自己设计的，但是并没有那么多预定的、非做不可的事情。我也不在乎这人生之路是笔直的，还是弯弯曲曲的，它到底通到什么地方。但是我希望看到别人看到过的美景，也不愿意放弃别人所没有享受过的尝试。

我性格随和，兴趣广泛，我的人生也无所不有，无所不包，凡是这个世界有的，我都愿尝试，都想欣赏。比如异国他乡不同的生活方式，因其丰富多彩而会打动我。我的情趣在各种不同风情中穿梭，我喜欢各种各样的食物，不管用的是牛油、胡桃油还是芝麻油，我也不管装它们的是锡盘子、木碗还是陶土罐子，我都会慢慢欣赏，细细品味。

我抓紧每一秒钟进行消遣。凡属与名利无关的"无用"东西，我都喜欢，并且动不动就沉迷。我翻开一张报纸，从不看政经新闻、世界大事，我爱看的是奇闻逸事、娱乐新招。当然，这些都看完了，又没有其他东西看，我会一个栏目一个栏目地看下去，连夹缝里的寻人广告也不放过，因为我的生命需要消遣，而这就是消遣。

除非工作也是一种消遣，否则我决不喜欢我的工作。因为我爱好的东西太多。看书、打牌、饮茶、散步、聊天、下棋，还有坐在床上抠脚丫，躲在卫生间里剪指甲。这些都是消遣，也都是生命中的赏心悦目之事。

消遣不在乎对象，也不计较时间长短，关键是有趣愉快而又不劳心费神。比如看书，我从来不看大部头的哲学书、枯燥的历史书、深奥难懂的现代小说，我实在不理解这些书的作者为什么这样折腾自己，然后再来折腾别人，为了个啥？人生要那么多哲理干什么，冥思苦想岂不是老得太快？

有些人说，他也很想消遣，但是苦于没时间。啊，这可真是天大的笑话。没有一个人想消遣而没有时间的，只要你真心实意地想消遣，不是半心半意的，不是仅仅把消遣看作是一种休息，那么时间就来了。在人的生命中，从来就不是有时间才去消遣的，而是想消遣才会有时间的。不信，你来看看我就是了，坐在办公室，走在路上，回到家里，我都在消遣，现在我最盼望的是上司解雇我，到时候我的消遣就更多了。

之六　宽舒人生

人活着愉快，就得少烦恼；要少烦恼，心胸就得阔大一些，宽广一些，学会宽恕自己和容忍别人，这就叫作宽舒人生。本来，生活就应该从容不迫，悠然自得。

人要活得宽舒，首先就得接受自己和自己的天性，不会对自己要求过分苛刻，也不会因看不起自己而焦虑不安。遇到不幸和灾祸，他们会像其他人一样痛苦，但是他们能够想得开，而且能照常生活。他们也不像有些人那样，为可能发生的灾祸忧心忡忡，他们会做一些必要的准备，但是不会为此身心交瘁。

宽舒人生活得很随意，他们摸透了自己的脾气，知道自己的欲望和观点，干什么事都不用先去调查求证，或者察言观色，看别人的意见，他们只管我行我素，走自己的路。

同时，宽舒人生非常能够容忍他人，容忍自己所不知道的东西。他们知道生活是变化无常的，这是个人所无法改变的现实，人不但要接受这种现实，而且还要从这种现实中找到乐趣，大可不必提心吊胆、顾虑重重地生活。对于自己不懂的事情，他们总是采取承认的态度，承认之后再去慢慢琢磨它，了解它。

因为这种容忍，宽舒人生者与他人的关系比较融洽，因为他们能平易自然地与各种各样的人相处，而不管这些人的年龄、教养和性格特点。由于他们是按照人的本来面目，而不是按照自己的要求去待人接物的，所以他们很少会对别人感到失望，更不会吹毛求疵，总觉得别人不够格——如果这样，少不了自己肝火上升，心跳加快。比如，有一位教授是一个工作迷，经常早出迟归，并且耽误家里的事，但是他妻子却过得很宽心，她说："当我们结婚的时候，我就明白他这种脾气改不了了，所以他经常很晚回家，甚至在实验室里度过星期六和星期天，我也不会感到太难以忍受。"

有了宽容，才有了人生的舒展和舒服，这就是宽舒人生的含义。所以人生的宽舒是一种建立在认识现实基础上的心安理得的生活方式。宽舒就是不抱怨，而不是虚假的开心、欺骗的宽容和不老实的异想天开；宽舒人生者是实事求是的，不全通过玫瑰色的眼镜或者墨镜来看待生活。宽舒人生表现了一种健康优美的人性。

之七　旷达人生

旷达人生是荒原大漠式的人生，因为它能接受八面来风，不拘泥小川，不徘徊窄巷，任狂风漫卷，沙走石飞，万事随生死，千虑归自然，活着就飘飘落落，天高地广。

旷达人生也像大海，因为它具有宽广的胸怀，百川入海，有增无减，容得下千古恩仇，装得下四海风云，活得挥洒自如，海阔天空。

旷达的第一步是把有限的生命看穿看透。人生至多也是百年时间，长也长不到哪里去，短也短不过哪里去，大家情况都差不多，用不着你嫉我多，你嫌我少。富贵者不能永享富贵，穷困者也不会永受苦难。况且人生千姿百味，人人都只能活一种。有坐享其成的福气，就不会体验挑战人生的荣耀，每个人各有各的活法，各有不同的悲喜哀乐。

看得穿看得透，就是能看到最后的终极，从有中看到无，从实中看到空。人生本来就是一场空，从空旷中走来，向空旷中走去，最后的结果是四大皆空。所以没有什么想不开的事，也没有什么放不下的物。况且，人生的欢乐是多么少，时间又是多么短；人生的苦难又是多么深，该忧愁的事又是多么多，又何苦把自己捆绑在世俗的小事之中呢？

旷达的人喜欢在荒原上散步，面对纷繁的人生境况经常发出这样的感叹："快来看看这洪荒的宇宙，体验这历史的沉寂吧！"人往往是多么愚蠢，把自己宝贵的时光纠缠在一些无聊琐事之中。试问一下，时过境迁，谁还对你争我斗的琐碎小事感兴趣呢？

看透了，看穿了，人的生命就获得了自由和解脱，从斤斤计较的小圈子里走出来，不在小事情上浪费自己，而能务其大者、远者，创造人生的远景宏图。人生旷达了，心智自然也就不会劳累，就不会活得那么拘谨和痛苦。区区小事不能给他带来烦恼，不愉快的经历也不能使他怨天尤人。旷达的人体谅他人，理解人生。欢乐的时候能放浪形骸，遇到挫折能顺其自然，做事的时候能专心致志，忘情的时候能忘乎所以。这种人活在世上不委屈自己，但是也不计较别人，所以人人喜欢，人人钦佩。

记得有位外国作家曾说："为小事而生气的人生命是短促的。"那么反过来说，心胸旷达的人生命将是长久的，因为旷达者的生命与长天大海相连，经得起生活中的各种暴风骤雨。

之八　超然人生

经过种种人生经验之后，有人会对生活有了一种新的理解，不以为兢兢业业、过分认真、全部投入，是一种聪明的人生方式，反而去追求一种超然的人生，活得更轻松一点。所谓超然，大概是事事不要卷得太深，而要站得远一点的意思，这样大概能够避免很多人生的琐碎，更多地保留一些自我。

超然当然不可能太理想主义，对自己要求太高。就拿人与人之间的关系来说，台湾作家罗兰曾谈到过"待人贵超然"的经验，就很有意思。他说，有一种人待人八面玲珑，非常周到，每一个同事、每个亲戚朋友的喜庆生日，过年过节，以至于他们孩子的生日、毕业、得奖、考取学校等等大小事项，没有一样忘记；他总是抢先去应酬、去送礼、去道贺；平常说话更是圆滑透顶，处处不得罪人，见什么人说什么话，应付得面面俱到。

但是罗兰发现这种人不但活得很苦很累，而且常常并不落好。因为他的生活全部被这些杂七杂八的事占据了，自己疲于奔命，但是没有时间去做自己想做的事、该做的事。再说，这种人太不希望得罪人了，往往偶尔一次有人说他不好，他就感到很难过很紧张，因为自己对人非常尽心尽力。换句话说，人们在很多方面，很多时候，确实太不领情。对那些越是比较完美的事，越是面面俱到的人，就越是喜欢挑毛病、找岔子，如果偶尔发现有一次疏漏，反而越会不予原谅。这大概是大部分过分投入的人的悲剧。

所以，人生超然一点是必须的。超然也是保护我们自己不受伤害的一种心理方式。人常说，希望越大失望也就越大，深陷泥潭最后不能自拔，大概就是不超然的结果。不要以为超然就是冷漠，对生活毫不关心，对人没有同情和真诚可言。其实，超然是一种独立的气度，不斤斤计较个人得失和别人对自己的评价，不加入人事纠纷的小圈子，不在背后对别人的是非功过评头论足，不热衷于传送和打听小道消息，都是超然人生的表现。

其实，人的生命又有多长呢？整天把自己纠缠在复杂的人际关系和蝇头小利之中，如何能活得潇洒和愉快呢？又如何能成就自己的事业呢？与其纠缠不休，不如处之超然。

之九　知足人生

知足常乐，这是中国人做人的一种境界，这说明人获得满足和快乐并不那么困难，关键取决于人的精神状况。就这一点来说，所谓幸福的内涵是很难确定的，谁也不能保证美国的一个百万富翁，能够比中国乡村的一个农民活得更幸福自在，原因就在于谁能知足。

知足与快乐相关，因为知足后心境才能平和，待人才能慈祥，微笑才能自然。虽然一日三餐清茶淡饭，也能够享受生命的天伦之乐。这种人生境界是整日泡在荣华富贵之中，而又永远没有满足感的人所无法想象的。

显然，知足或不知足，还有一个欲望大小问题。知足的人欲望很低，或者自己不愿受欲望所控制，他把欲望看作是一种可大可小、可有可无的东西，能够实现一点就已经福分不浅，如果不能实现，也毫不在意，放弃或转移到其他方面就是了。知足的人照样知足，照样欢乐。就拿爱情生活来说，知足者永远不会为失恋而痛苦，为爱情而自杀。如果他爱上了一个人，若能获得成功，自然是皆大欢喜，但是若不能达到目的，他也不会死命坚持和苦苦追求，因为他会给自己找理由，比如"强扭的瓜不甜""有一祸必有一福"之类；如果换上了另一个女人，他仍然会高高兴兴，因为他会比较，而且认定这是前世姻缘，早就是命中注定的了。反正他总会使自己知足，给自己找到快乐的理由。

知足者当然知命，而且认命。所谓知命，就是绝不贪得无厌，知道什么都要适可而止，见好就收；所谓认命，就是承认和接受现实，绝不进行抗争。所以一切不幸和苦难对知足者来说，都是一种必然，没有什么必要去痛哭流涕。相反，知足者能够"陶陶然乐在其中"的事很多，有琴有书，载弹载咏，是一乐；有朋自远道来，酣饮不知醉，亦能不亦乐乎；天高气清，临清风，对朗月，登山泛水，是一乐；乘兴而行，兴尽而返，也能不亦乐乎；好男儿志在四方，出去闯荡世界，是一乐；他乡遇故知，寂寞还故乡，亦是一乐……只要人的思想能放能收，能紧能松，能缩能伸，什么情况都能理解，什么地方都能找到知足快乐的理由。

当然，知足人生最重要的法宝是"退一步想"，所谓退一步天高地广，人生的奥秘在这里得到精致的发挥。例如，一个人如果考试不中，他会想"这个世界上还有许多人连考场都进不去呢"，于是心里不但不悲，反倒颇有点得意的样子。如果他穷困潦倒，他会想到很多饿死的人，并且得出"不知痛苦哪知甘甜"之类的结论，反而会甘于贫困，乐在其中。如此等等，不管别人怎么分析，反正知足者得到了满足和快乐。

之十　雅致人生

使生活过得优雅而精致，这大概是雅致人生的含义了。毫无疑问，这是一种绅士式的生活。优雅是一种高文化修养的表现，举止言谈时时处处都显得有格调，有品位，万不能毛手毛脚，粗鲁不堪。精致绝不是小气，而是美观而不落俗套，表现出高雅的情趣。

雅致人生绝对体现了一种生活格调，属于一种从一般生活中挑选出来的生活，和一般的"俗"有着清楚的分界。俗在生活中有两种，一种是穷俗，一种是富俗，皆是文化低下的生活形式。穷俗尚可忍受，人生贫穷无法雅致，不过多了一些粗鲁和愚蠢；而富俗尤其不可忍，有钱只能买些豪华排场，骨子里还是低俗不堪。如果还要冒充高雅，那真是比猪八戒当秀才还更糟糕，必定可笑之极，丑态百出。

雅致人生主要要有情调、情趣、情致，而这一切都是发自主人公内在品质和修养的表现，绝不是故作姿态。情调是从生活的多个方面表现出来的，就拿房间的布置来说，必定是很讲究特色的，每一个小摆设都会与众不同，显示出主人的艺术修养和格调来。这一点，最好读一读梁实秋的《雅舍小品》，就深解其意了。一个人有无情调，看看客厅的摆设就明了。

情趣是从一个人的性情和志趣中表现出来的，是使生活充满生气和乐趣的重要因素。没有情趣，情调也就无从而来；有了情趣，人生才不显得刻板枯燥。情趣同时也使生活充满人情味，充满鉴赏色彩，我们好像把生活看作是一件艺术收藏品，每一个细节都可以推敲和欣赏，从中不仅感到赏心悦目，精神愉快，而且培养审美水平。

情致则是一种优雅的生活观，深深浸透在人生意识之中。它意味着把生活也看作是一种美学，有它独特的精神追求。人在生活中可以感受到艺术的酝酿，可以找到诗意的表现。正因为有了这种情致，雅致人生才能脱俗，自己创造一种人生境界。

不用说，雅致人生是一种"修剪"过的人生。你大概见到过整齐的榆树墙吧，对了，就和它们一样，生活经过一番人工修剪后才能成为那样。至于把它修剪成什么样，那全凭着修剪者的水准和意愿了。

之十一　闲适人生

闲适，也许是中国独到的一种生活方式，浸透着中国人对完满人性的理解和品味。它反映了一种从容不迫的生活态度，修身养性的人生状态，以及自我满足的个人选择的结合。

闲适人生，关键就在于"闲""适"二字。闲者，有空余也，身心完全处于一种自在的状态，不是在为什么奔忙，更不是人在江湖，身不由己。闲，不但指有余暇，而且包括有闲心，有闲情，闲情逸致是也。适者，就是合适，合乎自然，合乎人性，合乎自我的闲情逸致。如果违背自己的天性和兴趣，不能使自己感到身心愉快，就是不适。有闲情逸致，再加上非常自在，能够赏心愉目地活着，那么就离闲适人生不远了。

由此说来，闲适人生是自我享受、自我陶醉的一种方式。所追求的是人心理的一种彻底的放松，身心极度的和谐，生活非常的舒服闲散。从这个意义讲，闲适是和紧张、压力、复杂和焦虑相对的。

闲适人生有多种多样的乐趣。饭后一支烟，在烟雾缭绕中静思玄想，细细品味自己的爱好；或者出去散散步，无忧无虑，任意而行，人随脚便，脚随心便，一副悠悠自得的神态；或者心不在天高地广，而在于鸟兽虫鱼，养一缸鱼，随意而观，看它们前后追逐，左右嬉戏，不由得心有所动，也是一种境界；再比如品茶，啜酒，哼京调，搓麻雀，猜谜语，下棋，养鸟，看戏，午睡，深呼吸，玩字画，等等，无不充满着生活的情趣和快乐。闲适实际上是一种高雅的活法，把人生看作是一种消遣，一种享受，而不是拼搏和竞争。

闲适也不等于无聊或者没事找事，按照林语堂的说法，闲适是中国人性灵的一种表现。换句话说，真正的闲适人生来自人心智的一种艺术活动，是一种人生品味。有了美的性灵，有了高雅的品味，你才能在各种生活中找着风韵，体验到雅致、柔和和亲昵，才能享受闲适的快乐。

当然，人有闲适的心境，未必一定能够拥有闲适人生，问题很简单，人首先得满足自己的一日三餐，然后才能谈得上闲适不闲适，否则，人还得奔忙，还得紧张，既不得"闲"，也无法获得"适"。可惜，这个世界总有这样的悲剧，有闲适之心者，却没有闲适之身，而有闲适之身者，却缺乏闲适之心。

之十二　宁静人生

为了逃避生活的喧嚣，摆脱人生的烦恼，世界上有千千万万的人在寻求宁静。有人远离城市和人群，跑到荒山野林或孤岛上去；有的深居简出，躲进小家成一统，不管别人门前雪；更有的人到宗教境界中去寻找心灵的宁静。

宁静人生是对人生的一种开悟，其美妙绝伦不仅在于外在生活的平静，而且在于内心的宁静。所谓心平如镜，就是这种人生最好的写照。心灵宁静，人生就犹如明镜一样平光洁亮，世界上的万事万物都会被摄入其中，映于其上，非常清晰可见，细致入微。同时，它又不至于扰乱人的思绪，给人生带来苦恼和忧烦。

但是，宁静难得。

宁静源于内心，但是它的敌人也源于内心，差不多和它是同根所生。细细说来，宁静有五大敌人，这就是嫉妒之心、功利之心、贪婪之心、骄傲之心和野心。

有野心的人，肯定得不到宁静，因为他总是树立一种高不可攀的目标，非得要不断拼搏才行。有野心，肯定对自己的处境不满意，而不满则永远得不到宁静。心灵的宁静，首先得有一种对人生的满足感，不企求更高的生活目标，只图自己一日三餐，心灵保持自由自在。

贪婪之心则来自欲望，欲壑难填，贪得无厌。有的人终日被欲望搅得心神不安，躁动不已。得之，则心花怒放，得意忘形，手舞足蹈；不得之，则朝思暮想，劳心劳神进行策划；如此怎么能得心灵的平静呢？

嫉妒之心更是人心恶念丛生的根源之一。它会像毒蛇一样吞噬着人的心，然后再把毒液吐向别人。

功利之心，更是人心疲惫的重要原因，老是不断计较自己的得失，为一分一毫费尽心思，忽喜忽忧，心理一点都无超脱，人生也就根本无平静而言。

骄傲之心得时时处处保护自己，为自己辩护。他在看不起别人、指责他人的同时，必定也会招来许多不愉快的回报，人生必不平静。

坏就坏在这五大敌人都来自人之内心，所以克服它们很不容易。而人好像生来就是不宁静的动物，就连基督教都很难救人，因为人有原罪。一个生来就有罪的人，如何能心灵宁静呢？倒是佛家的四大皆空比较贴近些，但是要人从七情六欲中解脱出来，也颇为艰难。

好在还有大自然的恩赐，人可以在大自然中享受片刻或永久的宁静。这种宁静也是一种交流，但是已超脱了功利、贪婪、自私、骄傲和野心，就像李白《独坐敬亭山》中所描叙的境界：

众鸟高飞尽，孤云独去闲。

相看两不厌，只有敬亭山。

之十三　和平人生

人生经过很多苦难之后，会逐渐趋于和平。所谓和平，就是能忍受苦难，能知足常乐，能淡化欲望，不再对生活寄予厚望，不在乎人生的苦辣酸甜，只图和和平平，安安全全地度过自己的一生。

和平人生所寻求的是生命的安宁，他们深知生活是充满痛苦和忧愁的，生命能安然延续已是不容易的事，所以不求大智大勇，创大业成大事，只愿生命能躲开各种各样不可预知的灾难。因此，和平人生中缺乏野心、宏图大志、革新欲、创造欲、冒险精神等等，但不缺乏勤勉、忍耐、慎重、宽厚与平和。而最令人惊叹的是，和平人生的乐趣就产生于一种平凡平庸的生活之中，人们在这种生活中可以享受到人生的愉快和乐趣，体验到生命一种静态的美。

中国人的人生比较倾向于和平。和平成了一般有教养人的美德。这也就形成了对人评价的另一种态度，就是不喜欢不安定的性格，称之为不成熟或者不稳当。因为他们思想中有许多不安定的因素，不安定就容易和社会生活发生冲突，和平自然也就会受到威胁。

话又说回来，和平人生是一种高文化高修养的理性人生，是当今世界最需要的人生形式。和平人生显示人对生命本身的一种极度尊重和悲悯，没有丝毫自我膨胀的欲望。所以，和平人生者是最不喜欢战争的；从表面上看，他们好像胆小、怯弱，没有反抗和勇气，实际上是不愿看到生命的毁灭，不愿意把生命投入战争；这种人不是怕死，也不是没有能力战胜对方，只是觉得这样做毫无意义，除非到了忍无可忍的情况下，是不会丢失这种理性的。这种情况常常导致外国人对中国人的误解，认为中国人软弱可欺，想用武力征服中国，结果证明中国人并非不是一个能打善战的民族。

就此来说，和平人生注重于以静制动，以不变应万变，具有后发制人的特点。这种人生虽然缺乏竞争意识和创造性，但是却能够知足常乐，维持自己的存在。中国文明绵延几千年，中国人虽历经苦难，却有今天如此众多的子孙后代，与此不无关系。当然，和平人生最后仍需要条件，一是再艰苦也不至于饿死，二是再贫穷也得有文化，否则什么人都不会再和平，战争起来照样凶狠无比。

之十四　艺术人生

艺术人生是中国人的一种生活理想，也是一种美学品位。在中国传统文化中，艺术从来是和人生连在一起的，它们所追求的最高境界就是美的体验。所以，中国人要活得有滋有味，有品位有境界，非得一种艺术化的生活不可。而这种艺术化并非仅仅指诗琴书画之类，而是美对生活的全面浸透。对中国人来说，生活中的一切都是艺术，从饮食男女到种花、养草、打拳、散步、钓鱼、解牛，等等，艺术无处不在，无处没有艺术。

所以有人说，中国文化的最高境界是美学，而不是哲学。哲学也是为了追求美。

艺术人生最基本的快乐就是赏心悦目。这种人总是用一种艺术眼光来看待生活的各个方面和各种细节的，即使对于生活中一些司空见惯的事物，他们也会带着一种新鲜的、痴迷的感情，一遍又一遍地欣赏它们，一点也不感到乏味。他们的幸福就在于，能够在所有的平凡的日常生活中追求一种艺术感觉，比如早晨起来悠然自得地散步，不慌不忙地看报，从容不迫地开始工作；或者在小院子里踱踱步，欣赏房间里的某一个小摆设、小物件；或者和朋友坐在一起聊聊天，凭一时酒兴慷慨激昂一阵；或者坐在海边观赏日落，登上山峰迎接日出——这一切都是一种艺术享受，是人生无穷无尽的快乐之源。

就此来说，人生的艺术也就是发现美、体验美和创造美。这中间就有一个艺术的"内化"和"外化"问题。所谓"内化"也就是艺术的心灵化，通过各种美的熏陶、美的教育和艺术训练，逐渐培养成一种爱美之心，具有艺术格调、修养和眼光，也就是说，人成了艺术的人。所谓艺术的"外化"，就是用一种艺术的眼光、品味和修养，去发现、感觉和体验生活的过程。这二者是互相联系着的，有了二者的统一，才有了艺术的人生。

艺术人生的最高境界也许就是物我统一，当事人沉迷在一种忘我神秘的境界之中，犹如庄子笔下的"庖丁解牛"，神遇而不以目视，体会到一种与对象融为一体的感觉。

艺术人生讲究闲情、灵性，但是更讲究品味，而品味就是通过饮食、庭园、内部装饰、举止言谈、品茶喝酒、交友读书等各个方面体现出来的。品味之中当然有鉴识的高低，智慧的大小，灵性的敏晦，格调的雅俗；但是，这似乎是另一范围内的问题了。艺术人生关键在于自得其乐，并不在于别人如何评价。

之十五　美好人生

很多人告诉我们，人生就是苦难，人生来就是受苦，君不见那刚生下来的婴孩第一声就是哭泣吗？所以，尽管你有运气中了头彩，发了大财；你当了英雄，得了勋章；你娶了个漂亮妻子，生了个漂亮儿子；你出了名，无数人求你，崇拜你，最后还是不行。这些都是无常的，人生仍然充满痛苦，痛苦将伴随你一生，直到你合上双眼。

那么，人是否最好去自杀呢？当然不是。生活是一种苦难，没错，但是要使它美好也不难，关键是你要有一种美好的生活态度。

下面几种使生活变得美好的方法，是俄国作家契诃夫为我们提示的：

要是火柴在你的衣袋里燃起来了，那你应当高兴，而且感谢上苍：多亏你的衣袋不是火药库。

要是有穷亲戚到你家里来找你，那你不要脸色发白，而要喜洋洋地叫道："挺好，幸亏来的不是警察！"

要是你的手指头扎了一根刺，那你应当高兴："挺好，多亏这根刺不是扎在眼睛里！"

如果你的妻子或小姨练钢琴，那你不要发脾气，而要感激这份福气：你是在听音乐，而不是在听狼嗥或猫的音乐会。

你该高兴，因为你不是拉长途马车的马，不是细菌学家做实验的细菌，不是旋毛虫，不是猪，不是驴，不是茨冈人牵的熊，不是臭虫。……你要高兴，因为眼下你没有坐在被告席上，也没有看见债主在你面前逼债。

如果你不是住在十分边远的地区，那你一想到命运总算没有把你送到边远地方去，岂不觉得幸福？

要是你有一颗牙痛起来，那你就该高兴：幸亏不是满口的牙痛。

要是你给送到警察局去了，那就该乐得跳起来，因为多亏没有把你送到地狱和大火里去。

要是你挨了一顿桦木棍子的打，那就该蹦蹦跳跳，叫道："我多运气，人家总算没有拿带刺的木棒打我！"

要是你妻子对你变了心，那就该你高兴，多亏她背叛的是你，不是国家。

诸如此类，还有许多。

照着契诃夫的话去做，那就是美好人生。

之十六　甜蜜人生

有一则童话，讲一个男孩和一个女孩在森林里迷了路，他们走啊走啊，终于看到了一间精致的小屋，就急忙奔过去，没想到这是一座用糖盖成的小屋。小屋的门是赤褐色的巧克力，窗户是薄而透明的水晶糖，而屋顶是鲜红的菱形糖块。

据说，很多人小时候都读过这则童话，这则童话在他们心里建造了一个更为美好、更为精致的世界：甜蜜人生。

我小时候没有读过这则童话。虽然我很喜欢吃糖，但是我对人生同样有一种甜蜜的幻想：和糖一样甜。再大一些，上大学的时候，我还学会了一首歌叫《甜蜜的生活》，最后一句歌词是"生活比蜜甜"，我记得清清楚楚。

现在已轮到我写甜蜜人生的时候了，但是竟然是一点都写不出。是我已经过了爱吃糖的年龄了吗？是的，我已经早忘记自己有过爱吃糖的习惯，小时候曾有过的最大幸福，竟是手里捏着母亲给的二分钱，走很远的路，到一位老爷爷摆的小摊子上买一块最劣质的水果糖……。是我没有体验过任何生活的幸福吗？不是，妻子的爱，家庭的宁静，孩子扑进我怀里的那种激动，都曾经给予过我极大的快乐和安慰。我曾经不止一次地对自己说：这个世界还是值得留恋的……

那么，到底为什么呢？

我开始回味起小时候吃糖的甜蜜印象，然后我又联想到了人生。所谓甜蜜人生，大概就是一种欢欢喜喜、开开心心、非常幸福、愉快舒服的生活吧。这种生活必定是没有烦恼、没有怄气、没有隔阂、没有忧心忡忡的生活，必定是充满甜蜜、充满芬芳、充满色彩的，也必定是无比缠绵的……我问我自己：你有过这样的人生吗？

没有。我只好这么回答我自己。我也许有过幸福，有过愉快，有过舒服，但是都说不上是甜蜜，差不多总是甜中有苦，苦中有甜，有时候还要夹杂着苦、酸、辣等各种味道。生活是一个五味瓶，幸福也是。

甜蜜人生只是一个童话，一种幻想，一种梦中的小屋，只是一种永远可以想象而不可以真正品尝到的味道。

但是，谁又能拒绝那美丽的童话的诱惑呢？人一生总是想活得好一些，再好一些，这种期待本身就是童话产生的土壤，人就是在这土壤上设想自己的人生的，甜蜜的感觉在生活还没有真正到来之前，就已经深深印在我们的意识之中了。

之十七　趣味人生

趣味人生是近代大学者梁启超所倡导的。他自称是个"主张趣味主义的人"，认为人生最合理的生活就是趣味至上。他说："我认为凡人必须常常生活在趣味之中，生活才有价值；若哭丧着脸挨过几十年，那么，生活便成沙漠，要他何用？中国人见面最欢喜用的一句话：'近来作何消遣？'这句话我听着便讨厌。话里的意思，好像生活得不耐烦了，几十年日子没有法子过，勉强找些事情来消他遣他，一个人若生活于这种状态之下，我劝他不如早日投海。"

按照梁启超的说法，所谓趣味是指"凡一件事做下去不会生出和趣味相反的结果"的事，凡趣味总要以趣味始，以趣味终的，所以最能有趣味者莫过于劳作、游戏、艺术、学问四项。至于趣味人生的秘诀是什么，梁启超谈下面几点：第一，趣味主义最重要的条件就是"无所为而为"，为趣味而趣味。因为凡是有所为而为的事，就有了手段和目的的区别，往往目的达到了，手段便抛弃，就无所谓趣味了。第二，趣味要长久不息，久了才能上瘾，才能趣味无穷。第三，要不断深入研究，趣味会越来越多，像倒吃甘蔗，越往下吃越甜。第四，要找同道朋友，经常互相切磋，趣味就好比摩擦放电，不断摩擦就不断有电放出。

显然，趣味人生是一种自我找寻、自得其乐的生活方式。生活有千万种样式，趣味也不可计数，关键要靠你自己去领略，去探寻，去体验，靠别人给你提供是不行的。

趣味人生也是一种嗜好人生，趣味是和嗜好紧密连在一起的。没有嗜好，趣味就不知从何而来，而没有趣味，嗜好也就无从建设。有了嗜好和趣味，人生就好比有了寄托，感到生命不空虚，有事可做。而更重要的，做事不再是一种负担，一种强求，而成为一种自觉，一种快乐，越做越觉得生命奇妙无比，越做越觉得世界奥秘无穷。

人生旨在趣味，但是趣味有没有高低雅俗之分，这一点梁启超没有说，他只是举出了劳作、游戏、艺术、学问四种趣味作为代表。不过，我想是应该有区别的。这种区别倒不是因为趣味本身有优劣之分。而是由于人之不同，所选择的趣味也必须不同。在某种情况下，趣味实际也是一个人思想格调和文化修养水平的一种表现。

之十八　中庸人生

中庸人生是我们生活中最普遍的人生，颇带有中国特色。不偏不倚，不前不后，不左不右，不卑不亢，不上不下；永远追求中和，永远安居中游，是这种人生最显著的特点。

这种人生最重要的核心是追求安全感。也可以说，它是在长期的不安全环境中产生的，比如"出头的椽子先烂""枪打出头鸟"之类的经历太多了，人也就懂得凡事不应走在前面，应该朝后退一步，保护一下自己；当然，如果人能够完全放弃自己，什么都不追求，也就不存在上、中、下的问题，问题就在于人是有欲望的，总是有点不甘心，所以很容易走中庸路线。中庸，一方面保留了自己一部分欲望，不至于过分压抑自己，另一方面又保护了自己，不至于那么容易受到伤害，实在是一种两全其美的人生形式。

中庸人生实在是一种非常可爱，非常有趣味的人生，因为在上与下、左与右、前与后之间，其中有很大的回旋余地。也就是说，你有很多选择，也有许多使自己感到"不错"的理由。比如街上流行穿红裙子，第一个穿上招摇过市可能招人议论。但是三个月后你再穿就不会让人说赶时髦，虽然红裙子还是一样的红裙子，你走到街上却自在得多。但是如果你不穿呢，那就是白不穿了，日后可能觉得比别人少点什么。

中庸人生的再一个魅力，就是不走极端，而不走极端的人往往都是受人欢迎的人。无论面对什么事情，中庸人生的法宝就是两头说好话，两边说不是，然后把两头调和起来，所以中庸之人是最擅长劝架的，也就是说最善于调剂人际关系的。因为生活中吵架的事太多，不是明吵就是暗争，差不多都是婆婆妈妈、公说公有理婆说婆有理的事情，如果一个走极端的人去处理，那只能是越整越坏，鸡毛蒜皮的事最后闹出人命也说不定。但是有个中庸的人在场那就不同了，因为他不会去偏袒一方，总是先安抚这一方，再劝解那一方，双方谁都对又谁都有错，最后大事化小，小事化了，皆大欢喜。

所以人生在世，有个中庸之人做朋友是十分必要的。如果你的家庭稍许有点问题，经常和妻子（或丈夫）吵架，最好有一位中庸之人当邻居，这样你们虽然经常小打小闹，但总不会闹到离婚的地步，因为这位邻居总是有办法和稀泥，把两块泥巴再粘到一块去的。

之十九　圆熟人生

林语堂先生曾把中国人性格的最高境界归结为圆熟，所以圆熟人生可以看作是一般中国人的活法。其实，做人达到圆熟的境界也不太容易，这得经过长期的文化熏陶和生活磨炼。换句话说，在中国社会中，只有圆熟的人才能活得如鱼得水，左右逢源。

圆熟人生可以理解为一种没有棱角的人生。圆滑如球，八面玲珑，可以在各种情况下保护自己，求得生存，它是以容忍心和承受力为基础的，什么事都顺其自然，绝不强求，相信天命，知足常乐。

关于圆熟的产生，林语堂有自己的妙论，不如抄来看看："所谓圆熟，是一种特殊环境的产物。实际任何民族特性都有一有机的共通性，其性质可视其周围的社会、政治状况而不同，盖此共通性即为各个民族所特有的社会政治园地所培育而发荣者也。故'圆熟'之不期而然出产于中国之环境，一如各种不同品种的梨出产于其特殊适宜的土地。出生在美国的中国人，长大于完全不同的环境，他们就完全不具普通中国人之特性；他们的单纯的古怪鼻音，他们的粗率而有力的言语，可以冲散一个教职员会议。他们缺乏东方人所特具之优点：柔和的圆熟性。中国的大学生比之同年龄的美国青年来得成熟老苍，因为初进美国大学一年级的中国青年，已不甚高兴玩足球，驾汽车了。他老早另有了别种成年人的嗜好和兴趣，大多数且已结过婚了，他们有了爱妻和家庭牵挂着他们的心，还有父母劳他们的怀念，或许还要帮助几个堂兄弟求学，负担，使得人庄重严肃，而民族文化的传统观念亦足使他们的思想趋于稳健，早于生理上自然发展的过程。"

显然，圆熟体现了早熟的结果。对于一个中国人来说，三四岁还不怎么懂事，父母大概已经把七八岁乃至十几岁应该怎么做的道理教给你了，你只好照此行事；再到七八岁、十几岁，早就把一辈子应该怎么行事的规则烂熟于心了，比如在什么场合、对什么人，应该说些什么话能够获得好评。于是你会在各种各样的场合，听到各种各样的赞语，比如"这孩子真乖"，"真像个小大人"，"像个当哥哥的样子"等等，而自己也就愈发显出个"样子"来了，举止言谈无不循规蹈矩。

这样做到三四十岁，能不圆熟吗？

之二十　老猾人生

老猾俏皮是林语堂对中国人德性的一种总结。不妨先看看他是怎么说的："不妨随便谈谈，中国人最富刺激性的品性是什么？一时找不出适当的名词，不如称之为'老猾俏皮'。这是一向西方人难以导传而最奥妙无穷的一种特性，因为它直接导源于根本不同于西方的人生哲学。倘把俏皮的人生观与西方人的文明机构来作一比较，则西方的文明就显见十分粗率而未臻成熟。做一个比方，假设一个九月的清晨，秋风倒有一些劲峭的样儿，有一位年轻小伙子，兴冲冲地跑到他的祖父那儿，一把拖着他，硬要他一同去洗海水浴，那老人家不高兴，拒绝了他的请求，那时那少年端的一气非同小可，忍不住露出诧怪的怒容，至于那老年人则仅仅愉悦地微笑一下。这一笑便是俏皮的笑。不过谁也不能说二者之间谁是对的。这一切少年性情的匆促与不安定，将招致怎样的结果呢？而一切兴奋、自信、掠夺、战争、激烈的国家主义，又将招致怎样的结果呢？一切又都是为了什么呢？对这些问题一一加以解答，也是枉费心机，强制一方面接受其他一方面的意见，也是同样徒然，因为这一切的一切，都是年龄上的问题。"

当然，光从年龄上来解释这种人生是不足的，老猾俏皮人生是我们社会里最常见的，有的人年纪轻轻就已"出道"，其表现之精彩程度并不亚于老年人。所以中国人中历来有"小滑头"和"老滑头"之分，"小俏皮"和"老俏皮"之别。这种人生妙就妙在狡猾和俏皮互相糅合在一起，虽然老谋深算，诡计多端，但是又给人以妙趣横生、愉悦和气的感觉，从本质上来说。它是实利的、自私的、冷漠的，但是表面上看又是超脱的、善意的、热心的。狡猾俏皮者遇事绝不引火烧身，自投罗网，但是背后又会为你提出种种忠告，苦口婆心；在任何情况下，他们绝不会牺牲自己半分。但是又绝不会去拼死拼活，索自己所要。

话又说回来，老猾俏皮人生也是一种境界。当事者对生活自有一种"看透了"的感觉，特别对于复杂的人际关系，能够左右逢源，应付自如，而且总能给人一种和气慈祥的感觉。

关于老猾俏皮人生观的历史渊源，不妨了解一下唐代二位和尚诗人的谈话：

一日，寒山谓拾得："今有人侮我，辱我，冷笑笑我，藐视目我，毁我伤我，嫌恶恨我，诈谲欺我，则奈何？"拾得曰："子但忍受之，依他，让他，敬他避他，苦苦耐他，装聋作哑，漠然置他。冷眼观之，看他如何结局。"

之二十一　逍遥人生

逍遥游是中国人的一种人生理想；它有浪漫的成分，但绝没有那种大起大落的激情波动；它虽然追求超脱，但是并不排斥俗世。

逍遥人生首先得把这个世界看得广，看得远，知道天有多高，地有多厚，宇宙有多么无限，继而才懂什么是海阔凭鱼跃，天高任鸟飞，才明白生命如何和这无穷的大千世界相交接，在有限之中享受无穷。这时候，逍遥才有了条件，有了空间，生命才从恐惧死亡的樊笼中解脱出来，成为一种自在自由的形态。

逍遥实际上是一种心灵的解脱，用一种达观来解决生命的有限和宇宙的无穷之间的矛盾，用相对的价值观来平衡永恒的追求，从而换取一种人生的自由境界。逍遥人生的美妙之处，就在于人心不为世界万物所困，所制约，所利用，他一方面生活在俗世之中，另一方面又能站在世俗之外，对于世间人际关系的相互争斗，对于名和利的互相攀比，对于生命的有常无常，都表现出一种超然的态度，绝不去只争朝夕，一争长短。相反，逍遥者认为，那一切都不过是人生的"误区"，是对宇宙和生命的不理解，是对自己的不珍爱。

所以，逍遥者永远是轻松的、顺其自然的、自由自在的，除非他实在逍遥而不得的时候。在充满竞争和矛盾的人世间，逍遥者总是游离于斗争之外的，生活在一种与世无争、与名利无关的状况中。对于那种拼搏的快感、成功的喜悦、人生得失的担忧，逍遥者也许永远不会体验，而且也不想去体验。他所体验的只是一种自我的乐趣。当别人拼命奋斗，投入竞争的时候，他都在海滩上散步，月光下钓鱼，庭院里种花，房间里养鱼……

逍遥人生是一种"旁观者"的人生，逍遥者也许只是这精彩的人生戏剧的观众，而永远不想去充当一个角色。逍遥人生是令人羡慕的。一个人生戏剧的观众，自然有许多乐趣，不管这"戏"演得成功，或者演砸了，逍遥者都不会损失什么。他既不必考虑这戏剧到底有什么意义，也不必承担任何道义上的责任。

不过，逍遥人生也经常有尴尬的时候，比如，当他想去旅行，但是又买不上火车票的时候，虽然他可以想象自己能像大鹏鸟一样一怒冲天，"抟扶摇而上九万里"。

之二十二　隐逸人生

一提起隐逸人生，人们也许都会想到大诗人陶渊明，也都会想起那流传千古的诗句："采菊东篱下，悠然见南山。"说实在的，这对中国人来说，是一种非常神往的人生境界，充满着诗情画意的美丽恬静。况且陶渊明还为人们创造了一个美妙绝伦的神仙国度桃花源，就更令人向往隐逸，乐不思蜀了。所以，数千年来，隐逸成了中国传统文人的一种普遍的人生形式，不断有人从动乱、烦恼的人生中逃出，走到竹林深山之中寻求庇护和宁静，体验"久在樊笼里，复得返自然"的滋味。因此也留下了很多赞美和留恋隐逸人生的诗句。

就从情调上来讲，隐逸人生绝不普通，而是一种高级的艺术人生。所谓隐逸，不单单是逃避世事，躲到深山老林里就算，还得有诗（或者有琴有画也成），有酒，有情趣。这就不是一般人能享受得了的。会写诗作画弹琴，必定是有文化教养的人，不是才子也是文人，而能有时间赋诗弄琴而且又有酒喝，必然是有一定物质条件的人，虽说不富贵，但是也不能很穷。所以当年陶渊明能隐逸南山，除了自己主体条件之外，也与自己家世家境有关。

至于隐逸人生的心境就更难说了。有的是仕途不畅，生活很失望，所以退居山林的；有的则是当不上官，赌气转向山水的；有的可能是自视过高，不屑于争名于朝争利于市；有的可能为了等待时机，做更大的官，等等，各种各样的隐士自有各种各样的打算。就拿诸葛亮的隐逸来说吧，如果没有刘备求贤若渴，三顾茅庐，恐怕现在没有人知道世界上还有一个身执羽扇的孔明了。当然，为隐逸而隐逸的人还是有的，可惜这样的人往往不出名，因为他们真正做到："幽居不用名"了。

所以到了现代，隐逸人生就开始遇到了挑战，因为现代人太苛刻，动不动就分析心理动机，硬是把一种充满诗意的人生解剖得支离破碎。比如鲁迅就对隐士大加嘲讽，连陶渊明也不放过。他说："陶渊明先生是我们中国赫赫有名的大隐，一名'田园诗人'，自然，他并不办期刊，也赶不上吃'庚款'，然而他有奴子。汉晋时候的奴子，是不但侍候主子，并且给主人种地，营商的，正是生财器具。所以虽是渊明先生，也还略略有些生财之道在，要不然，他老人家不但没有酒喝，而且没有饭吃，早已在东篱旁边饿死了。"

这话虽说也有道理，但是说到这个份上，隐逸人生的价值和诗意不是全没了吗？

这也许是在现代社会隐逸人生不再盛行的原因之一。

之二十三　忍耐人生

忍耐，大概是中国人的天性之一。如果我们生于苦难，而且人口又是那么稠密，自然就明白忍耐的重要性、忍耐人生之可贵。没有忍耐，何有中国人之今日，我们的祖先早就跳河上吊自杀了。

还是林语堂先生说得好："中国人民曾忍受暴君、虐政、无政府种种惨痛，远过于西方人所能忍受者，且颇有视此等痛苦为自然法则之意，即中国人所谓天意也。四川省一部分，赋税预征已达三十年之久，人民除了暗中诅骂，未见有任何有力之反抗。若以基督徒的忍耐与中国人作一比较，不啻唐突了中国人，中国人之忍耐，盖世无双，恰如中国的景泰蓝瓷器之独步全球，周游世界之游历家，不妨带一些中国的'忍耐'回去，恰如他们带景泰蓝一般，因为真正的个性是不可模拟的。吾们的顺从暴君之苛敛横征，有如小鱼之游入大鱼之口，或许吾们的忍苦量假使小一些，吾们的灾苦倒会少一些，也未可知。可是此等容忍磨折的度量今被以'忍耐'的美名，而孔氏伦理学又谆谆以容忍为基本美德而教诲之，奈何奈何。"

其实，忍耐人生应有二种，一种是奴隶的忍耐，穷人的忍耐。他们终生劳苦，忍辱负重，为了养活家庭，抚养后代，什么样的苦都吞在自己肚子里。这种人生我们在劳动人民中间经常看到，也许我们的父辈和兄弟姐妹中就有。他们属于默默牺牲自己的人，独立承担着生活的重担，而希望自己的家人和后代能有一个好的将来。这样的忍耐人生，虽然不值得提倡，但仍然有感动人心的地方。

还有一种忍耐，是"小不忍则乱大谋"的忍耐。忍耐已经被计谋化了，成了一些人谋求私利、实现野心、向上爬的经验之总结。这种忍耐其中包含着阳奉阴违，察言观色，等待时机，阴谋诡计，两面三刀等种种货色，由是观之，"忍"字成了很多中国人挂在墙上的警句名言，是颇有深意的。

当然，人生不能不忍耐。但是一个人一生什么都得忍耐，生命也就无所谓欢乐愉快了。况且，人不是一生下来就会忍耐的，忍耐是一种痛苦训练的过程。应该说，最残忍的就是这个过程。一个活泼的小生命，经过长期的压抑和磨炼，最后变成了会忍耐的成人，不知道人性本身承受了多么大的扭曲和侮辱。

忍耐的人生啊，有时候你要学会说"不"。

之二十四　绅士人生

一个人一辈子能保持有教养、有礼貌、有品位的风范，是一件不容易的事。这是一种文明的结晶。绅士一词大概来自 gentleman 一词，一般是指高尚、有教养、能体谅别人感情的男人；所谓绅士风度，是指一种合乎礼仪风范的行为态度。不过，中国人对于绅士有另外一种解释，即"指旧时地方上有势力、有功名的人，一般是地方或退职官僚"（见《现代汉语词典》1991 年版）。这在意义上显然有很大的不同。所以很多人把绅士看成是贬义词，看成是坏男人或虚伪卑劣者的代名词，实在是一个大误解。

其实，在我们的社会中，绅士人生实在不多：任何时候出现在公共场合都衣冠楚楚，谈吐举止优雅而又风趣幽默；对待任何人都彬彬有礼，礼让在先，不卑不亢；既不会出言不逊，粗暴无礼，也不会强词夺理，咄咄逼人；在任何情况下都能保持谦虚宽容的风度。

我们见得多的是另一种人：说话粗声大气，走路横冲直撞，上车一窝蜂，争抢座位，不让妇幼；在公共场合随便乱吐、乱丢、乱涂，没有一点公德。这种人虽然其中不乏腰缠万贯、手提"大哥大"者，但给人的感觉仍是"阔佬加流氓"，俗不可耐。

但是，中国并不缺乏绅士传统。在古代，君子风度可能和绅士风度是同义词，都是指有教养、有身份人的气度。中国的君子要求具有温（和）、良（善良）、恭（恭敬）、俭（俭朴）、让（谦）的品质，所谓"文质彬彬，然后君子"。所以修身养德，修心养性，是中国人的一种文化教养——不仅要内正其心，具有内在的道德品质美，而且要外正其容，使自己的仪态容貌合乎礼仪和规范，大方得体。可惜，这种旧时代的君子风度到了近代几近绝迹了。因为旧知识分子继续维持体面，已经是一件很困难的事了。例如我们在鲁迅小说中看到的那位孔乙己，是在乡下小酒店里唯一穿长衫的人，也许是最后维持"绅士风度"的文人之一，但是他终究还是失败了。

好在绅士人生并没有完全灭绝。如果孔乙己不至于到乞讨的地步，我想他也不会不穿长衫的。而人们一旦在物质生活上有所满足的时候，就必然要追求文化教养了。这时候，新的绅士就又会出现了。当然，他们不再会去穿长衫了，他们现在是西装革履、谈吐幽默、懂得现代礼仪的新式绅士。

之二十五　礼仪人生

为礼仪而活着，大概是古代人的活法，但是讲究礼仪，却是中国人的传统。照古人的说法，人之所以异之于禽兽，关键就在于人有礼仪，所以人活着就得有礼仪，人与人之间的关系首先是礼仪关系。

所以，礼仪人生在中国古代是一种高尚的人生，有的人宁肯掉脑袋也不愿意失掉礼仪。在中国古代圣贤的言谈中，礼是不能不谈的，比如孔子所说的"不学礼，无以立"，"尔爱其羊，我爱其礼"；《礼记》中讲"礼尚往来；往而不来，非礼也；来而不往，亦非礼也"；苏轼也有名言："凡人情之所安而有节者，皆举礼也"，等等，而在最早的古诗集《诗经》之中就有一个极好的比喻："相鼠有皮，人而无仪；人而无仪，不死何为。"

在中国来说，礼仪也是一个"面子"问题，面子和礼仪实际上是分不开的。有了礼仪，才显得有面子。地位愈高的人，也就愈讲究礼仪。皇公贵族、达官贵人，姑且不谈，就连普通乡里受尊敬的人，也很讲究礼仪。有人说北京人是最讲究礼仪的，主要也与首都地区有关。礼仪成了人与人关系的一般准则，老幼尊卑都有自己的规范。所以，有人说中国人最讲究面子，不如说最讲究礼仪，因为面子是藏在礼仪里面。一般讲究面子的人，也特别讲究礼仪。而讲究礼仪的人，往往也受到人们的尊敬。

礼仪人生视礼仪为生活的中心，事事处处都以礼为先，由此来显示自己的身份地位和自尊。就此说来，礼仪人生有其迂腐的一面，也有其世俗的一面。所谓迂腐，就是什么事都循规蹈矩，把礼仪看得比人本身还重要，不论在什么情况下都非要面子，死要面子，结果礼仪成了束缚人性、压抑人欲望的东西。人被锁在里面活得不自由，不自在，所以有位名人说得好："礼仪是微妙的东西，它既是人类间交际所不可缺少的，却又是不可过于计较的。如果把礼仪看得比月亮还高，结果就会失去人与人真诚的信任。"

所谓世俗的一面，是说礼仪是人与人关系中的润滑油，既可以用来显示自己的品格和面子，也可以用来实现自己的其他目的。所以，礼仪之道有时也可能是赚钱之道，升官之道。事事礼在先，保证少吃亏，这又是一般人处事的一个秘诀。少提意见多送礼，不仅能赢得好名声，而且也是打通各种社会关系的最好的敲门砖。也许正因为如此，古往今来一些品德高尚的人，反而特别讨厌礼仪，他们不拘小节，自由粗放，别有一种气度。

之二十六　戏剧人生

有人说，人生就像一幕戏剧，人人都是演员；活着就像在台上，高兴不高兴都得表演一番，死了就等于下了台，想赖也不行。这话听起来似乎有点滑稽，但细细想来也不无道理。把人生看作一场戏剧，自己努力演好自己的角色，也不失为一种很好的人生观。

其实，人世间又何尝不是一个大舞台呢？不管你愿意不愿意，每个人都在扮演角色，而且不仅扮演一个角色，有的角色是为别人扮演的，有的则是为了自己而扮演的；有的人一辈子扮演的是生活安排好了的角色，而有的人却偏偏喜欢自己创造角色，正是因为这个舞台上角色不同，每个人表演得不同，人生才显得如此丰富，如此生动。

但是，每个人充当戏剧角色是一回事，能不能演好这个角色则是另一回事。比如，任何一个人在未成年之前，都将担任"儿子"或"女儿"这个角色，但是有的人则扮演得很成功，有的人则扮演得很失败。有的孩子善解父母之心，处处表现出勤勉、天真、烂漫、懂事的品质，使家庭这幕戏剧生动有趣，充满欢乐气氛。有的孩子则不是这样，父母得天天为他（她）收拾残局，担惊受怕。

人生中有许多角色是约定俗成的，充当角色者不能太死板、循规蹈矩，也不能太违背规则，这样才能演得好，使戏剧生辉。例如，拿恋人来说，就显然不同于一般朋友。恋人有恋人的要求。你要使对方感到你对他的爱，你是一个绝对可信赖的人；你们俩之间没有必要遮遮掩掩，彼此可以无话不谈，对方可以向你述说内心的秘密，你也可以向对方述说自己的问题，你们彼此都会很认真地倾听，很认真地讨论，最后达到互相理解。可见，人生是否美妙精彩，在很大程度上取决于自己角色扮演得如何。

当然，戏剧人生有时也是很累的，因为一个人一生不得不扮演多重角色。在复杂的人际关系中，你有时是子女、学生、被领导者、恋人，有时是父母、领导者、朋友、教师，等等，要把这些角色全部演好，演得精彩，很不容易。况且在社会生活中，很多角色并非你愿意充当的，而是给你规定好的，甚至强迫你去演的，那就显得更累、更痛苦了。

因此，在我们生活中出现了许多特殊的角色，比如在婚姻之外出现的"情人"，就是有些人不愿意充当而生活给他安排好了的角色。此外，还有更多的人喜欢自创角色，不愿意被动地接受成命，使人生这场戏剧更充满了出其不意的片断。

之二十七　过客人生

你读过香港诗人吴正的一首题为《人生》的小诗吗？

> 我们生命的世界只是一座驿站，
> 一座在茫茫无际的旷野上闪着光亮的
> 驿站，
> 一座每一刻都有人抵埠，
> 每一刻也有人离去，
> 向着未知的前程再继续进发的
> 驿站。

这首诗不难懂，很明显是从"过客"意象中演绎出来的。人生就是从一个驿站到另一个驿站的过程，无论你贫穷富贵，何来何往，最终都会消失在茫茫无际的旷野上。

显然，人生如过客的思想古就有之。庄子曰，"人生天地之间，若白驹之过隙，忽然而已"，已经把人生看得非常开。到了汉代古诗十九首中，"人生天地间，忽如远行客"，已经表达得更为明确了。后来李白在《拟古十二首》中咏叹，"生者为过客，死者为归人"，情感就更深沉了。由此可见，过客人生不但表达了一种生命过程的象征，而且也表现了一种人生观：人生是短暂的，不可追悔的，一切意义都不在乎其结局，而在于过程。

这种人生观为人们在绝望状态中活着，提供了一种精神支柱。

例如鲁迅，当他在最痛苦彷徨的时候，就曾以"过客"自居，坚持走自己的人生之途，不管结局到底如何。他写过一个小短剧《过客》，其中那个困顿倔强、眼光阴沉、黑须乱发的过客就是鲁迅自己的写照。他不知道自己从哪里来，从一开始记事就在路上走着；他也不知道要走到什么地方去，只是知道前面有声音催促着他，使他继续走下去。

看来过客并不排除理想，并不是没有追求，只是无法预知前面到底是什么，而过客人生的意义就在于不断地向前走。过客的难点不过是选择道路和开辟道路。前者是在遇到歧路的时候如何选择，后者则是行到没有路的地方如何走出自己的路。

当然，过客人生多少含着一种悲剧气质，因为在拼命向前走的时候已意味到了死亡——任何人都无法摆脱的结局。但是，这也许意味着一种解脱，把死亡看成是像回家一样轻松自在，而生命过程中的千里奔波之苦，自然更不在话下了。

过客人生活得无牵无挂，只管叫生命大胆地往前走。

之二十八　豪放人生

"大江东去，浪淘尽，千古风流人物"——这就是中国人对豪放人生的一种描述。当然，一般人并不会这般咬文嚼字，把古代诗人苏轼也搬出来。他们会说："这个人活得真爽"或者"这个人爽得很"。爽当然不等于豪放，但是有那么点气魄也就足够了。

其实，活得豪放不豪放，首先就表现在气魄上。有气魄的人，敢作敢为，凡事绝不吞吞吐吐，左躲右闪，给人一种坚定、痛快和有信心的感觉。有气魄的人，也绝不是那种喜欢雕虫小技的人，他追求的是壮阔的场景、奔腾的气势、激越的感情和气概不凡的东西。所以，指点江山，激扬文字，指挥万马千军，炮制宏伟计划，都非得有豪迈气魄才行。

豪放也是一种美，是人生的一种壮美，一种阳刚之美。它往往来自人的一种英雄欲望，一生想建功立业，奋发有为，追求不平凡的惊天动地的大事业。这种人喜欢大山、大江，喜欢境界开阔、雄伟奔放之势。他们迷醉于人的力量和雄姿英发，能够统驭全局，克敌制胜。由于这种英雄欲，豪迈的人总是希望在生活中当主角，或者自己幻想自己是主角，他们敢说敢干，敢于拍板，但是也喜欢自己说了算，独断专行。

豪放人生多出豪杰英雄，在人类生活的乐章中是不可缺少的进行曲。在过去很长一段时代，豪放人生最精彩的戏剧，往往上演在乱世之秋。因为这时候，人们无信心，社会最混乱，豪放的人能够挺身而出，力挽狂澜，最能给人以信心，也最具有时代的感召力。但是，豪放的人并不一定都有好的结局。英雄豪杰是英雄时代的产物。一旦时代风平浪静，社会进入平庸或享受的阶段，刀枪入库，马放南山，人们忙忙碌碌盖新房、炒股票、做生意，也就不怎么需要什么英雄豪杰了，而英雄豪迈也就没有了用武之地。

这就是豪放人生的痛苦。其实豪放人生一直是痛苦的，一是能够建功立业，当了英雄豪杰的痛苦；二是想建功立业而不可得的痛苦。第一种痛苦是生命本身的痛苦，它来源于"当了英雄又怎么样"的疑问。这是得到之后的痛苦，因为人生是有限的，历史是无限的，千古风流人物，都不过是梦幻一般短促。第二种痛苦更惨，自己的理想根本实现不了。这时候，其实没有真正的豪放人生，只不过"活得爽一点"罢了。

之二十九　侠义人生

俗话说，路见不平，拔刀相助。人世间确实有许多豪爽侠义之士，为中国老百姓所特别推崇和喜爱。所以中国自古以来，产生了许多描写和歌颂侠客的传说和小说。侠客也早就进入了史书，成为历史生活和人们记忆中独特的一族，从古到今，络绎不绝。

作为一种人生形式，侠义人生的核心是有正义感。讲义气，肯舍己助人，它代表了一种慷慨的善举和精神信仰，是人生的一种奉献而不计回报。当然，具有以上的心愿还不成，还得真有点本事，有一定能力为别人伸张正义，排忧解难，所以过去的侠义之士，皆有一些武功或法术，能走闯江湖。

侠义人生的最高形式就是侠客（在外国也许骑士可以与此比美）。中国的侠客约有二种，即武侠和游侠。侠客是以侠为生者，或者混迹江湖，或者陷居草莽，或者寄人门下，专门为人打抱不平，锄奸铲暴，慷慨助人，伸张正义，为一般老百姓所喜爱。因为中国社会长期以来实在黑暗的时候多，有太多的不公正，而法律又不为民所设，再加上官官相护，罪大恶极者得不到惩罚，冤枉而死者得不到昭雪，软弱无力者尽受欺侮，所以才有侠客出现。侠客往往代表一种正义的审判者，是民间的复仇者，一般老百姓叫天无门、喊地无应之时，就会想到侠客出现，替自己出一口气。

当然，侠客也有各种各样，虽然能够舍命取义，为民除害的义士不少，但也有很多不好的侠客。侠客有时会成为一些富豪和达官贵人的职业看门人，虽不是直接鱼肉百姓，但已绝不会替天行道，为民请命了。此种侠客，已不再有义，更不会为义舍命，显然已经是食利之徒了。

其实，真正的侠客是独立的，他们的魅力也正是表现在这里。他们总是以独立的正义者形象出现，不依附权贵，不依附群体，而是独往独来。一个人和强大的社会或群体对抗，这对一向只能唯唯诺诺、在个性上倍受压抑的人来说，更是一种英雄幻想的体现。

如今，在现代社会里，那种独来独往的侠客已差不多绝迹了，但是侠义人生却仍然到处可见。不过，他们已无需再用刀枪棍棒为人复仇，而是用法律的方式为人们伸张正义。为此，他们也会千里奔波，到处呼号，不怕冒险，不怕惹上杀身之祸，而且勇于向贪官污吏宣战，写下新时代的侠义之歌。

之三十　流浪人生

流浪，从字面上讲，是无家可归、随地谋生、到处漂泊之意。流浪人生也就是一种无家可归、到处漂泊的人生。这种人生古今中外都有，亦留下了无数流浪者的歌、流浪者的诗、流浪者的传奇。

流浪者不是没有家，而是以这个世界为家，所以往往能够引起人的尊敬和幻想。比起世界上大部分一生关在自己"小鸟笼"里的人来说，流浪者的生活确实潇洒得多，自由得多。他们虽然经常饿一顿饱一顿，经常风餐露宿，但是生活的天地毕竟阔大得多。他们人生的体验和所见到的世面也自然比一般人要深要广，所谓见多识广，实在名不虚传。

所以流浪者之中有许多奇人能人，出了很多了不起的人。就拿《荷马史诗》的作者来说，便是一个流浪艺人，他走到哪里，就把自己的灵感带到哪里，创造了流传百世的史诗。中国古代的很多名臣侠士，也都是流浪者出身。他们曾一时成为豪门收罗的热门对象，平时作为食客，而到了战时，则是勇将猛士或者谋士。至于一些古代的大诗人，也多是游子生涯，到处飘荡，四海为家，说他们是流浪者，也许一点都不过分。对此，李白有"一为迁客去长沙，西望长安不见家"的名句，杜甫有"万里悲秋常作客，百年多病独登台"，"可怜处处巢居室，何异飘飘托此身"的绝诗。

到了现代社会，似乎流浪人生更多了。人们虽然大多不愁自己有好房子住，也不至于流落街头，无家可归，但是流浪的感觉却更加强烈了。原因是社会迅速变化，人口迅速流动，人们远离故乡，四处奔波，更有了一种"没有家"的体验。人们找不到自己的家乡，甚至不知道自己从哪里来，到哪里去，人生的过程也就如同流浪一样，到处都是临时的家，随时准备搬到新的地方去。

这就产生了现代流浪人生。它的特征就在于失掉了"根"，人在流浪，心也在流浪，一生没有安定感和归宿感。也许正因为如此，很多流浪者的歌能够风靡世界，在千百万人心中引起共鸣。这里的一首歌你也许很熟悉：

> 不要问我从哪里来，
> 我的故乡在远方，
> 为什么流浪，流浪远方……

之三十一　传奇人生

有的人一生是一个平平淡淡的故事，有的人却是一种传奇。有人说，传奇是经人加工传诵才形成的，世界上本来没有传奇。其实，这话是错了点，传奇本来就是一种人生、一种体验，然后才有了传奇的传说。

当然，每个时代都有自己的传奇人生，每个民族都有自己的传奇故事。传奇必定有一般人所没有的体验，所没有的遭遇，所没有的坎坷，所没有的惊奇。传奇人生往往不过是把人们对生活的一种期待化成了现实，在一般人常规之外走出了一条新路。

传奇人生有时是人漫不经心创造的。有人只是在生活中不安分守己，对世界充满了好奇，于是他开始尝试，开始闯荡，开始大胆地叩响命运的大门。结果大门敞开了，他走了进去，看到了别人从未看到的东西，经历了别人从未经历过的生活，一系列偶然的机会和发现鱼贯而来，他从一个奇境跳到另一个奇境，最后他自己也成了奇人。奇人奇事成全了传奇，从此世界又多了一种人生。

传奇很难强求。事在人为，在这里只有一半对。传奇人生不仅取决于人的独特素质，而且要靠上帝的恩赐。有时候，上帝让你碰见什么人，遇到什么事，也许完全是偶然的，其他人是求不到的。但是，就是在这偶然之中，包含着人生的传奇。传奇离不开偶然，而只有偶然才有传奇可言，否则就不令人惊奇了。

所以，抓住偶然应该是传奇人生的诀窍。不要忽略你偶然碰到的一个人，偶然听到的一句话，偶然到达的一个地方。生活的机遇往往就在你的计划之外，你的设想之外。千万不要墨守成规，千万不要老是按部就班，失掉眼前的机会。抓住偶然，可以使你茅塞顿开，也可以使你绝处逢生；可以使你的人生之路峰回路转，也可以使你的事业"柳暗花明又一村"。

有偶然而抓不住，那只有自甘平淡，去读别人优美的传奇故事了。

话又说回来，读传奇也许比实实在在的传奇人生更有趣，因为传奇人生并不一定个个都幸福透顶，倒是欣赏传奇的人经常拍手叫绝。

之三十二　冒险人生

世界上大多数人需要一种安全感，希望生活安定，有保障，因此也极容易产生一种满足感，生活停留在所谓的知足常乐状况。尽管这意味着平庸、单调和乏味，但是他们也不愿打破它，常常任其他生活机会从身边溜过，也不去试试它。比如我认识的一位朋友很有商业才能，但是一直在公司里担任一个不起眼的角色。有好几次有人请他出来组办公司，他都谢绝了，他说："我现在的生活很好，上司对我不坏，生活也有保障，没必要再出去闯荡，冒那个风险。"

我这位朋友，也许像许多知足常乐的人一样，并不是没能力，也不是胆小鬼，只是不愿意去干那种没有十拿九稳的事情，不愿意放弃安逸，也不愿意设想失败之后的情况。但是，世界上偏偏有一种和他们相反的人生，他们喜欢冒险，敢于冒险，而且能够从冒险中得到做人的快乐。

冒险人生不是走投无路，铤而走险，也不是求胜心切，孤注一掷。前者是一种被动的选择，后者是一种人生的盲动。而真正的冒险人生是一种积极和主动的人生选择，它出自人生对于新奇、对于激情、对于极致、对于动态之美的渴望和追求，也是在人生中证明自己的力量、极尽生活乐趣的一种尝试。冒险的人往往是很自信的人，他经常的想法是"我要完成前人没有做过的事"，或者"我要把人生的各种奇异感觉都经历和体验"。

如果说冒险是一种自觉的人生，那么没有一个喜欢和敢于冒险的人不考虑可能发生的失败的。冒险绝不是不怕死或者不计后果，而是向极限挑战，突破人生的种种限制，达到一种新的境界。所以冒险的人并不盲动，他是预先想好失败后的各种情景才采取行动的，有的人甚至已设想好了各种"善后"的事情。所以，一旦冒险不成，他绝不会后悔不迭，也不会放弃再一次冒险的机会。

冒险人生是勇敢的，智慧的，新奇的，令人惊叹不已的。它不但给人们树立了一种"不怕失败"的榜样，而且显示了人无所不能的可能性。因为有了人生的冒险，人生才有了幻想的实现，冒险实在是幻想的实践。

之三十三　独居人生

在现代社会中，独居人生已越来越引人注目，因为由于种种原因而致独身生活的人越来越多了。独居人生不仅意味着一个人生活，而且意味着一个人面对整个世界，更自由也更孤独地走向未来。应该说，独居人生的增多和普遍化是现代生活独特的产物，它与两个因素紧密相关：一是社会生活的进步，变得更开放，更自由了，这不仅给独居人生创造了一定的物质条件，使他们减少了后顾之忧，而且减轻了他们的精神压力，独居也不再意味着禁欲生活，而只是一种自我选择；二是现代人自我选择余地增大了，变得更加自我，更加注重自我的独立性了。

独居人生给自我更多的自由和表现的机会，有种种好处，比如：

没有家庭的拖累，干什么事都不必考虑得那么多，思前想后，面面俱到。

可以独立地思考问题，作出决定，承担风险，用不着婆婆妈妈，受家人的牵制。

活得很自在，不需要向任何人解释自己到哪里去了；在生活中，既可以尽情享受自己的嗜好，又不必忍受别人的监督。

活得很潇洒，可以和很多异性交往，而不必担心爱侣妒忌或者别人议论纷纷，比单调的婚姻生活有更多尝试新经验的机会。

活得很轻松，有更多的私人空间和时间，去培养自己的个人兴趣和爱好，可以随意花时间做自己喜欢做的事情，有更多的机会了解自己的优点和缺点，长处和短处。

活得很随便，反正一个人，怎么方便舒服就怎么来。

活得较宁静，没有那种必难避免的家庭摩擦，当你疲倦或情绪不好时，也没有人来骚扰你。

当然，独居生活也有种种不舒服的地方。第一恐怕是吃饭。一个人吃饭很容易，但是也颇难对付。自己做吧，挺烦，做多了，会经常吃剩饭；做少了，也得动油盐酱醋，样样不可少，而且做完了吃完了，还得洗碗，真有点得不偿失。而到酒店去吃吧，就算钱花得起，那千篇一律的大锅菜吃久了也腻；还有一招是到朋友家去吃，但是这怎么是长久之计呢？

第二恐怕是生病了。如果有一天早晨突然起不来了，那可就糟了，冰箱里没食品，暖瓶里没开水，你就睁大两眼盯着天花板。可见任何人生都有利有弊，关键在于你的选择。

之三十四　变奏人生

人生经常面临的问题是单调、乏味和千篇一律的生活。这种生活不仅会消磨人的活力，有时候简直使人发疯，觉得生命实在太沉闷、太无意义了。所谓变奏人生也许就是为了对抗这种单调、乏味和千篇一律的生活而产生的。

人生的变奏是人自己创造的。如果说生命是一把小提琴，有的人一生反复演奏一个调，有的人却不愿重复，不断进行新的变奏，自然不会使人感到沉闷和厌烦。

比如，一个人一辈子从事一种工作或者住在一个地方，自然免不了产生厌烦的情绪，而另谋新职或移居他处就可以使生活充满新鲜感，使人焕发生机，重新唤起对生活的热情。这就如同对枝叶过盛的树进行修剪一样，结果新枝勃发，再结硕果。比如我认识一个朋友，本来有一个很好的工作，而且很受上司的重视，但是有一天他突然辞掉工作，到南方的一个城市和别人合伙开公司。很多认识他的人都为他可惜，他却毫不在乎，决心在新世界里闯荡一番。我见到他的时候，他的公司正面临破产，但是他却嘻嘻哈哈地告诉我："值得，值得，世界是丰富多彩的，活着总得要见识一番，否则就闷死了。"我相信，这位朋友活得很愉快，因为他对生活永远也不会感到厌烦。

变奏人生关键就是进取、图新和求变。从事新活动，开辟新天地，使你对生命永远保持新鲜的感受，对你来说，太阳每天都是新的，生命每天都是充实的。比如你结交一位新朋友，学习一门新技术，开辟一个新领域，扩充一种新知识，都会使你发现一个新世界，都会使你有新的陶醉。所以，变奏人生得有节奏，得有追求，并不像猴子掰苞米似的，掰一个丢一个，更不是赶时髦，跟潮流，随波逐流，跟着别人瞎起哄。

但是，变奏人生不但有获得，而且也得舍弃。几乎人人都不喜欢单调乏味的生活，也都渴望着变化，但是大多数人之所以仍然年复一年、日复一日地生活下去，就是因为不能舍弃一些东西，过分留恋老屋子里的坛坛罐罐，舍不得老关系、旧基础，所以也走不出生活的老圈圈、旧套套。

当然，人生有失也就有所得，十全十美是不可能的。变奏人生有其迷人的一面，但不变的人生也有其实惠的一面，关键在于个人的生活理想和选择。

之三十五　叛逆人生

每当旧时代将要灭亡、新时代就要来临的时候，叛逆人生总要发出耀眼的光芒。叛逆者，被人们称为手擎火炬的人，传播光明的人，驱散黑暗的人，顶着黑暗闸门的人。

毫无疑问，在自己的国家、自己的家族、自己的文化之中，叛逆者最先也是最不受同类欢迎的人，因为他的言行藐视常规，骇世惊俗，令一切固守传统、因循守旧的人感到世界的末日即将来临，也使一切小心翼翼、知足苟存的人胆战心惊。于是，叛逆者成了万恶之首，众矢之的。几代继承的食利者，正在得势的权力者和将要得势的权力者，各种各样衣食无忧的卫道士、说教者，都会鱼贯而出，向他劝解，向他陈述利害，向他封官许愿，然后向他谩骂，向他诬陷，向他……还有那些尚未觉醒的芸芸众生，有的惊奇，有的茫然，有的当看客，有的说他不知天高地厚。

所以，叛逆人生很可能是短暂的；叛逆者很容易被审判，被中伤，被火烧，被枪杀，或者被驱逐到异地、异国，然后含恨不得归，客死他乡。

然而，叛逆者总是很难改变自己性格，他们是天生有"反骨"的人。他们虽然曾经吸吮过自己所在的那个社会、那种文化、那个阶级的"奶"，但是一旦醒悟，就会"恩"将仇报，不顾一切。也许鲁迅最理解叛逆人生的真义，因为他自己就是现代中国的一个叛逆者。他所写的"这样的战士"也许就是真正的叛逆人生：他走进无物之阵，面对各式各样的点头，各式各样杀人不见血的武器，竟不动摇；他还遇到了各种各样的人物和各种各样的花样，慈善家、学者、文士、长者、青年、雅人、君子，还有学问、道德、民意、国粹、逻辑、公义、东方文明……但是他仍然一如既往，举起锐利的投枪……

这就是叛逆者的人生。先知先觉，身负重任，孤独倔强，战斗不止。

然而，并不是所有的时代都需要叛逆人生。尤其是一个安乐平庸的时代，人们都在为自己所得到的一点恩惠沾沾自喜，他们不喜欢听到天空的雷鸣、海燕的呼叫，而愿意沉浸在缠绵悠扬的小夜曲之中，享受那狭小空间里的安静和温情脉脉。这时候，叛逆者的出现等于静夜的警车声。

当然，也许我想错了。这时候，更需要叛逆者降临振臂一呼。历史，谁能预测呢？

之三十六　追求人生

很多人问我为什么活着，我都回答他们："为了追求。"人活着就是为了追求，这对我来说是天经地义的事，追求并不在乎于能得到或者得不到，追求本身就是一种价值、一种意义。一个毕生追求的人，他不会感到生命太长或者太短，他只感到生命的路在脚下延伸，伸向很远、很美好的地方。

追求是一种激情，而且是一种单纯而又强烈的激情，它来自生命本原的需求。当生命刚刚开始的时候，就开始了追求和渴望。你看那初生婴儿的眼睛，总是忽闪忽闪向四周张望着，像在寻找着什么，有时他还会张开小手，在空中摇晃着，像是在抓什么东西。稍微大一点，他就会对新奇的东西感兴趣，用各种方式表达自己的欲望和追求。因此，人有着追求的天性，只不过追求的道路不同而已。可悲的是，这种天性从一开始就会受到社会的压抑，有的人自然失去了追求的热情和勇气。

但是，我的人生不能不有所追求。在我的生活中，追求爱情，追求知识和追求自由，是我永远不会放弃的。我追求爱情，是因为爱让我销魂，让我绝望，爱的激情会使我享受生命的高峰体验，爱的风景会把我抛向苦海无边的深渊。我从来没有抱怨过，因为这就是真正的人生。为了爱情那销魂的魅力，我可以为了一时的美妙而牺牲生活中的一切；因为那爱的绝望，我会长久在苦海里漂泊。

是的，我在漂泊，我还是在追求，因为这种追求在减轻着我内心的孤独，我就像一颗颤抖的星，飘浮在宇宙的边缘，我期望爱情的阳光驱散我的冰冷和孤独。是的，我在孤独地追求，但是我永远不会认为爱情是千篇一律的，在那神秘的爱的结合中，永远包含着难以想象的奥妙——天堂也不能跟它比拟。

同时，我追求知识的激情也从未减低过，知识同样使我着迷。我相信知识是我打开世界的钥匙，打开人心的钥匙。世界和人生都太丰富了，它们有无数宽阔的大厅和精致的小房间，如果你想进去，就得要有钥匙。每一把钥匙开一个房间，每一门知识都是一种新的境界。我知道人生是有限的，我不可能得到所有的钥匙，去欣赏和游览每一个房间，但是我总是期望能多一些知识，多进几个房间。

最后，我追求自由。爱情和知识都会帮助我。爱，给了我一种冲破禁忌和清规戒律的勇气，知识是我战胜障碍、克服困难的技巧。我相信追求本身就象征着一种自由，而自由是追求的归宿。

之三十七　尝试人生

人们常说生活是丰富的，但是这句话并不一定对每个人都适宜。确切地说，生活的丰富性只有在不断尝试中才能真正体验，否则只能说是一种口头的"纸上谈兵"。所以，不断尝试是一种最丰富的人生。每一种尝试，都意味着一个美好的开始，也意味着一种新的经验。人生就是在不断尝试过程中拥有世界的。

下面我想讲一个美国青年的故事。

多年前，当利奥变卖了所有的东西，准备到亚洲去旅行时，几乎所有的亲友都认为他这是不慎重的。他们说："你会失业，你会穷得身无分文，你会饿死的！"等利奥回到美国时，身上只剩下了1元钱。但是利奥没有饿死，也没有失业。他在飞机上，在博物馆里，在市场上，在运河边，学到了生活的技巧。泰国人有句口头禅叫作"没关系"，给了利奥很大的启发。难怪泰国人那么平和、快乐，而我们总爱为忧虑而忧虑，然后用忧虑把自己憋死、闷死。其实我们该想开点，"没关系"——事情总会过去的，忧虑什么呢？

尝试给了这位美国青年新的风貌。每次向人问好，利奥都尝试不问"你好吗？"而是伸开双手去拥抱他们。而且，利奥还尝试主动拥抱他的院长。他不像惯常一样隔着长桌说："是的，是的，院长，你说得对。"他开始跨过距离，站起来，伸开长臂，说："院长，那太好了！"这种新的尝试更显得真情流露，使利奥感到信心十足。

利奥的同事看到这种情景很吃惊，他们说："这个利奥，比我们想象的还要狂！"但是利奥还是我行我素，他认为这世上没有人是高不可攀的，也没有人讨厌人家亲近。每个人都需要温情的拥抱，我们为什么不试一试呢？

当然，万事都不可能一帆风顺，毫无挫折。但是利奥的观点是，希望就有失望的危险，尝试也必然有失败的可能。但是不尝试如何能有收获？不尝试怎么能有进步？不尝试也许能够免于挫折，但也就失去了学习和体验生活的机会。一个把自己限于牢笼中的人，是生活的奴隶，无异于丧失了生存的自由。只有勇于尝试的人，才真正拥有生活，才能享有生活的自由。

你的看法如何呢？

之三十八　自信人生

很多事实证明，自信是大多数有所建树的人所共同具备的品质，也是一个人获得成功的重要因素。人们常说，一个人在生活中不怕被别人击倒，他会再次爬起来，最可怕的是自己把自己击倒，他也就再也没有希望了。怎样才能避免"自己把自己击倒"呢？那就需要自尊自信。

自信的人生是永远不会被社会击败的，除了他自己最后精疲力尽，无力拼搏。

自信是人生成功的奠基石，人的成功之路必须踏着自信的石阶步步登高。有了自信，人才能达到自己所期望达到的境界，才能成为自己所希望成为的人，坚持自己所追求的信仰。无论在什么情况下，自信者的格言都是："我想我能够的，现在不能够，以后一定会能够的！"

自信不仅能改变生活，改变周围的环境，还能改变自信者自己。

比如，有这么一个典型的例子：一位心理学家从一班大学生中挑出一个最愚笨、最不招人喜爱的姑娘，并要求她的同学们改变以往对她的看法。在一个风和日丽的日子里，大家都争先恐后地照顾这位姑娘，向她献殷勤，陪送她回家，大家以假作真地打心里认定她是位漂亮聪慧的姑娘。结果怎么样呢？不到一年，这位姑娘出落得很好，连她的举止也同前判若两人。她聪明地对人们说：她获得了新生。确实，她并没有变成另一个人——然而在她的身上却展现出每一个人都蕴藏的潜质，这种美只有在我们自己相信自己，周围的所有人也都相信我们、爱护我们的时候才会展现出来。

可见，自信能够创造奇迹。

但是，自信并不是天生的，也不是任何人都具备的。很多人自信心是很低的，特别经过一番生活的折腾，尝到了一些生活的苦辣酸甜，有人就自惭形秽起来。还有的人竟然学会如何自己贬低自己，以此来预防生活的失败，他们认为，自信是一种危险的品质，人越自信，就越容易碰钉子，越容易成为众矢之的，所以最好是夹着尾巴过日子。

还有的人，从小就失去了自信，因为大人们总是这样训斥他们："瞧，你这个笨蛋、傻瓜、窝囊废，将来顶多是个扫大街的！"久而久之，他也就真的认同了这些话，以后稍微碰上个小失败，他就会这样宽慰自己："反正我从小就是一个笨蛋和窝囊废，怎么能异想天开呢？"

之三十九　砥砺人生

　　没有人生来就愿意经受苦难的，但是，任何人生都会告诉我们，困难和逆境是不能避免的，尤其对一个有志向的人来说，更是如此。所以，很多人很早就做好一种心理准备，与其在困难面前束手无措，或者在逆境中悲观失望，不如干脆把人生就看作是一种磨炼，一种考验，一种战胜困难和逆境的过程。

　　也许正因为如此，生活中有很多格言都是为砥砺人生铺设道路的。例如：

　　　　困难——生活的磨刀石。

　　　　逆境将勇气的刀刃磨得更锋利。

　　　　哪里的生命最受尊重，哪里的人们就最能承受苦难。

　　　　苦难出人才，逆境造英雄。

　　因此，当我们遇到困难或挫折的时候，很多人都来告诉我们，逆境不仅可以砥砺人们的勇气，唤醒人们潜在的高尚品质，而且会使一个人变得更加伟大。确实，这种提醒是非常有利的。一个人如果一帆风顺，生活中没有经受任何磨炼，就很容易变得自满自足，无忧无虑，甚至飘飘然起来。这样的人往往经不住任何生活的打击，而且极容易在小的、暂时的挫折面前乱了手脚，堕入绝望的深渊。

　　而且，经过苦难考验的人，往往对人才更具有爱心，对于人生才有更深的体会。苦难和困境会使我们容易接近他人的心灵，并从内心中理解和接受他们。如果没有苦难的磨炼和困境的挣扎，我们也许永远不会体验到人会是多么软弱，多么容易犯错误，多么孤独和绝望，又是多么渴望爱和被爱。

所以，很多人选择了砥砺人生，他们自始至终把生活看成是一种磨炼和考验，由此，他们在任何困难前面都不会退缩和畏惧，而是调动起自己所有的勇气和智慧去迎接挑战。他们也不会因为陷入逆境或遭受失败而绝望悲观，而总是勉励自己不断抗争，从抗争中得到一种快感。

当然，砥砺人生的前提是，承认人生是充满苦难、忧伤和挫折的，它的价值在于承认它们而勇往直前。但是，一个人如果过分追求磨砺和考验，没有轻松的机会，也会产生一种错觉，似乎人生的意义就在于对抗困难，甚至滑向一个可怕的极端，把人生的价值依附在苦难和困境上面，好像人生本来就是为了受苦的。用这种思想来律己，生活就无快乐可言；如果用来要求他人，就显得太苛刻了。

之四十　挑战人生

一个人很小就立下了自己的生活志向，然后一步一步地去实现它们，这不仅是对生活的挑战，也是对自己的挑战。挑战者创造了挑战人生。

生活中最著名的挑战者，或许是美国的约翰·戈达德，他的人生故事几乎人人皆知。

约翰·戈达德是美国洛杉矶郊区一个没见过世面的孩子，他15岁时就把自己一生想干的大事列了一个表，题名为《一生的志愿》。表上列着："到尼罗河、亚马孙河和刚果河探险；登上珠穆朗玛峰、乞力马扎罗山和麦特荷恩山；驾驭大象、骆驼、鸵鸟和野马；探访马可·波罗和亚历山大一世走过的道路；主演一部《人猿泰山》那样的电影；驾驶飞行器起飞降落；读完莎士比亚、柏拉图和亚里士多德的著作；谱一部乐曲；写一本书；游览全世界的每一个国家；结婚生孩子；参观月球……"他还给每一项都编了号，一共有127个目标。

当戈达德定下了自己的生活规划后，就开始抓紧一切时间来实现它们。到现在为止，戈达德已经完成了127个目标中的106个。在实现自己目标过程中，他历经艰辛，多次冒险，有过 18 次死里逃生的经历。他曾对别人说："这些经历教我学会了百倍地珍惜生活，凡是我能做的我都想尝试。人们往往活了一辈子却从未表现出巨大的勇气、力量和耐力。但是我发现当你想到自己反正要完了的时候，你会突然产生惊人的力量和控制力，而过去你做梦也没想到过自己体内竟蕴藏着这样巨大的能力。当你这样经历过之后，你会觉得自己的灵魂都升到另一个境界之中了。"

如今 59 岁的挑战者依然显得很年轻漂亮，他不仅是一个经历过无数次探险和远征的老手，还是电影制片人、作家和演说家。他结了婚并生了 5 个孩子。他坚信自己有一天能实现他的第 125 号目标——参观月球。

也许任何人小时候对生活都是充满幻想的，想将来做出一番事业，对什么事情都充满好奇心——旅行、医学、音乐、文学、宇航等等，但是很多人只是想想而已，他们在生活中没有确切的目标，往往墨守成规，从不冒险，也谈不上向自己挑战。所以梦想只是梦想而已，随着年龄的增长，它们最后成了过眼烟云。

挑战人生绝不是这样。挑战人生者会制定奋斗目标，而且会去努力实现它们。人生本来就是一种挑战，只有接受挑战，不断追求，才能有充实的生命，才能体验到生活的美妙绝伦。所谓有志者事竟成，正是这种人生的写照。

之四十一　拼搏人生

把人生看作是一种拼搏，是现代人的一种生活态度。现代社会是一个充满竞争的社会。所有人们所要的东西，都需要通过奋斗才能得到。现代社会又是一个充满机会的社会，有了机会，你就得去拼一拼，搏一搏，否则将永无出头之日。所以拼搏是现代人自我表现的一种特质，也是他们自我价值实现的过程。拼拼搏搏才成其为人生，拼拼搏搏才有人生价值。

当拼搏本身成其为一种人生价值的时候，人的成功与否反而显得并不那么重要了。也就是说拼搏的意义就在其过程之中，而不在乎其结果。比如一个人拼死拼活，要独自登上珠穆朗玛峰，历经千辛万苦，登上去了也并不会得到太多的实惠，失败了也并非没有价值。日本几年前有堀江谦一先生夫妇，驾着汽艇环绕地球，从夏威夷出发，掠过南极大陆，又通过北冰洋，同恶劣的气候进行了殊死的搏斗。在波浪翻滚的茫茫大海中，堀江谦一夫人用绳索绑住了自己的身体，双手紧紧握住 8 毫米摄影机，将信天翁、海豚、夜光虫、北极星、南十字星、蔚蓝色的海洋、沉落天际的夕阳、夺目灿烂夜晚等尽情地摄入镜头。他们几次濒临绝境。但是又重获生机，最后终于完成了 6 万公里的航行，有人称之为"拼搏的航行"。

确实，拼搏是一种生命力的显示，人在拼搏中享受的是自己的生命，它的力量、智慧和勇气，而不是其他外在的东西。外在的东西当然也是需要的，不过它们只是生命的装饰，就像一个长跑者到达终点得到一束鲜花一样，会使生命显得风光，显得夺目。

现代紧张的生活，训练出了各式各样的拼搏者。除了足球、拳击、赛马、滑翔、登攀、各种特技驾车、各种吉尼斯大全的惊人纪录，还有各种试验和冒险活动。拼搏就意味着向困难挑战，向人们没有做过的事情挑战，向平庸、向规则、向安分守己知足常乐、向无为、向极限的挑战，最后，也意味着向自己的挑战。

除上述之外，现代社会中还有一族拼搏者，这就是"工作狂"。这在一些最发达的国家，例如美国、日本、德国，最为常见。他们无休无止地为工作而奔忙，每时每刻都在拼搏；他们把自己的生命投入一连串克服困难、再创新高的搏斗中，从中得到满足和快乐。

拼搏人生的座右铭就是拼搏。

之四十二 积极人生

积极人生的至理名言是：自己掌握自己的命运，自己做自己的主人。

当我们体验到生活的多彩多姿，听到那人发自内心的欢快笑声的时候；当我们喜上眉梢，投入那疯狂舞蹈的时候；当我们历经艰辛，终于欢庆胜利的时候，我们都可以看到各种各样的积极人生的身影。

生命本身是短暂的，但是有的人过得丰富多彩，充满朝气和进取精神，有的人却生活得枯燥无味，没有一点风光和活力。生活也许是一支笛、一张锣，吹之有声，敲之有声，全看你是不是积极去吹去敲，去创造自己生活的节奏和旋律。有人说，我不会吹、不会敲怎么办，积极的人生会告诉你，不吹白不吹，不敲白不敲，消极等待只能浪费生命。

是的，活在世上，何必等待，何必懒惰。等待等于自杀，懒惰也并不能延长生命的一分一秒。

躲避和退缩也不行。要来的总归会来的，无论是困难、挫折、不如意，还是失恋、破产、疾病、死亡。要挡也挡不住，想躲也躲不开，而且，你越是想躲开，它们就好像离你越近，老是缠着你，不让你脱身，不让你到欢乐的人群中去，不让你享受生命的欢乐。

何必如此呢？与其躲不开，退不了，不如走上前去，积极地投入生活，大胆地面对人生。只有积极投入，积极思考，积极行动，才能把一切痛苦和事情推到一边，或者干脆创造一个新的、幸福的世界。一切的一切，关键就在于投入，投入才能获得愉快。看一场球就想自己去打一场，做一顿饭一定做得有色有香，进行一项实验就废寝忘食，写一篇文章会忘乎所以，一切都是那么吸引人，那么有趣味。

积极人生是一种自觉进取的人生，自觉是一个很重要的前提。一个人珍惜自己的生命，发挥和享受自己的生命，全凭自觉的力量。有了自觉，就可能少受环境和条件的限制，在各种情况下找到生活的突破口，在没有路的地方走出一条自己的路来。

积极投入人生，会使人们很快发现自己，包括自己的长处和短处，从而很快确定自己的生活目标。从此，他就将把自己全部身心投入到人生的目标之中，开始排除万难，坚持不懈，直到获得成功为止。

之四十三　主动人生

　　有人把生活比作大海，而人生则是航行在大海中的船只。但是人有不同，人生之船也必然不同。我想，世界至少有两种情况。一种表现为，人生小船并不是自己驾驭的，你只是一个乘船者。人生的小船由别人驾驶，方向和速度都不由自己决定，你也许一个人，也许和许多人乘在一条船上，有时会在甲板上散散步，有时会帮助划划桨。船行到哪里，你的人生之路就走到哪里。

　　还有一种人生，则是自己驾驶着自己的小船，按照自己的意愿航行。在这种情况下，你得自己考虑和处理一切事情，注意风向，留心暗礁，绕过险滩，把握时速，独自和风浪搏斗。有时你会陷入孤立无援的状况，小船在浪谷中颠簸，人生时时有被吞没的危险。

　　后一种是主动人生。

　　人生有了主动才有了完整的自我，才能给自己创造机会，自己为自己开辟道路。就拿寻找职业来说，主动的人会根据自己的兴趣和志向找工作，而被动的往往根据市场需求和广告去选择。换句话说，主动的人生会根据自己的意愿去选择生活，而被动的人生总是被生活所选择。

　　我有一个朋友，就是我所欣赏的那种主动进取的人。他原来在大学是学电脑的，毕业后有好几家公司想雇用他，但是经过了解后，他都觉得位置不合自己的意愿。之后，他又进行了一段时间的寻找，然而还是一无所获。于是，他开始自己开拓电脑方面的生意。首先，他列出了所有电脑公司的名单，然后逐个收集有关电脑方面的信息。通过扩大接触面和大量的咨询工作，他渐渐成为专家，成了这一行中有点"小名气"的人。结果数家公司争着抢他，最后他选择一家大公司任管理咨询部门的主管。

　　主动人生不是乱拼乱打，盲目出击，首先得确立自己的生活目标，并对自己的才能有充分的了解。前者是"你想干什么"的问题，是想当一个作家、一个部门的管理人员，或者经营一个公司、开商店等等，都必须形成自己的一条思路，接下来，你还得考虑到自己所追求的侧重点，是工资、安全感、名声，还是权力？明确之后，就不会再犹豫。

与此同时，你还得对自己的才能有充分的确认，知道自己什么事情干得最漂亮，什么方面表现得最突出，然后发挥所长，弥补所短，从而在生活中采取主动。

之四十四　大胆人生

"妹妹，你大胆地往前走！"——电影《红高粱》中的这一句歌词，已被千千万万中国人所熟记，所接受。我问过很多人，为什么喜欢电影中的这首歌，其中有一个人这样回答我："生活需要大胆，这首歌有胆气，增强了我们生活的勇气。要活得像个样，就得大胆地往前走，莫回头。"

不用说，大胆人生是很多人所期望和钦佩的。因为在生活中，有太多的人是小心翼翼、畏畏缩缩生活着的，所谓前怕狼后怕虎，掉片树叶也怕砸破自己头；所谓胆小如鼠，不敢越雷池一步；所谓一朝被蛇咬，十年怕井绳之类，都是对胆怯人生的描叙。所以有人说胆小的人活得像老鼠，任何时候都是战战兢兢的。

但是，生活中经常出现奇怪的事。有的人小心谨慎，生怕遇到什么不好的事情，但是倒霉的事却经常会找上门来，活得并不安全。相反，大胆的人却经常走运，幸运之门好像常常为他们开启，当他们发了大财或赢得了机会、荣誉和胜利之时，胆小如鼠的人还在旧生活的小圈子里迷惑不解。

大胆当然不同于鲁莽。有人说，如果你把一生的储蓄孤注一掷，采取一项引人注目的冒险行动，在这种冒险中可能失去所有的东西，那就是鲁莽轻率的举动；如果你尽管对新的机遇并不熟悉，对即将跨入的新世界还有陌生感，但是还是绝不放过，接受这一新的机会，那么这就是大胆。

俗话说，艺高者胆大。这句话在很多情况下还可以倒过来说，胆大者艺高。"胆大"和"艺高"这二者经常是相辅相成。"艺高"意味着对自己有信心，是"胆大"的基础，所以艺高者胆大，而"胆大"则意味着敢于尝试，敢于实践，所以"胆大"才能"艺高"。再进一步说，一个人艺再高，如若胆小如鼠，有什么意思？而艺到高处绝处，必然就有风险，胆小之人又如何能够达到？

当然，大胆人生必然有风险，所以大胆人生者也常有失效的时候，但是失败常常是他们的成功之母，曲折的路并不能阻挡他们，只能使他们变得更聪明一些。

之四十五　推销人生

在现代社会中，推销员是最常见的一种职业，因此产生了推销人生。在这里推销已大大超出原来职业的含义，而成为一种人生方式，一种贯穿和渗透于各种活动中的意向和目的。这正如现在所流行的一种观念：只要你从事一项事业，你就是一位推销员；不管你干什么，你也许是一名基层干部、工程师、厂长、秘书、木匠、化学家、作家、设计员、总经理——任何职位都无关紧要，你仍然是一位推销员。每天从早到晚，你都在向别人推销你的观点，推销你的商品，推销你的企业，而最重要的是你在推销你自己。

这也许是一种现代的人生，也是一种现代的人生观念。任何一个人的价值大小，成功与否，都是由这推销所决定的，你的推销，也许很有艺术，也许很笨拙；也许是自觉而后的深思熟虑，也许是不知不觉之中的自我表现；也许是大告成功，也许是一败涂地。但是你活着总得去推销，也一直地推销。

推销就是展示自己，让别人欣赏你，器重你，用高价来雇用你。说实在的，推销是无处不在的。你不必在台上为自己吹嘘，不用到处拍卖自己，这样未必是一个成功的推销员，别人也并不一定买你的账。应该说，无论你在何处，不管你在做什么，只要别人能看见你，无论站着也好，坐着也好，你都在展示和推销着自己。而你推销效果的好坏，取决于所展示的结果：优点突出或者缺点突出。

推销自己不仅包括你的举止言谈，一举一动，而且包括你的打扮和工作环境。你是否使用了化妆品，你穿的是不是名装，你的办公室布置得是否优雅，等等，他人将从各种各样的细节中来断定你的品质和价值。

推销人生必然是一种商业人生，一切意义都取决于买方和卖方的利益关系。推销者当然是卖方，他的人生就是主动进攻，控制整个局面，最后达到自己的目的。

推销人生是现代社会中最具活力的一部分，对于生活，推销者总是积极的、进攻性的、充满自信的，而绝不会去守株待兔，坐享其成；为了取胜，他也知道怎么样来包装自己，给自己做广告，使自我形象充满魅力，获得更大的收益。

当然，很多中国人不喜欢这种推销人生，因为它太具有自我表现色彩了，中国人喜欢的是含而不露。不过，时代已经变化了，如果想事业成功还要等着别人"三顾茅庐"，恐怕越来越不现实了。人最后的同时又是最佳的选择，也许还是推销自己！

之四十六　幽默人生

生活不能缺少幽默，而幽默人生则是生活的一种极致。尤其在现代社会中，无人不喜欢幽默、向往幽默和追求幽默。据说，欧美的女子选择爱人，条件可能多种多样，但不变的一条就是幽默。不管怎么说，和一个幽默的人生活在一起，那简直是无与伦比的幸福。

有人说，幽默是一种才华，一种力量，一种高度文明的象征。

还有人说，幽默是一种引发喜悦和快乐的源泉，是人获得精神快感的一种行为方式。

又有人说，幽默是一种人生智慧和技巧的最高表现，是协调自我和社会关系的灵丹妙药。

更有人说，幽默是一种人生的艺术，它能够使你笑口常开，青春永驻。

这些都没有错。

但是，我说，幽默就是一种高级人生，而且是一种能把自己和他人从尴尬境遇中解救出来的人生。

实际上，人生不仅存在着多种艰难、多种坎坷和多种冒险，而且会遇到各种各样的尴尬。尴尬会使你进退两难，尴尬会使你失掉机会，尴尬会使你掉价，尴尬会使你优雅不来，尴尬会使你活得不舒服，不自在，不潇洒。

只有幽默能把你救出来，只有幽默。

幽默不单单是引人发笑，而且带给人们心理上一种轻松和快慰。幽默是对他人一切过失的原谅，是对周围环境的喜剧式调侃，也是对自我困境的一种自嘲和解脱。幽默绝对是善意的，绝不夹杂半点恶意，相反，它是对恶意的一种消解和抹平。

幽默的基础是宽容和理解，宽容和理解这世界上的一切人，一切事，包括你自己，人才能幽默，才有幽默。所以，幽默首先需要很高的修养和健康的心态。人要活得不低俗，不粗野，不偏激，不苛刻，幽默才能称得上幽默，否则就很容易走向讽刺。讽刺没什么不好，但是它不是幽默。

至于幽默人生需要智慧则不言而喻，不过，它不是在生活中"耍小聪明"，而是一种心智的神奇能力，一种把玩生活的炉火纯青。正因为有了幽默，人才能够在笑声中克服恐惧、忧虑和尴尬，才能够愉快地接受人生最后的悲剧。

之四十七　智慧人生

你如果非常崇拜释迦牟尼、柏拉图、庄子、黑格尔之一类人物，那么你肯定欣赏智慧人生了。智慧人生是一种哲人的人生，其生命的快乐来自对宇宙、对世界上万事万物、对生命本身的思考和感悟。

这种思考和感悟会通过一种宗教、一种哲理、一种思想、一种人生观，表达出来，这就是智慧的快乐；如果这种思考和感悟受到压抑，不能得到正常表达，那就是智慧的痛苦。智慧人生就常常在这二者之间摇动，饱尝人生地狱和天堂的滋味。

智慧人生是一种无与伦比的活法。

智慧人生的动力来自生命本身的最高要求。智慧是心灵的光辉，它照耀着生命本身，因此，生命本身有了光亮，才有了灵魂和眼睛。否则，生命只是运动而已，只有流动而没有灵性，只有浪花而没有光亮。

因为这灵性，因为这光亮，智慧人生开始出发，寻找生命的源头，探索生命的意义，反思生命的存在，于是生命开始有自我感觉，开始意识到自我的存在，开始自觉地把自己检讨、完善和提升。

智慧把生命提升到自觉。生命本身不再寂寞，也不再盲从，因为有智慧和人生结伴而行。

智慧的开垦地是未知。未知犹如那浩渺天际的星河，其中闪烁着无数熠熠生辉的星座；那星座就是真理，它们是那么遥远，那么可望而不可即，但是它们就是智慧的向往，智慧的心仪。

智慧把这一切托付给了生命，于是生命燃起智慧的烛火，投入到那漫漫的星河之中，寻觅真理的星座。智慧人生并不占据真理，只是不断和真理交接，其最辉煌的时刻就是心灵之光与真理之光的碰撞和交汇，它们互相映照，光芒四射，不仅能够照亮生命的踪迹，而且能够把光辉撒向世界，在万事万物上引起回光映照。

这就是智慧人生的价值。

正是为了这价值，人生负起了重担，智慧找到了知音。智慧人生在探求"为什么""怎么样""是什么"的道路上乐此不疲，呕心沥血，最后的报答则是永恒和无穷。

之四十八　理智人生

人活得整整齐齐，有条有理，什么事情都三思而后行，有什么结果必有什么原因，不盲从，不含糊，不紊乱，这就是理智人生。

理智人生也是动脑子的人生，但是它和智慧人生根本不同，智慧人生思考的对象是宇宙，是万物万事，是生命本身的根本问题，而理智人生所考虑的是日常生活，是个人所遇到的各种现实问题。

理智人生是一种现实的人生，也是一种接近科学的人生。这种人无论处于什么情况下都不会惊慌失措，轻举妄动，他会很冷静地分析形势，考察周围的人和事，然后作出自己的决策。

理智的人绝不狂妄，他们总是客观地估计自己，客观地评价别人，对于任何事情，绝不会按照自己的感情愿望去行事，而是把"能做到的事"和"不能做到的事"分得清清楚楚，而且绝不强求去做条件不允许的事。对自己想干的事，他们宁肯一步一步来，而不想"一口就吃个胖子"。他们最懂得什么是"心急吃不了热豆腐"。

理智的人总是想好了再干，而不会凭一时心血来潮，仓促上马，干了再想。无论做什么事，他们都会考虑到后果，万不得已的时候，也会考虑到"后路"。正因为如此，理智人生往往是平稳而又保险的，有发迹的可能性，但是又极少摔大跟头。

但是，理智人生往往缺乏罗曼史，绝少有浪漫情怀和风流韵事。与此同时，理智人生也极少婚姻破裂，经受感情上的折磨和痛苦。因为他们对于择偶考虑得很周到，很长远，从第一次见面，就已经想到一百年之后的事情。

所以，和很理智的人谈恋爱，是一件很痛苦、很费劲的事，有时候甚至很枯燥。为了激情的到来，你也许得等待很长时间。当然一旦他或她成了你的伴侣，那么你的生活就有了一个最优秀的策划或者参谋。他或她会给你出点子，替你拿主意。

这当然不差。尤其是，他或她不会一时感情冲动，就闹分居或者离婚。

理智人生往往人才辈出，如工程师、科学家、医生、律师、法官、厂长、经理、总理、国家主席。同时，他们还是好爸爸和好妈妈。

之四十九 情感人生

有理智人生，就有情感人生，这是天造地设的一对，构成生活中的一种互补结构，但是，至今还没有确切的证明，理智人生和情感人生是否能够互相吸引。理智的人是否能接受那种感情激动的冲击？情感的人是否能忍受那种理智思考的冷静？

情感人生是美丽而又痛苦的，因为情感本身是美丽的，而情感发生、发展和结束的过程是离不开痛苦的。在这充满狡诈、陷阱和欺骗的人世上，有什么东西比情感更美丽、更能温暖人心的呢？它是雨后的彩虹，是纯清的山泉，是春日的山花，是秋天的金香。它最容易消失，但是在人心灵上留下的印记却最久长；它是那样的脆弱，不堪一击，但是又是那样的珍贵，令人终生难忘。

情感性的人就是被这种情景所迷醉着，他（她）往往把自己的一生托付给了情感，他（她）一方面极容易被情感所打动，所吸引，把自己的全部投入到情感涡流之中；另一方面，自己也极容易动感情，思想和行为受自己感情的驱动，无保留地奉献出自己的情感。所以，在情感人生中，生活的小船是永远波动不安的，航线也永远是左右摆动的。情感的风暴一旦刮起，小船就会在浪尖波谷中颠簸，任其情态之风吹荡，飘向不可预知的方向。

这是情感人生的幸福，他（她）并不计较这种情感结果怎样，会给自己带来什么，他（她）迷醉的是情感本身，不管它是一杯甜酒，还是一杯苦酒，甚至毒酒。酒只要醉人就行，情感也是一样，

也许正因为如此，很多人不敢尝试这种人生。他们说，感情用事少不了碰钉子，摔跟头，后悔莫及。这话确实不错。

但是，情感性的人顾不了那么多。每次情感的风暴过后，等到风平浪静，他（她）会发现自己被冲到了一个荒凉的小岛上。没有彩虹，没有春日，所爱的一切都远离自己而去，留下的还是平淡、冷漠、孤独的人生。

这时候，情感人生的另一个阶段又开始了，这就是为失去情感而痛苦而憔悴。千万种情感的回忆，千万种对情感的向往和眷恋，会重新占据他（她）的心灵，他（她）回味着、想象着，灵魂在呻吟着、祈祷着……这是一种甜蜜的痛苦，一种痛苦的甜蜜，是一般太理智的人永远体会不到的。

所以我说，情感人生是美丽的。

之五十　含蓄人生

含蓄不是种技巧，而是一种人生。含蓄人生的拐杖是智慧，而内容则是象征和暗示，它的魅力在于"藏"，就像一幅美妙的山水画，"盖一层之上更有一层，层层之中，复藏一层，善藏者未始不露，善露者未始不藏，藏得妙时便使观者不知山前山后，山左山右有多少地步……。"在这里，所谓"藏"并不是掩盖自己的本来面目，而是说在生活中留有余地，不是赤裸裸地表现自己，也不是直截了当地要求别人。

含蓄是对人生的玩味和探求，在含蓄的世界里，生活永远不是单调的、直白的，而是在每一个细节背后，都隐藏着极深的含义和无限的秘

密。这就是神秘。含蓄就是在这简单和神秘之间产生的，它是一种神秘的简单，也是一种简单的神秘，拥有只可意会不可言传的意趣。含蓄人生就像一眼深井，里面有用之不竭的清水，但是在很深很深的地下。

所以，把生活看得太简单或者急于表现自己的人，都不可能含蓄。含蓄的人不自夸，不矜持，但是"真人不露相，露相不真人"，总是给自己、给他人留有余地。他有时会犹豫于选择之中，可进可退，进一步柳暗花明，退一步天高地广，所谓"不着一字，尽得风流"，是最高境界。

含蓄人生时时处处有"不说破"的奥妙。就说爱情生活吧，绝不会有一遍又一遍的"我爱你"，也不会动不动就是"想死了"，而是"犹抱琵琶半遮面，千呼万唤始出来"，宁愿说"衣带渐宽终不悔，为伊消得人憔悴"。含蓄人生是对生命的一种玩味。多体验，少语言。此地无声胜有声，绝不那么浅薄、粗鲁而且咋咋呼呼地强加于人，也绝不那么爱落泪，爱激动，爱狂呼，爱用新名词，爱俏皮，爱上纲上线。

因此，含蓄也是一种稳重。胸有成竹才能含蓄，但是千万不能让竹子从口中冒了出来，虽然人人能见到其株高叶绿，但是已经不再是那么意蕴无穷。

中国人做人历来讲含蓄，但是有做得好的，也有做得蹩脚的。故作含蓄状，是一些矫揉造作之人经常表现出来的神态，明明不学无术，浅薄无知，但是偏偏要做出一副神秘莫测、老成持重的样子；话不成句，词不达意，反而指责别人头脑简单，不懂得什么是含蓄……。遇到这种人真会让你哭笑不得。

之五十一　稳重人生

稳重人生是和轻浮人生相对的。一般人都喜欢稳重，因为稳重意味着深思熟虑，办事踏实，可以信赖。尽管稳重也会带来保守、不活泼等弱点，但是仍然受到大多数人的尊重和好评。

有时候，稳重的人甚至是"没有什么特色"的人的代名词，因为他的行为极少个人冲动的色彩，而且一般也很善于掩藏自己对事物的看法，不会冲口而出。他总是在权衡了各方面的意见和得失之后，才说出自己的意见——而且，这种意见并非发自内心的。

稳重人生的第一个特点是有耐心。一个没有耐心的人绝不能成为稳重的人。有耐心，就必须会控制自己的情绪，不感情用事，不急于求成。有耐心，至少使他获得两个好处，一方面等待时机，争取时间，让对方有回旋余地，另一方面则使自己对事情有更好的了解，有更多考虑的时间。

换句话说，稳重的人总是三思而后行的，是很理智的人，他知道缺乏耐心是一种不理智的表现。办事冒冒失失，草率从事，必定弊多利少，没有什么好结果，所以凡事总是思考得很周全，很细致，所谓"小心无大错"，是稳重人经常提醒自己的。

一般来说，稳重人生是平和的、稳健的，适应各种环境的。稳重的人也比较通情达理，善于跟各种人和平共处，稳重的人性格并不外露，但是很注意别人的情绪和意见，不会随便下评语说判语，也不会跟别人冲突，进行各类争论，凡事总要占个理。

稳重的人并不胆小，但是也不喜欢冒险。他们总是和一些喜欢主观臆断的人保持一定的距离，不大容易接受新思想新观念，对于流行的生活方式也不会一下子接受。但是，他们也绝不会过于敏感，动不动就表示反对；他们往往是表示理解的"旁观者"，静观其变，顺其潮流，自己有自己的思考和选择。

稳重的人重视经验，经常总结生活中的各种经历，所以对于工作、钱财和人际关系方面，常常有先见之明；所以稳重的人经常是别人的"参谋"。很多人工作上生活上遇到了问题，难以抉择，也喜欢找稳重的人商量，而且总会得到一些有益的忠告或意见。

在和平环境中，稳重人生是这个社会的平衡因素。

之五十二　正直人生

　　有一次，一个朋友对我说："这个世界正直的人越来越少了。"我听后感到有点奇怪。随后，我轻声地问他："你认为什么样的人才算正直的人呢？"这位朋友先是怔了一下，然后困惑地望着我说："是啊，我还没有认真考虑过这个问题。"

　　我先给他讲了一个小故事：

　　在一所大医院的手术室里，一位年轻的护士第一次担任责任护士。手术差不多完成了，但护士对外科大夫说："大夫，你已经取出了 11 块纱布，但是我们用的是 12 块，还有一块没取出来。"

　　"我已经取出来了，我们现在就开始缝合伤口。"手术医生断言说。

　　"不行！"护士马上进行抗议，"我们是用了 12 块。"

　　"由我负责好了！"外科医生愤怒了，他严厉地说："缝合。"

　　"你不能这样做！"护士激烈地喊道，"我要为病人负责！"

　　这时，这位大夫微微一笑，举起手让护士看了看第 12 块纱布，然后说："你是合格的护士。"——原来，这位医生是在考验这位护士是否正直。

　　这则小故事使我的那位朋友很感动。然后，我告诉他："正直意味着自己具有很强烈的道德感，并且高标准地要求自己，随时准备服从自己的良知，勇于坚持自己的信念，在需要的时候义无反顾，不计较自己的利益得失，站出来表达自己的意见。"

　　"正直的人绝不是一个攀附权贵、口心不一的人，他不会心里想一套，口里说一套，实际行动中做的又是另一套。他是内心有一定之规的人，所以不会撒谎，也不会表里不一，而且也很少内心矛盾——他是一个真正的忠实于自己做人标准的人。"

　　我又告诉这位朋友，正直的人生会带来许多好处，例如他人的友谊、信任、钦佩和尊重。正直是一种人格标准，它与人的声望、金钱、权力以及任何世俗的标准不同，它是内在的、难能可贵的、无往而不胜的。

但是，正直人生却十分难得——我最后告诉这位朋友，因为人经常为自己一些小伎俩的成功而沾沾自喜，为眼下一点小利益患得患失。做正直的人很难，因为第一步就是敢于讲真话，时时处处不编造小小的谎言，不要小聪明，这就很难很难。

之五十三　真实人生

一个人要活得"真"，可真有点不容易。但是这都是人们所共同向往的。真不真，当然在自己，但是对别人来说，没有人不喜欢真实的人的。哪怕这个人本身是极虚伪、极狡诈的人，他还是喜欢和真实的人打交道，交朋友。

真实人生有多种多样的表现，例如中国古人讲究真性情，讲率真和真诚，都是对真实人生的提倡。到了现代，鲁迅则是高举真实人生旗帜的启蒙者。他认为中国国民性的致命弱点之一，就是不敢真实地面对人生和面对自我，总是在"瞒"和"骗"中过日子。他说："中国人的不敢正视各方面，用瞒和骗，造出奇妙的逃路来，而自以为正路。在这路上，就证明着国民性的怯弱，懒惰，而又巧滑。一天一天地满足着，即一天一天地堕落着，但又觉得日见其光荣。"也许正因为如此，鲁迅呼唤中国应该有"真的声音"，出现"真的人"。

鲁迅也是真实人生的实践者，尽管真实很难，有时可能招来杀身之祸，但是鲁迅还是毫无畏惧的。1926年，面对反动派枪杀学生的暴行，鲁迅写下了如此沉重的千古名句："真的猛士，敢于直面惨淡的人生，敢于正视淋漓的鲜血。"

鲁迅还有一段诗非常有名："大胆地说话，勇敢地进行，忘掉了一切利害，推开了古人，将自己的真心的话发表出来。——真，自然是不容易的。譬如态度，就不容易真，讲演时候就不是我的真态度，因为我对朋友、孩子说话时候的态度是不这样的。——但总可以说些较真的话，发些较真的声音。只有真的声音，才能感动中国的人和世界的人；必须有了真的声音，才能和世界的人同在世界上生活。"

不过，真实人生不仅是勇敢的，而且是可爱的，它的价值是永久性的。我们经常有这样的经验，真正打动人感情的，总是真诚的、朴实无华的，它不一定要装饰，更不显得华丽，但是它有一种穿透人心的力量，直达人心的最深处。

真实人生也并不一定是完美的，它可能存在着种种缺陷和瑕疵，会犯许多过失和错误，但是它仍然会使人感动，因为人们毕竟能够从中看到一个真我，了解一种真情。

之五十四　纯朴人生

在现代社会中，随着科技的高度发达，人的思想的高度发达，人生的形态亦越来越复杂，越来越多样化了。就在这里，我们发现，有一种人生却越来越难找寻，距离我们的生活越来越遥远了——这就是纯朴人生。

我不知道现代人如何理解这种人生，如何理解"纯朴"这两个字的含义。因为在这样一个追求豪华多样的社会中，纯朴实在是太难找到对应物了。当然，更难的是找到纯朴的人、纯朴的人性了。我怀疑这样的人是否还适应于在今天的社会中生存，担心他们会不会受很多人的欺骗和利用。如果真是这样，这种人生还是不存在的好，至少我不会因为看到美被毁灭而再度悲观。

但是，我知道人们还是渴望看到纯朴的人生，这种渴望是从心底里发出的——存在于你，也存在于我，而不管你和我今天都变得多么复杂和狡猾。

与此同时，我们心底里都存在着同样的担忧。纯朴，按字面上的意思是纯正朴素。纯，就是纯洁，纯真，纯净，不含一点杂质，一切都发自内心，出自自然，不掺杂念和私欲，不是目的就是一切，手段任意而择。每一个在钱权和人欲横流社会中打过滚的人，谁不渴望纯真的爱情和感情呢？朴，就是淳朴、朴素，没有华丽浮夸的外表，不装腔作势，不哗众取宠，更不会用高级包装贩卖伪劣产品！凡是洞悉现代社会各种阴谋狡诈之术的人，谁不留恋那种朴实简单的生活呢？

现在我明白了，人们为什么那么喜欢沈从文笔下的《边城》，尤其是那些生活在高度发达的西方社会中的人们。《边城》不是描叙了一个简单纯朴的人生故事吗？没有复杂的矛盾，没有深奥的哲理，甚至也没有过多的修饰，只有秀美的山和水，纯朴的男人和女人、老水手、翠翠、老大、老二……在那偏僻的山村里纯朴的人生。这里没有刻薄，没有怀疑，没有狭窄，没有自私，没有虚伪，没有欺骗。

但是，我们是什么时候远离纯朴人生的呢？是第一次受骗的时候？是第一次说了真话而受罚或者说了假话而受到表扬的时候？还是第一次使用化妆品或者参加盛大的化装舞会的时候？……也许谁也说不清楚，我们只是感觉到自己越来越不纯朴了，社会也越来越不纯朴了。

然而，我们仍然渴望纯朴。

之五十五　简单人生

人们常说，这个世界越来越复杂了，人也越来越复杂了。还有人说，复杂是一种进化，一种深刻，证明生活越来越向高级发展，人生也越来越走向丰富。但是有人却不这么看，他们认为复杂意味着一种退化，只有简单才是人生的真谛。

自杀身死的台湾作家三毛就抱有这种看法。她认为复杂造就了人性的惶惑和悲剧，她说："于是，人类顺其自然地受捆绑，衣食住行永无宁日的复杂，人际关系日复一日的纠缠，头脑越变越大，四肢越来越退化，健康丧失，心灵蒙尘。快乐，只是国王的新衣，只有聪明的人才看得见。……我们不再怀念稻米单纯的丰美，也不认识蔬菜的清香。我们不知四肢是用来活动的，也不明白，穿衣服只是使我们免于受冻。"还有："灵魂，在这一切的拘束下，不再明净。感官，退化到只有五种。如果有一个人，能够感应到其他的人已经麻木的自然现象，其他的人不但不信，而且好笑。"

也许正因为如此，三毛向往和追求一种简单的人生，她告诉我们：

> 我只是返璞归真，感到的，也只是早晨醒来时没有那么深的计算和迷茫。

> 我不吃油腻的东西，我不过饱，这使我的身体清洁。我不做不可及的梦，这使我的睡眠安恬。我不穿高跟鞋折磨我的脚，这使我的步子更加悠闲安稳。我不跟潮流走，这使我的衣服永远长新，我不耻于活动四肢，这使我健康敏捷。

> 我避开无事时过分热络的友谊，这使我少些负担和承诺。我不多说无谓的闲言，这使我觉得清畅。我尽可能不去缅怀往事，因为来时的路不可能回头。我当心地去爱别人，因为比较不会泛滥。我爱哭的时候便哭，想笑的时候便笑，只要这一切出于自然。

我不求深刻，只求简单。

没想到三毛最后还是自杀而死！想必是她终于逃脱不了这复杂人生的纠缠吧，最后活得实在太累，太不耐烦，也只有在另一个世界去寻求简单了。但愿死后的世界不如现实的人世那般复杂。

实际上，人生就是如此，卷入复杂容易，而回到简单才是真正不易。因为复杂往往代表了一种拥有和财富，人们尽管常常抱怨，但是要他们简化或抛掉它们，就会感到心痛，所以最终宁愿被困于复杂，也不愿意回到简单。

之五十六　自恋人生

差不多每个人都很喜欢自己，所以人有自恋倾向是天经地义的。一个人自己欣赏自己，为自己的某种长处或成功沾沾自喜，喜欢抚弄自己的头发或者触摸自己的肌肤，感到一种难以言传的满足感，却可能体现着一种自恋情结。而自恋常常又是和自怜、自爱、自尊、自傲等情绪连在一起的。

但是，人人都有自恋情结，并不等于人人都拥有自恋人生。这里所说的自恋人生，是特指一种以自恋为中心的生活方式，是指自恋发展到了极致，自己太喜欢自己了，以至于再也不愿意去欣赏其他人或其他事物。这种人，如果是男性，最喜欢自己表现自己，招摇过市，对周围的人和事评价极低，总觉得自己在其他人心目中的地位很高，很重要，一直自我感觉良好；如果是女性，则最喜欢坐在梳妆台前打扮自己，顾镜自恋，经常远离群体，我行我素，绝对珍贵自己的思想感情。

自恋的男性，常常是古怪的、绝望的，很难容人，也很难被人所容，而且总是具有一二种特别的嗜好，比如极不愿意让人进自己房间，借自己东西之类；自恋的男性还特别喜欢打扮自己，有的有洁癖，一天可能洗五六十次手（而且一定要用肥皂）之类。自恋的男性最容易产生自杀倾向，也最多自杀，因为他最终很难和这个世界认同，而且也很难永远保持自我那种"出污泥而不染"的主观境界。

自恋的女性，却常常与自怜连在一起。她们经常顾影自怜，为自己青春容貌的难以永驻而感叹，面对一轮残月，几片落叶，或者看到一抹飘浮的白云，几条沉落的云霞，都会使她们想到自己的身世和命运，自哀自怜起来，自恋的女性特别珍爱自己，常常对爱情采取一种淡然的态度，其中有的喜欢沉浸在音乐或文学中，享受清雅自娱的乐趣，有的则宁为玉碎，不为瓦全，追求一种出淤泥而不染的境界，还有的干脆献身佛门，在宗教气氛中度过一生。

自恋人生有的是喜剧式的，有的却是悲剧式的。喜剧式源于个性的充分表演，在群体中如鹤立鸡群，自我陶醉必然也是一种情调；而悲剧式的自恋来源于一种自我理想的失落，即自己所期望的爱与被爱不能成为事实，使这种爱恋反归于自我，形成一种特殊的心理态势。就此来说，自恋往往产生于某种心理障碍。自我的爱要走向生活，但社会生活却被某种势力阻塞了道路，结果只能回过头来自己爱自己。

人自恋固然无可非议，但是因此把自己关在自我的小圈子里，在情感上走不出自我，也是颇为痛苦的一件事。因为人活着必然要与外界、要与其他人接触，你如果不投入情感，就不可能感受到美；而不能感受到美，生活必然很枯燥，很无聊，很悲哀。

之五十七　单恋人生

没有人统计过，这个世界上有多少人在单相思中度过一生，也没有人知道，一个人的一生中会有多少时间在单恋中消失。但是不管怎么说，单相思是我们人生中重要的一部分，也是美丽而又痛苦的一种人生。

单相思是人最普遍的一种感情状态，几乎所有人都有过这种体验，不过有时间长短、陷得深浅之分而已。也许人只有经过了单相思，才了解了自己，才懂得爱的真谛，否则不过是一个乳臭未干的孩子罢了。

单恋对一个人来说，随时随地都可能发生。对象也许是你曾仰慕过的同窗之友，也许是一个偶然结识的朋友，甚至会是电影或小说中的人物，一种短暂的接触会给你心中留下不可磨灭的印象，启开了你爱的心窗。你也许知道你这种爱是无法实现的，也知道对方并不一定喜欢自己，但是你还是那么执着和忘情地投入了爱，昼思暮想，沉浸在幻想的爱情迷宫里。

很多人说这种感情是有害的，我却说它是美丽的。没有比单恋更能表现人的感情的纯洁和美丽了，它那种陷入迷恋而不能自拔的痴情，来自爱泉的源头，不含杂质，没有伪装，是纯洁的真我的流露，是无邪无私感情的追求。也许唯独从这种单恋中，我们才能真正体验到爱的那种柔韧，那种牵肠挂肚和铭心刻骨。这正如一个朋友所写到的："是的，爱是不能忘记的，也是不可忘记的，无论我怎么说服自己，列举出一千条一万条的理由；无论我怎么逃避这种感情，去舞场，去酒吧，去找朋友聊天。我甚至决定到很远的地方去旅行一段时间，但是我还是忘不掉他，他在我的梦里，在我的心里，我没有办法摆脱他。"

所以，单恋是痛苦的，但是它是一种美丽的痛苦，因为它是纯真，是生命，是爱。千万不要听信一些正人君子的忠告，因为单恋而感到羞惭万分，因为失去的光阴而后悔不迭，更不要嘲笑别人的单恋，企图用"聪明"解救感情。

单恋是痛苦的，但是它却能产生出美的诗美的画美的音乐。这就是生活的回报。通过感情的煎熬和升华，你会为自己而感到骄傲，因为你会爱，而且爱得那么执着、那么纯真和那么回味无穷。

之五十八　自闭人生

自闭是一种心理状态，通俗地解释，就是自我封闭，自己把自己关起来。有自闭心理的人往往不愿见人，不愿交际，不能面对现实，而是用一种逃避的方式来对付人生，就像把头埋在沙漠里的鸵鸟一样。

自闭心理很平常，大概每个人都得经历一个自闭时期，才能走向成熟。不同的是，有的人时间长些，有的人短些，也有个别人一直走不出来，一生在自闭中度过。自闭心理的产生主要由以下三个因素所造成：第一，自我和外界的沟通遇到障碍，而自己又不能克服或无力克服；第二，自闭往往由于不自信、有自卑心理；第三，不能忍受的被羞辱的因素。所以，人在青春期是最容易产生和形成自闭心理的，因为人在青春期自己身体变化最大，对周围的事情最敏感，最容易情感波动，且又无法控制自我，自我意识非常脆弱和不成熟，这时候，如果情感上受到打击，人格上感到羞辱，就极易对现实生活产生不信任感和恐惧感，走向隔绝和逃避的自闭之路。

所以，自闭也是一种对社会消极的对抗。自闭是为了保护自己，休养生息，也是一种沉默的抗议。对处于青春期的青少年来说，最受不了的是公开的羞辱，但是这种情况往往到处可见。比如，有的青少年早恋，或者难免做出一些难以启齿的蠢事，这时候如果有些大人不顾当事人有什么感受，当面羞辱之，或者对之公开进行羞辱性批评，就很容易造成当事人的自闭心理。再比如，有的青少年交友不当，多次被欺骗，或者由于自己有某种缺陷，经常受到嘲笑，也非常容易产生自闭心理。

自闭心理一旦产生，就会对周围的一切产生隔膜，而且经常伴随着"白日梦"，在自己的幻想中寻找安慰。这时候，友情、爱和书籍是他们最向往的东西，而这些东西也最容易把他们从自闭中解救出来。说起来，自闭也是人重新认识自己的一次机会。在自闭中，人可以体验到自己，从自闭走出来的人会是一个新人，人们常常会说："喂，你瞧，他（她）真的长大了！"

但是，也有人一辈子走不出自闭的阴影，性格也逐渐变得古怪起来。他不愿与人多交谈，也不愿别人到他家去；他的生活像一只蜗牛，稍有情况，就把自己缩进硬壳里去了——不过，这种人生于人于己无害，他寻求的不过是安全罢了。

之五十九　镜子人生

很多人喜欢照镜子，有的人照镜子是为了自己欣赏自己，这是自恋人生。但是，也有很多人不是，他们照镜子是为了看到自己，看看自己有什么不妥，然后再修修补补，想出去有个好形象。

这种情景在女人生活中最为常见。镜子在女人生活中占有极重要的地位，绝不亚于丈夫和情人。一个女人可以孤独地活着，没有丈夫，没有情人，但是不可没有镜子。没有镜子，她不能天天看到自己，就等于丢掉了自己，这是一天都不能忍受的。所以，女人需要时时刻刻看到自己，时时刻刻需要镜子。君不见很多女性在下飞机或开会前的短暂时间内都要拿出小镜子照照自己吗？当然，你会说，那是为了仪表，爱打扮自己。其实并不那么简单，镜子往往伴随女人一生，也影响女人一生，在很多方面体现了一种特殊心理习惯和特殊的人生。所谓镜子人生是也。

不用说，镜子人生并不仅仅是照镜子。镜子，这里倒颇有象征意义，也颇有推而广之的效用。对于一个女人来说，镜子是必需的，但除了那块玻璃镜块之外，还有各式各样的"镜子"，比如公众的眼光、丈夫、家庭、同事、朋友、领导等等，都具有"镜子"的效用，通过它们，女人看到自己，意识到自己，并根据这些进行自我评价。换句话说，女人是十分在乎周围对自己的反应的，这种反应时时刻刻影响她们的情绪，也促使她们一次又一次地去照镜子。

由此看来，镜子并不简单，有大镜子，也有小镜子，还有各种各样的哈哈镜，女人手中的那块小镜子，时时刻刻联结着社会上各种各样的镜子，反射出五光十色的光来，女人的自我就存在于这些镜子之中。有人说，这或许是女人的悲哀，老是为他人而活着。我倒认为，这是女人的无私，她们喜欢把美的自我留在人间。

女人不悲哀，倒是男人悲哀。男人也有各种各样的镜子人生。可悲的是，这些男人多半没有那种漂亮精致的小镜子，而且经常不在卫生间照镜子，只有相互瞧不起时才记得"撒泡尿照照自己"的话来；不过，他们其他的"镜子"倒特别多，比如老板的眼神、明星的牛仔裤、酒友的海量、赌徒的财富等等，都是他们的人生之镜，他们只会模仿镜子中的人生，而不会自己做个"我自己"。

之六十　梦幻人生

人生如梦，这是人们经常说的。但是人总归生活在现实中，大多很难长久生活在梦幻之中，所以梦幻人生在大千世界里是一种特殊的形式，只有少数人能够真正拥有它。再从另一个方面来说，好梦易碎，梦幻人生往往是短暂的，大多数人只能在一个很短的时间内体验它，然后不能不赶紧逃开。

梦幻人生首先要有一个造梦或者编织梦幻的过程，这是人生最优美、最富有诗意的一部分。造梦过程往往是从人开始步入青春期开始的，这时候，他（她）一般没有生活负担和重压，对整个世界和未来都充满着好奇心，其生命的意识正在觉醒，各种欲望含苞欲发，正像初开的鲜花等待着蜜蜂授粉，初绿的草地期待着阳光的抚摸。一切都犹如梦一样的变幻无穷，梦一样的扑朔迷离，梦一样的五彩缤纷，梦一样的无边无际。

这就是造梦的好时机。但是，还需要一种引导，一种提示，一种造梦的"引子"，比如一首诗，一个倩影，一种微笑，一曲颤音，一个纯情浪漫的故事，往往都是编织人生梦幻的不可缺少的环节，由此人的理想找到了寄托，找到了替代，梦幻和人生开始交织起来，梦幻成了生活的延续，而生活成了梦幻的对象。

梦幻可能有多种多样，比如有英雄梦幻、神仙梦幻、魔术梦幻、善变梦幻、飞天梦幻、爱情梦幻等等，有时候是多种梦幻混合在一起的梦幻，这要看人生活的文化环境、人的性格历史的不同而定。当然，对人影响最长久的是爱情梦幻，不仅因为它是和人的青春期联系最直接也最密切的一种梦幻，而且因为它难以抑制，因为它秘不可宣，因为它"剪不断，理还乱"，因为它能使得人"衣带渐宽终不悔，为伊消得人憔悴"，因为它能在心理历史上留下很深的印记。就从这一点，我们便可以了解，为什么千千万万的少男少女会把琼瑶的小说放在自己枕头下面。

梦幻人生最美丽的境界，是把自己投入到一种想象的境界，把自己的主观幻想投射到某一具体对象或情景之中。比如设想自己遇上了一个白马王子，他英俊无比，温柔无比，并且苦苦思恋着自己，自己又是如何的幸运；或者把自己设想成一个英雄，有一个美丽的姑娘（或许就是邻居的女儿）突然遭遇到了什么危险，而自己又是如何救了她，她又如何爱上了自己，等等。

也许人人都会经历一个梦幻人生的阶段，但是大多数都会从梦幻中走出来，面对平实的人生，但是也有极少数人，一生都生活在梦幻之中，梦幻成了永远追寻、永远迷恋的一种境界，经常在里面流连忘返。其中有的人会把这种梦幻用文字、用语言，或者用音调、用色彩表达出来，那么他就成了一个艺术家。

之六十一　梦游人生

这个世界无奇不有，连人生也如此，竟然会有梦游人生，岂不怪哉？

梦游实际上并不奇怪，这是一种常见的生理现象。通常是指人在睡梦中进行活动，而梦醒后却什么都不知道。

梦游的方式很多，五花八门，稀奇古怪，什么都有。有的梦游者睡熟之后，会不由自主地从床上爬起来胡说一通，还可以跟人聊天；有人则会有条不紊地穿上衣服，到厨房烧起饭来；还有的会跑到外面转一圈，然后又回来睡在床上，但是到第二天醒来，他们对于夜间发生的事一点印象都没有。

有的梦游过程，可以说是很玄乎，很不可思议。例如有一个医学院的学生有梦游症，他经常深夜里独自起床，走到解剖室，破门而入，用自己的嘴咬食尸体的鼻子，然后再回到宿舍躺下睡觉。后来人们发现一些尸体的鼻子怎么不翼而飞了，于是就开始展开调查，最后才真相大白。

好在梦游的时间都很短，大多不超过一夜，所以还谈不上梦游人生。

但是也有个别人会时间很长,一次梦游可达数年或数十年时间,那可真叫作梦游人生了。

据说,法国就有一位名副其实的梦游人生者,其名叫雍·阿里奥,一次梦游长达二十年之久,差不多是梦中人了。一天晚上,他熟睡后突然爬起来,离开妻子和五岁的女儿,来到了英国伦敦。他在伦敦找到了工作,又娶了一个妻子。二十多年后的一个晚上,他一下子恍然大悟,便急匆匆地返回法国。第二天早晨,阿里奥一觉醒来,他的法国妻子看到了自己白发苍苍、失踪二十多年的丈夫,便悲喜交集地问道:"亲爱的,你逃到哪里去了?二十多年来音讯全无。"可是,这位老兄却伸了伸懒腰,若无其事地说:"别开玩笑!昨天晚上我不是睡得好好的吗?"

上面这件事是我从一篇关于梦游的文章中照录下来的,有点荒诞不经,是真是假只有天知道。但是梦游是人生的一个重要现象却不容置疑,很多人患有梦游症,使这个世界多了一种奇怪的传说。

一个人告诉过我,人在梦游中可以做平常不能做的事,并且创造奇迹。例如有一个人梦游时会在高楼边沿矮墙上从容地行走,不偏不倚,速度飞快,但是第二天别人告诉他时,此人吓得一身冷汗,连朝楼下望一下都不敢。

由此看来,人生也太不可思议了。

之六十二　信仰人生

一个有信仰的人,是这个世界上最幸福的人,不管他信什么;真正的信仰会使他脱尘拔俗,信心坚定,成为这个世界上内心最充实的一类人。

一个人有了信仰,就等于精神有了依托。他的一生就像流向大海的河水,虽然千回百折,仍然不断向自己的方向奔流着;他不在乎这大海在什么地方,是什么样子,何时才能到达大海,但是他相信大海是存在着的一种美丽,自己的生命一旦和它联结起来,就会变得高尚无比。

怀着一种美丽的、高尚的信念活着，是幸福的，尤其在充满悲观、充满出卖、充满动摇、充满小人得志的世界上，信仰是对人的一种拯救。没有信仰的人，可以接受一切卑鄙、一切劣行，人可以是叛徒、恶棍、臭虫、苍蝇、跳蚤、告密者，狗屎不如，反正都是一回事，不必强求别人，也不必要求自己。世界上没有圣人，没有善良，没有公正，也没有理想，只有你现在得到了什么。

没有信仰的人生，是没有舵的航船，是没有轨道的流星，是没有方向盘的卡车，是没有脊梁骨的跳高者。

其实，信仰是人创造的，而这种创造是为满足人本身的需要。人有信仰，是为了一种抗争，也是为了一种自救；是为了使生活更美好，也是为了使生命更坚定。

在很多情况下，只有信仰才能支持着我们活下去。当我们步入社会之后，我们会看到很多自己不愿看到的东西，我们会常常感到人的不幸，人与人之间关系的隔绝和孤独，人在各种各样行为中所表现出来的邪恶、贪婪、渺小、卑琐和丑陋不堪。这时候，如果我们没有一种坚定的信仰的话，就很容易对生活丧失信心，更没有力量抗争黑暗。

当然，还有更大的悲剧。没有信仰的人生，会让人成为这个世界的行尸走肉。因为他们很快就会失去判断生活的标准和能力。在他们的意识中，不再有卑鄙与高尚、真与假、香花与臭屎、神奇与腐朽、渺小与伟大之间的差别。他们生活在一个大染缸之中，随着机器的搅动而旋转。

人常说，生命的魅力就在于它只有一次。同时还应该说，生命的意义就在于它有信仰。

之六十三　寄托人生

人活着可能会没有信仰，因为信仰是比较高层次的精神寄托，一般人未必能够拥有；但是却不能没有寄托，因为寄托意味着一个人生命有理由存活。在人生的海洋中，信仰和寄托是互相有联系而又有区别的，信仰是一种高层次的寄托，而寄托是一种低层次的信仰。信仰比较高远，属于纯粹精神的境界，寄托则比较低近，和日常生活密切联系在一起。

有人这样说："所谓寄托，完全是属于你私人灵魂深处的东西。它不一定有很大的意义，不一定有什么积极的目的，它只是你精神上的一片私人的园地，是你灵魂的一个小小的避风港，是你躲避世俗牵绊的堡垒，是你可以在那里找到自己，和自己心灵恳谈的一个秘密的花园。"

这描叙很优美，但是有点太雅。对于人生来说，寄托有时候是很实在的。比如，在这个世界上，有无数母亲为自己的子女而活着，其子女就是她们的人生寄托，所以，不管这个世界上发生了什么事，人生有多么艰难，她们还是顽强地拼搏着，生活着。有时候，她们仅仅为了实现一个小小的心愿，比如千里迢迢去看孩子一眼，能够忍受难以想象的苦难，度过一个又一个的寂寞长夜。这样的故事，这样的人生，在这个世界上天天都在发生，实在是数也数不清的。

确实，寄托人生往往是很平凡的，但是其中所包含的力量是震撼人心的。这也说明人性是多么需要精神寄托，多么渴望去爱人。一个人如果连一点寄托都没有，生命本身就会变得不堪忍受，人就会加倍感受到生活的苦痛、无聊和荒诞。

当然，寄托也是多种多样的，只要你有心有意，看书写作，书法绘画，养狗养猫，集邮摄影，也都可以成为你的一种精神寄托。有了这点寄托，你的生命就仿佛有了目的，使你忘却一切忧愁，沉醉在自己的小小世界里。在这里，你可以做你自己想做的事，躲开你所要躲开的人和事，过自己所愿意过的生活。

由此看来，寄托是人的一种内在需要。有了寄托，生命就有了一种内在的充实，人也就会获得一种充实的人生，不再感到被动和悲哀；假如你遇到了什么大的不幸和挫折，你也就会继续活下去，让生命继续有意义。

之六十四　痴迷人生

痴迷人生是这个世界上最丰富多彩的人生。它有一种迷人的魔力，把人的生命吸引到某种不可言传的境界之中，就像美酒对于酒徒，永远延绵着无穷无尽的情趣。

痴迷人生有多种多样。最让人扼腕感叹的是情痴。情痴者对爱情忠诚不贰，全身心投入，不给自己留一点余地。爱情高于一切，也是他（她）生命的一切，他（她）爱一个人，就全心全意，爱对方的一切。他（她）生命的全部喜悲哀乐，都来自对方的一颦一笑、一举一动。和对方在一起的时候，缠绵温柔至极，一举手，一投足，都带着万种情意，只恨天不够长，日不够短，自己不够美丽迷人。一旦情分二地，那必定朝思暮想，夜若有梦，必梦见对方，梦醒之后，必泪流满面。此种痴情，常常会惊天地，动鬼神，使死者还魂，人死情不死。中国古代亦有很多描写痴情的诗词妙句，例如：

> 君当作磐石，妾当作蒲苇。
> 蒲苇韧如丝，磐石无转移。
> 　　　　——《孔雀东南飞》
> 得成比目何辞死，愿作鸳鸯不羡仙。
> 　　　　——唐·卢照邻《长安古意》
> 花红易衰似郎意，水流无限似侬愁。
> 　　　　——唐·刘禹锡《竹枝词九首》
> 柔情似水，佳期如梦，忍顾鹊桥归路。
> 　　　　——宋·秦观《鹊桥仙》
> 意中人，人中意，则那些无情花鸟也情痴。
> 　　　　——清·洪昇《长生殿》

衣带渐宽终不悔，为伊消得人憔悴。

——宋·柳永《蝶恋花》

相思无日夜，浩荡若流波。

——唐·李白《寄远十一首》

除了情痴之外，人生中还有书痴、鸟痴、鱼痴、字痴、剑痴、画痴、球痴，等等，可以说是人生万象，无所不有，无所不包。凡迷恋之极，必定会达到痴，所以痴迷人生者乃各式各样。就拿书痴来说，这个世界就有不少，读书藏书都会成痴，陷得深时，不怕挨饿受冻，倾家荡产，也要唯书是从。此种人往往一生的欢乐都建立在读书藏书之上，此种迷醉也非一般人所能理解和体验。

痴迷人生是幸福的，因为人的生命有了寄托，自我就感到充实，其奥妙之味是别人无法形容的。

之六十五　烦恼人生

人有七情六欲，就必然有喜怒哀乐。人生有幸福愉快，也就必然有烦恼。世界上令人烦恼的事情很多，人生想绕也绕不过去。烦恼有外在的，有内在的。这里所说的内在烦恼和前一种并非毫无联系的，而且往往有因果关系，外在的烦恼太多了，让人应付不了了，最后就造成了内在的烦恼。

其实，烦恼人生多半来自烦恼的积淀，烦恼的事情多了，又得不到解决，人又总是把它们埋藏在心里，解不开，丢不掉，你说生活烦恼不烦恼？

久而久之，烦恼的人总是把自己放在受苦受难的地位上，自己给自己制造恶劣的情绪，好像什么不好的事情都是冲着自己来的，所以对什么事都不感兴趣，都不满，都厌烦，找不到一点生活的意义来。

对生活一厌烦，就极容易在人与人之间制造隔阂。在烦恼人眼里，一切人都是一钱不值的，包括自己。厌倦自己也厌倦他人，结果总是喋喋不休地批评别人。挑刺、埋怨，小题大做，最后必然又是自寻烦恼。

烦恼有时来源于记忆，烦恼人生总是和过去一些不愉快的事纠缠在一起。烦恼者总是牢记自己受到过多少次打击，别人有多少次辜负了自己的期望，对自己不友善，总是自己对自己说："我真倒霉，我总是受到不公正的待遇。"与此同时，他很少或者根本不会想到一些愉快的事情，即使偶然想到，也会马上分析它们的反面，使自己的思想一直集中在那些不好的假想上面。你说，这时人生还有什么高兴事可言？

烦恼人生还有一种难以解开的痛苦。这就是老是预料着什么倒霉的坏事出现。任何事情还没有开始，他就先想到了失败和糟糕的结果。而这样往往会造成一个恶性循环，他愈是相信将有什么坏事出现，那它们多半就会产生。比如，他去参加一个舞会，本来就料想自己会没人理睬，于是就呆呆地坐在角落里，与别人的情绪格格不入，结果也就自然被人冷落了。

按照佛家的说法，人生烦恼来自人有七情六欲，所以人要从烦恼中解脱出来，那就要先去掉人的贪欲与蒙蔽。看来，烦恼人生是人类永远面对的一个问题。

之六十六　焦虑人生

在现代社会中，生活紧张，人人都会感到生活的压力，所以焦虑人生也成为一种常见的人生形式。很多人生活在无休无止的焦虑之中，情绪不安，心神不定，倍受心烦意乱的折磨。

焦虑人生往往起始于生活中遇到实际问题，而自己又不能解决的尴尬状态。这种人总感到自己压力很大，总感到自己没有余暇，忙得不可开交，把自己围困在自己一时解决不了的伤脑筋的问题之中，动不动就发火，和人发生争吵，而且总是强词夺理，固执己见。

也有的人陷入焦虑状态不能自拔，是因为过高地估计自己，总是想当"超人"，企求万事都比人家做得出色，做得完美无缺，而自己又不具备这种能力，所以希望总是受挫。再加上各种内外因素夹攻，火上加油，使自己骑虎难下，心情越来越糟，无法得到安宁。

处于焦虑状态的人生，往往在处事待人方面很苛刻，企图事无巨细，处处争先，不给别人留面子，也不给自己留余地。对他们来说，好像生活中的一切都是竞争，非赢即输，没有一点宽容的余地；他们也从来不会退避三舍或者以退为进，总是害怕这样就会被人们所遗忘，轻视或怠慢，结果搞得自己顾此失彼，疲劳不堪。

焦虑的人也极容易陷入失望，不仅对自己，而且对别人也是如此。过于挑剔往往是焦虑人生的一个特征。对别人要求过高、总是希望别人能符合自己预想的那样，投合自己的所好，结果一旦别人不遂己愿，就感到失望，灰心丧气，或者开始猜疑他人，不信任朋友。

不过，焦虑人生往往是短暂的，长期处于焦虑之中就会精神崩溃。结束焦虑人生的最好方法是回到大自然中去，欣赏大自然，在自然山水之间寻求宁静。当人面对优美大自然风光时，当人流连忘返于山水之间时，就会真正感受到生命的从容不迫，从而忘却世间的烦恼，免除精神上的压力。这时候，人的胸襟也会开阔起来，不至于再斤斤计较于自己的得失，纠缠在使自己苦恼的问题之中。

当然，克服焦虑的方法还很多，比如旅游、打坐、学佛、娱乐、助人等等，但是最重要的是经常放松自己，把世界看得开一些，不要过分理会外界对自己的要求和纷扰，自己活自己的。

之六十七　浮躁人生

一个人，如果老是不能使自己安定下来，也是一件很悲哀的事情。浮躁，意味着没有恒心，干什么事都毛毛躁躁，心思集中不起来，而且还特别容易急躁，动不动就怨天尤人，发脾气，甚至撒手不干，不断"跳槽"换工作。

浮躁人生表面看起来是最忙碌的，我们的主人公好像事情太多，时间太少，所以任何事情都没有足够的精力去完成，总是显得心神不定，光知道自己很忙很忙，却不知道自己到底在做什么。

因为浮躁的人缺乏深思熟虑的习惯，不可能认认真真地考虑某一个问题。显然，一般人的头脑一天到晚都可能产生千百种想法，有的是有关日常生活的，有的则是有关未来发展的。它们都需要明确的解答，但是，浮躁的人从来不会经过深思熟虑后再做选择，而总是十分轻率地进行判决。他们的思维总是在四处跳动，从 A 迅速转移到 B，再从 B 迅速转移到 C，轻易地否定和放弃一些事情，也同样轻易地赞成和接受一些事情。

和浮躁的人共事，往往是不可靠的。这种人也许很热情，但是很难从他那里获得一些切实的帮助。他虽然一事无成，但是总认为自己比其他人聪明，经常自作聪明，为自己有一些小想法而沾沾自喜，而他所能做的全部事情，也就是把自己灵机一动产生的、不成熟的想法抛给别人，等待别人的恭维。

最要命的是，浮躁的人总是希望立刻得到别人的喝彩，无论做什么事，还没有开头，就已经想到奖赏。这种人不会宁静，也不能忍耐和等待，他所认定的就是立竿见影，立刻获得成功，最好一个晚上就成大名人或者百万富翁，否则，你在这一领域再也不会见到他了，他已经把兴趣转移到了另一个地方。

也许浮躁的人本身所追求的就是热闹，好高骛远又不愿付出代价，急于求成而不讲究实际。你如果告诉他，一位作家写了十年小说，一篇都发表不了，但是他还是在拼命写作。他一定会说别人得不偿失，或者干脆是个笨蛋。一举成名永远是浮躁人生的梦想。

浮躁大概永远与饥渴和浅薄连在一起。饥渴表现为一种欲望在受到长期压抑后的骚动不安，而浅薄则使他们自己把握不了自己，自己对自己的现状不满意，但是又不能改变它，于是便经常陷入浮躁之中。

之六十八　牢骚人生

　　如果你是一个爱发牢骚的人，千万不要为此感到惭愧。很多人一生与牢骚为伍，虽然没有成就什么大事业，但是一般寿命都很长，因为他心中的不满及时得到了发泄，不至于闷在胸中成病。从另一个角度来讲，爱发牢骚的人，心底都比较单纯，尤其是和那些心底不满但又绝不发牢骚的人来比较，发牢骚反而是一种美德。

　　但是，牢骚人生一般并不讨领导者的喜欢——尤其对那些爱听赞美之词者来说，所以发牢骚的代价往往是得不到提拔。这就形成了一种牢骚的循环往复：发牢骚的人得不到理解和提拔，牢骚也就越来越多，不断发展，成了生命过程中不可缺少的一部分。而有些领导者却往往产生一种错觉，以为牢骚是可以被制止或消灭的，结果总是感到非常失望，以为发牢骚之人总是和自己作对。

　　其实，牢骚人生倒是有很多可爱之处的，问题就在于你怎么看。牢骚者，不过是人的需要、渴望、希望得不到满足时的抱怨之词，并不属于对抗、捣乱之意，所以爱发牢骚的人一般工作照样干，并不会给事业带来实际的损害；相反，牢骚作为一种人情世态的反映，能够衡量出一个地区、一个部门的发展水平，反映出存在的问题。由此可见，牢骚本来是有利无害的一种现象，牢骚人生也自有其可爱之处。

　　不过，牢骚也不能一概而言，它有层次高低之分。所以有人把它分为低级牢骚、高级牢骚和超级牢骚。所谓低级牢骚，是指在基本的生存需要得不到满足时产生的，比如工作待遇太低，工作环境恶劣等等。高级牢骚则涉及人的自我尊重和自我价值肯定等问题，比如自己的工作成果没有得到应得的奖赏和肯定，自己的能力并没有得到发挥的机会，等等。超级牢骚往往是对整体环境而言的，比如对于真善美的追求，对于整个社会正义的需求等等，发牢骚者往往有一种忧患人世的危机感，抱怨社会并不像他所想象的那般美好。而就生活的发展来说，牢骚也是在不断发展的，由低级的向高级的发展，由高级的向超级的跳跃。

就从这里来说，牢骚是没法子消失的，只要生命中还有追求，社会还没发展到尽善尽美的程度，牢骚总是会连续不断出现的。所以牢骚人生也完全有理由在世界上有自己的一席之地，用各种方法来表现自己。

之六十九　忧郁人生

这个世界上有快乐人生，也有忧郁人生，这好像是一对孪生兄弟。一个人经常生活在郁郁寡欢、灰心丧气和情绪沉闷低落状态，确实令人感到生活的无奈，可惜，这种人生在现代生活中并不在少数。

忧郁人生是一种慢性的自我摧毁，关键是人在生活中很少甚至根本找不到好的感觉，生活中的一切都是灰暗的，糟糕的，简直没有一点令人兴奋之处。忧郁的人来到春天的花园里，鸟鸣引不起他的兴趣，花香调动不了他的情感，他无动于衷地走过碧绿的草地，就像经过冬日的荒原。

生活在忧郁之中的人，好像永远是生活的旁观者，已经失去投入生活的热情。无论在什么情况下，你都会感到他心事重重，处在一种长期的压抑之中，不能把自己解放出来。如果你再靠近一下他的思想，就会发现一种根深蒂固的沮丧控制着他的情绪，他根本无法进入兴奋状态。

倒是另一种"投入"，构成了忧郁人生的咏叹调，这就是持续不断的内心愧疚和自怨自艾，好像自己生下来就是一个错误，自己永远不会让自己和他人满意，世界上的一切错误都好像与自己有关，仿佛就是自己的过失。由于这种心理状态，他对于生活中一切不好的事情特别敏感，而且会不由自主地和自己联系起来，比如投资的股票下跌，他马上就会想到："我是一个注定的失败者。"如果一次谈恋爱受挫，他马上就会悲观失望，断定自己永远找不到爱人，一辈子都是孤独和可怜的。

忧郁是一种典型的精神委顿现象，阳刚不足，阴气有余，自信已经失去，意志极度消沉，而且有自我隔绝的倾向。一般忧郁的人，都是不喜欢交友和社交活动的。在交往中，他们要么表现得郁郁寡欢，要么就表现得忧心忡忡，躲躲闪闪；相反，他们喜欢独处，经常孤零零地站在一边，默默地看着别人，或者听别人的谈话。

当然，忧郁有时候会和深沉连在一起，忧郁人生中往往会产生出深沉的思考和深刻思想。因为忧郁者的安宁往往来自沉思，沉思会使忧郁显得更加凝重和意味深长。这也许是忧郁人生中最精彩的偶然：忧郁之中也会造就伟大的诗人和哲学家。

我说的只是一种偶然。

之七十　孤独人生

有时，孤独是一种感觉。在你一个人的时候，它总会来拜访你。当你刚刚参加完一个盛大的化装舞会后，独自回到家里；当朋友们的聚宴已经结束，桌子上只有杯盘狼藉，残羹剩汤；当你刚刚欣赏完一部上好的电影，从梦幻般的境界中走出来，影院门口的人已散尽……一个阴影会悄悄走进你心里，把刚刚用歌舞、谈笑、情感填满的胸怀，很快地掏空，掏空，最后留下一种空荡荡的感觉，所有的事情都会过去。没有不落山的太阳，没有不散的宴席，没有不结束的迪斯科，没有不消失的青春。人在孤独的时候，总是期待着用加倍的疯狂来追求新奇和刺激，但到头来又会感到加倍的孤独。

在现代社会中，很多人的生活和心态都有相似的地方。他们的生态和心态总是处于激烈的动荡之中，很难找到一个稳固的支点。有时候，他们心情很好，理想和欲望会自动膨胀，他们会感到自己的力量无限大，干什么都不在话下，自己是自我王国中的国王，现实生活中的一切都是奴仆，但是当心情很坏的时候，面对巨大的自行运转的宇宙和社会，又会感到自己非常渺小和卑下，一切都是虚无和荒诞，一切都没有意思，只是需要刺激，需要宣泄，需要自我逃避。

于是，孤独成为一种人生。它也是一种内驱力，把人们驱赶到舞场上去、赌场上去、球场上去、跑马场上去、滑雪场上去，造成了数千万人头攒动、群情激昂的壮观场面，他们拼命地扭动身姿，声嘶力竭地欢呼跳跃，向胜利者扬鲜花，向厌恶者扔鸡蛋，文明与不文明地喝彩和打架，砸公共场所的玻璃窗和摔自己的电视机，等等。也许他们根本不知道自己在干什么，为什么这样去干。其实，在现代生活中，孤独不再仅仅属于那些无家可归、形影相吊的人，或者仅仅存在于黑暗的灯光下，凄清的小河边，孤寂的山村野店，还存在于熙熙攘攘的人群中，他们都纠缠在欲望和现实、自我与社会的冲突之中，都在拼命地寻找自我，寻找知音。也许正因为这个原因，人们非常喜欢这样的歌曲：

> 我是一个流浪儿，
> 毕业于幻想的学校，
> 现实对我多么残酷；
> 为了掩饰内心的孤独，
> 忍受了多少痛苦……

这是一位美国流浪歌手唱的歌，台下有几万名激动若狂的听众。

之七十一　寂寞人生

什么才算是寂寞人生？这确实是一个难以回答的问题。在很多情况下，寂寞是一种感觉。没有外在的东西来打搅你，你暂时离开了人群，感到自己没什么可干的，一般在这种时刻，寂寞就会找到你。但是，大多数人是不愿长久与寂寞为伍的，因为人心难以宁静，总是期望着和人交流，和生活交流，以求印证自己的存在。

寂寞袭来的时候，人会感到无聊、无味、无信心、无意义，身心好像被抽空，自我好像被遗弃了，对自己所要做的事提不起精神来。寂寞的时候，人是心不在焉的，他或许有所期待，但是已经明确地知道这种期待已毫无希望，他还相信自己的存在，但是已不再想去追究为什么和是什么。

寂寞有时是人心理的一种需要，一种必要的休息。它可以使人暂时摆脱一下生活的紧张和烦恼。但是，大多数情况不是。寂寞是一条虫，会轻轻咬你的心，你站也不是坐也不是，想把这条虫抠出来，最后你实在忍不住了，就跑到酒馆或者舞场上去，请美酒和舞曲帮忙。

也有人习惯了寂寞，他长期过着寂寞的生活，不求闻达，不求变化，不求别人去安慰他，他有自己打发生命的事，或者弹琴，或者养鱼，或者劳作，或者饮茶喝酒……但是这样的人确实不算很多。

当然，也有人极力赞美寂寞。例如梁实秋，他在自己的文章中写道："寂寞是一种清福。我在小小的书斋里，焚起一炉香，袅袅的一缕烟笔直地上升，一直戳到顶棚，好像屋里的空气是绝对的静止，我的呼吸都没有搅动出一点波澜似的。我独自暗暗地望着那条烟线发怔。屋外庭院中的紫丁香还带着不少嫣红焦黄的叶子，枯叶乱枝的声响可以很清晰地听到，先是一小声清脆的打断声，然后是撞击着枝干的磕碰声，最后是落在空阶上的拍打声。这时节，我感到了寂寞。在这寂寞中我意识到了我自己的存在——片刻的孤立的存在。这种境界并不太易得，与环境有关，更与心境有关。寂寞不一定要到深山大泽里去寻求，只要内心清静，随便在市廛里、陋巷里，都可以感觉到一种空灵悠逸的境界，所谓'心远地自偏'是也。在这种境界中，我们可以在想象中翱翔，跳出尘世的渣滓，与古人游。所以我们说，寂寞是一种清福。"

梁实秋写得真好，但是寂寞并不一定是一种清福，或者说，很多人享受不了这种清福。

之七十二　恐惧人生

一辈子被一种恐惧心理所控制、所折磨，是极其不幸的人生，但是这却是我们这个世界的产物。只要这个世界上还存着令人惊恐的邪恶，只要人类的心灵还有弱点，恐惧人生就不会绝灭。

恐惧人生大致有二种，一种是恐惧症患者，另一种则是被迫害狂类型。前一种恐惧症患者很常见，比如有人一看到甲虫，浑身就不自在，看到纽扣就直打哆嗦；还有的人对周遭的事物总是心怀恐惧，非常忧虑。根据心理学家分析，这种恐惧症多半是由早期经验造成的，一般来说还不是太可怕。

比较可怕的是一些社会性的恐惧症。比如有人总有一种被追杀的感觉，生活处于某种极度惊恐状态。为了逃避这种恐惧，他只好从一个地方搬到另一个地方，但是总是摆脱不了被追杀的阴影；每到一处，他先是隐姓埋名，害怕别人知道他，但是不久就会对周围的人和事起疑心，接着继续搬迁。

至于被迫害狂类型的恐惧人生，多半是由长期的被迫害生活造成的，一个人不能从过去记忆的阴影中走出来，或者形成了一种固定的心理反应模式，所以一直疑神疑鬼，把一切都看成是对自己迫害的实施。例如，鲁迅在《狂人日记》中就揭叙了一个典型的被迫害狂的人生。由于他对"人吃人"现象的印象太深了，所以把生活中的一切现象都归结为"吃人"，由此形成了一种不可摆脱的恐惧感，害怕别人来吃他。

我认识的一位 50 年代大学毕业的教师，也属于这种类型。由于在历次政治运动中一直受到迫害，而且个人生活也一直不如意，因此形成了一种被迫害狂心理，总是觉得别人在继续整他的黑材料，跟踪和监视他。有时候，他头脑中还会产生幻觉，把某某人误认为是自己的迫害者，而他自己的举止言谈更是难以摆脱被迫害的话题。

实际上，这种社会性的恐惧心理，在很多人身上都有表现，只不过比较轻微罢了。例如有的人经历过多次政治运动，思想和行为变得过分敏感和小心翼翼起来。看到别人交头接耳，心里就不禁担忧起来，稍有政治上的风吹草动，就赶紧躲起来，或者到处打听消息，大有飞鸟惊弓之态。毫无疑问，这也是一种恐惧人生，并不亚于杞人忧天之类。

之七十三　忧患人生

忧患意识是一种高度的社会责任心的表现。只有那种对国对民自觉有重大责任，而又具有献身精神的人才有忧患意识。忧患人生者，必是那种"荣必为天下荣，耻必为天下耻"、负有历史使命感的人，所谓"天下兴亡，匹夫有责"，"先天下之忧而忧，后天下之乐而乐"，已经成为他们的生命准则和他们人生价值的体现。

忧患人生必是一种历史的产物。一是人要有高度的道德感和文化修养，思想上有节操，行动上有准则，把国家和民族的利益放在第一位；二是国家腐败，世道艰难，致使国计民生不断遭受损害，而且社会上小人当道，狡诈横行，有才能的人反而处处受压，报国无门。在这种情况下，忧患人生总是作为一种与黑暗抗争的形象出现的，他们不甘心社会日益走向衰败，也不甘心自己被社会所遗忘，而是继续愤世嫉俗，向社会呼号，时时刻刻为国忧心，为民感叹，为理想鞠躬尽瘁，死而后已。

所以中国历来多忧患人生，凡属文化人，大多是忧国忧民之士，苏东坡有一句诗说："人生识字忧患始，姓名粗记可以休。"确实道出了一个普遍规律。忧患多是从有知识有文化开始的，而知识往往是忧患意识产生的温床。有了知识文化，懂得人活着除了吃喝拉撒和个人喜怒哀乐之外，还有更高的理想、更大的人生责任，在更大的范围里实现自己的自我价值。而这一切都将是忧患产生的根源，因为理想并不那么容易达到，责任担负起来非常沉重，自我价值更是不好实现。

所以，忧患人生是一种苦难，一种精神上承担重负、遭受磨炼的过程。当年屈原丢官丢职，漂泊在汨罗江边，心里想的还是"岂余身之惮殃兮，恐皇舆之败绩"，为国为君忧心似焚，其一生真是为忧患而生，为忧患而死。再例如唐代诗人李白，虽然有时会"仰天大笑出门去"，但终究改不了"中夜四五叹，常为大国忧"的习惯。至于杜甫，更是一个"白头惟有赤心存"的忧患诗人，他经常处于"向来忧国泪，寂寞洒衣巾"的状态中，用自己的诗表达自己的忧国忧民之心。到了现代，忧患意识更是成了中国知识分子的思想特征。鲁迅就是其中最杰出的代表，他一直活得又苦又累，心灵上经受种种磨难，忧患伴随着他一生，否则，他也不会那么早逝。

但是，对于中国知识分子来说，这是一种注定的命运。当然，活得轻松也很容易，你最好没有知识，或者有了知识后也看不起知识，把它看成是罪恶之源——不是"越有知识越反动"就是"越有知识越痛苦"。

之七十四　软弱人生

人是软弱的，很多人一生软弱，使另外一些人难以置信。例如有一个女人，嫁给了一个爱喝酒的丈夫，婚后其丈夫不仅对她毫不尊重，冷酷无情，而且经常对她进行辱骂和殴打，但是她一直表现得忍气吞声，百依百顺。后来其丈夫为了喝酒，不顾一切，把家里的东西全部变卖，生活重担一股脑放在妻子身上，她仍然逆来顺受。最后，其丈夫为了还债，竟然逼她去卖身，她起先大哭一场，但后来还是去了……人软弱到了这个地步，还能说什么呢？

女人软弱，男人也软弱。有的男人一辈子软弱可欺，从来不曾抬起头来抗争过。所不同的是，男人的软弱常常表现在外面，对长官，对朋友，对强人，尤其如此。比如有的男人一出家门就变得胆小如鼠。在商店里买东西，面对一个口齿伶俐的售货员就束手无策，人家给了次品也不敢去退货；在自己的工作单位，面对上司从来不敢说出自己的要求，也不敢说"不"，总是支支吾吾地不明确表示自己的态度，动不动只会说"我是无所谓的""我可没什么能耐"等让人看不起的话，结果别人总是利用这种软弱来欺负他，该给的好处不给，给了也少给。

人太软弱了，不仅使自己老是处于不利地位，而且会失去尊重。至于给那些贪得无厌的人制造机会，更是不应该的。

要把自己从软弱人生中解救出来，也并非比登天还难。

首先，学会斩钉截铁地表达自己的意见，尤其是不要怕说"不"，不要怕令人不快或者冒犯了别人，这意味着大胆而自信地表明自己的权利，声明自己不容侵犯的态度。比如在商店买东西，不要怕售货员不高兴，一味应承，不喜欢就是不喜欢，要学会说："不，谢谢！"

其次，在公开场合，对一些蛮横无理的人，要以牙还牙，不必胆怯；对那些吹毛求疵的、好插嘴的、强词夺理的、令人讨厌的、夸夸其谈的，一定要直言不讳，把他们顶回去。

还有，绝不用抱怨来表示接受。凡属你有权利拒绝的事，就坚决拒绝，不要给人留下一种印象，你是一个好说话的人，什么事情都可以让你去做。

软弱的人要改变自己的人生，首先就得改变自己。

之七十五　矛盾人生

人生本来就充满着矛盾。生与死，苦与甜，高与矮，胖与瘦，爱与恨，高尚与卑贱，欢乐与痛苦，聪明与愚笨，理想与现实，美与丑，真与假，天堂与地狱，等等，矛盾说不完，道不尽。人活着就是在矛盾中打滚，在矛盾中挣扎，在矛盾中追求，在矛盾中死亡。

人生来就是矛盾的。那一呼一吸开始了生命的旅程，那内和外构成了生命的空间，那精神和肉体造就了生命的困惑和永恒，那欲望和满足持续着生命的节奏。

你见过生命的光亮吗？那是生命在矛盾的冲撞和摩擦中迸发出来的。不进则退，不退则进，刀枪乍起，玉石俱焚，一个微小的生命粒子，在高速度的撞击中，可以创造出石破天惊的效果，整个宇宙会被它们照亮。

你体验过生命的壮丽吗？那欲望的海涛来自宇宙的运转，一次又一次地扑向海岸，扑向坚硬的礁石。它淹没沙滩，越过乱石，把浪花抛向很远很远的地方，但是它又不得不一次次地退下来，在海底深处聚集自己的力量，叫暴风雨来给自己助威，唤海燕来为自己歌唱。

你了解生命的渺小、生命的无可奈何和尴尬吗？蝼蚁全力以赴地爬行，它怎么能走出那一望无际的荒漠呢？那电光在天空中轰轰闪亮，又怎么能赶尽宇宙的暗夜呢？我挣扎着，从远方向辉煌的太阳奔出，但是等到我走近时，又怎么能承受那伟大的阳光呢？

生命是矛盾的，而最大的矛盾就是生命本身，人生和矛盾纠缠在一起，就是矛盾人生。一个人意识不到人生的矛盾，是浅薄的、无知的，但是他可以活得很开心，很愉快。轻轻松松过自己的日子，直直率率满足自己的欲望；一个人意识到人生的矛盾，是深刻的、明智的，但又是多么的痛苦，一辈子纠缠在矛盾之中，永远不停地挣扎、呼号和追求，不得解脱，不得平静。这就像鲁迅在作品中所写到的："我不过是一个影，……黑暗又会吞并我，然而光明又会使我消失。"

矛盾人生是痛苦的。如果一个人的生命被矛盾所控制，而不是用生命去冲破矛盾和解决矛盾，那就会陷入无休止的自我消耗之中。一个人的生命就会分为两个阵营，然后彼此争斗，互相吞食；生活就像一艘被水草缠住的小船，欲前不能，欲后不得，那苦楚只有当事人知道了。

所以，人生的矛盾是美丽的，但千万不要让矛盾控制了你的人生。

之七十六　自卑人生

自卑是一种常见的心理状态。因为在这个世界上伟人毕竟是极少数，所以人免不了要自卑，但是绝大多数人不会让自卑的情绪来支配自己的人生，只有少数人才会老是自卑，承认自己的弱点之后就再打不起精神来。

自卑是自信的反面。自卑人生是扬不起风帆的航船，老是在生活的岸边徘徊；自卑的人总是小心翼翼，不敢向生活挑战。他们总是有一种自不如人的感觉，过多地看到自己的弱点，并把这些弱点看作是致命的，永远不可克服的，决定自己一生的。无论做什么事，他们第一个概念就是："成功不了怎么办？"

一个自卑的人在生活中会表现得畏畏缩缩，前怕狼后怕虎，不善于和人交际，也不善于表现自己以引起公众的注意。如果说自信是人生成功之母，那么自卑必定是人生失败之父了。

但是，也很有些人并不这么看。他们认为自卑是成功之母。

下面这个故事就是一个极好的例子：

从前有个人，相貌极丑。在街上走过，行人都要掉头多看他一眼，心里嘀咕："世界上还有这么丑的人。"他也从不修饰，到死都不在乎衣着。窄窄的黑裤子，伞套似的上衣，加上高顶窄边的大礼帽，仿佛要故意衬托出他那瘦长条似的个子，走路姿势难看，双手晃来晃去。

他是个小地方的人，直到临终，虽然已经身居高位，但是还是那副边鄙俗夫的样子，仍然不穿外衣就去开门，不戴手套就去歌剧院，总是讲不得体的笑话，常常在公众场合突然无故忧郁起来，一声不响。无论在什么地方——法院、讲坛、国会、农庄，甚至自己家里——他经常显得不自在，不得其所。

他不但出身贫贱，而且身世蒙羞，其母亲是个私生子，他一生对这个问题都非常敏感。

但是这个人后来是美国总统。他的名字叫林肯。

由此有人说，成功的人往往有自卑感，而自卑感会激励人奋斗，来补偿自己的缺陷。这样的例子还有许多，比如亚历山大、拿破仑、纳尔逊，都因为生来身材矮小，所以立志要在军事上指挥万马千军；像苏格拉底、伏尔泰、托尔斯泰，是因为自惭奇丑，所以在思想创造上下大功夫而大放光芒。而贝多芬因为耳聋在音乐上出人头地，也是令人惊奇的例子。所以自卑人生往往大器晚成，非常容易成功。

信不信由你。

之七十七　羞怯人生

我们在生活中常常会遇到一些特别害羞的人，他们动不动就脸红、很怕和人接触。有人认为，羞怯心理通常是一种自卑的感觉和害怕冒险造成的，但是在此不能解释所有的羞怯心理。

有羞怯心理的人很多，据有人研究估计，在美国有差不多40％的人认为自己怕羞。当然，大多数人特别怕羞，只是在人生中的某一个时期。但最糟糕的是，有人一辈子怕羞，那就是名副其实的羞怯人生。

羞怯人生往往是胆子小或缺乏自信的人，这种人无论做什么事都特别害怕自己出错。他们一出现在人面前，就觉得大家都在注意他们，时时刻刻都在对他们品头论足，他们好像成了展览品或者表演者，结果不由自主地感到不自在。这种情况，我们也许可以设想是由童年的某种经历造成的，或者曾经当众出丑而没有得到宽解，或者经常被大人责难而留下难堪的记忆，等等。后来长大了，虽然环境已经改变，但是仍然对于人与人的交往有一种戒备心理。

但是，羞怯的人也有例外，羞怯根本和胆小无关。我认识一位同事，待人处事非常羞怯，动不动脸就红了一大片，但是胆子很大，经常做出别人意想不到的事，而且，经常红着脸说谎，骗了不少女孩子。这属于那种一辈子脸红、一辈子撒谎的羞怯。据此，我对羞怯腼腆的产生有了新的看法。有的羞怯心理可能来自早期的心理矛盾——为某种目的不得不说谎，但是又对自己说谎感到恐惧和内疚——而心理不自在。这时候，羞怯或许是一种双重的掩饰，一方面掩饰自己的不诚实，另一方面又是对自己不诚实感觉的掩饰。

当然，羞怯和一个人的好与坏基本上没有关系。有的人羞怯，可能是一个大好人，有的人常脸红，可能是一个大混蛋，关键取决于他们的内心品格的高低。

与此同时，羞怯的人未必不比不羞怯的人更适应生存。羞怯的人在生活中当然有自己的弱点，比如不善于交往，不能充分表现出自己的才能和优点，比较胆小等等。但是在有的情况下，羞怯腼腆却更受欢迎。羞怯和腼腆的人很容易给人留下谦让、好学、不爱出风头、诚实和可靠的印象，所以他们有时候更容易受到上司的提拔和重用。尤其是在中国，很多人对于羞怯腼腆的人抱有特别的好感，相反，非常看不惯那些大胆表现自己的人，甚至在内心深处有点害怕大胆的作风。这一切都使羞怯的性格更具魅力。至于一些羞怯的男性比一般人更能赢得女性的芳心，更是司空见惯，还有什么比红着脸、吞吞吐吐说一声"我爱……"更能打动人心呢？

之七十八　忏悔人生

信基督教的人，都知道人有原罪，那是亚当夏娃偷吃禁果造成的，所以人一生下来就要悔罪，不断向上帝忏悔，请求原谅。这样，有了原罪感，就有了忏悔意识；有了忏悔意识，就有了忏悔人生。

当然，并不是所有信基督教的人，都属于忏悔人生。忏悔人生指的只是一部分忏悔特别强烈的人的生活写照。

要讲忏悔人生，就得先讲忏悔意识。忏悔意识是人类精神生活中最有趣的现象。人为什么要忏悔，无非是有罪恶感，是感到自己有罪才去忏悔的。但是，人之罪来自何处？来自人类史前的历史？来自天性？来自前世的造孽或者当代人的罪恶？来自性欲的快感，还是自私的本质？人类可能有千百种说法，这也就造就了千百种忏悔意识。比如，基督教的忏悔意识来自原罪，也就是人类最初所犯的过失；穆斯林的忏悔来自对不忠的提防；中国的荀子的忏悔意识是根据人的本性就是恶的；佛家的忏悔在于人有六欲七情，等等。

不仅宗教有各种各样的忏悔意识，一般的人也逃不开各种各样的负罪感。比如前辈人犯罪杀人，后代人得承担精神负担；由于过失给他人造成一生的遗憾，良心上于心不忍；负有使命，但是不能履行使命，等等。一般来说，忏悔意识总是和道德感、使命感、责任感以及理想主义联系在一起的，越是有道德感、责任感的人，越是追求自我完美的人，就越容易产生忏悔意识。

所以，忏悔意识是人性的一种自觉，而且是意识到自我弱点和不完美的一种自觉。人类为了提醒不要放纵过度，防止自我私欲过度膨胀，才造出了种种借口，使自己不断提醒自己，不断追求心灵的平静。

与此同时，忏悔意识也是对自我存在的安慰，它最终所寻求的是原谅，人意识到了自己的劣根性，意识到了自己对罪恶所承担的责任，是一种痛苦；但是意识到了罪恶而又未能从罪恶感解脱出来，是一种更大的痛苦。后者往往是自我所解脱不了的，除了导向疯癫和自杀。而忏悔恰恰提供了这样一种解脱的方式，它使人得到了一种心灵的安慰，一种生活的理由，由此，人们可以自己原谅自己，自己清洗自己的灵魂。

忏悔人生可能是痛苦的，也可能是宁静的，但是无论怎么说，人之为人，应该有忏悔意识，因为这个世界的罪恶实在太多了。

之七十九　疲惫人生

在生活中，我们经常都会听到有人说："人，真是他妈的活得太累了。"而我们自己常常也会有疲惫不堪的感觉，觉得活着就是一种重负，感到厌倦，感到精疲力尽，简直难以走到生命的尽头了。

显然，有人生的疲惫，就有疲惫的人生。

也许疲惫的人生，首先是由物质上的重压造成的。整天拼死拼活，东跑西奔，只不过是为了满足人生存的基本需要；油盐酱醋，锅碗瓢盆，你再不想干也得干，再不愿想也得想。生活就是养家糊口，为获得一间居住的房子，也得东奔西走，四处托人求情，为孩子入托又得亲自上门，请客送礼。人生忙忙碌碌，但是没有一点色彩，没有一点情趣，怎么能不感到累，不感到疲惫不堪呢？

人生的疲惫，更重要的是心理上的疲惫。比如说，你不喜欢自己的工作，但是不能不长期从事这项工作；你不满意你的婚姻，但是又不能不长期维持和忍受这种婚姻，等等。在这种情况下，生活就会成为一种负担，活着就成为一种应付，没有兴趣，没有意义，只有承担重负，身心交瘁。

这种心理上的疲惫，最容易造成生理上的疲劳。这也难怪，人总是在做自己不愿意做的事情时，最容易疲劳。所以，有人在舞场上疯狂起舞，通宵达旦，而不知道疲劳，但是一回到自己的工作岗位上就打不起精神，其实主要是心理上的厌倦情绪所致。疲惫只是一种心理厌倦的表现形式。其实，很多人都是这样，他们只是感到极度疲乏，但是并不知道或者不愿承认自己心理上的问题。

所以，单调乏味而没有希望的生活，紧张重复而没有变化的工作，是人生疲惫的主要原因。与此同时，疲惫之中往往包含着不可解决的内心矛盾，比如从事令自己厌烦的工作，但是又由于自己的责任感想拼命干好；对于家庭生活感到怨恨，却为这种想法感到内疚，而又不能把内心的痛苦说出来，这都常常会更加重人生的疲惫感。

疲惫人生使得人的精神萎靡不振，精力衰竭，干任何事情都觉得力不从心，有时候，还会伴随着失眠症，老是睡不好，睡不够，动不动就迷迷糊糊地做梦，醒来之后更觉疲劳。疲惫本身最消耗人的精力，没有什么再比它更自己折磨自己、更于事无补和浪费生命的了。

之八十　健忘人生

很多人为记忆而活着。记忆就像一本独特的书，内容越翻越多，而且描叙越来越清晰，越读就会越沉迷。但是，也有很多人是为健忘而活着的，过去的一切事情对他来说都是过眼烟云和耳边风，不计较过去，不眷恋历史，不归还旧账，只顾得眼前的现在。

健忘人生未尝不是一种幸福。因为人生并不像期望的那么充满诗情画意，那么快乐自在。人生中有许多苦痛和悲哀、令人厌恶和心碎的东西，如果把这些东西都储存在记忆之中的话，人生必定越来越沉重，越来越悲观。实际上的情景也正是这样。当一个人回忆往事的时候就会发现，在人的一生中，美好快乐的体验往往只是瞬间，占据很小的一部分，而大部分时间则伴随着失望、忧郁和不满足。

人生既然如此，健忘有什么不好呢？它能够使我们忘掉忧怨，忘掉伤心事，减轻我们的心理重负，净化我们的思想意识；可以把我们从记忆的苦海中解脱出来，忘记我们的罪孽和悔恨，利利索索地做人。所以世界上自古就有追寻忘忧草的，否则，"人生不满百，常怀千岁忧"，有何快乐可言？

所以，健忘虽然不算什么大优点，但是却有人为健忘找理由，大谈健忘之乐。有的人就认为，要是一个人记不起那些曾经幸会者的名字，那么他对讨厌者的名字同样健忘；如果他记不住人类历史错综复杂的途径，便也不会记清昨日离婚案中令人恶心的细节；他的思想会像泉水一样，永远清澈流畅；他会觉得今年更加有趣，因为他对本质上大致一样的去年已经印象模糊，于是，一个记性不好的人，永远觉得生活有趣，拥有晨辉的清新感。

其实，健忘人生倒不是没有记忆，而是说对很多事并不在意，不放在心上，所以也就记不住。这对人生也许是非常重要的。因为世界上确实有许多事情应该避开，应该忘记，让身心少受一些使他感到痛心疾首、感到失望的事情的磨难，也不必过多地沉浸在往事的回忆和追悔之中，这样，人反而能够得到更宽广、更自由的思考空间，更自在地生活。

与此同时，健忘可能是一个人躲掉很多琐事的避风港。健忘有时候虽然很可恶，但是却是一个可以原谅和理解的缺点，别人可能因为这一点原谅你，你也可以因为这一点原谅自己。一个人一旦被大家公认为是记忆力不好的人，尽管可能不会被委以重任，但是却得到许多自我解脱的机会。

之八十一　无奈人生

在生活中处于完全消极被动的地位、用一种无可无不可的态度来对待人生，我们把它叫作无奈人生。

不要以为无奈人生是消极的。这是一种非常圆熟的人生，特别在中国社会中，具有非常迷人的一面，最为稳妥而又完全。它模棱两可，含糊不清，适应于各种社会条件下生存，不能不说是一种大智慧的人生。

无奈人生的要点是冷淡生活，接受现实。冷淡是为了逃避风险，冷眼向洋看世界，当一个保险的旁观者。这种生活态度也是长期生活经验教导的结果。据有人观察，一般中国青年对国家大事、公众事务的热情并不亚于欧美各国，但一到了 25 岁以后，就明显地变得冷淡了，也就是人们常说的"学乖了"。有的是开始成熟学乖了，有的则碰了钉子学乖了，有的则由于关心社会不成功失望而学乖了，反正不管是怎么"学乖"的，对于社会的那份热情明显减低了，取而代之的是冷漠和圆滑。他们都开始懂得了什么是无奈。

无奈产生于一种自我得不到尊重、个人权利得不到保护的状态，出于一种自我保护的本能，只有自觉地承认和接受现状。久而久之，人们发现，既然这个社会不容许你去关心，倒不如干脆处之泰然，不受社会生活的影响，在无可奈何之中寻找自我。这就产生了清谈、饮酒、纵欲、作乐等人生形式。这时候，无奈似乎又表现了一种超然，不管国事管自己，寻得桃源好避秦。

无奈人生意味着顺其自然、对社会对自己都不强求什么。从表面上看，无奈是对生活的一种妥协和认输，从来不试图去改变生活。而从另一个层面来说，无奈之中包含着一种达观。无奈的人是软弱的，但是却很有韧性。对于身外之事，他们不参与，不关心，也不对抗，而对身内之事却极力保全。由于无奈，他们对于生活中来临的各种灾难有思想准备，能上能下，能生能死，能左能右，能荣华富贵也能穷困潦倒。

无奈人生的最高境界是遇到天大的事，耸耸肩摇摇头，说一声"无所谓"，然后继续走自己的路，干自己的事。

之八十二　拖延人生

人人都知道光阴的可贵，所谓"一寸光阴一寸金，寸金难买寸光阴"，所谓"莫等闲，白了少年头，空悲切"，几乎家喻户晓，人人皆知。可是，这并没有消除生活中的拖延人生，而且，这种人生并不少见，它像各式各样的废旧瓶子一样，堆集在生活的广场上，丝毫没有损坏，但却是空空如也。

拖延人生的常用语是："明天再说吧！"这些人不是没有理想，没有成就事业的愿望，他们之中也不乏有才能有天才的人；当他们谈论自己未来的时候，他们也会神采飞扬，滔滔不绝，但是，只要一接触到真的计划和实际工作，他们就犹豫不决了，经常的习惯就是拖延。

拖延造成了今天的空白。一旦这种情况成为日常习惯，生命就会在虚空的允诺中一天天过去，"明天"成了一个永远不会兑现的将来，而"今天"则肯定是不断牺牲的现在。他们不知道，人的生命之链就是由无数"今天"的环节组成的，当你放弃了"今天"，就意味着放弃了未来。

我也曾经是一个爱拖延的人。这种习性也许是从少年时代开始的。那时候，我经常为我将来的生活苦思冥想，制定了各种想入非非的计划，但是从不曾真正实行过一次，也就是说，这些计划多半还没有开始就夭折了。而这一切，差不多都因为拖延。说实在的，这些拖延有些也许是有理由的，因为我的计划有时订得太大太高，以至于自己根本不知道怎样开始。但是，很不幸的是，我由此在很多小事上也开始拖延，比如给朋友写信，做家庭作业等等，什么事都不能立刻去做，准时完成，经常为积压下来的事而痛苦。

我不知道因为拖延误了多少事，反正很多很多。我只是很清醒，我的生命的许多好时光已经一去不复返了，拖延使我人到中年一事无成。我再也不能拖延人生了。

有一件事使我后悔不已。就在最近一个星期六的下午，我意外地遇见了多年前我苦苦爱恋的女性朋友——那时候我就像着了魔，整天想着她的美丽倩影，现在她已成了他人之妻，并有了小孩。我们在一起谈起了往事，天哪，她竟然说她也曾喜欢过我，在很长一段时间等待着我的表白，但是你知道我那时干了些什么呢？我在家里不知道设计了多少种求爱"方案"，但是最终的结果还是那句老话："明天再说吧！"

人生苦短，何能拖延，正如陶渊明诗中所云：

盛年不再来，一日难再晨；
及时当勉励，岁月不待人。

之八十三　等待人生

等待，是我们每一个人的人生中必不可少的。因为人的希望不可能一下子实现，实现过程中还要受到种种条件的限制，有些条件是可以争取的，而有的条件则不受自己控制，所以人必须等待。但是，有的等待是有希望的等待，有的等待是无希望的等待；有的等待是聪明的，有的等待则是愚蠢的；有的人只是等待片刻，有的人却等待一生。

例如，有守株待兔式的等待。一个农夫在田地里劳作，突然看见一只兔子飞奔而来，撞树而死，因此就放下锄头，在那里静等其他的兔子撞树而死。这是一种愚蠢的、不切合实际的等待，等待者异想天开，想不劳而获。

再例如，梦幻式的等待。一位小姐手捧一本琼瑶的言情小说，天天盼望着自己心目中的白马王子的出现。她不写情书，不出来交际，也不打电话，只是沉浸在自己的幻想之中，等待着出现奇迹。这是一种白日梦式的等待，等待者丧失了机会和时间，耗尽了青春，还不知道自己的悲剧正来自等待。

人生不能等待，因为生命是短暂的，是运动的，你等它不等，人抗衡不过时间的流逝。所以想干点什么就赶紧干，千万别等待。等待不过是人生命的一种无可奈何。

但是，等待仍然是不可避免的，所以人们不得不接受它，非但如此，而且人可以在等待的过程中认识生命，体味人生命的韵味。所以，人们开始肯定和留恋等待，把它看作是多情、缠绵、信任、陶醉、希望的象征，等待是快乐，等待是诗。

一个女孩子写道：我时常落寞，时常无助。我如所有的女孩一样脆弱，在许多无眠的静夜，在许多迷茫的清晨，在暴风雨的街头，在烈日下的奔走中，也曾想握住那些主动伸来的手，"渴望有一副宽阔的肩膀，靠一靠我疲倦的头，渴望有一双温暖的手，理一理我鬓边的忧"，但是从来也不曾，从来也不敢，只因为爱神的大门并没有对我敞开。爱过的我深深知道：接纳的同时意味着责任，期望爱情的灿烂，期望未来的幸福，那就须静候，静候爱情。

看来，当人生的幸福还没有到来之时，必须学会等待。

之八十四　懒散人生

懒惰是生命失去活力的最重要因素之一。一个懒散成性的人，也是一个浪费生命的人，他总是行动不起来，讨厌做决定，千方百计地回避自己所要承担的任务，事情越是紧急，越是迫在眉睫，他就愈是不肯正视它，老是寻找一些借口在旁边打圈圈。

懒散人生给人一种说不出的疲乏的滋味。

懒散人生的法宝就是拖延，生命就处于被拖欠下来的事吞没的危险之中，而懒散的人却仍然能"临危不惧"。

懒散会使一个人一辈子一事无成，而拖延则会造成不可挽回的损失。例如，一位企业家会因为没有及时决策而遭到失败，一位妻子由于懒得及时洗碗铺床而会造成婚姻的破裂，一位医生拖延了看病的时间而会给病人生命带来恶果，等等，但是，懒散之人却不这么看，他总是把拖延看成是一种无所谓的耽搁，任何事情能拖一天就拖一天，好像生活的目的就是拖延。

对一个懒散成性的人来说，拖延又总是和杂乱无章连在一起的。拖延造成了杂乱无章，而杂乱无章又助长了拖延心理。也许我们每个人都有过这样的经验，对于朋友的来信，我们由于懒惰常常推迟回复，结果信越积越多，在桌子上放了一大堆，就更加难以下手了。再比如一个家庭主妇，如果面对一大堆积留下来的杂活，也会感到无精打采，很可能干脆不做而去看电视剧算了。所以，事情越拖越多，积重难返，就很容易产生继续拖下去的心理："反正已经迟了，再迟几天也是迟，再拖几天也无妨。"

一般来说，一个懒惰的人并不是一个拒绝做事的人，相反，有的人非常喜欢应承什么事，在接受委托的时候总是满口答应，但是你如果轻信了这种应承，就会大错特错了。因为出于懒散人之口的"是，是"，"一定，一定"，是没有确定期限的，一个"是，是"，就可能是几天、几个月过去了，结果还是什么事都没干。所以，和懒惰成性的人打交道，一定要规定一个明确期限，首先堵住他拖延的后路。

当然，懒散人生也有自己的欢乐，比如事情十万火急，天塌下来了还照样可以睡懒觉，享受那种慢慢腾腾、睡眼惺忪的状态，就并不是所有人都能受用的。这也许叫作懒人有懒福也。

之八十五　糊涂人生

中国人喜欢"难得糊涂"，把它作为人生座右铭的大有人在，可见糊涂人生并不易得。人一旦把这种人生当作一种境界，必然有脱尘超俗之处。

先说糊涂。从字面上讲就是不明事理，搞不清楚的意思。这样的事情生活中很多。据说，美国作家马克·吐温就对自己的身世很糊涂，经常搞得稀里糊涂。事情是这样的：马克·吐温出生时是双胞胎；他和他的双胞胎之弟长相一模一样，连他们的母亲也分辨不出来。有一天，保姆替他们洗澡时，其中一个不小心跌入浴缸淹死了，没有人知道淹死的究竟是双胞胎中的哪一个。所以马克·吐温为此经常感到困惑。他说："最叫人伤心的就在这里。每个人都以为我是那个活下来的人，其实我不是。活下来的是我弟弟，那个淹死的人是我。"

这真是够糊涂的了。当然，这只是一种幽默，而不是人生。

糊涂人生的糊涂并不那么简单。它本身就很糊涂，所以才叫糊涂人生。对于糊涂二字，确实是智者见智，仁者见仁，很难说得清楚。

有人以为，糊涂人生并不糊涂，所谓"难得糊涂"是装出来的糊涂，在生活中，真正的聪明人，遇到任何事绝不自作聪明，大发议论，相反他们总是做出一副什么都不知道、什么都不清楚的样子，躲躲闪闪装糊涂。这样的人心知肚明，但是什么人也不会得罪。他们觉得只有左右逢源，才活得安全，活得自在。

另外一些人认为，这糊涂是一种境界，意味着人懂得了未知和朦胧，进入了一种"衣带渐宽终不悔，为伊消得人憔悴"的探索阶段。难得糊涂，也就是难得有疑问，能够提出问题，即是古人所说的"智莫大于阙疑"，"于不疑处有疑，方是进矣"。因为人知道得越多，就越会感到知识之无限，想要学的东西也越多，所谓"入道弥深，所见弥大"是也。

还有一种看法认为，糊涂人生是一种真正的高智慧，是一种大智若愚、大巧若拙、大辩若讷的境界。因为最高的智慧应该已经看穿了内与外、荣与辱、盈与虚的界线，达到物我浑同为一、万物与我并存的境界，所以大巧在所不为，大智在所不虑，糊涂才叫真聪明。因此，又有人把糊涂和"浑沌"联系起来理解，那更是一种浑同自然的"大象无形、道隐无名"的智慧了。

由此可见，糊涂人生也许是多种多样的。有的人把"难得糊涂"条幅贴在家里，但并不真正是个糊涂之人。

之八十六　实利人生

一个人没有了信仰，不再相信理想，就最有可能转向实利人生。实利，是人类社会的基础，也是人生命的基础，它承担了这个世界上最多的生灵，使他们熙熙攘攘、忙忙碌碌地活着，否则，也许很多人都会活得不耐烦，都会去上吊自杀。

实利人生把人生中的很多问题都简化了，最后只留下了"利"，而且都是实实在在的东西，一切都要求实用，实利，实惠，看得见，摸得着。我们不能不说这是一种经济实用的人生方式，在思想上也极稳固，可以自成体系，无懈可击。所以，一些花里胡哨、飘飘忽忽、好高骛远的人生，经过几番折腾，几经失望，最后大多都会落到这里来，成了实利人生之国的臣民。

所以，实利人生在老化的民族中比较盛行，而且老年人最能体会其中之味。这是林语堂先生的意见。他甚至说："……任何人一过了四十岁，便成坏坯子，无论怎样，吾们年纪越大，越不要脸，那是无可否认的。二十岁左右的小姑娘，不大会为了金钱目的而嫁人，四十岁的女人，不大会不为金钱目的而嫁人。——她们或许称之为稳当。……实利主义因是为老头儿之特性，而理想主义则为青年人之特性。过了四十岁，他还不能成为坏坯子，那倘不是心脏萎弱者，便该是天生才子。"这段话虽然老年人听来可能不舒服，但也不能说全无道理。

实利人生虽然实实在在，但是太过冷淡。实利和冷淡实际上是连在一起的，所以血气方刚的年轻人有点受不了。想想看，在一切事情上都盯着实利和实惠，斤斤计较，唯利是图，对于其他的人和事怎么能不冷淡呢？实利的眼光本来就是冷冰冰的。而换句话说，对生活不冷淡点，怎么能获得实利和实惠呢？所以，实利人生者对于青年人的盛气热情从来是不屑一顾的，为理想而兴奋呼号，如果不是不成熟，那就是傻子和疯子。

如今是一个实利人生的时代，理想和热情已成为过去时代的梦，尤其是梦醒了之后，才发觉连高粱米饭还没得吃，所以赶紧找些实在的东西充饥。人不能老是充当精神理想世界中的富有者，而在物质世界中是乞丐。

但是，反过来了又如何呢？

之八十七　马虎人生

马虎人生在生活中处处可见。尤其在中国，马虎人生就像家常豆腐一样普遍。这种人生虽然算不上潇洒，但活得挺自在；谈不上闲适，但是活的时间颇长。不过，你最好不要和这种人一起出差赶飞机，因为到了机场才知道带错了身份证。

在中国，对马虎人生了解颇深的是胡适先生。他给这一类人生之人起了一个好名字，叫做"差不多先生"。

下面的话语出自胡适先生：

> 差不多先生的相貌和你我都差不多。他有一双眼睛，但看得不很清楚；他有耳朵，但听觉不太分明，有鼻子有嘴巴，但对气味和口味却不很讲究；他的脑子不少，但记忆却不精明，思想也不细密。
>
> 他的口头禅是："凡事只要差不多，就好了。何必太精明呢？"

他小的时候，他妈叫他去买红糖，他买了白糖回来，他妈骂他，他摇摇头道："红糖白糖不是差不多吗？"

后来他在一个钱铺里做伙计，他也会写，也会算，只是总不精细，十字常常写成千字，千字常常写成十字。掌柜的生气了，常常骂他，他只是笑嘻嘻地赔小心道：千字比十字只多一小撇，不是差不多吗？

有一天，他突然得一急病，赶快叫家人去请东街的汪先生。那家人急急忙忙地跑去，一时寻不着东街汪大夫，却把西街的牛医王大夫请来了。差不多先生病在床上，知道寻错了人，但病急了，身上痛苦，心里焦急，等不得了，心里想到："好在王大夫和汪大夫也差不多，让他试试看吧。"于是这位牛医生王大夫走到床前，用医牛的法子给差不多先生治病。不上一点钟，差不多先生一命呜呼了。

差不多先生差不多要死的时候，一口气断断续续地说："活人同死人也差……差……差……不多……凡事只要差……差……不多……就……好了……何……何……必……太……太认真呢？"他说完这句格言，方才绝气了。

他死后，大家都很称赞差不多先生样样事情看得破，想得通，大家都说他一生不肯认真，不肯算账，不肯计较，真是一位有德行的人，于是大家给他取个死后的法号，叫他做圆通大师。

你所见过的马虎人生，是否像这位差不多先生呢？

之八十八　挥霍人生

挥霍一生的人，我们可以把他叫作"败家子"，但是不能不承认他活得痛快。再说，一个人一辈子挥霍，除了对他自己及家人不利之外，并不影响别人的幸福；相反，如果你的朋友是一个挥霍者的话，一定是你的荣幸，对你有百利而无一害。因为挥霍者多半不是一个人挥霍，他喜欢和朋友在一起挥霍。

挥霍人生的字典上查不到节俭，这个词早就被废除了。对挥霍的人来说，钱，根本不成问题，他随时都准备把钞票到处乱撒，几十块几百块出手，脸不红心不跳，处处显示出花钱的"英雄本色"。这种人消费起来是最有气派的，王公大臣也未必比得上。他永远要进花钱最多的酒店，坐价格最高的座位，差一点就觉得失了面子，生怕别人小看了自己。特别是在朋友面前，更是要显示自己的满不在乎。吃饭点菜要最贵的，喝的酒除了高档名牌之外，还要考究这酒贮藏的年代，最后还要高级的卡拉 OK，找几位舞女陪伴助兴。

挥霍者并不一定腰缠万贯，但是钱不多照样挥霍。刺激挥霍可能就是几个狐朋狗友，聚在一起嘻嘻哈哈一阵，就会使他忘乎所以，把自己的家庭、妻子、儿女都忘了个一干二净，也不管自己有多大的经济能力，明天是否有米下锅。整个世界都变成了他尽情享受的欢乐窝，他毫不犹豫地拿出准备给孩子交学费、给妻子维持家用的钱，甚至典出祖上的房产珠宝，换取那一时的豪华和排场。

对挥霍人生者来说，世界上任何事情都是花钱的好时机，高兴时要挥霍，不高兴时也要挥霍；找到新工作要庆祝一番，被公司解雇也要发泄一次；遇到有用的东西不问贵贱，遇到没用的东西也想装装门面……对他们来说，挥霍也是医治人生百病的灵丹妙药，高兴时挥霍是开心的庆祝，不高兴时挥霍也会平衡自己的情绪。挥霍可以把烦恼、忧愁、不满和人生的一切不快一扫而光。什么痛苦，什么悲观，什么失业，什么明天家里掀不开锅，在挥霍中早就被抛到了九霄云外，不留下一点痕迹，明天他就会变成穷光蛋了，但是今天他活得还是像一个阔绰的王子。

挥霍人生的结局当然是贫穷。这时，繁华就成了挥霍人生者的梦和回忆。这也许是他最后拥有的东西。

之八十九　游戏人生

在今天这个世界上，游戏人生越来越普遍了。据说在美国，替代"时间就是金钱"观念的，就是"游戏人生的智学"。可见，游戏人生大有到处蔓延之势。

游戏人生就是把人生看成是一场游戏，这本身也许就透露出一种"不认真""无所谓"的态度。这种态度或许与现代社会生活的变化有关。所谓"不认真"，包括着好几重意思。一是这个世界上还有没有值得认真的事。过去人们活得认真，活得执着，因为有信仰的支撑，有理想的憧憬，但是现在如果发现信仰崩溃了，理想破灭了，这个世界很多东西本身就不认真，你怎么再对它们认真呢？二是想认真而认真不得的问题。认真应该是互相的，彼此认真才能存在。但是如今社会上你偏偏认真不得，你认真了别人不认真，这样认真反而成了荒谬，成了被捉弄、被嘲笑的对象，这又怎么能够认真下去呢？三是认真成为一种痛苦。你活得很认真很执着，事事处处都要寻出个公正，找出个真理；充当一种典范，不仅活得很累很累，而且到处受人误解，远远比不上那些游戏人生者活得痛快和自由自在。这时候，你又会怎么去想呢？

所以，游戏人生从表面上看是一种轻松自在、不负责任的活法，但实际上大多是在经过了多次生活的磨炼，饱尝了理想幻灭之后产生的。就拿爱情来说，有些人把自己的感情看得很重，对爱情充满憧憬，但是经过几次风波之后，自己的感情并没有得到真正的回报，甚至被别人所欺骗所捉弄，就很容易踏上游戏人生之路，把爱情也看成是一种游戏，玩得起来而又不付出自己，逢场作戏又能保护自己。

当然，这只是游戏人生之中的一种。这种游戏人生还不能说玩得痛快，因为内心深处还隐藏着痛苦和失望，还脱不开人生的那份愁怨和憧憬。这种游戏人生还属于一种转变型的产物，也就是说，从认真开始走向游戏。

实际上，彻头彻尾的游戏人生是没有那么多忧愁的，因为这种人已完全接受了人生即游戏这个观念。与一般的转变型的游戏人生不同，这种游戏人生并不排斥"认真"，而是恰恰相反，其非常注重的就是认真投入。因为人生就是一场游戏，游戏就有规则，要想从中得到快乐，玩得痛快，大家都必须十分认真，按规则行事，这也叫作会游戏，至于谁输谁赢则是另一回事。这种游戏人生会使我们想到踢足球或者打麻将，人人都在规则之内进行表演，发挥自己的才能，要全身投入，聚精会神才行。谁如果老是"犯规""违例"，就会丧失游戏的资格。

之九十　狂妄人生

狂妄人生是人类社会中最精彩，也最让人消受不起的一种活法。

什么是狂妄？人小志大而无所顾忌，自不量力好口出狂言，初出茅庐就针砭圣贤，小事不成还好高骛远，没登过小丘就看不起大山，不撒泡尿照照自己就癞蛤蟆想吃天鹅肉，老鼠背大山，青蛙吞大象……反正不知天高地厚，什么都看不起，什么都不在话下，什么都不放在眼里，见了如来不叩头，见了神仙不下跪。

这就是狂妄。狂妄藐视权威，藐视规则，藐视一切自己达不到的目的，也藐视一切别人达不到的目的；狂妄是一种不切合实际的自大自傲，不可一世的自我膨胀，但是又是一种主观上的绝对胜利。狂妄人生以一种绝对优势的姿态，对待历史，对待这个世界，没有什么东西能摧毁他的自信，他对自己的能力过分崇拜，寄予太高的希望。

狂妄人生会引起很多人的不适和反感，先是摇头，肠胃不适，然后就是讥笑和嘲弄，伴随着头痛症状，最后可能是进行排斥打击，随时可能发生心肌梗死。

与此同时，狂妄人生也会给很多人带来快感和兴奋。奇怪的是，很多年轻无知的狂妄者，竟然还有很多热情的追随者和崇拜者，他们因狂妄而心跳，而感动，而欢欣雀跃。

一个狂妄者走到大街上大声宣布："上帝已经死了，我就是上帝！"结果，一些人准备了手铐和脚镣，准备了绞刑架，而另一些人则送上了鲜花和欢呼，愿意追随他到天涯海角。一种热闹的场面，一个热闹的时代，也就由此产生。

狂妄人生从不甘于寂寞，无论时代多么压抑，周围的人多么本分，也无论自己是多么无知渺小，处于什么可怜的地位，他生活在这个世界上的唯一理由就是经常宣布：

"那有什么了不起！"

这句话在大多数情况下利少弊多。所以狂妄者多半是悲剧，其中百分之九十最后穷途潦倒，走投无路，再有百分之九点九九的人归隐山林，投心佛门，只有百分之零点零一的人获得成功，受世人注目，但是结局很可能是疯癫而死。

这个世界不喜欢狂妄人生。

好在狂妄者往往有点天才，而天才者又无不狂妄，所以狂妄和天才常常混合在一起。但是，即便是天才的狂妄，也不一定有光明前途。因为并不是每个时代都欢迎天才的，很多时代不喜欢天才，并且害怕和摧残天才，所以天才如果生不逢时，那是最不幸的事情了。

之九十一　奸诈人生

奸诈者是品行恶劣和阴谋诡计的结合，其追求是贪婪，其表现是不老实。奸诈人生中几乎没有可取之处，除了心怀不满、贪得无厌，最多的东西就是谎言和骗术。描叙奸诈人生最好的例子是"黄鼠狼给鸡拜年"——奸诈者多像黄鼠狼，待人接物总是怀着不可告人的目的，表面的善意下面隐藏着"吃掉你"的祸心。

奸诈人生之中充满着算计，每时每刻都在寻求机会，钻别人的空子，制造事端，乱中投机取巧。

但是，当我们第一次遇见奸诈者的时候，这种人总是衣冠楚楚、笑容满面的，很难看出其心术不正一面。而且，这种人还有点小聪明，他会很快明白你的爱好和弱点，然后开始引你上钩。当你不知不觉心有所动的时候，他已经布置好了整个计划，张开自己的罪恶之网等待着你。

奸诈者干什么都是不择手段的，他们毫无同情心可言，但是他们不会拿自己的生命来赌博。

不过，识别奸诈者似乎并不难。只要你仔细盯着他的眼睛就能看出，他那双眼睛里闪烁着狡猾、心神不定、欲望，绝没有半点善良和诚实。也许奸诈者自己也明白这一点，他经常会避开别人的目光，不让别人持久地观察自己；他在谈话中害怕别人沉默，这时候总是喋喋不休地吹嘘自己。

所以，奸诈者喜欢在生活中打"速决战"，而且"打一枪换一个地方"，经常换朋友，占了便宜就走。因为时间稍一长久，奸诈者的马脚就露出来了。这时候，奸诈者的战略战术就是尽量沉默、说谎和掩饰。沉默是一种等待时机、隐蔽自己、装聋卖傻的方式，而绝不是反省自我，改邪归正。说谎则是日常保留节目，真话假说，假话真说，反正不让你知道他葫芦里到底卖的是什么药。掩饰是为假正经，把自己心怀鬼胎的形象装饰一下，给自己再留一些余地，比如想攻击别人，说自己和对方素来关系很好，想诬陷别人则先说自己不好等等。奸诈的人总会给自己制造机会。

千万不要跟奸诈的人打交道，他必定会给你带来厄运。如果你运气不好碰上了这样的人，最好的方法是直接揭穿他。

之九十二　嫉妒人生

一个嫉妒的人，必定是一个不甘人后的人，而且相当倒霉，心理上从来没有体验过真正的满足。

一般来说，嫉妒是一种人之常情，它源于人的某种自恋和自私相混合的情绪。它往往来自一种比较，这种比较不是才华上的、工作上的，而是得失方面的。嫉妒者缺乏理性的标准，他用自己的欲求来衡量人生。凡是自我所欲求但是又得不到，而又被别人得到的事，都会引发嫉妒，嫉妒的对象无疑就是得到者。

但是按照培根的说法，德行不好的人最容易嫉妒。因为这种人的心灵不能从自身优点中取得养料，用公德来克服自己的私欲，就必定要寻找别人的缺点来作为养料。而嫉妒者恰恰就是自己没有什么优点，又不愿看到别人优点的人，因此就产生了一种奇怪的情绪，想通过败坏别人来安慰自己。与此同时，嫉妒者必定是自己一事无成而又喜欢打听闲事的。从表面上看，他们特别关心别人，实际上是处处在计较得失，希望通过发现别人的不愉快来使自己愉快。所以培根说："……嫉妒是一种四处游荡的情欲，能享有它的只能是闲人。"

还有几种人容易嫉妒：一是贪婪而又不学无术的人。这种人自己没本事，就把仇恨转移到那些有本事人的身上。二是有某种难以克服的缺陷的人——如残疾人、老年人，甚至出身贫寒者，由于自己的缺陷无法补偿，所以需要损害别人来求得补偿，不过，高尚的品德能够克服这种心理。三是经过长期、巨大灾祸或磨难的人，除非他是一个品德高尚者，否则也容易产生嫉妒。因为别人的失败对自己过去所经历的痛苦可以产生一种抵偿心理效果。四是虚荣心特别强的人，也容易产生嫉妒，他不喜欢看到别人强过自己。

最强烈、最持久也最可怕的嫉妒之情，往往来自爱情生活。当然，嫉妒并非等于爱的感情，尽管有时其中掺杂着爱。嫉妒往往出自一种强烈的占有欲和猜疑心。贪得无厌，占有欲得不到完全满足，再加上多疑，就会产生嫉妒。而多疑往往是和一种深层次的自卑相联系着的。

不管怎么说，嫉妒人生是可怕的，它充满着猜疑、怨恨和敌意，弄得不好会成为狂暴和报复人生的聚源地。所以莎士比亚在其著名悲剧《奥赛罗》中有一段名言："嫉妒是绿眼妖魔，谁作了它的俘虏，谁就要受到它的愚弄。"

之九十三 报复人生

为了报复，而度过自己的一生，这也许是这世界上最震撼人，也最悲哀的一种人生了。但是，这种人生很多，许多人活着就是为了报复。这种报复往往分为两种，一种是有目的、有对象的报复，因为家仇、遗恨或者自己早期所遭受的苦难，向某一个人或某一势力复仇。这样的例子非常之多，有很多成了小说家笔下震撼人心的故事，像《呼啸山庄》《基督山伯爵》就是精彩的例子。还有一种报复人生则是没有确定对象的，因为在他的意识中，迫害他的不仅仅是某一个人，他即使杀了某一个他最恨的人也不解气。所以，这种人活着就是为了向整个社会报复。他不是为了爱而是为了恨而活着的，他活着就是为了那些不喜欢他的人活得不自在。

毫无疑问，报复人生是一种人生的悲剧形态，所以培根在《论报复》中说："报复犹如蔓草，是野性的产物。人性自然地趋向于它，法律和文明却应当剪除它。如果说，一件罪行只是触犯了法律，那么私相报复却是完全否定了法律。"照这种说法，报复人生至少是与文明和法治相冲突的。

但是，尽管如此，报复人生有时仍然有一种惊心动魄的力量，给人带来残酷的快意。因为大多数报复人生是有原因的。如果在一个公正的法治社会，迫害人的坏人理所当然应受到惩罚，也不需要受迫害者去报复。可是遗憾的是，这样公正的法治社会十分难得。在很多情况下，迫害者不仅可能逍遥法外，而且还可能受到社会的庇护。这时候，受迫害者只能忍气吞声，眼看着坏人弹冠相庆，毫无顾忌地继续作恶。正因为如此，宽容尽管是一种美德，而报复也会是令人同情和钦佩的。而且，在这种情况下，宽容往往会使恶人恶行有恃无恐，受迫害的人更受其害，只有报复才能体现社会的公义。也许这正是人们喜欢侠义之士的原因。

也许出于同样的原因，鲁迅至死对于勇于复仇的人生非常欣赏，多次赞扬过报复的勇士和女吊。他在自己的遗嘱中就写了一条："损着别人的牙眼，却反对报复，主张宽容的人，万勿和他接近。"他还写道："……想到欧洲人临死时，往往有一种仪式，只请别人宽恕，自己也宽恕了别人。我的怨敌也谓多矣，倘若有新式的人问起我来，怎么回答呢？我想了一想，决定的是：让他们怨恨去，我也一个也不宽恕。"

当然，这种报复是正大光明的人生，是为了公正而复仇的。但是不管怎么说，报复人生是痛苦的，因为报复者念念不忘旧仇，其伤口也永远不会愈合。

之九十四　吹牛人生

有的人一生喜欢吹牛，倒是一件奇妙的事，因为吹牛总是不长久的，时间稍久就成了笑话。但是好吹牛的人毫不在乎，照样吹下去，就非得一种特殊的精神力量支撑不可。

无疑，吹牛是一种自夸，吹牛无非是为了炫耀自己，让别人看重和羡慕自己。所以，好吹牛的人很可能是从小就养成的习惯，父母不适当的宠爱和教育是很重要的因素。我小时候就遇到这样一个"吹牛大王"。那时候，我们差不多家家养鸡，他就吹嘘自己家养了 40 只雪白雪白的鸡，40只一色黑的鸡，40 只高高的芦花大公鸡，结果大家都非常羡慕，就一起到他家去看，结果就看到几只黑不黑、白不白的秃尾巴鸡，大失所望。类似的事情经过几次之后，就再也没有信他的话了，只要他一开口，大家就说他"牛皮又开始吹了"。

小时候吹牛并没有什么了不得的，因为可"吹"的东西有限，而且没什么坏结果，大不了大家一笑了之。但是大人吹牛就了不得了，夸夸其谈可能带来大的灾难。比如政治家有时为了给自己制造虚假声望，也会大吹其牛。有的人让别人替自己吹，有的人则自己吹自己。这时候，什么"救世主""天才"和"超天才"等等都出来了。结果很可能酿成一场劳民伤财的灾难。

吹牛不但是为了抬高自己，有时更是为了影响别人，吓唬别人。这也是吹牛者常常引之为自豪的地方。因为吹牛绝对是一种不用付出任何成本的"投资"，不受任何时间和条件的限制，一有机会就可以"抛出去"，至于获利如何，那就要看运气如何了。也许正因为如此，吹牛者总是越吹越勇的，不论在何时何地，绝不放过吹牛的机会，反正一切都是从他那三寸不烂之舌中制造出来的，至多费点唾液。手里有一百元，就可以夸口掌握一亿元的投资；发表一篇千字文，就可以说"大发现"；有一个同学在政府当打字员，就可以吹成"有后台有背景"等等，反正信不信由你，吹不吹由他，假如一万个听众中有一个信以为真，他也绝对是一次无本万利的买卖。

由此可见，吹牛人生的存在并非偶然，关键是吹牛者总有成功的机会和可能性。很多人自己不吹牛，但是总是喜欢当吹牛者的听众甚至鼓吹者，成了替吹牛者吹牛的人。这是因为他们迷恋有权有势的人，一有机会碰到自吹自擂的人，就不辨真假，马上受宠若惊，以为自己攀上了什么了不起的人物。说实在的，这种人是吹牛人生的福星。

之九十五　虚荣人生

爱虚荣，大概是人的一种天性，并不值得求全责备。从某种程度上来说，这是一种有修养的表现，它所追求的不过是一种体面和尊重。再说，爱虚荣在生活中绝对无害，绝不像嫉妒那样危险和有害，充其量不过是使你感到有点不舒服罢了。所以有的人一辈子爱虚荣，并不影响和周围人相处。

但是，虚荣人生确实也不值得恭维，因为虚荣往往和浅薄连在一起，常常假借与自己无多大关系的人和事来抬高自己，而自己又确实没有必要那样去做。

例如，爱虚荣的人喜欢谈论自己有名气的亲戚和朋友，并且总是不厌其烦和有所夸张，似乎这样一种攀援会使自己的身份显得更加重要一些。而在有些人看来，这不过是一种"沾光"的举动而已。

一般爱虚荣的人都很热衷于时髦，爱赶时髦，对当下流行的东西很感兴趣，经常以此为荣，在别人面前炫耀。如果你对此不了解，他（她）就会做出十分惊奇的样子："啊，什么，连这个都不知道？这可是现在最……"——这是虚荣人生中最得意的时刻。

和虚荣之人一起吃饭是最有意思的事。他（她）宁肯忍痛割舍，也决不愿进低等餐厅。当然，宁肯饥肠辘辘地硬说不饿，也是一种选择。

爱虚荣的人，一般喜欢做出博学、什么都知道的样子，不懂装懂，对自己不懂的事也要插上几句，结果经常弄巧成拙，闹出笑话。

而在这种情况下，爱虚荣者还是不会承认自己不懂装懂，而是爱寻找多种理由为自己开脱，或者转移话题，或者强词夺理，结果越弄越糟。

爱虚荣的人爱好"有名"，结交名人，收集名人签名，吃名菜，穿名牌，爱谈名言，爱看名片，爱读名著，等等，凡属有名的他（她）都沾点边，但差不多都是一知半解。

爱虚荣的人当然爱听表扬的话、奉承话，而且听后记得特别牢，并且再三在别人面前重复。当然，爱虚荣的人少不了有点小嫉妒。不过，当自己的同学或朋友在某一方面强过自己的时候，这种小嫉妒很快就会过去，他（她）很快会以此为荣，在别人面前说自己有一个如何如何了不得的同学或朋友。

虚荣人生是用漂亮的羽毛装饰起来的，很花俏，但是并不一定实在。

之九十六　变色人生

变色龙是一种奇特的动物，它能够根据日光和周围环境的不同，变幻自己的肤色，以此来保护自己，不被其他动物发觉。

俄国作家契诃夫有一个著名短篇《变色龙》，写了一种令人鄙视的人生，他完全看着权贵的眼色行事，指鹿为马，颠倒人生，目的是为讨好权贵，自己获得一种狗仗人势的满足感。

变色龙随时改变自己的肤色，并没有什么不好，这不过是一种生物本能，是自然进化的成果。这种适者生存的动物特性，也是大自然神秘的创造成果之一，连人类都不得不惊叹。但是，变色龙似的人生却令人感到丑恶，感到俗不可耐。因为人不同于动物，人有自己的意识，人能够适应环境，也能够转换环境和创造环境。而且，更重要的，变色龙随时应变是在特定环境下进行的，并不伤害到自己的同类。而人之中的"变色龙"则完全不同，他随风转舵，奉迎权势，不可能不脱离生活发展的前因后果，而且必定会得罪伤害自己的同类。

所以，变色人生虽然能够做到"好汉不吃眼前亏"，虽然有时能占到一些小便宜，但是运气远远不如静卧在树上的变色龙。这些人变来变去，但变不过复杂的人生，不可能讨很多人的喜欢。而且变得太快太多，自己的价值也越变越低；权贵们虽然不觉得你讨厌，但是也不会把你当一回事。所以"变色龙"最后的结果常常是一文不值：白变。

与此同时，变色人生会遭到人们普遍的唾弃。因为他们骨头太软，格调太低，投机太露骨，拍马屁拍得太直接。这种随机随时应变的方法，也太缺乏技巧，所以很难长久有效。这不仅是因为他们变来变去总有破绽，而且往往不顾一切地自己否定自己，当众自己打自己的耳光，给人一种下贱的感觉。大家都知道，下贱的人是谁都瞧不起的，尤其是自私和丑恶的下贱，更让人恶心。所以变色人生成为人们所嘲笑挖苦的对象，是不可避免的。

但是，变色人生在这个世界上还有市场。也许是世界太拥挤了，人生太艰难了，权贵太可恶了，个人太渺小了，在这个世界上总有很大一部分人卑卑微微、低声下气地活着。他们没有信心和能力转换和改造环境，甚至并没有意识到自我的尊严，他们只是想活得安全，想多得到一些东西，还想借他人之势稍微风光一下，所以，想当一个人间的变色龙，也顺理成章，似乎情有可原。

之九十七　痞子人生

痞子，好像是生活中不可缺少的一类人。自从出了"痞子作家"王朔之后，痞子的身价仿佛也提高了许多。按照《现代汉语词典》上的解释，痞子即指恶棍、流氓之类的人物，他们专门不务正业，为非作歹，无理取闹。其实有点不确。痞子比流氓要文明得多，有的或许还相当有修养，但是照"痞"不误，比如王朔，虽然著作等身，大名鼎鼎，但是还是有人把他叫作"痞子作家"。其实，痞子人生在中国很普遍，不仅有痞子作家，还有痞子商人、痞子运动员、痞子干部、痞子教授，三教九流都有痞子，连万人之上的皇帝也有痞子。

那么，痞子人生有什么特点呢？

第一，痞子和"油子"是连在一起的，多半是生活中的"老油条"才行。痞子就是有一种"无所谓"的态度，拿北京人的话来说，就是："在这世道上，什么事没见过，什么事没听过，还怕那个！"痞子有不容置疑的适应环境能力，无论在什么情况下什么时候都能顶得住，都能处之泰然。

第二，痞子绝顶聪明但是绝无节操。痞子都是绝顶聪明的人，不聪明的人当不了痞子。他们深谙生活的路数，懂得各种各样的生活道理，他们能够见人说人话，见鬼说鬼话，待人接物近似乎炉火纯青。但是他们绝没有真正的信仰和理想，没有做人的原则，不相信世界上有值得献身的东西。也许他们的信仰就是随机应变，就是"好汉不吃眼前亏"，就是"识时务者为俊杰"等，反正他们绝不会去当"傻冒"，为某种信仰去牺牲自己。

第三，痞子一般都有狡猾俏皮的特点，但是他们比狡猾人生多了一计，这就是"赖"。在无计可施、走投无路的情况下，痞子就会使出最后一计"赖皮"，赖皮使痞子人生无往而不胜。痞子的"赖"有多种多样，这要看具体情况而定。如果痞子还觉得有回旋余地，就实施抵赖，对自己说过的话、干过的事一概不承认，或者千方百计找理由，推得一干二净。如果真相大白，一切都没法抵赖，就干脆耍赖皮，实行消极对抗，口头应承，到时又反悔，反反复复，目的无非是为了蒙混过关。如果情况再严重一点，连赖皮都耍不了，就干脆进行死赖，不论对方怎么说，都硬着头皮顶着，不反驳不吭声，但是也不应承，一副弱者的挨打的样子，只要伤不到自己半点皮毛就行。

可见痞子人生也是一种文化。

之九十八　唐式人生

所谓唐式人生，此指唐·吉诃德式人生。

对于这种人生，人们尽可以从各个方面进行驳难和嘲笑，说它是可笑的，梦幻的，不切合实际的，疯癫的，毫无意义的，到处碰壁的等等，但是它毕竟是难忘的，活生生的。

唐·吉诃德出自西班牙作家塞万提斯的著名小说《唐·吉诃德》，这个人物之所以成为一个超越国界和时间的人物，因为他表现了一种独特的人生。

我迷恋这种人生。因为从唐·吉诃德身上我们看到了一种摆脱枯燥乏味生活的勇气和力量。我们之所以不能成为唐·吉诃德，因为我们内心怯弱，缺乏这种勇气和力量，因此我们安于现状，不敢作新的尝试，我们害怕失败，害怕带来肉体和精神上的损伤，怕会导致打破坛坛罐罐和招人讥笑。

但是，唐·吉诃德创造了另一种人生。瞧这个人，他是个乡村绅士，和他管家的侄女一起住在一个无名的村子里；他穷困潦倒，为了买书不得不卖掉土地；他身体瘦长，双颊凹陷，头发灰白，又不漂亮又不强壮。他整日读着侠义罗曼史，并为此着迷：那些肩负使命的骑士生活多么令人向往，他们漫游乡村，拯救不幸的少女，杀死巨龙，打败巨人，建立人人平等的王国……他最后决心仿效一番，冒一冒风险。他不在乎他处在什么时代，不在乎别人怎么说，只想一心一意实现自己的目标。正因为有了这种精神，唐·吉诃德不但把风车当作"不法的巨人"冲上去乱砍乱杀，而且敢于冒险解救被判重刑的奴隶，和卫兵混战一场。

我还钦佩唐·吉诃德专心致志的愚蠢和执着，他不顾别人的嘲笑和怀疑，更不害怕失败。他是一位可亲可敬的失败的英雄，他知道各种各样的失败，也经历过各种各样的失败，但是他从来没有放弃过自己的梦想。有些人认为唐·吉诃德的可笑，只因为他的行动有悖于常规和常理，不合乎他生活的那个时代，时时处处死抱着自己的理想和信仰不放；因为他不知道时代是变换的，人得随机应变才行，不知道人是可以虚张声势，说一套做一套的，大可不必事事都那么认真，那么执着。

但是，一个人活着，处处符合常规常理，合乎时代标准，清醒之极，聪明之极，是否就是令人钦佩的人生呢？

这就是唐·吉诃德式人生永恒的魅力，与那些胜利者比起来显得更长久，更有魅力。

之九十九　权势人生

权势人生实际上包括三种状态，巴结权贵，迷恋权势和身处权位。

巴结权贵是权势人生中最低级，也许是最初的状态。这种人最势利，见了当官的立即腿便软了，腰也弯了，嘴也甜了，和他平常对待平民完全是两回事。这种人为了巴结权势，绞尽脑汁，什么都干，屈膝下跪，执鞭随镫，自不在话下；吮痈舐痔，出卖灵魂，也是家常便饭。竟然还会引之为得意，人性的这种下贱的欲望真是不可思议。

第二种状态是迷恋和追求权势，这恐怕比前一种稍高了一筹。这种人生除了把权势看得比什么都高之外，还把它当作自己的生活目标，为谋得权势而不择手段。确切地说，向上爬是这种人生活的唯一准则和动力，唯权是夺，唯势必要。这种人比那些仅仅知道巴结权势的人，除了奉迎巴结的奴性之外，还多了一种强食弱肉的残酷性。为了争夺权势，对自己的同事不惜运用告密、诬陷、诽谤之手段，一有机会就踩别人，毫无半点怜悯之情。而到了关键时刻，对于平时称爹称娘的上司也不留情，忘恩负义，釜底抽薪，反咬一口，倒打一耙，落井下石，只是为了获得更大的权势。

显然，无论是巴结权势还是迷恋权势者，生活并不那么有趣和幸福。巴结权势者自不必说，一辈子小心翼翼，媚态百出，活得像只巴儿狗，自会被人瞧不起，而迷恋和追求权势者也绝不轻松。因为取得权势并非一件容易事，而且在这条路上追求的人很多，个个都是不择手段者。且不说你得处处循规蹈矩，如履薄冰，害怕别人抓到把柄，自己活得很累很累，就光是提防对手的进攻，处理各种人事关系来说，就已经够焦头烂额的了。为了权势，人往往失去了自由，失去了尊严，失去了自我。

话又说回来，得到了权势又怎么样？且不说官路无涯，得到了已丧尽青春，就是达到了高位也未必能够高枕无忧，做黄粱美梦。一旦社会变故，倒台便是身败名裂，命运远远不及于平头百姓，这可真是："早知今日，何必当初！"

当然，能够身在权位者毕竟比前面二种优越，尽管他们自己经常忧心忡忡，但毕竟能够得到别人对自己的尊敬和巴结，对自己的羡慕和模仿。再说，有了权势，毕竟就有了力量，可以做一些自己想做的事；虽然能行善也能作恶，但是许多有利于人类的好事，不借助于权势也是做不成的。

不过，有权势者最大的悲哀，是老年退休离开权位之时，不可克服的失落感往往使他们早进坟墓。

之一百　疏放人生

和权势人生相对的是疏放人生，偏偏藐视权贵，不喜欢官宦生涯，而追求人生的旷达和生命本身的欢乐。在他们看来，人生贵在自我称心如意，而不在于身后的名利。为了官位而压抑自己的本能，更是可悲的。例如春秋时代的接舆就是疏放人生的代表，他对孔子到处讲学布道、迷于做官的做法非常藐视，竟然在遇到孔子时狂歌笑他："吱呀，天下都变成这样子，你还在折腾什么呢？"后来李白也很欣赏接舆这种人生态度，作诗曰："我本楚狂人，凤歌笑孔丘。"

疏放人生的关键在于对世界看得开，对于官途想得开，对于生命放得开。看得开才能藐视权贵，视富贵如浮云，才能天高地广，达到"会当凌绝顶，一览众山小"的人生境界，登泰山而小天下，沧海八荒，尽在眼底，有如此眼界，生命如何能忍受官场窄路的羁绊呢？想得开，才能获得精神上的自在，犹如闲云野鹤，无拘无束，根本不理睬别人说些什么，对自己如何评价，而能够我行我素，自得其乐。人生放得开更为重要，寄情浪漫，放浪形骸，皆需要把人生从层层束缚中解放出来，还其本性，顺其自然，进入一种狂放、无所顾忌的境界。李白当年看透官场，仰天大笑出门去，所追求的就是这种人生，所谓"昔在长安醉花柳，五侯七贵同杯酒，气岸遥凌豪士前，风流肯落他人后"，就是这种人生的写照。

所以疏放人生的最高境界是一个"狂"字，狂歌，狂饮，狂乐，狂舞，狂了就什么都不在话下了。什么功名利禄，什么王室贵族，什么清规戒律，什么人间万户侯，都不过是人生樊笼，粪土一抔。宋代朱敦儒有词云："诗万首，酒千觞，几曾着眼看侯王。"辛弃疾写得更绝："不恨古人吾不见，恨古人不见吾狂耳。"差不多同时代的刘克庄也很好表达了这种人生气度："酒酣耳热说文章，惊倒邻墙，推倒胡床。旁观拍手笑疏狂，疏又何妨，狂又何妨。"

当然，疏放人生有时属于万不得已，可能当官不成，或者官运不长，对于人生有了新的看法。也有的人虽然当了官，但是仍然很失望，觉得生命太受约束，不如自己痛痛快快活一会儿，所谓"一生大笑能几回，斗酒相逢须醉倒"，就是这个意思。因此，能不能看得开，想得开，放得开，也有一个开悟的过程。有人醒悟得早，不再把生命纠缠于世俗相争之中，有的人则开悟得晚，一觉醒来已过半百，好像自己还没有真正活过，还有的人则一辈子不开悟，那就没得说了。